바흐친 수사학
대화적 글쓰기의 추구

이 저서는 2014년 정부(교육부)의 재원으로 한국연구재단의 지원을 받아 수행된 연구임 (NRF-2014S1A6A4026679)

This work was supported by the Ministry of Education of the Republic of Korea and the National Research Foundation of Korea (NRF-2014S1A6A4026679)

바흐친 수사학
대화적 글쓰기의 추구

이재기

역락

[1]

바흐친을 읽은 지 20년이 지났다. 항상 같은 마음은 아니었지만, 그는 줄곧 내 사유의 중심에 있었다. 20년이라, 나 역시 십진법에 약한 한국인가 보다. 어떤 형식으로든 그와의 만남을 정리하고 종결지어야 한다는 압박감을 느꼈다. 그 해소와 해방의 방법이 이 책이다. 나는 정리하고 종결지으려는 마음이 크지만, 이 책을 읽은 어떤 독자의 동의와 비동의의 응답으로 내 입은 다시 열릴 것이다. 바흐친 말이 맞다. 삶도 말도, 본성은 비종결이고 미결정이다.

바흐친은 수사학자가 아니다. 바흐친의 관심은 철학, 문예학, 인문학으로 차례로 옮겨갔지만 수사학이 중심인 적은 없다. 그러나 후기의 인문학을 텍스트학으로 이해할 때, 비로소 수사학으로의 발전 가능성과 잠재력을 읽어낼 수는 있다. 한편, 생의 초반기에 바흐친이 가졌던 관심이 중기, 후기의 관심사로 이어졌을 것이라고 가정할 때, 내가 할 일은 그의 초기 철학에서 수사학의 맹아를 발견하는 것이다.

중기에 바흐친이 문예학 특히 소설 이론에 집중할 때, 그는 지속적으로 서사 텍스트와 수사적 텍스트를 대립시킨다. 그리고 서사 텍스트에는 편향된(?) 옹호의 말들을, 그리고 수사, 수사적 텍스트, 수사학에는 어떤 무시와 경멸의 정조가 짙은 말들을 배치한다(물론, 소크라테스와 수사를 연결할 때는 잠시나마 태도가 사뭇 달라지기는 한다.) 나는 이러한 그의 자세와 접근법이 내내 불편하다. 어떻게 하면 이런 불편함과 억울함을 이성적으로 해소할 수 있을까. 내가 할 일은 문예 텍스트와 일상 산문 사이의 경계가 바흐친의 생각처럼 그리 뚜렷하지 않다는 것을, 둘은 '경계 이월적'으로 존재한다는 것을 밝히는 것이다. 그리하여 소설 이론 또는 산문학에서 그가 길어 올린 통찰을 일상 산문 영역으로까지 확장하여 수사학을 당당하게 복권시키는 것이다. 이는 바흐친의 사유 체계가 철학과 윤리학에서 미학과 문예학으로, 다시 인문학과 텍스트학으로 전회한 것의 당위성 또는 자연스러움을 드러내는 길이기도 하다.

만일, 이러한 글쓰기 전략이 어떤 성과를 거둔다면, 서로 소통하지 않고 자기 자리를 굳건하게 지켜온 문학과 수사학이 강도 높게 만나는 계기가 될 것이다. 있었지만 보지 않았던 '문예적' 일상 산문의 산재성과 다채로움이 드러날 것이다. 그리고 이러한 혼종적 글쓰기가 내함하고 있는 대화적 글쓰기의 가능성과 잠재력이 타진될 것이다.

그럼에도 불구하고, '바흐친 수사학'을 마주할 때, 이질적 타자를 환대했던 바흐친마저도 마냥 환하게 웃지는 못할 것이며, 바흐친에 정통한 학자들도 내 바흐친 사용법의 오남용을 의심할 수 있다고 생각한다. 그러나 바흐친은 나의 '외재성'에서 나온 시선의 잉여, 이러한 시선의 잉여에 토대를 둔 응답적 이해에 어떤 반응을 보일 것이라는 기대는 한다. 무엇보다 자신의 최종 발화가 아직 시작되지도 않았음을 확인하고 내심 기뻐할 것이다. 한편, 바흐친에 대한 나의 수사학적 해석이 지나친 초해석인지, 바흐친 사유의 타당한 확장인지에 대한 판단은 최종 심판관인 독자가 할 것이다. 그들의 응답을 보고 내 반응의 지점과 방향성을 새로 모색하고자 한다.

[2]

이 책에 수록된 21편의 글은 바흐친 사유에서 그어져 나온 하나의 조각이거나 섬이다. 이들은 나의 바흐친 해석의 편린들임에는 분명하나, 어떤 통일된 체계로 깔끔하게 수렴되지는 못하고 있다. 이러한 '체계 없음'은 나의 무능과 게으름 탓이다. 굳이 변명하자면, 이러한 '체계 버림'이 바흐친의 진실에 도달하는 하나의 올바른 방법일지도 모른다. 그리고 그토록 '솔기 없는 체계'를 부정했던 바흐친의 말들에 바르게 반응하는 길인지도 모른다.

1부에서는 바흐친의 사유 방식, 수사학, 그리고 대화적 글쓰기를 바흐친식 점선으로 이어보고자 하였다. 무엇보다 '체계'를 부과하는 것을 두려워하면서 수사학을 중심에 놓고 이들 사이에 존재하는 어떤 연관을 찾아보려고 하였다. 먼저, 바흐친의 '응답성', '대화' 개념을 통해 대화로서의 글쓰기의 당위를 규명하고자 하였다. 또한 수사학 담론을 구성하는 주요 요소가 저자, 독자, 주제라는 점을 고려하여 바흐친의 저자관과 독자관을 재구성하였다. 윤리적 주체 형성과 글쓰기를 논의한 장은 다소 이질적이기는 하나, 이는 바흐친의 최초 저작에서 글쓰기의 철학적, 인식론적 함의를 발견하려는 노력의 산물이다. 이러한 접근과 해석이 어떤 동의를 형성한다면, 바흐친은 수사학자로서의 일관된 이미지를 얻게 될 것이다.

2부에서는 바흐친의 철학적 인식론, 창작론을 읽기로 전유하여, 읽기와 쓰기가 갖는 대화성을 강조하였다. 읽기와 쓰기의 깊은 관계성은 바흐친 이론의 기본 가정이나, 논의가 산재하여 혼란스럽다. 논의를 재구성하여 일정한 질서를 부여할 필요가 있다고 보았다. 먼저, 바흐친이 도스토옙스키의 창작 방법론을 설명하기 위해서 만든 다성성, 종결불가능성 개념을 해석 방법론의 관점에서 새롭게 조명하고자 하였다. 이러한 접근은 개별 텍스트 창작론을 넘어선 지점에 존재하는 문어 텍스트 간의 대화성을 설명할 수 있다는 점에서 바흐친 논의의 확장이고, 도약이라고 볼 수 있다. 한편, '정동 의지적 어조'는 바흐친의 최초 저작인 ≪행위 철학을 위하여≫를 관통하는 핵심 개념인데, 이 개념을 읽기 교육 장면에서 어떻게 적용할 수 있는지를 살폈다. 나는 읽기 교육 장면에서 '초해석'과 '읽기를 통한 표현 주체의 형성'을 격려해야 한다고 보았는데, 이는 바흐친이 강조한 '적극적인 반응', '창조적 이해'와 맞닿아 있다.

3부에서는 바흐친이 새롭게 만든 말, 또는 기존에 존재했으나 바흐친이 새로운 의미를 부여한 주요 개념(용어)을 인용하여, 글쓰기 양상을 분석하였다. 독백적, 대화적 글쓰기를 추동하는 관점 및 태도, 감수성, 전략 등이 무엇인지를 살펴보았으며, 이들이 작동한 결과로서의 글쓰기의 양상을 구체적인 텍스트 분석을 통해서 드러내고자 하였다. 3부에서 살핀 바흐친의 주요 개념은 '알리바이', '곁눈질', '기호학적 전체주의', '내적으로 설득적인 말', '시선의 잉여', '웃음', '변증법' 등이다. 3부에서는 대화적 글쓰기의 멋진 풍경 또는 감수성을 보여준다고 생각하는 글들을 인용하였다. 다양한 대화적 글쓰기 방법과 사례를 만남으로써, 타자를 이기는 글쓰기가 아닌 타자의 이해와 공감을 증대시키는 글쓰기의 의의를 발견하는 계기가 될 것이다. 또한 글쓰기는 소진되지 않는 우주적 대화에 참여함으로써 영원히 사는 길이고, 행복한 삶의 질서를 만들어가는 '힘'라는 인식에 이르기를 기대하였다.

4부에서는 앞에서 논의한 내용을 국어과 교수학습, 교과서, 평가 장면으로 옮겨서 바흐친의 추상적 담론이 국어 교육이라는 실천적 담론과 어떻게 만날 수 있는지를 살펴보았다. 현행 국어과 교육과정 및 교과서, 그리고 국어 교실을 지배하는 담론은 '수사적 접근법'이라고 생각한다. 이 접근법은 읽고 쓰기의 정확성, 유창성, 논리성을 강조한다. 이들은 삶의 세계에서 요구되는 중요한 덕목들이기는 하다. 그러나 이들만이 지나치게 강조되는 교실에서는 국어 학습자의 윤리성, 책무성, 창의성, 고유성과 개별성, 대화성과 타자 감수성 등이 지워지거나 지연될 가능성이 높다. 국어 교육을 통해 어떤 사람을 길러낼 것인가, 그러한 사람을 형성하기 위해 무슨 내용을 어떤 방식으로 가르치고 평가할 것인가. 4부에서 나는 읽기, 쓰기 교육에서 맥락과 청중을 적극적으로 도입해야 한다고 말하였다. 이를 통해 독백적 주체가 아닌 대화적 주체가 형성된다고 보았기 때문이다. 대화적 주체는, 바흐친이 이상적으로 그린 주체의 이미지이기도 하고, 무엇보다 민주주의 사회가 요구하는 인간상이기도 하다.

이 책에 수록된 대부분의 글은, 2014년 한국연구재단에서 공모한 저술출판 지원사업에 '글쓰기에서 담화 공동체의 위상-대화적 글쓰기의 추구'라는 제목의 과제가 선정된 이후에 쓴 것이다. 한편, 이 책의 구색을 맞추기 위해 이전에 쓴 글도 일부 수록하였다. 오래 전에 쓴 글이 지금의 책에 편안하게 자리를 잡는 모습을 보고 새삼 놀라기도 하였다. 이는 내가 앞으로 나아가지 못하고 제자리에 머물러 있다는 얘기도 되겠고, 나의 관심사가 오랫동안 변하지 않고 유지되고 있다는 얘기도 되겠다. 앞으로도 이 책을 관통하는 문제의식으로부터 쉬이 벗어나지 못할 것이라는 예감이 든다. 다만 첫 파동이 시작된 자리를 잊지 않으면서도 널리 멀리 동심원으로 퍼져나가는 물결처럼, 나도 지금 이 자리를 지키면서 다만 깊어지고 넓어지기를 바랄 뿐이다.

[3]

누구나의 삶이 그러하듯, 지금 내가 서 있는 자리는 나 혼자의 힘으로 온 것이 아니다. 셀 수 없이 많은 사람들의 흔적이 내 영혼과 몸에 새겨져 있다. 이들을 모두 불러낼 수는 없겠으나 몸은 기억하리라. 학부 때 지도교수인 박희숙 선생님, 대학원 지도교수인 한철우 선생님께 감사드린다. 나의 어리석음과 미련함을 익히 아셨지만, 너른 품으로 받아주셨고, 끝까지 지켜주셨다. 이런저런 인연으로 만나서 항상 따뜻한 격려와 말로 힘을 실어주었던 어른들. 우한용, 박인기, 노명완, 이인제, 손영애 선생님께 감사드린다. 제주도, 전라도, 경기도, 서울로 이어지는 직선에 흩어져 살지만, 충북 진천에 사는 이인 어린이를 동그랗게 감싸고 있는 가족들. 조선대학교 국어교육과 선생님과 학생들. 이들은 지금 나의 복지와 자긍심의 원천임을 고백하지 않을 수 없다.

아내 양정실은 소설을 공부했다. 자연스럽게 나보다 먼저 바흐친을 만났고, 나보다 더 넓고 깊게 읽었다. 공부하려고 꺼낸 바흐친 관련 서적마다에서 나는 어김없이 그가 미리 그어놓은 밑줄과 꼼꼼한 메모를 만난다. 그는 바흐친에 대한 내 해석의 과잉을 막는 최전선이고, 앞으로 한 발짝 더 나갈 수 있도록 이끄는 든든한 도반이다. 그와 공저자로 만나 바흐친의 진실에 보다 가깝게, 새롭게 다가가는 것이 지금 내가 간직하고 있는 꿈이다.

영어에 서툴고, 러시아어는 전혀 모르는 내가 바흐친 얘기를 할 수 있었던 데에는 바흐친 저작과 비평 텍스트, 그리고 바흐친을 연구한 여러 학술 논문을 우리말로 번역한 많은 분들의 도움이 컸다. 그분들의 지난한 노고와 훌륭한 번역을 통해 바흐친에게 보다 쉽게 다가갈 수 있었다. 한 분 한 분의 이름을 밝히지 못하는 것을 죄송하게 생각하며, 이 책 각 장의 말미에 기록한 '참고 문헌' 속 이름을 오래 기억하고자 한다. 특히, 바흐친의 최초 저서인 ≪행위 철학을 위하여≫를 소개한 최건영 선생님, 바흐친이 삶의 후반부에 쓴 여러 저작을 거의 다 만날 수 있게 해준 ≪말의 미학≫의 역자 김희숙, 박종소 선생님, 아마도 연구자들에게 가장 많은 영감을 제공했을 것으로 짐작되는 ≪도스토옙스키 창작의 문제들≫의 역자 김근식 선생님께 감사드린다. 나는 개인적으로 바흐친을 가장 잘 읽은 사람이 줄리아 크리스테바, 츠베탕 토도로프, 그리고 게리 솔 모슨과 캐릴 에머슨이라고 생각하는데, 바흐친에 대한 모슨과 에머슨의 뛰어난 해석을 접할 수 있게 해준, ≪바흐친의 산문학≫의 역자, 오문석, 차승기, 이진형 선생님께 감사드린다. 나는 이토록 잘 읽히는 역서를 본 적이 없다. 그리고 이 저서는 아마도 내가 가장 많이 참고하고 인용한 문헌 중의 하나일 것이다.

촉박한 일정에도 흔쾌히 출판을 허락해 주신 역락 출판사 이대현 사장님, 분량도 많고 구성도 복잡한 원고를 깔끔하게 편집해 주신 박윤정 과장님께 감사드린다. 자료를 모으는 첫 단계부터, 마지막 색인 작업에 이르기까지 전문적인 식견을 보탠 전현주 선생의 수고에 감사드린다.

아버지와 어머니는 나를 40대 후반에 낳으셨다. 늦둥이 막내를 보는 부모님의 시선에는 항상 어떤 안타까움과 보람 같은 것이 있었다. 살면서 크고 작은 고비를 만나고 넘길 때마다 "막둥이가 어떻게 되는 것을 보고 떠나야 할 텐데⋯⋯."라고 말씀하시곤 했다. 내가 지금 늦둥이 이인을 대하는 마음과 두 분이 나를 대했던 마음이 나란히 겹칠 거라는 생각이 들면, 슬프고도 감사한 마음이 커진다. 그 마음을 담아 이 책을 아버지 이우종과 어머니 장준남께 올린다. 우주는 정말 넓으니까, 어딘가에 두 분의 물질과 마음이 있을 것이고, 마침내 이 책을 만나게 되리라.

2019년 6월
이재기

제1부

바흐친, 수사학, 대화적 글쓰기

제1장 응답성과 대화적 글쓰기

■ ■ ■

바흐친이 사용한 주요 개념들은 시간성을 삭제하면, 모순되는 지점이 많다. 모순의 역동성이랄까. 이러한 특성으로 인해 서로 대립하는 집단 모두에서 유용하게 인용되곤 하였다. 예컨대, 필자의 '사회성'을 강조하는 집단과 필자의 '고유성'을 강조하는 집단 모두에서, 텍스트의 형식적 자질의 '개방성'을 주장하는 집단과 '관습성'을 주장하는 집단 모두에서 두루 인용되곤 하였다. 나는 바흐친의 개념을 오용하면서까지 지나치게 폭넓게 사용하거나, 과장하는 것에 동의하지 않는다. 나는 응답성이란 개념이 바흐친 사상의 처음과 끝을 관통하는 핵심어라고 생각하며, 이 개념을 통해서 바흐친 사용법의 적절함 또는 오남용이 나름 판단될 것이라고 생각한다.

Ewarld(1993)는 응답성은 작문 연구에서 바흐친의 다른 개념들과는 달리 큰 관심을 받지 못했다고 말한다. 이런 진단이 있은 후 오랜 시간이 지났지만, 사정은 크게 달라진 것 같지 않다. 왜일까? 몇 가지 이유가 있을 것이다. 먼저, 응답성 개념은 바흐친의 총괄 개념인 '대화주의'를 지탱하는 하위 개념으로 인식되었을 가능성이 높다. 또한, 응답성은 최초의 저작과 말년의 저작에서 주로 나타나는데, 이들 저작은 너무 늦게 발견되었다. 무엇보다 내가 보기에는 바흐친이 응답성이란 말을 그리 많이 사용하지 않았다. 강하고 지속적으로 응답성을 의식하면서도, 응답성에서 그어져 나온 '응답적 이해', '적극적인 반응', '창조적 이해', '내적으로 설득적인 말' 등의 용어를 더 많이 사용하였다. 그럼에도 불구하고 나는 대화주의보다 도리어 응답성이 바흐친 사고를 형성하고 있는 핵심 개념이란 생각을 지울 수 없다. 결국, 대화주의도 이 응답성에서 파생되고, 확대된 개념이라고 생각하기 때문이다.

무엇보다 응답성은 해석 행위와 표현 행위의 동시성을 매우 극명하게 드러낸다. 응답성은 '텍스트에 대한 응답─응답으로서의 쓰기'로 이해되기 때문이다. 응답성은 읽기에서 쓰기로 전화하는 국면을 보다 잘 설명해 줄 수 있을 것이며, 표현력 신장을 염두에 둘 때 특정 읽기 방식이 더 많은 지지를 받아야 하는 논리를 제공해 줄 것이다.

1, 2, 3절에서는 'answerability'란 개념이 서로 다른 시공간에서 어떤 방식으로 사용되고 있는지를 살펴보고자 한다. 이를 통해 응답성이 바흐친의 대화주의를 관통하는 핵심 개념이며, 대화적 글쓰기의 당위와 가능성이 이 개념 안에 풍부하게 내함되어 있음을 드러내고자 한다. 4, 5절에서는 응답성 또는 응답적 이해 개념에 동의할 때, 읽기 또는 쓰기 교육은 어떻게 이루어져야 하는지에 대해 살펴보고자 한다. 응답성의 개념을 도입하여 글읽기, 글쓰기 교육을 한다는 것은 어떤 의미를 지닐까? 이전의 문식성 교육과 어떤 다른 지점을 생성해낼 수 있을까? 이 질문에 답하기는 참으로 어렵다. 왜냐하면, 응답성이 어떤 교육 내용이기보다는 하나의 지향, 자세에 가깝기 때문이다. 따라서 제안하는 대화적 글쓰기 방법론도 상당한 정도의 추상성을 벗어나기 어렵게 되었다는 점을 고백하지 않을 수 없다.

1. 응답성의 개념

이 글에서는 'answerability'를 '응답성'으로 해석하고 있지만, 책무성으로 해석하는 경우도 있다. 이는 'answerability'를 윤리적 맥락에서 사용하는지, 미학적 맥락에서 사용하는지의 차이라고 볼 수 있다. 바흐친의 초기 저작에서는 이 용어를 '책임으로서의 응답성'(answerability as responsibility)에 가까운 말로 사용하였다. 그러나 후기 저작에서는 '반응으로서의 응답성'(answerability as response)이란 의미로 주로 사용하였다. 바흐친은, 줄곧 '책임을 지기 위해서는 응답해야 하며, 응답한다는 것은 책임을 지는 것'이란 생각을 견지해 왔다. 따라서 초기 저작에서 'answerability'를 책무성으로 사용하면서도 응답성으로 함께 읽혀지기를 기대했을 것이며, 후기 저작에서 '응답성'으로 사용하면서도 '책무성'으로도 읽혀지기를 기대했을 것이다.

시간적으로 변모하는 응답성의 의미는 바흐친이 윤리학에서 미학으로 관심이 옮겨 갔다는 사실을 상기시키는 것이기도 하다. '삶에 대한 윤리적 당위를 설정하기로서의 참여'라는 초기의 관심은 인생의 후반부에 오면, '텍스트에 대한 응답적 이해하기로서의 반응'이라는 틀로 고스란히 옮겨오는 것으로 이해된다. 그럼에도 불구하고, 'answerability'에서 매번 동시적으로 울려나오는 '응답성'과 '책무성'은 그의 사유 방식의 일관성을 나타내주는 것이기도 하다.

나는 이 장에서 주로 '반응으로서의 응답성'에 주목하여 논의하고자 한다. 반응하기는 곧 글쓰기의 다른 표현이기 때문이다. 이러한 발상은 지금 나의 글쓰기를 가능하게 한 추동력이다. 모든 텍스트는 독자의 응답 또는 반응을 기대하면서 마무리되며, 독자는 그러한 응답과 반응으로서 글쓰기를 시작한다. 즉 반응하기는 저자되기인 셈이다.

응답성을 반응하기, 저자되기로 이해할 때, 응답성 개념은 바흐친의 대화주의란 커다란 인식 체계에 제대로 안착하게 된다. 바흐친의 영향을 받은 많은 작문 이론가들은 글쓰기는 혼자 하는 외로운 작업이 아니라 타자와의 공동 작업이라는 데 동의한다. 이것이 글쓰기의 대화적 본질이며, 텍스트의 대화적 본질이기도 하다.

바흐친의 응답성 개념은 그것이 사용되는 맥락에 따라 매우 다양하게 변주된다. 표현(말하기, 쓰기) 맥락에서는 통상 '응답 가능성'으로, 이해(듣기, 읽기) 맥락에서는 '응답적 이해'로 쓰인다. 응답성 개념은 특히, 읽기 장면에서 서로 유사하면서도 다소 결이 다른 다채로운 용어로 사용된다. 대체로 '응답적 이해'를 보다 구체화한 모습을 보이는데, '능동적 이해', '창조적 이해', '공감적 이해' 등이 여기에 해당한다. 이 글에서는 주로 '응답적 이해'라는 말을 많이 사용하게 될 것인데, 여기에는 '능동적 이해', '창조적 이해'라는 의미가 함께 담길 것이다. 그리고 '응답적 이해'에 관심을 갖는 것은 이러한 이해일 때, 해석이 표현으로 이어지고, 해석 능력이 표현 능력으로 전화하는 계기가 마련될 것이기 때문이다.

2. 담론의 대화적 본성

바흐친이 응답성 개념을 사용하면서 독자의 '응답적 이해'를 강조하는 것은, 우리가 통상 생각하는 어떤 교육적 효과를 기대하기 때문이 아니다. 이는 바흐친이 텍스트를 바라보는 인식론에서 비롯된다. 바흐친은 구두 담화에서 화자의 발화가 청자의 응답을 기다리는 것처럼, 텍스트 역시 독자의 응답적 이해(반응)를 기다리는 존재라고 생각하며, 완전한 이해는 수동적 이해가 아니라, 이러한 응답적 이해라고 생각한다.

> 실제로 청자는 말의 (언어적) 의미를 받아들이고 이해하면서, 그 말에 대한 능동적인 응답적 위치를 점한다. 청자는 (전적으로 또는 부분적으로) 동의하거나 또는 동의하지 않으며, 그 말을 보충하고, 응용하고, 실행하려고 준비한다. 청자의 이 응답적 위치는 처음부터, 때로는 글자 그대로 화자의 첫마디부터, 듣고 이해하는 과정 전체에 걸쳐 형성된다.
> 생생한 말, 생생한 발화에 대한 모든 이해는 능동적인 응답적 성격을 지닌다(물론 이 능동의 정도는 대단히 다양하다). 모든 이해는 응답을 내포하며, 어떤 형식으로든 반드시 대답을 낳는다. 즉 청자는 화자가 되는 것이다. 듣는 말의 의

미에 대한 수동적인 이해는, 뒤따르는 우렁찬 실제적인 대답 속에서 현실화되는 실제적이고 완전한 이해, 능동적으로 응답하는 이해의 추상적인 계기일 뿐이다. (바흐친, 1952/2006: 360-361)

텍스트에 대한 완전한 이해는 이처럼 독자의 응답적이고 능동적인 이해를 의미한다. 화자와 마찬가지로 저자 역시 독자의 능동적인 이해를 지향한다. 그는 자신의 생각이 타자의 머릿속에서 복사되는 것에 불과한 수동적 이해가 아니라 대답, 동의, 공감, 반대, 실행 등과 같은 구체적인 반응을 기다린다. 자신의 말을 이해시키려는 생각은 화자의 구체적이며 통일적인 발화 구상의 추상적인 계기에 불과하다.

모든 텍스트는 선행 발화에 대한 반응 또는 응답으로써 존재한다. 이는 글 읽기와 글쓰기의 본질적 연관 관계를 말하는 것이며, 선행 발화와의 관련성을 잊고, 오직 시작 발화로서의 글쓰기만을 생각하는 통념을 성찰하도록 만든다.

각각의 발화는 그에 선행했던 발화들을 거부하기도 하고, 확증하기도, 보충하기도 하며, 그에 기반하거나 그것을 당연한 것으로 전제하기도 하는 등, 어떤 식으로든 그와 관계한다. 발화는 주어진 소통 영역에서, 주어진 문제와 일에 대해 어떤 특정한 입장을 취한다. 다른 입장들과 관계하지 않으면서 자신의 입장을 결정한다는 것은 불가능하다. 따라서 각각의 발화는 담화적 소통의 주어진 영역에서 다른 발화를 향한 다양한 응답적 반응으로 채워져 있다. (바흐친, 1952/2006: 390)

선행 발화에 대한 응답적 이해가 후행 발화의 형식에 미치는 영향은 매우 다양할 것이나 이에 대한 연구는 충분히 이루어지지 않은 것으로 보인다. 많은 텍스트는 자신의 텍스트가 어떤 텍스트에 대한 반응으로서 작성되었는지를 알려주는 명백한 표지를 가지고 있다. 예컨대, 이 글처럼 타자말과 자신의 말이 뚜렷한 경계를 보이도록 구성하거나, 타자 말에 직접 또는 간접 인용 표시를 하는 경우가 여기에 해당한다. 그러나 이와 같이 분명한 표지가 없더라도 세상의 모든 글은 어느 정도는 어떤 글에 대한 응답일 수밖에 없다.

> 발화가 아무리 독백적이고(예를 들어 학문적·철학적 저작), 아무리 자신의 대상에 집중된다 하더라도 발화는 어느 정도, 주어진 대상, 주어진 문제에 관하여 이미 말해진 것에 대한 대답이 되지 않을 수 없다.[1] 비록 이 응답성이 명확하게 외적으로 표현되지 않는다 할지라도 마찬가지이다. 이럴 때 응답성은 의미와 표현성과 문체의 배음 속에서, 구성의 가장 섬세한 뉘앙스 속에서 발현한다. 발화는 대화적 배음으로 채워지며, 그것에 대한 고려 없이는 발화의 문체를 완전히 이해할 수 없다. (바흐친, 1952/2006: 391)

텍스트가 갖는 이러한 대화적 본성 또는 응답성으로 인해서 텍스트의 의미는 절대 종결되고 않고, 영원히 지연되고 보류된다. 텍스트의 의미는 맥락과의 접속을 통해서 구성되는데 그 맥락이 좀처럼 종결되지 않기 때문이다. 텍스트의 이러한 운명은 먼 과거에 생산된 것이든, 지금 유통되고 있는 텍스트이건 간에 상관없이 적용된다. 바흐친이 작고 직전에 쓴 다음 글에서도 이러한 텍스트의 운명을 강하게 주장하고 있다. 이는 마치 자신의 텍스트에 대한 후세의 응답적 이해를 기대하는 것처럼 들리기도 한다.

> 대화적 컨텍스트에는 최초의 말도, 최후의 말도 없으며 한계도 없다(그것은 무한한 과거와 무한한 미래로 떠난다). 심지어 과거의, 다시 말해 지나간 세기들의 대화 속에서 태어난 의미들도 결코 안정적인 것이 (한 번에 그리고 영원히 종결되고 완결된 것) 될 수 없다-그것들은 언제나 뒤이어 나타날 대화의 미래의 발전 과정 속에서 (새로워지면서) 변화할 것이다. 대화 발전의 어느 순간에나 잊혀진 의미들의 광대하고 무한한 덩어리가 존재하지만, 대화의 계속적인 발전 속에

---

1) 어떤 저자가 자신의 어머니를 회상하면서 그와 어머니 사이에 있었던 정서적 교감과 사사로운 추억을 기술하였다고 할지라도, 거기에는 이미 말해진 것 즉 선행 발화(회고적·성찰적 발화-장르적, 어머니 또는 가족을 화제로 삼고 있는 발화-대상적, 어머니에 대한 특정 이미지를 형성한 대표적인 발화, 어머니에 대해 언급한 나의 이전 발화, 나의 어머니에 대한 가족과 주위의 평가적 발화 등)에 대한 응답적 성격을 지니고 있다.

서 특정한 계기가 오면 그 행보에 걸맞게 그것들은 다시 상기되어 (새로운 컨텍스트 속에서) 새로워진 모습으로 소생할 것이다. 절대적으로 죽어버린 것은 아무것도 없다: 그 어떤 의미에게도 갱생의 축제일이 찾아올 것이다. 대시간의 문제. (바흐친, 1974/2006: .528)

3. 외재성과 응답적 이해

많은 연구자들이 바흐친이 사용한 개념들 간의 모순성을 지적하며 불편해하지만 나는 반대로 그의 개념 사용의 고집스런 일관성에 놀란다. 물론 긴 시간 속에서 그도 개념 사용에서 흔들리는 모습을 보이기는 하지만, 처음과 끝을 놓고 보면 수미일관하다는 것을 확인할 수 있다. 외재성에 대한 그의 태도가 그러하다. 창작론에 집중하다가 말기에 해석론으로 방향을 돌리면서도 계속 가져간 개념이 외재성이다. 그의 최초의 저작임에도 불구하고, 가장 늦은 시기에 세상에 알려진 ≪행위 철학을 위하여≫(바흐친, 1920)를 관통하는 개념이 외재성임을 확인하게 될 때, 이 개념이 바흐친 사상을 이해하는 핵심어 중의 하나임을 짐작할 수 있다.

다소 인위적이기는 하지만, 바흐친 해석론의 특징을 드러내기 위해 우리에게 익숙한 세 가지 유형의 해석 방식을 생각해 볼 수 있다. 첫 번째는, 해석자의 관점을 강하게 유지하면서 여기에 저자나 텍스트를 편입 또는 통합시키는 방식이다. 이 때, 텍스트는 해석자의 사고를 정당화하는 예증의 자료가 된다. 두 번째 유형은, 우리가 흔히 말하는 '동일시 비평'으로 해석자는 자기 자신의 고유한 입장을 가지지 않은 채 저자나 텍스트의 의도에 자신을 일치시키는 방식이다. 바흐친의 언어로 말하면 '용해되는' 것이다. 세 번째의 유형은 바흐친이 선호하는 대화로, 저자와 해석자는 서로 다른 두 입장을 견지하며, 너와 나로 구분된 채 대화한다. 여기서 동일화는 대화의 초기에만 한시적인 의의를 가질 뿐이다. 초기 저작에서 바흐친은 동일화의 미학과 인식론을 강하게 비판하였다.

만일 내가 타인과 합치된다면 두 사람이 아닌 한 사람이 될 텐데 사건은 무엇으로 풍부해지겠는가? 타인이 나와 합치됨이 나에게는 무엇이 되겠는가? 타인은 내가 보고 아는 것만을 보게 될 것이며, 알게 될 것이고, 그는 내 삶의 한계를 자신에게 반복할 뿐이다. 그가 나의 외부에 남아 있도록 하자. 왜냐하면 그의 상황에서는 내가 내 입장에서는 보지 못하고 알지 못하는 것을 보고 알 수 있기 때문이며, 내 삶의 사건을 본질적으로 풍부하게 할 수 있기 때문이다. 타인의 삶과 하나가 될 때에만 나는 타인의 삶의 한계를 깊게 만들며 삶을 숫자상 두 배로 증가시킨다. 우리가 두 사람이 되면, 사건의 실제적인 생산성의 시각으로 보자면 중요한 것은 내가 아니라, 본질적으로 같은 사람인 또 다른 한 사람이 있다는 것이 아니라, 내 입장에서 볼 때 그는 다른 사람이라는 점이다. 이런 의미에서 그가 나의 삶을 단순히 동감하는 것은 우리들이 하나의 존재로 합치되는 것이 아니며, 나의 삶을 숫자로 반복함도 아니고 다만 사건을 본질적으로 풍부하게 하는 것이다. 왜냐하면 나의 삶은 그에 의해 원래 그의 삶보다도 새로운 형식과 새로운 가치 범주에서 함께 체험되기 때문인데, 이때 그 삶은 타인의 삶이 되며, 가치적으로 다른 색상을 입고 수용되며, 다르게 정당화된다. 사건의 생산성은 모든 것이 하나로 합류됨에 있지 않고 사건의 외재성과 비합류성에서 생기는 긴장에 있으며, 타인들 밖의 자신의 유일한 위치가 지닌 특권을 사용하는 것에 있다. (바흐친, 1924/2006: 134-135)

바흐친은 생의 마지막 즈음에 해석론으로 관심을 돌렸다고 했는데, 이 때도 동일화를 다시 거부하면서 오래 전에 사용한 외재성을 불러온다.

모든 것을 단일한 의식으로, 환원하고, 그 속에서 (이해의 대상인) 타자의 의식을 용해하고자 하는 것은 잘못된 경향이다. (공간적·시간적·민족적인) 외재성은 근본적으로 우월하다. 이해를 감정이입이나 (자신의 자리를 상실하면서) 타자의 자리에 자신을 정위하는 것으로 이해해서는 안 된다. 그것은 다만 이해의 주변적 계기를 위해서만 요구될 따름이다. 타자의 언어를 자신의 언어로 번역하는 일을 이해라고 이해해서는 안 된다. (바흐친, 1970-1971/2006: 490)

저자의 글쓰기 방식을 따라가면서 텍스트를 이해하는 것은 충분치 않다. 저자는 늘 자기 작품에 대해서 부분적으로 무의식적이며, 이해의 주체는 텍스트의 의미를 풍부하게 할 의무가 있다. 그 또한 창조자이기 때문이다. 응답적 이해를 통해 수용자가 아닌 창조자로서의 적극적인 역할을 수행할 수 있게 된다.

독자가 자신의 외재성을 유지하면서 텍스트 이해에 참여할 때, 독자와 텍스트는 서로의 외재성으로 인해서 서로를 보다 깊이 드러낼 수 있게 된다. 개별 독자의 외재성은 하나의 평균으로 수렴되지 않는다는 점에서, 각자의 고유성과 개별성은 도무지 변증법적으로 극복되거나, 통일되지 않는다는 점에서 텍스트의 의미는 결정될 수 없으며, 해석의 정당성은 무한히 지연된다. 이러한 해석 정당성 지연의 증거물들이 바로 응답적 이해 과정에서 작성되는 수많은 글들이다.

무정부적으로 분산만 되어 가는 의미만 있을 뿐, 이를 총합할 독자가 현실적으로 존재하지 않는다고 할지라도 저자로 하여금 그러한 독자를 꿈꾸는 것조차 막을 수는 없다. 실제로 저자는 자신의 텍스트를 "응답적으로" "이해"할 독자를 상정한다. 우리는 텍스트를 분석하는 과정에서 저자가 꿈꾼 독자가 현시하는 것을 목격하기도 한다. 그 독자가 바로 바흐친이 발하는 "초수신자"이다.

모든 발화는 항상 수신자(다양한 성격, 다양한 정도의 근접성, 구체성, 인식성을 지닌 수신자)가 있으며, 담화적 작품의 작가가 찾고 예상하는 것은 이 수신자의 응답적 이해이다. 이 수신자가 두 번째 참가자이다(여기서도 물론 산술적 의미에서가 아니다). 그렇지만 이 (두 번째 참가자로서의) 수신자를 제외하고도, 발화의 작가는 아주 의식적이건 아니건 간에, 최상위의 초수신자(제삼자)를 전제하게 된다. 그의 절대적으로 올바른 응답적 이해는 형이상학적인 먼 곳이나 먼 역사적 시간 속에 상정된다(빠져나갈 수 있는 탈출구로서의 수신자). 다양한 시대, 다양한 세계 이해에서 이 초수신자와 그의 이상적으로 옳은 응답적 이해는 다양하고 구체적인 이념적 표현을 취한다(신, 절대적 진리, 편견 없는 인간 양심의 심판, 민중, 역사의 심판, 과학 등).

작가는 현존하는 가까운 수신자의 완전하고 최종적인 의지에 자기 자신과 자신의 담화적 작품을 결코 다 내맡길 수 없으며(가장 가까운 후손도 실수할 수 있다), (의식을 하든 안 하든) 여러 방향에서 다가올 수 있는 응답적 이해의 최고 심급을 언제나 상정해둔다. 모든 대화는 대화의 모든 참가자들(파트너들) 위에 서서 보이지 않게 대화에 참여하는 제삼자의 응답적 이해를 배경으로 이루어지는 것과 같다(토마스 만이 파시스트의 고문실이나 지옥을 절대적인 비청취성으로, 제삼자의 절대적 부재로 이해하는 것을 보라).

앞에서 언급한 제삼자는 신비하거나 형이상학적인 그 무엇이 결코 아니다(비록 어떤 세계 이해에서는 그와 유사한 표현을 얻을 수도 있지만). 이것은 한층 더 심층적인 분석을 통해 드러날 수 있는 발화 전체의 구성적 계기이다. 이것은 항상 들어주기를 바라고 항상 응답적 이해를 추구하며 가장 가까운 이해에 멈추지 않고 더 멀리 (무한히) 나아가는 말의 본성으로부터 흘러나온다.

말에 있어(곧 사람에게 있어) 무응답성보다 더 끔찍한 것은 없다. 심지어 고의적인 거짓말조차 절대적으로 거짓된 것이 아니라, "누구라도 내 입장이었다면 똑같이 거짓말을 했을 거야"라는 식으로라도, 자신을 이해하고 정당화해줄 심급을 항상 전제한다. (바흐친, 1961/2006: 434-436)

4. '독자'에서 '저자'로의 전화

모든 텍스트는 열린 채 끝난다. 먼저, '끝내야 한다.' 그래야 비로소 타자로서의 독자의 응답이 가능해지기 때문이다. 여기까지가 저자의 몫이다. 한편, '열린 채 끝낸다.'고 할 때, 이는 저자의 역할을 강조하는 것이 아니라, 독자의 역할을 강조하는 것이다. 텍스트의 최종적인 의미 종결을 막고 텍스트를 다시 여는 것은 독자의 몫이기 때문이다. 이러한 독자의 능동적 이해로 인해서 텍스트는 윤리적으로나, 미학적으로 새로운 삶을 살게 된다.[2]

---

2) 저자에 의해 삶은 언어화 되고, 독자에 의해 언어는 삶이 된다. 이 때 구체적인 저자, 구체적인 독자가 대면하는 장이 바로 응답적 이해의 장이다. 텍스트는 스스로 삶 속에 발을 내디딜 수 없다. 텍스트가 삶 속에 들어가기 위해서는 독자의 존재를 필요로 한다. 그리고 텍스트가 삶이 되는 것은 오로지 독자의 응답적 이해 과정 안에서이다.

미적인 능동성은 항상 내부로부터 체험되는 삶의 경계(형식-경계)에서 작동하는데, 이곳에서 삶은 완전히 외부로 향해지며 끝을 맺는다(공간적이며 시간적이며 의미적인 끝맺음). 그리고 그곳에서 다른 삶이 시작되는데, 이때 그곳에 놓여 있는 것은 그 삶 자체로는 도달할 수 없는 타자의 능동성 영역이다. (바흐친, 1924/2006: 132)

새로운 삶을 사는 것은 텍스트뿐만이 아니다. 독자의 삶도 그러하다. 독자는 읽기의 끝에서 저자로 전화한다. 독자의 글쓰기의 삶이 시작된다. 물론 이러한 독자의 저자로서의 전화는 독자의 텍스트에 대한 응답적 이해를 전제한다. 텍스트를 고스란히 반영하는 읽기가 아닌 적극적인 반응하기가 있어야 가능해진다.

텍스트에 대한 응답적 이해란 범박하게 얘기하면, 텍스트에 대한 '반응하기'이다. 텍스트에 대한 반응을 얘기하면서 로젠블렛을 빼놓을 수 없다. 그의 교류적 읽기 이론은 문학 교수의 모델-책과의 "조용한 대화(conversation)"로서의 읽기-이 되었다(Newell, 1996: 148). 그러한 대화는 텍스트와 자신의 교류에 대한 학습자의 고찰(examination)과 텍스트와 자신의 경험이 어떻게 자신의 반응을 촉진하였는지에 대한 탐구를 포함하고 있다.

그럼 로젠블렛의 대화와 바흐친의 대화는 같은가, 다른가? 나는 둘 사이에 깊은 심연이 자리 잡고 있다고 생각한다. 먼저, 대화가 이루어지는 시간의 길이가 다르다. 로젠블렛의 대화는 텍스트와 독자의 대화이다. 즉, 바흐친의 표현을 빌리면 '소시간 속 대화'이다. 그러나 바흐친의 대화는 시작도 알 수 없고, 끝도 정해지지 않은 '대시간 속 대화'이다. 바흐친에게 화자는 선행 발화에 응답하면서 후행 발화의 응답을 기다리는(예견하는) 사람인데, 로젠블렛의 화자는 독자로서 선행 발화인 텍스트에 응답하는 자일 뿐, 후행 발화를 기다리면서 발화(반응)를 멈추는 주체가 아니다. 한편, 바흐친에게 있어서 독자의 응답은 대상 텍스트라는 기호적 자원을 포함하면서도 넘어서는 것, 또는 포함하지 않으면서도 넘어서는 것까지도 의미한다. 그러나 로젠블렛은 대상 텍스트에 근거한 응답만을 인정한다.[3)]

읽기 이론의 최근의 발전과 함께, 해석의 과정에 대한 새로운 가정들(Fish, 1980; Langer, 1990; Mailloux, 1982; Rosenblatt, 1978; Scholes, 1985)은 독자가 텍스트와 상호작용하고 그 다음에 토론을 통해, 쓰기를 통해, 혹은 다시읽기를 통해 가설적 이해를 증진하고 윤색할 때 좀 더 완벽한 텍스트 이해가 발생함을 시사한다(Calinescu, 1993; Newell, 1996: 150). 결국 이들의 궁극적인 관심은 '텍스트 이해 증진'인 셈인데, 이는 응답적 이해와는 상당히 거리가 먼 견해들이다.[4)]

읽기 교육의 의의를 '텍스트 이해 증진'에서 찾는 사고는 매우 넓고 깊게 퍼져 있다. 이러한 의의를 구현하는 수업의 레퍼토리는 상이하지만, 이들이 품고 있는 가정은 비슷하다. 텍스트 읽기는 저자의 의도를 밝히는 것. 저자의 의도는 텍스트 작동 방식 분석을 통해서 드러나는 것. 저자의 의도는 텍스트 작동 방식에 정통한 교사에 의해 잘 밝혀지는 것. 아마도 이것이 현재 읽기 교실 참여자들이 공통적으로 품고 있는 가정일 것이다. 나는 저자의 기대는 다른 곳에 있다고 생각한다. 저자는 자신의 의도가 독자에 의해 '정확하게' 또는 '심오하게' 밝혀지는 것만을 기대하지 않는다. 자신의 의도를 밝히는 것에서 나아가, 또는 밝혀진 의도에 기반 해서 뭔가 반응을 해주기를 기대하고(기

---

3) 로젠블렛은 유효한 읽기를 결정하는 세 개의 일반적인 규준을 다음과 같이 언급하고 있다. 첫째, 읽기 사건의 맥락과 목적 혹은 전반적 교류에 대한 고려가 있어야 한다. 둘째, 해석은 전체 텍스트, 텍스트 위의 기호들과 모순되거나 그것을 포괄하지 못해서는 안 된다. 셋째, 페이지 위의 기호들과 관련될 수 없는 의미를 투사해서는 안 된다(해석의 모든 요소가 텍스트 속에 "언어적 기초"를 지니고 있어야 한다)가 그것이다(Rosenblatt, 2005: 22; 양정실, 2012: 104에서 재인용).

4) 로젠블렛에 의해 촉발된 독자 중심 읽기는 그의 의지와는 다르게 해석 상대주의로 이해되고, 실천되는 경우도 있다. 응답적 이해 역시 텍스트의 구심력을 벗어나서 독자의 원심력으로 텍스트와 대화하는 것을 강조한다는 점에서 상대주의적 폐해를 우려할 수도 있겠다. 그러나 응답적 이해는 항상 자신의 발화에 응답하는 타자를 전제한다. 그 타자는 항상 응답할 자세를 취한 사람으로서, 상대주의적 무관심 속에 방치되어 있는 자가 아니다. 이러한 타자 의식으로 인해서 독자는 자신의 응답적 위치와 응답적 발화의 내용과 성격에 대해 지속적으로 성찰할 수밖에 없다.

다리고) 있다.

이와는 다소 다른 지점에 Beach가 있다. Beach(1998)는 바흐친 이론에 근거하여 텍스트에 대한 독백적 접근법과 대화적 접근법을 구별한 바 있다. 독백적 접근에서, 작품은 일관되고 단일한 일련의 가치들 혹은 주제적 메시지를 전해주는 수단으로 인식된다. 반면에 대화적 접근법에서는 글쓰기 활동을 통해 다양한 방식으로 텍스트를 이용하는 것을 격려한다. 1)텍스트에 묘사된 긴장과 갈등에 대한 자신의 경험을 기술하기 2)이러한 긴장들의 이유를 성찰하기, 3)자신의 텍스트 경험을 실제 세계와 연관 짓기, 4)자신의 문어적 반응을 교실의 사회적 맥락과 관련짓기 등이 그 이용의 사례들이다(Beach, 1998; Boscolo & Carotti, 2003: 199-200).

이 때 글쓰기는 질문을 제기하고, 저자와 자신 사이의 모순과 갈등을 표면화하는 중요한 계기로서 작용한다. 학습자는 단순히 텍스트를 요약하거나 할당된 과제에 반응하는 것이 아니라, 글쓰기를 통해 자신의 텍스트 경험을 성찰하는 것이다. Beach의 접근은 학습자로 하여금 텍스트에 대한 응답적 이해를 촉진한다는 점에서 의의가 크다. 그러나 여전히 '청중 부재'라는 한계를 드러내고 있다. 대상의 의미는 소진되었다고 볼 수 있으나, 독자의 발화 목적 및 설계가 불분명하며, 어떤 장르의 글쓰기를 염두에 두고 있는지도 확실치 않다.

내가 보기에 라비노비츠와 스미스의 접근이 응답적 이해에 매우 가깝게 접근하고 있다고 생각한다. 이들은 정의적인 것과 상상적인 것의 역할 놀이가 인지로부터 분리 불가능함을 설득력 있게 주장하고 있다. 그들은 어떻게 저자적 청자의 참여가 비판적 읽기의 기초가 되는 저항에 근본적인지를 예증한다. 그것[저자적 청자의 참여의 움직임]이 학습자로 하여금 "이것이 무엇을 의미하는가?"라는 신비평적 질문이나 "이것이 나에게 무엇을 의미하는가?"라는 독자-반응 질문뿐만 아니라 좀 더 복합적으로 "이것을 통해 저자가 독자인 나에게 의미하는 바가 무엇이며, 나는 그것에 대해 어떻게 느끼는가?"를 질문하도록 요구할 때, 우리들 대부분은 감정의 환기가 정당할 뿐만 아니라 비판적 읽기에 필수적임을 인정할 것이다(Wilner, 2005: 79-80 참조).

라비노비츠와 스미스가 상정하고 있는 두 개의 질문, 즉 "저자는 독자인 나에게 어떤 응답을 기대하고 있는가?"와 "그런데, 나는 그것에 대해 어떻게 생각하고 느끼는가?"는 '저자가 기대하는 응답→거기에 대한 나의 응답'이라는 발화 구조를 갖는 것으로 '응답적 이해'에 매우 충실히 부합하는 발상이다. 특히, "저자적 청자의 참여"는 응답적 이해의 본질에 육박하는 적실한 표현이라고 생각한다.

응답적 이해의 가장 큰 특징 중의 하나는 정서적 반응을 허용하거나 격려한다는 점이다. 신비평 또는 텍스트 중심 이론이 그토록 거부하거나 기피하는 '정서의 오류'를 나는 오류가 아니라 모든 응답이 천성적으로 갖는 본래적·본질적 속성이라고 생각한다. 주관의 물기가 완전히 빠졌다고 판단되는 지극히 건조한 텍스트 역시, 선행 텍스트 또는 그 저자에 대한 맹렬한 사랑 또는 뜨거운 분노가 그 텍스트의 출발점이 되었고, 그 텍스트의 물기를 활활 태워 버렸다고 볼 수도 있는 것이다. 요컨대, 모든 반응은 반응하는 자의 어떤 정서를 수반하지 않을 수 없다는 것이다.

바흐친은 수동적 이해를 거부하고, 능동적 이해를 강조하면서 줄곧 '감정 이입'적 읽기를 반대한다. 감정 이입에 대한 대안적 읽기 방식으로 '공감적 이해'를 제안하는데, 이는 텍스트를 내 안에 고스란히 옮겨 놓는 것이 아니라, 나의 외재성을 유지한 채, 텍스트에 반응한다는 점에서 응답적 이해의 한 양상이다.

예컨대, 제망매가가 환기시키고 있는 누이 죽음에 대한 '애도'의 정서는 독자마다 매우 다른 공감적 이해를 낳는다. 독자로서 내가 공동 체험하는 월명사의 애도는 원칙적으로 월명사가 혼자서 체험하는 애도와 다르며, 내 삶의 맥락에서 언젠가 내가 체험한 그 애도와도 다르다. 월명사의 애도는 내 안에서 그대로 복제될 수 없다. 이러한 복제는 불가능하다. 언어적, 인식적 차원에서의 복제만 가능하다.[5] 공체험화된 월명사의 애도는 나만이 차지할 수 있는 유일한 자리로부터, 타자 외부의 나에 의해서만 내적으로 실현될 수 있는, 완전히 새로운 존재론적 형성이다. 이와 같이 "공감적 이해"란 반영이 아니라 근본적이고 본질적으로 새로운 가치 평가이며, 타자의 내적 삶 외부에 있는 존재인 나의 구조적 위치의 활용이다. "공감적 이해는 세계의 새로운 차원의 새로운 존재에 대한 애정 어린 미적 범주들로 내적 인간 전체를 재창조한다."(바흐친, 1924/2006: 151)

바흐친이 말한 공감적 이해란 창조적 이해를 의미하는 것이기도 하다. 바흐친은 여러 곳에서 창조적 이해를 강조하는데, 창조적 이해는 응답적 이해가 지향하는 한 지점으로 볼 수 있다. 창조적 이해를 위해서는 독자의 외재성을 강하게 유지해야 한다. 이러한 외재성에서 창조적 반응이 터져 나온다.

창조적 이해는 자신을 부정하거나, 시간 속에서 자신의 위치를 부정하거나, 스스로의 문화를 부정하는 것이 아니다. 창조적 이해는 아무 것도 망각하지 않는다. 이해를 위해 중요한 것은 이해자가 창조적으로 이해하고자 하는 대상과의 관계에서 시간과 공간과 문화 속에서 이해자의 외재성을 확보하는 일이다. 실제로 인간은 자기 자신의 외관을 직접 볼 수 없을 뿐더러 전체적으로 의미화할 수도 없으며, 어떤 거울이나 사진도 여기서 그를 도와줄 수 없다. 오직 타자들만이 그 사람의 외관을 바라보고 이해할 수 있을 따름인데, 이는 그들이 지닌 공간적 외재성과 그들이 타자라는 점 덕분이다. (바흐친, 1970/2006: 475-476)

독자로서 나는 저자에게, 텍스트에게 타자이다. 내가 이러한 타자로서의 외재성을 확보할 때, 저자 및 텍스트에게 의미 있는 타자로서 역할을 할 수

---

5) 정확하게 말하면 언어적 차원에서도 그대로 복제될 수 없다. '애도'라는 말조차도 결국은 실제의 사유과정 속에서 본질적으로 억양화되기 때문이다.

있다. 이를 위해서는 나만의 시공간이라고 하는 고유성과 유일성을 강하게 유지하면서 밀고나가야 한다. 즉, 내 경험의 유일성과 독창성을 최대한 유지하면서 텍스트를 만나야 한다.

텍스트 중심 이론가들은 학습 독자에게 자신의 개인 맥락을 버리고 올 것을 요구한다. 텍스트의 의도가 지시하는 대로 읽는 '모델 독자'가 되도록 요구한다. 이런 읽기는 창조적 읽기가 아니며, 비판적 읽기도 아니어서 독자 자신은 조금 변할 수 있어도, 저자도 텍스트도 이들이 다루는 주제도 의미 있게 변화시키지 못한다. 물론 독자는 처음에는 자신의 맥락을 버린 채, 텍스트에 진입해야 한다. 그리고 다시 창조자로 전환하기 위해서는 텍스트로 들어갔던 자신을 철수시켜 텍스트의 외부에 세워야 한다.

바흐친과 도스토옙스키의 관계를 긴 시간의 흐름 속에서 살피다보면, 이상한 변화를 발견할 수 있다. 어느 순간, 주체와 대상이 바뀌었음을 알게 된다. 도스토옙스키는 바흐친의 연구 대상이기를 그치고 그 주체가 되어버린다. 도스토옙스키가 바흐친에게 그의 새로운 위치를 가르쳐주며, 이 순간부터 바흐친의 이론적인 작업은 도스토옙스키가 준 교훈의 해석과 적용의 과정이 된다. 예컨대, 상호텍스트성을 발명한 것은 바흐친이 아니라 바로 도스토옙스키이다. 여기서 우리는 텍스트를 다시 보게 된다. 텍스트는 대상이 아니라 주체이다. 응답적 이해란 텍스트를 주체로서 승인하는 것을 의미하며, 응답적 이해 과정에서 독자는 텍스트의 목소리를 적용하는 대변자로 바뀔 수 있다. 이는 텍스트에 대한 매우 적극적인 동의의 한 표현이다. '따라 하기', '대변인 되기', '재생산하기'와 같이 언뜻 보면 수동적 이해와 닮았다고 볼 수 있지만, 거기에 이른 과정은 매우 상이하다는 점을 잊지 말아야 한다.

중요한 것은 바흐친의 글쓰기는 도스토옙스키 저작에 대한 반응 또는 응답의 산물이라는 점이다. 그리고 바흐친 저작에 대한 매우 뛰어난 응답적 이해의 사례를 나는 클라크와 홀퀴스트, 모슨과 에머슨, 토도로프, 크리스테바에서 발견한다. 그리고 지금 나의 이 글쓰기는 이들 저작에 대한 응답적 이해로 가능해진 것이다.

5. '학습 장르'에서 '본격 장르'로의 전화

텍스트에 대한 응답적 이해의 강조는 자연스럽게 학습자의 글쓰기를 요구하게 된다. 이때 중요한 것은 글쓰기 장르의 성격이다. 나는 기존에 많이 얘기되었던 학습 장르[6]로서의 글쓰기에 반대한다. 학습 장르로서의 글쓰기는 대체로 '평가자로서의 교사'를 청중으로 설정하게 되는데, 이러한 글쓰기는 통상적인 글쓰기에 부합하지 않으며, 학습자를 텍스트에 대한 정확한 이해자로 몰아갈 수 있기 때문이다. 학습자의 글은 잘 또는 잘못 이해했음을 증빙하는 자료(어때요, 제가 잘 이해했나요?)로 전락함으로써, 학습자의 저자성을 훼손한다. 저자의 개성으로 텍스트의 경계가 선명해지는 글을 쓰게 할 필요가 있다. 그런 텍스트여야만 다른 독자의 응답적 이해를 기대할 수 있기 때문이다.

> 복잡한 구성을 갖는 특수화된 다양한 학문적, 예술적 장르의 작품들 역시, 대화의 응답과 많은 차이가 있지만 그 본성상 담화적 소통의 동일한 단위들이다. 이것들 역시 발화 주체의 교대로 선명하게 구획되는데다가, 이 경계는 자신의 외적 명확성을 간직하면서 동시에 독특한 내적 특성을 획득한다. 이것은 여기서 발화 주체(이 경우엔 작품의 작가)가 자신의 개성을 문체와 세계관과 작품 구상의 모든 계기들 속에서 발현하는 덕분이다. 작품에 각인된 이 개성은 이 작품을 주어진 문화적 영역의 담화적 소통 과정에서 이 작품과 관련된 다른 작품들과 구별하는 독특한 내적 경계를 창조한다. (바흐친, 1952/2006: 369)

---

[6] 이 글에서 말하는 '학습 장르'는, 정보 전달, 설득, 정서 표현 등과 같이 소통을 목적으로 작성되는 글이 아니라 요약문, 독서 감상문 등과 같이 학습을 위한 수단 또는 도구로서 작성되는 글의 유형을 의미한다.

학습 독자에게 "자신의 외적 명확성을 간직하면서 동시에 독특한 내적 특성을 획득한" 글쓰기를 요구하는 것이 적절한지에 대해서는 논란이 있을 수 있다. 나는 읽기를 배우는 이유가 단순히 텍스트를 잘 이해하는 주체를 기르는 데 있는 것이 아니라, 이러저러한 텍스트를 읽고 그 텍스트(선행 발화)에 대해서 '능동적·창조적 발화를 하는 저자'를 길러내는 데 있다고 생각한다. 따라서 자기 목소리와 자기 문체와 형식을 가진 어엿한 저자로 성장하는 것을 돕기 위해서는 형식과 내용 면에서 하나의 완결성7)과 독립성을 갖춘 장르로서의 글쓰기를 요구해야 한다고 생각한다. 아니, 요구하지 않아도 '이해'가 아닌 '반응'을 요구하면 벌써 그런 글쓰기는 시작된다.8) 응답적 이해 과정은 자기 표현성의 획득 과정이다. 나의 언어를 갖는 과정이다. 텍스트의 수동적 이해는 중립적인 말, 타자의 말을 확인하는 것에 그치게 마련이다. 이 말은 독자의 반응으로 감염되지 않았다는 면에서 독자의 표현성이 없는 타자의 말이라고 볼 수 있다.

독자는 텍스트에 대한 이해(수동적 이해)에 근거하여 그러한 대상적·의미적 내용에 대한 주관적이고 감정적인 가치 평가를 내린다. "담화적 소통의 여러 영역에서 표현적 계기가 가지는 의미와 힘은 서로 다르지만, 어디에서나 표현적 계기가 존재한다는 사실은 자명하다. 절대적으로 중립적인 발화는 불가능하다. 자신의 말의 대상에 대한 화자의 평가적 관계는 (그 대상이 어떠한 것이든 간에) 발화의 어휘적·문법적·구성적 수단의 선택까지도 결정한다."

---

7) 완결이 되어야 경계가 생긴다. 발화 경계는 소통의 본질을 드러낸다. 소통이라는 상호작용이 가능하기 위해서는 항상 경계를 필요로 한다. 소통은 본질적으로 타자를 지향한다. 타자를 상정하기 때문에 경계가 그어지는 것이며, 그 경계의 열고 닫음의 과정, 넘나듦의 과정이 소통의 과정이다. 따라서 경계에는 항상 타자의 그림자가 어른거린다.

8) 최인자(2000, 404)는 학습자의 저자성을 용인할 때, "학습자는 이제, 정전화된 작문 원리, 수사 관습을 반복적으로 수용하는 존재가 아니라, 장르를 혁신하고 관습에 도전할 수 있는 권력을 공유"하게 된다고 말한다. 읽기 장면에서 학습자의 저자성 용인이란, 학습자를 '이해 주체'가 아닌 '반응 주체'로서 승인하는 것을 의미한다. 반응 주체로 승인할 때, 학습자는 본격 장르의 글쓰기 저자가 되고, 더 나아가 새로운 장르의 글쓰기를 모색하게 된다.

(바흐친, 1952/2006: 380)

Wilner(2005, 87)는 엘보우를 인용하면서, 교실에서 학습자의 한 편의 글쓰기에 흐르는 기저 장르는 "괜찮나요?"와 같은 것이라고 말한다. 그러나 일반 저자의 글쓰기의 기저 장르는 "내 말을 들어봐요. 나는 당신에게 할 말이 있어요."와 같은 것이다. 왜냐하면 저자는 대개 독자보다 좀 더 높은 '권위'를 가지고 있다고 가정하기 때문이다. 여기서 '권위'가 위계에서 파생된 것이 아니라, 차이에서 파생된 것이라면 응답적 이해에서 모든 학습자는 나름의 권위를 갖는 존재이다. 응답적 이해는 학습 독자의 유일하고, 고유한 외재성에서 발생하였기 때문이다. 이러한 외재성이 갖는 고유성은 어떤 다른 독자도 반복할 수 없는 차이를 지니고 있다. 따라서 우리는 학습자에게 "내 말을 들어봐(요). 그리고 어떤 생각이 들었는지 들려줘(요)"라는 기저 장르를 갖는 글을 쓰도록 격려해야 한다. 이 과정에서 학습자의 진정한 목소리는 잘 양육될 것이다.

응답적 이해로 작성되는 텍스트는 학습 장르로서의 성격을 벗어나야 한다. 텍스트에 대한 이해를 증진시키는 텍스트에 그쳐서는 안 된다. 쓰기가 텍스트 이해의 수단이나 도구가 되어서는 안 된다. 응답적 이해를 위한 글쓰기는 학습을 위한 글쓰기가 아닌 선행 발화에 대한 응답이면서 동시에 다른 독자의 응답을 기다리는 글쓰기이다. 쓰기 자체가 고유한 목적과 청중을 갖는 한 편의 장르적 글쓰기여야 한다. 일상의 모든 텍스트는 이러한 성격을 지니고 있다. 나는 지금 바흐친을 잘 이해하기 위해서 이 글을 쓰고 있는 것이 아니다. 나는 누군가의 능동적, 응답적 이해를 바라면서 글을 쓰고 있다.

참 청중을 갖는 글쓰기는 학습자의 쓰기 동기를 강화하는 데 매우 유효하다. Bruning과 Horn(2000)은 글쓰기 동기에 대한 20년 동안의 연구 결과들을 요약하고 통합하면서, 저자로서의 자신에 대한 어린 필자의 긍정적인 관념과 그들의 지속적인 글쓰기 참여를 지지하는 데 필요한 학습 환경에는 네 가지 기본적인 조건이 존재한다고 주장한다. 첫 번째 조건은 글쓰기에 대한 기능적 신념을 기르는 것 즉, 글쓰기가 가치를 가지고 있으며 자신들이 유능한 필자가 될 수 있음을 아동이 이해할 수 있는 교실 환경을 창조하는 것이다. 두 번째는 실제적(authentic) 글쓰기 목적과 맥락을 촉진하는 것이다. 여기에는 진정한 소통적 혹은 표현적 목적이 포함되는데, 이는 유의미한 교실 학습과도 밀접히 관련된다. 세 번째 조건은 학습자에게 유효한 글쓰기 맥락을 제공하는 것인데, 이는 특히 교사가 도전적이지만 위험하지 않은 글쓰기 과제, 즉 아동의 능력 수준에 적합한 글쓰기 과제를 고안하는 것을 의미한다. 네 번째는 긍정적인 정서적 교실 환경을 창조하는 것이다(Bruning & Horn, 2000; Boscolo & Carotti, 2003: 200).

글쓰기에 대한 기능적 신념을 갖게 되는 계기는 자신의 글쓰기에 대한 타자의 응답을 통해서이다. 동의적·공감적 응답 또는 내 글쓰기에 의해 발생한 타자의 실천을 목격하는 과정에서 글쓰기에 대한 기능적 신념은 고양될 것이다. 물론 구체적인 독자의 거부적·비판적 응답을 체험하면서도 글쓰기가 갖는 힘과 기능은 깊고, 넓게 체험될 수 있다. 중요한 것은 청중의 구체적인 응답이 있을 때에야 쓰기에 대한 기능적 신념이 생겨나고, 강화된다는 사실이다. 응답적 글쓰기는 구체적인 청중의 응답을 지향하는 글쓰기이다.

응답적 글쓰기 장르가 학습 글쓰기 장르와 다른 것은, 소통을 목적으로 한다는 점이다. 즉, '진정한 소통적 혹은 표현적 목적'을 지닌 장르이다. 응답적 글쓰기를 하면서 학생 저자는 자신의 분명한 발화 목적을 설정하고, 구체적인 청중의 응답적 이해를 기대하며 글을 쓴다. 그리고 독자의 응답적 이해를 경험하면서 자신의 글쓰기의 성패를 실질적으로 체감한다.

◪ ◪ ◪

바흐친은 지속적으로 독자의 응답적이고 능동적인 이해를 강조하였다. 즉,

저자나 텍스트의 의도가 독자의 머릿속에서 그대로 복사되는 것에 불과한 수동적 이해를 비판하면서, 독자의 동의, 공감, 반대, 실행 등과 같은 응답적 이해를 중시하였다. 응답적 이해의 가장 전형적인 사례가 바로 글쓰기이다.

읽기 교육은 텍스트에 대한 정확한 이해에서 그치는 것이 아니라, 독자의 응답적 이해에 근거한 글쓰기로 나아가야 한다. 그리고 이때의 글쓰기는 읽기 학습을 돕는 도구로서의 글쓰기가 아니라, 학생 필자의 고유한 목적, 목소리, 청중을 갖는 개성적인 글쓰기여야 한다.

나는 원래 이 글에서 응답성 개념을 살피고, 응답적 이해의 양상을 몇 가지로 유형화한 후, 각 유형에 해당하는 구체적인 글쓰기 사례를 보여주고자 하였다. 이런 사례들을 통해서 자연스럽게 응답적 이해의 중요성이 공유되기를 원했다. 그러나 나의 게으름과 인식적 한계로 거기까지는 가지 못하였다. 누군가에 의해 이와 관련된 진전된 논의가 이루어질 것으로 기대한다.

한편, 바흐친의 응답성 개념을 인용하여 글읽기 교육과 글쓰기 교육의 접촉면을 늘리려는 시도를 하였는데, 읽기를 통한 쓰기 능력 신장은 많은 사람들에 의해 강조된 것이기도 하다. 이들의 기존 논의와 내 논의의 차이와 같음을 섬세하게 살피지 못한 것에 대해 아쉽고 부끄럽게 생각한다. 다만, 내가 기대하는 것은 "괜찮아, 누구나 조금은 부족한 존재지. 다음에 보완하면 되잖아!"라고 하는 응답적 이해이다.

---

* 이 장은 이재기(2017), 응답성과 대화적 글쓰기, 국어교육 156호, 한국어교육학회를 수정한 것임.

참고 문헌

양정실(2012), 문학교육의 뿌리와 줄기: 우리나라 문학교육 연구에서 독자 반응 이론의 수용 현황과 전망, 문학교육학 38, 99-123, 한국문학교육학회.

최인자(2000), 대화주의 이론과 작문교육의 '문화 생산' 모델, 국어교육연구 7집, 389-417, 서울대학교 국어교육연구소.

Bakhtin, M.(1920/2006), 행위 철학, 예술과 책임(최건영 역), 문학에디션 뿔.

Bakhtin, M.(1924/2006), 미적 활동에서의 작가와 주인공, 말의 미학(김희숙·박종소 역), 도서출판 길.

Bakhtin, M.(1952/2006), 담화 장르의 문제, 말의 미학(김희숙·박종소 역), 도서출판 길.

Bakhtin, M.(1961/2006), 언어학, 어문학 그리고 다른 인문학에서 텍스트의 문제, 말의 미학(김희숙·박종소 역), 도서출판 길.

Bakhtin, M.(1963/2003), 도스또예크스키 창작론(김근식 역), 중앙대학교 출판부.

Bakhtin, M.(1970/2006), 신세계 편집진의 물음에 대한 답변, 말의 미학(김희숙·박종소 역), 도서출판 길.

Bakhtin, M.(1970~71/2006), 1970~71년 노트에서, 말의 미학(김희숙·박종소 역), 도서출판 길.

Bakhtin, M.(1974/2006), 인문학의 방법론을 위하여, 말의 미학(김희숙·박종소 역), 도서출판 길.

Tzvetan Todorov(1981/1987), 바흐친: 문학사회학과 대화이론(최현무 역), 도서출판 까치.

Beach, R.(1998), Writing about literature: A dialogic approach, In N. Nelson & R.C. Calfee (Eds), The reading-writing connection. Ninety-seventh Yearbook of the NSSE-Part II (pp. 229-248). Chicago: University of Chicago Press.

Boscolo, Pietro1 & Carotti, Laura(2003), Does Writing Contribute to Improving High School Students' Approach to Literature?, L1-Educational Studies in Language & Literature, Vol. 3 Issue 3, 197-224.

Bruning, R. & Horn, C.(2000), Developing motivation to write, Educational Psychologist, 35, 25-37.

Calinescu, M.(1993), Reading. New Heaven, CT: Yale University Press.

Ewald, Helen Rothschild(1993), Waiting for Answerability: Bakhtin and Composition Studies, College Composition and Communication Vol. 44, No. 331-348.

Newell, George E(1996), Reader-based and teacher-centered instructional tasks: writing and learning about a short story in middle-track classrooms, Journal of literacy research, Vol. 28 Issue 1, 147-172.

Rabinowitz, P.J. and Smith, M.W.(1998), Authorizing Reader: Resistance and Respect in the Teaching of Literature, New York: Teachers College Press/National Council of Teachers of English.

Wilner, Arlene(2005), Asking for It: The Role of Assignment Design in Critical Literacy. Reader: Essays in Reader-Oriented Theory Criticism and Pedagogy No. 52, 56-91.

제2장 사회문화적 소통으로서의 글쓰기

■ ■ ■

글쓰기의 저자나 독자를 개인이 아닌 '담화 공동체'로 이해하고, 개인마저도 고유한 또는 심리적 개인이 아닌 사회적으로 구성된 개인으로 이해하는 담론 속에서 작문은 자연스럽게 '사회문화적 소통'이라는 성격을 지닌다. 그리고 이러한 담론은 매우 넓게 퍼져 있어 익숙하고, 많은 동의와 공감을 얻고 있다. 따라서 글쓰기가 왜 사회문화적 소통인가를 이론적으로, 실질적으로 규명하고 해명하는 것은 새삼스런 일일 수 있다.

그러나 나는 여전히 글쓰기를 사회, 소통의 개념과 접속시켜 논의하는 일이 설레면서도 낯설다. 그렇다면 이 글을 쓰면서 나에게 주어진 선택지는 '사회문화적 소통'이라는 익숙한 화제를 익숙하면서도 익숙하지 않은 방식으로 논의하는 것이다.

고심 끝에 나는 우리 풍토에서는 아직은 다소 낯설다고 생각하는 '특정 청중'과 '보편 청중'을 호출하기로 하였다. 독자를 '보편'과 '특정'으로 수식하는 것은, 독자 또는 작문을 벌써 사회문화적 성격을 가진 것으로 호명하는 것이기도 하다. 그리고 이들 개념을 통해서 독자에 대한, 글쓰기에 대한 새로운 시각과 감수성을 갖게 되기를 바라는 마음도 크다. 한편, 나는 이 글에서 특정 청중보다는 보편 청중 구성을 강조하고자 하는데, 이는 대화적 진실 추구를 통한 이성적인 사회의 형성을 위해서는 저자에게 보편 청중 구성 능력이 중요하다고 생각하기 때문이다.

한편, 나의 논의는 마땅히 작문 교육 논의로 수렴되거나 작문 교육에 뭔가 시사하는 글쓰기가 되어야 한다고 생각하는데, 이를 의식하여 3, 4, 5절에서는 앞에서 논의한 청중 개념을 바탕으로 작문 교육을 어떻게 기획할 것인지에 대해 논의하고자 한다. 구체적으로 '공감과 동의의 증대를 위한 글쓰기', '본질적으로 잉여적인 시각을 버리고 대화적 진실을 추구하기', '특정 공동체에서 탈주하기 또는 재영토화하기'를 제안하고자 한다.

1. 대화로서 글쓰기의 필연과 당위

바흐친 관점에서 볼 때, 텍스트 또는 글쓰기의 삶을 가장 정확하게 규정하는 것이 바로 이제는 친숙한 은유로 자리 잡은 '대화(conversation)'이다. 바흐친은 대화의 비유를 통해 텍스트 생산과 수용의 통시적 삶을 표현하고자 한 것으로 보인다. 바흐친의 관점에서 보면, 지금 나의 글쓰기는 문자가 생겨난 이래 소진된 적이 없는 그 드넓은 대화의 끝자락을 붙잡고 있는 것이다. 예컨대, 지금 나의 글쓰기에 영향을 미친 텍스트의 다양성은 공간적으로도 시간적으로도 제한되지 않는다. 어떤 이에게는 화답하고, 어떤 이들과는 논쟁한다. 글쓰기, 글읽기를 통한 대화의 '종결 불가능성'은 다음에서도 잘 드러난다.

> 이 세계 속에서 최종적인 것은 아직 한 번도 일어나지 않았다. 세계에 대한, 세계의 최종적 담론은 여태껏 발설된 적이 없었다. 세계는 열려 있으며 자유롭다. 모든 것은 아직 앞에 있으며 영원히 앞에 있을 것이다. (바흐친, 1963/2003: 217)

나는 이것이 바흐친이 말하는 '대화성'의 본질이라고 생각한다. 내 글쓰기는 아주 오래 전에 생물학적으로 죽음을 맞은 어떤 저자의 텍스트에 대한 반응이며, 나의 현재 글쓰기에 대한 반응은 인류가 존재하는 한 종결되지 않을 것이며, 그 반응에 대해 내가 아닌 누가 대신 글쓰기를 통해 반응할 것이다. 따라서 글쓰기를 통한 대화는 영원히 종결 불가능하며 소진되지 않는다. 글쓰기의 삶이란 이토록 아득하고 드넓다.

상호텍스트성은 아마도 바흐친의 청중 또는 글쓰기 개념에 가장 큰 공헌을 한 것일 것이다. 그에게서 많은 영감을 받은 크리스테바는 모든 발화는 "다른 발화를 흡수하거나 변형시킨 인용의 모자이크로 구성된다."고 말함으로써 모든 담화에 본질적인 상호텍스트성을 언급했다. 하나의 발화는 단지 수용하는 청중을 기대하는 것뿐만 아니라, 발단이 되었던 발화를 향해 뒤돌아보기도 한다. 모든 담화는 다른 발화에서 비롯되었을 뿐만 아니라, 다른 발화를 향해 말한다는 점에서 상호텍스트적이다. 즉, 모든 발화는 과거와 미래의 다른 발화들에 대한 반응으로, 그리고 그에 대한 예상으로 창출된다.

글쓰기는 반응 발화(이전 텍스트를 겨냥한)와 시작 발화(이후 반응 텍스트를 겨냥한)의 성격을 동시에 지닌다. 많은 문학 작품은 후자의 성격이 다소 강하다고 생각한다. 물론 이전 어떤 문학 텍스트 또는 장르에 대한 반응으로서 글쓰기가 이루어지는 경우도 많다. 그리고 대개의 인문, 사회 과학 분야의 텍스트는 이전 어떤 텍스트에 대한 반응의 성격이 강하다.[1] 그리고 나에게 글쓰기라는 반응을 야기한 이전 텍스트는 대개 한 두개로 한정되지 않는다. 본문 또는 각주나 참고 문헌에서 언급되는 문헌이 내가 글쓰기를 통해 말을 걸고 있는 이전 텍스트인 셈이다. 물론 다음과 같이 실명을 언급하지 않지만, 저자가 누구의 어떤 텍스트를 겨냥하고 있는지 짐작이 되는 경우도 많다.

---

[1] 고종석의 다음과 같은 고백은 우리의 글쓰기가 얼마나 이전 텍스트에 의해 깊이 채색되는지를 잘 보여준다. "앞으로 내가 어떤 글을 쓰든, 그 글들에는 스승의 그림자가 어른거릴 것이고, 스승의 목소리가 메아리칠 것이다. 그리고 그것은 늘 내 자랑으로 남을 것이다. 카뮈가 그르니에에 대해서 그랬다던가, 아무튼 나는 과거에도, 무슨 말을 하다 보면 어느새 스승의 말투로 말하는 자신을 발견하고, 깜짝깜짝 놀라곤 했다. 카뮈가 자기 목소리에 담긴 그르니에의 목소리를 자랑스러워했듯, 나 역시 내 목소리에 섞인 스승의 목소리가 자랑스럽다." (고종석, 1999: 74-75)

문학 작품을 읽음으로써 우리는 주어진 해석의 자유 안에서 성실함과 존중을 훈련하게 됩니다. 현대에 전형적으로 나타나는 위험한 비평적 이단이 하나 있는데, 그것은 문학 작품에서 단지 우리의 통제할 수 없는 충돌들이 암시하는 것만을 읽으면서 자기가 원하는 것을 할 수 있다는 생각입니다. (중략) 문학 텍스트는 우리가 절대로 의문시할 수 없는 것을 명백하게 말해 줄 뿐만 아니라, 세상과는 달리 거기에서 중요하게 받아들여야 할 것, 그리고 자유로운 해석을 위한 실마리로 받아들일 수 〈없는〉 것을 근엄한 권위와 함께 우리에게 지적해 주기도 합니다. (에코, 2005: 14-15)

여기서 에코는 로티의 실용주의 해석관 또는 이러한 해석관을 유포시킨 그의 텍스트를 겨냥하고 있다. 독자의 실용적 독서, 부분적 독서, 초해석 등을 옹호하는 로티의 관점을 "위험한 비평적 이단"이라고 언급하며 상당히 근엄하게 꾸짖고 있는 것이다. 이와 같이 텍스트에서 저자의 실명이나 그 저자의 텍스트를 언급하고 있지 않더라도 모든 텍스트는 어떤 텍스트(들)를 염두에 두고 있게 마련이다.

표현은 모든 인간에게 편재되어 있다. 표현하는 주체이기 때문에 인간인지도 모른다. 즉 표현함이 '인간됨'의 중요한 특징이라고 볼 수 있다. 의식은 항상 대상을 지향한다. 그리고 지향은 자연스럽게 대상에 대한 표현 욕망을 낳는다. 그리고 표현 욕망의 끝에는 인정 욕망이 도사리고 있다. 사르트르는 다음 진술에서 이러한 표현 욕망과 인정 욕망을 적나라하게 드러내고 있으며, 글쓰기가 왜 표현 욕망과 인정 욕망을 해소하는 도구이며, 왜 글쓰기를 통한 대화는 소진될 수 없는지를 보여준다.

가톨릭교에서 따온 성스러움이 '문예' 속에 자리 잡고, 내가 될 수 없었던 기독교도를 대신하여 문필가가 나타났다. (중략) 만약 누가 내 앞에서 설사 5만 년 후 일망정 어느 날 천재지변으로 지구가 괴멸될지도 모른다는 가정을 발설했다면, 나는 등골이 오싹해졌을 것이다. 헛된 꿈에서 깨어난 오늘날에도, 태양이 싸늘하게 식는 경우를 생각하면 두려움을 느끼지 않을 수 없다. 내 동족들이 내 장사를 치른 다음 날 나를 잊어버려도 상관없다. 그들이 이 세상에 사는 한 나는 그들에게 붙어 다니리라. 붙잡을 수 없고 이름 없는 존재로서 그들 한 사람 한 사람 속에 현존하리라. (샤르트르, 2009: 265-266)

저자 사르트르에게 생물학적인 죽음은 두렵지 않다. 읽고 쓰는 인류가 존재하는 한 나는 그들의 기억에 붙어 영원히 살 것이기 때문이다. 따라서 나의 두려움은 나의 죽음이 아니라 인류의 멸망이다. 그들이 없다면, 읽고, 쓰는 그들이 없다면 나는 누구의 기억 속에서 영원히 살아갈 수 있단 말인가.

2. 대화 상대로서의 청중의 유형과 기능

독자를 어떻게 상정하느냐에 따라 문어 소통의 방향성과 질이 결정된다고 볼 수 있다. 그리고 이것은 저자로서 자신을 어떻게 상정하느냐와 직접적인 관련을 갖는다. 즉, 저자 인식과 독자 인식은 상호 규정적인 관계에 있다. 이 장에서는 기존에 다양하게 논의된 독자를 특정 청중과 보편 청중으로 나누어 문어 소통 참여자로서의 독자의 상을 구체화하고자 한다.[2] 이를 통해 독자의 상을 어떻게 구성하는 것이 글쓰기를 통한 진정한 대화를 가능하게 하는지 살펴보고자 한다.

---

2) 작문 연구에서 독자에 대한 분류 중 가장 널리 알려져 있는 것은 Ede, Lisa와 Andrea, Lunsford(1984) 의 '전달된(addressed) 청중', '호출된(invoked) 청중'일 것이다. Jack, Selzer(1992)는 '텍스트 내 독자', '실제 독자'로 분류하고 있다. 대체로 텍스트 내 독자는 호출된 독자와 실제 독자는 전달된 독자와 대응한다. 호출된 독자 또는 텍스트 내 독자와 유사한 독자 개념은 많은 연구자들에 의해 그 논의 맥락에 따라 매우 다양하게 명명되어 왔다. 예컨대, 내포된(implied) 독자, 이상적인(idealized) 독자, 모델(model) 독자, 허구적인(fictional) 독자, 의도된(intended) 독자가 여기에 해당될 것이다. 나는 페렐만의 분류 방식을 따라 '특정 청중', '보편 청중'으로 분류하였는데, 이는 글쓰기에서 지향해야 하는 독자(청중)는 '보편 청중'이어야 한다고 생각하기 때문이다. 보편 청중을 지향할 때, 사회문화적 소통으로서의 글쓰기가 '대화성'과 '통기성'을 갖게 되고, 이런 글쓰기 상황에서 이성적인 주체와 이성적인 사회가 형성될 것이라고 믿기 때문이다.

특정 청중

페렐만이 말하는 특정 청중은 구체적인 어떤 사실·가치·이익·목적을 공유하는 구성원의 집합이다. 예컨대 우리가 특정 종교, 지역, 성, 정치적 입장을 지지하는 구성원을 상정하고 글쓰기를 한다면 우리는 특정 청중을 향하고 있는 것이다(이재기, 2012: 175).

Ede와 Lunsford(1984)에 따르면 전달된(addressed) 청중은 '구체적인 실체'로 인식된다. 그리고 청자들의 태도, 신념, 기대에 대한 지식은 관찰과 분석을 통해 구성이 가능하다. 즉, 청자의 생생한 통계(나이, 성별, 종교, 인종, 정치적 당파성 등)를 확정함으로써 저자는 특정한 담화 전략에 대한 청자의 기대와 반응을 더 잘 예측할 수 있다고 본다.

특정 청중으로서 실제 독자는 그 독자와의 실제 접촉, 실제 독자가 되어본 경험으로 구성되는데, 이렇게 구성된 독자상은 저자에게 이 글에서 무엇을 말할지, 어떻게 말할지를 알려준다. 그리고 실제 독자의 행위와 반응이 어떤 글의 성공을 좌우하는 중요한 표준을 제공한다. 따라서 교사가 학생 필자에게 "독자를 분석해라"라고 권할 때, 독자란 그 글을 읽을 실제 독자를 말하고 있는 것이다.

사회구성주의 담론의 도입으로 이제 우리에게 익숙한 '해석 공동체', '담화 공동체'는 특정 청중인가, 보편 청중인가? 나는 그 '특정함'과 '독특함'에 주목하고자 한다. "피시(S. Fish)에 따르면, 독자는 '특정한' 해석 공동체에 속해 있는 존재이며, 그 공동체가 독자로 하여금 일련의 형식과 주제의 해석을 가능하게 가르친다. 베넷(T. Bennet)의 읽기 공동체 역시 자신의 '독특한' 담론의 세계 속에서 자라 온 독자들로 이루어진 구성체인 것이다."(김상욱, 1999: 214) 또한 이들 해석(담화) 공동체는 "독자가 공동으로 견지하는, 그리고 독자가 생각하고 지각하는 방식을 지배하는 일련의 해석 전략이나 규범이며, 내용과 언어, 스타일에 대해 '특정한' 기대를 공유하고 있는 일군의 사람들이

다."(박영민, 2004: 363)

이러한 담화 공동체는 '특정한' 주장, 전제, 태도를 호출한다.[3] 이러한 '특정함'에 호명되어 포섭된 독자가 저자가 되는 것이며, 따라서 이러한 저자가 상정하는 독자의 상은 저자인 자신이 해석 공동체에서 내면화한 해석 전략을 공유하고 있는 사람들이다. 즉, 저자는 글쓰기에서 '특정 청중'을 구성하게 되는 것이다.

우리는 이제껏 작문에 대한 사회구성주의 관점을 도입하면서 담화 공동체를 비교적 단일하고 균질적인 공동체로 상정하지 않았는지 검토할 필요가 있다. 특히, 담화 공동체의 '특정함'을 간과하고, 담화 공동체의 신념, 해석 전략, 감각, 관습의 '습득', '익숙함', '진입'을 강조하는 교육을 해오지 않았는지 성찰할 필요가 있다. 결국 이러한 습득과 진입은 '특정함'을 소유하고, 강화하는 길이다.

물론 저자가 상정하는 담화 공동체가 어떤 성격을 갖는지에 따라 담화 공동체의 '특정함'은 흐려지거나 사라지고 보편 청중의 모습을 갖게 될 것이다. 에코가 다음에서 언급하고 있는 공동체는 담화 공동체의 테두리를 국가나 민족으로 확장한 경우라고 볼 수 있다.

> 문학은 언어의 형성에 기여함으로써 정체성과 공동체 의식을 창조합니다. 앞서 단체에 대해 이야기하였지만, 호메로스 없는 그리스 문명, 루터의 ≪성서≫번역이 없는 독일의 정체성, 푸시킨 없는 러시아어, 건국 신화의 서사시들이 없는 인도의 문명은 어땠을까 상상해 볼 수도 있습니다. (에코, 2005: 13)

바흐친은 의사소통은 담화 공동체 밖에서는 효과적으로 발생할 수 없다고

---

3) 예컨대, 한국 사회의 정치 영역에는 두 개의 '담화 공동체'가 존재한다고 생각한다. '조중동' 공동체와 '한경' 공동체이다. 대개의 사회적·정치적 논쟁은 이 두 부류의 신문 프레임 안에서 진행된다. 두 공동체는 특정 정치인 또는 정치적 사건은 물론이고 더 나아가 대개의 사회적 쟁점에 대해서 서로 대립되는 해석과 판단을 내린다. 두 개의 프레임은 대한민국을 사는 사람의 인식을 포섭하여 두 개의 공동체로 분할하여 관리한다.

본다. 공유된 배경, 신념, 경험과 의견은 발화의 가정과 전제를 형성한다. 그리고 이러한 가정과 전제는 대개의 발화에서 생략된다. 따라서 특정 공동체에서 글쓰기는 '생략 삼단논법'적이다.

다른 영역 또는 분야의 글이 어려운 것은 다른 영역의 공동체 구성원만이 공유하고 있는 그래서 하나의 상식이 된 전제(지식, 신념, 정서 등)가 생략되어 있기 때문이다. 다른 진영의 글이 낯설고 공감하기 어려운 것은 그 진영의 사람들이 공유하고 있고 당연하게 생각하고 있는 많은 전제들이 생략되어 있기 때문이다.

내가 어떤 공동체를 예상 독자로 설정하고 글을 쓴다는 의미는 다른 공동체를 배제하고 있다는 것을 의미하기도 한다. 선택은 불가피하게 배제의 효과를 낳는다. 배제된 공동체 구성원이 그 글을 읽으면 초대받지 않은 손님처럼 겉돌고, 많은 경우 상당한 마음의 상처와 불쾌감을 안고 텍스트 밖으로 뛰쳐나오게 마련이다.

다른 전제와 가정을 가지고 있는 서로 다른 공동체는 영원히 소통할 수 없는 것인가? 나는 각각의 공동체가 공유하고 있는 그래서 굳이 표명하지 않고 생략해버리는 가정과 전제를 서로 공유하게 될 때, 소통이 가능해진다고 생각한다. 공유까지는 아니더라고 동의와 이해의 폭이 넓어질수록 소통의 가능성은 높아진다고 생각한다. 이를 위해서는 내 공동체의 '특정함'을 '특정함'으로 인정하고, 그 특정함을 성찰하면서 부드럽고 유연하게 만들려는 노력이 먼저 이루어져야 할 것이다. 그리고 이러한 특정함을 넘어서려는 노력 속에서 보편 청중이 구성되고, 보편 청중을 상정할 수 있을 때, 저자는 보편 이성을 갖게 되는 것이다.

보편 청중

아마도 보편 청중 개념의 소유권은 페렐만에게 있다고 생각하는데, 그는 보편 청중을 "그들의 가치와 신념이 합리적 사고에 바탕을 두고 있는 합리적 인간의 이론적 모음(collection)"(Perelman & Olbrechts-Tyteca, 1969: 30)으로 정의하고 있다. 보편 청중은 "시간을 넘어서는 타당성을 가지며, 지역과 역사적 조건으로부터도 독립적"이며 "모든 사람에게 필연적으로 타당한, 그런 주장"에 동의하는 청중이다(Perelman & Olbrechts-Tyteca, 1969: 32). 저자가 특정 가치, 지역, 종교, 정치적 입장에서 자유로운 또는 초연한 누군가를 상대로 글을 쓰고 있다면 그는 보편 청중을 상정하고 있는 셈이다.

페렐만의 보편 청중 개념을 가장 강력하게 비판한 사람이 파크이다. 그는 보편 청중 개념이 갖는 그 '공허함', 지나친 '관념성'을 비판하면서 텍스트의 진실성, 합리성, 타당성 또는 공감 및 동의 여부는 '맥락'(의도, 글쓰기의 전후 사정 등) 안에서만 판단될 수 있다고 말한다.[4] 일리 있는 지적이다. 그러나 페렐만의 보편 청중 강조는 맥락의 부정을 의미하는 것은 아니라고 본다. 맥락의 지평, 심도, 강밀도를 최대한 강화하자는 주장으로 이해할 필요가 있다.[5]

페렐만이 수사학을 대화로 규정하고 진실은 지속적인 대화를 통해 구성된다고 주장한 것은 진실의 '맥락 구속성'을 이해하고 있기 때문이다. 대화가 맥락이라고 하는 특정함에 매어 있기 때문에 그 특정함을 서서히 지워가면서 보편에 가까스로 다가가기 위한 유일한 방법은 대화밖에 없다고 본 것이다. 페렐만과 파크의 견해는 '구체적 보편 청중', '맥락적 보편 청중'이라는 개념 안에서 서로 충돌하지 않고 화해할 수 있을 것이라고 생각한다.

맥락적 보편청중 구성은 맥락 테두리의 외연을 원심적으로 최대한 확장하는 작업이다. 이는 최대한 많은 실제 독자를 상정해보는 작업이기도 하다. 상

---

[4] 페렐만의 보편 청중 개념과 이에 대한 파크 비판의 구체적인 내용은 정희모(2012)를 참조.
[5] 저자가 의식하고 있는, 또는 도입하고 있는 맥락의 강밀도, 맥락의 심도, 맥락의 중층성이 글의 질(대화의 심도)을 결정할 것이다. 맥락의 밀도가 높고, 심도가 심원하고, 겹이 중층적일수록 '보편성'을 획득할 것이다. 페렐만이 말하는 보편 청중은 보편성을 지닌 사람이 아니라 실은 보편성을 갖춘 맥락, 즉 맥락의 보편성을 말하는 것이라고 이해할 필요가 있다.

정되는 실제 독자가 많을수록 보편적 시각의 동공은 넓어질 것이다.

한편, 파크의 비판이 아니더라도 페렐만의 보편 청중 개념이 상당히 관념적이고 추상적인 것은 사실이다. 그러나 실제 보편 청중이 구성되는 과정을 보면, 매우 물질적이고 구체적이다. 보편 청중은 물질적 신체를 지닌 특정 개인 또는 그러한 개인들이 모인 공동체('무리'라는 가시성을 지니고 있다.)가 아니라고 하지만, 보편 청중의 이미지는 실재하는 어떤 인물의 이미지에서 비롯되는 경우가 많다. 시간과 공간에 구속되지 않는 보편적인 이념을 담지하고 있는 특정 인물 또는 특정 집단(공동체)에 대한 인식과 이미지로부터 출발하는 경우가 많다. 결국 보편 청중은 특정 청중에 대한 하나의 메타포란 측면에서 보면 매우 구체적인 물질성을 지닌다고 볼 수 있다.

페렐만의 보편 청중은 바흐친의 '초월적 수신자'를 닮은 것으로 보인다. 언표는 제2의 인물의 응답적 이해를 계산하는 가운데 형성된다. 그러나 이런 제2의 인물에 덧붙어서, 모든 언표에는 또 제3의 인물이 있는데, 바흐친은 그를 '초월적 수신자'라고 했다. 초월적 수신자는 절대적으로 적합한 응답적 이해가 예상되는 탁월한 청자이다. 이런 초월적 수신자는 능동적으로 공감하면서 언표에 응답하고 그 언표를 '아주 정확하게' 이해할 수 있다. "모든 대화는 대화의 모든 참가자들(파트너들) 위에 서서 보이지 않게 대화에 참여하는 제삼자의 응답적 이해를 배경으로 이루어지는 것과 같다."(바흐친, 1961/2006: 435) 바흐친은 초월적 수신자가 "다양하고 구체적인 이념적 표현들(신, 절대적 진리, 편견 없는 인간 양심의 심판, 민중, 역사의 심판, 과학 등)"에서 인격화될 수 있고 인격화돼왔다고 덧붙인다(바흐친, 1961/2006: 435).

특정 청중과 보편 청중을 나누어 살펴보았지만, 실제 글쓰기 장면에서 이들은 서로 분리되지도 배타적이지 않은 상태에서 함께 나타나는 경우가 많다. 저자는 통상 의식하든, 의식하지 않든 '담화 공동체의 대표'를 독자로 상정한다. 그 대표는 실재하였거나, 실재하는 수취 분명의 인물이란 측면에서 특정 청중이다. 그러나 그가 보편성, 이성, 합리성, 도덕성이라는 관념을 구현하고 있기 때문에 호출되었다면 보편 청중의 성격을 갖는 것이다.

독자에 대한 수많은 은유들이 떠오른다. 몇 가지를 소개하면[6], 1)텍스트 생성 과정을 나타내는 '그림으로 일부'(R. Roth & U. Eco), 2)저자가 텍스트의 의미를 구성하면서 사용하는 '지식, 맥락, 관습'(D. Park), 3)텍스트 전개의 특징을 지시하는(안내하는) 저자 내의 '정신적 구조물'(mental construct) 또는 글쓰기 작업의 전개를 조절하는 데 활용되는 독자의 '구체화된 재현물'(concrete representation)(J. Selzer), 4)저자로 하여금 텍스트를 창조케 하고 독자로 하여금 그 텍스트를 이해할 수 있도록 하는 '내적 규율'(J. Culler), 5)저자가 이용할 수 있는 영향, 구속, 가치 판단, 그리고 문화적, 개념적 지평(M. Bakhtin) 등을 들 수 있다.

하나의 가정과 전제, 그리고 은유로서 존재하는 이들 수많은 독자는 특정 청중인가, 보편 청중인가? 독자들은 저자 내 독자의 신분이 무엇이든 간에 텍스트 내에서 그 구체적인 모습을 드러낸다. 따라서 저자가 가정하고 전제한 독자가 특정 청중인가, 보편 청중인가는 텍스트의 단서를 통해서 재구성될 수밖에 없다. 결국 독자를 어떻게 정의할 것인가, 어떻게 이미지를 구성할 것인가, 어떤 성격과 역할을 부여할 것인가 보다 중요한 것은 저자의 보편 청중 구성 능력과 지향이라고 볼 수 있다. 대화의 관점에서 작문 교육을 기획하는 장면에서는 특히 그러하다.

3. 전복과 해체가 아닌 공감과 동의의 확대

전복과 해체가 목적인 글쓰기(너의 관점을 내 관점으로 대체해라, 너의 생각을 버려라)는 독자가 그렇게 하지 않으면 나의 글쓰기는 실패하는 것이고

---

6) Jack, Selzer(1992, 161-177)를 참조하여 정리한 것임.

지는 것이다. 그러나 공감과 동의의 정도를 높이기 위한 글쓰기는 독자와 나의 공감 정도가 조금이라도 높아졌다면 그것으로 성공적인 글쓰기가 되는 것이다. 나는 대화를 위한 글쓰기는 후자를 지향해야 한다고 생각한다. 어떻게 공감과 동의를 증대시키는 글쓰기를 할 것인가? 나는 보편 청중을 구성하는 것이라고 생각한다. 보편 청중을 구성하는 방법으로 다음 몇 가지를 생각해 볼 수 있다.[7]

먼저, 특정 청중의 자질 중에서 그 청중에게만 특정하다고 생각되는 자질을 배제하고 보편적이라고 생각되는 자질들만을 고려하는 것이다.

둘째, 특정 청중 중에서 지금 다루고 있는 주제에 대해 편견이 있거나, 상상력과 공감이 부족하거나, 비합리적이거나 무능력한 구성원들을 모두 배제하고, 상대적으로 편견이 없고 적절한 능력을 갖춘 사람들만을 포함하는 것이다. 이러한 합리성과 유능함의 자격 조건은 다양한 방식으로 구체화될 수 있다. 예컨대, 유능한 청중은 기꺼이 경청하려는 자세가 되어 있으며, 사실과 경험에서 나온 자료를 중시하며, 주제와 관련된 충분한 정보를 가지고 있다. 그리고 어느 정도의 지적 훈련을 받은 사람이며, 텍스트를 충분히 숙고하는 사람이다.

셋째, 특정 청중들을 함께 합치는 것이다. 글쓰기가 단지 하나의 특정 청중이 아니라 여러 혹은 모든 특정 청중들에게 호소하려고 할수록 그에 비례해서 글쓰기의 보편성은 확대된다. 글쓰기가 그러한 보편성을 요구한다면 청중을 함께 합쳐 나감으로써 궁극적으로는 인류 전체에 다다르게 되는 것이다. 청중들은 주제를 여러 겹의 동심원으로 둘러싸고 있다. 가장 바깥 테두리의 청중을 향해서 자꾸 자꾸 나가면 온 세상 청중들을 다 만나고 올 것이다.

넷째, 글쓰기가 그 순간 대면하고 있는 특정 청중에게만 행해지는 것이 아

---

7) 여기서 제시하는 페렐만의 보편 청중 구성 방식은 오형엽 역(2001, 170–181)을 바탕으로 이재기(2012, 177–178)가 재구성한 것이다.

니라 몇 년 후, 또는 몇 십 년, 몇 백 년 후의 청중에게도 행해진다고 상상하는 것이다. 이러한 종류의 글쓰기는 역사에 호소하는 방식으로, 청중들에게 그들 스스로를 역사의 한 자리에 서도록 요구한다. 고전이 고전인 이유는 그 텍스트가 무시간성을 가지고 있기 때문이다. 무시간성을 가지고 있다는 말은 시간을 초월한 청중을 구성하고 있다는 의미를 갖는다. 글쓰기가 무시간적인 호소를 하면 할수록 더 많은 보편성을 지니는 것이다.[8]

많은 논쟁적인 글을 보면, 독자를 지적 능력이 떨어지는, 현실 인식이 부족한, 이성보다는 감성에 치우친, 상식(공통 감각)이 부족한, 합리성을 잃은, 편협한, 고루한, 과격한, 경험에 갇힌, 인간애가 부족한 사람 등으로 상정한다. 심지어는 암, 악마로 지칭하기도 한다.[9] 이것은 모순이다. 저자의 글은 지적 능력이 있는, 상식적인, 이해관계에서 벗어난, 이성적이고 합리적인 사람들이어야 이해할 수 있고, 공감할 수 있기 때문이다. '못난' 독자를 상정하면서 공감과 동의를 구하는 글을 쓰고 있는 것이다. 독자는 텍스트에 함축된, 내재된 독자 이미지에 충실하게 읽게 마련이다. 못난 독자는 텍스트의 의도대로 감동하지도, 동의하지도 않을 것이다.

내 글을 내 의도대로 잘 읽어내려면 그는 보통 또는 그 이상의 지적 능력과 상당한 정도의 감수성을 가지고 있어야 하며, 끝까지 읽어내려는 의지, 지적 모험심, 적극적으로 이해하려는 태도 등을 가지고 있어야 한다. 저자, 텍

---

8) 많은 격렬한 논쟁에서 자주 등장하는 수사 중의 하나가 "역사가 심판해 줄 것이다."란 말이다. 이들이 언급하고 있는 "역사의 심판"이란 현재 시점에 갇히지 않은, 이해관계를 벗어난 객관적인 시각에 선 판단을 의미할 것이다. 이런 수사가 기대하는 것은 자신의 견해만이 보편 청중의 관점에서 구성되었다는 것을 강조하기 위함일 것이다. 그러나 이러한 수사는 대체로 '자만'에서 비롯된 경우가 많다. 따라서 안 좋은 방식으로 '보편 청중'을 끌어들이는 하나의 사례가 될 것이다.

9) "미국의 문화평론가 수잔 손택의 저서 《은유로서의 병》(Illness as Metaphor)은 자주 사용되는 수사법 가운데 하나인 은유법이 얼마나 위험하게 이용될 수 있는지에 대해 잘 말해주고 있다. (중략) 그는 우리의 언어생활에서 은유로 가장 많이 사용된 병(病)은 폐결핵과 암이라는 것을 지적한다. 예컨대, 나치는 다른 민족과 피가 섞인 사람을 매독 환자라고 불렀으며, 유럽 유대인들을 제거해야 할 매독 또는 암에 비유하였다. 손택이 말하고자 했던 것은 우리의 일상적 언어생활에 깊숙이 침투해 있는 은유가 매우 위험한 언어폭력일 수 도 있다는 점이다. 문제는 우리가 은유를 사용하지 않기는 어렵다는 것이다. 그러나 어렵다고 해서 주의를 기울이는 것까지 포기할 수는 없다." (강준만, 2006: 168-170)

스트가 의도한 만큼 독자는 지적·정서적·심미적·윤리적으로 반응한다. 저자가 고매한 독자를 호출할 때, 고매한 독자만이 텍스트에 온당하게 반응한다.

자신이 처한 '특정한' 입장에서 벗어나는 것은 쉽지 않다. 독자 분석에 앞서서 나 자신의 입장을 분석해야 하는 이유가 여기에 있다. 나의 '존재 구속성'에 대한 깊은 이해와 성찰 속에서 입장주의의 색깔이 옅어지고, 보편주의의 색채가 짙어질 것이다. 나에 의해서 구성되는 독자의 이미지가 내 이미지로부터 벗어나기 어렵다고 볼 때, 지속적인 성찰을 통한 나의 보편성 확보는 곧 보편 청중을 구성하는 의미 있는 방법일 것이다.

보편 청중의 강조는 무당파성 또는 무색무취한 객관성과 중립성을 옹호하는 것이 아니다. 우리는 매 순간 특정한 지향성과 당파성 속에서 살 수밖에 없다. 중요한 것은 이러한 특정 지향성과 당파성을 글쓰기를 통해 솔직하게 드러내는 것이다. 이러한 드러냄과 부딪침 속에서 객관성과 중립성이 성찰되고, 보편성이 훨씬 강화된 당파성을 갖게 되기 때문이다. 문제는 당파성을 갖고 있으면서도 이러한 당파성을 숨기고 객관성과 중립성을 위장하는 것이다. 이렇게 되면, 문어 소통 체계가 어지럽혀지고 문어 소통 자체가 어렵게 된다.

글쓰기를 통한 보편 청중의 구성이 중요한 것은 그것이 수사의 차원을 넘어서 존재론적 차원으로 이어지기 때문이다. 좋은 글쓰기를 위한 방법론을 넘어서 '좋은 사람됨'과 관련이 있기 때문이다. 크로스화이트의 다음 진술은 청중 구성이 저자의 삶을 어떻게 구성하는지에 대한 중요한 관점을 제공한다고 생각한다.

> 청중의 존재 양식, 즉 인간 존재가 현존하는 하나의 방식이다. 청중은 우리가 우리 자신이 되는 가능한 방식을 열어주는 하나의 방법이며, 우리가 배우고 변화하는 하나의 방법이다. 우리에게 새로운 청중은 그 상황으로 옮겨감으로써, 우리는 새로운 종류의 경험을 이해하고 판단하는 새로운 방식으로 옮겨가는 것이다. (페렐만, 2001: 173)

4. 글쓰기를 통한 대화적 진실의 추구

나에 대한 다른 사람의 시선의 잉여는 나를 보는 거울이다. 즉, 그 사람의 잉여라는 거울을 통해 나를 조금은 더 잘 이해하게 되는 것이다.[10] 전지적 시점은 나, 너, 주제에 대한 시선의 잉여가 부재한 시선이다. 잉여라는 외재성이 있어야 내가 아는 나를 넘어서 나를 알 수 있는데 전지적 시점에는 그것이 없다. 이는 주제, 독자의 모든 잉여를 자신이 모두 선취하고 있다는 대단히 오만한 관점이다. 내가 어떤 사람을 마주 보고 있을 때, 그 사람의 뒤통수 뒷부분만이 내가 선취할 수 있는 잉여이다. 내가 그를 마주하고 있는 순간, 사실 나는 그 사람이 바라보는 나 자신조차 볼 수가 없다. 이렇게 모든 주체는 모든 잉여를 전유할 수 없다.

모든 잉여를 전유하고 있다는 시선, 바흐친 식으로 말하면 '본질적으로 잉여적인 시선'은 자신의 시선의 부분성을 인정하지 않는 시선이다. 이런 시선을 갖게 되면 대화는 불가능하다. 내가 다 알고 있는데, 다른 사람을 통해 더 알아야 할 것이 없으며, 내가 진실을 알고 있는데 굳이 타인과 대화를 통해 탐구하고 합의할 이유가 없다. 다른 사람은 자신의 부분성과 결핍을 메우기 위해 어서 빨리 나의 시선을 닮아야 한다. 나의 시선대로 삶과 세계를 이해하고, 판단해야 한다.[11] 이러한 '본질적으로 잉여적인 시선'은 다음 몇 가지 사

---

10) '시선의 잉여'는 바흐친의 핵심 개념인 '대화'를 이해하는 중요한 용어이다. '시선의 잉여'란 내가 보지 못하는 부분을 보는 '타인의 시선'이다. 우리 모두는 자신에 대한 '시선의 결핍'이 있으며, 타인에 대한 '시선의 잉여'가 있다. 따라서 나를 잘 보기 위해서는 타인의 '시선의 잉여'가 필요하다. 타인의 시선의 잉여가 나를 보는 '거울'인 이유가 여기에 있다. "내 앞에 고통을 겪고 있는 사람이 있다고 하자. 그의 의식의 시야는 그를 고통스럽게 만드는 환경과 그가 자신 앞에서 보는 대상으로 가득 메워져 있다. (중략) 그는 자신의 고통받는 외적인 형상이 나에게 의미화되도록 하는 배경인 맑고 푸른 하늘을 보지 못한다." 그러나 나는 그의 경험과 그를 둘러싼 배경의 외재성(outsideness)으로 인해 그의 등 뒤에 펼쳐진 "맑고 푸른 하늘을" 볼 수 있다(바흐친, 1924/2006: 52~53). 이것이 그에 대한 나의 외재성이고, 그에 대한 시선의 잉여이다. 물론 그 역도 가능하다. 그와 나는 항상 서로에 대해 외재적이어서 서로에 대한 시선의 잉여를 갖게 마련이다.

11) 바흐친은 감정 이입을 경계한다. 즉 타자의 입장과 최대한으로 융합하고, 타자의 관점에서 세계를 바라보면서, 자신의 외재성과 시선의 잉여를 포기하는 것을 경계한다.

례에서 알 수 있듯이 우리의 글쓰기 풍토에서 자주 발견된다.

⟨1⟩

2004년 11월 5일 『월간조선』 주체로 서울 장충 체육관에서 열린 '이론무장을 위한 대강연회'에서 『월간조선』 발행인 겸 편집인인 조갑제는 "우리는 정통이고 정의(正義)이며, 선(善)이고 진보입니다. 저들은 이단이고 수구(守舊)이며, 거짓되고 악(惡)합니다. 우리는 정당하고 선(善)하기 때문에 강한 것이고 강하므로 승리할 것입니다. 우리의 이런 신념은 진실에 기초하고 있습니다."라고 주장했다. (강준만, 2006: 623-624)

⟨2⟩

『문화일보』논설위원 이신우는 2004년 11월 23일에 쓴 「독선」이라는 제목의 칼럼에서 인터넷 웹진 '서프라이즈'에서 눈을 의심케 할 만한 표현을 만났으며, 10월 22일자 '서프를 강타한 신개념 논객 디알 인터뷰'라는 제목의 글을 소개했다. "사실 우리가 선(善)이잖아요. 그럼 당연히 우리가 상대하고 있는 수구는 악일 테고……우리가 선이라는 도덕적 우위를 접하고 있음에도 불구하고……아직도 이 나라는 수구판입니다." (강준만, 2006: 624)

⟨3⟩

"나의 글을 이까지 읽고도, 조금도 自己의 內的 反省을 할 餘裕를 가지지 못한 이에게는, 나의 말을 또 다시 한다고 바로 그 痲痺된 聽官의 神經을 움직일 수는 없는 때문이다. 그러한 頑固한 衰弱症 患者는, 그의 病毒이 健全한 사람의 사이에 傳播되기 전에, 어서 하루라도 바삐 우리 民族 社會에서 떠나기를 바란다." (최현배 『민족 갱생의 도』의 일부; 김철, 2009: 77에서 재인용)

독자를 미망, 악의 세계에서 구출하여 광명의 세계, 선의 세계로 인도해야 할 '계몽의 대상'으로 삼는 이런 글쓰기는 우리에게 매우 익숙하다. 이런 어휘를 동원하여 이런 문체로 쓴 논설문을 우리는 교과서나 신문을 통해 오래전부터 익혀온 터다. 이렇게 써야 동의하고, 설득당하고, 움직이는 독자들이다. 이러한 비타협적인 글쓰기는 '대화적 소통'과 거리가 멀다. 그리고 이러한 글쓰기는 다른 사람의 '시선의 잉여'를 인정하지 않는 글쓰기 방식이다.

글쓰기는, 다루는 주제가 무엇이든 대개는 '잉여'에 대한 얘기이다. 남이 보지 못한 잉여가 있기 때문에 글쓰기가 시작되는 것이다. 그리고 그 잉여는 항상 '부분성'을 지닐 수밖에 없다. 그것은 내가 서 있는 특수한 자리, 특수한 맥락에 의해서 구성된 것이기 때문이다. 나의 잉여와 그 부분성에 대한 인정, 타자의 잉여와 그 부분성에 대한 솔직함, 그로 인한 개방성이 대화를 필요로 하며 대화를 가능하게 한다.

'절대적 잉여'의 성격을 갖는 전지적 시점은 내 잉여의 부분성을 인정하지 않는 것이다. 주제에 대한 절대적 잉여를 주장하는 저자는 주제에 대한 모든 타자의 모든 잉여를 자신이 가지고 있는 것으로 인식한다. 따라서 저자는 주제에 대한 전체적 이해에 도달하는 데 타인의 잉여를 도입할 필요를 느끼지 못한다. 즉, 대화를 통한 전체성, 총체성에의 접근에 동의하지 못하며 스스로 혼자 자신만의 잉여(관점, 시각)로 주제에 대한 말하기를 종결짓는다.

진정한 대화, 소진되지 않는 대화, 대화를 통한 진실 추구를 위해서는 '절대적 잉여'를 폐기할 필요가 있다. 오직 그 폐기만이 주제에게, 타자에게 상대적인 자유와 독립을 부여할 수 있다. 그리고 이것은 저자 자신이 자유로워지는 길이기도 하다. 세상의 누구도 본질적으로 가질 수 없는 '절대적 잉여'를 가지고 있다는 미망, 그 무거운 십자가의 무게에서 스스로 자유로워지면서 비로소 대화를 시작할 자세를 취하게 된다.

글쓰기의 학습 공간은 '시선의 잉여'를 누리고, 즐기는 공간일 필요가 있다. '시선의 잉여'는 타자가 갖지 못한 나만의 고유성과 개성의 근거가 되며 대화 참여자로서의 당당한 지위를 부여한다. 교실은 이러한 개성과 당당함으로 아연 활기에 넘칠 것이다. 한편, '시선의 잉여'는 본래적으로 부분성과 결핍을 전제하고 있으므로, 대화를 통해 진실과 전체성에 이르려는 진지함으로 교실이 충만할 것이다. 그리고 이것이 글쓰기를 통한 '대화적 진실' 추구일 것이다.

5. 특정 공동체로부터 탈주하기

사회구성주의 작문 이론은 특정 담화 공동체의 입문을 강조한다. 담화 공동체의 신념·가치·관습의 공유 또는 익힘을 통해서 담화 공동체의 당당한 일원으로 입문할 수 있다고 본다. "담화 공동체에서 이루어지는 대화는 담화의 관습이나 규칙, 즉 구성원 모두가 동의하는 가정과 상투어, 구성원이 사용하는 전문적 어휘, 특정한 토론 방식 등이 있기 때문에, 사회적 수준의 예상 독자와 필자의 대화를 작문으로 규정하면 작문 학습은 이러한 담화의 관습이나 규칙을 익히는 과정으로 설명된다."(박영민, 2004: 363)는 진술은 이러한 사회구성주의 담론의 지향을 잘 보여준다.

담화 공동체의 상식, 규범, 관습의 공유를 통한 공동체 입문을 강조하는 사회구성주의는 들뢰즈·가타리의 용어를 빌리면 수목형, 일자형을 지향하는 반리좀적 담론이라고 볼 수 있다. 담화 공동체의 강조에 대한 거부감은 바흐친의 논의 곳곳에서 발견된다. 의사소통을 가능하게 하는 '공통의 환경, 공통의 지식과 이해'는 바흐친에게는 창조를 위해서는 넘어서야 할 경계로 인식되고 있다.

저자는 작품을 쓰면서 독자의 이미지를 구성한다. 이때의 독자는 지금, 여기의 독자를 재현한 독자가 아니라, 지금, 여기를 살짝 또는 훨씬 벗어난 독자로서 저자에 의해서 비로소 새롭게 탄생한, 창조된 독자이다. 기존 질서의 통념, 상식, 공통 감각을 지닌 독자가 아니라 새로운 감수성을 지닌 독자이다. 즉, 저자나 텍스트는 새로운 감수성을 가진 독자 형성을 의도한다.

김연수(2008, 201)는 문학은 "말할 수 없는 것들에 대해서 쓰는 것"이라고 말한다. 말하지 못하는 것들, 입술이 없는 것들을 대신해서 말하는 것이 저자의 역할이라고 한다. 아직 말해지지 않은 것들은 공동체가 공유하는 신념, 가치, 상식이 아니다. 강밀도를 갖지 못한 물렁물렁한 것이며, 중심을 갖지 못하고 산산이 부서진 조각이며, 공동체란 동심원의 가장 바깥 테두리에서 한 없이 서성거리고, 혼자 중얼거리는 국외자들이다. 그렇다면 글쓰기란 공동체의 공통 감각에 호소하는 것이 아니라, 그러한 공통 감각을 해체할 새로운 공통 감각 또는 감수성에 호소하는 것이다. 그리하여 독자를 그러한 새로운 감수성에 젖도록 하는 의도를 품고 있다. 그렇다면 기존에 우리가 강조하는 독자 고려는 있는 독자의 수준, 기대, 관습, 신념, 감수성에 '맞추려는 고려'가 아니라 '해체하려는 고려'가 되어야 옳다. 또는 없지만 있으면 좋음직한(바람직한) 수준, 기대, 관습, 신념, 감수성을 '새롭게 형성하려고 고심하는 고려'가 되어야 한다.

비슷한 맥락에서 글쓰기를 통한 타인과의 소통과 함께 자신의 내적 표현 욕망에 충실한 표현주의 글쓰기를 강조할 필요가 있다. 고전의 대부분은 동시대의 신념과 감수성에 충실한 또는 부합하는 글쓰기가 아니었다. 담화 공동체의 구성원의 심기를 불편하게 하는 경우가 많았다. 특히, 담화 공동체의 헤게모니를 쥔 대표자에게 그러하였다. 그리하여 지배적인 신념과 감수성에 틈새와 균열을 만들고(탈영토화하기), 새로운 신념과 감수성을 형성(재영토화하기)하는 데 기여하였다.

이런 글쓰기가 가능했던 이유는 저자가 독자로서의 담화 공동체의 요구와 기대를 (전혀/미처)고려하지 않고, 기존하는 해석 전략을 (살짝/많이)벗어난 자리에서 글쓰기를 했기 때문이다. 즉 담화 공동체에 충실하지 않고, 자신의 표현 욕망에 충실한 글쓰기를 한 것이다. 소통의 관점에서 보면 이러한 글쓰기는 소통의 거부라고 이해해야 하나? 나는 반대로 생각한다. 오히려 이러한 글쓰기가 사회적 소통을 강화한다고 생각한다. 이러한 글쓰기는 기존의 완고하고 딱딱한 소통 방식에 틈구멍을 만들어 소통을 더욱 원활하게, 풍성하게 하는 데 기여한다.

글쓰기는 이전 텍스트와 이후 텍스트와의 대화적 관계 속에서 이루어진다. 그리고 대화로서의 글쓰기는 공간적으로, 시간적으로 종결되지 않는다. 이 글에서는 이러한 사회문화적 소통으로서의 작문의 성격을 살핀 후, 대화자로서의 청중의 특성을 분석하였다. 그리고 대화적 특성을 살리는 작문 교육의 방향을 제안하였다.

이 글은 대화로서 글쓰기를 논의하면서 대화 상대로서 '나'보다는 주로 타자를 의식하였다. 글쓰기를 통한 인식과 실천의 변화 대상을 필자가 아닌 독자로 설정하는 것은 당연한 것처럼 보인다. 예컨대, 우리는 통상 글쓰기를 독자를 변화시키는 과정(독자 정보량의 증가, 독자의 신념·행위의 변화 등)으로 이해한다. 그러나 글쓰기는 독자를 변화시키는 과정이면서 동시에 나를 변화시키는 과정이다. 글쓰기 전과 글쓰기 후의 나는 다른 사람이다. 다른 자리에 있는 존재이다. 저자로서 나는 글을 쓰면서 어떤 텍스트에 반응한다. 동시에 내 텍스트에 대한 독자의 반응(해석 텍스트)을 예견한다. 이러한 두 가지 반응의 협력적 관계 속에서 나도, 주제도, 독자도 새롭게 구성된다.

사회문화적 소통으로서의 작문이 펼쳐 보이는 가장 아름다운 모습 중의 하나는 이렇게 글쓰기를 통해서 모두가 함께 의미 있게 변하는 것이다. 특히, 가장 빛나는 순간 중에 하나는 글쓰기를 통해서 저자인 나가 변화하는 것을 저자 스스로 또는 독자가 감지하는 순간일 것이다. 어느 순간 잠시 흔들리다가 다시 짐짓 자세를 가다듬는 순간이 변화하는 순간이 아닐까. 성찰과 성숙의 계기인 흔들림은 어디서 오는가.

나뭇잎이, 풀잎이 흔들리는 것은 바람을 기꺼이 받아들이기 때문이다. 저자가 흔들리는 것은 타인의 관점과 타인의 목소리를 받아들이는 순간일 것이다. 그냥 받아들이기만 하는 것이 아니라 나의 무게와 부피를 유지하려는 욕망을 최대한 유지하면서 받아들이는 것이다. 흔들림은 이러한 유지 욕망과 변화 압력이 길항하면서 생겨난 흔적이다. 바람은 또는 변화 압력은 무엇인가. 그것은 독자의 영향력이다. 글을 통해서 흔들리면서 성장하는 저자의 모습을 보는 것은, 한편으로는 독자의 존재 가치와 독자 목소리의 영향력을 확인하고 감지하는 과정이기도 한다. 독자로서의 내 목소리의 반향이 저자의 글에서 울려나오는 순간은 독자로서 행복한 순간이기도 하다. 목소리와 목소리가 조화롭게 섞여 새로운 울림을 만들어가는 것은 모든 아름다운 대화의 특징일 것이다.

* 이 장은 이재기(2013), 사회문화적 소통으로서의 작문의 성격과 작문 교육의 방향, 작문연구 제 19집, 한국작문학회를 수정한 것임.

참고 문헌

강준만(2005), 한국 논쟁 100, 인물과사상사.

강준만(2006), 글쓰기의 즐거움, 인물과사상.

고종석(1999), 감염된 언어, 개마고원.

김연수(2008), 여행할 권리, 창비.

김철(2009), 식민지를 안고서, 역락.

미에츠슬라브 마넬리(2006), 페렐만의 신수사학(손장권·김상희 역), 고려대학교 출판부.

박영민(2004), 다중적 예상독자의 개념과 작문교육의 방법, 국어교육학연구 제20집, 국어교육학회.

사르트르(2009), 말(정명환 역), 민음사.

움베르토 에코(2005), 나는 독자를 위해 글을 쓴다(김운찬 역), 열린책들.

이재기(2012), 신수사학적 관점에 따른 논증 텍스트 평가 기준, 청람어문교육 제46집, 청람어문교육학회.

이진경(2003), 노마디즘1, 휴머니스트.

제임스 크로스화이트(2001), 이성의 수사학(오형엽 역), 고려대학교 출판부.

정희모(2012), 페렐만의 보편청중 개념과 작문의 독자 이론—페렐만(Perelman)과 파크 (Park)의 논의를 중심으로—, 작문 연구 제15집, 한국작문학회.

Bakhtin, M.(1924/2006), 미적 활동에서의 작가와 주인공, 말의 미학(김희숙·박종소 역), 도서출판 길.

Bakhtin, M.(1961/2006), 언어학, 어문학 그리고 다른 인문학에서 텍스트의 문제, 말 의 미학(김희숙·박종소 역), 도서출판 길.

Bakhtin, M.(1963/2003), 도스또예크스키 창작론(김근식 역), 중앙대학교 출판부.

Ede, Lisa, and Andrea Lunsford(1984), Audience Addressed/Audience Invoked: The Role of Audience in Composition Theory and Pedagogy, CCC 35, 155-171.

Halasek, E. K.(1990), Toward a Dialogic Rhetoric: Mikhail Bakhtin and Social Writing Theory, Dissertation Ph. D., The Univ. of Texas.

Jack, Selzer(1992), More Meanings of Audience, in Stephen P. Witte eds., A Rhetoric of Doing, Southern Illinois University Press, 161-177.

Park, Douglas(1982), The Meanings of 'Audience', College English 44, 247-257.

Perelman, Chaim(1979), The New Rhetoric and the Humanities, Trans William Kluback and others, Dordrecht Holland: D. Reidel.

Perelman, Chaim, and L. Olbrechts-Tyteca(1969), The New Rhetoric: A Treatise on Argumentation. Trans. John Wilkinson and Purcell Weaver. 1958; Notre Dame: University of Norte Dame Press.

제3장 바흐친 수사학에서 저자의 자리

❖ ❖ ❖

쓰기 교육 연구에서 저자[1]는 지속적으로, 체계적으로 배제되어 왔다. 저자로서의 존재감을 드러내지 못한 지 오래되었다. 쓰기 교수·학습 방법론, 장르별 지도 방법론, 학생 저자의 오류 분석 및 개선 방안에 논의는 비교적 풍성하게 이루어져 왔으나, 저자에 대한 논의는 찾아보기 힘들다. 이는 쓰기 교육 지배 담론의 효과라고 볼 수 있다. 구체적으로 객관주의, 주관주의 담론이 우세했던 쓰기 교육 학문 공동체의 연구 성향에서 비롯되었다고 생각한다.

객관주의 담론은 주체 바깥의 객관적인 질서를 인정하고, 강조하고 이에 주체가 복무할 것을 요구한다. 아리스토텔레스를 포함하여 이성의 법칙을 강조하는 대개의 서양의 형이상학, 객관적인 언어 체계 및 법칙을 강조하는 구조주의 언어학 등이 객관주의 담론의 자양분을 제공하고 있다.

---

1) 이 글에서 사용하는 저자(author)라는 개념은 필자(writer)라는 개념과 구체적인 맥락에 따라 겹치기도 하고, 차이를 드러내기도 한다. 문학 연구나 비평에서 저자는 대개 '독창성과 창의성, 권위를 지닌 예술가'를 가리키는 데 사용되며 이 때 저자는 작가와 비슷한 의미역을 갖는다. 이에 비하여 필자는 '독창성', '창의성', '권위'라고 하는 가치평가적인 개념을 포함하고 있지 않는 비어 있는, 건조한 개념이다. 동시에 '예술가'만을 지칭하는 것이 아니라, 문학적 글쓰기, 실용적 글쓰기를 모두 포함하여 '글쓰는 사람'을 일컫는다. 따라서 필자는 어느 경우에는 문학 작품을 쓰는 사람을 일컫기도 하고, 어느 경우에는 인문적, 실용적, 대중적인 글을 쓰는 사람을 일컫기도 한다. 이와 같이 필자의 의미역이 넓기는 하지만, 이 글에서는 저자라는 용어를 사용하고자 한다. 나는 여러 곳에서 저자성(authorship)을 강조할 것인데, 이러한 의도를 구체화하는 데에는 저자라는 용어가 더 적합하다고 생각하기 때문이다. 특히, 학생은 필자로, 전문 필자나 작가는 저자로 호출하는 방식에 깊게 침투되어 있는 위계적 관계 설정의 고정 관념에서 벗어나려는 노력이기도 하다.

객관주의 담론은 복잡하고, 불확실한 글쓰기 현상을 법칙, 원리, 방법과 같은 추상적인 실체로 환원시킴으로써 글쓰기 교육 현상에서 주체의 자리를 위축시키는 결과를 낳았다. 그리고 주체를 사회적 행위자보다는 추상적 실체에 복무하는 수동적, 기능적, 독백적 주체로 형성하였다. 객관적 쓰기 방법, 쓰기 원리에 충실한 저자가 훌륭한 저자인 객관주의 담론에서 저자는 당연하게도 관심의 대상이 되지 못한다. 오직 객관적 쓰기 방법, 원리만이 부각될 뿐이다.

주관주의 담론은 저자의 사회적 구성, 혹은 성격을 무시하고 저자의 자발성, 독창성을 강조한다. 플라톤주의, 낭만주의, 프로이트 심리학, 그리고 표현주의 이론이 비슷한 관점을 공유하고 있다. 이러한 관점은 바흐친의 분류에 따르면 주관적 개인주의에 해당한다.

주관주의 담론은 텍스트 생산 및 해석 과정에서 개인의 자율성, 독창성을 지나치게 강조함으로써, 사회적 행위자로서의 저자 주체, 사회적 현상으로서의 글쓰기 현상이라는 인식을 형성하지 못하였다. 이러한 쓰기 교육은 주체(저자)로 하여금 자신의 발화의 기원을 성찰하는 기회를 앗아갔으며, 탈사회적이고, 탈맥락적인 주체를 형성하는 효과를 낳았다. 개인의 자발성, 독창성, 창의성이 중요한 주관주의 담론에서도 여전히 저자는 주목을 받지 못하고 있다. 개인의 독창성, 창의성의 영역은 사적인 영역으로서 개인의 몫으로만 남겨지기 때문이다. 저자의 독창성은 잘 표현되도록 격려되어야 할 대상이지, 교육이라는 기획 속에서 통제되고, 관리되어야 할 대상이 아니다. 이와 같이 쓰기 교육에서 저자는 객관주의 담론, 주관주의 담론에 의해서 체계적으로 배제되어 왔다.

이 글의 목적은 객관주의, 주관주의 담론에 의해 형성된 저자관을 해체함으로써, 글쓰기 주체로서의 저자를 당당하게 복권시키는 데 있다. 또한 사회적 관점, 대화적 관점에서 저자의 개념을 재구성한 바흐친(M. Bakhtin) 논의를 확대 재생산하는 데 목적이 있다. 이를 통해, 쓰기 교육은 객관적인 지식·기능의 습득, 자아의 정체성 확인을 위한 교육에서 벗어나 사회적 행위자로서의 저자에 주목해야 함을 강조하고자 한다. 1, 2절에서는 바흐친의 저자관에 기대어 객관주의, 주관주의에 의해 구성된 저자관의 논리적 허약성을 밝히고 사회적·대화적 관점에서 저자의 자리를 재구성하고자 한다. 3, 4절에서는 현재 작문 연구에서 저자에 대한 주류적 관점을 형성하고 있는 엘보우(P. Elbow)의 저자관, 부루피(K. Bruffee)의 저자관을 바흐친 관점에서 비판적으로 검토함으로써, 바흐친의 사회문화적, 대화적 저자관의 성격을 선명하게 드러내고자 한다.

1. 사회, 언어, 저자

바흐친은 다양한 자리에서 지속적으로 개인의 정신은 순전히 사회적인 것이라고 주장한다. 사회적인 것 이상의 어떤 사고도 있을 수 없다는 것이다. 이런 관점에서 보면, 저자 혼자서 담화를 생산한다는 생각은 잘못된 것이다. 저자는 물리적으로 발화를 만들어 내지만 발화의 완성은 단지 개인 간의 영역(개인 사이)에서만 이루어진다. 즉 타자와의 관계, 상호작용 과정 속에서만 완성된다. 내가 내던진 말에 대한 타자의 반응/개입이 없이는 내 발화는 완성되지 않는다. 말(word)은 양방향의 행위이다. 바흐친은 말은 자신과 다른 사람 사이에 놓인 다리라고 말한다(Bakhtin & Volosinov, 1973: 86). 나는 의사소통 교량의 건설을 착수할 수는 있다. 하지만 청중2)과 나 사이를 잇는 교량

---

2) 바흐친은 문어(written) 활동을 구어 활동에 비유하는 데 익숙하다. 언어, 텍스트 등에 대한 그의 통찰력은 이러한 구어 활동, 즉 대화에 대한 섬세한 관찰과 감각에서 생겨났다고 볼 수 있다. 바흐친이 텍스트, 담론 현상을 설명하면서 자주 사용하는 청중(audience) 개념은 이러한 맥락에서 이해할 필요가 있다. 따라서 나는 바흐친의 이러한 논의에 충실하여 맥락에 따라서는 저자를 화자로, 독자를 청중(자)로 부르고자 한다.

은 건설 과정에서 청중의 도움을 받아야만 완성된다. 교량 건설은 청중과 그 다리가 위치하는 환경에 의해서 영향을 받고 결정된다.[3] 언어 활동의 집행자로서 청중은 발화에 대해 창조적 힘을 행사한다. 한편, 발화의 심층 구조는, 화자가 접촉하고 있는 보다 지속적이고 보다 기본적인 사회적 관계에 의해 결정된다. 이와 같이 저자의 언어활동이 이루어지는 사회 문화적 맥락과 저자가 속한 담화 공동체가 지속적으로 저자의 담화에 영향을 미친다는 것이 바흐친 논의의 중심이다.

바흐친이 자아와 언어에 관한 사회적 관점을 형성하는 데 많은 공헌을 한 것은 사실이지만, 그 혼자서 그러한 관점과 모형을 생각해낸 것은 아니다. 바흐친의 연구는 사회적 말이 내면화된 형태가 사고라는 언어습득 이론을 주장한 동시대의 학자 비고츠키의 이론에 힘입은 바 크다. 비고츠키의 연구는 스위스의 언어학자 피아제의 이론과 견주어 살펴볼 필요가 있는데, 피아제는 어린이의 자기중심적인 말이 비사회적이고, 개인화된 말이라고 주장한다. 피아제는 자기중심적인 말은 별다른 기능도 없고, 언어적 부수물로서 없어도 무방하다고 말한다. 비고츠키는, 피아제가 자신의 연구에서 데이터를 잘못 해석하여, 자기중심적인 말이 언어활동을 하는 데, 이성적 사고를 발전시키는 데 보조적 역할만을 한다는 결론을 내리게 되었다고 주장한다. 피아제와 동일한 실험을 반복한 후에, 비고츠키는 매우 다른 결론에 도달했다. 비고츠키에 의하면 자기중심적인 말은 어린이의 사고와 밀접한 관계가 있다.

> 어린이의 활동에 단지 부수하는 것이 아니다. 그것은 어린이의 사유와 의식을 이해할 수 있게 한다. …… 그것은 자신을 위한 말이며 어린이의 사고와 밀접하고도 유용하게 결합되어 있다. (Vygotsky, 1986: 228)

---

3) 담론 생산에 작용하는 힘(force)은 화자(의 의도), 청중(의 특성과 의도), 담론이 존재하는 사회의 조건(환경)이라고 볼 수 있다.

어린이의 자기중심적 말은 사회적, 외적(음성화된) 말과 개인적이고 내적인 말 사이를 연결해주는 역할을 한다는 것이다. 어린 아이의 더듬거림과 어린이가 만들어낸 독특한 말의 형태는, 자폐성이나 미성숙한 자기중심적 말의 흔적이 아니다. 내면화된 사회적 말이 시작되기 전에 나타나는 과도적인 언어 형태이다. 언어 발달 과정에서 어린이들은 개인의(자기중심적인)말을 사회화하지 않는다. 반대로 사회적 말을 개별화하고 내면화한다.

어린이가 자기중심적인 말을 사용하고, 그 다음에는 잃거나 내면화하는 바로 그 이유가 비고츠키에게는 논쟁점이 된다. 그리고 여기에 비고츠키와 피아제의 본질적인 차이가 있고, 이 차이가 바흐친의 이론에서는 중심이 된다. 피아제는 어린이들이 다른 사람과 효과적으로 의사소통할 수 있게 하는 사회화된 언어 형태가 부족하기 때문에 자기중심적인 말을 사용한다고 주장한다. 어린이들이 성장하고, 사회적인 말들을 더 많이 접할수록 자기중심적인 말을 쓰지 않게 되고, 결국 사라지게 된다고 본다. 그러나 비고츠키는 피아제의 실험을 다시 하면서 다른 어린들과의 사회적 접촉으로부터 격리된 어린이들이 자기중심적인 말을 사용하는 빈도가 낮다는 것을 발견했다. 이 실험 결과를 바탕으로 비고츠키는 자기중심적인 말이 "자신을 위한 말과 다른 사람을 위한 말이 아직 분화되지 않은 데에서 비롯된 것"이라는 결론을 내렸다 (Vygotsky, 1986 : 228).

어린이는 타인과 의사소통을 하기 위한 목적으로 자기 중심적인 말을 한다. 즉, 어린이는 다른 사람이 자신의 말을 이해한다고 믿는다. 자신을 위한 말과 다른 사람을 위한 말의 차이를 구별할 때, 어린이는 자신을 위한 말을 음성화 할 필요가 없으며 그 결과 자기중심적인 말을 내면화하고 그것을 음성화되지 않은 형태로 둔다. 이것은 자기중심적인 말이 더 이상 사용되지 않는다거나 유용하지 않다는 얘기가 아니다. 다만 그것이 새로운 형태를 취하게 되었다는 것을 의미한다. 비고츠키는 내면화된 말을 암산에 비유했다. 어린이는 처음에 손가락을 사용해서 소리내어 계산한다. 나중에는 더 이상 계산하는 데 손가락을 사용할 필요가 없어진다. 말을 하는 경우든 계산을 하는 경우든 어린이는 지적인 기능을 계속해서 수행한다. 다만 자기중심적인 말이 내적 말로 내면화되고, 손가락을 사용하는 신체적인 행동이 암산으로 내면화될 뿐이다.

자기중심적인 말에서 내적인 말로의 변화는 지적 기능의 마지막, 그리고 가장 복잡한 단계에로의 진전을 나타낸다. 비고츠키(Vygotsky, 1986: 88)가 "내적 성장(ingrowth)" 단계라고 언급한 이 마지막 단계에서, 어린이는 더 이상 자신의 사고 과정과 문제 해결을 돕기 위해 외적 행동(손가락으로 계산하기와 같은 행동에 의존하지 않는다. 내적인 말은 단순히 외적인 말을 음성화하지 않은 상태의 말이 아니다. 즉 내적 말과 외적 말은 존재 형식이 다르다. 내적인 말의 몇몇 사례들은 외적인 말의 형태와 매우 비슷하지만, 대개의 경우 내적 말은 외적 언어의 통사론적 특징을 제거함으로써 정신적인 휴식·중단의 상태(내적 말의 특성인 응축됨, 간결함, 끊어짐, 생략됨의 상태)에 들어간다. 이러한 내적 말은 "그것이 의미(sense)의 농축물"(Vygotsky, 1986: 247)이라는 점에서 의미로 가득 차 있으며, 다양한 의미들을 유인하고, 수집하고 저장한다. 즉, 내적 말이 있는 자리는 타자의 목소리로 웅성대는 곳이며, 타자의 이데올로기들이 시끄럽게 경쟁하는 곳이다.[4]

바흐친의 《마르크스주의와 언어철학》은 바로 이러한 비고츠키의 연구 성과에 기대고 있다. 바흐친은 이 책에서 정신의 내용, 그리고 발화의 내용에 대해서 한 단계 더 구체화된 논의를 펼친다. 비고츠키는 말(word)을 "의미 응

---

[4] 내적 말이 있는 자리, 타자의 목소리로 웅성대는 자리가 바로 타자의 자리이다. 저자의 내적 말, 혹은 사고가 저자의 것이 아닌 이유가 여기에 있다. 타인의 목소리가 섞이지 않은 저자만의 목소리, 즉 '진짜 목소리'가 있다고 주장하는 주관주의가 오류인 이유가 여기에 있다. 또한 언어는 다만 실재를 재현하는 도구일 뿐이라는 객관주의가 잘못된 가정에 기초하고 있음을 알 수 있다. 외적 대화를 통해 형성된 내적 말은 사고의 형식을 취하며, 이러한 사고는 그 출생의 비밀(외적 대화와 관계함으로써 생긴 것임)로 인해 타자의 흔적, 사회적 성격을 지닐 수밖에 없는 것이다.

축물"이라 하고, 바흐친은 "총체적인 실체(whole entities)" 혹은 "발화의 총체적인 인상"이라 한다. 하나의 말에 한 가지 의미만 결부될 수는 없다. 즉, 각각의 말은 다른 사람에 의해서 다양하게 이해되고, 해석될 수 있는 논리적 정의와 함축적 의미를 갖고 있다. 또한 뚜렷한 합리성이나 논리적 추론이 없이도 서로 관계를 맺고, 교신하며, 호응한다. 저자의 내적인 말의 형태는 타자의 평가적, 혹은 정서적 반응에, 그리고 대화의 전개에 지배를 받는다. 또한 사회적 상황의 역사적 조건과 삶의 총체적인 화용론적 흐름 등에 깊이 의존한다. 즉, 각각의 말은 그 말에 대한 개인적인 가치에 의해 결정되고, 사회적 지위와 그에 관련된 지배 담론의 권위에 의해 규정된다. 예컨대, '사회주의자'란 말의 쓰임은 중국과 우리나라에서 다르다. 유럽과 미국에서도 다르다. 우리 아버지와 나의 경우에도 매우 다르다. 말의 의미는 단일하지 않다. 왜냐하면 말은 사회적 맥락과의 지속적인 상호작용을 통해 형성된 것이기 때문이다. 동일한 말이라도 그 말이 쓰이는 개인적, 집단적 맥락에 따라 다르며, 그러한 작은 맥락은 더 큰 사회적 맥락에 의해 결정된다.5)

비고츠키와 비슷한 맥락에서 바흐친은, 사회적 맥락이 개인이 사용하는 말에 영향을 미친다고 주장한다. 바흐친에 의하면 사회적 환경은 말에 의미를 부여하고, 말에 특별한 의미와 가치판단을 부여한다. 그리고 그러한 사회적 환경은 한 사람의 생애 전체를 통해서 그의 언어적 반응 형식을 규정하고 조정한다. 담화는 사회적 맥락에 의해 영향을 받으며 사회적 맥락 안에서 저자는 글쓰기를 한다. 한편으론 이러한 사회적 맥락이 개인 및 사회 공동체에 의

---

5) 객관주의와 주관주의의 중요한 흠결은 이러한 말과 주체의 사회적 구성을 외면하는 데 있다. 따라서 객관주의, 주관주의 교실에서는 의미를 둘러싼 해석 경쟁이 벌어지지 않는다. 의미는 주체, 주체를 둘러싼 사회적 맥락으로부터 독립하여 텍스트에 객관적으로 존재하며, 그렇게 존재하는 의미를 찾는 객관적인 방법이 있다고 생각하기 때문이다. 이것이 객관주의의 가정이다. 한편, 의미는 개인에게 있다. 이때 개인은 사회적으로 구성되지 않으며, 모두가 개성적인 정체성을 가지고 있다. 따라서 이들의 해석은 다양할 수밖에 없다. 그리고 이것은 존중되어야 한다. 이것이 주관주의의 관점이다. 따라서 이들의 교실은 조용한 것이다.

해 결정되고 영향을 받는다. 이와 같이 개인, 사회, 담론은 상호 작용하고, 상호 규정한다.

직접적인(immediate) 사회적 맥락6)은 저자와 청중을 포함하고, 발화에도 영향을 주며 그것을 점점 더 복잡하게 만든다. '직접적인 사회적 맥락'을 동심 원적으로 감싸는 더 광범위한 사회적·문화적 맥락은 어조나 문체에서 드러난 다. 담화는 문체, 문법, 단어 선택, 어조 등을 통해 일반적인 사회적 맥락을 반영할 뿐만 아니라 화자, 주제, 청중과 같은 직접적인 사회적 맥락까지도 반 영한다.7) 바흐친은 언어(speech) 공동체가 발화에 미치는 영향을 다음과 같 이 구체적으로 기술하고 있다.

> 언어와 그 형태는 담화 공동체 구성원들 사이의 오래된 사회적 교제(섭)의 산 물이다. 하나의 발언(utterance)은 기본적으로 이미 쓰여질 준비가 된 언어 (language)를 찾게 마련이다. 그 언어는 발언의 자료가 되고, 그 발언의 가능성 을 구속한다. 특히, 발언에서 발견되는 특징들—특정 낱말, 특정 문장 구조, 특정 억양의 선택—이 모든 것은 화자와 사회적 환경—여기서 말의 교환이 이루어진다 —사이의 상호 관련성의 표현이다. (Bakhtin & Volosinov, 1976: 79)

우리가 말하는 내용, 우리가 말하는 방법은 우리가 속해 있고 우리의 발화 의 방향이 향하는 담화 공동체와 직접적이고도 전면적으로 관련되어 있다. 예컨대, 다리를 보자. 내 눈 앞의 저 다리는 수면 아래 버티고 있는 구조물의 견고함, 힘 때문에 존재한다. 즉 저자의 말은 담화 공동체의 지지, 혹은 존재 때문에 말이 되는 것이다. 한편, 공학도는 다리를 설계할 때 무게에 따른 강 도, 다리의 길이에 따른 높이를 무시할 수 없다. 저자 역시 담화 공동체를 무

---

6) Martin(1993: 137-153)은 할리데이와 핫산의 논의를 수용하여 장르 모형을 제시하였는데, 그는 텍스트 생산·해석 과정에 참여하는 맥락을 상황 맥락, 문화 맥락으로 구분하고 있다. 상황 맥락은 직접적인 영향을 미치는 맥락으로서 바흐친의 '직접적인 사회 맥락'과 통한다.

7) 사실 담론의 관점에서 보면 사회적 환경이 맥락이 되고, 사회적 환경의 측면에서 보면 담론이 맥락이 된다. 나는 텍스트이면서 동시에 맥락이고, 맥락이면서 동시에 텍스트이다. 이러한 양면성을 세상의 모 든 사물은 가지고 있다.

시한 채 글을 쓸 수 없다.

사실, 이렇게 말하면 지나치게 결정론적이다. 바흐친도 담화 공동체를 담화를 일방적으로 규정하는 존재로 인식하지는 않았다. 엄밀한 의미에서 담화 공동체가 저자와 저자의 말을 결정하기도 하지만, 반대로 저자의 말이 담화 공동체를 변화시키기도 한다. 즉 개별 저자의 글쓰기가 담화 공동체의 새로운 질서를 창출할 수도 있는 것이다. 그리고 이런 글쓰기는 담화 공동체의 '현재됨'에 구속되어서는 가능하지 않다. 그러나 이것이 저자, 저자 담화의 독립성, 자율성을 의미하는 것은 아니다. 왜냐하면, 공동체를 변화하는 글쓰기도 공동체의 맥락을 완전히 벗어나서는 불가능하기 때문이다. 공동체의 구심력과 원심력이 긴장하면서 대결하는 공간 어디쯤에 이러한 창조적, 변혁적 글쓰기가 존재한다고 보는 것이 타당하다.

바흐친은 언어와 언어의 규칙, 가정들 그리고 사회적 맥락들을 분석하면서 두 가지 결론에 이르렀다. 하나는 그가 ≪마르크스주의와 언어 철학≫에서 주장한 것으로, 언어가 사회적 맥락에 의해 결정되기 때문에 전통적인 언어학은 발화를 만족스럽게 설명하지 못한다는 것이다. 다른 하나는, 사회적 형식으로서의 발화는 사회언어학적 관점에서 연구되어야 한다는 것이다. 발화의 이러한 순수한 사회적 성격 때문에 저자를 정의하고, 규정하는 것이 점점 더 복잡해진다. 물리적으로 텍스트를 창조한 사람으로만 저자를 정의하면 담화를 발생시킨 일련의 사회적 관계들을 간과하게 된다. 결국 허상의 저자를 붙잡는 셈이다. 객관주의는 사회와 저자가 부재한 텍스트와 방법론만을, 주관주의는 사회가 부재한 저자만을 붙잡고 있는 셈이다.

한편, 저자에게 영향을 미치는 사회 집단이나 이데올로기는 단일하지 않다. 예컨대 저자는 다양한 이데올로기에 노출되어 있고, 따라서 이들 모두에 혹은 이들 중 어느 하나에 특히 영향을 받을 수 있다. 모든 이데올로기부터 완전히 자유로운 저자는 없다. 저자는 자신이 속한 언어 공동체의 헤게모니의 힘을 볼 수 있고 자신의 담화공동체 내의 지배적인 목소리들을 들을 수 있다. 그러나 그 목소리가 곧 저자의 목소리가 되는 것은 아니다. 한편, 언어 사용자로서 성장해 감에 따라 저자로서의 우리는 서로 다른 언어적·사회적 기준들을 가진 언어 공동체들과 접하게 된다. 저자는 이러한 대조적인 입장을 관련시키고, 조율하는 과정에서 비로소 지배 담론, 주류 담론과 대화하며 상호작용할 수 있게 된다. 지배 담론과의 대등한 대화는 저자의 담론이 지배 담론에 대항하는 담론의 성격을 지닐 때 가능해진다고도 볼 수 있다.

2. 공식 담화와 비공식 담화

바흐친은 프로이드주의와는 거리가 멀지만 심리 분석에 대한 프로이드의 연구는 바흐친이 사회적 심리학을 구성하는 데 기초를 제공한 것으로 보인다. 그는 ≪마르크스주의와 언어철학≫에서 소쉬르의 이론에 대해 그랬던 것처럼, 자신의 의도와 관점을 확장하고 정교화하기 위하여 방편적으로 프로이트의 개념을 활용하고 있다. 바흐친은 자신의 관점을 명확히 하기 위해 기존의 지배적 논리나 담론을 비판하거나 해체할 필요가 있었다. 바흐친이 보기에 당시에 언어학에서는 소쉬르가, 심리학에서는 프로이트가 지배적 담론을 만들고 유포하는 대표적인 논자들이었다. 바흐친은 그들의 논리를 부분 수정, 혹은 개정하는 선에서 그치지 않고, 적극적으로 해체하여 새롭게 재구성하였다. 바흐친은 프로이트주의의 기본적인 이데올로기적 모티프를 거부하고, 그것은 사회적·문화적 요소가 제거된 생기론(biologism)에 가까우며, 좋게 봐줘도 단지 생기론의 정신 과잉을 다소 줄여 놓은 것뿐이라고 비판한다.

정신의 역동성은 프로이트가 주장하는 것처럼 자연적인 혹은 성적인 요소들의 투쟁에서 나오는 것이 아니다. 이데올로기적 가치, 동기, 요인들의 투쟁에서 나오는 것이다. 바흐친(Bakhtin & Volosinov, 1976: 24)은 프로이트가

"현상의 사회적 본질을 이해하지 못한 채, 그것들을 개인의 유기체와 그 정신에 좁게 한정시키려 했다."고 주장한다. 언어 현상과 행동 현상의 복잡성은 프로이트가 주장하는 것처럼 기억의 모호한 회상이나 잠재적 욕망만 가지고 설명될 수 없다. 바흐친은 대신 그것들은 사회적 용어로 분석될 필요가 있다고 주장한다.

바흐친은 프로이트의 의식과 무의식에서 출발한다. 그러나 곧 그 기능과 목적을 전도시키고 새로운 심리학, 즉 일종의 사회 심리학을 구성한다. 그는 정신을 공식적 의식(프로이드의 의식)과 비공식적 의식(프로이드의 무의식)의 두 가지 형태로 나눈다. 권위를 가진 문화적 규범에 가까운 공식적 의식은 "공식화되기가 쉽고, 지배 계급의 성숙한 이데올로기, 법규, 도덕성, 세계관에 가장 가깝다." 반면 비공식적 의식은 "지배 이데올로기의 견고한 체계"가 제거된 것이다(Bakhtin & Volosinov, 1976: 88-89). 바흐친은 그 영향의 강도와 형식에 차이가 있을 뿐 두 가지 형태의 의식 모두 사회적 영향으로부터 완전히 자유롭지는 못하다고 말한다. 물론 비공식적 의식의 내용은 종종 지배적인 사회 이데올로기로부터 철저히 이탈하거나 지배적 이데올로기와 반대 방향으로 치닫는다. 그러한 사고들은 지배적 언어 공동체의 인가를 받지 않았기 때문에 쉽게 표현되지 않는 경향이 있다. 그러나 인가되지 않은 사고가 필연적으로 더 깊은 비공식적 의식으로 전락하여 완전히 사라지는 것은 아니다. 단지 "희미한 내적 말로 퇴화하거나 침잠한다."(Bakhtin & Volosinov, 1976: 88-90). 그것은 때가 되면 어느 날 홀연히, 불쑥 일어나 공식적 이데올로기와의 한판 싸움에 참여하게 될 것이다. 이러한 방식으로 프로이트를 재구성함에 있어, 바흐친은 생물학적 요소가 아닌 사회적 요소와 지배적 이데올로기가 어떻게 금기를 형성하고 성적 욕구를 억압하는지를 설명하려고 시도한다. 바흐친의 관점에서 보면 행동이나 발화는 지배 이데올로기적 규범과 다를 때 쉽게 표현되지 않는다. 이것이 비공식적 의식이고, 무의식이다. 그리고 이것이 저자의 비공식 의식, 무의식이 사회적 영향으로부터 자유롭지 못한 이유이다. 사회의 지배적 이데올로기와 질서로 인해, 그들은 은둔의 세월을 보내고 있는 것이다.

주관주의는 이러한 주관성, 혹은 덜 사회화된 개인성에 귀를 기울인다. 이것이 문제인 것은 이러한 자질을 고착화시킬 가능성이 있다는 점이다. 이러한 비공식적 의식과 공식적 의식을 견주면서, 혹은 대결을 시키면서 현재의 '저자됨'을 성찰하는 길을 막는다. 그리고 이러한 성찰이 생략된 글쓰기는 지금의 저자됨, 사회됨을 고정화할 뿐 적극적으로 재구성하지 못한다. 이렇게 될 때, 글쓰기를 통한 주체와 사회의 성숙은 기대하기 힘들다.

잠시 비고츠키를 다시 생각해 보자. 자신을 위한 말은 타인을 위한 말과 차이가 점점 뚜렷해짐에 따라 보다 개인적인 성격을 띠거나 한편 사장되기도 한다. 바흐친은 내적인 말에서 다시 외적인 말로의 변환은 비고츠키가 언급한 언어적 의미적 변형만 있는 것이 아니라 이데올로기적 변화도 겪게 된다고 말한다. 사회·문화 맥락은 내적인 말에 영향을 미치지만 내적인 말은 일단 공적인 것이 되고 나면, 그들의 평가로부터 자유로워진다.[8] 비공식적 의식에서 진행된 사고는 공식적 의식으로 지향해 나감에 따라 이데올로기적 명료화 과정을 겪는다. 언어화 과정 중에 있는 사고는 형식과 표현에 있어서 사회적인 것에 의해 공공연하게 영향과 제한을 받으며 그들에 의해 결정되기도 한다. 이와 같이 모든 단계에서 의식적인 사고는 이데올로기적 의미를 수반한다. 그러나 오직 그것이 언어화되었을 때만 그리고 공개적인 토론에 처해졌을 때만 완전한 명료성과 효율성에 도달한다(Bakhtin & Volosinov, 1976: 87). 즉 사고가 발화가 되었을 때 비로소 이데올로기적 정당성의 마지막 시험

---

8) 숨어 있던 비공식적 의식, 무의식, 내적 말이 공식적인 말이 되면, 더 이상 사회의 평판을 의식할 필요가 없다. 사회가 언어에 영향을 미친다는 말은 '내적 말→외적 말'의 과정에 가장 잘 적용된다고 할 수 있다.

을 통과하게 되는 것이다.

비공식적 의식의 형태로 깊숙한 곳에 존재하는 저자의 사고는 언어 공동체의 공식적 이데올로기와는 조화를 이루기 어려운 사고로서 저자가 속해 있는 서로 다른 언어 공동체의 상충하는 견해 속에서 발생한다. 억압된 사고나 부조화된 사고는 지배적 이데올로기 및 사고와 경쟁하는 과정에 의해서만 언어화 된다. 그리고 혹독한 이데올로기적 시련을 겪은 후에야 비로소 공식적인 의식이 되며 그 과정에서 저자의 이데올로기적 입장이 재정의 된다. 공식 의식과 비공식 의식이 그들 사이에 존재하는 모순과 분열을 견뎌낼 수 있다면, 저자의 정신은 둘 사이의 차이를 해결하기 위해 애쓰게 될 것이다. 이러한 애씀이 곧 대화이다. 바흐친은 지배 계급의 공식적 이데올로기, 혹은 시스템이 완고하고 공동체 구성원의 문제제기를 들으려 하지 않을 때, 둘 사이의 간격은 넓어진다고 주장한다. 그리고 간극이 커질수록 비공식적 의식이 외적인 말로 실현되기가 더 어렵다. 바흐친은 의식의 변화 과정을 다음과 같이 설명하고 있다. 여기서 이데올로기적 창조성의 개념을 만날 수 있다.

> 어떤 의식이 사람의 머릿속에 내적 말로서 존재하는 한, (저자의 의식은—역자) 아직은 너무 얇은 존재의 파편이고 그 활동 범위도 (언어화되기에는—역자)아직은 너무 작다. 그러나 일단 사회적 객관화의 모든 단계를 통과하고 나면 그리고 과학, 예술, 윤리, 혹은 법의 권력 체계에 들어가게 되면 그것은 실제의 힘이 되어서 사회적 삶의 경제적 기반에도 영향을 미칠 수 있게 된다.
>
> (Bakhtin & Volosinov, 1973: 90)

이데올로기적 창조성은 저자의 정신 안에, 그리고 가장 복잡하고 힘 있는 제도 안에 존재한다. 이데올로기적 창조성의 스펙트럼은 원시적 야만의 가장 흐릿한 단계로부터 가장 세련된 문화적 유물의 단계에까지 이른다. 이데올로기적 창조성의 한쪽 끝에는 가장 억압받고 가장 유용성이 적은 사고들이 자리하고 있고, 다른 한쪽 끝에는 가장 강력하고 보편적인 사고가 있다. 언어공동체와 가장 부조화를 이루는 사고는 음성화되기 어렵고, 언어 공동체의 승인을 받기도 어렵다. 이러한 사고와 동기(충동)들은 사실 영영 사용되지 않거나 소멸되어버릴 수도 있다. 반대로 공식적 이데올로기에 대항하여 싸울 수 있고 이데올로기적 중요성의 우위를 차지하기 위하여 경쟁할 수 있다. 그러한 동기들은 표현되기 전에 개인 내부에서 반드시 경쟁적인 다른 동기들과 맞닥뜨리며, 언어 공동체에서 논평과 응답의 고된 시련을 겪게 될 것이다. 이러한 시련과 평가를 이겨낸 동기는 공식적 이데올로기를 깨는 강력한 무기가 될 수도 있다. 대개의 창조적, 대항적 담론은 이러한 과정 속에서 생겨난 것이다.

창조적 담론의 구성과 주관주의는 어떤 관계가 있을까? 저자의 창조적 담론 구성이 중요하다면, 주관주의자들이 할 일은 이러한 이데올로기적 창조성을 지니고 있지만, 현재는 원시적 야만의 단계에서 고난 받고 있는 저자의 동기(충동)을 밖으로 끄집어내는 것이다. 그리하여 공식적 이데올로기와 대화하거나 경쟁하도록 하는 것이다. 이 과정에서 저자의 개인적 동기는 소멸될 수도 있지만, 공식적 이데올로기를 해체하는 강력하고 창조적인 이데올로기로 변신할 수 있다. 그리고 그 동기는 공식적인 이데올로기로서의 자격을 획득하게 되는 것이다.

이런 측면에서 볼 때, 공식 담화를 모방하고 재생산하는 학생 저자들은 그들 자신의 목소리를 거의 갖지 않은 사람들이라고 할 수 있다. 이러한 학생들의 글을 읽으면, 자기 자신의 목소리나 스타일 혹은 감정의 폭발 같은 것을 느끼기 힘들다. 규범적 글쓰기는 담화 공동체에 의해 확정되고, 그 공동체에 의해 인정받고자 하는 저자들에 의해 유지되고 영속화된다. 이런 측면에서 볼 때, 학생 저자들에게 구심적 글쓰기를 넘어서 원심적 글쓰기를 하라고 요구하는 것은 그들에게 학문, 학교, 사회에서의 자신의 위치, 혹은 입장을 검토하고, 재정비하고, 재조정하도록 요청하는 것과 같다. 그들에게 사유 방식과 언어 사용 방식을 바꾸도록 요청하는 것은 간단한 문제도 아니고, 또한 교육적인 발상이 아닐 수도 있다. 안전하고 익숙한 글쓰기를 고집하는 것은 언어적 미숙의 표시이기 보다는 기존하는 것들에 대한 순응을 의미한다고 봐야 한다. 상투적 글쓰기, 미숙한 글쓰기는 대개 저자의 이데올로기적 우유부단함이나 소박함에서 기인하는 경우가 많다. 학생들이 언어적으로 이데올로기적으로 나름의 의식을 갖게 된 후에야, 비로소 비교적 선명한 이데올로기적 전망을 가지고 글을 쓸 것이고, 이때 사용된 말에는 힘이 들어가 있을 것이다.

저자의 정신 및 언어의 사회적 기원을 강조하는 바흐친으로부터 우리가 받는 시사는 글쓰기 활동의 성패가 글쓰기 관련 지식 및 기능의 있고, 없음에 달려 있는 것이 아니라는 점이다. 즉 텍스트 생산 과정에서 보이는 부적절함은 그가 맺고 있는 사회적 관계가 완전하지 않음을 의미한다. 즉, 그와 그를 둘러싼 사회적 환경과의 상호 작용이 부분적이거나, 상호작용의 결과가 부분적이거나 한 것이다.

다음 3절, 4절에서는 글쓰기에서 표현주의 혹은 주관주의 담론를 대표한다고 생각되는 엘보우의 저자관과 객관주의 담론에 이론적 자양분을 제공한다고 여겨지는 브루피의 저자관을 비판적으로 검토하고자 한다. 이러한 비판적 분석을 통해 바흐친의 저자관 혹은 언어관이 보다 선명하게 드러날 것으로 보이며, 글쓰기 교육에 대한 구체적인 함의가 분명해질 것으로 보인다.

3. 하나의 진짜 목소리를 가진 저자

엘보우(Elbow, 1973, 1981)는, 바흐친이 정신 내부와 발화의 내부에서 작용하는 구심력과 원심력의 대화라고 했던 것과 비슷한 내적 말하기의 한 형태인, 의심하기와 믿기의 개념을 쓰기 연구에 도입했다. 엘보우의 이론은 대개 주관주의, 혹은 표현주의로 간주되어 오기는 했으나 최근에 많은 사회적 주목을 받고 있다. 그도 작문을 논할 때 직접적으로 바흐친을 얘기했던 몇 안

되는 작문 이론가들 중의 한 사람이다.

엘보우가 제안한 의심하기와 믿기가 내적 대화를 위한 흥미로운 수단을 제공해 주는 것은 사실이지만, 엘보우는 의심하기와 믿기가 정치적 부산물이라는 사실을 충분히 인식하지 못한 것으로 보인다. 물리적 대화와 정신적 대화를 포함하여 모든 대화가 본질적으로 사회적 성격을 지녔다는 사실을 간과하고 있다. 그는 저자와 쓰기에 대한 개인주의적, 표현주의적 이론에 사회적인 요소를 더하는 수단으로 대화주의를 인용하고 있다.

바흐친과 달리 엘보우는 저자를 상대적으로 안정된 사회 체제에 사는 상대적으로 자율적인 개인으로 보고, 사회적인 요소는 저자에게 방해가 될 뿐이라고 주장한다. 엘보우의 관점에 서면, 학생 저자는 글쓰기를 통해 반드시 자신의 목소리를 발견해야 한다. 하나뿐인 자신의 진짜 목소리로 글쓰기를 해야 한다. 반면에 바흐친은 개인적인 목소리의 존재를 부정할 때, 그리고 하나의 발화는 복합적인 목소리들에 의해서만 형성된다는 것을 깨달을 때, 저자는 쓰기를 포함한 의사소통의 본질을 깨달을 수 있다고 주장한다. 유일한 진짜 목소리의 인정과 부정, 다양한 이어적 목소리의 인정과 부정 사이에 바흐친과 엘보우가 자리하고 있다.

엘보우도 글쓰기에서 저자에 미치는 사회적인 영향을 완전히 부정하지는 않는다. 예컨대, 그는 전쟁, 환경 문제 등에 대한 학생들의 의견이 가족, 친구, 교사, 교회 등 사회 관계 및 제도에 의해 영향을 받는다는 것을 인정한다. 그러나 학생들이 사회의 가치와 규범에 의해 영향을 받는다고 이야기하는 것으로는 불충분하다. 저자와 교섭하고 있는 사람, 제도, 사회적 맥락이 그들의 사유 형식과 내용을 형성하는 본질적인 부분이라고 볼 때, 사회적 요소를 영향 요인쯤으로 취급하는 것은 부적절해 보인다. 즉 엘보우는 여전히 사회가 저자의 언어와 사고에 미치는 생성적, 형성적 힘을 과소평가하고 있는 것으로 보인다.

바흐친은 ≪대화적 상상력≫에서 저자의 이미지 구성과 관련된 문제를 매우 상세하게 다루고 있다. 그는 저자를 예술가에 비유했는데, 우리는 작품에서 예술가로서의 저자의 존재감을 어렴풋하게 느낄 수는 있지만, 결코 볼 수는 없다. 저자는 자신의 작품 전체에 존재한다. 저자의 존재는 작품을 통해 감지될 수 있지만 그 작품에서 가시적이지 않으며 따라서 식별할 수도 없다. 작품에서 발견되는 목소리는 다양하고 이어적이어서 하나의 목소리로 통합되지 않는다. 따라서 작품에서 하나의 목소리를 발견하고, 그 목소리를 저자와 결합시키려는 엘보우의 노력은 헛된 것이라고 볼 수 있다.

엘보우는 지속적으로 "진짜 자아(real self)"와 "진짜 목소리(real voice)"의 존재를 주장하여 왔다. 다만 근래에 내적 대화(믿기-의심하기)의 개념을 도입함으로써 초기의 완고한 독백성을 어느 정도 벗어난 것으로 보인다. 그는 내적 대화 시 자아는 내면화된 타자, 내면화된 사회적 규범과 가치에 의지한다고 말하고 있다. 그러나 내적 대화에서 고려되는 사회적 규범과 가치라는 것은 매양 무의식적으로, 당연하게 대화에 참여하는 본질적인 구성물이 아니라, 저자의 의식적 선택을 제한하고 통제하는 정도의 역할만을 갖는다.

바흐친 논의에서 대화는, 그것을 통해 문화적 목소리의 다양성이 전달되는 것으로서 글쓰기의 본질적인 부분을 차지한다. 대화는 목소리의 교환 과정이며, 이러한 경쟁적인 목소리의 교환 속에서 의미가 획득된다. 바흐친은 개인과 개인 사이(개인 간의 영역)에서 "의미가 생성하고 발생한다."고 말하고 있다(Bakhtin & Volosinov, 1973: 12). 그러나 엘보우의 의심하기와 믿기 게임에서 "개인 간 영역"은 내면화 된다. 그리고 거기에는 정치적, 이데올로기적 동기가 제거되어 있다. 엘보우의 의심하기와 믿기는 단지 주제에 대한 한 개인의 다양한 견해를 나타낼 뿐이다. 의심하기와 믿기가 진정한 의미의 대화적 수단이 되기 위해서는, 하나의 문화 내에서 작용하는 지배적인 이데올로기적 입장에 의해서 영향 받고 침투되는 것으로서 이해되어야 한다.

바흐친은 모든 내적인 말은 청자를 상정하고 그 구성에 있어서 청자를 지향하고 있다고 말한다. 따라서 외적인 말이 그러는 것처럼 내적인 말도 사회적 교제의 결과이고 표현이라고 주장한다(Bakhtin & Volosinov, 1976: 79). 바흐친 견해에 따르면, 모든 글쓰기는 두 가지 방향에서 사회적이다. 첫째, 글쓰기는 사회적 영향력에 의해서 형성된다. 둘째, 글쓰기는 개인과 개인 사이에 존재한다.

자아, 저자를 보는 관점에서 바흐친과 엘보우 사이에 기본적인 차이가 있는 것은 사실이다. 그러나 그렇다고 해서 쓰기 교사들이 사회적 관점에서 쓰기 수업을 기획할 때, 엘보우의 논의를 완전히 배제하는 것은 적절치 않다. 바흐친이 공식적 의식과 비공식적 의식을 구성할 때 기본적으로 프로이드가 제안한 마음 구조를 활용했듯이, 마찬가지로 우리는 엘보우의 의심하기와 믿기 게임을 쓰기 학습의 초기 단계에서 발견 학습법의 일환으로 바꾸어 활용할 수 있다. 엘보우의 의심하기와 믿기 게임은 원심적 담론, 구심적 담론 등으로 번역함으로써 바흐친 논의를 더욱 풍성하게 구성할 수 있다.

4. 공동체의 일원으로서의 저자

의심하기와 믿기와 같이 저자 개인의 내적 대화의 중요성을 강조한 엘보우와 달리, 브루피는 같이 글쓰기를 공부하는 학생들 간의 대화를 강조했다. 겉보기에는 단지 반대되는 교육적 결정을 한 것 같이 보이지만, 이 두 가지 접근 방법은 이들 이론가들의 저자에 관한 견해의 철학적 차이를 드러낸다. 글쓰기를 내적인 의심하기와 믿기로 가정하면서 엘보우는 개인의 경험, 관찰, 평가에 의존하여 진리(truth)와 실재(reality)를 결정하는 저자상을 구성하였다. 의심하기와 믿기는 개인 간 영역에서 사용될 때마저도, 개인 밖으로 확대되지 않는다. 교실에서 쓰기의 교정 방법으로서 사용되는 의심하기와 믿기는 평가의 위치를, 한 개인에게서 다수에게로 옮기는 정도이다. 이 자리에서의 저자는 청중과 자신과의 상호관련성에도 불구하고 여전히 개인적 자율성을 계속 유지하고 있는 저자들이다. 여기서 차이가 협상되기를 기대하는 것은 무리다. 이것이 엘로우 관점의 특징이고 한계이다.

이에 비하여 브루피는 개인 간의 협상과 토의를 강조한다. 브루피가 제안한 동료 집단은 협동 학습과 깊은 관계가 있다. 협동학습이론은 모든 개인이 집단 구성원의 협력을 요청할 수밖에 없는 크고 작은 어려움을 가지고 있다는 것을 가정한다. 그들 앞에 놓인 주제에 대해 토의하고 평가함으로써 합의에 도달하려고 애쓰는 과정에서 타인의 협조와 도움은 당연히 수반되게 마련이다. 브루피는 공동체와의 일치를 강조했는데, 이것이 엘보우와 구별되는 철학적 핵심이다. 엘보우가 평가와 지식의 자리를 개인에서 찾은 반면 브루피는 집단 혹은 공동체에서 찾고 있다. 사실 브루피(Bruffee, 1985: 6)는 "개인적인, 그리고 공유되지 않은 선입견과 편견"에서 벗어날 때 저자는 자신의 글을 객관적으로 인식할 수 있으며, 타인에게 영향을 미칠 수 있는 글을 쓸 수 있게 된다고 주장하고 있다. 그의 관점에서 보면, 공동체의 다른 구성원과 공유되지 않은 저자의 개인적 의견들은 가치 없는 "편견과 선입견"이 된다. 그러한 의견은 독특해서, 특수해서, 별나서 공동체 내에서 어떤 권위도 수행하지 못한다.

부루피의 관점에서 보면, 개인의 의견은 그것이 아무리 훌륭하고 뛰어날지라도 공동체에 의해 공유되었을 때 가치 있다. 다시 말하면 정당한 결론에 도달한다는 것은 공동체의 인정과 승인을 수반한다는 것을 의미한다. 한 개인의 관점이 권위를 얻기 위해서는 공동체가 공유하는 신념의 영역, 이데올로기 영역 안에 자리해야 한다. 부루피(Bruffee, 1985: 6)는 "우리는 다른 사람이 그것을 보는 대로 세상을 보도록 노력해야 한다. 혹은 좀더 정확히 우리가 함께하려고 노력하는 공동체의 다른 구성원들과 일치하는 방식으로 세상을 보려고 노력해야만 한다."고 말하고 있다. 해당 공동체의 구성원과 동일하게 세상을 지각하기 시작한 후에야 저자는 그 집단에 영향을 줄 수 있고 그 집단의 세계관에 영향을 미칠 수 있게 된다. 그러나 이 과정은 부루피의 생각처럼 그리 간단치가 않다.

새로운 지식 패러다임을 수용하는 것은 다른 관점에서 세계를 보는 것 이상의 것을 요구한다. 부루피는 공동체의 일원이 되기 위해서 저자는 자신의 이데올로기를 공동체의 이데올로기와 일치시킬 필요가 있다고 주장한다. 일단 공동체의 세계관과 일치하면, 그리고 자신의 글에서 그것을 재생산하거나 지지할 때 저자는 비로소 무지, 순진함, 그리고 개인적 편견과 선입견으로부터 자유로울 수 있다. 공동체의 신념, 가치, 이데올로기를 지향하는 저자의 글은 구성원의 반대에 직면하지 않는다. 그 의견은 합의된 의견을 조장하고 영속화하기 때문에 그 공동체 내에서 특이하거나 공격적이거나 성가신 것으로 여겨지지 않게 된다.

부르피의 이러한 생각은 일리는 있으나 복잡하고 시끄러운 글쓰기 현실에 안착하기에는 지나치게 순진한 측면이 있다. 예컨대, 자신의 공동체 구성원이 아닌 사람, 특히 자신의 공동체의 신념이나 이데올로기가 무지의 소산이며 편협하고, 그리하여 비판받아 마땅하다고 생각하고 있는 구성원과 의사소통을 할 때, 저자는 꽤나 껄끄럽고 난처한 수사적 상황에 직면하게 된다. 더 이상 그는 신도들 앞에서 설교하는 목사가 아니다. 그는 의심과, 분노, 불신에 직면할 것이다. 그가 비록 그 공동체의 신념과 가치를 인식했을지라도 그리하여 일정한 권위를 획득했다 할지라도, 그러한 권위가 해당 공동체 바깥에서 그대로 유지된다는 보장은 없다. 더구나 하나의 공동체는 수많은 신념, 가치, 이데올로기가 서로 경쟁하는 공간이다. 비록 어느 하나의 신념과 가치가 우세하여 안정되어 보일지라도 그러한 체제는 일시적이고 가변적이다. 따라서 공동체의 구성원이 된다는 것은 공동체에 존재하는 수많은 이데올로기의 스펙트럼 어딘가에 자리를 잡는다는 의미이지, 하나의 공동체에 유일하게 존재하는 신념 체계에 편입된다는 의미는 아니다.

한편, 저자들의 이전 지식은 교육을 받는다고 해서 없어지지 않는다. 어떤 쟁점을 다룰 때, 모든 저자는 각각 서로 다른 출발점에서 시작한다. 그리고 출발점은 저자의 이전 경험과 지식에 의해 영향을 받는다. 이것은 특정한 한 분야에서 학자들 사이에 보이는 크고 작은 차이들을 설명해 주기도 한다. 같은 학문 공동체, 심지어 같은 대학의 동일 학문 공동체에서 배운 저자들임에도 불구하고 그들의 의견은 상당히 다를 수 있다. 이것은 아마도 학문 공동체에 입문하기 전의 지식과 경험의 차이에서 비롯되었을 것이다. 이들이 속해 있었던 공동체, 그들에게 익숙해진 지식 유형, 사유 방식, 느낌 방식 등이 계속해서 그들에게 영향을 미치고 있는 것이다. 게다가 이전 공동체의 담화가 그들 논의에 주요하게 남아 있다면, 다른 공동체에 입문한다고 해서 약해지지는 않는다. 이전 지식, 지금 지식은 공존하며 다만 상황과 맥락에 따라 그 우세와 열세가 달라질 뿐이다.

학교에 들어오면서 학생들의 신념 체계는 다양한 도전에 직면한다. 논의를 구성하는 방식, 증거를 배열하는 방식, 언어를 사용하고 의견을 진술하는 방식들은 모두 세계를 보는 방식이고 그 안에 위치한 자신의 입장을 드러내는 방식이다. 따라서 글쓰기 장면에서 학생 저자들은 다양한 불일치 경험을 하게 된다. 불일치는 단지 공동체 내의 협상을 통해서 깔끔하게 해결될 수 있는 간단한 문제가 아니다. 불일치의 한 복판에는 이데올로기적 차이가 놓여 있다. 학생들에게 공동체와의 일치를 요구하는 것은 지배적 질서에 복종하여 이전의 가치와 신념을 바꾸라고 혹은 버리라고 요구하는 셈이다. 그것은 학생으로 하여금 자신의 신념에 반하는 세계관의 정당성을 옹호하라고 요구하는 것과 같다. 학교에서 살아남기 위해서, 학문 공동체의 인정을 받기 위해서, 학생은 자신의 가정에서 습득한 지식을 버려야 할 때가 있다. 교육은 매양 진보하는 것만은 아니다. 항상 성숙의 도상에 있는 것만은 아니다. 이와 같이 교육은, 글쓰기 교육은 때때로 아이러니한 측면을 본래적으로 내함하고 있다.

부루피(Bruffee, 1984: 643)는 정규 담화와 비정규 담화의 개념에 대해 언급하면서, "설명적이고 논쟁적인" 정규 담화가 글쓰기 수업에서 중심이 되어야 하며 학생들은 비정규(원심적인) 담화를 학습하기 전에 정규 담화에 익숙해져야 한다고 주장한다. 그는 정규 담화의 목적은 저자가 속해 있는 공동체의 박식한 구성원을 만족시키고, 덜 박식한 구성원에게 공동체의 신념을 내면화하도록 돕는 것이라고 말한다. 그러나 부루피가 간과한 것은 학교의 정규 담화를 생산함에 있어 학생 저자들은 자신의 동료들을 위해서 글을 쓰는 것도 아니고, 그들의 신념을 동료들에게 정당화시키기 위해 글을 쓰는 것이 아니라는 점이다. 대신에 학생들은 학습 자체의 성취를 위해, 교사를 위해 자신의 신념을 정당화한다. 성인 공동체, 학문 공동체에서의 글쓰기 상황을 무리하게 교실 공동체에 단순 적용하고 있다는 혐의를 벗어나기 힘들다.

한편, 정규 담화는 수사학적 관점에서 보면 전시용 즉 내보이기 위한 담화의 성격을 지니고 있다. 아리스토텔레스에 따르면 그것은 "칭찬, 꾸중, 설득, 회유의 담화이며, 청자의 관대함에 호소"하는 담화이다(아리스토텔레스, 1994). 정규 담화는 청자를 추어주고, 공동체의 규범과 요구에 충실함으로써 공동체 담화의 품격을 높인다. 다시 말하면 정규 담화는 공동체 구성원의 지속적이고 활발한 사용을 통해서 합의된 지배적인 언어 형식이다. 아직 공동체 관습에 익숙하지 않은 학생들에게 정규 담화(학교 담화/교실 담화)를 쓰도록 하는 것은 시키는 기성인에게는 당연한 일이나 시킴을 당하는 학생에게는 억압일 수 있다. 바흐친은 정규(구심적)담화에 대해 상당이 회의적이다. 정규 담화는 그 완고한 보수성 때문에 힘이 미약하고 인정받지 못하는 다른 것들을 희생시키면서 공동체의 지배적인 전통을 지속시켜왔다고 보기 때문이다.

부루피에게서 발견되는 또 다른 오류는, 글쓰기 학습 공동체에 참여하는 구성원 간의 힘이 동등하게 배분된다는 가정이다. 이는 학생들이 자신의 이데올로기(편견, 선입견을 포함하여)를 코트나 모자를 벗는 것처럼 교실 밖에 두고 온다는 그릇된 믿음에 기초하고 있다. 신념은 마음대로 없애거나 바꿀 수 있는 것이 아니다. 축구 경기장에서 발견되는 힘의 차이, 힘의 작용 논리가 동료집단 안에도 존재한다. 동료집단의 구성원들이 개인적인 선입관을 가지고 참여하는 것은 어쩔 수 없는 일이다. 옷을 입는 방식, 말을 하는 방식, 머리 모양, 그들이 참여하는 활동, 그들이 하는 말에서 풍기는 지성과 설득의 힘, 이 모든 것들은 기존하는 것들이다. 이러한 차이를 전제하고 기획되는 글쓰기 학습과 이러한 차이가 없다고 전제하고 기획되는 글쓰기 학습은 매우 다른 양상을 띠게 마련이다. 일치를 강조함으로써 차이를 무시, 무화, 최소화하기 보다는 차이가 존재한다는 것을 인정하고, 이것을 작문 교실의 한 부분으로 적극적으로 인정할 때, 부루피의 공동체 지향적 교육 이론에 대한 타당한 대안이 나올 수 있다고 생각한다.[9]

대개 하나의 담화는 구심력과 원심력을 동시에 가지고 있다. 하나의 발화에서 이러한 경향성을 양적으로 기술하는 것은 어려운 문제다. 텍스트들 가운데 구심력과 원심력의 상호 견인력을 잘 드러내고 있는 것이 학생 저자의 텍스트이다. 특히 비표준적인 방언과 비표준적인 언어적 특징들의 형태로 원심적 담화의 표지를 간직한 채 표준적이고 구심적인 담화를 획득하기 위해 애쓰는 초보 저자들의 텍스트에서 이러한 상호작용의 양상은 풍부하게 발견할 수 있다. 초보 저자들의 텍스트는 그들이 작문할 때 접하는 원심력과 구심력 사이의 긴장, 이데올로기적, 언어적 투쟁을 분명하게 드러낸다. 모든 발화는 대화적이고 집중적 경향과 분산적 경향을 모두 포함하고 있다. 그러나 준

---

9) 차이를 적극적으로 드러내고, 차이의 기원을 성찰하게 함으로써 서로의 차이를 존중하거나 차이를 좁히려는 노력을 하도록 해야 한다. 이렇게 했을 때, 균형잡힌 글쓰기, 대화적 글쓰기가 가능해지는 것이다.

비가 미숙한 저자의 텍스트는 구심력과 원심력 사이의 투쟁을 효과적으로 은폐하지도 못하고, 암시적으로 드러내지도 못한다. 이것 때문에 학생의 텍스트는 바흐친이 말한 "구체적이고 상세한 분석"을 시작할 수 있는 중요한 출발점을 제공한다. 그리고 여기에 초보 저자의 가능성과 한계가 존재한다.

현재의 담화는 지금, 이전의 담화 공동체 구성원들과의 사회적 교섭의 결과이다. 하나의 발화는 항상 이전 담화를 지향하고 있다. 그리고 이전의 사회적 교섭은 현재의 발화를 위한 원료를 제공해 주고 발화의 가능성을 제한하거나 강화한다. 발화에서 특징적으로 드러나는 이 모든 것들은 복잡하고 총체적인 사회적 환경과 저자의 지속적인 상호작용의 결과이다. 따라서 학생이 언어를 부적절하게 사용하는 것은, 그와 그를 둘러싼 사회적 환경과의 상호작용이 부분적이거나, 상호작용의 결과가 온전하지 못함을 반증하는 것이라고 볼 수 있다. 상호작용이 완전하도록, 교섭이 충분히 이루어지도록 돕는 것이 쓰기 교육의 목표이고, 역할일 것이다.

5. 저자 이미지 및 교육 경험의 재구성

다음에서는 바흐친의 저자관을 쓰기 교육에서 구체화하는 방안으로 1)반자율적, 반타율적 주체로서의 저자 이미지 재구성, 2)사회적 구성물로서의 장르, 방법을 성찰할 수 있는 기회 제공을 제안하고자 한다.

먼저, 객관 원리에 포섭된 타율적 저자, 개성적이고 순수한 자율적 저자 이미지를 해체하고, 반(半)자율적, 반(半)타율적 주체로서의 저자 이미지를 구성할 필요가 있다. 나는 나가 아니다. 바흐친의 비유를 조금 더 확장하면, 나의 외적 발화는 나의 내적 발화의 끝없는 바다에서 솟아난 섬이다. 내 내면 의식(내적 발화)는 외적 발화(사회적 발화)의 끝없는 바다에서 솟아난 섬이다. 사회적 발화는 사회 의식(심리)의 끝없는 바다에서 솟아난 섬이다. 그리고 이

때의 사회 의식 혹은 심리는 바흐친 식으로 말하면 '일상적 이데올로기'이다. 저자로서의 내 발화의 기원은 나가 아니라 사회인 셈이다.

어떤 외적 발화도, 내적 발화도 일상적 이데올로기로부터 자유로울 수 없다. 나의 발화를 성찰한다는 의미는 나의 발화에 작용하고 있는 일상적 이데올로기를 성찰한다는 의미를 갖는다. 타자의 발화를 분석한다는 것은 타자의 발화에 작용하고 있는 일상적 이데올로기를 분석한다는 의미이다. 이런 맥락에서 볼 때, 저자의 글쓰기는 단순히 저자의 내면 풍경을 드러내는 행위가 아니다.

내 발화의 기원이 나라는 주관주의의 발상은 내 말과 내 의식만을 성찰하는 저자의 이미지를 형성하게 된다. 내 의식의 사회성, 즉 사회적으로 구성된 내 의식을 성찰할 수 있는 기회를 갖지 못하게 된다. 이런 저자는 매번 독자(청중)과의 대화에서 미끄러지게 마련이다. 사회적으로 구성된 독자의 과녁을, 개인 내적으로 구성된 저자의 화살이 맞힐 것이라고 기대하는 것은 무리다. 이런 한 방향의 대화 경험은 결국 저자로 하여금 더욱 자폐적이고, 독백적인 발화를 하게 하거나, 아니면 발화 자체를 막게 하는 효과를 낳을 수 있다. 아니면, 매번 사회적 상황에 적합하지 않은 발화를 하는 미숙한 저자를 형성할 수 있다.

글쓰기 과정은 순수한 나(저자)와 만나는 과정이 아니다. 이와는 달리, 나와 사회가 겹으로 관계하는 과정이다. 예컨대, 글쓰기를 하는 '나'는 순수한, 자율적인 나가 아니다. 사회적으로 구성된 나이다. 한편, 쓰기 과정은 해석 과정이라고 할 수 있는데,10) 해석 대상인 나와 세계가 역시 사회적으로 구성된 것이다. 따라서 글쓰기 과정은 내가 사회와 이중으로 관계를 맺는 과정이라고 할 수 있다. 어디에도 순수한 의미의 나와, 나의 발화는 없다. 모두 사

---

10) 쓰기 활동과 읽기 활동은 서로 분리할 수 없다. 쓰기 과정은 곧 읽기(해석)의 과정이다. 나, 세계, 텍스트에 대한 해석 과정이 곧 쓰기의 과정이다. 해석의 결과가 곧 쓰기의 내용이다.

회와의 관계 속에서 생겨난 발화이다. 저자로서의 정체성에 대한 지속적이고 비판적인 성찰이 요구되는 이유가 여기에 있다.

쓰기 교육은 자율적이면서 동시에 타율적인 존재로서의 저자 정체성을 성찰할 수 있는 풍부한 경험을 제공해야 한다. 이렇게 할 때, 구심력과 원심력이 생산적으로 경쟁하는 설득력 있는 글쓰기가 가능해진다. 이전 담화에 반응하면서 동시에 잠재적 독자의 반응을 선취하여 글쓰기에 반영하는 대화적 글쓰기가 가능해진다.

다음으로 사회적 구성물로서의 장르, 방법를 성찰할 수 있도록 쓰기 교육을 기획해야 한다. 객관주의 담론의 영향으로 현재 쓰기 교육은 장르 특성, 쓰기 전략 및 방법을 고정된, 불변하는 실체로서 가르치고 있다. 이렇게 객관적 상관물로서의 장르, 전략, 방법이 전면에 있다 보니, 쓰기 주체로서의 저자는 존재감을 드러내지 못하고 있다. 바흐친 관점을 수용하면 저자도, 장르도, 전략·방법도 구체적인 시간과 공간 속에서 형성된 것이다. 그렇다면 쓰기 교육은 저자로 하여금 객관적인 상관물로서 존재해왔던 장르, 방법을 구체적인 시간, 공간의 맥락 속에서 성찰할 수 있도록 기획할 필요가 있다. 이렇게 될 때, 저자는 객관적 상관물의 질서 속에서 움직이는 수동적인 존재가 아니라, 이들의 작동 양상을 성찰하면서 저자의 글쓰기 목적과 의도에 맞게 재구성하는 존재로서 자리매김할 수 있을 것이다.

장르의 속성은 순수하지 않으며, 불변하는 것도 아니다. 예컨대, A 텍스트라는 것도 그 자체로서 정체성을 구성하는 것이 아니다. A 텍스트의 정체성은 B 텍스트와의 차이와 관계 속에서 규정되고, 구성되는 것이다. 그리고 각각의 장르의 고유성이란 특정 자질의 우세 속에서 드러나는 것이지 다른 자질을 배제한 채 순수한 특정 자질만으로 구성되는 것은 아니다. 예컨대, A 텍스트는 A 텍스트에 고유한 자질이 우세하지만, 벌써 B 텍스트의 자질을 내함하고 있다. 마찬가지로 B 텍스트도 이미 A 텍스트 고유의 자질을 내함하고 있다. 그렇다면 쓰기 교육과정은 각 장르에 고유한 자질에 충실해서 쓰기 활동을 할 수 있는 공간을 제시하면서 동시에 각 장르에 공통적으로 내재하는 자질에 충실해서 쓰기 활동을 할 수 있는 공간을 마련해 주어야 한다.

현재 쓰기 교육 과정에 제시된 많은 교육 내용은 장르, 텍스트 형식의 불변성, 고유성을 전제하고 있다. 물론 장르의 고유성이 존재하는 것은 사실이지만, 그러한 고유성이 불변하는 것으로 전제하고 쓰기 교육 내용을 선정하는 것은 적절치 않다. 그러한 장르 특성의 형성 맥락과 변화 가능성을 가르치는 것이 더 의미가 있다. 예컨대, 특정 장르는 구체적인 시간과 공간 속에서 형성된 것임을, 구체적인 주체(저자, 독자), 언어, 내용, 맥락의 상호 작용에 의해 형성된 것임을 가르쳐야 한다. 장르 고유성의 기원과 형성 과정, 장르 고유성의 잡스러움과 해체 가능성까지를 경험하도록 쓰기 교육 과정을 기획해야 한다.

■ ■ ■

이 장에서는 저자가 놓여 있는 복잡하고, 시끄럽고, 잡스러운 자리를 살펴보았다. 저자는 내면의 독창성과 고유성을 표현하는 고고한 자리에 있지도 않으며, 객관 질서에 수동적으로 순응하는 자리에 있지도 않다. 바흐친의 말대로 정규 담화와 비정규 담화, 구심적 담화와 원심적 담화의 팽팽한 긴장 속에서 둘 사이를 아슬아슬하게 넘나들며 대화적으로 살아가는 존재이다. 이러한 상호작용적, 대화적, 교섭적 삶이 저자의 숙명이며, 이러한 숙명 속에 저자 성숙의 가능성이 풍부하게 내재되어 있다. 숙명을 회피하지 않고, 숙명을 제대로 사는 방법을 쓰기 교육은 경험하게 해야 한다.

한편, 저자의 죽음을 선고한 탈근대의 시대에 저자의 위상과 자리에 대해 언급하는 것은 새삼스러울 수 있다. 그러나 저자의 죽음 논의를, 지나치게 확대된 저자의 자율성, 독창성, 고유성 담론에 대한 반역 담론으로 읽을 때, 저자 담론의 생산성을 담보해낼 수 있다. 저자가 이미 존재하는 거대한 사전으로부터 글쓰기의 원천을 길어올려 다른 언어로 '번역'하는 존재일지라도, 거대한 사전을 횡단하고 답사하면서 인용부호를 붙이지 않은 인용을 통해 결합과 짜임의 텍스트를 생성하는 존재일지라도(롤랑 바르트, 김희영 역, 1997) '번역'하고 '결합'하는 존재는 저자이며, 그 때의 저자는 자율적 주관을 가진 존재이다. 이러한 자율적이면서 타율적인 저자됨에서 쓰기 교육의 풍부한 함의를 읽어내는 것이 쓰기 교육, 국어 교육 연구자의 몫일 것이다.

---

* 이 장은 이재기(2006), 쓰기 교육에서 학생 필자의 자리, 청람어문교육 제33집, 청람어문교육학회를 수정한 것임.

참고 문헌

Aristotle(1994), 시학(천병희 역), 문예출판사.

Bakhtin, M.(1989), 마르크스주의와 언어철학(송기한 역), 흔겨레.

Barthes, R.(1997), 텍스트의 즐거움(김희영 역), 동문선.

Bakhtin, M. & Volosinov, N.(1973), Marxism and the Philosophy of Language, (trans.)Ladislav Matejka and I.R. Titunik, Univ. of Harvard, 86.

Bakhtin, M. & Volosinov, N.(1976), Freudianism: A Critical Sketch, (trans.)I.R. Titunik, Univ. of Indiana, 79.

Bruffee, K.(1984), "Collaborative Learning and the Conversation of Mankind" College English 46, 643.

Bruffee, K.(1985), A Short Course in Writing: Practical Rhetoric for Teaching Composition through Collaborative Learning. 3rd ed. Boston: Little, Brown and Company, 6.

Elbow, P.(1973), Writing Without Teachers, Univ. of Oxford.

Elbow, P.(1981). Writing With Power, Univ. of Oxford.

Martin, J.R. & Rothery, J.(1993), "Grammer: Making Mearning in Writing", The Powers of Literacy: A Genre Approach to Teaching Writing, University of Pittsburgh Press, 137-153.

Vygotsky, L.S.(1986), Thought and language (trans.)Alex Kozulin. MIT press, 228.

제4장 바흐친 수사학에서 독자의 자리

■ ■ ■

독자[1]는 저자, 텍스트와 함께 수사적 맥락을 구성하는 가장 중요한 요소 중의 하나이다. 텍스트의 탄생은 응답하는 존재로서의 독자의 현존을 전제한다. 독자가 저자 자신이든, 아니면 타자든 독자가 없으면 텍스트는 생겨나지 않는다. 텍스트의 삶과 죽음도 마찬가지다. 독자가 텍스트에 응답할 때 텍스트의 삶은 유지되고, 독자의 응답이 종료되면 삶을 마감한다. 물론 독자가 다시 텍스트를 호출할 때, 텍스트는 부활한다.

많은 사람들이 텍스트가 독자에게 미치는 영향력에 대해서 이야기한다. 텍스트의 영향력이란 텍스트가 미치는 영향력의 범위, 강도, 지속성일 것이다. 범위란 사실 독자의 규모이다. 강도란 다른 누가 아닌 독자가 감지하는 강도이다. 지속성은 세대에 거쳐 독자에게 영향을 미치는 시간의 길이이다. 이런 점에서 텍스트 영향력은 당대를 지나서 살아가는 정도에 의해 결정된다. 결국, 텍스트의 영향력을 결정하는 유일하고 중요한 주체가 바로 독자인 것이다. 이런 의미에서 독자는 텍스트의 성공 여부를 판단하는 최종 심판관이라고 할 수 있다.

---

[1] 이 글에서는 '독자'와 '청중'이란 용어를 함께 사용하되, 맥락에 따라 구분하여 사용하고자 한다. 이 글이 작문 또는 작문 교육에 대해 논의하는 글이기에 기본적으로 '독자'라는 용어를 사용하겠지만, 구어 소통을 전제로 한 논의 맥락에서는 '청중'이란 용어를 사용하고자 한다. 특히, 인용한 문헌에서 'audience'로 표기한 경우에는 특별한 이유가 없는 한 '청중'으로 번역하였다.

이러한 독자의 위상에도 불구하고, 수사학, 작문 교육학, 문예학에서 독자는 주체이기보다는 객체로 다루어져 왔다. 수사학에서 청중은 설득해야 할 대상이다. 작문 교육학에서 독자는 저자가 텍스트의 내용과 표현 방식을 결정하기 위하여 분석해야 할 하나의 요인이다. 문예학에서 독자는 훨씬 더 수동적이다. 내포 독자, 모델 독자, 호출된 독자 등 그 이름이 무엇이든 이들 독자는 텍스트의 전제와 가정에 맞게 읽을 것으로 예견된다. 텍스트가 '암시'하고, '호출'한 바대로 읽는 독자가 모델 독자이고, 이상적인 독자이다. 텍스트 전략이 곧 해석 전략으로 재현되는 공간이 독자인 셈이다.

바흐친(Bakhtin)의 독자 개념은 이러한 기존의 독자 개념을 전복시킨다. 독자는 저자 또는 텍스트에 의해서 구성되는 객체가 아니라, 텍스트는 물론 저자까지도 구성하는 주체이다. 무엇보다 독자는 텍스트가 의도한 대로 읽지 않는다. 적극적으로 응답하고 창조적으로 이해한다. 저자는 이러한 독자의 적극적인 응답, 창조적 이해를 예견하고, 여기에 응답하는 방식으로 글쓰기를 한다. 독자의 응답, 저자의 독자 응답의 예견, 저자의 응답적 글쓰기 과정에서 변하는 것은 독자가 아니라, 바로 저자이고 텍스트이다.

독자를 보는 바흐친 사유의 새로움에도 불구하고, 그의 논의는 여전히 추상적이고, 관념적이어서 정작 작문 교육에 도입하는 데에는 많은 한계가 있다. 무엇보다 그의 머릿속에는 학생 저자 또는 작문 교육에 대한 개념도 이미 지도 없었던 것으로 보인다. 즉, 그의 독자 논의에는 작문 교육에 대한 고려가 없다. 따라서 이 글은 바흐친의 추상적 독자 개념을 작문 교육의 맥락에서 재해석하는 데 일차적인 목적을 두고 있다.

한편, 이 장에서는 수사학, 작문 교육학, 문예학에서 논의된 다양한 독자 개념을 바흐친의 관점에서 비판적으로 검토하고자 한다.[2] 우선은 그 개념의

---

2) 문예학에서 논의된 여러 독자 개념을 작문 교육의 관점에서 재해석한 논의는 드물어서 다소 생경하겠지만, 독자 개념을 정교화하고, 외연을 확장하는 데에는 기여하는 바가 있을 것이다.

한계에 주목하겠지만, 잠재력과 가능성도 함께 드러날 것이라고 생각한다. 더 나아가 독자가 얼마나 다양한 의미의 차이를 보이며 분포하는지 확인할 수 있을 것이며, 이러한 차이 인식으로 독자에 대한 우리의 감각은 훨씬 풍요롭고 비옥해질 것이라고 기대한다.

1. 적극적인 반응과 창조적 이해

바흐친(1981)은 지속적으로 '적극적으로 반응하고', '창조적으로 이해'하는 독자를 강조한다. 이들 독자는 자신의 고유한 위치에서, 자신만의 고유한 시선으로 텍스트를 읽는다. 이로 인해 텍스트의 의도는 독자에 의해 그대로 수용되거나 반복되지 않고, 새롭게 열린다.[3]

이러한 새로움은 독자들이 차지하고 있는 자리(시점)의 차이에서 비롯된다. 저자가 대상(인물, 사건, 현상 등)을 특정한 시각에서 바라보듯이 독자들 역시 각자가 선취하고 있는 특정한 시각에서 대상을 바라본다. 저자와 독자의 자리, 시선이 다르기 때문에 대상에 대한 해석도 다를 수밖에 없다. 따라서 어떤 대상에 대한 저자의 해석에 대해서 독자들은 다양한 응답을 할 수밖에 없다.

통상 텍스트에 대한 독자의 응답은 독자가 텍스트를 읽은 후에 표현되지만, 대개의 저자는 사후에 드러날 독자의 응답을 예상하거나 선취한다. 그리고 이러한 예상과 선취가 텍스트의 전개 방식, 표현 방식, 문체와 스타일, 그리고 어조 등 텍스트 전반에 깊게 침윤한다. 즉, 독자의 응답은 벌써 텍스트에 와 있는 셈이다.

---

3) 4절에서 자세히 살펴보겠지만, 텍스트 내 독자로 상정된 대개의 독자 개념은 저자 위치의 단순한 재생으로 가정되어 있다. 텍스트에 대한 독자 응답의 최대치는 저자와 텍스트의 가정(상상)을 벗어나지 못한다. 저자와 텍스트의 가정과 기대를 최대한으로 발휘하는 독자가 바로 '모델 독자'이고, '이상적인 독자'인 것이다. 이러한 수동적인 독자는 바흐친이 생각하는 독자와 거리가 매우 멀다.

독자에 의해 저자 또는 텍스트가 구성된다는 바흐친의 생각은 독자의 '적극적인 반응'과, '창조적 이해'를 전제하고 있다. 많은 작문 이론가들은 저자에 의해 구성되는 독자에 대해 얘기해왔다. 그러나 반대로 바흐친은 독자에 의해서 구성되는 저자에 대해 다양한 방식으로 기술하고 있다. 작문 교육에서 "독자를 분석하라."라고 할 때, 독자를 분석하는 이유는 텍스트를 통해서 독자를 자신이 의도한 방향으로 잘 구성하기 위해서이다. 텍스트를 잘 이해한 결과, 어떤 대상에 대해 알게 되어 교양을 함양하고, 설득되어 지지를 보내고, 공감하여 위로받고 또는 기뻐하는 독자가 저자 또는 텍스트가 형성하고자 하는 독자의 상일 것이다. 이때 저자와 독자의 관계는 분명한 위계 구조를 갖는다. 말하는 자와 듣는 자, 구성하는 자와 구성되는 자의 관계를 갖는다. 저자는 주체로 승격되고, 독자는 대상으로 전락한다. 그러나 바흐친은 이러한 관계를 역전시킨다. 바흐친은 반대로 독자가 어떻게 저자를 구성하는지에 대해 설명한다. 정확하게 말하면, 저자와 독자의 대화적 관계 속에서 둘은 상호 변화하고, 재구성된다고 주장한다.

'적극적인 반응'과 '창조적 이해'에서 알 수 있듯이 바흐친의 독자는 응답하는 독자이다. 따라서 바흐친에게 있어서 독자는 추상적이고, 관념적인 존재가 아니라, 물질성을 지닌 현존(실존)하는 독자이다. 즉, 추상적인 수신자 같은 것은 없다(바흐친, 1976).

많은 논자들이 독자를 관념적으로 추상적으로 정의하고 있지만, 이들 독자는 모두 실제 삶과 세계에 현존하는 사람에 기반을 두고 있다. 이것이 바흐친의 생각이다. 베르켄코터(Berkenkotter)(1981)는 저자 내의 독자를 '정신적 구조물' 또는 '정신적 스케치'라고 하였는데, 독자에 대한 이러한 의식 또는 관념 역시 구체적인 독자의 재현물이라고 보는 것이 맞다. 실존하는 독자, 실존하는 독자의 응답을 추상화한 것이 그가 말한 정신적 구조물이며, 정신적 스케치이다. 즉, 현존하는 독자가 없다면, 이러한 의식도, 관념도 형성될 수 없는 것이다.

에드와 런스포드(Ede & Lunsford)(1984)는 텍스트에 존재하는 독자를 텍스트에 의해 호출된 독자로 보았다. 그 독자는 어디서 호출된 것인가? 실재하는 삶의 세계에서 호출되었을 것이다. 그리고 그 텍스트는 실제 독자를 호출해낼 것이다.

에코(Eco)(1979)는 저자가 그 표현을 생성했던 것과 같은 방식으로 그 표현을 해석할 수 있는 독자를 모델 독자라고 하였는데, 그 독자는 누구를 모델 삼아 구성되었을까? 텍스트에 이러저런 방식으로 응답하는 구체적인 독자가 모델이 아닐까? 적어도 에코 자신이 그 모델 독자의 전형일 가능성이 높다. 모델 독자를 더 이상적으로 밀고 나간 독자 개념이 이상적 독자(ideal reader)이다. 이상적인 독자는 어떤 텍스트를 해독하는 데 필요한 모든 법칙, 관습, 신호를 즉각적으로 인식할 수 있는 독자이며, 모든 텍스트 변환을 초래하는 백과사전식 지식을 가지고 있는 독자라고 한다. 이런 독자가 과연 있을까? 현재가 아니면, 먼 미래에서라도 이런 독자의 현존을 상정할 수 없다면 텍스트는 구성되지 못할 것이다. 적어도 텍스트를 작성하고 있는 지금 그 저자는 이상적인 독자의 전형이라고 볼 수 있다. 자신도 이해하지 못하는 텍스트를 독자가 이해해줄 것이라고 요구하거나 기대하는 것은 난센스이기 때문이다. 따라서 모든 추상적이고 관념적인 독자의 뒤에는 텍스트에 응답하는 독자가 현존하고 있다.

바흐친(1976)은 '내재적 청중'(immanent audience)에 대해 언급하고 있다. 내재적 청중은 용어 그대로 실제 청중이 아니다. 저자가 머릿속에서 구성한 또는 텍스트에 가정되어 있는 가상의 청중이란 점에서 바흐친의 내재적 청중은 에드와 런스포드의 '호출된 청중', 에코의 '모델 독자', 페렐만(Perelman)의 '보편 청중' 개념과 유사하다.

비록 결과로서의 내재적 청중은 관념으로 존재하겠지만, 그러한 관념도 현존하는 독자를 추상화한 것으로 보아야 한다. 바흐친에 따르면 내재적 청중은 저자가 속해 있는 사회 집단의 '권위 있는 대표자'이다. 사회 집단의 권위 있는 대표자가 가지고 있다고 생각할 수 있는, 신념과 가치 체계, 지식과 소양, 정치적, 문화적 지평 등의 구현체 또는 재현체가 바로 내재적 청중인 것이다.

청중의 응답을 예견하는 이유는 청중에 맞추기 위한 것이 아니다. 이렇게 되면, 저자는 성공적이고 수사학적으로 힘 있는 글을 쓸 수 없게 된다. 청중의 마음에 들도록 하기 위해 혹은 청중의 인정을 받기 위해 타협하는 것은 좋은 수사학적 분별력을 잃는 것이다. 사실 바흐친은 청중의 반응을 의식적으로 고려하는 것은 담화의 효율성을 약화시키고 '낮은 사회적 수준'으로 떨어뜨린다고 주장한다. 바흐친은 담화가 즐거움, 설득, 영합을 추구하다보면 '단순한 수사학'이 된다고 주장한다. 여기서 우리는 청중을 파악한다는 것, 청중의 응답을 의식한다는 것이, 단순히 청중에 '맞게' 텍스트를 구성하기 위한 것이 아님을 알 수 있다. 청중의 인식의 지평을 뚫고 들어가서, 돌파하여 저자의 인식의 지평을 안착시키는 것, 있는 청중에 맞추는 것이 아니라, 없는 청중을 계발하는 것이 좋은 글쓰기, 새로운 글쓰기를 가능하게 한다는 점을 알 수 있다. 물론, 이때의 안착과 계발이 타자로서의 청중을 저자의 관점에서 대상화, 사물화, 식민화시키는 것으로 오해해서는 안 된다.

2. 상호텍스트성, 종결불가능성

상호텍스트성은 바흐친의 독자관을 이해하는 데 중요한 개념이다. 이 개념은 크리스테바(Kristeva)에 의해 정교화 되었지만, 그 발상의 뿌리는 바흐친에 닿아 있다. 바흐친 사상을 서구에 소개하는 데 열심이었던 크리스테바는 모든 발화는 다른 발화를 흡수하거나 변형시킨 인용의 모자이크라고 설명함으로써, 모든 담화에 본질적인 상호텍스트성을 강조하였다. 바흐친이 보기에 모든 텍스트는 동시에 두 층위의 독자를 향하고 있다. 한 층위의 독자는 현재의 텍스트를 읽을 미래의 독자이며, 다른 층위의 독자는 현재의 텍스트가 응답하고 있는 선행 텍스트(또는 저자)이다.

이와 같이 현행 텍스트는 선행 텍스트에 대한 응답 텍스트이면서, 동시에 현행 텍스트(내 응답 텍스트)에 대한 선행 텍스트의 응답이 고려된 텍스트이다. 동시에 현행 텍스트에 대한 미래 독자(또는 미래 독자의 텍스트)의 응답이 고려된 텍스트이다. 이 점에서 현행 텍스트에는 벌써 선행 텍스트와 미래 텍스트의 목소리(반응과 응답)가 들어와 있는 셈이다. 독자의 측면에서 보면, 선행 텍스트(저자)라는 독자와 미래 텍스트(저자)라는 두 층위의 독자가 현행 텍스트 안에 들어와 작동하고 있는 것이다. 독자 또는 청중에 대한 기존의 개념은 두 가지 점에서 바흐친의 독자 개념과 다르다. 첫째, 다른 독자 개념은 선행 텍스트(저자)를 독자로 상정하지 않고 있다.[4] 둘째, 후행 텍스트(독자)를 고려하고 있지만, 이러한 고려에 미래 독자의 '응답'이 깊게 인식되고 있지 못하다.[5]

종결불가능성은 바흐친의 사유 방식을 관통하는 핵심 개념이다. 바흐친의 독자 개념 역시 이러한 사유 방식에 근거해서 구성될 필요가 있다. 이 개념에 비추어보면, 저자와 독자 간의 대화를 통한 합의, 일치는 종결을 의미하는 것

---

[4] 바흐친은 동일 주제를 다룬 이전 저자들을 청중에 포함시킴으로써, 청중의 외연을 한없이 확장하고 있다. 예컨대, 나는 지금 '독자'를 주제로 글을 쓰고 있다. 이 텍스트는 '독자'를 주제로 삼고 있는 이전 텍스트에 대한 응답의 성격을 지닐 수밖에 없다. 따라서 '독자'를 주제로 글을 쓴 저자들이 이 글의 주요 독자에 포함될 수밖에 없다. 바흐친, 에코, 페렐만, 컬러, 정희모, 박영민 등이 그 예이다. 나는 독자의 범위를 더 넓혀야 한다고 본다. 바흐친은 1)선행 텍스트의 저자를 독자의 범위에 포함시켰지만, 나는 2)이들 선행 텍스트를 읽은 독자, 3)이들 선행 텍스트에 대한 응답으로 작성된 텍스트의 저자, 4)주제와 관련이 있는, 또는 영향 관계에 있는 사람, 더 나아가 5)이 주제에 대해 관심이 있는 사람, 6)이 주제에 대해 직접간접으로 알고 있는 사람으로 청중의 범위를 넓혀야 한다고 본다.

[5] 미래 청중의 응답이 중요한 것은, 그 응답 양상이 바로 텍스트에 대한 판단과 평가이기 때문이다. 페렐만은 어떤 담화의 성공 여부를 결정하는 최종 심판관은 청중이라고 하였다. 바흐친 역시 어떤 발화의 성공은 나중의 저자들이 반응하는 정도에 의해 판단될 것이라고 보았다. 이때 저자는 선행 발화에 응답하는 자로서의 청중이다. 청중이 발화의 성공 여부를 결정하는 주체라는 점에서 바흐친과 페렐만의 생각은 같다.

으로서 바흐친의 사유 방식과 맞지 않는다. 저자와 독자의 대화는 종결이 없는 대화로서 합의와 일치는 있을 수 없다. 텍스트를 종결해야 하는 물리적, 시간적 한계로 인해 잠정적으로, 일시적으로 종결될 수는 있지만 이는 열린 채 끝나는 종결이다. 구어 담화를 생각해 보자. 대화중에 A의 발화 마침은 대화의 종결이 아니다. 대화 상대자 B에 의해서 다시 열리기를 기다리는 또는 전제하는 마침이다. 텍스트 역시 마찬가지다. 저자 A의 텍스트는 어느 구체적인 시공간에서 종결되지만, 이는 독자 B에 의해서 열리기를 기다리면서 끝나는 것이다. 즉 대시간 속에서 보면, 텍스트의 종결은 없다. 그리고 이러한 텍스트의 종결불가능성은 독자의 응답에 기인한다. 바흐친의 독자는 대화의 종결불가능성을 야기하는 존재이다.

다음 3, 4, 5절에서는 독자를 저자 내 독자, 텍스트 내 독자, 실제 독자로 나누어 그 구체적인 존재 양상을 검토하고자 한다.[6] 이러한 분류는 독자가 존재하는 공간적 위치에 따라 분류한 것이지만, 한편으로 이들은 통시적 맥락 속에서 존재한다. 먼저, 저자의 머릿속에 들어 있는 '허구적 독자(A1)'가 있고, 이어 텍스트에서 호출된 '허구적 독자(A2)'가 있다. 그리고 실제로 텍스트를 읽는 '전달된 독자(A3)'가 있다. A1, A2, A3는 같으면서도 다르다. 공간상으로 볼 때, A1은 저자 내에, A2는 텍스트 내에, A3는 실제 삶 안에 있다.

3. 저자 내 독자

저자 내 독자는 의도된 독자(intended reader)이다. 저자가 의도한 독자는 실제로 그 텍스트를 읽지 않을 수도 있다. 의도하지 않은 독자가 읽을 수도

---

6) 이러한 분류 방식은 셀저(Selzer, 1992)의 틀을 따른 것이다. 공간에 따른 이러한 분류는 기존의 다양한 독자 개념을 특정 이론이나 관점에 따라 주관적으로 규정하지 않고 있는 그대로의 실체를 잘 드러낼 수 있다는 장점이 있다. 무엇보다 다양한 독자 개념 중의 어떤 것을 배제하지 않고, 폭넓게 펼쳐 놓고 조망할 수 있다는 장점이 있다.

있다. 그럼에도 불구하고 의도된 독자는 저자의 창안 행위를 돕고, 텍스트의 전개 방식 및 표현 방식을 지시하거나 안내하는 역할을 한다.

베르켄코터(Berkenkotter)(1981)는 독자에 대한 인식이 작문 과정에 있는 저자에게 미치는 영향을 알아보기 위해 프로토콜 분석을 하였다. 그 연구 결과를 기술하면서, "독자에 대한 내적 재현 및 정신적 스케치는 작문 과정의 본질적인 부분이다."(베르켄코터, 1981: 396)라고 말하였다. 그는 독자에 대한 내적 재현 또는 정신적 스케치를 '정신적 구조물(mental construct)'이라고 불렀는데, 저자 내에 존재하는 이러한 정신적 구조물이 저자의 작문 과정 전반에 지속적으로 영향을 미친다고 보았다.

페렐만(Perelman)의 보편 청중 역시 저자 내 독자로 볼 수 있다. 그는 보편 청중(universal audience)을 화자, 혹은 저자에 기초한 구조물로 인식하였다. 페렐만에 따르면 청중은 연설의 방향과 대의를 결정한다. 청중은 다음과 같은 세 가지 유형으로 분류할 수 있다.

첫 번째 청중은 인류 전체이다. 최소한 평균적인 성인 남녀이다. 우리는 이러한 청중을 보편 청중이라고 부를 수 있다. 두 번째 청중은 단일한 대담자이다. 이는 대화 상황에서 말을 주고받는 화자이다. 세 번째 청중은 자신의 행위를 검토하거나 타당성을 부여하는 주체 자신이다. (Perelman & Olbrechts-Tyteca, 1991: 30)

한편, 페렐만은 청중을 특정 청중과 보편 청중으로 구분하고, 보편 청중을 우위에 두고 강조하는데, 그가 말하는 보편 청중은 그들의 가치와 신념이 합리적 사고에 바탕을 두고 있는 이성적(rational) 인간의 이론적 모음(theoretical collection)이다.

위에서 확인할 수 있듯이, 페렐만이 말하는 보편 청중은 두 가지 층위를 모두 포함하고 있다. 하나는 인류 전체를 의미하며, 다른 하나는 이러한 인류 전체 중에서도 이성적이고 합리적인 인간을 주로 일컫는다. 후자에 초점을 맞추면, 페렐만의 보편 청중은 바흐친의 '초월적 수신자'와 유사하다. 초월적 수신자는 언제 어디서나 응답적 이해를 하는 탁월한 청자이다. 이런 초월적 수신자는 능동적으로 공감하면서 언표에 응답하고 그 언표를 '아주 정확하게' 이해할 수 있다. "모든 대화는 대화의 모든 참가자들(파트너들) 위에 서서 보이지 않게 대화에 참여하는 제삼자의 응답적 이해를 배경으로 이루어지는 것과 같다"(바흐친, 1961/2006: 435) 따라서 페렐만의 추상적인 보편 청중 개념은 바흐친의 초월적 수신자를 만나 구체적인 이미지를 얻게 된다.

한편, 페렐만이 청중의 하나로서 화자 자신을 설정한 부분도 시사하는 바가 많다. 아마도 글쓰기에서 가장 영향력 있는 청중은 바로 저자 자신일 것이다. 정확하게는 자신의 글쓰기를 평가하고, 점검하는 자로서의 자신이다. 저자는 글쓰기 장면에서 두 가지 인물로 분화한다. 글쓰기를 수행하는 저자, 글쓰기의 수행을 평가하고, 점검하는 독자. 아무리 저자가 높은 식견을 가지고 합리적으로 사고하는 이성적 청중을 상정한다고 할지라도 그 청중은 결국 저자에 의해서 구성된 인물이기 때문에 저자의 인식 수준을 벗어나기 어렵다. 저자에 의해 상정된, 의도된 청중이 바로 저자 자신일 수밖에 없는 이유가 여기에 있다.

저자 내 독자를 설명할 때, 유용한 개념 중의 하나가 바흐친의 '반응적 이해' 개념이다. 바흐친은 "청자 및 청자의 반응은 매일 매일의 대화에서 참작된다. 다른 모든 담화 상황 역시 '반응적' 이해를 지향하게 된다. 반응적 이해는 공식적인 담화 상황에 참여하는 사람에게 가해지는 중요한 힘이다."(바흐친, 1981: 280)라고 말한다.

바흐친이 말하는 반응적 이해는 쉽게 말해서 화자의 발화에 대한 청자의 '반응(응답)'이다. 반응적 이해라는 개념은 청자가 화자의 말을 무심하게 그냥 듣거나, 이해하기만 하는 주체가 아니라, 화자의 발화에 대해서 적극적으로 응답(동의, 거부, 공감, 실천 등)하는 주체라는 점을 부각시키기 위해서 만들어낸 개념이라고 봐야 한다. 즉 이해적(수동적) 주체가 아닌, 응답적(능동적) 주체일 때 발화는 생겨나고, 유지된다고 본 것이다. 이러한 청자의 역할은 문어적 의사소통 상황에서는 독자의 머릿속에서 재현된다. 그리고 저자의 머릿속에 존재하는 반응적 이해는, 실제 독자의 반응(응답)이 아니라, 저자가 상상하고, 예견하여 구성한 것이라는 점에서 저자 내에 존재하는 '의도된 독자'이다.

4. 텍스트 내 독자

저자 내 독자의 위상이 어떠하든 의도된 독자는 텍스트 내에서 비로소 그 모습을 드러낸다. 구어 소통에서 청중은 거의 항상 담화 상황에 현존한다. 그러나 글쓰기의 경우, 의도된 독자는 텍스트 안에서 구체화된다. 다음에서는 에드와 런스포드, 파크, 컬러, 에코의 독자 개념에 근거하여, 텍스트 내 독자들의 존재 방식을 살펴보고자 한다. 이들 독자 개념은 바흐친의 독자 개념에 의해서 새로운 의미를 획득하거나 비판적으로 재구성될 것이다.

에드와 런스포드(1984)는 청중을 '전달된 청중'(addressed audience)과 '호출된 청중'(invoked audience)으로 분류하였다. 전달된 청중은 해당 텍스트를 읽는 실제 독자이다. 호출된 청중은 텍스트 내 독자로 해당 텍스트가 전제하고 있는, 기대하고 있는 독자이다.[7]

호출된 청중은 저자의 의식 속에서 구성된 청중이다. 텍스트가 호출하는 독자가 모두 실제 독자가 되지는 않는다. 호출한 독자가 실제 독자가 되어 텍

---

7) 익히 알듯이 저자와 서술자는 다르다. 저자는 실존하는 인물이지만, 서술자는 저자에 의해 창조된 인물이다. 마찬가지로 실제 독자와 호출된 독자는 다르다. 실제 독자는 실제로 텍스트를 읽는 독자 또는 읽을 것이라고 확실시되는 독자라면, 호출된 독자는 세상에 존재하지 않는 허구적 독자로서 저자에 의해 창조된 독자이다. 저자는 왜 이런 독자를 창조 또는 상정하는가? 어떤 방식으로든 독자를 상정하지 않고는 글쓰기를 진행할 수 없기 때문이다. 허구적 독자를 창조해야 글쓰기를 효과적으로 할 수 있기 때문이다.

스트를 읽는다고 하더라도 텍스트가 가정하고 기대한 방식 그대로 읽지 않는다. 따라서 호출된 독자와 실제 독자는 다르다.

그렇다면 호출된 독자는 어떻게 구성되는가? 호출된 독자의 기원은 어디인가? 여기에 대한 바흐친의 입장은 명확하다. 바흐친은 호출된 독자는 실제 독자를 바탕으로 구성되었다고 말할 것이다. 실제 독자는 누구인가? 바흐친 용어로 말하면, '적극적으로 반응'하고, '창조적으로 이해'하는 독자이다.[8] 이런 실제 독자의 활동, 이미지에서 나온 것이 텍스트에 의해 구성된 호출 독자의 모습이고, 이미지인 것이다. 실제 독자가 수동적으로 이해하고, 반응을 보이지 않는다면, 호출된 독자를 구성할 동력은 현격하게 떨어지고, 그 방향성을 갖지 못하게 된다.

비유컨대, 집에 대한 구체적인 모습(실제 독자)이 없이 설계도(호출된 독자)를 그리는 건축가, 또는 설계도(실제 독자)가 없이 집(호출된 독자)을 짓는 현장 노동자는 가능하지 않다. 바흐친이 적극적으로 반응하고, 창조적으로 이해하는 독자를 상정한 것은 하나의 이상인가? 그렇지 않다. 대화중에 있는 모든 청자는 적극적으로 이해하고, 반응하는 존재이다. 이러한 이해와 반응이 곧 청자를 화자로 전환시킨다. 따라서 구어든 문어든 모든 발화는 적극적으로 이해하고, 반응하는 청자(독자)를 전제한다. 이러한 전제가 없이는 대화(말하기와 듣기, 쓰기와 읽기)가 성립하기 어렵다.

에드와 런스포드는 작문 과정에서 유효할 것이라고 기대되는 이러한 두 가지 독자 개념(전달된 청중, 호출된 청중)을 통합하려고 노력한다. 즉, 저자의 창조성과 독자의 창조성이 조화를 이루는 방법을 모색하고, 청중에 대한 완벽하게 정교화된 관점을 도출하려고 한다. 그런데 바흐친의 '공저자', '공동

---

8) 저자는 다음과 같은 방식으로 실제 독자의 반응을 예견할 것이다. 실제 독자는 1)이런 입장을 가지고 있을 것이다. 2)이런 배경 지식을 가지고 있을 것이다. 3)이런 전제를 공유하고 있을 것이다. 4)이런 추론 방법을 이해하고 있거나, 선호할 것이다. 5)이런 표현 방식을 이해하거나 좋아할 것이다. 6)이런 발상을 낯설게 받아들이거나, 흥미를 보이거나, 참신하다고 생각할 것이다.

창작' 개념은 벌써 저자의 창조성, 독자의 창조성을 정교하게, 풍부하게 내함하고 있다. 바흐친이 보기에 텍스트의 소유권은 저자와 독자 어느 한쪽에 귀속되지 않는다. 텍스트는 저자와 독자의 긴밀한 대화적 교섭 과정에서 창조되기 때문이다.

파크(Park)에 따르면, "청중의 의미는 일반적으로 두 개의 의미, 텍스트 밖의 청중, 텍스트로 귀의하는 청중"으로 해석된다(Park, 1982: 250). 그러면서 파크는 그 의미를 다시 네 가지로 나누어 더욱 구체화한다. (1)해당 글을 우연하게라도 읽을 수도 있는 모든 사람, (2)수사적 상황에 연루되어 있는 외부 독자 혹은 청자, (3)해당 글을 읽을 수 있는, 혹은 들을 수 있는 것으로 형태를 지워주는 일련의 관습, (4)담화 자체가 독자로 하여금 맥락을 규정하고, 창조하는 과정에 드리운(또는 예시하는) 관념(ideal conception). 앞의 두 가지 청중 개념은 텍스트 밖에 존재하는 실제 독자를 상술한 것이며, 뒤 두 가지 청중 개념은 텍스트 내에서 창조된 허구적 독자를 가리킨다.[9]

파크는 앞의 두 개념, 즉 실재하는 청중을 인정하기는 하지만, 그의 주된 관심사는 뒤에 언급된 두 부류의 청중을 탐색하는 데 있다. 그는 청중을, 저자가 의미를 창조하면서 사용하는 지식, 맥락, 관습, 관념 등에 대한 '은유'로 다루고 있다. 그는 청중의 개념을, 글을 의미 있게 만드는 맥락을 어떻게 확립하고 유지하는가와 관련된 일련의 질문들로 대체한다. 그가 청중이 차지하는 영역에 대한 보다 체계적이고 정확한 지도를 그려야 한다고 주장할 때, 그의 청중 지도는 실상 텍스트 내 청중을 의미하고 있다.

파크가 실재하는 청중보다는 텍스트 구성에 영향을 미치는 구성된 청중에 주목하고 있다는 점에서는 바흐친의 접근법과 유사하다. 그러나 여러 가지

---

9) 에드와 런스포드의 '호출된 청중'과 파크의 뒤 두 가지 청중은 서로 다르다. 에드와 런스포드의 개념에서 청중은 '사람(person)'을 상정하고 있지만, 파크의 청중은 관습, 맥락, 관념과 같은 것으로 사람을 염두에 두고 있지 않다.

지점에서 미묘한 차이를 드러낸다. 먼저 청중을 저자가 텍스트를 구성하면서 이용하는, 의식하는 모든 실체(지식, 맥락, 관습 등)에 대한 '은유'로서 취급하고 있다는 점에서 유사하다. 그러나 바흐친은 은유의 원관념인 실재 청중을 결코 놓치지 않는다. 즉, 주제에 대한 청중의 '지식', 청중이 공유하고 있는 '맥락'과 '관습'과 같이 모든 은유에 작용하는 힘으로서의 구체적인 청중을 항상 의식하고 있다. 파크가 주로 (3), (4)의 청중 개념에 비중을 두고 있지만 바흐친은 (1), (2)를 지우지 않고, 도리어 더 강하게 의식하면서 (3), (4)의 청중 개념을 다룬다. 파크가 강조하는 담화 관습, 관념은 독립적으로, 추상적으로 존재하는 것이 아니라, 실재하는 청중에 근거해서 생겨난 것이고, 실재하는 청중을 전제해야만 그 기능과 힘이 유지될 수 있는 것이다.

다음으로 파크는 담화 형성에 영향을 미치는 청중의 하나로서 담화 관습을 보고 있지만, 바흐친은 저자와 청중 간의 대화적 교섭에서 형성된 것으로 본다는 점에서 차이가 있다. 파크에게 있어서 담화 관습은 요인이지만, 바흐친에게 있어서 담화 관습은 하나의 결과이다. 즉, 바흐친에게 있어서 담화 관습은 청중이 될 수 없다.

파크는 담화 자체가 독자로 하여금 맥락을 규정하고, 창조하는 과정에 드리운 관념을 청중 개념으로 도입하고 있는데, 이 '관념'이 무엇인지, 어떻게 구성되는지에 대한 구체적인 언급이 없다. 독자가 규정하고, 창조하는 맥락이란 수사적 맥락일 텐데, 바흐친은 이러한 수사적 맥락이 어떻게 구성되는지에 대해 명료한 언급을 하고 있다. 바흐친이 보기에 수사적 맥락은 저자, 주제, 독자 요인으로 구성되며, 더 구체적으로는 주제와 독자, 주제와 저자, 저자와 독자의 관련성 속에서 구성된다.

'새겨진 독자'(inscribed reader)는 컬러(Culler, 1980)의 연구와 관계가 깊다. 새겨진 독자는 다른 텍스트 내 독자보다 훨씬 더 추상적이다. 새겨진 독자는 의미를 생산하기 위해 저자와 독자가 배치하고 전개하는 공유된 관습과 규범, 그리고 공식적 장치이다. 그리고 저자로 하여금 텍스트를 창조케 하고, 독자로 하여금 그 텍스트를 이해할 수 있도록 하는 내적 규율(implicit rules)이다(Culler, 1980: 50). 따라서 새겨진 독자는 파크의 청중 개념에 가깝다.

텍스트 관습을 청중으로 이해하는 컬러의 발상은 바흐친에게는 익숙하면서도 익숙하지 않다. 어찌 보면, 둘은 역전된 발상을 하고 있는 셈이다. 바흐친에게 있어서 모든 텍스트 관습, 형식, 스타일은 고정된 객관적인 실체가 아니라, 청중과의 내적 대화를 통해서 '조율된', '구성된' 것이기 때문이다. 어떤 장르가 생겨나고 사라지고, 어떤 장르 관습이 두드러지고 약화되는 것은, 저자가 대면하고 있는 청중이란 맥락의 변화에 의해서 설명될 수 있는 것이다. 즉, 바흐친에게 있어서 장르 관습 또는 텍스트 관습은 기존하는 것이 아니라, 새로운 맥락에서 새롭게 생성되는 것이다.

컬러는 새겨진 독자를 말하면서 이상적인 독자를 도입한다. 이때 이상적 독자는 어떤 난해한 담화 전략도 이해할 수 있는 슈퍼 독자이다. 만일 이상적인 독자가 이러한 자질을 가진 독자라면, 바흐친은 다른 방식으로 설명할 것이다. 즉 저자가 난해하고, 복잡한 텍스트 전략을 사용하였다면 그것은 저자가 그러한 독자를 예견하고, 선취한 것이라고 말할 것이다. 따라서 이상적인 독자는 독립적으로, 선험적으로 존재하면서 텍스트 이해를 기다리고 있는 것이 아니라, 저자에 의해서 창조되고, 저자와 내적 대화를 나누고, 그리하여 사후적으로 텍스트에 등장하는 인물인 것이다.

컬러의 새겨진 독자 개념 역시 바흐친과 달리 창조적이거나, 능동적인 지위를 갖지 못한다. 그러나 담화 관습으로서의 새겨진 독자는 바흐친의 관점에서 새롭게 의미를 부여받을 수는 있다. 예컨대, 우리가 어떤 담화 공동체의 담화 관습을 습득해야 하고, 이렇게 했을 때 좋은 글을 쓸 수 있다는 것은, 담화 공동체의 담화 관습에 맞게 써야, 저자와 독자의 소통가능성이 높아지기 때문이다.

에코(Eco)의 '모델 독자'(model reader) 역시 텍스트 내 독자에 해당하는 대표적인 독자 개념 중의 하나이다. 에코의 모델 독자는 말 그대로 텍스트의 의도대로 읽는 독자이다. 에코는 말하기를 저자는 자신이 그 표현을 생성했던 것과 같은 방식으로 해당 표현을 해석할 수 있는 모델 독자를 예견해야 한다(Eco, 1979: 7). 저자의 표현 방식(텍스트 전략)에 충실히 부합하게 읽는 독자가 모델 독자이고, 그렇지 않은 독자는 모델 독자가 아니다.

에코의 모델 독자는 바흐친의 응답적 독자와 많은 면에서 상충한다. 바흐친이 상정하는 독자의 응답은 이해, 동의뿐만 아니라 거부, 비판 등 확정되지 않는 다양한 스펙트럼을 보이기 때문이다. 따라서 에코가 말하는 모델 독자는 바흐친이 강조하는 응답적 독자 중에서 지극히 작은 한 부분만을 지시할 뿐이다.[10]

바흐친이 주장하는 '창조적 이해'의 측면에서 볼 때에도 에코의 모델 독자와 바흐친의 독자는 다르다. 에코에게 긍정적인 실제 독자는 저자가 의도한 또는 텍스트가 전제하고 있는 모델 독자의 역할을 충실히 수행하는 독자이다. 즉, 텍스트에 갇힌 독자이다. 그러나 바흐친에게 긍정적인 독자는 독자 자신의 지점(시각, 감수성)에서 텍스트를 이해하고, 반응하는 독자이다. 그런데 독자의 지점은 유일무이한 것이어서 독자마다 그 지점이 다 다를 수밖에 없다. 따라서 독자마다 텍스트에 대한 이해와 반응의 양상이 다를 수밖에 없다. 이러한 차이를 지닌 이해와 반응이 바흐친이 주장하는 '창조적 이해'인 것이다. 에코의 모델 독자가 텍스트에 갇힌 독자라면, 바흐친의 독자는 텍스트를 여는 독자이다.

---

10) 셸저는 바흐친의 청중 개념과 에코의 모델 독자 개념이 유사하다고 말하는 데 여기에 동의하기 어렵다. 부분적으로 일치하는 부분이 있지만, 그 방향성은 반대이기 때문이다. 특히, 바흐친은 능동적인 독자를, 에코는 수동적인 독자를 상정하고 있다는 점에서 둘은 뚜렷하게 구분된다. 물론, 에코가 상정하는 독자 역시 매우 능동적이고 적극적으로 해석하는 독자이지만, 이때의 능동성과 적극성은 텍스트의 의도, 텍스트 전략을 정확하게 파악하는 데 발휘되는 능동성과 적극성이다. 여러 논자들이 에코를 텍스트 중심 이론가로 분류하는 이유이다.

한편, 에코는 독자의 능력은 담화 그 자체에 의해서 구별되고 의도될 수 있을 것이라고 말하지만, 바흐친이 생각하는 독자는 텍스트에 의해서 구별될 수도, 의도될 수도 없다. 물론, 텍스트가 어느 정도, 어느 지점에서는 독자의 이해와 반응을 제한하고 구속하는 측면이 없을 수 없다. 그러나 이러한 텍스트의 제한과 구속은 '이해의 국면'에서는 어느 정도 강하게 작용하겠지만, '반응과 응답의 국면'에서는 그 힘을 현격하게 잃을 것이다.

앞에서 살펴본 바와 같이 저자 내 독자는 대체로 추상적이고 관념적으로 존재한다. 그러나 바흐친에게 있어서 독자는 결코 추상적이지 않다. 독자의 반응과 응답은 매우 구체적이다. 이들은 "동의할 수 없다.", "이해가 가지 않는다.", "참신하고 멋진 발상이다.", "재미있다"등과 같이 구체적으로 반응하는 존재들이다.11) 이것이 바흐친이 말하는 '반응적 이해'이다. 실제 독자는 그냥 텍스트를 이해하는 존재가 아니다. 이해에 기초해서 반응하는, 반응을 통해서 이해를 드러내는 존재이다. 저자는 텍스트를 쓰면서 자신이 선택한 낱말, 표현 방식, 메시지가 독자의 어떤 반응을 낳을 것인지를 지속적으로 예견한다. 그리고 이러한 예견의 내용이 글쓰기에 직간접적으로 영향을 미친다. 따라서 바흐친에게 있어서 청중은 반응하는 인물로서 존재한다. 존재 자체는 관념적이지만, 존재 방식은 지극히 구체적이라는 점에서 구체적 보편성을 가진 '구체적 보편자', '보편적 구체자'라고 할 수 있다.

5. 실제 독자

실제 독자는 특정한 시공간 속에서 특정한 텍스트를 읽고 있는 고유 명사를 가진 생물학적 존재이다. 저자는 실제 독자와의 접촉 경험, 그리고 읽기

---

11) 물론 이러한 반응과 응답에는 눈에 보이지 않는 인식, 정서 등의 움직임과 변화도 모두 포함된다.

과정에서 실제 독자가 되어 본 경험에 근거하여 텍스트의 내용, 전개 방식, 표현 방식 등을 결정하고, 조율한다. 따라서 실제 독자의 존재 방식, 응답 방식이 어떻게 쓸 것인가, 어떤 글이 독자의 긍정적 응답을 가능하게 하는 좋은 글인가에 대한 기준을 제공한다. 작문 교실에서 교사가 학생 저자에게 "독자를 예상하라." 또는 "독자를 분석하라."라고 할 때의 독자는 다른 독자가 아닌 실제 독자를 겨냥하고 있는 것이다.

실제 독자는 에드와 런스포드의 용어로는 '전달된 청중'이다. 전달된 청중은 '구체적인 실체'이다. 따라서 나이, 성별, 종교, 직업 등과 같은 통계적인 사실을 확인할 수 있고, 그들의 배경 지식, 입장, 기대와 관심 등을 분석하고 추론해낼 수 있다. 이러한 추론과 분석은 저자가 특정한 텍스트 전략에 대한 독자의 기대와 반응을 예측하는 데 기여할 것이다.

실제 독자는 실재하지만 실제 독자를 예상하고, 이해하는 것은 쉽지 않다. 예컨대, 실제 독자는 저자에 의해 '의도된'(저자 내 독자) 독자일 수도 있고 아닐 수도 있다. 또한 텍스트에 의해 '호출된'(텍스트 내 독자) 독자일 수도 있고 아닐 수도 있다. 정약용이 아들에게 쓴 편지나 신영복이 계수씨에게 쓴 편지를 읽고 있는 일반 독자를 생각해 볼 수 있다. 이들은 저자가 의도한 독자가 아닐 수 있다. 박지원과 이옥의 글을 읽고, 경색되어 분노하는 정조나, 이외수의 〈단풍〉을 읽고 불편한 마음을 감추지 못하는 독자는 텍스트가 호출하고 있는 독자가 아닐 것이다. 어려워서 텍스트를 치워버리는 독자, 낯설음에 당황해하는 독자, 완전히 다른 방식으로 읽는 독자 역시 내포 독자, 모델 독자, 새겨진 독자가 아닐 것이다. 정리하면, 실제 독자는 저자가, 텍스트가 겨냥한 독자가 아닐 수 있다. 더구나 모든 의도와 모든 호출에 그대로 합치하는 실제 독자는 존재하지 않을 것이다.

이러한 실제 청중 확인의 난해함과 복잡함에서 벗어나기 위한 방편으로 많이 사용되는 범주가 바로 다중 청중(이질 청중), 단일 청중(동질 청중)이다.

실제 청중이 다중적으로, 이질적으로 존재하는 이유는 그들이 윤리적 신념과 가치관, 정치적 입장, 성 또는 성적 취향, 직종 또는 계급적 위치, 종교, 지역 등에서 차이를 보이기 때문이다. 이와 같이 여러 차이에 따라 존재하는 다중 청중의 양상을 모두 열거하는 것은 가능하지 않다. 그러나 이러한 실제 청중의 이질성을 확인하기 위하여 다른 차이는 모두 삭제하고, 실제 독자의 읽기 목적(또는 과제)에 따라 그 이질성 양상을 살펴볼 수는 있다.

어떤 주류 신문에 게재된 유명 인사의 칼럼을 생각해 보자. 그 칼럼은 다양한 방식으로 읽힐 수 있다. 1)현재 사회적 쟁점이 되고 있는 어떤 주제에 대한 지식과 소양을 쌓기 위해서(일반 시민), 2)유사한 주제 또는 장르의 글을 쓰는 데 유용한(모범문) 도움을 얻기 위해서(저자), 3)대입시 논술을 가르치거나 준비하기 위해서(작문 교사, 학생), 4)칼럼 저자에 대한 전기를 쓰기 위해서(전기문 작가), 5)칼럼을 포함한 논술 텍스트의 구조, 문체를 연구하기 위해서(언어학자), 6)2000년대 초반의 정치적 담론 지형을 분석, 연구하기 위해서(언론학자 또는 사회학자), 7)나의 가까운 지인 또는 평소 사숙하는 사람이 요즘 어떤 생각을 하고 있는지 알아보기 위해서(사적 관계에 있는 사람) 등으로 다양하게 존재한다.

동일한 정치적 입장을 가진 사람들 사이에도 읽기의 목적이 다양하게 분포할 수 있다. 1)쟁점에 대한 정치적 입장의 동질성을 확인하기 위해서(즐거움, 위로와 안심 등), 2)유사 주제의 글을 쓰기 위해서, 3)다른 입장을 보이는 친인척을 설득하기 위해서, 4)선거 홍보 책자나 유인물을 만들기 위해서와 같이 이질적으로 분포할 수 있다.

실제 독자의 이질성은 이렇게 서로 다른 독자에게서 발견될 수도 있지만, 동일한 독자 안에서도 발견할 수 있다. 다중성과 이질성을 가진 동일인도 있을 수 있고, 동일인이 시간 속에서 변화하는 모습을 생각해 볼 수 있다. 어제 밤에 연서를 썼던 나와, 오늘 아침 연서를 읽고 있는 나는 다른 사람이다. 따라서 동일한 연서에 대한 나의 응답이 다를 수밖에 없다.

다중 청중과 마찬가지로 단일 청중도 다양하게 존재할 수 있다. 앞에서 열거한 바와 같이 윤리적 신념과 가치관, 정치적 입장, 직종 또는 계급적 위치, 종교, 젠더 감수성 등에서의 같음이 서로 다른 여러 청중을 단일한 동질적인 청중으로 묶는 기능을 한다.

그러나 사실 이러한 동질성은 그렇게 단단하지도 오래 가지도 못한다. 단일 청중이 하나의 텍스트에 대해서 하나의 마음으로 읽을 것이라고 기대하는 것은 무리다. 또한 단일 청중이 어떤 텍스트에 응답한 방식으로, 다른 텍스트에도 동일하게 응답할 것이라고 기대하는 것도 무리다. 이러한 단일함, 동일함은 다른 국면 또는 다른 맥락을 만나면 변한다.

다중 청중에서 나타나는 응답 방식의 뚜렷한 차이, 단일 청중에서도 드러나는 응답 방식의 미묘한 차이는 바흐친의 '정동 의지적 어조' 개념을 통해 설명이 가능해진다. 모든 실제 독자는 반복 불가능한, 대체 불가능한 고유한 자리에 위치하고 있다. 이러한 고유성, 개별성, 유일성으로 인해서 이들 실제 청중의 텍스트에 대한 응답은 항상 '정동 의지적 어조'를 간직할 수밖에 없다(바흐친, 1920/2011). 그리고 이러한 이질성은 파괴적인 것인 아니라 생산적이고, 창조적인 방식으로 기능한다. 동질적인 것의 합보다 이질적인 것의 합이 크기 때문이다. 실제 청중의 서로 다른 응답은 텍스트에 대한 해석의 전체성 확보, 해석의 풍요로움을 가져다 줄 것이라고 기대할 수 있다.

많은 수사학자, 작문 이론가들이 실제 독자에 대한 분석을 강조한다. 실제 독자를 미리 분석해야 작문의 의도를 잘 실현할 수 있다는 이러한 주장에 대해 바흐친은 어떤 생각을 할까? 아마도 기존하는 독자의 특성을 분석하는 것은 의미가 있지만, 거기에 그치지 말고, 그러한 독자라면 저자의 텍스트 전략에 어떤 반응을 보일지를 구체화하고, 그러한 반응에 응답하는 방식으로 텍스트를 구성하라고 말할 것이다.

파크는 전통적인 청중 분석을 비판하며 맥락 분석을 강조하였다. 저자가 자신의 독자를 안다고 해도, 이러한 앎이 독자가 어떻게 반응할지에 대한 이해를 제공해 주지는 못한다. 독자에 대한 앎과 독자의 응답에 대한 앎은 또 다른 차원이다. 더 나아가 어떤 반응을 보일지 아는 것과 그러한 반응에 근거하여 적절한 텍스트를 구성하는 능력은 또 다른 차원이다.

다음 6, 7, 8절에서는 바흐친의 독자 개념과 다른 여러 논자들의 독자 개념을 바탕으로 작문 교육의 방향을, 1)실제 독자와의 접촉 경험, 독자로서의 읽기 경험을 통한 응답적 감수성 함양, 2)보편 청중 지향을 통한 저자와 독자의 합리성 제고, 3)형식주의에 대한 새로운 관점으로 나누어 기술하고자 한다.

6. 응답적 감수성 함양, 두 가지 경로

구어적 담화에서는, 화자의 발화에 대한 청자의 적극적인 반응이 화자의 발화 구성과 대화의 발전에 어떤 기여를 하는지를 분명하게 확인할 수 있다. 그러나 글쓰기에서 독자의 적극적인 반응(응답)은 현존하지 않는다. 다만, 저자에 의해서 예견되고 상상될 뿐이다. 따라서 독자의 적극적인 응답이란 사실, 저자에 의한 독자 응답의 적극적인 구성이라고 봐야 한다. 독자의 적극성이 아니라, 저자의 적극성이다. 적극성은 저자의 태도이기 이전에 능력의 문제이고 감수성의 문제라고 봐야 한다. 독자가 어떤 반응을 보일까를 미리 정확하게, 섬세하게, 예견할 수 있을 때, 텍스트 역시 독자에게 적절하게 응답할 수 있다. 저자에 의한 독자 응답 예견 능력과 태도를 '응답 감수성'이라고 할 수 있다.

응답 감수성은 어떻게 형성되는 것일까? 두 가지 경로를 생각해 볼 수 있다. 먼저, 실제 독자와의 상호 작용을 통해서 형성, 신장될 수 있다. 다른 한편으로는 지속적인 독서 경험을 통해 신장될 수 있다. 독서 과정에서 독자로서 텍스트에 보인 응답의 내용과 방식이 축적되어 저자의 응답 감수성이 함양되는 것이다.

따라서 저자와 실제 독자와의 접촉면을 늘릴 필요가 있다. 접촉면의 강밀도가 높아질수록 저자의 응답적 감수성은 확충되고, 정교해지고, 강화될 것이다. 학생 저자가 쓴 텍스트를 실제 독자에게 전달하고, 실제 독자의 구체적인 응답을 받는 것도 좋을 방법이 될 것이다. 또한 동료 평가(반응) 활동, 합평회, 소집단 작문 활동 등과 같은 협동 작문 활동도 독자의 다양하고 풍부한 응답을 경험할 수 있는 좋은 장치가 될 것이다.[12]

Halasek(1990)이 Bruffee의 협동 작문 활동을 비판하면서 언급하였듯이, 작문 교실의 맥락과 사회적 맥락은 다를 수 있다. 작문의 목적도 실질적인 목적이 아니라 '연습'의 성격이 강하고 무엇보다 교실 안에 있는 동료 학생과 교사가 실제 독자가 아닌 경우가 많다. 따라서 그 응답이 실제성을 담보하기 어려운 측면이 있다. 그러나 어떻게 작문 교육을 기획하느냐에 따라 동료 학생이 실제 독자가 될 수 있다. 그리고 비록 다소간의 한계가 있을지라도 독자의 다양한 응답과 그에 대한 대응 과정에서 글쓰기의 대화적 속성을 직접적으로 체험할 수 있다.

읽기 경험 역시 응답적 감수성을 함양하는 좋은 방법이 될 수 있다. 독자는 텍스트를 읽으면서 다양한 방식으로 응답한다. 그리고 텍스트에 대한 긍정적인 응답 경험(감동을 받은 문체, 매력적인 표현 기법, 멋진 어휘 등)은 실제 글쓰기 맥락에서 재현되는 경우가 많다. 내가 어떤 텍스트 전략에 긍정적인 응답을 했으므로, 그러한 텍스트 전략을 사용한 나의 텍스트에 대해 다른 독자도 유사한 응답을 보낼 것이라는 가정을 세울 수 있는 것이다. 읽기 경험이 자신의 글쓰기의 원천이었다는 수많은 유명 저자들의 자기 고백이 어디에

---

12) 실제 독자와의 접촉을 강조한 논의는 비교적 많이 축적되어 있는 편인데, 오택환(2009), 서수현·정혜승(2009), 정혜승(2013) 등이 그 사례이다.

서 비롯되었는지를 알 수 있다. 응답 감수성을 형성하는 두 가지 경로를 기술하였는데, 그 구체적인 양상을 예로 제시하면 〈표 4-1〉과 같다.13)

〈표 4-1〉 응답 감수성을 형성하는 두 가지 경로

실제 독자와의 접촉 경험	읽기 경험
1. 독자는 논거가 불충분한 주장에 공감하지 않더라.	1. 근거가 불충분한 주장에는 공감하기 힘들었다.
2. 독자는 짧고 간결한 문장을 선호하더라.	2. 짧고 간결한 문장이 쉽게 이해되고, 힘도 느껴졌다.
3. 독자는 진부하고 상투적인 표현을 싫어하더라.	3. 진부하고 상투적인 표현에 식상함을 느꼈고, 저자에게도 실망을 하였다.
4. 독자는 '나'를 표명하는 것을 부담스러워 하더라.	4. '나'가 빈번하게 등장하는 논문은 객관성이 떨어진다는 느낌을 받았다.
5. 나의 개성적인 생각, 목소리에 마음이 움직이더라.	5. 저자의 개성적인 생각, 목소리가 느껴질 때 참 좋았다.
6. 나의 개인적인 체험을 기술한 부분에 높은 관심을 보이더라.	6. 에세이를 읽을 때, 개인의 체험이나 경험을 기술한 부분에서 몰입이 잘 되고, 읽기의 재미가 커졌다.

저자의 응답적 감수성을 고양하기 위해서는 전통적인 독자 분석에서 벗어나야 한다. 바흐친은 의사소통의 삼각관계(저자, 대상, 독자 간의 상호 관계)를 강조한다. 이때 이들 세 가지 요소를 독립된, 자율적인 요소로 생각해서는 안 된다. 이들 세 요소의 상호 관계에 주목해야 한다. 즉, 저자와 독자의 관계, 독자와 대상과의 관계, 저자와 독자와의 관계를 분석해야 한다.14) 그리고

---

13) 〈표 4-1〉에서 예시한 내용은 구체적인 사례 분석에 근거하여 작성한 것이 아니라 나의 체험과 상상을 통해 구성한 것이다.

14) 저자는 일차적으로는 자신의 메시지를 어떻게 전달할지 고심하겠지만, 한편으로는 독자의 개념(신념) 체계에서 자신의 메시지가 어떻게 해석될지를 이해하려고 애쓴다. 결국 저자는 삼중(三重)의 이해 과정을 거치면서 글을 쓴다. 먼저, 저자는 대상(주제)을 이해하려고 애쓴다(대상과 저자의 관계 해석). 주제에 대한 이해의 질이 텍스트의 질에 영향을 미칠 것이다. 다음으로 독자는 대상과 어떤 인지적, 정서적 관계를 맺고 있는지를 이해하고자 한다(대상과 독자의 관계 해석). 마지막으로 자신의 텍스트에 대해서 독자가 어떻게 응답할지를 예견한다(저자와 독자의 관계 해석).

이러한 상호적 관계를 잘 분석할 때, 텍스트에 대한 독자의 응답이 보다 명료하게 예견될 수 있다.

7. 새로운 독자의 창조

학생 저자가 특정 청중이 아닌 보편 청중을 지향하도록 지도할 필요가 있다. 저자는 일차적으로 특정 청중을 강하게 의식할 수밖에 없지만, 그러한 특정 청중에 묶여서는 안 된다. 특정 청중이라는 가장 앞의 동심원을 가로질러 멀리 존재하는 청중들을 의식해야 한다. 원심적으로 동심원을 가로질러 가는 과정이 바로 보편 청중에 가까이 가는 길이다. 그 여정에서 저자도 텍스트도 성장한다.[15] 학급이라는 특정 공동체, 그 공동체에 속하는 특정 동료 학생과 특정 교사로 청중을 한정할 때, 청중은 매우 빈약해지고, 그 빈약함에 비례하여 저자의 성장도 텍스트의 성장도 더딜 것이다.

정희모(2012, 179)는 "페렐만의 보편 청중 개념은 구체적 현장에서 발생할 수 있는 실제적인 개념이라기보다 독자 개념을 설명할 때 제기될 수 있는 이념적이고 이론적인 힘"이라고 보고 있다. 페렐만의 보편 청중 개념이 분명히 이런 성격과 특성을 지니고 있는 것은 사실이다. 그러나 보편 청중 개념은 작문 교실에서 실제적인 힘으로 작용할 수 있다.

학생 저자가 보편 청중을 상정하고 글을 쓸 때, 특정 청중은 보편 청중으로 거듭날 수 있다. 즉, 저자의 글쓰기가 특정 청중을 보편 청중으로 재구성할 수 있는 것이다. 예컨대, 어떤 대상에 대한 부분적인 시각을 가진 특정 청중(실제 독자)에게 대상에 대한 중층적 시각을 제공하고, 낮은 차원의 합의와

---

15) 고전은 저자가 보편 청중을 의식하였든, 의식하지 않았든, 보편 청중을 갖는 텍스트이다. 어떤 텍스트가 보편 청중을 가지고 있기 때문에 고전이 된 것이다. 이는 보편 청중을 지향할 때, 더 넓고 깊은 수준에서 독자의 공감을 이끌어낼 수 있다는 것을 의미한다.

동의를 넘어서 높은 수준의 합의와 동의를 이끌어내고, 편견과 고정 관념을 성찰하게 하여, 합리적이고 이성적인 인식에 이르게 할 수도 있는 것이다.

물론 페렐만의 보편 청중 개념은 여전히 추상적이고 관념적이어서 실제 학생 저자가 보편 청중을 구성하는 것이 어려울 수 있다. 이러한 현실적인 교실 맥락을 고려하여 다음과 같은 구체적인 방법을 강구해 볼 수 있다. 예컨대, 다음과 같은 조건을 갖춘 사람이 보편 청중일 수 있다.

1)텍스트에 사용된 언어를 알고 있는 언어 사용자(또는 텍스트에 사용된 언어를 학습, 획득하게 될 사람, 또는 언젠가는 학습, 획득하여 읽게 될 사람), 2)텍스트 이해를 가능하게 하는 인식 체계를 가지고 있는 사람(또는 그러한 인식 체계를 갖추게 될 사람), 3)텍스트를 안팎으로 둘러싸고 있으면서, 텍스트 생산과 해석을 가능하게 하는 맥락을 공유하고 있는 사람(또는 그러한 맥락을 공유하게 될 사람), 4)텍스트의 여러 가지 수사적, 문학적 장치 또는 전략(아이러니, 은유, 반어와 역설, 풍자와 패러디, 생략 삼단 논법, 시선의 중층적 배치 등)을 이해할 해석 전략을 갖고 있는 사람(또는 그러한 텍스트 전략을 습득하고, 내면화할 사람), 5)텍스트가 표명하고 있는 견해, 입장, 지향 등에 합리적이고 이성적으로 접근할 사람(또는 그러한 합리적이고 이성적인 인식과 태도를 갖추게 될 사람). 전자가 기존하는 청중의 모습이라면, 후자는 텍스트 읽기를 통해서 새롭게 형성될 사람이라고 볼 수 있다.

대부분의 좋은 글은 새로운 독자를 발굴하고 창조하는 글이다. 좋은 글은 없었던 보편 청중을 만들어낸다. 우리가 독자 분석을 하는 이유는 독자에 맞추기 위한 것이기도 하지만, 독자를 새롭게 구성하기 위한 것이기도 하다.

구체적으로 좋은 글은 어떤 방식으로 보편 청중을 만들어내는가? 먼저, 관점의 측면에서 보면, 1)새로운 입장 갖기(낯선 인식의 지평에 다가간 자의 긍지와 자부심 갖기), 2)입장을 정당화하는 새로운 근거 확보하기(중층적이고 다면적인 시각의 확보로 유연해지기, 깊어지기, 성찰하기), 3)입장에 따른 구체적인 실천 방안 알기(실천을 다짐하기 또는 실행하기)와 같은 방법으로 새로운 청중을 구성할 수 있다. 우리는 좋은 텍스트를 만나 더 이성적이고 합리적으로 변한다.

감수성의 측면에서 보면, 있었지만 환기되지 않은, 있었지만 표명되지 않은, 먼지가 수북이 앉아 있었지만 털털 떨어낸, 잊었지만 있었던, 의식되지 않았지만(무의식) 비로소 의식된, 이제껏 불러 지지 않았지만 비로소 호출된 감수성이 새로운 감수성이다. 우리는 훌륭한 산문에서 이러한 새로운 감수성을 만나고 내면화하게 된다. 그리고 이를 통해 우리는 새로운 감수성을 지닌 보편 청중이 되는 것이다.

8. 형식주의 재해석, 바흐친과의 만남

기존의 작문 이론 중에서 독자 개념이 가장 희박한 이론이 형식주의 작문 이론일 것이다. 형식주의 작문 이론에서는 저자를 의미의 전달자로, 독자를 의미의 수용자로 바라봄으로써 저자, 독자보다는 텍스트 자체를 강조한다. 저자는 좋은 글을 쓰기 위해, 기존의 훌륭한 글을 모방하고, 문법적 오류를 피하고, 수사적 규칙을 준수한다. 이런 저자에게 독자에 대한 개념이 형성될 수 있는 여지는 별로 없다.[16]

그렇다면, 왜 형식주의는 텍스트의 형식적 완결성을 강조할까? 독자의 해석 전략 또는 독자의 해석 가능성을 염두에 둔 것은 아닐까? 형식주의 작문 이론에서는 훌륭한 텍스트가 가지고 있는 요소들을 모방하면서 문법적인 오류가 없고, 독자에 의해 명료한 해석이 가능한 분명한 글을 쓸 것을 요구한다. 즉, 텍스트가 문법적 측면, 수사적 측면에서 완결성을 가질 때, 독자가

---

16) 한철우 외(2003: 62-63), 정혜승(2013: 32-33) 역시 이러한 관점에서 형식주의 작문 이론의 독자 개념을 설명하고 있다.

명료하게, 쉽게 이해할 수 있을 것이라는 전제를 가지고 있다. 그렇다면, 형식주의는 독자를 무시하고 있는 것이 아니라, 도리어 독자를 강하게 의식하고 있다고 해석할 수도 있다.

텍스트 내 독자에 분포하는 많은 독자 개념은 담화 관습, 텍스트 전략을 독자로 상정하고 있다. 이들 개념이 담화 관습, 텍스트 전략을 독자로 본다는 것은, 이러한 요소가 독자의 이해가능성을 결정하는, 규정하는 가장 중요한 요소라고 생각하기 때문이다.[17] 물론 텍스트가 일부러 독자를 혼란에 빠트리거나, 잠시 읽기를 멈추고 앞부분으로 돌아가 다시 읽도록 하거나, 전심전력을 기울이지 않으면 이해할 수 없게 하거나, 천천히 고통스럽게 읽으며 정신을 연마하도록 하는 등의 난해한 텍스트 전략을 구사할 수는 있다. 그러나 종국에는 독자의 '이해 가능성'을 전제하고 있다. 텍스트가 이해 가능하지 않다면, 독자의 지식을 어떻게 확충할 것이며, 독자의 인식을 어떻게 변화시킬 것인가? 독자에게 어떻게 인식적, 정서적 울림을 줄 것인가? 즉, 독자를 어떻게 움직일 수 있을 것인가?

이와 같이 텍스트 전략 또는 담화 관습이 독자의 이해 가능성을 전제해야, 텍스트는 비로소 독자의 능동적 반응과 창의적 이해를 이끌어낼 수 있다. 이 지점에서 형식주의와 바흐친의 독자 개념은 서로 상충하거나 모순되지 않는다. 두 관점이 더 잘 만나기 위해서는 교육의 방식이 바뀌어야 한다. 모범문을 모방해야 하는 이유, 어법과 수사적 규칙을 지켜야 하는 이유, 공동체가 합의한 담화 관습과 텍스트 전략을 공유하고 획득해야 하는 이유를 설명할 때, 독자를 중심에 두어야 한다. 학생 저자에게 이런 자의식이 형성되면, 기존의 담화 관습과 수사적 규칙은 언제 어디서나 따라야 할 것이 아니라, 여러 맥락에서 변형되고 때로는 거부해야 할 것으로 인식되게 된다. 그리고 독자

---

17) '텍스트 전략', '담화 관습'을 이해 가능성 측면에서 접근하고 있는 독자가 바로 앞에서 살펴본 에코의 '모델 독자', 컬러의 '새겨진 독자'이고 이와 유사한 개념이 '이상적인 독자', '슈퍼 독자' 또는 '초독자'이다.

의 이해 가능성을 높이고, 저자의 의도에 맞는 독자의 응답을 이끌어내기 위해 더 좋은 텍스트 전략을 탐색하게 될 것이다.

✖ ✖ ✖

이 장에서는 그동안 수사학, 문예학, 작문 교육학 분야에서 제안된 다양한 독자 개념을 검토하면서 작문 교육에 시사하는 바를 도출하고자 하였다. 특히, 바흐친의 독자관에 근거하여 기존 독자 개념을 비판적으로 검토함으로써 독자에 대한 새로운 인식과 감수성을 형성하고자 하였다.

먼저, 바흐친의 독자관을 명확하게 정립하기 위하여 바흐친 사유를 관통하는 주요 개념인, '적극적인 반응과 창조적 이해', '상호텍스트성', 그리고 '종결 불가능성'에 대하여 살펴보았다. 그리고 독자를 1)저자 내 독자, 2)텍스트 내 독자, 3)실제 독자로 분류하고, 바흐친 관점에서 비판적으로 재해석하였다. 먼저, 저자 내 독자에서는 베르켄코터, 페렐만의 독자 개념을, 텍스트 내 독자에서는 에드와 런스포드, 파크, 컬러, 에코의 독자 개념을 검토하였다. 실제 독자는 '다중 청중'과 '단일 청중'을 비교하여 그 차이를 검토하였다.

6, 7, 8절에서는 바흐친의 독자 개념과 다른 여러 논자들의 독자 개념을 바탕으로 작문 교육의 방향을 제안하였다. 즉, 1)실제 독자와의 접촉 경험, 독자로서의 읽기 경험을 통한 응답적 감수성 함양, 2)보편 청중 지향을 통한 저자와 독자의 합리성 제고, 3)형식주의에 대한 새로운 관점의 형성을 제안하였다.

---

* 이 장은 이재기(2018), 독자의 의미와 작문 교육의 방향-바흐친의 독자관을 중심으로-, 청람어문교육 제68집, 청람어문교육학회를 수정한 것임.

참고 문헌

박영민(2004), 다중적 예상독자의 개념과 작문교육의 방법, 국어교육학연구 제20집, 357-382, 국어교육학회.

서수현·정혜승(2009), PAIR 전략을 활용한 독자 고려 교육, 국어교육학연구 제35집, 271-299, 국어교육학회.

정혜승(2013), 독자와 대화하는 글쓰기, 사회평론.

정희모(2012), 페렐만의 보편청중 개념과 작문의 독자 이론-페렐만(Perelman)과 파크(Park)의 논의를 중심으로-, 작문 연구 제15집, 159-187, 한국작문학회.

한철우·박영민·이재기·최병흔(2003), 과정 중심 작문 평가, 원미사.

Bakhtin, M.(1920/2011), 예술과 책임(최건영 역), 문학에디션 뿔.

Bakhtin, M.(1961/2006), 언어학, 어문학 그리고 다른 인문학에서 텍스트의 문제, 말의 미학(김희숙·박종소 역), 도서출판 길.

Bakhtin, M.(1981), The Dialogic Imagination: Four Essays by Mikhail Bakhtin, (trans.)Caryl Emerson & Michael Holquist, Univ. of Taxas.

Bakhtin, M.(1986), Speech Genres and Other Late Essays, (trans.)Caryl Emerson & Michael Holquist, Univ. of Taxas.

Bakhtin, M. & Volosinov, N.(1976), Freudianism: A Critical Sketch, (trans.)I.R. Titunik, Univ. of Indiana.

Berkenkotter, C.(1981), Understanding a Writer's Awareness of Audience, College Composition and Communication 32, pp.388-89.

Culler, J.(1980), "Prolegomena to a Theory of Reading", The Reader in the Text. Ed. Susan R. Suleinam and Image Corsman. Princeton:Princeton UP, 46-66

Eco, U.(1979), The Role of the Reader: Explorations in the Semiotics of Texts: Bloomington: Indiana UP.

Ede, L. & Lunsford, A.(1984), Audience Addressed/Audience Invoked: The Role of Audience in Composition Theory and Pedagogy, College Composition and Communication 35(2).

Halasek, E. K.(1990), Toward a Dialogic Rhetoric: Mikhail Bakhtin and Social Writing Theory, Dissertation Ph. D., The Univ. of Texas.

Morson, G., & Emerson, C.(1990), 오문석·차승기·이진형 역, 『바흐친의 산문학』, 책세상.

Park, D.(1982), The Meanings of 'Audience', College English 44, pp.247-257.

Perelman, C, and L. Olbrechts-Tyteca(1991), The New Rhetoric : A Treatise on Argumentation. Trans. John Wilkinson and Purcell Weaver. 1958; Notre Dame : University of Norte Dame Press, 1969.

Selzer, J.(1992). More Meanings of Audience, in Stephen P. Witte eds., A Rhetoric of Doing, Southern Illinois University Press, pp.161-177.

제5장 윤리적 주체 형성과 글쓰기

■ ■ ■

　이 장에서는 바흐친의 최초 저서인 ≪행위 철학을 위하여≫에 기반하여 윤리적 주체 형성과 글쓰기의 관계를 살펴보고자 한다. 이 저서에서 바흐친이 주로 관심을 가진 것은, 철학, 윤리학 또는 윤리적 인식론으로 글쓰기에 대한 언급은 전혀 없다. 그러나 바흐친의 관심이 철학, 문예학, 인문학으로 차례로 옮겨갔다는 사실에 비추어 볼 때, 앞의 것에 대한 관심이 뒤의 관심사에 어떤 방식으로 작용하였을 것이라고 가정할 때, 최초의 저서에서 글쓰기의 철학적, 인식론적 함의를 발견하려는 노력은 의의가 있을 것이다. 이는 바흐친의 사유 체계가 철학과 윤리학에서 미학과 텍스트학으로 전회한 것의 당위성 또는 자연스러움을 드러내는 길이기도 하다.

　윤리적 주체 형성과 글쓰기의 관계를 논의하면서 나는 다음 세 가지에 관심을 갖고 있다. 첫째, 윤리가 자리하는 곳은 어디인가? 나는 윤리가 자리하는 곳은 추상적이고 차가운 이론의 세계가 아니라 고유하고, 유일한 개별적 삶의 세계라는 점을 얘기할 것이다. 둘째, 윤리가 이론의 세계가 아니라 구체적인 삶의 세계에 존재한다면 주체는 무엇으로 스스로의 윤리적 당위를 설정하는가? 나는 반복불가능하고, 대체 불가능한 삶의 세계에 책임 있게 참여하는 주체의 행위 속에서 설정된다고 말하고자 한다. 그리고 주체의 이러한 책임 있는 행위가 바로 글쓰기이며, 글쓰기 과정에서 주체는 윤리적 감각을 기를 수 있다는 점을 강조할 것이다. 셋째, 모든 글쓰기가 윤리적 주체를 형성하는 계기가 되는가? 그렇지 않을 것이다. 나는 글쓰기가 윤리적 주체 형성을 지향한다면 지금과 다른 글쓰기 방식 또는 글쓰기 교육 방식이 필요하다는 점을 설명하고자 한다. 그리고 위 세 가지 질문에 대한 대답은 바흐친에게서 온 것이거나, 바흐친이 나를 자극하여 나온 것이다. 따라서 나의 글쓰기는 바흐친을 죽음 앞에서도 의연하게 만들었던 근거, 바로 바흐친에 대한 '응답적 이해'인 셈이다.

1. 윤리적 주체의 능동성과 수동성

이 글은 윤리의 문제가 이론과 규범으로 설명 또는 환원될 수 없고, 상대주의 속에 방치될 수 없다는 생각에서 출발한다. 윤리가 원리와 규범의 문제라면, 우리가 할 일은 그 원리와 규범을 익히고, 삶에 그대로 적용하면 된다. 이 때 우리의 수고로움은 사라진다. 우리는 아무 생각 없이 간단히 그것을 적용할 수 있기 때문이다. 이와 반대로 "무엇을 해도 괜찮다."라고 해도 우리의 수고로움은 사라진다. 내 행위는 항상 윤리적으로 허용되기 때문이다. 그러나 우리는 커다란 정치적·사회적 사건에서 뿐만 아니라 너무나도 사소하고, 극미한 일상의 삶의 국면에서 윤리적 결정을 내리느라 매번 수고롭다.[1]

규범이 정언적 명령으로 이해될 때, 주체의 행위가 설 자리는 없다. 즉, 규범, 법이 누구나 따라야 할, 무조건적이며 보편타당한 지상 명령일 때, 주체의 행위는 실천이 아니라 준수의 차원으로 전락한다. 준수의 차원에서 이루어지는 주체의 행위는 '준수/미준수'라는 틀에서만 도덕적으로 판정된다.[2] 주

---

[1] "「왜 사람들은 무감각한가?」라는 에세이에서 톨스토이는, 우리가 거의 의식하지 못하는 일상의 순간에 현실적인 윤리적 결정이 이루어지고 진정한 삶이 체험된다는 생각을 전개한다."(모슨과 에머슨, 1990/ 2006: 62).

[2] 글쓰기 영역에 한정해서 살펴보면, 이인재(2008), 이재승(2010)의 논의가 '쓰기 윤리'를 규범의 준수 차

체의 자율적이고, 자발적인 판단이 개입하지 않기 때문에 주체는 자신의 행위가 갖는 윤리적 성격을 사고할 필요도 정당화할 필요도 없다.

여기서 윤리적 주체의 능동성은 사라지고 수동성만 강화된다. 주체의 윤리적 사고가 능동성을 갖는 국면은 규범, 법을 구체적인 삶의 맥락에서 해석하고, 스스로 행위의 당위성을 모색하는 과정에서 구현된다. 규범이 당위를 말하는 것이 아니라, 규범과 삶의 상호 조회 과정에서 당위가 만들어지는 것이다. 당위가 자리하는 곳은 "개체적 행위의 범주이고 나아가 그 이상의 것, 행위의 개별성이나 유일성 그 자체의 범주이며, 행위의 대체 불가능성, 일회적으로 강요된 것의 범주이자, 행위의 역사성 범주"(바흐친, 1920/2011: 64)이기 때문이다.

윤리는 규범, 지식의 영역이 아니다. 윤리는 행위, 사고의 영역이다. 따라서 윤리적 주체는 윤리 규범, 윤리 지식을 학습하고, 학습한 규범과 지식에 따라 실천하는 사람이 아니다. 윤리적 주체는 윤리적 판단 능력과 윤리적 감수성을 가진 사람으로서 이러한 판단 능력과 감수성은 '전달—수용'의 학습 구조를 통해서는 형성되지 않는다. 구체적인 윤리적 사건에 지속적으로 노출되고, 참여하는 행위를 통해서 길러진다. 이러한 노출과 참여의 과정이 글쓰기의 과정이다.[3]

원에서 접근하고 있는 사례에 해당한다고 볼 수 있다. 이들은 쓰기 윤리를 지키기 위해서 준수해야 할 규범의 목록을 매우 구체적인 층위에서 제시하고 있다. 이러한 규범은 큰 틀에서 일종의 가이드라인 역할을 할 수 있겠지만, 구체적이고, 개별적인 쓰기 장면에서는 상당히 무력해질 수 있다. 이는 서수현·정혜승(2013)에서 "쓰기 윤리가 무엇인지, 어떻게 지켜야 하는지 아예 몰라서 쓰기 윤리를 준수하지 못한 것이 아니라, 이에 대한 실천적 접근을 하는 구체적인 방법을 몰라서 어려움을 겪는"(193-194)다는 보고에서도 알 수 있다. 한편, 신경숙 사건을 둘러싸고 벌어진 논쟁 역시 이러한 현실을 잘 보여준다. 논쟁은 좀처럼 하나로 수렴되지 않을 것이며, 도리어 논의의 스펙트럼을 넓히면서 계속해서 펴져나갈 것이다. 그리고 이러한 종결되지 않는 대화는 모든 사건에 내재되어 있는 윤리적 판단의 복잡성과 중층성을 보여주고 있다.
3) 박영민(2008)의 논의는 '쓰기 윤리 의식 함양'을 위한 방법론을 '전달—수용'이란 학습 구조에서 찾고 있지 않다는 점에서 의미가 있다. 예컨대, 그가 제안하고 있는 1)쓰기 윤리에 대한 가치 탐구 모형을 활용하는 방안, 2)쓰기 윤리의 딜레마를 활용하여 토론 방법을 적용하는 방안, 3)반성적 쓰기를 적용하는 방안, 4)자기 평가를 활용하는 방안, 5)거울 효과 및 상징물을 활용하는 방안이 그 예이다. 그러나 박영민의 논의와 이 글은 몇 가지 점에서 차이가 있다. 먼저, 이 글은 글쓰기 사건이라는 특정한 영역에서

윤리는 '타자의 삶을 책임지는 것'이다. 더 정확하게 말하면 '타자가 동의하는 방식으로 타자의 삶을 책임지는 것'이다. 이를 위해서는 타자 또는 타자의 삶에 대한 심도 깊고, 중층적인 이해가 전제되어야 한다. 글쓰기는 타자의 삶에 대한 이해를 켜켜이 늘려가는 과정이다. 한편, 타자의 삶을 책임을 진다는 것은, 타자의 삶에 관여하고, 참여하는 것이다. 타자의 삶에 관여, 참여하는 방식이 글쓰기인 것이다.

글쓰기는 타자와의 만남의 방식을 고심하는 공간이다. 윤리는 나와 타자의 만남 사건에서 생겨난다. 따라서 나와 타자가 만나는 글쓰기라는 시공간은 윤리적 시공간이 되는 셈이다. 저자는 자신과 타자가 어떻게 만날 것인가를 인식론적으로, 윤리적으로, 미학적으로 고심하는 과정에서 저자인 나의 윤리적 사유와 판단 능력, 그리고 윤리적 감수성을 고양하는 계기를 얻게 된다.

2. 이론의 세계, 삶의 세계, 그리고 글쓰기

이 절의 논의는 바흐친의 최초 저작이라고 할 수 있는 ≪행위 철학을 위하여≫에 근거하고 있다.[4] 이 책에서 바흐친은 칸트를 윤리학에 대한 모든 추

만 요구되는 윤리 의식이 아니라, 모든 삶의 영역에서 요구되는 윤리 의식을 다루고 있다는 점에서 논의 대상이 다르다. 또한 주체의 윤리 의식은 어떤 교수·학습 방법을 통해서 형성·함양되는 것이 아니라, 주체의 책임 있는 참여(관여)를 통해서 길러진다는 점에서 논의의 전제가 다르다. 따라서 이 글에서 제안하는 글쓰기 교육의 방향도 어떤 구체적인 글쓰기 교수·학습 방법론을 제시되는 것이 아니라, 글쓰기 장면에서 강조되거나 의식해야 하는 바가 무엇인지에 대한 층위에서 기술될 것이다.

[4] 최진석(2014, 71)은 "1919년 「예술과 책임」에서 출발한 바흐친의 사유는 「행위철학」에서 일정 정도의 결구를 이루었다"고 보고, 바흐친에게 윤리는 "'무엇을 행하거나 행하지 말라'는 식의 도식을 준수함으로써 성취되는 이상이 아니"며, "윤리는 지금-여기를 살아가는 '이 나'의 개성적 행위 속에서 만들어지고 항상-이미 구축해가야 하는 삶의 양식(mode of life)"이라고 말하고 있는데, 나 역시 최진석의 이러한 바흐친 해석에 공감하며, 이 글은 이러한 해석에서 촉발된 것이기도 하다.
한편, 바흐친은 이 저작 이후 쓴 다른 저작에서는 '윤리' 또는 '윤리학'을 전면적으로 다루지 않는다. 이런 측면에서 "윤리학에서 미학으로의 전회"(변현태, 2013: 133)라고 말할 수 있다. 그러나 나는 전회가 아니라 '미학으로 확장되는 윤리학'으로 이해하고자 한다. 즉, 그의 윤리학이 미학이라는 맥락으로 공간을 옮겨서 확장되고, 심화되고 있다고 생각한다. 또한 이 저작을 포함한 초기 저작들(≪예술과 책임≫, ≪예술 활동에서의 작가와 주인공≫ 등)을 "종결 불가능성을 압도하는 종결"로, ≪도스토옙스키 창작의 문

상적이고 철학적인 접근법의 대표자로 다루고 있다. 바흐친에 따르면, 이러한 접근법들은 "전형적으로 윤리학을 일반적 규범이나 원리의 문제로 간주하고 개별 행위는 한낱 규범에 대한 예증(또는 예증 실패)으로 간주된다."(모슨과 에머슨, 1990/2006: 65) 바흐친이 지속적으로 문제 삼는 것은 추상적이고 철학적인 접근법이며, 이러한 접근법이 지향하는 세계는 삶의 세계가 아닌 이론의 세계이다.

> 나의 생에서 그 어떤 실제의 정위(방향)도 이론의 세계에서는 불가능한 것이며 거기에서 살거나 책임 있게 행위할 수도 없다. 거기에 나는 불필요하고, 원리적으로 말하자면 거기에 나는 존재하지 않는다. 이론의 세계는, 내가 유일의 존재라는 사실과 그 사실이 갖는 도덕적 의미를 '마치 존재하지 않는 것인 양' 원리적으로 사상(捨象)함으로써 얻어지는 것이다. (중략) 이러한 존재 개념은 나의 생을 책임 있는 행위로 정의하지 못할 것이며, 실천으로서의 생, 행위로서의 생을 위한 그 어떠한 규범도 부여하지 못할 것이다. 그 개념 안에 나는 살고 있지 않기에, 만일 이 개념이 유일의 것이라고 한다면 나는 존재하지 않는 것이나 다름없을 것이다. (바흐친, 1920/2011: 35)

어떤 구체적 존재도, 구체적 사건도 이론의 세계에 살지 않는다. 따라서 어떤 이론으로 또는 개념으로 어떤 구체적 삶과 존재사건을 해석하고 판단하는 것은 가능하지 않다. 그리고 지금 여기에 존재하는 구체적인 존재와 존재사건을 마주하지 않고, 그 존재가 없는 텅 빈 이론을 마치 그 존재인 양 대한다는 점에서 이성적이지도 윤리적이지도 않다. 한편, 이론의 세계에는 구체적 존재가 살고 있지 않기 때문에, 유일하고 고유한 삶을 사는 구체적 존재는 어

제들≫을 "종결불가능성으로 이행"(변현태, 2013: 127)으로 대립시켜 설명하는 데 나는 여기에 동의하지 않는다. 바흐친은 ≪행위 철학을 위하여≫에서 윤리는 영원하고 불변하는 이론의 세계로 환원될 수 없고, 유일하고, 대체불가능한 삶의 사건에 존재한다는 점을 지속적으로 강조하고 있기 때문이다. 삶의 세계는 반복불가능하기 때문에 어떠한 윤리적 당위도 종결 불가능하다. 그리고 바흐친의 '종결불가능성'은 바흐친의 미학이론에서 재현되고 있는 것이다. 이런 나의 생각은, 바흐친 저작의 모순을 바흐친이 도입하고 있는 개념의 모순에서 찾고, 바흐친 저작을 이러한 개념의 확장으로 이해하고 있는 이문영(2000)의 논의와 맞닿아 있다.

떻게 살 것인가, 어떻게 윤리적 판단을 할 것인가에 대한 답을 얻지 못한다. 방법은 이론의 세계가 삶의 세계를 살도록 하는 것이다. 즉, 이론의 세계와 삶의 세계의 소통성을 회복하는 것이다.

> 참여적이고 눈이 높은 의식에 확실한 사람은 현대 철학의 세계, 이론적 문화의 세계가 어떤 면에서는 현실적이고 의의가 있지만, 자신이 살고 책임 있는 자신의 행위(정치적 영향력과 종교적 의식(意識)이 수행되는 유일의 세계는 아니라는 점이다. 이 두 개의 세계는 서로 소통 부재 상태이며, 이론적 문화의 의의 있는 세계를 생의 유일의 존재사건에 끌어들이고 참가시키기 위한 원리가 존재하지 않는다. (바흐친, 1920/2011: 56)

바흐친은 '현대'라는 단서를 붙여 현대 철학, 현대 이론과 삶의 세계의 분리 및 소통 부재를 말하고 있지만, 이는 모든 철학 또는 이론의 세계가 갖는 본질적인 문제일 것이다. 즉, 이론은 유일하고 고유한 구체적 삶의 세계를 지우고 생겨나는 것이기 때문에 이론의 세계와 삶의 세계는 본질적으로 소통하기 어려운 것인지 모른다.[5] 한편, 바흐친은 이론적 세계를 유일의 존재사건인 삶의 세계에 참여시키는 원리를 제안하고 있는데, 이 또한 무망한 바람일 것이다. 구체적인 현상에 대한 설명 방식이 '원리'가 되는 순간, 그 원리는 벌써 이론의 세계를 살게 될 운명을 지게 되기 때문이다.

이론의 세계와 삶의 세계를 소통하게 하는 '원리'가 없을 때, 둘을 소통시키는 방법은 무엇일까? 그 방법은 구체적인 존재사건을 살아가는 지금 여기 주체의 노력에 있을 것이다. 구체적인 존재사건에 이론으로 하여금 반응하도록 하는 것, 즉 둘을 상호 조회시키는 것, 둘을 상호 침투하도록 하는 것, 둘

---

5) 이론의 세계와 삶의 세계의 분리는 바흐친이 다른 대목에서 언급한 "객관적 의미 내용"과 "수행의 주관적 과정"의(바흐친, 1920/2011: 61) 분리와 의미적으로 충실히 대응한다. 행위가 '객관적 의미내용'과 '수행의 주관적 과정'으로 분리될 때, 현실의 책임 있는 행위의 수행은 불가능하다. 이는 둘 중 어느 쪽의 세계를 살든 마찬가지다. 그리고 책임 있는 행위가 없는 곳에는 윤리도 없다. 객관적 의미내용 속에서 사는 주체는 스스로 판단하지 않는다. 판단은 객관적 의미내용이 한다. 따라서 주체에게 행위의 책임을 물을 수 없다.

을 대화하도록 하는 것, 이를 통해 이론의 세계와 삶의 세계는 잠시 만날 뿐이다. 조우할 뿐이다. 그리고 다시 강조하지만, 이러한 만남과 조우는 누구도 대신할 수 없다. 오직 구체적이고, 유일하며, 고유한 존재사건을 살고 있는 '이 나'밖에는 없다.

이론의 세계와 삶의 세계를 상호 조회시키고, 상호 침투하게 하는 행위가 바로 글쓰기이다. 글쓰기는 이론의 세계라는 타자의 시선을 통해 삶의 세계를 인식하고, 체험하는 과정이며, 구체적인 삶의 세계를 끌어들여 이론의 세계를 대화적으로 재구성하는 과정이다. 이러한 과정에서 구체적 삶의 세계는 비로소 어떤 의미를 갖는 존재사건으로 인식될 것이며, 이론의 세계는 삶의 세계가 가한 힘으로 인해 수많은 틈구멍이 생길 것이고, 더욱 촘촘해지고, 복잡해지고, 살가운 것이 될 것이다. 때론 구체적 삶의 세계를 견디지 못하고 탈영토화, 재영토화될지도 모른다.6)

글쓰기라는 공간에서 이론의 세계와 삶의 세계는 상호 침투하면서 상호 변화하게 되는데, 이는 다름 아닌 주체의 변화, 윤리적 주체의 변화를 의미한다. 글쓰기 과정에서 발생한 이론의 세계, 삶의 세계의 변화는 삶과 이론에 대한 주체의 책임 있는 응답(참여)에서 비롯된 것이기 때문이다. 응답하기 전와 응답한 후의 주체는 다른 주체이다. 응답과 참여의 삶을 살면서 주체가 변화했기 때문이다. 응답과 참여의 과정에서 주체의 윤리적 잔주름이 늘어나고, 윤리적 근육의 양도 증가했기 때문이다.

---

6) 구체적인 글쓰기 학습 장면에서 이론의 세계와 삶의 세계 간의 상호 침투와 상호 조회를 강조할 때, 전제되어야 하는 것은 학습자의 '이론의 소유'이다. 이런 전제를 고려할 때, 이 글은 학생 필자의 삶의 세계 또는 존재 사건에 침투시킬 이론이 그들에게 있느냐? 도리어 학습자에게 이론을 만나도록 하는 것이 먼저가 아니냐? 등과 같은 질문을 마주할 것이다. 나는 학습자는 벌써 수많은 이론을 가지고 있으며, 그들이 소유한 이론의 세계를 살아가고 있다고 생각한다. 예컨대, 글쓰기 학습 장면에만 한정해도, '독자를 고려해야 한다.', '쓰기 윤리를 지켜야 한다.', '어법을 준수해야 한다.', '초고 쓰기보다는 고쳐쓰기에 더 많은 시간을 할애해야 한다.' 등과 같은 무수한 이론과 규범의 세계에 둘러싸여 있다. 그리고 대부분의 학생 필자는 이러한 이론과 규범을 의심하거나 성찰하지 않으면서 잘 지키려고 노력한다. 즉, 누구에게나 언제나 이론은 넘쳐나고, 살면서 계속 쌓일 것이다. 따라서 이론과 삶이 맺는 관계 양상에 대한 관심은 여전히 중요하다.

한편, 모든 글쓰기가 윤리적 주체를 형성하는 것은 아니다. 이론의 세계를 다시 사는 방식으로 글쓰기를 하거나, 자신의 구체적 삶을 보고하는 방식으로 글쓰기를 하는 경우에 글쓰기를 통한 주체의 변화를 기대하기 어렵다. 물론 변화가 없을 수 없다. 보다 정교해지고 강고해지는 객관적 이론의 세계, 보다 풍성해지고 살찌는 주관적 삶의 세계로의 변화가 그것이다. 그것을 변화이고 성숙이라고 할 수는 있겠다. 그러나 이것은 독백적 글쓰기의 강화이고, 이러한 독백적 글쓰기에서 강화되는 것은 독백적인 주체이다. 독백적 주체는 그것이 객관적 이론이든, 주관적 삶이든 자신의 시선 안에 갇혀서, 자신의 시선에만 사로잡혀서 대상, 타자를 호출하고, 포섭한다. 이 때 자신의 바깥에 있는 타자는 지속적으로 대상화되고, 사물화된다. 따라서 독백적 글쓰기는 그 자체가 윤리적이지 못하고, 윤리적 판단 능력을 높이거나 윤리적 감수성을 기르는 계기도 마련하지 못한다.

독백적 글쓰기의 대표적인 사례가 어떤 이론, 체계, 이념, 명제로 구체적이고, 유일하며 고유한 타자, 타자의 삶을 재단해버리는 것이다. 독백적 글쓰기 주체는 자신을 단호하게 만들었던 이론, 체계, 명제를 빼버리면 허둥대거나 침묵한다. 그 이론, 체계를 산 것이지 자신의 삶을 산 것이 아니기 때문이다. 이론, 체계의 삶을 살았다는 것은 스스로 해석하고, 판단하고, 실천하는 삶을 살지 않았다는 것을 의미한다. 따라서 이들의 판단 능력은 무력해서 이론을 제거하고 삶과 직접 대면하게 되는 상황에 놓이면 자신의 목소리를 내지 못하고 위축된다.[7]

한편, 바흐친에게 있어서 이론과 사고는 다르다. 실제의 삶은 사고 행위를 통해 체험되고, 실제 삶에서 생겨난 사고는 다시 실제 삶에 관여하여 영향을

---

[7] "현대인이 확신에 차 있고, 풍족하며, 명쾌하다고 느끼는 것은 문화의 영역의 자율적 세계와 이 세계에 내재하는 창조의 법칙 속에 자신을 원리적으로 존재하지 않는 경우이며, 한편 그가 확신을 잃고, 빈약하며, 명쾌하지 못하다고 느끼는 것은 현실의 유일의 생 안에서 자신을 상대하고 자신이 행위의 중심이 되는 경우이다." (바흐친, 1920/2011: 56-57)

미친다. 그리고 "사고와 실제 현실 간의 이러한 상호 관계는 진리에 매우 가깝게 다가서 있다."(바흐친, 1920/2011: 36-37) 바흐친이 사고를 종종 사고 행위라고 부르는 것은 사고를 행위의 하나로 보고 있다는 사실을 말해준다. 따라서 어떤 대상에 대해 사고하고, 인식한다는 것은, 사고 행위를 통해 그 대상에 관여하고, 참여하고 있다고 볼 수 있다. 행위는 신체의 물리적 움직임만을 가리키는 것은 아니다.

문제가 되는 것은, 실제 삶을 경험하는 계기로서의 사고가 이론이 되는 것이다. 이론이 되는 순간 실제 삶이 갖는 유일성과 고유성을 체험할 수 없게 된다. 실제 삶이 갖는 고유성과 유일성은 어떤 구체적 개인을 둘러싼 수많은 맥락이 지금 여기에서(특정 시공간에서) 일시적으로 맺는 관계에서 생겨난다. 이론은 '어떤 구체적 개인'도, '수많은 맥락'도, '지금 여기'도, 이들이 상호작용하여 맺는 '일시적 관계'도 모두 사상(捨象)해야만, 사상한 채 존재하기 때문에 실제 삶을 경험할 수 없게 만든다. 이런 이론에 의해 해석되고, 판단되는 어떤 존재의 실제 삶은 심하게 왜곡될 것이다. 이론으로서의 윤리, 규범으로서의 윤리가 위험한 이유가 여기에 있다. 구체적인 실제 삶을 만나는 과정으로서의 글쓰기를 통해 윤리적 판단 능력을 길러야 하는 이유도 여기에 있다.

바흐친이 언급하는 "인식이라고 하는 책임 있는 행위", "인식이라는 현실의 행동"(바흐친, 1920/2011: 39) 역시 실제 삶의 세계와 이론의 세계를 이어주는 역할을 한다. 즉, "인식이라는 현실의 행동은 인식의 내부에서 (중략) 이론적으로 추상화된 소산이 아니라 책임 있는 행위로서, 온갖 종류의 시간 외적인 의의(진리의 이론적 세계-필자 주)를 유일의 존재사건에 참가시킨다."(바흐친, 1920/2011: 39) 주체는 삶의 세계와 이론의 세계를 상호 조회하는 인식 행위를 통해 윤리적 판단과 실천을 한다. 그리고 글쓰기는 그 자체가 인식 행위라는 점에서 글쓰기의 과정은 윤리적 판단과 실천의 과정이다. 그리고 글쓰기는 삶의 세계와 이론의 세계가 갖는 관계를 깊숙이 탐구하는 인식 행위라는 점에서 윤리적 주체로 성장하는 중요한 학습의 계기가 되는 것이다.

그러나 인식의 소산으로서의 개념들 예컨대, 합리성, 타당성, 일관성, 공정성 등은 처음에는 현실을 설명하고 처방하기 위해 만들어진 사고의 도구였겠지만 현실과 무관하게 내재적 법칙에 의해 자가 발전하여 현실을 파괴하는 흉기가 될 수 있다. 현실 맥락과의 상호 조회를 멈추고 내적 법칙에 의해 자가발전 하는 순간, 이들 개념은 삶과 글쓰기의 불모성을 야기할 수 있다. 예컨대, 수많은 삶의 맥락, 논의 맥락을 제거하고, 오직 '평등(부자와 빈자 모두에게 평등하게 부과되는 급식비)'이란 개념 틀에서 보편 급식을 반대하는 주장, 오직 '편향성'이란 틀에서 수많은 맥락을 사상시켜버리는 역사 교과서 국정화 주장이 그 예가 될 것이다. 사실, 모든 인식의 산물은 이러한 위험성을 가지고 있다. 어떻게 피할 것인가? 내적 법칙에 맡기지 말고, 현실, 삶이라는 맥락에서 다시 조율되고, 재구성해야 한다. 이러한 조율과 재구성의 과정이 글쓰기이다.

글쓰기가 윤리적 판단 능력을 기르는 계기가 되기 위해서는 '내용의 타당성'에 머물러서는 안 된다. 즉, "이론적으로 타당한 명제에 대한 도덕적 의무를 떠맡는 나의 의식의 지향이 필요"하다(바흐친, 1920/2011: 61). 주제가 다루는 존재사건에 대한 '옳다/그르다'에서 더 나아가 존재사건에 대한 내 행위의 당위가 드러나야 한다. 당위로서 실천되는 내 행위가 삶과 타자에 미칠 영향과 그 영향에 대한 후행 발화의 도덕적 판단까지도 글쓰기 과정에서 날카롭게 의식되어야 한다.

글쓰기는 존재사건 안에서 자신의 자리를 잡는, 자신의 자리를 표방하는 행위이다. 저자는 존재사건과 자신의 글쓰기 행위가 타자의 삶에 미칠 영향을 숙고하면서 자신의 위치를 정한다. 타자의 삶에 미칠 영향을 숙고한다는 의미는 자신의 책임을 파악한다는 의미이고, 자신의 책임을 인식한다는 것이기 때문에 글쓰기 과정은 자신의 윤리적 위치를 정위하는 과정이라고 이해할 수 있다.

저자가 자신의 윤리적 위치를 정위하고, 윤리적 책임의 정도와 범위를 확정하기 위해서는 자신의 글쓰기 안에서 컨텍스트를 확정해야 한다. 이 때의 컨텍스트는 "행위가 그 의미와 사실을 그 안에 귀착시키는 최종적인 콘텍스트이다."(바흐친, 1920/2011: 70) 물론 이 때의 최종 컨텍스트는 잠정적이고, 일시적인 것으로 인식해야 대시간 속에서의 지속적인 대화가 가능해진다. 열린 채 끝난다는 의미는 글쓰기가 일시적으로 확정하는 컨텍스트가 갖는 유보성과 잠정성을 일컫는다.

그러나 현재 나의 글쓰기가 이루어지는 소시간 속에서 나는 "끝난다"에 방점을 찍어야 한다. 이는 "오직 책임 있는 행위만이 온갖 가언성을 극복한다."(바흐친, 1920/2011: 71)는 바흐친의 생각에 부합하는 것이기도 하다. 책임 있는 행위로서의 글쓰기라면 자신의 정치적, 윤리적 자리를 명확하게 표명하고, 그에 따른 책무성을 기꺼이 받아들여야 한다. 이럴 때 글쓰기는 일반적으로 타당한 것으로서의 '보편'과 현실적인 것으로서의 '개별'이 서로 만나 최종적인 의미를 만들게 된다. 완결되는 것은 텍스트의 의미만이 아니다. 나의 존재적인 의미도 윤리적 의미도 완결된다. 이러한 최종적인 결론 앞에서 나는 "더 이상 도망갈 길이 없고, 수정할 수 없으며, 취소가 불가능"(바흐친, 1920/2011: 71)하다.

그러나 대시간 속에서 보면, 한편의 글쓰기라는 이 행위는 일회적이어서 반복불가능하다. 이러한 행위의 일회성과 고유성이 지속적인 글쓰기를 추동하는 힘이 된다. 존재사건의 맥락이 반복되는 영원의 성격을 지닌다면, 존재사건에 참여하는, 반응하는 내 글쓰기 역시 내용적으로 형식적으로 반복될 수밖에 없다. 반복이기 때문에 지속할 필요가 없다. 누가 동일한 행위를 반복하겠는가, 할 필요가 있겠는가? 그러나 존재사건의 맥락은 일회적이어서 항상 새롭고, 따라서 글쓰기는 새로운 맥락을 마주하며 매번 새롭게 쓰여야 한다. 이러한 글쓰기를 통해서만이 우리는 "단일하고 유일한 존재가 갖는 구체적인 현실로의 접근이"(바흐친, 1920/2011: 69) 가능해진다.

다음 3절과 4절에서는 윤리적 주체 형성을 위한 글쓰기 교육의 방향을 두 가지에 초점을 맞추어 기술하고자 한다. 먼저, 저자는 자신의 고유성, 외재성을 강하게 유지하면서 글쓰기를 할 필요가 있다.[8] 나의 유일무이함과 대체불가능성이라는 고유성을 유지할 때, 글쓰기를 통해 나는 스스로 윤리적 당위를 구성할 수 있으며, 나의 글쓰기를 통해 타자는 타자 자신을 드넓게 이해하는 시공간을 만나게 된다. 한편, 저자는 글쓰기를 통해 타자로서의 독자의 지평을 확대하고, 타자와 어떻게 만날 것인지를 지속적으로 성찰해야 한다. 독자 지평의 확대, 만남 방식의 성찰 속에 글쓰기를 통한 윤리적 주체 형성의 가능성과 잠재력이 내재되어 있다.

3. 고유성, 외재성의 강화 또는 주관의 격려

지금 여기 내가 점하고 있는 시공간이라는 맥락은 누구도 대체할 수도 반복할 수도 없다. 심지어 나조차도 대체, 반복할 수 없다. 나는 시간의 흐름과 공간의 변동 속에서 벌써 다른 맥락 속으로 이동하였기 때문이다. 한시적으로, 일시적으로 갖는 이러한 나만의 맥락으로 인해서 나의 고유성이 발생한다. 그리고 이러한 나의 고유성은 타자에 대한 나의 외재성이다.

---

8) 이재기(2008)는 어떤 글이 좋은 글인가에 대한 관점 차이, 이러한 관점 차이가 파생시킨 교육 방법론의 차이를 비교하기 위해 수사적 접근법, 표현주의 접근법, 비판적 접근법을 대조하고 있다. 이 틀에서 볼 때, 고유성과 외재성의 강조는 표현주의접근법에 가깝다고 할 수 있다. 다만, 표현주의접근법의 관심이 저자 자신의 고유성에만 관심을 가질 뿐, 나의 고유성 유지가 타자에게 미치는 이익과 영향, 타자의 고유성 유지가 나에게 미치는 이익과 영향까지 살피지 못하고 있다는 점에서 차이가 있다. 그리고 이러한 차이가 이 글에서 제안하고 있는 글쓰기 접근법과 표현주의접근법의 차이라고 볼 수 있다.

이해를 위해 중요한 것은 이해자가 창조적으로 이해하고자 하는 대상과의 관계에서 시간과 공간과 문화 속에서 이해자의 외재성을 확보하는 일이다. 실제로 인간은 자기 자신의 외관을 직접 볼 수 없을뿐더러 전체적으로 의미화 할 수도 없으며, 어떤 거울이나 사진도 여기서 그를 도와줄 수 없다. 오직 타자들만이 그 사람의 외관을 바라보고 이해할 수 있을 따름인데, 이는 그들이 지닌 공간적 외재성과 그들이 타자라는 점 덕분이다. (바흐친, 1979/2006: 476)

고유한 글쓰기는 내가 자리하고 있는 시공간의 고유성, 유일성에서 생겨난다. 나의 고유한 맥락에 충실한 글쓰기는 당연히 이전에 누구도 쓴 적이 없고, 나중에 누구도 쓸 수 없는 글쓰기를 가능하게 한다. 따라서 모든 글쓰기는 모두 고유하다고 말할 수 있다. 그러나 여기에는 전제가 따른다. 지금 여기라는 맥락에 충실해야 한다. 타자의 맥락이 나의 맥락에 개입하거나, 나의 맥락을 대체할 때 나만의 맥락은 사라지고, 이러한 맥락의 상실은 당연히 고유성의 상실로 이어진다.

타자의 목적, 요구, 입장, 처지, 가치, 신념, 지식 등은 타자의 맥락이다. 타자 눈치 보기, 타자 고려하기, 타자에 부합하기 등을 통해서 내 자리로 침투하는 타자의 맥락은 내 맥락의 고유성을 앗아간다. 즉, 타자 맥락의 침투 과정은 나의 시선을 타자의 시선으로 교체하는 과정이다.

타자가 이론이든, 규범이든 타자화된 삶에서 나의 삶은 없다. 정확하게 내 삶의 고유성과 유일성은 없다. 특히, 내 삶이 하나의 타자의 시점으로 수렴될 때 위험성은 고조된다. 복수적 시점이 형성되지 않기 때문이다. 그 시점이 어떤 것이든 그것이 하나로서 존재하고, 지배적일 때, 실제 삶의 세계는 대단히 폭력적이고 강압적이게 된다. 왜냐하면 실제 삶의 세계는 결코 하나의 시점, 이론, 지식으로 포획되지 않는, 해석할 수 없는 복잡성과 유동성을 가지고 있기 때문이다. 무엇보다 타자화의 강요가 나쁜 것은 타자화가 자기 부정을 요구하기 때문이다. 타자화를 이해하기 위하여 바흐친의 용어 하나를 도입한다면 '순수 감정이입'이란 말이 적합할 것이다.

순수한 감정이입, 타자와의 일치, 유일의 존재 안에서 점하는 자기 유일의 위치 상실은, 나의 유일성 및 위치의 유일성이 하찮은 요인이며 세계 존재의 본질적 성격에 영향을 미치지 않는다는 인식을 전제로 한다. 하지만 스스로의 유일성이 존재의 개념에서 하찮은 것이라는 이러한 인식은 그 당연한 귀결로서 존재의 유일성이라는 것을 잃는 결과가 되기에, 그 경우 우리가 손에 넣는 것은 겨우 잠재적인 존재의 개념뿐이고 본질적인, 현실의, 유일의, 어디까지나 실제적인 존재의 개념은 아니다. 그러한 존재는 생성하는 것도, 사는 것도 할 수 없다. 존재 안에서 차지하는 나의 유일의 위치가 하찮은 것이라 여기는 이러한 식의 존재가 갖는 의미는 결코 나에게 의미를 부여하지 못하며, 동시에 그것은 존재사건이 갖는 의미도 되지 못한다. (바흐친, 1920/2011: 48)

그러나 능동적인 자기 시점, 견해의 포기는 타자화와는 완전히 다른 세계를 펼쳐 보인다.

수동적인 감정이입, 홀리는 것, 자기 상실이라는 것은 자신을 버리는 것 혹은 극기[9]라는 하는 책임 있는 행동—행위와는 어떤 공통점도 갖지 않는데, 극기에서 나는 최대한으로 능동적이고 존재 안에서 차지하는 스스로의 위치의 유일성을 완전히 실현하고 있기 때문이다. 내가 자신의 유일의 위치에서 책임을 지고 자기를 버리는 그 세계는 내가 존재하지 않는 세계, 따라서 나의 존재에 무관심한 세계가 아니며, 극기라는 것은 존재사건을 포용하는 성취이다. 능동성의 위대한 상징, 사망한 그리스도는 [포도주와 빵의] 영성식(領聖式)을 통해, 그의 영원한 죽음을 체험하는 육체와 피의 〈?〉 분배를 통해, 바로 세계에서 사라진 자로서 사건의 세계 안에 임하시고 영향을 미치고 계시며, 우리는 그의 세계에서의 비-존재를 통해 살아가도 그에게 참여하며 강해진다. 그리스도가 사라져버린 세계라는 것은, 이전에 그리스도가 단 한 번도 존재한 적이 없는 세계와 같지 않고, 근본적으로 별개의 세계다. (바흐친, 1920/2011: 49-50)

순수한 감정 이입이 나를 버리고 타자화되는 것이라면, 극기는 나를 텅 비움으로써 타자를 완전히 껴안는 것이라고 할 수 있다. 여기에 나는 없지만,

---

9) 최건영(2011)이 번역한 말인데, 적절하지 않다는 생각을 할 뿐, 달리 대체할 만한 말을 찾지 못하여 일단 극기로 표현하였다.

한편으로는 가득 차 있다. 그리고 나를 비움으로써 비로소 나는 모든 타자에 자리할 수 있게 되는 것이다. 이는 나를 버리고 타자에 투항하는 타자화와는 매우 다른 길이다.

내 시점에서 본 타자의 모습은 오직 나만이 펼쳐 보일 수 있다. 따라서 오직 나만이 그에게 이익을 안겨줄 수 있다. "존재에서 나의 유일의 위치에서 단지 타자를 보고, 알고, 그에 대하여 생각하고 잊지 않고 있다"는 사실은, "그의 존재를 보완하는 활동, 절대적으로 이익을 가져다줄 새로운 활동으로, 역시 나에게만 가능한 활동"이다(바흐친, 1920/2011: 92-93). 한편, 이는 나의 유일한 책무성을 의미하는 것이기도 하다. 나만 알고 있는, 나의 시점에서만 확보되는 것은 누구도 대신 말해줄 수 없다. 따라서 온전히 그 모습을 펼쳐 보이는 것은 오직 내가 수행해야 할 책무이기도 한 것이다.[10] 나는 타자 또는 타자의 삶에 대한 알리바이를 말할 수 없다. 내 알리바이의 주장은 내 존재를 부정하는 것이기 때문이다. 나는 존재하는 한, 나만의 고유하고 유일한 시점을 갖게 마련이고, 따라서 나는 알리바이를 말할 수 없다. 그럼에도 불구하고 내 알리바이를 내세우는 것은, 나를 속이는 것이고, 타자에 대한 나의 책임을 방기하는 것이라고 할 수 있다. "존재에서 알리바이가 없다는 것만이 공허한 가능성을 책임 있는 현실의 행위로 바꾼다."(바흐친, 1920/2011: 93-94)

나는 타자의 시선에 의해 "스스로를 온전하고도 깊이 있게 드러"낸다. 당연히 그 역도 가능하다. 나의 정체성, 윤리성은 나 스스로에 의해 이해되지 못한다. 오직 "낯선 다른 의미와 마주치고 접촉하고 나서야 비로소 자신의 깊이를 드러내게 된다." 즉, 타자로 인해 나는 나에 대한 깊은 이해에 도달할 수

---

10) 한편, 타자에 대한 나의 외재성도 당연히 깊은 성찰의 대상이 되어야 한다. 예컨대, 대표자로서의 의식을 버려야 한다. 그런 의식을 갖는 순간, 나의 유일성과 개별성은 사라진다. 실제 전체의 대표라고 할 때에도 "유일의 존재 및 유일의 대상의, 개체로서의 참여"이다. "무엇보다도 우선인 것은 개체로서의 것"이기 때문이다.(바흐친, 1920/2011: 113) 이는 개체의 유일성이 갖는 가능성과 한계를 동시에 승인해야 한다는 것을 의미한다. 나는 내 위치에서 사건에 대한 유일한 진실을 가지고 있지만, 마찬가지로 타자들 역시 자신의 위치에서 유일한 진실을 가지고 있기 때문이다.

있는 것이다. 더 나아가 나의 폐쇄성과 일면성을 극복하는 계기가 마련된다. 그리고 나와 타자가 서로가 갖는 고유한 외재성을 바탕으로 마주할 때, 둘은 "겹쳐지거나 뒤섞이지 않으면서, 각자가 자신의 통일성과 열린 총체성을 보존하는 동시에 풍요로워질 수 있다."(바흐친, 1979/2006: 476)

바흐친이 자신의 여러 저작에서 지속으로 강조하고 있듯이, 나의 의식은 타자의 사유와 상호작용하고 투쟁하는 과정 속에서 탄생하고 형성된다. 내 의식은 "마치 애초에 어머니의 품(몸) 안에서 육신이 형성되는 것처럼, 인간의 의식은 타자의 의해 둘러싸인 채 눈을 뜬다."(바흐친, 1979/2006: 485) 타자를 부정하는 나의 글쓰기는 타자의 응답적 발화보다는 파괴적, 침묵적 발화를 유발할 것이고 이러한 발화 속에서 나의 의식과 감수성은 형성되고, 윤리적 감각 역시 형성될 것이다. 결국, 글쓰기를 통해서 타자를 어떻게 대우하느냐의 문제는 글쓰기를 통해 나를 어떻게 예우하느냐의 문제로 치환되는 셈이다.

내가 알고 있는 나의 윤리성은 나의 내적 성찰과 사고를 통해 형성된 것이 아니다. 나를 외부에서 지켜본 또는 체험한 타자가 구성한 윤리성이다. 이와 같이 나의 외부에 존재하는 타자의 개입, 판단, 전언이 없이는 나의 윤리성을 사고할 수 없는데 그 타자가 꼭 사람일 필요는 없다. 문어적, 구어적 발화[11] 역시 나의 정체성, 윤리성을 사고하고, 성찰하는 데 참여할 수 있다. 글쓰기는 지속적으로 나의 윤리성을 성찰하도록 이끄는 다양한 타자를 도입하고, 이들과 대화하는 과정이다.

자신의 고유성, 외재성에 근거한 글쓰기는 내 주관의 적극적인 개입을 요구한다. 근대 교육이 시작된 이래, 글쓰기 교육은 지속적으로 논리적인 것, 이성적인 것, 합리적인 것만을 강조해왔다. 개별적이고, 유일한 존재가 뿜어

---

11) "물건을 훔치는 것은 나빠", "당신, 나한테 참 잔인하군!" 나는 타자의 전언을 듣기 전에는 내가 나쁜 사람인지, 잔인한 사람인지 모른다. 내가 대체 누구인지 모른다. 나의 외부에 존재하는, 외부에서 내 행위를 경험한, 경험을 통해 윤리적 판단을 한 타자의 반응과 접속하면서 비로소 나는 나의 윤리성을 사고하게 된다.

내는 주관은 배제하고 금지시켜 왔다. 이러한 경향 역시 바흐친이 말한 이론의 세계를 강조하는 '이성주의'의 영향일 것이다.

글쓰기에서 글쓰기 주체의 책임의식과 윤리의식을 요구한다는 것은, 글쓰기의 곳곳에서 주체의 '정동-의지적 어조'[12]를 드러내라고 요구하는 것과 같다. 이는 주체의 주관을 글쓰기의 장면에서 전면적으로 드러내라는 의미이기도 하다. 따라서 글쓰기에서 객관의 옹호와 주관의 배제는 무책임한 글쓰기의 옹호와 책임 있는 글쓰기의 배제를 의미하는 것이기도 하다. 글쓰기에서 존재의 알리바이를 지속적으로 요구하는 상황에서 글쓰기의 책무성과 윤리성이 고양되기는 어려울 것이다. 더 나아가 주체의 책무성과 윤리성이 결여된 논리성은 대개의 도구적 이성이 그러하듯, 맹목과 흉기의 삶을 살 개연성이 높다.

> 이 편견(이성주의-필자 주)은 논리적인 것만이 명석하고 합리적인 것인데, 하지만 논리적인 것은 온갖 존재 자체가 그렇듯이 책임 있는 의식을 배제한다면 그저 맹목적이고 어두운 것일 뿐이다. 논리적 명석함이나 필연적 수미일관성은, 책임 있는 의식의 단일하고 유일한 중심에서 분리되어 버리는 경우, 논리적인 것에 본래 있었던 내재적 필연성의 법칙 탓에 어둡고 맹목적인 힘이 되는 것이다.
> (바흐친, 1920/2011: 72-73)

글쓰기 교육이 윤리적 주체 형성 교육이 되기 위해서는 의미내용으로서의 이론과 개념을 자신의 유일한 존재사건과 깊이 연관시키는 글쓰기를 격려해야 한다. 즉, 이론과 개념이 존재사건에 침투하도록 해야 한다. 이러한 침투 과정에서 "정동-의지적 사고, 즉 억양을 부여하는 사고"(바흐친, 1920/2011:

---

12) 바흐친이 즐겨 사용한 용어로, '주체의 정서, 의지를 담은 억양 정도로 이해할 수 있다. 이러한 억양은 어떤 대상, 사건에 대한 주체의 책임 있는 참여가 있어야 드러난다. 최진석(2014)은 이 말을 '감정-의지적 어조'로 번역하면서 "감정-의지적 어조는 '이 나'의 관점에서 수행된 발화-행위의 특이성을 가리킨다. 문법의 토대로서 언어(랑그)는 추상적 인간의 요소인 반면, 발화(빠롤)는 각각의 나-주체들의 자기표현이기 때문이다. '이 나'의 실제 발화, 억양 속에서 구현된 '이것임'이 감정-의지적 어조"(64)라고 설명하고 있다.

78-79)가 이루어진다. 개인의 존재사건으로 흘러들어갔다가 나온 이론은 무심하고, 건조한 이론이 아니라 나의 승인을 얻은, 나의 참여로 변형된 그리하여 나의 가치, 개성으로 절여진 이론이다.[13]

중요한 것은 이렇게 개성적 어조를 띤 이론이라고 하더라도 '이 존재사건'에서만 일시적, 잠정적 진실을 가질 뿐이다. 즉 맥락적 의미만을 갖는 것으로, 영원히 지속되는 사전적 의미를 획득하는 것은 아니다. 왜냐하면 내가 이후 마주할 존재사건은 또 다른 맥락 안에서 이루어지는 사건이므로, 나는 바뀐 존재사건에 또다시 이론을 침투하는 일을 반복해야 한다. 일회적인 글쓰기의 반복에서 얻어지는 것은 영원하고 보편적인 원리, 규범이 아니라 나의 이성적, 윤리적 판단 능력과 감수성뿐이다. 즉 윤리적 '지혜'일 뿐이다. 이것이 글쓰기의 운명이다.

4. 타자를 만나는 방식에 대한 성찰

글쓰기의 과정은 타자와의 만남의 과정이다. 우리는 글쓰기에서 어떤 타자를 만나는가? 다양한 유형화 방식이 있겠지만, 1)텍스트에서 직접 호명되는 사람·집단, 2)텍스트에 의해서 간접적으로 호출되고 있는 사람·집단, 3)내가 응답하고 있는 선행 텍스트의 저자, 4)나의 텍스트에 응답할 후행 텍스트의 저자(실제 독자이면서 저자), 5)나의 텍스트를 읽는 사람(실제 독자이면서 저자는 아님), 6)나의 텍스트를 읽을 가능성이 있는 사람(잠재 독자), 7)내가 텍스트에서 다루는 주제·사건·정책에 의해 영향을 받을 사람(실제 독자가 아님) 정도를 상정해 볼 수 있을 것이다.

---

13) 이와 같이 정동-의지적 어조는 이론의 삶을 바꾼다. 잠재적 의미만을 갖는 꽃봉오리로서의 이론에 내 온기(억양)를 불어넣어 꽃을 피우는 행위이며, 수조라는 이론에 틈구멍을 내서 이렇게 저렇게 흐르도록 물길을 내는 행위이다.

글쓰기를 통해서 타자와 어떻게 만날 것인가? 타자를 만나는 방식에 대한 성찰 속에, 글쓰기가 갖는 윤리적 주체 형성의 계기가 잠복해 있다.[14] 예컨대, 나의 글쓰기가 선행 발화자, 후행 발화자와 맺는 관계의 양상, 그리고 어떤 주제를 다루고 있는 나의 글쓰기가 타자의 삶에 미칠 영향 등을 지속적으로 성찰할 때, 글쓰기의 윤리성은 다소간 확보될 수 있다. 이러한 성찰적 글쓰기는 바흐친이 강조하는 '참여적 사고'로 번역할 수 있을 것이다. 참여적 사고를 하는 사람이란, "자신의 행위를 행위의 소산과 떼어 구분하지 않고 양쪽을 관련지어 생의 단일적·유일적 콘텍스트 안에서 분리 불가능한 것으로 정의하려는 자"이다(최건영, 2011: 32).

글쓰기가 타자와 관계하는 방식의 풍요로움과 다채로움은 바흐친이 여러 곳에서 언급한 '응답성'의 개념 속에서 발견할 수 있다. 글쓰기는 본래적으로 하나님의 말씀이 아니다. 즉, 선행 발화가 없는 최초의 발화가 아니다. 이미 존재하는 어떤 발화에 대한 반응이다.[15] 나의 글쓰기가 선행 발화에 대한 글쓰기일 때, 당연히 저자인 나는 내가 말을 걸고 있는 선행 발화자(저자)와 대면하지 않을 수 없다. 그리고 글쓰기에서 대면하는 타자는 나의 글쓰기에 지속적으로 영향을 미친다.

우리 발화의 표현성은 이 발화의 대상적-의미적 내용에 의해서뿐만 아니라(또는 의해서보다도), 같은 주제를 놓고 우리가 대답하고 논쟁을 벌이는 타자의 발화에 의해 결정된다. 타자의 발화에 의해서, 개별 계기의 강조와 반복, 한층 날카롭

---

14) 정영진(2014)은 "타자성 지평의 확대는 글쓰기 주체의 윤리적 감각을 확대"한다고 보고, "전체 속에 급진적 불균형을 도입하여 주체의 동일성에 균열을 내는"(270) 레비나스의 타자(대변하는 타자), 대면하고 있는 타자의 너머에 존재하는, 즉 "그늘에 남겨진 얼굴 없는 다수"(270)인 지젝의 타자(보이지 않는 타자)를 인용한다. 또한 "지금 여기에 존재하지도 않는 사람들, 미래의 인간이나 죽은 자까지 포함"하는 가라타니 고진의 타자를 언급하면서 우리가 이러한 제3의 타자 인식에 이르는 감각이야말로 주체의 윤리를 확립하는 데 중요하다고 말하고 있다.
15) "발화가 아무리 독백적이고(예를 들어 학문적, 철학적 저작), 아무리 자신의 대상에 집중된다 하더라도 발화는 어느 정도, 주어진 대상, 주어진 문제에 관하여 이미 말해진 것에 대한 대답이 되지 않을 수 없다."(바흐친, 1979/2006: 391)

거나 한층 부드러운 표현의 선택, 도발적이거나 양보적인 어조 등이 결정되는 것이다. 발화의 표현성은 그것의 대상적-의미적 내용 하나만이 고려될 때는 결코 완전히 이해되거나 설명될 수 없다. 발화의 표현성은 자신의 발화 대상과의 관계뿐만 아니라, 다른 발화들과 화자의 관계를 표현한다. (바흐친, 1952/2006: 390)

표절 문제도 규범의 문제로 접근할 것이 아니라16), 선행 발화자와 후행 발화자 간의 관계 속에서 그 윤리성을 살필 필요가 있다. 즉, 표절 문제를 단순히 "다른 사람의 글을 훔치는 행위다"라고 윤리적으로 단정하는 것은 옳지 않다. 어떤 글이 선행 발화에 대한 응답 과정에서 쓰였고, 그 과정에서 선행 발화의 아이디어, 단어, 문장 등이 도입되었을 경우, 중요한 것은 명시적인 인용 표시 여부가 아니라 그런 것들의 도입으로 새롭게 설정되는 선행 발화자와 후행 발화자의 관계 양상이다. 그리고 도입되는 방식도 간단하지 않아서, 도입되는 방식의 구체적이고 특수한 개별 사례를 섬세하게 살필 필요가 있다. 이러한 섬세한 접근이 중요한 것은 선행 발화자는 이러한 도입 방식의 복잡성과 중층성 등을 종합적으로 체험하는 과정에서 도입 방식의 적절성 여부와 자신의 반응을 조율할 것이기 때문이다. 선행 발화 도입 방식의 다양함과 다채로움은 바흐친의 다음 진술에서도 확인할 수 있다.

다른 입장들과 관계하지 않으면서 자신의 입장을 결정한다는 것은 불가능하다. 따라서 각각의 발화는 담화적 소통의 주어진 영역에서 다른 발화를 향한 다양한 응답적 반응으로 채워져 있다. 이 반응은 다양한 형식을 취한다. 타자의 발화가 그대로 발화의 맥락 속으로 도입될 수도 있으며, 발화 전체를 대표하는 개별 단어나 문장이 도입될 수도 있으며, 이때 도입된 타자의 발화 전체와 개별 단어는 자신의 타자적 표현성을 간직할 수도 있고 다른 억양을 가질 수도 있다(아이러니, 격분, 경건함 등등의 억양). 타자의 발화는 다양할 정도로 새롭게 이해되어 재서

---

16) 글쓰기에서 표현 방식마저도 그것이 규범이기 때문에 따르는 것이 아니라, 독자에 대한 저자의 윤리적 책무 또는 배려의 차원에서 접근할 필요가 있다. 어법에 맞게 쓸 것, 단락을 나누고 들여 쓰기를 할 것, 명료하고 평이하게 쓸 것 등과 같은 주문은 독자로서의 타자를 배려하고 예우하는 마음에서 비롯되는 방법론적 실천으로 이해될 필요가 있다.

술될 수도 있고, 대화 상대자가 잘 아는 것으로 인용될 수도 있고, 암시적으로 전제될 수도 있다. (바흐친, 1952/2006: 390)

바흐친 역시 표절 사건으로부터 자유롭지 않다. 독일의 학자인 브라이언 폴에 의해 바흐친이 캇시러를 표절했다는 의혹이 제기되었기 때문이다.[17] 폴은 바흐친이 의도적으로 캇시러를 표절한 것은 아니지만, 캇시러에게 큰 빚을 지고 있음에도 이러한 영향 관계에 대한 어떠한 언급도 없다는 점을 지적하고 있다. 중요한 것은 바흐친의 글을 읽고, 캇시러가 보일 반응이다. 윤리성 판단의 근거는 그 '반응'에 있다.

이득재(2005)는 바흐친이 캇시러에게 영향을 받았고, 큰 빚조차 진 것이 맞지만, 바흐친이 캇시러의 주요 개념과 생각을 다른 맥락에서 창조적으로 변용했고, 더 나아가 논의를 확장·심화시켰기 때문에, 굳이 캇시러를 언급하지 않았을 것이라고 옹호하고 있다. 그렇다면, 이러한 창조적, 맥락적 변용과 논의 확장을 보는 캇시러의 반응이 어떠할지가 궁금해진다.

그럼에도 불구하고, 인용 표시를 하지 않은 것을 문제 삼을 수 있지만 선행 발화로서의 캇시러의 글과 후행 발화로서의 바흐친의 글이 유통되는 맥락에 따라 윤리적 판단은 달라질 수 있다. 예컨대, 당시의 문화 맥락에 비추어 볼 때, 캇시러의 글과 바흐친의 글이 독자에 의해 당연히 공유된다는 것을 전제할 때, 독자는 바흐친의 글이 누구의 글에 대한 응답적 발화인지를 안다. 이 때 바흐친은 굳이 도입한 선행 발화를 명시할 필요를 느끼지 못할 수 있다. 즉, 바흐친이 의도적으로 인용 표시를 하지 않은 것이 아니라, 굳이 밝힐 필요를 느끼지 못했다고 생각할 수 있는 것이다.

한편, 저자는 사회적으로 위치 지워진 사람이다. '주어진 위치' 또는 '주어

---

17) 브라이언 폴이 제기한 바흐친의 표절 내용과 그 후 촉발된 바흐친 표절 시비 논쟁에 대해서는 이득재 (2005)를 참조 바람.

진 맥락'을 인식론적 측면, 실천적 측면에서 넘어서는 것은 어려운 일이다. 표절한 사람이 해명하는 자리에서 으레 들고 나오는 '관행'이 그 예이다. 당대의 관습을 넘어서서 먼 또는 가까운 미래에 새롭게 재구성될 관습 또는 글쓰기 감수성까지 선취하여 글쓰기의 윤리성을 갖추라고 요구하는 것은 무리일수 있다.

그러나 벌써 죽어 사라진 사람들, 미래에 등장할 얼굴도 모르는 사람들이 독자가 되어 내 글에 보일 반응까지 예견하는 것, 그러한 독자들이 자리하고 있는 공동체의 글쓰기의 관습까지 고려하는 것, 이러한 고려 속에서 자신의 글쓰기 행위를 윤리적으로 성찰하는 것, 이것이 대화적 글쓰기가 말하는 글쓰기의 윤리성이라고 할 수는 있겠다.

우리는 글쓰기에서 선행 발화자만을 만나는 것이 아니라, 후행 발화자도 만난다. 즉, "발화는 담화적 소통의 선행 고리 뿐만 아니라, 후속 고리들과도 연결되어 있다."(바흐친, 1979/2006: 400) 물론 나의 글쓰기가 시작되는 최초의 지점에는 후속 고리로서의 후행 발화는 존재하지 않는다. 그러나 나의 글쓰기가 시작되는 순간부터 나는 후행 발화의 응답적 반응을 고려하면서 글쓰기를 이어간다. 글쓰기가 지향하는 타자의 역할은 매우 중요하다. "타자에게서 나의 사고는 처음으로 실제적인 사고가 되며(그리고 바로 이것에 의해서만 나 자신에게도 실제적인 사고가 된다), 이때 타자들은 수동적인 청자가 아니라 담화적 소통의 능동적인 참가자이다."(바흐친, 1979/2006: 400) 나의 글쓰기는 처음부터 그들의 대답, 능동적 응답적 이해로 열려 있는 셈이다.

타자를 향한 내 글쓰기의 열림의 정도, 즉 개방성의 정도는 내 글쓰기의 독백성과 대화성을 결정한다. 타자를 향한 내 시선을 강하게 유지하면서, 나를 향한 타자의 시선을 완강하게 거부할 때, 나의 글쓰기는 독백적 경향으로 딱딱해질 것이다. 반면에 나의 글쓰기가 타자에 대한 의식으로 충만할 때, 타자는 "발화 장르의 선택도, 구성적 기법의 선택도, 그리고 궁극적으로는 언어

수단, 즉 발화 문체의 선택까지도 결정하게"(바흐친, 1979/2006: 395)되는 지경에 이름으로써, 결국에는 나와 타자의 경계가 허물어지고 누가 글쓰기의 저자인도 모르게 된다. 이것이 바흐친이 말하는 대화적 글쓰기의 멋진 풍경일 것이다. 그리고 이러한 멋진 풍경은 타자를 향해 활짝 열리는, 타자에 대한 나의 윤리의식에서 비롯된다고 볼 수 있을 것이다.

한편, 글쓰기에는 타자에 대한 나의 태도가 직접적으로 드러난다. 내가 타자로서의 독자를 어떻게 인식하고 있는지, 그의 인격을 어떻게 규정하고 있는지, 그와 나의 관계를 어떻게 상정하고 있는지가 드러난다.

> 내밀한 장르와 문체는 말의 화자와 수신자 간의 최대한의 내적 유사성(극단적 경우는 완전한 융합과도 같은 내적 유사성)에 기반한다. 내밀한 말에는 수신자와 그의 공감에 대한 신뢰가, 그의 민감하고 호의적인 응답적 이해에 대한 깊은 신뢰가 스며들어 있다. 깊은 신뢰의 분위기 속에서 화자는 자신의 깊은 내면을 열어 보인다. 이것으로 이 문체의 독특한 표현성과 내적 솔직성이 결정된다.
>
> (바흐친, 1952/2006: 397)

이런 글쓰기를 나와 견해를 달리하는, 내가 적이라고 생각하는 타자를 독자로 상정하고 이루어지는 비판적·저항적 글쓰기에서 요구하는 것을 무리일까? 나는 응답적 이해를 위해서는 적어도 독자를 대화 불가능한 타자로 규정해서는 안 된다고 생각한다. 구제불능의 "못난이", "괴물" 등으로 규정하거나 단정하는 속에서 이루어지는 글쓰기가 그를 변화시킬 것이라고 기대하는 것은 어렵다. 그럼 지금의 깊은 적개심과 단절감을 달래면서 타자를 어떻게 대화 상대자로 호출할 것인가?

타자의 시선의 고유성과 유일성으로 들어가는 것이다.[18] 타자의 시선 안쪽

---

18) '타자 시선으로 들어가기'는 다음에서 바흐친이 말하는 '감정 이입'과 유사한 인식 행위라고 볼 수 있다. '미적 대상'을 '타자'로, '미적 조형'을 '타자에 대한 인식적·윤리적 구성 또는 이해로 파악할 수 있을 것이다. "미적 대상의 본질적인(유일한 것은 아니지만) 요인은 명시되는 개별 대상을 향한 감정이입으로, 그것은 대상을 안쪽에서 그 자체의 본질에서 보는 것이다. 이 감정이입의 요인 다음에는 늘

에서 사건을 바라보는 것이다. 이 때, 타자가 보는 사건의 새로운 모습이 열린다. 이 모습은 내가 보지 못한 모습이다. 내가 보지 못한 것이기에 새롭고 생산적일 수 있다. 마찬가지로 내 위치에서 바라본 사건의 모습은 타자에게는 새로운 의미로 다가갈 것이다. 이런 차이의 의한 낯섦과 새로움은 나와 타자가 다른 시공간을 점유하고 있기 때문에 발생한다. 다른 시공간이 다른 시선의 잉여를 낳은 것이다. 그리고 이러한 차이는 대화의 활력과 생산성을 높이는 힘으로 작용할 것이다.

이런 관점을 더 밀고 나가면, 나의 글에 대한 능동적, 응답적 반응으로서의 '반대'에 대한 새로운 태도와 감수성이 얻어진다. 반대는 "(만일 이 불찬성이 도그마적으로 미리 결정된 것이 아니라면) 이해를 촉진하고 심화하며, 타자의 말을 더욱 탄력적으로 자주적으로 만들어주기"(바흐친, 1952/2006: 491) 때문이다. 타자의 반대(들)로 인해 나의 글쓰기는 더욱 많은 목소리로 시끄럽고 웅성댈 것이며, 이는 내 글쓰기의 합리성, 윤리성을 증대시킴으로써, 내 텍스트가 만날 많은 타자를 보다 잘 예우할 수 있게 되는 것이다.

■ ■ ■

나는 주체의 당위는 이론의 세계에서 찾을 수 없고, 유일하고 고유한 개별적 삶의 세계에 찾을 수 있다고 하였다. 그리고 당위는 주체의 책임 있는 참여를 통해 구성된다고 하였다. 이 글에서 나의 글쓰기는 그런 삶을 살았을까, 혹시 그토록 비판한 무책임하고, 차가운 이론의 세계를 산 것은 아닐까? 내 글의 문체에 다소간의 진지함과 주관이 배어 있다고 한다면 글쓰기 또는 글

객체화의 요인, 말하자면 감정이입으로 이해한 개성을 자신의 외부에 두는 것, 그 개성을 자신으로부터 분리하는 것, 자기로의 회귀가 찾아온다. 그리고 이렇게 자기에게 돌아온 의식이 비로소 최초로 자신의 입장에서, 감정이입을 통해 그 안쪽에서 파악한 개성을 한 개의, 전일의, 질적으로 독자적인 것으로 미적으로 조형하는 것이다. 이 단일성, 전일성, 자족성, 독자성이라는 미적 요인은 그 어느 것이나, 한정적인 개성 자신에게는 손이 미치지 않는 외재적인 것이다."(바흐친, 1924/2006: 46-47)

쓰기 학습자에 대한 모종의 책임감에서 비롯되었을 것이라고 추측되기를 바랄 뿐이다.

글쓰기는 수많은 타자를 만나는 과정이고, 이들과 상호 영향을 주고받는 과정이다. 주체의 윤리적 감수성 또는 판단 능력은 이러한 타자를 만나는 방식에 대한 깊은 성찰에서 비롯된다. 이 글에서 내가 빈번하게 호출하고, 만난 사람은 바흐친을 비롯한 선행 발화자와 내 글에 반응할 후행 발화자이다. 나와 그들은 잘 만났을까? 서로가 가지고 있는 고유성과 외재성으로 우리는 서로 잘 변화했을까?

이 글을 마무리하면서 드는 생각은 글쓰기에 대한 새로운 감수성이 필요하다는 것이다. 예컨대, 글쓰기의 목적을 '설득'이나 '동의 얻음'이 아닌 '변화'로 보는 관점이 필요하다. 글쓰기의 목적은 나의 견해로 타자를 설득하거나 동의를 얻는 데 있지 않다. 글쓰기라는 대화를 통해 나와 타자가 함께 의미 있게 변화하는 데 있다. 글쓰기의 과정은 관점의 복수성을 증가시키는 과정이며 이러한 관점의 복수성으로 인해서 나와 타자의 마음이 확장된다. 글쓰기의 목적이 마음의 확장을 통한 '성숙'과 '변화'일 때, 참여자는 글쓰기를 통한 대화를 마치고 의미 있게 변화할 나와 타자를 예견하면서 즐거움과 기대감에 휩싸일 것이다. 나로 인해 변화할 타자의 변화, 특히 타자로 인해 성숙할 나를 예견하고, 즐거워하는 마음은 매우 소중한 '윤리적 감수성'이다. 이 때 글쓰기를 통한 대화는 지고이기는 살벌한 게임이 아니라 상호 성숙을 행해 나아가는 부드럽고 유쾌한 게임이 된다. 타자는 물리쳐야 할 적이 아니라, 나와 함께 성숙의 길을 걷는 도반이다.

* 이 장은 이재기(2015), 윤리적 주체 형성과 글쓰기, 한국언어문학 제95집, 한국언어문학회를 수정한 것임.

참고 문헌

박영민(2008), 쓰기 윤리 의식 함양을 위한 쓰기 교수·학습 방안, 국어교육학 연구 제 33집, 73-98, 한국국어교육학회.

변현태(2013), 바흐친의 윤리학에서 미학으로의 전회: '미적 사랑'을 중심으로, 러시아 문학연구논집 제44집, 127-155, 한국러시아문학회.

서수현·정혜승(2013), 교육대학교 학생들의 쓰기 윤리에 대한 경험과 인식, 작문연구 제18집, 175-207, 한국작문학회.

이득재(2005), 바흐찐과 표절문화-바흐찐의 캇시러 표절시비 논쟁을 넘어서, 러시아문 학연구논집 제24집, 101-124, 한국러시아문학회.

이문영(2000), 바흐찐의 모순의 역동성에 대한 소고, 러시아연구 제10권 제2호, 133-170, 서울대학교 러시아연구소.

이인재(2008), 대학에서의 글쓰기 윤리 교육, 작문 연구 6, 129-159, 한국작문학회.

이재기(2008), 작문연구의 동향과 과제-작문에 대한 세 가지 가치론적 접근법, 청람어 문교육 38, 185-217, 청람어문교육학회.

이재승(2010), 글쓰기 윤리 교육의 내용 체계화 방안: 저작권 교육을 중심으로, 한국초 등교육 제20권 제2호, 25-45, 서울교육대학교.

정영진(2014), 글쓰기와 윤리-타자성: '문제제기'로서의 수사학·정치성, 작문연구 21 집, 263-290, 한국작문학회.

조준래(2001), 외재화된 현실: 바흐찐의 사상적 진화 연구, 슬라브연구 제17권 1호, 119-156, 한국외국어대학교 러시아연구소.

최진석(2014), 행위와 사건-미하일 바흐친의 윤리학과 삶의 건축학, 인문논총 제71권 제3호, 45-75.

Bakhtin, M.(1920/2011), 예술과 책임(최건영 역), 문학에디션 뿔.

Bakhtin, M.(1924/2006), 미적 활동에서의 작가와 주인공, 말의 미학(김희숙·박종소 역), 도서출판 길.

Bakhtin, M.(1952/2006), 담화 장르의 문제, 말의 미학(김희숙·박종소 역), 도서출판 길.

Morson, G., & Emerson, C.(1990/2006), 바흐친의 산문학(오문석·차승기·이진형 역), 책세상.

제2부

바흐친 수사학의 가정: 읽기와 쓰기의 대화성

제6장 바흐친의 텍스트관과 해석 담론·대화의 성격

■ ■ ■

바흐친의 표현대로 모든 말은 천성이 응답적이다, 대화적이다. 말은 자신을 넘어서 객체를 향한 생생한 충동 속에서 살고 있다. 구어 담론, 문어 담론, 텍스트와 그에 대한 해석 담론 역시 그러하다. 개성 공단 폐쇄 담론을 접하고 독자(청중)들은 '잘했다/잘못했다'라고 댓글을 달고, 다음에 어떤 당을 '찍겠다/안 찍겠다'라고 다짐하고, 마침 옆에 있는 누군가에게 '옹호/비판'하는 반응을 드러내거나, '짜증/환호'의 감정에 휩싸인다. 댓글 달기, 다짐하기, 반응 드러내기, 감정에 휩싸이기 모두 대화적, 응답적 이해의 한 양상이다. 이와 같이 모든 말은 자신의 경계 안에 머물기보다는 지속적으로 타자를 향해 줄달음치려는 충동을 지니고 있다. 이것이 바흐친이 말하는 응답적 이해일 것이다. 이 글에서는 바흐친이 지속적으로 강조한 말의 응답성, 대화성을 다시 환기시키면서, 이러한 말의 본성에 충실히 부합하는 읽기 교육이 무엇인지 그 방향을 모색하고자 한다.

어떤 독자를 길러낼 것인가? 나는 읽기 교육을 통해서 길러내야 할 능력과 태도는 '대화적 의미 구성 능력' 또는 '대화 능력' 또는 '해석 진리의 대화적 구성에 대한 믿음의 감각'이라고 생각한다. 무엇이 옳은가(眞), 무엇이 윤리적인가(善), 무엇이 아름다운가(美)를 둘러싼 대화에 기꺼이 참여하려는 태도와 이러한 대화를 통해 더 높은 가치에 이르고자 하는 지향의 형성, 그리고 이러한 대화적 진리 추구 과정에서 주체에게 요구되는 대화 능력 신장이 읽기 교육의 목표가 되어야 한다고 생각한다.

읽기 교육에 대해 말하면서 바흐친을 인용하는 이유가 여기에 있다. 나는 바흐친의 대화주의와 읽기 교육을 관련시키면서 크게 세 가지를 얘기하려고 한다. 먼저, 창작론의 성격을 지니는 바흐친의 대화주의가 어떻게 해석론으로 전화가 가능한지를 살피고자 한다. 다음으로, 우리가 읽기 장면에서 마주하는 대상 텍스트는 타자 담론(선행 발화, 후행 발화)과의 대화적 관계 속에 존재함을 말하고자 한다. 한편, 대상 텍스트를 읽고, 독자에 의해 구성되는 해석 담론 또는 해석 대화는 어떤 성격과 모습을 지녀야 하는지에 대해 말하고자 한다.

1. 대화적 해석론의 구성: 바흐친 창작론의 차용과 확장

바흐친 대화주의를 구성하는 핵심 개념 중의 하나가 '다성성'이다. 바흐친의 '다성성' 개념은 창작 방법론을 설명하기 위해 만든 개념이다. 특히, 도스토옙스키의 소설 창작을 위한 예술적 기획을 설명하기 위해 도입한 개념이다. 그러나 나는 이 개념을 창작론이 아닌 해석론의 관점에서 전용할 수 있다고 생각한다.

다성적 소설은 독립적이며 병합되지 않은 목소리들과 의식들의 복수성, 즉 완전히 유효한 목소리들의 진정한 다성성을 특징으로 한다. 의식의 복수성이 드러나기 위해서는 주인공의 목소리만 드러나서는 안 된다. 주인공과 대등한 자격을 가지고, 주인공의 말에 응답적 이해를 하고, 주인공의 목소리가 닫히지 않도록 묵직하면서 본격적인 질문을 던지는 타자의 목소리가 존재해야 한다. 이 타자가 바로 '말 거는 잉여'[1]이다.

이 말거는 잉여로 인해서 다성적 소설이 가능해지는데, 나는 이 말거는 잉여가 해석 장면에서는 독자로 전환될 수 있다고 본다. 물론 모든 독자가 말거는 잉여의 역할을 하는 것은 아니다. 독자가 말거는 잉여의 역할을 수행하기 위해서는 특별한 자질, 태도, 지향이 요구된다. 예컨대, 말거는 독자는 텍스트를 "단숨에 종결짓거나 제한하지 않으면서, 올바르게 질문하기 위해서 자신의 '외재성'과 경험을 이용"할 줄 알아야 한다. 무엇보다 말거는 독자는 타자의 변화 능력을 인정하는 태도를 지녀야 한다. 따라서 말거는 독자는 타자로 하여금 "스스로 드러나고 변화하도록 자극하거나 권한다."(모슨과 에머슨, 1990/2006: 422)

바흐친은 개별 텍스트 창작에 한정해서 다성성 개념을 다루었다. 나는 이 개념을 개별 텍스트 창작을 넘어서, '쓰기↔읽기'라는 문어적 소통 문화로 확장할 필요가 있다고 생각한다. 즉, 다성성 개념을 다성적 소설이 아닌, 다성적 소통 문화 장면으로 끌고 나갈 수 있다고 생각한다. 바흐친이 즐겨 사용한 개념을 적용하면, 다성적 소설에 대한 논의는 '소시간' 속에, 다성적 소통 문화에 대한 논의는 '대시간' 속에 위치한다고 볼 수 있다.

이렇게 다성성을 대시간 속으로 끌고 나가면, 바흐친의 다성성 개념은 상당히 다른 국면을 맞이하게 된다. 예컨대, 다성성은 텍스트 창작 장면에서 결정되는 것이 아니라, 대상 텍스트의 읽기 장면에서 확인될 수 있다. 예컨대, 의식의 복수성의 부재 또는 미약, 복수적 의식의 부분성과 불완전함, 저자의 '본질적' 잉여[2] 등으로 인해서 어떤 대상 텍스트가 독백적 텍스트가 되었다고

---

1) 바흐친은 이 타자가 다성적 소설에서 하는 역할과 기능에 대해서는 길게, 그리고 매우 심도 깊게 논의하였지만, 미처 이름을 부여하지는 않았다. 이 이름은 모슨과 에머슨이 차후에 붙인 이름이다.

2) 작품 전체가 저자의 유일한 시선에 의해 완전히 사로잡혀 저자에 대한 타자의 시선의 잉여가 전혀 드러나지 않는 경우이다. 독백적 텍스트의 독백적 저자의 시선의 잉여라고 말할 수 있다. "사실 독백적 저자들이 누리는 잉여의 범위는 일상생활에서 우리가 평상시에 접하는 잉여보다 훨씬 더 넓다. 저자는 인물을 창조했다는 이유로 인물의 심리를 인물 자신보다도 더 잘 알며, 심지어 인물의 운명까지 훤히 꿰고 있다. 이런 종류의 '본질적' 잉여(인물은 이용할 수조차 없는 본질적 사실에 대한 지식)는 저자와 인물이 '단일한 평면 위에 존재'하지 못하게 만들며, 따라서 동등하게 대화를 나눌 수도 없게 만든다. 저자는 잉여를 사용해 인물을 종결짓고, 그의 정체성을 최종적으로 확정한다."(모슨과 에머슨, 1990/2006: 421).

하더라도, 독자의 응답적, 대화적 참여에 의해서 다성적 텍스트로 거듭날 수 있다. 정확하게 말하면 독백적 텍스트는 다성적 텍스트 구성의 출발점, 또는 선행 발화로서 존재하게 되는 것이다. 소시간 속에서 '저자 텍스트'는 독백적 텍스트이지만, 대시간 속에서 볼 때, '선행 발화로서 저자의 독백적 텍스트→후행 발화로서 독자의 응답적 텍스트'는 다성적, 대화적 텍스트가 되는 것이다.

따라서 대상 텍스트의 운명은 저자가 쥐고 있는 것이 아니라, 독자가 쥐고 있는 것이다. 대개의 텍스트는 다소간, 불가피하게 독백적일 수밖에 없으나 (창조자로서의 저자의 이미지를 벗어날 수 없으므로) 후행 발화로서의 독자의 응답적 이해가 있는 한, 그 독백적 텍스트는 닫힌 채 종결되는 것이 아니라 열린 채 종결될 수밖에 없다. 이러한 가능성과 잠재력이 미래에 있고, 그 시점과 장소가 비록 불분명하지만, 모든 텍스트는 응답적 이해를 하는 독자를 만나 새로운 삶을 영위하게 되는 것이다. 이 글에서 독자의 대화적·응답적 해석 담론 및 해석 대화 구성을 강조하는 이유가 여기에 있다.

바흐친의 상징이 된 '대화주의' 역시 도스토옙스키의 창작 방법론을 설명하기 위해 만들어지고 다듬어진 것이다. 이러한 유래를 갖는 개념을 예술적 산문(소설)이 아닌 일상 산문에 적용하는 것은 적절치 않다고 말할 수 있다. 일리가 있는 말이다. 그러나 예술적 산문이든, 일상 산문이든, 그것이 산문 장르라면, 대화적으로 구성될 수 있다고 생각한다. 그 가능성을 바흐친은 역시 도스토옙스키의 일상 산문에서 발견하고 있다. 즉 목소리로서 사유하려는 도스토옙스키의 대화적 태도는 시사평론적 기고문의 구성적 짜임새 속에서도 선명하게 나타난다고 말하고 있다. 바흐친에 따르면, 도스토옙스키는 "건조한 논리적 대화로서가 아니라 극히 개인화된 통합적 목소리들을 병렬시키는 방법"으로 "상상 가능한 대화 형식을 통해서", "본질적으로 설득하지 않고, 목소리들을 조직"하는 방식으로 자신의 생각을 펼쳐나간다(바흐친, 1963/2003: 120). 바흐친은 이러한 견해를 뒷받침하기 위하여 구체적인 텍스트를 예시하고, 분석하고 있다. 예컨대, 《환경》이라는 잡지에 투고한 기고문을 분석하고 있는데, 이 텍스트에서 도스토옙스키는 "질문과 가정(假定) 형식으로 배심원들의 심리적 상태와 성향에 관한 자신의 견해를 밝히고" 있으며, 소설에서처럼 "자신의 생각 속으로 타인의 목소리가 끼어들게 하여(때로는 반쯤 들리는 타인의 목소리가 끼어들기도 하지만) 그의 생각을 드러내" 보이고 있다(바흐친, 1963/2003: 120).

어떤 사상과 사고를 추상적이고, 이론적인 개념으로서 사유하지 않고, 목소리로서 인식하고 사유하는 것은 대화주의적 담론 구성에서 매우 중요하다. 그럼, 목소리로 사유한다는 것은 무엇을 의미하는 것일까? 목소리로 사유한다는 것은 목소리의 주체를 잊지 않는다는 것이며, 목소리의 주인을 지속적으로 의식하고, 거기에 응답한다는 것을 의미한다. 그리고 사유가 텍스트라면, 그 사유를 하는, 목소리를 가진 주체는 컨텍스트라고 볼 수 있다. 이렇게 보면, 대화주의적 담론 구성은 맥락복원적 글쓰기라고 말할 수 있다.

'줄거리', '요약', '주제', '핵심 내용'을 중심으로 어떤 대상 텍스트를 사고하는 것, 또는 그런 양식으로 해석 담론을 구성하는 것은, 지극히 탈맥락적이다. 그것은 맥락을 살려내는 글쓰기가 아니라, 맥락들을 지워나가는, 사상(捨象)시키는 글쓰기이다. 바흐친은 이러한 사고 방식을 "경구적 사고 방식"이라고 부르며, 이런 사고 방식은 "컨텍스트로부터 독립된 간단명료하고 자기 충족적인" 사고 방식이라고 비판한다(바흐친, 1963/2003: 123-124).

한편, 바흐친의 '종결불가능성' 개념은, 도스토옙스키가 작품의 주인공을 구성하는 방식에 대해 논의하면서 도출된 것이다. 종결불가능성 개념을 일상 산문에 그대로 적용할 수는 없다. 먼저, 일상 산문에는 주인공이 없다. 이 개념을 일상 산문에도 확대 적용하고자 할 때, 나는 주인공에 해당하는 것이 바로 화제라고 생각한다. 즉, 화제로서의 인물, 화제로서의 사건, 화제로서의 현상 등이 주인공의 성격을 갖는다.

이러한 인물, 사건, 현상은 주인공처럼 자의식을 갖고 있지 않을까? 하나의 최종 규정, 하나의 최종 이미지를 갖지 않으려는 저항 의식이 있지 않을까? 예컨대, 5.16 사건을 보자. 5.16은 쿠데타, 혁명 중 좀처럼 어느 하나로만 정의되고, 이미지화되는 것을 완강히 거부하고 있다. 이 사건에는 수많은 대립하는, 대결하는 목소리가 깃들어 있기 때문이다. 이러한 목소리의 다층성, 다성성을 듣는 것이, 들을 수 있는 것이 대화적 담론 구성자의 능력이고, 태도일 것이다.

화제에 깃든 목소리의 다층성, 다성성이란 다르게 표현하면, 화제의 자의식이 아닐까? 자신의 의미가 최종화, 종결화되는 것에 대한 자의식적 반발감이 아닐까? 그리고 화제의 자의식이란 실은, 화제를 다루는 저자의 자의식이 될 것이다. 화제에 깃들어 있는 다층적, 대립적, 대결적 목소리들을 들을 수 있는, 그리고 어느 하나의 목소리로 단일화, 최종화하는 것에 대한 반발감과 불안감이 저자의 자의식을 구성하는 것이다.

저자는 왜 사건의 의미가 최종화되는 것을 거부하는가? 왜 하나의 목소리를 부여하는 것을 두려워하는가? 앞에서 언급했듯이 그 사건 또는 화제에는 수많은 인간이 연루되어 있기 때문이다. 저자가 어떤 사건을 하나의 의미로 최종화하는 순간, 저자는 동시에 어떤 인간(들)의 의미를 최종화하는 것이다. 그리고 인간은 어떤 방식으로든 자신의 의미, 인격, 이미지가 최종화되는 것에 대한 본래적 거부감이 존재한다. 그리고 한 인간에 대한 최종화는 윤리적이지도 않다. "살아 있는 인간을 그 인간 당사자의 참 의사(意思)를 무시한 단정적 인식의 무성적(無聲的) 대상으로 전화시켜서는 안 된다. 인간에게는 항상 무언가가 있게 마련인데 그것은 오로지 인간만이 자의식과 담론의 자유로운 행위 속에서 밝혀놓을 수 있는 것으로서 그 당사자의 의사를 무시한 어떤 외면적 정의에도 따르지 않는 것이다."(바흐친, 1963/2003: 73)

바흐친이 다성적 소설 창작을 위해 계발한 종결불가능성 개념은 해석론에서도 차용이 가능하다. 즉 해석 담론 구성에서 유용한 방법론적 도구를 제공할 수 있다. 앞에서 살펴보았듯이, 텍스트가 다루고 있는 화제는 그 의미가 종결되는 것을 거부한다. 정확하게 말하면, 화제에 대한 수많은 목소리들이 어느 하나의 목소리로 종결되어 융합되는 것을 거부한다. 해석 담론 구성자(독자)는 이러한 화제의 자의식을 깊이 의식할 필요가 있다.

즉, 해석 담론은 최종적인 말이어서는 안 된다. 물론 발화자(독자)의 의지에 상관없이 그 해석 담론은 최종적인 말이 될 수 없는 운명이기는 하다.[3] 그 해석에 대해 누군가 응답하는 순간, 그 해석은 거듭나기 때문이다. 그럼에도 불구하고, 닫힌 채 끝나는 발화(최종 발화)와 열린 채 끝나는 발화는 매우 다른 내용과 형식, 그리고 어조를 갖게 될 것이다.

해석 진리는 다른 영역의 진리와 마찬가지로 그것을 집단적으로 추구하는 사람들 사이에서 그들의 대화적 상호작용의 과정 내에서 잉태된다. 대화적 상호작용을 통해서 해석 진리가 구성(도출)된다면 그것으로 끝나는가? 끝내도 되는가? 아쉽게도(?) 해석 진리의 구성은 결코 종결되지 않는다. 영원히 지연되고 보류된다. 왜 그러한가? 해석의 모태로서의 맥락은 영원히 종결되지 않기 때문이다. 예컨대, 수많은 맥락 중에 하나인 독자, 독자의 삶이 종결될 수 있는가? 고유명사로서 구체적이고 유일한 어떤 독자는 어느 특정 시공간에서 종결(죽음)되겠지만 그 텍스트와 대면할 미래의 독자는 계속해서 지속적으로 충원될 것이다. 따라서 맥락은 영원할 것이고, 해석도 영원할 것이며, 그리하여 해석 진리도 영원히 보류될 것이다.

이것이 바흐친의 대화적 진리 감각이다. 바흐친의 대화주의는, 해답(최종 발화, 영원불변하는 진리)을 찾아가되, 그러한 해답이 있다는 것을 부정한다.

---

3) 해석 담론뿐만 아니라 모든 말의 운명이 그러하다. "이 세계 속에서 최종적인 것은 아직 한 번도 일어나지 않았다. 세계에 대한, 세계의 최종적 담론은 여태껏 발설된 적이 없었다. 세계는 열려 있으며 자유롭다. 모든 것은 아직 앞에 있으며 영원히 앞에 있을 것이다."(바흐친, 1963/2003: 217)

진리를 추구하되, 그러한 진리의 존재를 믿지 않는 태도는 모순일 수 있다. 그러나 그러한 진리의 존재를 믿는 사람에게는, 어느 순간 그 진리를 찾았다고 판단되는 순간이 올 것이고, 진리가 발견되었으므로 더 이상의 대화는 없다. 역사 속에 존재했던 수많은 인류의 모든 불행한 순간에는 항상 이러한 '해답 확신', '진리 확신'이 있었다.

바흐친의 대화적 진리 감각은 읽기 장면에서 이루어지는 해석 담론의 구성과 해석 대화 참여에서도 강조될 필요가 있다. 즉, 어딘가 있는 해석 진리를 찾기 위해 해석 담론을 구성하고, 해석 대화에 참여해서는 안 된다. 해석 진리는 해석 담화 구성과 해석 대화 장면에서 잠정적으로, 유보적으로, 전제를 달고 구성될 수 있다. 구성되어야 한다. 그리고 이러한 구성은 열린 채 끝나야 한다. 소시간 속에서 열린 채 종결된 해석 진리는, 대시간 속에서 보면, 언제, 어떤 방식으로 재구성될지 모르는 것이다.

해석 담론이 다층적이고, 다성적이고, 대화적이어서 그 안의 목소리들이 한층 더 논쟁적일수록, 즉 해석 진리에 대한 열망은 크되, 좀처럼 모습을 드러내지 않는 해석 진리의 지연으로 목소리가 날카로울수록 우리의 절망은 작아지고, 희망은 커질 것이다. 바흐친이 텍스트 해석론에 안긴 가장 큰 선물은, 해석 담론, 해석 대화와 관련해서 이런 아름다운 꿈과 희망을 가질 수 있게 한 것이 아닐까?

2. 텍스트의 존재 방식: 응답적 이해

바흐친은 담론의 대화적 속성을 강조하면서 기존의 언어학, 즉 소쉬르로 대표되는 구조주의 언어학을 지속적으로 비판한다. 그러면서 그 대안으로서 메타 언어학을 제안한다. 언어학의 가장 큰 문제점은 언어가 갖는 대화적 속성을 전혀 포착하지도, 설명하지도 못한다는 데 있다. 더구나 관심도 두지 않는다. 언어학이 이렇게 된 것은 언어학이 대화적 교류를 가능케 하는 언어 자체보다는 언어에 "공통된 특수한 언어의 논리를 연구함으로써"(바흐친, 1963/2003: 239) 담론의 대화적 관계 그 자체로부터는 멀어지게 된 것이다. 그러나 "언어는 그것을 사용하는 대화적 교류 속에서만 살아 있다. 대화적 교류야말로 언어의 삶의 진정한 영역이다. 언어의 모든 삶은 언어가 어떠한 영역(일상생활, 실무, 학문, 예술 등)에서 사용된다고 하더라도 '대화적 관계로 연결되어 있다."(바흐친, 1963/2003: 239)

담론이 논리적 관계로 축소되는 것을 막고, 본래의 대화적 관계를 회복하기 위해서는 그 담론의 주인을 찾아주어야 한다. 모든 담론, 발언은 "모두 그 주인을 갖고 있다."(바흐친, 1963/2003: 240) 발언자 즉 발언 주체의 배제란 측면에서 볼 때, 소쉬르를 위시한 구조주의 언어학과 문학의 신비평은 동류이다. 둘 다 담론의 발언자를 체계적으로, 지속적으로 지우고 공시적 언어, 텍스트만을 분석의 대상으로 삼는다. 이들 언어와 텍스트에 주체, 주체의 입장은 없으며 따라서 대화적 관계는 보이지 않게 된다.

담론의 대화적 관계는 말의 외면적인 주고받음으로만 존재하는 것은 아니다. 홀로 있는 담론도 벌써 대화적 관계 속에 놓여 있다. "대화적 관계는 일개 발언의 내면으로, 아니 개별 담론의 내부까지 침투할 수 있다. 물론 여기에는 두 개의 목소리가 대화적으로 충돌"하고 있는 것이다(바흐친, 1963/2003: 241).

읽기 장면에서 독자가 마주하는 대상 텍스트 역시 벌써 대화적 관계에 있으며, 그 태생이 대화적 관계 속에서 비롯된 것이다.4) 텍스트는 선행 발화(텍스트)에 대한 응답 과정에서 생겨난 것이며, 후행 발화에 대한 응답까지도 포

---

4) 대화적 관계에서 생겨난 텍스트는 비유컨대, 표정과 같다. 표정은 그 표정을 지은 사람이 만들어낸 것이지만, 실은 타자와의 관계 속에서 생겨난 것이다. 감출 수 없는 사랑의 표정, 감추어지지 않는 혐오의 표정. 이러한 표정은 사랑하는 타자, 싫어하는 타자가 그의 얼굴에 새겨놓은 것이다. 따라서 그 표정의 주인은 표정을 짓는 사람이 아니라, 표정을 짓는 사람이 관계하고 있는 타자이다.

함하고 있다.

선행 발화에 대한 응답으로서의 텍스트

텍스트는 선행 발화(텍스트)에 대한 응답 과정에서 구성된다. 저자가 어떤 화제(현상, 사건 등)에 대해 글을 쓸 때, 그가 대면하고 있는 것은, 그 대상 자체가 아니다. 그 대상에 대해 이미 말해진, 발설된 담론과 대면하는 것이다.[5] 그 담론들은 서로 유사하여 모종의 연대적 관계를 맺고 있을 수도 있고, 이질적이고, 적대적인 관계를 맺고 있을 수도 있다.

이처럼 텍스트가 다루는 화제는 타자의 담론에 의해 "이미 여러 차례 속성이 부여되고 논쟁에 부쳐지고 가치가 부과"된 것이다. 즉, "그 대상은 공유된 사고, 관점, 이질적인 가치 판단과 강조 등이 스며든 채로 뒤얽혀 있다."(모슨과 에머슨, 1990/2006: 111)

따라서 어떤 화제에 대한 나의 담론은 내 인식의 자궁에서 태어나는 것이 아니라 타자 담론(들)의 자궁에서 태어났다고 말할 수 있다. 그리고 내가 도입하고, 조회하고, 대결시키고, 연결시키는 담론들과 나의 대화적 관계에 따라 화제에 대한 내 담론의 형상과 악센트가 달라진다. 저자로서 나의 기능과 역할은 나와 화제와의 관계 맺음이 아니라 담론과 나의 관계 맺음에 있다고 볼 수 있다.

저자인 나와 화제가 만나 생성된 새로움이란, 즉 화제에 대한 내 담론의 새로움이란, 사실 화제와 나의 직접적인 대면에서 생겨난 것이기보다는 화제에 대한 타자 담론과 내 담론이 상호 교섭하는 과정에서 새롭게 구성된 빛깔, 형상, 이미지일 것이다. 즉 내 새로운 말의 탄생의 자궁은 화제 자체도 아니고, 내 머리도 아니고, 선행 발화로서의 타자 담론과 내 담론이 대면하는 장

---

5) 저자가 대화하고 있는 담론은 구체적인 시공간 속에서 그 대상을 직접 호명한 담론일 수도 있고, 지금 여기 저자의 주선에 의해 그 대상과 비로소 대화적 관계가 형성되는 담론일 수도 있다.

(場)인 셈이다.

대상 텍스트가 그 스스로 고고하게 존재하는 것이 아니라, 선행 발화에 대한 응답으로서 존재할 때, 우리가 대상 텍스트를 대하는 방식은 다소 달라져야 한다. 독자는, 텍스트가 화제에 대해서 무어라고 말하는지에 관심을 두어야 하지만, 동시에 텍스트가 타자의 말(텍스트)에 어떤 방식으로 응답하고 있는지에 대해서도 주목해야 한다. 이 때 타자 말은 그 범위를 한정할 수는 없지만, 통상 지금 대상 텍스트가 다루고 있는 화제와 관련된 타자 말인 경우가 많다.

한편, 대상 텍스트와 선행 발화와의 관계를 얘기할 때, 중요한 개념이 바흐친의 '숨겨진 논쟁' 개념이다. "타자의 담론은 작가가 하는 말의 영역 밖에 있으나, 작가가 하는 말은 타인의 담론을 고려하고 그것과 관계하고 있다. 여기서 타인의 담론은 새로운 의미 부여에 의해서 재생되고 있지 않지만 작가의 담론에 영향력을 행사하거나 어떤 식으로든 작가의 담론 바깥에서 작가의 담론을 결정짓게 해준다. 그것이 숨겨진 논쟁이나 대부분의 대화 응답 속에 있는 담론이다."(바흐친, 1963/2003: 254-255)

후행 발화에 대한 응답으로서의 텍스트

저자는 화제에 대한 선행 발화와 마주하는 동시에 저자 담론에 대한 후행 발화(반응)와도 마주한다. 글쓰기 과정에서 저자가 의식하는 후행 발화의 양상은 매우 다채롭다. 동의, 거부, 지지, 비웃음, 탄식, 환호, 무시, 불편함, 낯섦, 의아함, 외면, 멸시 등. 그리고 이러한 후행 발화에 대한 저자의 의식은 담론의 어조, 문체 곳곳에 깊이 침투한다.

텍스트의 저자는 독자의 응답적 이해 과정을 예견한다. 독자의 응답적 이해 과정을 전제하지 않고는 저자의 텍스트 구성은 지속될 수 없다. 독자의 응답적 이해는 텍스트의 존재론적 전제이며, 추동력이다. 저자는 자신의 텍스트가 독자의 후행 발화 즉, 응답적 이해에 안착하기를 바라면서 텍스트의 내용과 형식을 구성하고, 조율한다. 저자의 텍스트에 독자가 벌써 와 있다.

> 화자는 자신의 말과 이 말을 규정하는 자신의 개념적 지평이 청자의 낯선 이해
> 의 지평에서 읽힐 수 있도록 노력한다. 그는 이 지평의 특정 측면들과 대화적 관
> 계에 들어선다. 화자는 청자의 낯선 지평을 뚫고 들어가 그 청자의 통각적 배경
> 을 뒤로 하고 그 낯선 영토에 자신의 언표를 구축한다. (바흐친, 1934/1988: 282)

수용 미학, 독자 반응 이론 등 대개의 텍스트 해석론은 텍스트가 만들어진
다음에 독자가 텍스트를 어떤 방식으로 수용, 해석하느냐에 관심을 둔다. 그
러나 바흐친의 대화주의는 저자의 텍스트 형성 과정에 참여하는 존재로서 독
자를 상정한다. 따라서 바흐친의 다음과 같은 단언이 가능해진다.

> 말(일반적으로 모든 기호)은 개인들 사이에 존재한다. 모든 말해진 것, 표현된
> 것은 화자의 '영혼' 바깥에 존재하며, 그에게만 속하는 것이 아니다. 말은 절대로
> 화자 한 사람에게만 주어질 수 없다. 작가(화자)에게는 말에 대한 결코 빼앗을 수
> 없는 자신만의 권리가 있지만, 그 권리는 청자에게도 있으며, 작가에 의해 먼저
> 발견된 말 속에 울리는 목소리의 주인들에게도 자신만의 권리가 있다(누구의 것
> 도 아닌 말이란 정말이지 존재할 수 없다). 말은 세 인물이 참여하는 드라마이다
> (이것은 듀엣이 아니라 트리오이다). 이 드라마는 작가의 바깥에서 공연되며, 작
> 가 속으로의 내부화(투입)는 허용되지 않는다. (바흐친, 1961/2006: 428)

제3의 독자, 초월적 수신자

모든 텍스트는 이와 같이 제2의 인물의 응답적 이해를 예견하는 과정에서
형성된다. 그러나 저자는 "현존하는 가까운 수신자의 완전하고 최종적인 의지
에 자기 자신과 자신의 담화적 작품을 결코 다 내맡길 수 없으며(가장 가까운
후손도 실수할 수 있다), (의식을 하든 안 하든) 여러 방향에서 다가올 수 있
는 응답적 이해의 최고 심급을 언제나 상정해둔다."(바흐친, 1961/2006: 435)
'응답적 이해의 최종 심급'이 바로 바흐친이 말하는 제3의 독자 또는 초월적

수신자인 것이다.

물리적으로든, 인식적론적이든 저자는 모든 청자의 응답적 이해를 예견할 수 없다. 그리고 이들 청자는 매우 이질적이다. 더구나 이들 청자는 인식론적, 윤리적 한계를 지니고 있을 수 있다. 이러한 청자의 한계는 응답적 이해의 한계로 이어지게 마련이며, 한계를 지닌 응답적 이해까지 내 담론 구성에 참여하도록 할 수는 없는 노릇이다. 물론 저자에 의해 선취된 청중의 한계와 제약, 그리고 이러한 요인들의 충실한 고려와 반영이 바람직한 저자의 자세라고 말해지곤 한다. 그러나 분명한 것은 수시로 이러한 한계는 내 담론 구성의 명백한 방해 및 저해 요소로 작용할 수밖에 없다. 어찌할 것인가? 저자는 방법론적 또는 수사론적 도구로서 제3의 청중을 상정한다. 즉 바흐친이 말하는 초월적 수신자를 상정한다.

초월적 수신자는 구체적인 청중과는 다른 모습으로 현시한다. 초월적 수신자는 "형이상학적인 먼 곳이나 먼 역사적 시간 속에서 상정"되며, "절대적으로 올바른 응답적 이해"를 하는 자이다(바흐친, 1961/2006: 434). 이런 초월적 수신자는 능동적으로 공감하면서 텍스트에 응답하고 텍스트의 의도를 '아주 정확하게' 이해할 수 있다.[6]

한편, 초월적 수신자 또는 제삼자는 "신비하거나 형이상학적인 그 무엇이 결코 아니다(비록 어떤 세계 이해에서는 그와 유사한 표현을 얻을 수도 있지만). 이것은 한층 더 심층적인 분석을 통해 드러날 수 있는 발화 전체의 구성적 계기이다. 이것은 항상 들어주기를 바라고 항상 응답적 이해를 추구하며 가장 가까운 이해에 멈추지 않고 더 멀리 (무한히) 나아가는 말의 본성으로부터 흘러나온다."는 진술에서 확인할 수 있듯이 대화적 본성에서 자연스럽게

---

6) "다양한 시대, 다양한 세계 이해에서 이 초수신자와 그의 이상적으로 옳은 응답적 이해는 다양하고 구체적인 이념적 표현을 취한다(신, 절대적 진리, 편견 없는 인간 양심의 심판, 민중, 역사의 심판, 과학 등)"(바흐친, 1961/2006: 434-435)

형성된 개념이라고 볼 수 있다(바흐친, 1961/2006: 436).

대화적 존재인 인간에게 초월적 수신자는 어떤 의미를 지니는가? 영혼은 죽지 않는다는 믿음이 사라진 자리에서 윤리적 욕망은 차갑게 식어버리듯이, 초월적 수신자의 부재에 대한 상상은 대화적 욕망을 앗아간다. 누구도 내 말을 듣지 않는 절대적 절망에서도 항상 내 말이 들리기를 바라는 사람, 수많은 무지와 한계 속에서 내 말의 정확한 소통을 확신할 수 없는 순간에서도 항상 응답적 이해를 모색하고 있는 사람, 어느 지점에 이르러 지쳐 더 이상의 담론을 형성하기 어려울 때에도 더 깊고 성숙한 이해를 위해 나를 재촉하고, 격려하는 사람, 그런 존재가 없다는 생각은 절대적 상실과 결핍, 그리고 공포를 낳을 수 있다.[7]

3. '이해끝' 교육, 수동적 이해 주체의 형성

모든 텍스트는 독자의 응답을 기다리고 있다. 그리고 모든 독자는 자기 나름의 방식으로 반응한다(동의, 거부, 적용 등). 중요한 것은, '이해'는 반응이 아니라는 점이다. 이해는 반응, 응답을 위한 전제나 과정의 일부이다. 그런데 현행 우리 읽기 교육은 그 목표를 '이해'에 두고 있는 것으로 보인다. 이는 교육과정의 성취기준이나 대학수학능력시험의 평가 요소에서도 잘 드러난다.

이해 자체로 끝나는 읽기 행위는 대화의 중단 또는 중단 선언을 의미한다. 예컨대, 대화 상대자의 말을 먹어버리는 것과 같다. 이것은 침묵과는 또 다른 것이다. 사실 침묵은 매우 적극적인 응답일 수 있다. 침묵은, 싫다, 불편하다, 모르겠다, 당혹스럽다, 감동적이다, 이 여운을 더 누리리라, 알겠다, 더 말하

---

7) 토마스 만의 《파우스트 박사》를 언급하면서 바흐친은 다음과 같이 말한다. "토마스 만이 파시스트의 고문실이나 지옥을 절대적인 비청취성으로, 제삼자의 절대적 부재로 이해하는 것을 보라."(바흐친, 1961/2006:435).

지 마라 등의 다양한 반응을 전송하고 있는 것이다. 이와 같이 침묵은 응답이지만 '이해끝'[8]은 무응답이다. 침묵은 선행 발화 또는 후행 발화에 분명한 메시지를 보내고 있지만 '이해끝'은 아예 전원을 뽑아버리는 행위이기 때문이다. 이해끝을 지향하는 현행 읽기 교육에서는 대화적 해석 진리 구성 능력과 태도를 기대하기 어렵다.

우리는 독자가 텍스트를 이해했다는 것을 어떻게 알 수 있는가? 저자의 의도, 텍스트의 의도를 하나의 문장 또는 하나의 단락으로 요약했을 때, 우리는 이해했다고 판단할 수 있는가? 나는 이러한 요약을 넘어 타자의 말에 내 나름대로 응답할 수 있을 때, 이해했다고 말할 수 있다고 본다. 즉, 응답적 이해만이 진정한 이해인 것이다.[9]

독자의 해석 담론의 유형을 보면, 독자가 대상 텍스트를 어떤 방식과 층위에서 이해하고 있는지를 알 수 있다. 바흐친과 볼로시노프(1929)는 보고 화법을 간접 화법, 직접 화법, 의사 직접 화법으로 분류하고 있는데, 이들의 분류 방식에 따르면 현재 읽기 교육에서는 '직접 화법'만을 강조하고 있다. 즉 보고되는 발화(대상 텍스트의 발화)를 그대로 인용, 요약하는 층위에 그치고 있다. 정확하게 말하면 인용, 요약이 맞는지를 확인하는 수준에 그치고 있다. 텍스트에 대한 독자의 응답적 이해, 그리고 텍스트와 독자 간의 대화적 교류가 이루어질 수 있는 가능성을 차단하고 있는 셈이다.[10]

현재 읽기 교육에서 요구하는 또는 기대하는 주체는 수동적 이해 주체이

---

8) '텍스트 의도 파악'과 같이 텍스트 자체에 대한 이해로 마무리는 되는, 또는 그것만을 지향하는 읽기 교육을 '이해끝' 교육이라고 부르고자 한다.

9) 루카치, 알튀세르, 그람시의 마르크스 담론에 대한 응답, 헤겔에 대한 마르크스의 응답, 주자 담론에 대한 이황의 응답, 소쉬르와 프로이트 담론에 대한 바흐친의 응답 등이 그 예일 것이다. 즉, 내 담론 속에서 타자 담론이 보고된 발화로서 의식되고, 인용되고, 침투하는 것이어야 한다. 유명 인사를 언급했지만, 응답적 이해는 일상에서 빈번하게 발생하고 있다.

10) 현재 우리의 읽기 교실의 담론 구조를 바흐친의 표현을 빌려 말하면, '교육적 대화'와 유사하다. 그리고 이러한 교육적 대화는 "순전히 독백적"인 것이다. 진정한 대화가 갖는 "대등함", "미결정성"이 전적으로 부재하기 때문이다.

다. 읽기 교육 장면에서 맥락적 의미가 아닌 사전적 의미만을 도출하도록 요구하고 있기 때문이다. 물론 사실적 이해와 함께 추론적 이해, 비판적 이해, 창의적 이해 등도 강조하고 있는 것처럼 보이지만, 이는 포장에 불과하다. 텍스트 맥락 안에서만 수행되는 비판적·창조적 이해이기 때문이다.[11]

대상 텍스트에는 "아직까지 미약한 목소리들, 아직까지 완전히 표출되지 못한 사상들" 그리고 "아무도 들어보지 못한 은폐된 사상들, 미래 세계관의 태아인 이제 막 성숙하려는 사상들"(바흐친, 1963/2003: 114)이 독자의 응답을 기다리며 숨죽이고 있다. 이러한 목소리를 찾아 그들에게 말을 거는 것이 대화적 독자의 모습일 것이다. 다음에서는 텍스트에 대한 독자의 응답적 이해를 돕는 (학습) 장르로서 해석 담론과 해석 대화를 제안하고자 한다.

4. 해석 담론: 텍스트에 대한 응답적 이해

내적으로 설득적인 해석 담론

우리의 읽기 교육을 보면, 학생 독자로 하여금 대상 텍스트를 권위적인 담론으로 상정하도록 요구하고 있다. '논쟁', '반론', '의심'보다는 텍스트 의도에 충실히 '부합'하는 해석 담론을 구성하도록 요구하고 있다. 개인적인 경험을 끌어들인, 그리하여 개인적 문체와 어조를 지닌 응답적 해석은 위험하거나 불손한 것으로 취급받기 십상이다. 바흐친의 용어로 말하면, '자신의 말로 재진술하기'가 아닌 '암송하기'를 요구하고 있는 것이다. 또는 대상 텍스트를 '재진술하기'의 대상이 아닌 '암송하기'의 대상으로 상정할 것을 주문하고 있다.[12]

---

11) 바흐친은 의미의 두 가지 측면을 구별할 것을 요구한다. '사전적 의미'와 '맥락적 의미'가 그것이다. 텍스트 맥락에 의해서만 의미를 확정하도록 하는 것은, 독자로 하여금 사전적 의미에 머물 것을 요구하는 것과 같다. 텍스트에 대한 창조적, 능동적 이해는 한정되지 않고 퍼져나가는 텍스트 밖의 맥락 도입을 통해서 가능하다.

예컨대, 교과서, 참고서에 표기된 대상 텍스트의 주제는 하나의 목소리의 기원을 가지고 전국의 모든 읽기 교실로 퍼져나가며, 전국의 모든 학습 독자는 들은 대로, 적힌 대로 암송하여 되돌려준다.13) 읽기 교실의 텍스트는 자꾸만 권위적인 담론으로 승격하여 올라갈 뿐, 좀처럼 아래로 내려오지 않는다.

읽기 교육은 독자로 하여금 '내적으로 설득적인 해석 담론'을 구성하도록 요구해야 한다. 내적으로 설득적인 담론은 대상 텍스트라는 선행 발화에 대한 응답이면서 동시에 독자의 해석 담론에 대한 미래 독자의 반응에 대한 응답의 성격을 지닌다. 즉, 독자의 해석 담론에서는 두 가지의 목소리가 함께 침투하고, 상호작용하면서 존재한다. 따라서 내적으로 설득적인 담론은 "다양한 언어적·이념적 관점들과 접근법들과 방향들과 가치들이 헤게모니를 잡기 위해 우리의 내부에서 벌이는 강렬한 투쟁인 것이다."(바흐친, 1934/1988: 166)

해석 담론이 내적으로 설득적인 담론이 되기 위해서는 "담론의 의미 구조는 자체완결적이지 않고 열려"있어야 하며, "그것을 대화화하는 새로운 문맥들 속에서 이런 담론은 거듭거듭 더욱 새로운 의미를 띠"어야 한다(바흐친, 1934/1988: 166). 이를 위해서 독자는 자신의 해석을 최종인 양 종결지어서는 안 된다. 바흐친 용어로 말하면 열린 채 끝나야 한다.

해석 담론이 열린 채 끝나기 위해서는 여러 목소리를 병합하여 하나의 목소리로 단일화하거나, 여러 목소리를 변증법적으로 '합(合)'하여 통일시켜서는 안 된다. 그것이 저자의 목소리든, 타자의 목소리든 어느 하나의 목소리로 포섭되지 않으면서 모두가 동등한 자격과 힘을 유지하면서 존재해야 한다. 특히, 해석 담론의 저자로서 독자의 목소리만이 유일하게, 우렁차게 퍼져 나와

---

12) '속으로 암송'되어야만 하는 말에 상응하는 것이 '권위적인 담론'이고, 자신의 말로 재진술하기에 상응하는 것은 '내적으로 설득적인 담론'이다(모슨과 에머슨, 1990/2006: 384).

13) 동의와 암송은 구별될 필요가 있다. 동의는 독자의 개인적 맥락에 의해 조회를 마치고, 자신의 담론으로 편입시켰다는 것을 의미한다. 즉, 내가 텍스트에 완전히 투항하여 포섭된 것이 아니라, 도리어 나의 의지와 의식을 적극적으로 개입하여 나의 말로 재진술한 것으로, 그 동의에 대해 나는 일정한 책무성을 떠안게 되는 것이다.

서는 안 된다.

내 몸을 구성하는 모든 요소가 타자에게서 왔듯이, 나의 담론과 목소리는 "타자에게서 나왔거나 혹은 타자에 의한 역동적 자극"을 받아 생겨난 것이다(바흐친, 1934/1988: 168). 해석 담론 역시 대상 텍스트의 자극과 그에 대한 나의 응답적 이해에서 비롯된 것이다. 해석 담론이 내적으로 설득적인 담론이 되기 위해서는, 대상 텍스트와 일정한 거리를 둠으로써, 그 텍스트의 객관화된 이미지를 만들고, 그 텍스트와 다른 텍스트를 다양한 방식으로 연결하고, 그 텍스트의 가능성과 한계를 탐색하기 위한 다양한 관점을 적극적으로 도입할 필요가 있다. 이러한 유희적 과정을 거치면서 독자는 대상 텍스트의 권위로부터 서서히 벗어나게 된다. 그리고 이러한 '벗어남'에 독자의 인식론적·심미적·윤리적 성숙의 계기가 잠복해 있다.

외재성과 창조적 이해

텍스트는 선행 발화가 던진 질문, 또는 선행 발화로부터 생겨난 질문에 응답하는 과정에서 생성된 것이며, 읽기의 과정은 텍스트가 던진 질문에 응답하는 과정이거나 텍스트를 향해서 질문하는 과정이다. 선행 발화로서의 대상 텍스트에 대한 독자의 응답과 질문이 독자와 텍스트의 대화적 관계를 형성하며, 이러한 대화가 생산적인 대화로 이어지기 위해서는 독자로서의 외재성을 강하게 유지해야 한다. 이러한 외재성을 강하게 유지할 때, 독자의 응답은 타자(대상 텍스트)에게는 새로운 질문으로 다가가게 되며, 이러한 질문으로 인해서 텍스트의 틈구멍이 생기게 된다.

이와 같이 텍스트를 창조적으로 이해하기 위해서 독자는 이해의 대상인 텍스트의 바깥에 자리 잡아야 한다. 텍스트 바깥에 자리를 잡는다는 의미는 텍스트에 대한 나의 외재성을 유지한다는 것을 의미한다.[14] 텍스트는 텍스트에

---

14) 나와 텍스트의 대화는 서로 간의 '외재성'으로 비로소 가능해지고 활발해진다고 할 때, 그렇다면 외재

대한 나의 외재성으로 인해 새롭게 열리며[15], 나 역시 나에 대한 텍스트의 외재성으로 인해 새롭게 열린다.

현행 읽기 교육을 재배하고 있는 '이해끝'은 저자의 의도, 텍스트의 의도를 충실히, 충분히 이해하는 것을 목표로 삼는다. 이상적인 독자, 모델 독자가 되도록 요구하고 있다. 텍스트가 분노하라고 하는 지점에서 분노하고, 슬픔에 잠기라고 할 때, 슬퍼하는 읽기이다. 텍스트의 주름과 결을 잘 따라가는 것이어서 결국 텍스트의 의도가 그리는 동심원과 독자인 내가 그은 해석의 동심원이 아름답게(?), 어그러짐 없이 포개지는 것이다. 이러한 읽기는 바흐친이 그토록 싫어했던 '감정이입'과 닮았다. 감정이입은 "그의 관점에서 바라보기"이다(모슨과 에머슨, 1990/2006: 114). 자신의 외재성, 즉 텍스트에 대한 나(독자)의 시선의 잉여를 버리는 것이다. 이러한 읽기 방식에서 나(독자)와 타자(텍스트)의 대화는 발생하지 않는다. 대화는 나와 타자의 '거리'가 존재할 때 발생하기 때문이다.

텍스트와 나는 철저하게 타자성, 외재성을 유지할 필요가 있다. 나의 외재성으로 인해 텍스트는 새로운 시선으로 자신을 보는 경험을 하게 되며, 텍스트의 외재성으로 인해 나 역시 새로운 시선으로 나를 이해하는 계기를 얻게 된다. 이것이 대화적인 '창조적 이해'이며, 이러한 창조적 이해로 인해서 나와 텍스트는 새로운 존재론적 깊이를 드러내게 된다.

> 작가 자신이 텍스트를 이해했듯이 주어진 텍스트를 이해하는 것. 그러나 이해는 그보다도 더 훌륭할 수 있고 또 그래야만 한다. 강력하고 심원한 창조는 많은 경우 무의식적이고 다중의미적이다. 이해를 통해 창조는 의식에 의해 보완되고, 그 의미들의 다양성이 밝혀진다. 그런 방식으로 이해는 텍스트를 보완한다.

성의 토대는 무엇인가? 성, 지역, 시대, 민족, 종교, 사회적 지위, 신분, 신체적 조건, 감수성, 가족 관계 등 매우 다양한 방식으로 존재한다.

15) 텍스트에 대한 내 시선의 잉여, 즉 외재성으로 응답할 때, 텍스트는 텍스트 스스로 보지 못하는 것을 나(독자)라는 타자를 통해서 보게 된다.

이해는 능동적이며, 창조성을 담지하고 있는 것이다. 창조적 이해는 창조를 지속시키고, 인류의 예술적 자산을 더욱 풍요롭게 만든다. 이해하는 자들의 공동적 창조. (바흐친, 1970-71/2006: 490)

나를 텍스트 의도 안에 넣기, 텍스트의 관점으로 나의 관점을 덮기는 나를 타자화하는 지극히 수동적인 읽기로서 바른 의미의 텍스트 이해가 아니다.[16) 바흐친의 관점에서 진정한 이해는 "저자 자신이 이해하는 것" 그 이상을 찾는 것이며, 텍스트의 완전성을 "보완"하는 것이다. 이것이 "이해하는 자들의 공동적 창조"로, 우리는 이러한 공동 창조를 격려해야 한다. 사실, 각 분야에서의 뛰어난 성과는 이러한 공동 창조의 결과물이기도 하다.

소설 텍스트가 인물들의 목소리의 복수성으로 인해 다성적 소설이 될 수 있다면, 인물이 없는 따라서 인물의 목소리가 없는 일상 산문 텍스트의 다성성은 어떻게 확보될 수 있을까? 나는 맥락의 복수성으로 인해 다성적 산문 텍스트가 될 수 있다고 생각한다. 화제에 대한 약분되지 않는 목소리의 팽팽한 대결이 예술 산문인 소설을 다성적으로 만들 수 있다면, 대체 및 반복 불가능한 맥락들의 대립·대결을 통해서 다성적 일상 산문이 쓰일 수 있다고 생각한다. 화제의 의미는 맥락과의 만남 속에서 구현되고, 화제는 어떤 맥락과 접속하느냐에 따라 매우 상이하고 다양한 의미를 낳는다.

해석 담론 역시 마찬가지다. 대상 텍스트는 어떤 맥락을 만나느냐에 따라 다(多)의미를 낳는다. 해석 담론의 저자로서 독자는 어떤 맥락을 도입할 수 있을까? 자신의 고유한, 반복불가능한 맥락을 끌어들이는 것이다. 이러한 개인적 맥락이 바로 텍스트에 대한 나의 외재성이다. 텍스트 또는 저자가 아무리 나의 맥락과 그 맥락에서 나올 나의 목소리를 예견하였다고 하더라도, 완전한 일치는 영원히 불가능한 것이다. 따라서 나의 고유한 맥락이라는 나의

---

16) 같은 맥락에서 "타자의 언어를 자신의 언어로 번역하는 일을 이해라고 이해해서는 안 된다."(바흐친, 1970-71: 490)

외재성만으로도 텍스트는 새로운 의미를 낳게 된다.[17]

이런 의미에서 텍스트를 구원하는 것은, 정확하게 말해서 텍스트의 의미를 구원하는 것은 독자이다. 모든 독자가 아니라, 외재성과 타자성을 강하게 유지하는 독자이다. 텍스트 의도 이해는 텍스트가 그어 놓은 의미 안에 자리하는 것이다. 이 때, 텍스트는 자신을 보는 어떤 타자의 눈, 조망도 가질 수 없다. 텍스트는 오직 자신의 바깥에 자리 잡고 있는 타자에 의해서만 자신의 존재론적 의미를 깊이 있게 드러낼 수 있는데, 이러한 타자의 부재는 의미 유산(流産)을 의미한다.

응답과 책무성, '참칭자' 되지 않기

독자의 해석 담론은 대상 텍스트에 대한 응답으로서 생겨난다. 응답(answer)은 자연스럽게 또는 당연히 책무성(answerability)을 수반한다. 독자로서 나는 내 해석 담론이 타자에게 미칠 영향과 내 해석 담론에 대한 후행 발화(반응)를 충실히, 날카롭게 의식해야 한다. 이러한 의식 속에서 독자의 책무성은 고양된다.

독자의 책무성과 관련된 바흐친의 개념이 '참칭자'이다. 참칭자는 알리바이로 살아가려는 사람들 또는 특정한 자리에서 결코 살지 않으려 하는 사람, 즉 순전히 일반화된 추상적 자리에서 살려는 사람이다. 그들의 모든 행위는 "도망갈 길이 없는 유일의 현실과의 연관성을 결여한 것으로, 투영도와 같은 것이다. 그것은 필연적인 수행의 밑그림이거나 서명이 없는 문서와 같아, 누구에 대하여도 어떠한 구속력도 갖지 않는다."(바흐친, 1920/2011: 97)

현재의 독서 교육은 참칭자를 길러내고 있다. 학생 독자는 자신의 고유성, 유일성, 대체불가능성, 반복불가능성이라는 자신의 맥락을 지닌 채, 텍스트와

---

17) 텍스트의 의미는 계속해서 성장한다. 텍스트 속에서 의미가 저절로 성장하는 것이 아니라, 독자 맥락이라는 토양에서 성장하는 것이다. 독자의 토양이 모두 텍스트의 의미를 성장시키는 적절한 또는 비옥한 토양이 되는 것은 아니다. 텍스트에 대한 응답적 이해 속에서만 텍스트의 의미가 성장한다.

만나지 않는다. 이러한 '개인'의 '맥락'을 모두 지운 채, 객관적이고, 일반적이며, 추상적인 독자로서 해석에 참여한다. 예컨대, 학생 독자에게 쏟아지는 주문은 이런 것들이다. 그 해석이 일반화될 수 있느냐? 보편성을 지니고 있느냐? 수많은 반론을 방어할 수 있을 만큼 튼실한 것이냐? 여타의 시공간 속에서도 살아남을 수 있겠느냐? 이러한 질문은 독자를 개인으로서 호출하는 것이 아니라, 대표 또는 추상적인 보통 명사로서 호출하는 것이다.

자신의 고유성, 유일성, 반복불가능성을 잊은 채, 특정 공동체가 규정한 규범, 법에 따라 살거나 특정 공동체에 지배적인 신념, 가치, 상식, 이데올로기에 포섭되어 사는 삶은 바흐친의 용어로 표현하면 '의례적인' 삶이나 '대변자인' 삶을 사는 것이며, 이는 곧 참칭자의 삶을 사는 것이다. 자신의 고유한 삶을 사는 것이 아니라, 자신이 속한 공동체의 삶을 산다는 의미에서 그러하다. 따라서 이러한 삶에는 개인적인 참여도 없는 것이며, 개인적이고 자율적인 참여가 없는 곳에 개인의 책무성이 설 자리는 없다.

독서 행위로 한정해서 말하면, 반복 불가능한 고유한 개인적 맥락에 근거해서 텍스트를 해석을 하는 것이 아니라, 사회적으로 위치지워진 맥락에 따라 해석하는 것이다. 이 때 동일한 해석 공동체에 속한 개인들 간의 근본적인 해석 차이는 발생하지 않는다.

참칭자로서의 독자는 해석 공동체의 지배적인 해석 담론이 무엇인가를 파악하는 데 열중한다. 해석 공동체의 가장 유능한 사람의 해석 담론, 교사의 해석 담론을 익히고, 수용하는 것이 그들의 역할이 된다. 참칭자는 지금 여기 읽기 교실을 가만히 들여다보면 여럿 발견된다.

왜 학생 독자는 해석 주체자가 되지 못하고, 해석 참칭자가 되는가? 다양한 요인이 존재하겠지만, 해석 객관주의 또는 해석 보편주의 이데올로기의 영향이라고 볼 수 있다. 객관주의, 보편주의란 추상적인 '체계'로서 거기에 개별적이고 구체적인 개인이 살아갈 공간은 없다. 객관주의, 보편주의라는 체계는 구체적인 개인을 사상(捨象)시켜야 존재할 수 있기 때문이다. 현행 읽기 교육은 해석 진리로 승인을 받은 객관적이고 보편적인 하나의 해석만 남긴 채 다른 개인적이고, 고유한 해석은 체계적으로, 지속적으로 지워나간다. 이런 읽기 교실에서 학생 독자의 개인 맥락은 배제되거나 지연, 유보되어야 하는 보편·객관의 적일뿐이다.

> 나의 유일의 위치에는 유일의 세계 전체에 이르는 길이 열려 있다. 그것도 나에게는 거기에만 열려 있는 길이다. 구체적인 육체가 배제된 정신으로서의 나는 세계에 대한 나의, 자신의 의무를 가지는 유예 불가능한 관계를, 세계의 현실성을 잃는다. 인간 일반이라는 것은 없다. 내가 있고, 특정의 구체적인 타자(내게 가까운 자들, '사회적 인류'로서의 나의 동시대인)가 있고, 현실의 실존하는 인간들(현실의 역사적 인류)의 과거와 미래가 있을 뿐이다. (바흐친, 1920/2011: 103)

일반적인, 보편적인, 객관적인 인격 또는 개인이란 없다. 따라서 보편적인, 일반적인 해석이란 누구의 해석도 아닌 것이다. 바흐친이라면 구체적이고 유일한 인격이 아닌, 추상적이고 일반적인 인격을 옹호하는 최근의 몇몇 사례, 즉 '이상적인 독자', '모델 독자' 등의 개념 등장을 매우 못마땅해 했을 것이다. 이러한 독자상은 수많은 개별적인 독자를 사상(捨象)시키고, 하나의 이상적인 독자로 '통일', '융합'하는 발상이기 때문이다.

저자는 독자의 응답적 이해를 예견하면서 글을 쓴다. 그러나 응답적 이해는 구체적인 시공간에서 그 강밀도를 달리 한다. 시대에 따라, 공동체에 따라 응답적 이해의 양상, 강밀도, 성격은 달라질 수 있다. 이러한 차이는 독자의 응답적·대화적 이해를 예견하는 저자의 강밀도에 영향을 미친다. 예컨대, 응답적 이해보다는 수동적인 이해가 지배적인 소통 문화에서 저자의 독자 눈치 보기 정도는 약해질 수밖에 없다. 반대로 응답적 이해가 지배적인 경우, 저자의 독자에 대한 의식은 매우 날카로워지고, 긴장될 수밖에 없다.

공동체의 응답적 이해 문화는 그 공동체의 소통 문화에 영향을 미치며, 소통 문화는 그 사회를 구성하는 주체들의 책무성, 공공성, 민주성에 깊게 관여한다. 수동적 소통 문화가 아닌 응답적·대화적 소통 문화를 구축해야 하는 이유가 여기에 있다.

5. 해석 대화[18]: 해석 진리의 대화적 구성

내 말은 타자에 의해 어떻게 이해될까, 그로 인해 생기는 나의 이미지는? 등을 날카롭게 의식하고, 이러한 의식이 내 담론에 침투하여 어조, 형식, 내용 등에 두루 침투하고, 그리하여 결국에는 나의 말에서 타자의 말이 들릴 때, 내 담론은 다층성, 다성성을 지닌 대화적 담론이 될 수 있다. 결국 내 언어, 담론에 대한 자의식이 다층성과 다성성을 낳는 셈인데, 그렇다면 이러한 자의식은 어떻게 생겨나는가? 대화 참여를 통해서 가능해진다. "다른 언어와의 대화에 참여한 언어는……낯선 관점에서 보이게 되고, 또 자신의 가치와 신념이 다른 언어에서는 어떻게 나타나는가를 이해하게 되기 때문에, 자의식적이게 된다."(모슨과 에머슨, 1990/2006: 532) 나의 해석 언어는 다른 해석 언어와 소통하는 과정에서 그 순진함을 벗어나게 되고, 자의식으로 충혈된다.

자의식에 물든 독자의 해석 언어는 이전의 독백적 언어에서 벗어나 새로운 삶을 살게 된다. 서로 다른 해석이 어디에서 비롯되었는지를 탐구하게 되고, 동일한 텍스트라도 상이한 관점으로 접근이 가능함을 알게 되며, 서로 다른 해석 관점을 비교하게 된다. 자신의 해석 담론은 여러 가능한 해석 중의 하나로, 수많은 논란의 여지를 안고 있으며 따라서 언제, 어디서나 논쟁에 부쳐질 수 있다는 의식이 어조에서 배어난다.

---

18) 해석 대화는 소시간과 대시간 속에서 함께 이루진다고 볼 수 있다. 대상 텍스트와 해석 텍스트, 그리고 해석 텍스트와 해석 텍스트 간의 대화가 대시간 속의 해석 대화라고 한다면, 대상 텍스트에 대한 독자 간의 구어적 대화는 소시간 속에서의 해석 대화라고 말할 수 있다.

거울에 비친 자신의 이미지, 즉 자신에 의해 선취된 '나에 대한 타자의 시선의 잉여(나에 대한 타자의 외재성)는 항상 부분적이고, 불완전하며, 어느 정도 왜곡되어 있다. 대개 성찰이란 '거울에 비친 나 바라보기'인데, 이러한 성찰은 자신을 완전히 객관화시킬 수 없다는 점에서 부분적이고, 불완전하다.

이러한 불완전함을 해소하는 방법이 타자 또는 타자라는 외재성과의 만남이다. 독자들은 외재성, 타자에 대한 자신의 시선의 잉여를 고집스럽게 유지하며 해석 대화를 이어가야 한다. 저마다의 특수한 시선의 강점을 최대한 유지하면서 서로의 부분성을 보완하려고 할 때, 해석 대화는 서로를 살찌우고 해석의 지평은 깊고 넓어진다. 해석 대화 과정에서 독자는 다른 독자의 타자성과 만나게 되고, 그 만남에서 자신의 해석적 위치를 재구성하기 때문이다. 이 때 재구성은 독자를 새로운 인식적, 심미적 면모를 지닌 독자로 거듭나게 할 것이다.

다른 독자라는 타자의 참여가 없는 나만의 텍스트 평가는 텍스트의 의미를 최종화하고, 텍스트의 의미를 견고한 테두리 속에 가두는 것이다.[19] 대상 텍스트에 의미를 부여하고자 하는 수많은 다른 독자의 참여가 없는[20], 즉 그들과의 대화적 교섭이 없는 나만의 해석(의미 부여)은 텍스트 의미의 최종화로 이어지고, 해석 담론의 독백화를 강화할 것이다. 이러한 최종화, 독백화를 막기 위해서 해석 대화가 필요한 것이다.

한편, 개인의 맥락을 끌어 들인 해석 대화는 해석 상대주의 또는 해석 무정부주의를 전제 또는 옹호하는 것으로 오해될 수 있다. 그러나 상대주의는 대화를 불필요하게 만든다는 점에서 대화주의의 적이다. 대화의 부정이란 측

---

19) 텍스트에 대한 응답적 이해로서 생겨난 독자의 해석 담론은 자아 중심성이 짙은 독백적 담론에 가깝다. 이 해석 담론이 잘 숙성되고, 대화적 탄력을 갖기 위해서는 타자라는 외재성을 만나야 한다. 즉, 자아 중심적 독백적 해석 담론은 "외부의 목소리들이 질문하고 도전할 때만 창조적으로 내면화될 수 있다. 오직 이런 방식을 통해서 지성이 만들어질 수 있다."(모슨과 에머슨, 1990/2006: 376)
20) 이때 타자를 참여시킨다는 의미는 타자의 목소리를 의식한다는 것이다. 타자의 목소리에 대한 의식은 어떠한 방식으로든 내 해석 담론에 침투하게 되어 있다.

면에서 볼 때, 상대주의와 독단론은 동일하다. "상대주의와 독단론은 똑같이 모든 논쟁을, 모든 진정한 대화를 배척한다는 점을 주시해야 한다. 하나(상대주의)는 그것을 불필요하게 만들고, 다른 하나(독단론)는 그것을 불가능하게 만든다."(바흐친, 1963/2003: 88)

스키마의 언어화 촉진

해석 대화의 의의는 독자의 경험과 배경지식, 소위 스키마의 언어화를 촉진하는 데 있다. 언어화 또는 약호화된 배경지식만이 텍스트라는 말과 만날 수 있다. 볼노시노프(1929)는 모든 경험-이른바 그의 통각적 배경-은 그의 내적 발화 속에 약호화되어 존재하며, 그런 한에서만 외부에서 수용된 발화와 접촉하게 된다고 말한다. 그의 주장에 따르면 해석 과정은 스키마와 텍스트의 상호작용이 아니라, 언어화된 스키마와 말로서의 텍스트의 대화적 상호작용으로 이해할 수 있다. 즉, 말과 말의 접촉 과정인 것이다. 그렇다면 스키마는 어떤 계기를 통해 언어화되는가? 즉, 스키마는 어떻게 언어적 표현 또는 형식을 획득하는가? 스키마에 대해 언어적 응답을 할 때이다. 스키마에 대한 언어적 응답은 두 가지 방향에서 진행된다고 볼 수 있다. 하나는 내적 발화 간의 상호작용이며, 다른 하나는 외적 발화 간의 상호작용이다. 내적 발화 간의 상호작용은 사고 과정으로, 외적 발화 간의 상호 작용은 타자들 간의 대화로 이해할 수 있다.

그리고 사고로서의 내적 대화는 통상 외적 대화를 통해, 시작, 촉발, 강화된다. 결국, 스키마의 언어화는 타자와의 외적 대화를 통해서 가능해지는 셈이다. 경험으로서의 스키마는 내적 발화로서 전환되지 않는 한, 대화적 상호작용에 참여할 수 없는 '미생'이다. 스키마는 외적 발화라는 타자와의 만남과 상호작용 속에서 비로소 언어화되며, 언어된 스키마라야 대화적 상호작용에 참여할 수 있다. 그리고 스키마가 외적 발화와 만나는 장면이 바로 타자와의 대화 장면이며, 읽기 영역으로 한정하면, 해석 대화 장면이다.

소크라테스식 대화, 신크리시스와 아나크리시스

바흐친은 대화주의적 담론 구성의 강력하고, 오래된 전통으로 소크라테스식 대화 장르를 여러 곳에서 언급하고 있다. 바흐친은 이 장르의 근저에는 "진리에 관한 인간 사고의 대화적 본성과 진리의 대화적 구성에 대한 소크라테스적 개념"이 놓여 있다고 말한다(바흐친, 1963/2003: 142). 그리고 이러한 진리 탐구의 대화적 수단은 "기존 진리의 지배권을 주장하는 공식적 독백성(monologism)과 대립"하고 있으며, "어떤 진리를 자신들이 소유하고 있다고 생각하는 사람들의 순진한 자기 과신과도 대립"된다고 말한다(바흐친, 1963/2003: 142).

나는 대상 텍스트에 대한 독자들 간의 해석 대화는 해석 진리를 탐구하고, 구성하기 위한 독자들의 대화적 교류 과정이라고 생각한다. 이러한 대화 과정에서 대상 텍스트의 해석 진리에 대한 독점적 지배권을 누렸던 공식적 담론은 다양한 방식으로 동의를 얻거나, 재구성되거나 해체될 것이다. 그리고 참여자의 외재성의 이질성, 다층성으로 인해서 곳곳에서 충돌이 발생하면서 좀처럼 융합되지 않거나, 때론 극적으로 조화를 찾을 수도 있을 것이다.

소크라테스는 자신을 '뚜쟁이' 혹은 '산파'라고 불렀다. 해석 대화에 참여한 독자들은 해석 진리를 찾아 나선 논쟁자, 탐구자 역할을 하면서 동시에 어느 순간에는 타자의 대화에 개입하여 그들의 대립을 촉발하고, 중재하면서 해석 진리의 구성을 돕는 뚜쟁이, 산파의 역할을 하게 될 것이다. 여기서 우리가 주목해야 할 개념이 소크라테스식 대화의 핵심 요소인 '신크리시스'와 '아나크리시스'이다.

신크리시스란 "어떤 대상에 대한 다양한 관점을 대비시키는 것"을 의미한다(바흐친, 1963/2003: 143). 소크라테스식 대화에서는 한 대상에 관한 여러 의견의 대비가 중요한 자리를 차지한다. 아나크리시스란 "대화 상대자에게 담론을 유발시키고 도발시켜서 그로 하여금 자신의 의견을 말하게 하고 그것을 끝까지 다 털어놓게 하는 방법"을 의미한다(바흐친, 1963/2003: 143). 우리가 익히 알고 있듯이 소크라테스는 이러한 아나크리시스의 대가였다. 그는 사람들로 하여금 말을 하도록 도전하고, "몽매하면서도 완고한 편견들을 말 속에 나타나게 하고, 말로써 그런 편견들을 명시하도록 하고, 그로써 그들의 허위성이나 부족함을 폭로시킬 줄 알았다."(바흐친, 1963/2003: 143) 해석 대화가 해석 진리를 탐색하는 진짜 대화가 되기 위해서는 소크라테스식 대화를 적극적으로 도입할 필요가 있다.

한편, 모든 진정한 대화가 그러하듯, 소크라테스식 대화 역시 민주적, 자율적 소통 문화를 전제하고 또한 지향한다. 소크라테스식 대화는 "대화에 참여한 사람들 간의 관계에 있어서 카니발적 친밀성과 그들 사이에 있는 모든 거리감의 해소를 전제"하고 있기 때문이다(바흐친, 1963/2003: 144). 무엇보다 중요한 것은, 공식적이고 지배적인 담론에 스스럼없이 말을 건네는 친숙함을 간직하고 있다는 점이 매력적이다. 해석 진리를 구성하기 위한 독자들의 대화적 교류는 이러한 소통 문화를 전제해야 하며, 대화적 교류의 궁극적인 의의는 해석 진리의 구성을 넘어서 민주적, 자율적 소통 문화의 구축일 거라는 생각을 해본다.[21]

◼ ◼ ◼

나는 바흐친의 대화주의 개념에 근거하여 읽기 교육에서의 '독자 간의 대화적 해석 교류'의 의의를 강조했다. 이러한 대화적 교류를 통해서 읽기 교육은

---

[21] 바흐친의 대화주의는 다음과 같은 말을 우스꽝스럽게 인식하도록 하는 감수성의 형성을 지향하고 있는 것이기도 하다. "슬픈 것은, 그들이 진리를 모르는데, 나만이 진리를 알고 있다는 사실이다. 아, 혼자서 진리를 안다는 것은 너무나 괴로운 일이다! 그러나 그들은 이것을 이해하지 못할 것이다. 아니, 이해할 리가 없다."(바흐친, 1963/2003: 196)

무엇을 성취할 수 있는가? 나는 이 글에서 은연 중에 또는 직접적으로 '민주적·자율적 소통 문화', 또는 '민주적·대화적 주체'를 말한 것 같다. 그러나 이러한 무거움, 진지함은 바흐친스럽지 않다. 늦었지만 이제라도 바흐친스러움을 회복하기 위해서 나는 그의 다른 핵심 개념인 '카니발' 또는 '카니발적 세계관'과 접속하고자 한다. 이러한 접속으로 생기는 개념이 '카니발적 세계 감각' 정도가 될 것이다. 다소 길지만 카니발에 대한 바흐친의 생각 중 하나를 소개하는 것으로 이 장을 마무리하고자 한다. 그리고 이것이 내가 종종 꿈꾸는 읽기 교육의 멋진 풍경이기도 하다.

카니발 그것은 지난 수천 년 동안 모든 사람이 한데 어우러진다는 전(全) 민중적 위대한 세계관이 되어 왔다. 공포로부터 해방시켜 주고, 세계를 인간에게, 인간을 인간에게 최대한 가깝게 해주는 이 세계관은 모든 것이 자유분방하고 거리낌 없는 접촉의 영역으로 빨려 들어가는 교체의 희열과 유쾌한 상대성을 만끽한다. 더불어 이 세계관은 사회질서 및 존재의 기존상태를 절대화시키려 하고, 진화와 교체에 교조적이며 절대적이고, 공포로부터 발생한 오로지 일방적이고 찌푸린 공시적 진지함과 대치하고 있다. 카니발적 세계 감각은 바로 그러한 진지성에서 해방된 것이다. (바흐친, 1963/2003: 208)

* 이 장은 이재기(2016), 바흐친의 대화주의와 읽기 교육, 동남어문논집 제41집, 동남어문학회를 수정한 것임.

참고 문헌

Bakhtin, M.(1920/2011), 예술과 책임(최건영 역), 문학에디션 뿔.

Bakhtin, M.(1934/1988), 장편소설과 민중언어(전승희·서경희·박유미 역), 창작과비평사.

Bakhtin, M.(1961/2006), 언어학, 어문학 그리고 다른 인문학에서 텍스트의 문제, 말의 미학(김희숙·박종소 역), 도서출판 길.

Bakhtin, M.(1963/2003), M. 바흐찐 도스또예크스키 창작론(김근식 역), 중앙대학교 출판부.

Bakhtin, M.(1970~71/2006), 1970~71년 노트에서, 말의 미학(김희숙·박종소 역), 도서출판 길.

Morson, G., & Emerson, C.(1990/2006), 바흐친의 산문학(오문석·차승기·이진형 역), 책세상.

제7장 '정동 의지적 어조'와 응답하기

■ ■ ■

텍스트의 장르, 주제를 불문하고, 모든 텍스트는 독자의 응답을 기대한다. 이것이 텍스트의 의도이고, 저자의 의도이다. 그럼에도 불구하고, 현행 읽기 영역의 교육과정 및 교과서 학습 활동은 정확한 이해 또는 꼼꼼히 읽기(close reading)에 지나치게 경도되어 있다. 이 장에서는 바흐친의 텍스트관, 독자관에 근거하여 현행 읽기 교육을 성찰하고, 텍스트에 대한 독자의 응답하기를 강조하고자 한다. 특히, 정동 의지적 어조로 응답하기를 통해 읽기에 대한 대화적 접근을 모색하고자 한다.

모든 텍스트는 독자의 응답에 의해 다시 열리기를 기대하면서 닫힌다. 이것이 텍스트의 의도이고 저자의 의도이다.[1] 이는 구어 텍스트나 문어 텍스트가 모두 공유하고 있는 텍스트의 존재 방식이다. 예컨대, 칼 세이건과 ≪코스모스≫는 우주의 경이에 탄복하는, 샤르트르와 ≪말≫은 반어, 은유, 해학, 모순 어법에 노출되어 웃음 짓는[2], 박지원과 ≪열하일기≫는 미지의 삶과 세계 앞에서 새로운 삶과 세계를 모색하는, 동양의 여러 위대한 경전은 실제 삶

---

1) 들뢰즈와 가타리가 말한 바, 모든 언어는 명령어이다. 텍스트는 독자에게 명령하고 있다. 텍스트의 수신자인 독자에게는 크게 '거부하기', '따르기'라는 두 가지의 응답 방식이 존재한다.
2) "탄복", "웃음" 등과 같은 독자의 정서적 응답은 통상 대상(예컨대, 우주, 가족)에 대한 인식론적인 변화에 수반되는 것이다. 김우창이 텍스트 읽기를 '마음의 놀이'로 비유했듯이, 응답하기는 인식론적, 정서적인 반응이 혼융되어 나타난다. 따라서 텍스트가 기대하는 응답은 대상에 대한 인식의 변화와 이에 수반되는 정서적 반응, 그리고 독자의 구체적인 실천과 관련되어 있다.

의 국면에서의 도덕적 실천이라는 응답을 기다리고 있다.

이 글에서 응답하기의 의의와 가치를 밝히고, 응답하기의 방법론을 모색하면서 염두에 두고 있는 텍스트는 특정 장르, 특정 저자의 텍스트가 아니다. 모든 문학 장르, 모든 일상 산문 장르를 대상 텍스트로 삼고 있다. 바흐친은 자신의 글 여러 곳에서 다른 장르에 비하여 소설 장르를 대화적 장르로, 다른 소설 저자에 비해 도스토옙스키를 대화적 소설 설계자로 차별화하여 승격시키곤 한다. 그러면서 은근히 때로는 노골적으로 소위 수사적 장르에 해당하는 장르를 응답적 이해가 어려운 장르로 치부하는 경향을 보인다. 이 글이 바흐친의 텍스트 관점에 크게 의존하고 있으면서도 이러한 태도에는 동의하지 않는다. 텍스트 또는 텍스트 현상이 갖는 대화적 다성성은 어떤 텍스트에 의해 완결되는, 종결되는 것이 아니다. 진정한 다성성은 독자의 능동적 참여에 의해서 생겨나고, 풍성해진다. 저자에게 도무지 포섭, 포획되지 않는 인물들에 의해 텍스트가 다성성을 갖는다면, 어떤 텍스트에 대해 어떤 독자가 그런 인물의 역할을 한다면 그 텍스트는 비로소 열리면서 다성성을 획득하게 되는 것이다. 즉, 독백적 텍스트라고 하더라도 독자의 능동적인 대화적 참여에 의해서 대화적 텍스트로 거듭나게 되는 것이다. 독자가 존재하는 한, 독자의 응답적 참여가 있는 한, 모든 텍스트는 닫힌 채 종결될 수 없다. 텍스트 읽기에서 독자의 응답하기가 중요한 이유가 여기에 있다.

이 글에서는 응답하기에 대해 논의하면서 바흐친의 '정동 의지적 어조' 개념을 적극적으로 도입하고자 한다. 바흐친의 일관된 목표가 "문화에 대한 독백적 접근법을 약분 불가능한 의식들의 다수성을 필요로 하는, 참으로 대화적인 접근법으로 대체하는 것"(바흐친, 2006: 437)이었다면, 이 글의 목표는 읽기 또는 읽기 교육에 대한 독백적 접근법을 대화적 접근법으로 대체하는 데 있다. 이때 '정동 의지적 어조'라는 개념은 대화적 접근법의 의의와 가능성을 활짝 열어줄 것이라고 기대한다.

1. 읽기 목적과 응답하기

독자는 이해만을 목적으로 텍스트를 읽지는 않는다. 텍스트를 이용하기 위해서 읽는다. 자신의 주장을 잘 정당화하기 위한 적절한 논거를 수집하기 위해서, 스스로 마음의 안정을 찾거나 위로하기 위해서, 삶과 세계, 현상과 사건에 대한 인식을 넓히고 교양을 쌓기 위해서, 감동, 울림, 흥분과 격정, 자극과 긴장 등과 같은 마음의 놀이를 즐기기 위해서, 매일 매일의 삶에서 마주하는 존재론적, 사회적 사건을 잘 해석하고, 판단하여 올바른 실천을 하기 위해서 읽는다. 이용하기야말로 응답하기의 가장 전형적인 유형이다.

텍스트에 대한 응답은 제한되지 않고, 한 가지로 수렴되지도 않는다. 비록 응답 진술이 통사적으로 동일하다고 하더라도, 강밀도, 결과 주름, 방향성 등에서 모든 응답은 차이가 난다. 그리고 이러한 '차이 나는 반응'은 격려되어야 한다. 독자의 반응이 나란히 포개지지 않은 채 분산된다는 것은 독자가 각자 고유하고 유일한 '이 나'로서 텍스트에 참여했다는 것을 의미한다.

읽기에서 독자의 응답을 강조하는 것은, 의미는 텍스트에 있다는 텍스트 중심 이론, 의미는 독자에게 있다는 수용 이론을 모두 거부한다는 의미를 갖는다. 의미가 어디에 있든 의미의 자리를 텍스트 또는 독자와 같이 특정 자리에 고정시키면 의미가 성장할 계기가 사라진다. 텍스트에 기존하는 의미[3]를 독자가 찾든 찾지 못하든 의미는 그대로이다. 독자가 형성한 개별적인 의미에 가치를 두는 수용 이론은 절대적 상대주의에 가까운 것으로 의미는 각 개

---

[3] 신비평을 비롯한 텍스트 중심 이론은 의미의 자족성을 전제한다. 텍스트는 '내용적으로 확정된 것', '제한이 없고 자족적인 것', 따라서 굳이 '독자를 필요로 하지 않는 것'이다. 의미는 텍스트 안에서 자족하고 있기 때문에 성장할 필요도 없고, 무엇에 대해서도 책임질 것이 없다. 그러나 독자가 텍스트에 대해 응답하는 순간, 텍스트는 자족적인 것이 아니라, '여러 가능성을 지닌 것'으로 형질이 변환되고, 응답하는 순간 그 가능성들이 구체적인 현실이 된다. 독자의 응답적 참여로 인해 독자는 더 이상 알리바이를 주장할 수 없게 되고, 비알리바이로서의 책임을 지는 존재가 된다. 독자의 응답적 이해가 없는 한, 텍스트는 무한히 알리바이의 삶을 살게 되고, 응답적 이해를 하는 순간 알리바이를 말할 수 없는 존재가 되는 것이다. 그리고 당연하게도 이러한 비알리바이의 삶 속에서 텍스트의 의미는 성장한다.

별 독자 안에 머물러서 역시 성장을 멈춘다. 텍스트의 의미는 텍스트와 독자가 상호 작용하는 어떤 구체적인 시공간적 맥락 안에 있으며, 그곳에서 텍스트의 의미는 형성되고, 성장한다. 텍스트와 독자, 독자와 독자 간의 상호작용은 독자의 텍스트에 대한 응답이라는 첫 발화에서부터 시작할 수밖에 없다.

현행 읽기 교육은 분석적 읽기, 정확한 읽기, 꼼꼼히 읽기가 지배적이다. 이러한 접근은 대체로 해석의 객관성, 보편성, 일반성을 지향한다. 그러나 읽기 교육에서 해석의 일반화를 추구하는 것은 상당히 독백적인 접근법이다. 약분 불가능한 독자의 정조, 의식들의 고유성, 개별성을 사상시키고, 하나 또는 소수의 일반적인, 객관적인, 보편적인 해석만을 유지하고자 하기 때문이다. 정동 의지적 어조가 담긴 독자의 응답에는 약분 불가능한 독자의 정조, 의식이 고스란히 노출되어 있다. 이 글에서 응답하기를 강조하고, 응답에 정동 의지적 어조를 담아야 한다고 주장하는 궁극적인 이유는 읽기 또는 텍스트에 대한 독백적 접근을 대화적 접근법으로 교체하는 것을 염두에 두고 있다.

2. 기존의 읽기 접근법과 응답하기의 관계

이 절에서는 '응답하기'가 기존의 여러 읽기 이론 및 읽기 접근법들과 어떤 관계 속에 있는지에 대해 논의하고자 한다. 먼저, 수용 이론, 텍스트 중심 이론과의 차이를 중심으로 논의하고자 하며, 비판적 이해와 창조적 이해를 강조하는 접근법들과의 친연성을 드러내고자 한다.

응답하기란 용어는 먼저 수용 이론에서 다루어진 다양한 담론을 떠오르게 한다. 로젠블렛의 독자 반응 이론, 야우스와 이저를 중심으로 한 수용 미학은 언뜻 보면, 이 글에서 강조하는 '응답하기'에 매우 친화적인 이론처럼 보인다. 텍스트와 독자 중에서 독자를 중심에 놓고, 텍스트의 의미는 텍스트에 객관적으로 존재하는 것이 아니라, 독자에 의해서 비로소 생성된다고 말한다는 점에서 그러하다.

그러나 독자의 의미 구성과 이에 뒤따르는 독자 간의 해석 토론(경쟁)이, 누가 더 텍스트의 의미를 정확하게 해석했느냐로 수렴된다면 이러한 읽기 또한 정확한 이해, 심도 깊은 이해라는 '이해하기'의 틀을 벗어나지 못한다고 생각한다. 로젠블렛은 해석의 자율성과 해석 타당성을 양축으로 삼고 사유한다는 점, 이저의 '빈자리'와 '악보' 비유는 자유를 제한하는 말뚝으로서의 텍스트를 상정하고 있다는 점에서 이 글에서 말하는 '응답하기'를 포괄하지 못한다.

> 우리는 작품을 보고 인식할 뿐만 아니라 그 속에서 언제나 목소리들을 들을 수가 있다. (심지어 소리 내지 않고 혼자 독서할 때도 그러하다.) 우리는 공간적으로 어떤 특수한 위치를 차지하는 하나의 텍스트를 제공받는다. 다시 말해서 그 텍스트는 위치가 정해진다. 우리가 그 텍스트를 창조하고 그것과 친숙해지는 과정은 시간을 통해 이루어진다. 그 텍스트는 결코 생명이 없는 물체로 나타나지 않으며, 어느 텍스트에서 출발하건간에 (그리고 때로 기나긴 일련의 매개고리들을 거쳐서) 우리는 항상 결국 인간의 목소리에 도달한다. 즉 인간존재와 마주치게 되는 것이다. (바흐친, 1934/1988: 461)

위에서 바흐친이 말한 것처럼, 텍스트 이해하기의 끝에서 우리가 마주하는 것은 인간의 목소리이다. 그리고 독자는 그 목소리에 응답하는 과정으로 진입한다. 텍스트와 독자의 관계에서 독자의 손을 들어주고, 텍스트에 대한 독자의 이런저런 수용 양상에 주목하는 여타의 독자 수용 이론과 바흐친이 다른 점이 여기에 있다. 독자 수용 이론이 독자의 해석 행위를 독서 사건의 끝으로 보고 있다면, 바흐친은 해석 행위를 독자와 저자, 독자와 저자가 비로소 대화 국면에 돌입하는 첫 출발점으로 이해한다. 즉, 해석 행위는 독서 사건의 종결이 아니라, 종결불가능한 세계에 진입하는 첫 관문이 되는 것이다.

독자의 이러한 응답적 이해로 인해서 재현된 세계로서의 텍스트와 실제의 세계는 매우 생산적인 관계를 맺게 된다. 즉, 독자의 응답적 이해가 계기가 되어 재현된 세계는 실제의 세계에 들어와 실제 세계를 풍요롭게 하고, 실제의 세계는 독자의 창조적이고 책임 있는 지각을 통해 텍스트의 세계로 들어가 지속적으로 텍스트를 쇄신하고, 창조하는 역할을 하게 된다. 이것이 바흐친이 '예술과 책임'에서 말한 저자와 독자의 책무성일 것이다.

우리는 때때로 감정이입을 권고하곤 한다. 즉 타자의 입장과 최대한으로 융합하고, 자신의 외재성과 시선의 잉여를 포기할 것을 권고하곤 한다. 감정이입은 텍스트 의도대로 읽는 것이다. 이러한 응답은 텍스트나 독자에게 별다른 변화를 야기하지 못한다. 바흐친은 다음과 같이 단호하게 말한다.

> 만일 내가 타인과 합치된다면 두 사람이 아닌 한 사람이 될 텐데 사건은 무엇으로 풍부해지겠는가? 타인이 나와 합치됨이 나에게는 무엇이 되겠는가? 타인은 내가 보고 아는 것만을 보게 될 것이며, 알게 될 것이고, 그는 내 삶의 한계를 자신에게 반복할 뿐이다. 그가 나의 외부에 남아 있도록 하자. 왜냐하면 그의 상황에서는 내가 내 입장에서는 보지 못하고 알지 못하는 것을 보고 알 수 있기 때문이며, 내 삶의 사건을 본질적으로 풍부하게 할 수 있기 때문이다.
>
> (바흐친, 1924/ 2006: 134)

바흐친은 자신의 저작 여러 곳에서 '본질적 잉여'와 '시선의 잉여'를 대립시키고 있는데, 시선의 잉여는 자신의 외재성을 강화하면서 대상을 보는 하나의 시선을 보탠다는 점에서는 긍정적이다. 그러나 이러한 시선은 부분적이고, 제한적이며, 특수하다. 즉, 보편성을 획득한 시선이 아니어서 하나의 편견일 수 있다. 이러한 특수성을 극복하고, 보편성을 획득하기 위해서는 타자의 시선과 만나야 한다. 타자의 시선을 만나기 위해서는 타자(독자)가 자신의 시선(관점, 견해, 감수성 등)을 명확하게 표명해야 한다. 저자가 만나야 할 타자가 바로 독자이다.

독자의 시선 표명하기가 바로 독자의 응답하기이다. 텍스트에 대한 독자의 응답하기를 통해서 텍스트 사건은 저자와 독자(들) 간의 대화 국면에 돌입한다. 그리고 저자와 독자, 독자와 독자 간의 지속적이고 밀도 높은 대화 속에서 대상에 대한 시선은 복잡성과 중층성을 획득하게 되고, 대상에 대한 사유의 주름은 깊어져 간다. 대상에 대한 시선의 풍요로움은 우리를 대상에 대한 전체성에 조금 더 가깝게 다가가도록 돕는다.

텍스트에 응답한다는 것은 텍스트 사건에 참여한다는 것을 의미한다. 텍스트의 발화에 응답함으로써 독자는 우주적 대화에 참여하게 된다. 왜냐하면, 내가 지금 응답하고 있는 텍스트는 사실 이전 텍스트에 대한 응답으로서 존재하기 때문이다. 또한 나의 텍스트에 대한 응답은 또 다른 응답을 촉발시킬 것이다. 그 응답의 주체는 대상 텍스트의 저자일 수도 있고, 내 응답의 청중일 수도 있으며, 더 넓게는 텍스트가 다루고 있는 대상에 대해 관심이 있는 이런저런 타자일 수 있다. 이와 같이 대화에 참여하는 주체는 시간적으로, 공간적으로 한없이 확대된다. 응답하기가 우주적 대화인 이유가 여기에 있다. 바흐친이 다음에서 말하는 것처럼, 삶은 태생적으로 대화적이다.

> 의식은 대화적인 본성을 지니며, 인간의 삶 자체도 대화적인 본성을 지닌다. 인간의 진정한 삶에 유일하게 적절한 언어적 표현 형식은 완결되지 않는 대화이다. 삶은 본성상 대화적이다. 산다는 것은 대화에 참여한다는 것을 의미한다. 묻고 귀를 기울이고 대답하고 동의하고 하는 등등이 그것이다. 이 대화에 인간은 삶 전부를 가지고 참여한다. 눈으로, 입술로, 손으로, 영혼으로, 정신으로, 온몸으로, 행동으로, 그는 이 대화에 참여한다. 그는 자신의 전체를 말 속에 집어넣으며 이 말은 인간 삶의 대화적인 직조물 속으로, 세계적인 심포지엄 속으로 들어간다. (바흐친, 1961/2006: 454)

응답하기는 현재 읽기 교육에서 강조하는 '능동적 이해'와 친화적인 관계를 맺을 수 있다. 그러나 현재 읽기 교육에서 '능동적 이해'는, 자신의 배경 지식과 읽기 맥락을 적극적으로 동원하여 텍스트를 정확하게 이해하는 정도로 수용되고 있다고 생각한다. 그렇다면 능동적 이해는 텍스트 중심 이론에서 강조하는 '정확한 이해'의 범주에서 크게 벗어나지 않는다. 여기에 초인지 개념을 도입하여 '점검하기', '조정하기'를 강조하기도 하나, 이때의 점검과 조정의 초점은 '정확한 이해'에 도달하기 위한 사고 활동이다. 따라서 이 글의 관점에서 보면, 이러한 읽기는 능동적 이해가 아니라 수동적 이해에 가깝다.

바흐친이 말하는 바, 능동적 이해는 정확한 이해나 해독을 넘어선다. 모슨과 에머슨은 바흐친의 능동적 이해 개념을 다음과 같이 설명한다. "청자는 언표를 해독해야 할 뿐만 아니라, 말해진 이유를 파악하고 그것을 자신의 관심사 및 가설에 관련짓고, 그 언표가 앞으로 있을 언표에 어떻게 응답하는지, 그리고 그것은 어떤 응답을 초래하는지를 상상해보며, 잠재적인 제3의 무리들은 그것을 어떻게 이해할지를 직관해야만 한다."(모슨과 에머슨, 1990/2006: 238)

논문을 쓰기 위해 어떤 텍스트를 읽는 독자를 생각해보자. 독자는 텍스트를 읽으면서 지금 읽고 있는 텍스트를 인용할지 안 할지, 전체를 요약해서 인용할지, 어떤 특정 부분을 인용할지를 판단한다. 인용할 경우, 어떤 장이나 절에서 인용할지, 직접 인용할지 아니면 간접 인용할지를 생각한다. 또는 인용 표시를 하지 않고, 나의 문장으로 재진술하여 이용할지도 고심한다. 원저자가 내가 인용한 부분을 읽는다면, 어떤 응답을 보일지, 또는 제3의 독자는 어떤 반응을 보일지 예측해보게 된다. 결국 독자는 텍스트에 대한 이해보다는 텍스트에 대해 '응답할 준비'를 하는 복잡한 과정에 더 많은 힘을 쏟는다. 이러한 복잡한 응답 준비 과정을 거친 후에 비로소 독자는 응답(동의를 위한 인용 또는 비판을 위한 인용 또는 비인용, 직접 인용 또는 간접 인용, 인용 표시 하기 또는 하지 않기 등)을 한다. 이런 측면에서 보면, 텍스트 쓰기는 능동적 이해 과정의 산물인 것이다.

독자의 능동적 이해 과정에 대한 깊은 천착에서 생겨난 개념이 '공동 창작' 또는 '공저자' 개념이다. 저자는 글쓰기를 하면서 지속적으로 독자의 능동적 이해 과정을 예측한다. 즉, 독자의 구체적인 응답 또는 반응을 예측한다. 이러한 예측은 글쓰기를 추동하는 힘이면서 동시에 글쓰기 전반에 걸쳐서 영향을 미친다. 내용뿐만 아니라, 단어나 조사의 선택, 문체 등 텍스트 형성에 깊숙한 영향을 미친다. 결국, 독자는 실제적이든, 상상이든 저자와 함께 텍스트를 쓰고 있는 것이다.

한편, 실제 읽기 장면을 보면, 텍스트를 정확하게 이해하기라는 수동적 이해 과정과 텍스트에 대해 응답하기라는 능동적 이해 과정이 분리되지 않으며, 대체로 능동적 이해를 위해서 수동적 이해가 수반되는 형국을 보인다.4)

비판적 문식성 관점 또는 읽기에 대한 비판 이론은 텍스트의 의도에 포획되지 않고, 텍스트의 모순을 찾아, 텍스트의 부분적 또는 전체적인 의도를 내부적으로 탈영토화시키는 것, 더 나아가 재영토화시키는 것을 강조한다는 점에서 '응답하기'에 충실히 부합한다.5)

텍스트에 대한 정확한 이해에 '그치는' 것이 아니라, 텍스트에 대한 정확하고, 심도 깊은 이해를 전제하고, 여기서 '나아가' 독자로서의 나의 외재성을 간직하면서 텍스트의 전체적 또는 부분적 의도에 응답하도록 해야 한다.6) 이러한 응답의 한 양상으로 비판적 문식성에서 강조하는 '해체'와 '재구성'이 자

---

4) 최미숙(2012, 148)은 작가 중심, 텍스트 중심의 수동적 이해를 비판하고, 독자 중심 해석에서 그어져 나올 수 있는 해석 무정부성을 경계하면서 대안적 방법론으로 '자세히 읽기'를 제안하고 있다. 물론 이때의 자세히 읽기는 기계적인 분석적 읽기로 비판받는 신비평의 자세히 읽기가 아님을 분명히 밝히고 있다. "자세히 읽기가 추구하는 것은 바로 언어 구조와 맥락 속에서 살아 움직이는 언어의 경험"이다. 독자의 '언어 경험' 속에서 수동적 이해와 능동적 이해가 동시에 작동하기 마련이며, 이러한 언어 경험은 독자의 자발적이고, 능동적인 응답을 촉발할 것이다.

5) 김유미(2014, 429)는 비판적 읽기는 "'텍스트에 대한 분석과 평가를 중심으로 하는 추론적 판단이나 비판적 사고 활동'의 개념과 '사회정치적인 구조나 권력 관계 속에서 주체자로서의 입장을 모색해보는 반성적 읽기 활동이나 실제의 행동'"의 개념을 모두 포괄하는 것으로 정의해야 한다고 했는데, 이 글에서 지향하는 응답하기는 독자의 입장 표명과 구체적인 실천을 중시한다는 점에서 전자보다는 후자의 개념에 더 잘 부합한다. 다만, 응답하기 안에 배치하는 비판적 읽기가 '사회정치적인 구조나 권력 관계'에 대한 성찰, 비판이라는 거시적 접근뿐만 아니라 개별 어휘가 환기하는 소소한 정서까지도 응답의 대상으로 삼고 있다는 점에서 차이가 있기는 하다.

6) 정희모(2017, 184)는 근래에 페어클러프(Fairclough)의 비판적 담화분석(Critical Discourse Analysis)에 기반한 논문이 다수 나오고 있다고 언급하면서 본래의 CDA는 "매우 정치적이고 이데올로기적인 담론 분석방법"임에도 불구하고, 이에 근거한 논문들은 "'필자의 의도 파악'이나 '문맥에 따른 추론'처럼 아주 부드러운 비판적 인식의 문제로" 접근하고 있다고 비판하고 있다. 이러한 연성화된 접근은 응답하기보다는 이해하기의 틀에 갇힐 공산이 크다고 볼 수 있다.

리 잡을 수 있을 것이다. 즉, 응답하기의 한 양상이 비판하기일 수 있다.

그러나 응답하기가 비판하기로 대체되거나 비판하기의 스펙트럼 안에 들어가는 것을 경계한다. 응답하기는 비판적 읽기를 하나의 양상으로 포함하지만 훨씬 넓은 개념으로 사용할 필요가 있다. 예컨대, 응답하기는 비판하기는 물론 동의하기, 공감하기, 적용하기, 실천하기 등도 함께 포함하기 때문이다.

이순영(2015)은 알튀세르, 프레이리, 애플 등이 강조한 비판적 문식성과 비판적 읽기를 꼼꼼하게 읽기의 한 지류로 포함하고 있는데, 논란의 여지가 있다. 비판성 문식성은 꼼꼼히 읽기, 자세히 읽기, 정확하게 읽기 등 그 명칭이 어떠하든 이러한 읽기가 본질적으로 수반할 수밖에 없는 독자의 순응성, 수동성에 대한 반발에서 나왔기 때문이다. 이들은 수동적 이해에서 벗어난 대안적 읽기로 비판적 읽기를 내세웠다는 점에서 수동적 읽기와 비판적 읽기를 하나의 범주에 포함시키는 것은 적절치 않아 보인다.

꼼꼼하게 읽기의 의의와 가치는 크다. 그러나 '꼼꼼하게 읽기'에 그치는 것은 경계할 필요가 있다. 꼼꼼하게 읽기는 '이해하기'의 뚜렷한 경향으로서, 이는 저자, 텍스트의 의도와도 부합하지 않고, 글쓰기가 갖는 대화적 본성과도 거리가 멀다. 무엇보다 꼼꼼하게 읽기는 독자의 알리바이를 조장한다. 독자는 자신의 고유성, 개별성, 유일성의 자리를 벗어나 텍스트 안으로 들어간다. 텍스트의 의도(자리)와 저자의 의도(자리)에서 텍스트를 꼼꼼하게, 자세하게, 정확하게, 심도 깊게 분석하고, 해석하고, 파악한다. 독자의 삶을 사는 것이 아니라, 텍스트의 삶, 저자의 삶을 산다는 점에서 독자의 알리바이는 강화된다. 그 자리에서 독자는 학자처럼, 비평가처럼 읽는다. 이것이 바로 바흐친이 말하는 '참칭자'의 삶이다. 그럼에도 불구하고, 학술 담론을 볼 때, 특히 교육과정과 교과서를 포함한 실천 담론을 살펴볼 때, '이해하기'가 지배적 담론의 위치를 차지하고 있는 것이 현실이기는 하다.[7]

이순영(2015)은 꼼꼼하게 읽기의 의미를 확장해야 한다고 말한다. "close

reading을 텍스트의 세부 내용에 대한 독해로만 이해하는 데는 문제가" 있으며, "최근 학계와 교육 현장에서 close reading을 강조하는 이유는 이를 통해 텍스트 전체의 의미를 심도 깊게 이해하기 위함"이기 때문에 "close reading 과 deep reading(깊이 읽기)을 병렬하여 사용하기도 한다"고 말한다(이순영, 2015: 42). 꼼꼼하게 읽기의 의미를, '세부적 의미'를 '정확히 읽기'에서 더 나아가 '텍스트 전체 의미'를 '깊이 읽기'로 확장한다고 하더라도, 독자의 텍스트 읽기를 '이해하기'에 묶어두고, 또는 거기서 멈추게 하고, 응답하기로 나아가는 것을 의도하지 않고 있다는 점에서 여전히 한계를 지닌다고 생각한다.

한편, 다양한 곳에서 창조적 읽기의 중요성이 강조되고 있다. 그러나 꼼꼼히 읽기는 창조적 읽기와는 거리가 멀다. 꼼꼼한 읽기 또는 정확한 읽기의 결과로서 진술된 이해적 진술은 항상 텍스트와 이해적 진술사이의 이론적인 정합성, 타당성을 지향한다. 텍스트라는 객관적 실체에 의해서 이론적으로 입증될 수 있는, 보증될 수 있는 진술을 추구한다. 여기에 독자 개인이 갖는 고유성과 유일성이 개입되는 순간, 이해적 진술의 이론적인 통일은 흔들린다. 따라서 꼼꼼한 읽기에서는 독자 개인의 개별성이 개입되는 것을 권장하지 않는다. 즉, 꼼꼼한 읽기에서 중요한 것은 텍스트와 독자 진술 사이의 이론적, 논리적 정합성이다. 그러나 바흐친의 다음 진술에서 확인할 수 있듯이 이론적인 통일과 현실의 유일성은 역비례 관계에 있다.

> 이론적인 통일과 현실의 유일성(존재의 혹은 존재적 의식의) 사이에는 일종의 역비례 관계 설정이 가능하다. 이론적인 통일(내용의 항상성 혹은 반복되는 동일성) 쪽으로 접근하면 할수록, 그만큼 [현실의 유일성은] 빈약해지고 일반적인 것

---

7) 정채찬(1996)은 꼼꼼하게 읽기를 지향하는 담론이, 신비평과 주석주의 전통에 의해 정교화되고 강화되었다고 보고 있다. 동의하며, 여기에 움베르토 에코를 포함한 기호학자들도 포함시켜야 하며, 신비평과는 다른 해석 접근을 하는 역사, 전기 비평가도 여기에 포함시켜야 한다고 생각한다. 이들 역시 역사적 맥락, 저자 맥락에 근거하여 텍스트를 정확하게, 자세하게, 심도 깊게 파악(분석)한다는 점에서 꼼꼼하게 읽기에 충실한 사람들이다. 즉, 서로 대립하는 신비평와 역사·전기 비평은 아이러니하게도 꼼꼼하게 읽기 장면에서 잘 만난다.

이 되어서, 문제는 〈?〉 내용의 통일이라는 것에 구속되어 버리고, 궁극의 통일을 형성하는 것은 공허하고 자기 동일적인 가능성의 내용임이 밝혀질 뿐이다. 개체적 유일성[개체로서의 유일성]은 그것에서[이론적 통일에서] 멀어지면 멀어질수록 한층 더 구체적이고 완전한 것이 된다. (바흐친, 1920/2011: 88)

이론적인 통일성은 독자가 갖는 현실의 유일성을 지워낼수록, 사상시킬수록 강화된다. 반대로 현실의 유일성은 이론적 통일로부터 멀어지면 멀어질수록 더 구체적이고, 생생해진다. 이론적인 통일과 현실의 유일성이 갖는 이러한 역비례 관계는 꼼꼼한 읽기(이해하기)와 응답하기의 관계에 그대로 적용된다. 꼼꼼한 읽기를 강조할수록 독자의 개별적이고, 개성적인 응답은 지속적으로 유예되기 마련이다. 독자의 유일한 맥락에 근거한 응답하기, 즉 창조적 읽기를 권장하기 위해서는 꼼꼼한 읽기에 머물러서는 안 된다.

응답적 이해는 읽기라는 참여적 행위를 통해 체험되는 것이다. 체험된 것이기에 타자와 완전히 공유하는 것에는 한계가 있다. 어떤 원리에 의해 이론적으로 이해된 것은, 독자와 타자가 동일한 원리, 이론을 공유하고 있다면, 이론적 이해의 내용은 공유될 수 있다. 그러한 체험된 것은 머리와 함께 몸으로도 느껴진 것이기 때문에, 온전하게 공유하는 것이 어렵다. 독자의 몸과 타자의 몸은 동일하게 겹쳐지기 어렵기 때문이다. 이는 이론을 공유하는 것은 상대적으로 쉽지만, 체험을 공유하는 것이 어려운 것과 같다. 그리고 아이러니하게도 이러한 체험의 공유 불가능성이 바로 창조적 이해의 원천이 된다.

3. 정동 의지적 어조[8]로 응답하기

정동 의지적 어조란 용어는 바흐친의 최초 저작인 ≪행위 철학을 위하여≫에서 처음 등장하고[9], 이후 저작에서는 거의 발견되지 않는 용어이다. 이후 저작에서 사라진 이유는 이 개념이 목소리, 이질언어성, 종결불가능성, 다성성 등으로 발전되었기 때문이라고 볼 수 있다. 정동 의지적 어조는 모든 주체는 유일무이한 존재론적 사건에서 유일무이한 방식으로 참여할 수밖에 없기 때문에 어떤 상황에서도 알리바이를 말할 수 없다는 바흐친의 사유를 잘 드러내는 용어이다.

바흐친은 "존재에 알리바이 없음이라는 이 사실(행위가 갖는 구체적이고 일회적인 당위에 근저에 있는 것)은 나에 의해 파악되고 인식되는 것이 아니라, 나에 의해 유일의 형태로 승인되고 시인되는 것이다."(바흐친, 1920/2011: 90)라고 말한다. 바흐친은 이 저작에서 지속적으로 인식과 시인을 대립시키고 있다. 전자가 분석, 해석, 설명, 논증, 규명의 행위라면, 후자는 전자의 귀결로서 나의 자리를 표명하는 행위라고 할 수 있다. "그의 턱은 뾰족하고, 눈은 작고 가늘며, 코는 낮고 넓었다."라고 기술하는 것이 전자라면, "나는 그가 무섭다, 싫다, 귀엽다, 호감이 간다, 거리를 두고 싶다, 말을 걸고 싶지 않다"라고 표명하는 것이 후자라고 볼 수 있다. 전자에서는 존재(사건)가 나보다

---

8) 오문석 등(2006)은 '감정 의지적 어조'로, 최건영(2011)은 '정동 의지적 어조'로 번역하고 있다. 오문석 등이 원서로 삼고 있는 모슨과 에머슨의 저서 ≪MIKHAIL BAKHTIN Creation of a Prosaics≫에서는 'emotional-volitional tone'으로 영역하고 있다. 이 글에서는 '정동 의지적 어조'란 용어가 바흐친의 용법에 보다 잘 부합한다고 생각하여 이 용어를 사용하고자 한다. 텍스트를 포함하여 어떤 대상 및 사건에 대한 개인의 경험이나 체험은 개별적이고, 고유하다. 따라서 텍스트에 대해 정동 의지적 어조로 응답한다는 것은, 독자의 텍스트 체험이 갖는 고유성, 유일성, 개별성, 대체불가능성을 강하게 유지하며 응답한다는 것을 의미한다.

9) '정동 의지적'이라는 용어는 이 저작 전반에 걸쳐서 52번 등장한다. '정동 의지적 어조'라는 말이 가장 많이 등장하지만, 다양한 맥락에서 '어조'가 아닌 다른 어휘를 수식하곤 한다. 예컨대, 정동 의지적 사고, 정동 색채, 정동 의지적 의식, 정동 의지적 관계, 정동 의지적 태도 등이 그 용례이다. 그만큼 '정동 의지적' 또는 '정동 의지적 어조'는 바흐친의 초기 사유에서 매우 중요한 위치를 차지한다는 추론을 가능케 한다.

상대적으로 초점화 되는 반면, 후자에서는 내가 존재(사건)보다 상대적으로 전경화 된다. 무엇보다, 전자의 진술은 나라는 존재가 부재해도 성립이 가능하지만, 후자의 진술은 나라는 존재가 없이는 성립이 불가능하다. 따라서 전자의 진술이 알리바이의 진술이라면, 후자의 진술은 비알리바이이 진술이라고 말할 수 있다. 바흐친식으로 말하면, 전자는 정동 의지적 어조의 정도가 매우 낮은 진술이며, 후자는 정동 의지적 어조의 정도가 매우 높은 진술이다. 즉, 정동 의지적 응답에서는 존재의 알리바이가 성립하기 어렵다.

정동 의지적 어조를 지닌 응답은 이론적 사고와 일반화된 진술을 거부한다.[10] 1) ≪말≫을 통해 당시의 정치적, 문화적 배경에 대한 여러 시사를 얻을 수 있다. 2) ≪까라마조프의 형제≫는 존속 살해에 대한 얘기이다. 3) ≪코스모스≫는 우주에 대한 새로운 감수성을 일깨운다. 4) ≪열하일기≫는 당시 문단에 커다란 영향력을 끼쳤다 등의 진술에 '나'가 있는가? 이러한 진술에 정치적, 윤리적 책무성을 부여할 수 있는가? 이러한 진술은 일반화의 가능성이 높은 진술이다. 일반화된 진술 또는 일반화될 수 있는 진술이라는 것은 구체적이고 개별적인 주체(독자)를 배제하고도 존재될 수 있다는 것을 의미한다. 이러한 진술이 갖는 책무성이란 이론 또는 논리가 갖는 책무성이지, 개별적인 주체가 갖는 책무성이 아니다. 물론 도입한 이론이 적절한가, 이론에 근거한 진술이 논리적으로 타당하게, 합리적으로 정당화되었는가라는 물음에서 주체의 책무성이 제기되기는 한다. 그러나 해석 책무성은 학문 공동체, 학습 공동체에서나 '도구적'으로 존재할 수 있는 것이지, 일상의 삶에서는 이러한 책무성이 설 자리는 없다. 예컨대, 어떤 사람이 어떤 텍스트를 오독하여 어떤 그릇된 행위를 했을 때, 우리가 그 사람에서 부과하는 책무성은 오독

---

10) 지금 여기 내가 텍스트와 만나는 시공간은 유일의 시공간이다. 따라서 지금 여기 나와 텍스트가 만나는 양상과 방식 역시 유일한 것이다. 일반화를 시도할 수 있지만, 일반화의 가능성이 있지만, 완전한 일반화는 불가능하다. 일반화하는 순간, 지금 여기에서 나와 텍스트가 만난 사건의 구체성과 유일성은 상당 부분 훼손될 수밖에, 사상될 수밖에 없다.

행위가 아니라 그의 그릇된 행위 자체인 것이다.

응답하기는 하나의 발화 형식으로써 다양한 방식으로 존재할 수 있다. 예컨대, '이 나'가 있는 응답하기도 가능하고, '이 나'가 없는 응답하기도 가능하다. 이 글에서는 전자를 지향하는 반면에, 후자에 대해서는 소극적이거나 방어적인 입장이다. '이 나'가 없는 응답하기는 소위 말하는 유체이탈의 화법이다. "어떤 사람(신문, 책, 보고서, 논문 등)이, 그렇게 얘기(기술, 주장, 설명 등)하던데요"라고 말하는 방식이다. 이러한 발화에서 '이 나'는 없으므로, '이 나'는 발화에 대해서 책임을 질 이유가 없다. 이러한 발화는 발화 주체의 알리바이에 기초하고 있다. 반면에 이 글에서 지향하는 응답하기는 '이 나'의 비알리바이에 기초한 응답하기이다. 즉, 특정 독자의 구체적인 유일성에 근거하여 "정동 의지적으로 이해"(바흐친, 1920/2011: 98)하고, 그러한 이해를 정동 의지적으로 표현하는 것이다. 그리고 이러한 이해와 표현이 바흐친이 여러 곳에서 말한 '참여적 사고'이다.

정동 의지적 응답은 이제까지 본적이 없고, 앞으로도 절대 볼 수가 없는 유일무이한 것이다. 이는 독자의 읽기 행위가 갖는 유일성, 반복불가능성을 전제로 한다. 독자는 일회적이고 반복 불가능한 모양으로 테스트에 참여하고 있으며, 유일하게 존재하는 독자는 일회적이고 반복 불가능하며, 다른 사람으로 대체 불가능하고, 다른 사람에게 침투되지 않는 위치를 점하고 있다. 독자가 현재 있는 이 유일의 지점은 유일의 시간과 공간으로서 그 어떤 타인도 존재하지 않았다. 그리고 이 유일의 지점 주변에는 유일의 존재가 온전히, 일회적이고 반복 불가능한 상태로 배치되어 있다. 지금 여기의 독자에 의해 수행되는 것은 다른 그 누구에 의해서도 결코 수행될 수 없다. 따라서 독자의 텍스트에 대한 응답은 정동 의지적 성격을 지닐 수밖에 없다.

유일무이한 독서 체험이 독서의 현실이다. 모든 읽기 행위는, 서로 다른 유일한 읽기 사건이고, 읽기 체험이다. 이러한 사건과 체험은 나름의 가치를 지닌다. 유일무이한 가치를 지닌 읽기 체험이 무수하게 존재한다는 것은 텍스트 전체 또는 텍스트의 어떤 부분에 대하여 하나의 확정되고, 일반화된 진술을 추구해온 기존의 관행에 타격을 입히겠지만, 생각해보면 이러한 독서 현상은 텍스트가 생겨난 시간부터 지속적으로 있어 왔다. 텍스트에 대한 권위 있는 진술이 있을 때에도, 없을 때에도, 이러한 진술을 알고 있을 때에도 모르고 있을 때에도, 여기저기에서 개별적인 독자의 개별적인 텍스트 체험은 있어 왔다. 금서 지정이라고 하는 특별한 사건, 해석 논쟁이라는 학문적이고 이론적인 장르가 아닌 곳에서 모든 읽기 체험은 유일무이하게 존재하여 왔으며, 이들의 차이 나는 체험은 서로 갈등하지 않고, 화목하게 살아왔다. 또한 서로 다른 체험을 만났을 때, 우리는 타자를 경계하거나, 동일성으로 억압하지 않고, 신기해하면서 체험의 물리적인 양을 늘리거나, 체험의 결과 주름을 매만지거나 정돈하는 계기로 삼았다.

한편, 독자의 정동 의지적 응답으로 인해서 텍스트 역시 유일성을 획득한다. 바흐친은 "현실의 존재 세계를 사건으로 체험하는 범주는 유일의 범주이고, 대상의 체험은 대상을 현실의 유일성으로 보유하는 것이다. 하지만 대상 및 세계의 이 유일성은 나의 유일성을 전제로 해서 성립한다."(바흐친, 1920/2011: 98)고 했는데, 존재 세계를 텍스트로 대체하면, 다음의 진술이 가능해진다. "현실의 텍스트를 사건으로 체험하는 범주는 유일의 범주이고, 텍스트의 체험은 텍스트를 현실의 유일성으로 보유하는 것이다. 하지만 텍스트의 이 유일성은 나의 유일성을 전제로 해서 성립한다." 물질로서 텍스트는 시간과 공간의 제한을 받지 않고, 반복적으로 동질성을 유지하면서 존재한다. 그러나 텍스트와 어떤 독자의 만남 사건은 텍스트를 유일성으로 형질 변환시킨다. 이 때의 텍스트는 벌써 다른 시간, 다른 공간에 존재하는 텍스트와는 완전히 다른 텍스트가 된다. 물론 이러한 텍스트의 유일성은 텍스트 스스로 형성한 것이 아니라, 독자에 의해서 가능해진 것이다. 텍스트가 유일한 독자를 만나, 텍스트 역시 유일한 텍스트가 되는 것이다. A 독자에게 읽힌 ≪논어≫와 B 독자에게 읽힌 ≪논어≫, C 독자에게 읽힌 ≪논어≫는 동일한 ≪논어≫가 아니라, 서로 다른 텍스트, 유일한 텍스트이다.[11]

정동 의지적 어조는 사전적 의미가 실린 어조가 아니라, 맥락적 의미가 실린 어조이다. 사전적 의미에는 강밀도가 없다. 사마천의 ≪사기≫는 "중국 정사(正史)와 기전체의 효시이며, 사서(史書)로서 높이 평가될 뿐만 아니라 문학적인 가치도 높다."『표준국어대사전』에 나와 있는 진술이다. 이러한 진술에서는 독자 개인의 감정도 의지도 발견하기 어렵다. 개별자로서의 독자의 어조를 읽어내기 어렵다. 제3자적 자리에 서서 하는 말이기 때문이다. 제3자적 입장에서 구성한 의미가 바로 사전적 의미이다. "≪사기≫를 읽으면서 나는, 권력이 뿜어내는 찬란한 광휘의 이면에 인간의 참혹한 비극이 놓여 있음을 알았다. 그래서 행복하게 살려면 되도록 권력을 멀리해야겠다고 생각했다.", "≪사기≫는 인간의 비극적 삶과 죽음에 관한 기록이라고도 할 수 있다. 〈열전〉의 등장인물 가운데 천수(天壽)를 누린 사람은 거의 없다. 대부분이 비참하게, 억울하게, 장렬하게, 더러는 멋지게 죽었다."(유시민, 2010: 157) 등의 진술에는 독자 개인의 감정, 정조, 태도가 비교적 또렷하게 드러난다. 정조와 태도의 개별성이 느껴진다.[12]

---

11) 텍스트의 삶뿐만이 아니라 개별적인 단어 역시 그러하다. 모든 단어는 사전적 의미의 삶만을 사는 것이 아니다. 유일무이한 사용자를 만나서, 단어 역시 유일무이한 삶을 살게 된다. 단어의 의미는 개별 사용자의 관계 속에서만 존재한다. 단어의 의미는 사전이 규정하는 것이 아니라, 단어가 사용되는 맥락에 의해서 규정된다. 단어든, 텍스트든 구심적 이해에 초점을 맞출수록 단어 및 텍스트의 의미는 상대적으로 단일하게 규정될 개연성이 높아지며, 맥락에 충실하여 원심적 이해에 집중할 때, 단어 및 텍스트의 의미는 다채롭고, 풍부해질 개연성이 높아진다. 맥락은 제한되지 않기 때문에 의미 역시 제한되지 않고 퍼져나갈 것이다.

12) 유시민의 예를 들었지만, 어떤 책 읽기 사건에 대한 모든 독자의 체험의 진술은 정동 의지적 어조를 간직할 수밖에 없다. 독서 체험을 진술하면서 개인적 맥락을 삭제할 것을 요구하지 않는다면, 정동 의지적 어조는 삭제될 수 없다. 41명의 서로 다른 독서 체험을 수록하고 있는 ≪책, 어떻게 읽을 것인가≫(고은 외, 1994)에서도 우리는 개별성과 고유성을 간직한 진술들을 만날 수 있다. 다만, 정동 의지적 어조로 빛나는 진술들이 어떤 장면에 가서는 보편성까지도 획득하려는 의지를 드러내고 있다는 점이 특징이기는 하다. 그래서 이들 진술은 '개별적 보편성', '구체적 보편성', '고유한 전체성'을 열어 보이고 있다고 평가할 수도 있겠으며, 이것이 읽기 교육의 하나의 지향이 될 수도 있겠다는 생각이 들기는 한다.

이와 같이 정동 의지적 어조는 맥락적 진술이기 때문에 구체적인 개인의 악센트가 없는 일반적 진술을 거부한다. 일반적 진술은 진술자의 '정동 의지적 어조'가 배제된 객관적, 이해적 진술이다. 누구나 이렇게 말할 수 있기 때문에 객관적이고, 일반적이다. 이 진술에서는 좀처럼 진술자의 개별성, 고유성을 감지하기 어렵다. 대개의 이해적 진술은 이와 같이 개별적인 사건으로서의 독서 체험이 누락되어 있다. 지연되고 배제되어 있다. 이해적 진술에는 독자로서의 '나'의 개별적이고, 고유하고, 유일한 맥락이 삭제되어 있기 때문이다. 사전적 의미가 시공간을 초월하여 존재하듯이 이해적 진술은 시공간에 구애를 받지 않고 존재한다. 어떤 텍스트에 대한 이해적 진술들은 통상 경쟁적 관계 속에 놓여진다. 어떤 진술이 더 객관적인가, 일반적인가, 보편적인가란 질문에서 자유롭지 않다. 그러나 정동 의지적 응답은 이러한 일반적 진술과는 거리가 멀다. 정동 의지적 어조는 "고립된 상태로 다루어진 내용 그 자체와는 전혀 관계하지 않고, 우리[나와 내용]를 둘러싸는 유일의 존재사건 안에서 내용과 나의 상관관계 하에 그 내용과 관계하는 것"이기 때문이다(바흐친, 1920/2011: 82). 나와 텍스트의 만남은 유일의 존재 사건이며, 나와 텍스트가 맺는 상관관계는 누구에 의해서도 대체불가능성한 유일의 상관관계이다. 유일의 상관관계에서 나온 정동 의지적 응답이기 때문에 일반화가 불가능한 것이다.

텍스트에 대한 독자의 평가 역시 마찬가지이다. 개별 독자라는 유일한 컨텍스트로 텍스트를 만나기 때문에, 텍스트에 대한 평가 역시 누구에게도 말해진 적이 없고, 누구에 의해서도 다시 반복될 수 없는 유일한 평가적 진술일 수밖에 없다. 일반적 평가는 엄밀한 의미에서 나의 고유한 맥락에서 그어져 나온 평가가 아니다. 비록 내가 기존의 누구의 일반적 평가에 동의하고, 공감한다고 할지라도 평가적 진술에 배어있는 악센트의 차이를 지울 수 없다. 예컨대, 정말 우연하게도 독자 A와 독자 B가 ≪사기≫를 읽고, "중국 정사(正史)와 기전체의 효시이며, 사서(史書)로서 높이 평가될 뿐만 아니라 문학적인 가치도 높다."라고 동일하게 진술한다고 할지라도 각각의 어휘를 말하는 독자 A, B의 악센트, 머뭇거림의 정도와 길이, 강조하는 어휘, 자신감 등등 모든 면에서 다를 수밖에 없을 것이다.

이해적 진술이 발화자의 서명이 없는 진술이라면, 응답적 진술은 발화자의 서명이 있는 진술이라고 볼 수 있다. 서명이 된 진술은 당연히, 발화자의 책무성이 뒤따른다. 텍스트에 대한 독자의 가치평가가 분명히 드러난 정동 의지적 응답은 더욱 그러하다. "사서(史書)로서 높이 평가될 뿐만 아니라 문학적인 가치도 높다."는 이해적 진술이고, "이 모든 것을 기록해 인류에게 선사한 역사가 사마천의 삶에 대해 깊은 존경과 높은 찬사를 보낸다."(유시민, 2010: 181)는 응답적 진술이다. 전자에는 독자 개인이 부재하지만, 후자에는 독자 개인이 존재한다. 전자는 동일한 진술이 영원히 무한 반복될 수 있다. 그러나 후자는 일회적이다. 물론 정동 의지적 응답이 갖는 이러한 유일성, 고유성, 개별성은 비언어적, 반언어적 표현이 전제되어 있다. 정동 의지적 응답에서 비언어적, 반언어적 특성을 삭제하거나 이를 고려하지 않으면, 이 역시 이해하기의 진술, 이론적 진술, 내용상의 진술과 마찬가지로 동일하게 반복될 수 있다. 동일한 반복적 진술 속에 독자 개인의 개성적, 개별적 목소리를 발견하기는 어렵다. 따라서 응답하기는 항상 구어적 응답, 구어적 진술을 전제로 하고 있다. 구어적 진술을 고려하고 있다. 전제되어 있다고 해서 모든 독자의 응답하기가 구어적 진술이어야 한다는 것은 아니다. 문어적 응답 속에 배경으로 흐르는, 전경인 문어적 응답을 후경으로서 감싸고 있는 비언어적·반언어적 표현의 존재 양상을 잊지 말아야 한다는 것이다. 물론 이러한 비언어적·반언어적 표현은 문어적 진술 속에서 다양한 방식으로 침잠되어 있어서 독자도 수시로 감지할 수 있는 것이기는 하다.

한편, 정동 의지적 응답은 반드시 내적 발화가 아닌 외적 발화의 형식을 갖추어야 하는가? 반드시 그럴 필요는 없다. 실제로 독자는 읽기 행위 과정에서 내적으로 정동 의지적 어조를 담아 텍스트에 응답하곤 한다. 그리고 이러한 독자의 반응과 응답은 고유하고, 유일하며, 개별적이다. 이 글에서 강조하는 정동 의지적 응답은 개별 독자의 유일하고, 고유한 맥락에 근거해서 텍스트를 이해하고, 텍스트에 반응하는 것을 말한다. 따라서 응답의 형태가 내면적인가, 외면적인가는 그리 중요한 문제가 아닐 수 있다. 해석이라는 사고 행위가 나라고 하는 고유한 맥락에 의해, 고유한 억양을 간직하고 있다면, 그것 역시 우리가 지향해야 할 응답하기의 한 양상인 것이다.

다만, 교육 상황에서는 응답하기의 발화 형식이 매우 중요한 관건이 되기도 한다. 구체적인 발화로서의 응답은 하나의 실천 행위로서 독자로 하여금 응답에 대한 책임을 부여한다. 즉, 독자는 자신의 응답에 대해 인식적이든, 윤리적이든 책임을 지지 않을 수 없다. 즉, 개별 독자로서의 비알리바이가 가능해지는 것이다.

또한, 독자의 응답이 내면적 사고에 머무르지 않고, 구체적인 발화로서 구현될 때에야 비로소 그 응답에 대한 타자의 응답이 가능해진다. 텍스트에 대한 독자의 내면적 응답은, 그 응답이 최종 발화가 됨으로써 그 지점에서 대화는 종결된다. 독자의 응답이 열린 채 끝나야, 그 응답에 대한 타자의 또 다른 응답이 가능해진다. 즉, 독자의 응답이 외현적 발화여야 대화는 지속가능한 것이 되는 것이다.

나의 응답에 대한 타자의 응답에 다시 내가 응답하는 과정에서 텍스트에 대한 나의 응답은 보다 풍성해지고, 정교해지고, 구조화되며, 전면적이게 된다. 이러한 대화 과정에서 텍스트에 대한, 독자로서 나에 대한, 텍스트 저자에 대한, 나와 대화하고 있는 타자에 대한, 텍스트가 대화하고 있는 수많은 타자에 대한 이해와 교감이 깊어지고 넓어질 것이다. 항상 그러한 것은 아니지만, 대체로 우리는 타자와의 만남 사건에 의해서 인식론적이든, 존재론적이든 풍요로워진다. 응답이 외현적일 때, 타자가 만들어진다. 텍스트에 대한 어떤 독자의 해석(응답)이 내면적인 사고와 정서로 존재할 때, 그 독자는 타자가 되지 못한다. 타자로서 역할을 하지 못한다. 정동 의지적 사고는 정동 의지적 어조를 가진 발화로 실현될 때, 비로소 그 어조의 주인은 다른 사람에게 타자로서 인식되고, 타자의 역할을 수행하게 되는 것이다.

4. 이해하기 중심의 읽기 교육과정

앞에서는 읽기 교육의 지향을 크게 '이해하기'와 '응답하기'로 구분하면서 이해하기를 넘어서 응답하기로 나아가야 한다고 했다. 현재 읽기 교육은 '이해하기'에서 멈추고 있으며, 이는 저자나 텍스트의 기대에 부응하는 것이 아니며, 글쓰기와 글읽기가 갖는 대화적 본성에도 부합하지 않는다고 보았다. 그리고 이러한 교육적 실천은 뭔가 어떤 현실적 토대를 갖추고 있을 것이라는 합리적 의심을 하지 않을 수 없다. 이 글에서는 그 토대 또는 환경이 현행 읽기 교육과정이라고 생각한다.

다음에서는 미국의 공통핵심기준의 읽기 중핵 기준과 한국의 교육과정 성취 기준을 살펴보고자 한다. 미국을 먼저 살펴보는 이유는 '이해하기'가 국내외를 관통하는 하나의 흐름 또는 지배적 담론이라는 점을 확인하기 위해서다. 이순영(2015, 46-47)이 잘 정리하여 제시하고 있는 미국의 공통핵심기준의 읽기 중핵 기준은 〈표 7-1〉과 같다.

〈표 7-1〉 미국의 공통핵심기준의 읽기 중핵 기준(이순영, 2015, 46-47에서 재인용)

핵심 내용과 세부 정보	1. 텍스트가 명시적으로 전달하는 바를 이해하고, 텍스트의 정보에 근거한 논리적인 추론을 위해 세심하게 읽기 2. 텍스트의 핵심 내용과 주제를 파악하고 그 발전 과정을 분석하기; 핵심 아이디어와 정보를 요약하기 3. 텍스트의 인물, 사건, 생각의 발전과 상호작용을 그 이유와 함께 분석하기

텍스트의 기능과 구조	4. 텍스트에서 기술·함축·비유적 의미로 사용된 단어나 구의 의미를 이해하기; 특정한 의미와 분위기를 나타내기 위해서 어떤 단어가 사용하는지 분석하기 5. 단어, 문단, 그보다 더 큰 부분들이 서로 어떻게 관련되는지, 텍스트의 구조를 분석하기 6. 관점이나 목적이 어떻게 텍스트의 내용과 스타일을 만드는 데 기여하는지 평 가하기
지식과 생각의 통합	7. 언어적, 시각적, 수량적으로 표현된 내용들을 통합하고 평가하기 8. 텍스트의 논증과 구체적인 주장이 타당한 이유와 근거를 갖고 있는지 분석하 고 평가하기 9. 비슷한 논제나 주제를 다루는 둘 이상의 텍스트를 분석하여 저자의 접근 방식 이나 지식 형성 방식을 비교하기
읽기 범위와 텍스트 복잡도	10. 복잡한 문학 텍스트와 정보 텍스트를 독립적으로, 또 능숙하게 이해하기

이순영(2015, 48)은 "공통핵심기준에 제시된 1-9번 중핵 기준은 사실상 모두 꼼꼼하게 읽기 능력에 해당되며, 10번을 포함한 모든 중핵 기준들이 꼼꼼하게 읽기 지도를 위한 이론적 기반을 제공하고 있다고"고 보았다. 앞의 논의에 비추어 볼 때, 중핵 기준 중에서 1-7과 10은 이해하기 범주에, 8, 9는 응답하기에 해당하는 기준이라고 볼 수 있다. 이런 점에서 "텍스트에 명시된 정보의 독해를 강조하는 공통핵심기준의 방향은 꼼꼼하게 읽기에 대한 학계와 현장의 관심을 불러일으키는 직접적이고 강력한 계기가 되었다"(48)는 이순영의 견해에 동의한다. 그러나 읽기 교육이 독자의 능동적, 비판적 창조적인 읽기 참여를 배제하거나, 지연시키는 이러한 수동적 읽기 흐름에는 동의를 하기 어렵다. 한편, 이러한 읽기 교육의 경향성은 우리나라 성취 기준을 통해서도 확인할 수 있다. 2009, 2015 개정 교육과정의 읽기 영역 성취 기준은 〈표 7-2〉와 같다.

〈표 7-2〉 2009, 20015 개정 국어과 교육과정의 읽기 영역 성취 기준

2009 개정 교육과정	2015 개정 교육과정
⑴지식과 경험, 글의 정보, 읽기 맥락을 토대로 내용을 예측하며 글을 읽는다.	[9국02-01] 읽기는 글에 나타난 정보와 독자의 배경지식을 활용하여 문제를 해결하는 과정임을 이해하고 글을 읽는다.
⑵글이나 매체에 제시된 다양한 자료의 효과와 적절성을 평가하며 읽는다.	[9국02-02] 독자의 배경지식, 읽기 맥락 등을 활용하여 글의 내용을 예측한다.
⑶읽기 목적에 따라 적절한 방법으로 글의 내용을 요약한다.	[9국02-03] 읽기 목적이나 글의 특성을 고려하여 글 내용을 요약한다.
⑷설명 방식을 파악하며 설명하는 글을 읽는다.	[9국02-04] 글에 사용된 다양한 설명 방법을 파악하며 읽는다.
⑸논증 방식을 파악하며 주장하는 글을 읽는다.	[9국02-05] 글에 사용된 다양한 논증 방법을 파악하며 읽는다.
⑹글의 내용을 토대로 질문을 생성하며 능동적으로 글을 읽는다.	[9국02-06] 동일한 화제를 다룬 여러 글을 읽으며 관점과 형식의 차이를 파악한다.
⑺동일한 대상을 다룬 서로 다른 글을 읽고 관점과 내용의 차이를 비교한다.	[9국02-07] 매체에 드러난 다양한 표현 방법과 의도를 평가하며 읽는다.
⑻글의 표현 방식을 파악하고 표현의 효과를 평가한다.	[9국02-08] 도서관이나 인터넷에서 관련 자료를 찾아 참고하면서 한 편의 글을 읽는다.
⑼자신의 삶과 관련지으며 글의 의미를 해석하고 독자의 정체성을 형성한다.	[9국02-09] 자신의 읽기 과정을 점검하고 효과적으로 조정하며 읽는다.
⑽읽기의 과정과 원리를 이해하고 자신의 읽기 과정을 점검하며 조절한다.	[9국02-10] 읽기의 가치와 중요성을 깨닫고 읽기를 생활화하는 태도를 지닌다.
⑾읽기의 가치와 중요성을 깨닫고, 읽기를 생활화하려는 태도를 지닌다.	

2009 개정 교육과정의 성취 기준 중에서 ⑴, ⑵, ⑶, ⑷, ⑸, ⑹, ⑺, ⑽은 '정확하게 읽기' 또는 '꼼꼼하게 읽기'에 해당하는 성취 기준이라고 생각한다. 성취 기준 ⑵는 독자의 '평가하기'를 요구하고 있다는 점에서 응답하기의 가능성을 내포하고 있으나, 실제 교과서 학습 활동을 보면, 제시된 자료가 텍스트의 의도에 잘 부합하는지, 그렇지 않은지를 판단하는 것이기 때문에 이 성취 기준 역시 '정확한 이해'로 수렴된다. 성취 기준 ⑹은 글의 내용을 토대로 독자가 "질문을 생성하며 능동적으로 글을 읽"도록 한다는 점에서

독자의 원심적 읽기의 가능성을 보여준다. 그러나 실제 교과서 학습 활동을 보면, 독자가 생성하는 모든 질문은 텍스트의 세부 내용을 토대로 작성되며, 그 질문의 방향성은 텍스트 밖으로 나가지 못하고, 철저하게 텍스트 안에 갇힌다. 질문은 텍스트에서 출발하며, 그 질문에 대한 답도 텍스트 안에서 얻어진다. 따라서 독자의 질문은 결국 텍스트의 내용을 정확하게 이해하기 위한 하나의 도구로서의 의미만을 가질 뿐이다.

그리고 성취 기준 (8), (9)는 성취 기준 자체만 보면, 어떤 읽기를 추구하는지 알 수 없으나, '응답하기'의 가능성을 함축하고 있는 성취 기준으로 판단된다. 성취 기준 (11)은 읽기 태도와 관련된 것이다.

한편, 2015 개정 교육과정의 성취 기준 중에서 (01), (02), (03), (04), (05), (06), (07)은 텍스트를 정확하게 이해하는 능력 신장에 초점을 맞춘 성취 기준이라고 생각한다. 성취 기준 (08)은 언뜻 판단하기 어려우나, "도서관이나 인터넷에서 관련 자료를 찾아 참고하면서" 읽는 이유가 대상 텍스트에 대한 이해를 돕는 것이라고 추론할 때, 이 성취 기준 역시 '이해하기' 범주에 해당한다고 생각하며, 성취 기준 (10)은 긍정적인 읽기 태도 형성과 관련된 성취 기준이다.

전반적으로 2009 개정 교육과정 및 2015 개정 교육과정의 읽기 성취 기준을 보면, '응답하기'보다는 '이해하기'에 훨씬 많은 비중을 두고 있음을 알 수 있다. 주목할 것은 2009 개정 교육 과정에 비하여, 2015 개정 교육과정의 성취 기준은 태도와 관련된 성취 기준 (10)을 제외하고, 모든 성취 기준이 정확한 읽기에 해당한다는 점이다. 꼼꼼하게 읽기가 지배적인 흐름이라고 평가할 수밖에 없다.

5. 이해하기에서 정동 의지적 응답하기로

교육과정 읽기 영역의 성취 기준을 살펴보았다. 읽기 교육과정은 대부분의 성취 기준이 '이해하기'에 집중되어 있다. 교육과정이 이해하기를 초점화하고 있을 때, 우리가 기대할 수 있는 것은 교과서인데, 교과서 학습 활동을 꼼꼼하게 살펴보면 사정은 그리 나아보이지 않는다. 응답하기가 중시되는 읽기 교육이 이루어지기 위해서 읽기 교육과정과 교과서, 그리고 수업은 어떻게 바뀌어야 하는가? 교육과정, 교과서, 수업 층위로 나누어 몇 가지 방안을 제시하고자 한다.

읽기 교육에서 추구하는 인간상의 설정

개별 성취 기준을 포괄하는 상위의 목표를 설정할 필요가 있다. 이 때의 목표는 개별 성취 기준에 도달한 다음에 형성하게 되는 핵심 역량일 수도 있고, 일상생활과 사회생활에서 요구되는 과업 역량일 수도 있다. 또는 성취 기준 달성을 통해서 형성되기를 기대하는 인간상일 수도 있다. 교육의 목적이 의도한 인간 형성이라면, 상위 목표는 기대하는 인간상을 중심으로 기술하는 것이 바람직하다고 생각한다.

현재 국어과 교육과정은 그러한 인간상에 대한 토론과 숙의를 생략한 채, 학습자가 해당 영역에서 성취해야 할 매우 세부적인 목표(성취 기준)만을 나열하고 있다. 그러한 성취 기준을 달성하면 결국 어떤 인간이 되는지에 대한 깊은 고민과 숙의가 먼저 있어야 한다. 그리고 이러한 고심과 숙의의 결과가 포괄적이나마 제시되어야 한다. 즉, 세부 성취 기준에 갇히지 말고, 각 성취 기준이 통합적으로 지향해야 할 인간상이 그려져야 한다.

이 글에서 응답하기를 강조한 것은, 읽기 교육이 텍스트를 정확하게 읽는 능력 신장에만 멈춰서는 안 된다고 생각했기 때문이다. 정확하게 읽는 것은,

하나의 전제이고, 과정이며, 이것이 읽기 교육의 궁극적인 목표가 될 수는 없다고 보았기 때문이다. 응답하기를 내세우면서 이 글에서 염두에 둔 인간은 1)삶과 세계에 대한 심미적 감수성을 가진 창의적 인간, 2)타자와의 대화를 통해서 서로의 성장을 도모하는 협력적 인간, 3)모든 존재론적, 사회적 사건에서 제3자의 입장을 취하지 않고, 스스로 당위를 설정하는 책임감 있는 인간이다. 이러한 인간상이 폭넓은 지지를 받을 수 있을지는 미지수다. 중요한 것은, 읽기 교육 또는 국어 교육이 지향하는 인간상을 그려보고, 이러한 인간상을 구현하는 데 적합한 성취 기준을 개발하는 순서를 밟는 것이다.

이러한 발상에는 현재 읽기 교육이 취하고 있는 미시적 접근법에 대한 우려도 포함하고 있다. 현재 읽기 영역 성취 기준은 특정 기능이나 전략의 숙달을 요구하는 미시적 접근법을 취하고 있다. 예컨대, '설명 방식을 파악하며', '논증 방식을 파악하며', '글의 표현 방식을 파악하고', '자신의 읽기 과정을 점검하며' 등과 같이 미시적 읽기를 요구하는 진술을 포함하고 있다. 만일 추구하는 인간상을 먼저 상정하고, 여기에 부합하는 성취 기준을 선정하게 된다면 응답하기가 지향하는 인간상이 자연스럽게 성취 기준에 드러날 것이다. 예컨대, '평가', '비판', '창조', '활용', '협력', '존중', '개성' 등의 개념이 개별 성취 기준에 직접적으로 표명될 것이다.

응답하기와 관련된 성취 기준 계발

국가 수준의 교육과정을 교육의 기준으로 삼고 있는 현실에서 모든 교과서의 단원 목표, 읽기 수업의 목표는 국가 교육과정의 성취 기준으로 수렴될 수밖에 없다. 따라서 읽기 교육이 이해하기 중심에서 벗어나 응답하기로 나아가고자 한다면, 응답하기에 충실히 부합하는 성취 기준을 적극적으로 계발할 필요가 있다. 앞 장에서 살펴보았듯이 2009, 2015 개정 교육과정 읽기 영역의 성취 기준은 전반적으로 정확한 이해, 꼼꼼히 읽기에 심하게 경도되어 있다. 그러나 꼼꼼히 읽기는 저자나 텍스트의 의도에도 부합하지 않고, 우리가 삶에서 목격하는 실제의 독서 행위와도 거리가 멀다. 무엇보다 꼼꼼한 읽기는 타자로서의 텍스트와 독자 자신을 성장시키는 데 한계가 있다. 읽기 교육 과정에서 응답하기와 관련된 성취 기준을 적극적으로 계발해야 하는 이유가 여기에 있다.

2절에서 살펴보았지만, 응답하기는 기존의 접근법과 완전히 차별화된 접근법이 아니다. 예컨대, 응답하기는 텍스트의 의도 안에 머물지 않고, 독자의 고유한 맥락에 근거하여 텍스트를 새롭게 조망한다는 점에서 기존에 강조되어 왔던 창조적 이해를 가능하게 한다. 또한 응답하기는 독자의 유일한 맥락에 근거하여 개별적이고, 구체적인 질문을 던지고, 이를 통해 텍스트의 의도에 포섭되지 않고, 도리어 텍스트를 재영토화한다는 점에서 비판적 이해를 돕는다. 무엇보다 응답하기는 독자가 개별적인 독서 목적을 성취하도록 돕는다는 점에서 실용주의 담론에도 잘 부합한다.

따라서 읽기 교육에서 응답하기의 의의와 가치에 동의한다면, 기존의 논의에서 이루어 놓은 성과를 적극적으로 도입하여 이를 성취 기준으로 선정해야 한다. 예컨대, 읽기 영역의 성취 기준 범주를 1)개인적 반응하기, 2)정확하게 읽기, 3)창조적으로 읽기, 4)비판적으로 읽기, 5)활용 및 실천하기[13]와 같이 설정하고, 해당 범주에 해당하는 성취 기준을 2~3개 정도 배치하는 방법을 생각해 볼 수 있다. 이렇게 범주를 설정하면, 정확한 이해에 해당하는 성취 기준의 비율을 합리적으로 낮추고, 응답하기와 관련된 성취 기준의 비중을

---

13) '활용 및 실천하기' 범주에 배치된 성취 기준은 텍스트를 읽는 자신의 목적을 분명히 하고, 이러한 목표 달성을 위한 읽기에 집중하도록 도울 것이다. 그리고 이러한 목표는 크게는 인식의 변화에서부터 작게는 활용할 만한 단어의 수집에까지 다양할 것이다. 한편으로는 텍스트 읽기를 통해서 획득한 지식이나 기능을 다른 의사 소통 활동(듣기, 말하기, 쓰기 등)에 어떻게 이용할 것인지를 탐색하는 성취 기준도 포함시킬 필요가 있다. 캐나다 모국어 교육과정을 보면, 모든 영역의 제일 마지막 범주는 '기술과 전략 반영하기'이고, 여기에서는 해당 영역에서 성취한 기술과 전략이 다른 의사 소통 능력 신장에 어떤 방식으로 기여할 수 있는지를 설명하고, 실천하도록 요구하고 있다.

합리적으로 늘릴 수 있게 된다. 앞으로 진지한 토론과 숙의 과정을 거쳐 결정해야겠지만, 꼼꼼한 읽기를 포함한 정확한 이해는 현재의 절반 수준 정도로 그 비중을 조정하는 것이 바람직하다고 생각한다. 이러한 예를 핀란드 교육과정에서 찾을 수 있다. 2014년에 개정된 핀란드의 '모국어와 문학' 교과에는 12개의 과목이 포함되어 있다.14) 이 중에서 우리의 중학교에 해당하는 7-9학년의 '모국어와 문학' 과목의 교육 목표는 모두 17개이다. 17개의 교육 목표는 우리의 성취 기준에 해당하는데, 교육 목표 1-4는 '상호작용적인 상황에서의 활동' 영역, 5-9는 '텍스트 해석' 영역, 10-14는 '텍스트 생산' 영역, 15-17은 '언어, 문학, 문화 이해' 영역에 해당한다. 우리의 읽기 영역에 해당하는 '텍스트 해석' 영역의 교육 목표는 〈표 7-3〉와 같다.

〈표 7-3〉 7-9학년 핀란드어와 문학 과목의 '텍스트 해석' 영역 교육 목표

교육 목표	영역	과제
5. 학습자가 이해하고, 해석하고 지문을 분석하는데 필요한 상위인지 기술과 전략을 개발시킨다.	C2	T1, T2, T4
6. 다양한 허구적·사실적 텍스트, 매체 텍스트를 선택하여 사용, 해석하고 평가할 수 있는 기회를 제공한다.	C2	T1, T2, T4, T5
7. 학습자의 분석적이고 비판적인 문식성을 길러주고, 적절한 개념을 사용하여 지문을 탐구하는 연습을 하며, 그것을 이해하도록 돕는다.	C2	T1, T2, T4
8. 다양한 자료들로부터 얻은 정보를 평가하는 기술을 개발하도록 학생들을 격려한다.	C2	T2, T4, T5, T6
9. 학습자에게 새로운 문학 장르와 허구적 텍스트로 관심을 넓히도록 격려한다.	C2	T1, T2, T4, T5

〈표 7-3〉에서 확인할 수 있듯이 순수하게 '꼼꼼히 읽기'에 해당하는 목표는 '5' 하나뿐이라고 볼 수 있다. 다른 목표는 '평가', '비판' 등의 활동을 강조

---

14) 핀란드어와 문학, 스웨덴어와 문학, 사미어와 문학, 로마어와 문학, 기호언어와 문학, 학생의 기타 모국어, 제2언어와 문학으로서 핀란드어와 스웨덴어, 사미어 화자를 위한 핀란드와 스웨덴어, 기호언어 사용자를 위한 핀란드어와 스웨덴어로 구성되어 있다.

함으로써, 정확한 이해를 넘어선 활동을 지향하고 있다. 이러한 교육 목표를 달성하기 위해서는 응답적 이해 활동이 수반되지 않을 수 없을 것이다.

한편, 읽기 성취 기준이 학습 독자의 인식, 정서, 수행 측면에서 실질적이고 의미 있는 변화를 가져오기 위해서는 교과서의 성취 기준 소비 방식을 바꾸어야 한다. 현재 사용되고 있는 교과서를 보면, 한 단원에서 하나의 성취 기준만을 소비하고 있다. 그리고 이런 맥락에서 하나의 텍스트는 하나의 성취 기준에 도달하기 위해 도구적으로 이용되고 있다. 예컨대, 중학교 교과서에 수록된 이문구의 〈열보다 큰 아홉〉은 '(8) 글의 표현 방식을 파악하고 표현의 효과를 평가한다.'는 성취 기준과 관련해서만 다루어지고 있다. 이규보의 〈슬견설〉은 '(5) 논증 방식을 파악하며 주장하는 글을 읽는다.'라는 성취 기준에 도달하기 위한 학습 활동만을 수반하고 있다. 이런 방식에서 벗어나, 하나의 단원이, 하나의 텍스트가 모든 성취 기준을 동원하는 방식으로 바뀌어야 한다고 생각한다.

앞에서 교육과정 개선 방안을 논의하면서 읽기 영역의 성취 기준 선정 범주를 1)개인적 반응하기, 2)정확하게 읽기, 3)창조적으로 읽기, 4)비판적으로 읽기, 5)활용 및 실천하기로 제안하였다. 이렇게 성취 기준 선정 범주가 설정되면, 한 편의 텍스트 읽기를 할 때 이 5개의 선정 범주에 해당하는 성취 기준이 모두 동원되는 방식으로 학습 활동을 구성할 필요가 있다. 현행 읽기 단원은 대체로 '이해 학습→목표 학습' 또는 '내용 학습→목표 학습'과 같이 두 개의 코너로 구성된다. 그러나 성취 기준 설정 취지를 살리고, 교육의 실효성을 담보하기 위해서는 성취 기준 선정 범주의 수에 맞게 코너를 늘릴 필요가 있다. 이렇게 되면, 모든 읽기 단원은 '개인적 반응하기→정확하게 읽기→창조적으로 읽기→비판적으로 읽기→활용 및 실천하기'와 같은 체재가 될 것이다.15)

독자의 참여적 응답, 의식을 고양하는 질문 구성

교과서의 학습 활동은 대체로 질문으로 구성된다. 질문은 독자의 책무성을 강화하는 응답을 이끌어낼 수도 있고, 약화시키는 응답을 이끌어낼 수도 있다. 읽기 교육에서 응답하기를 강조하는 이유가, 독자의 책무성을 제고하는 데 있다고 한다면, 여기에 부합하는 질문을 구성할 필요가 있다. 앞에서는 이론적인 의식과 참여적인 의식을 대조하여 논의하였다. 이론적인 의식에는 의식하는 주체의 책임이 약하게 존재하지만, 참여적인 의식에는 의식하는 주체의 책임이 강하게 존재한다. 이론적인 의식과 참여적인 의식은 서로 다른 성격(층위)의 질문을 통해서 구성된다. 예컨대 독서 사건에서 이론적인 의식은 이 작품의 주제는 무엇인가 등과 같은 질문에 근거해서 구성된다. "이규보의 작품 슬견설의 주제는 무엇인가?"란 질문에 학습자는 "슬견설의 주제는 사물에 대한 편견의 배제이다, 또는 생명의 소중함이다."라고 답할 것이다. 이러한 주제 진술은 이론적인 의식에 해당한다. 즉, 이론적인 질문이 이론적인 반응을 유도하고 있는 것이다. 반면에 "이규보의 작품 슬견설의 주제에 대해 너는 어떻게 생각하는가?"라고 질문하면 학습자는 "슬견설에서 말하고자 하는 바는 사물에 대한 편견의 배제인데, 나는 이러한 견해에 동의하지 않는다. 나와 개 사이의 관계의 질, 나와 이 사이의 관계의 질은 다르기 때문에, 개와 이의 죽음에 대한 나의 태도에는 차이가 있을 수밖에 없다.", "저자 또는 작품의 의도에 동의한다. 생명의 가치에는 차이가 없는데, 나는 어떤 편견을 가지고 생명의 가치에 차등을 두고 살아온 것 같다. 앞으로는 모든 생명을 모두 소중히 여기는 삶을 살겠다." 등으로 응답할 것이다. 이러한 진술은 참여적인

---

15) 현행 교과서 체제라면, 1개의 성취 기준이 해당 학년군에서 단 한번만 다루어지지만 위와 같이 바뀌면 모든 텍스트 읽기에서 모든 성취기준이 다루어지게 된다. 물론, 텍스트의 장르적 성격과 내용, 형식에 비추어 볼 때, 5개의 범주 중에서 특정 범주가 중심이 되고, 어떤 범주는 주변적이고, 부차적인 역할을 할 수는 있다. 중요한 것은 어떤 성취 기준 범주도, 어떤 성취 기준도 배제되지 않는다는 것이다. 이때 학습량의 증가를 우려할 수도 있지만, 현재와 비교할 때 전체적인 학습 활동의 수는 비슷하게 유지될 것이라고 생각한다.

의식에 해당한다. 즉, 참여적인 질문이 참여적인 응답을 유도하고 있는 것이다. 그리고 여기에는 반응하는 독자의 윤리적인, 인식론적인, 존재론적인 책임이 수반된다. 자신의 응답에 대해 책임을 지지 않을 수 없는 것이다. 이론적인 의식은 독자의 시공간이 갖는 구체성, 개별성, 고유성이 관계하지 않는 의식이다. 독자의 구체성, 개별성, 고유성은 이론적인 의식을 잘 구성하는 데 도리어 방해가 된다. 이러한 요소를 사상시킬수록 이론적인 의식은 객관성, 보편성을 획득한다. 이와 반대로 참여적인 의식은 독자의 시공성이 고스란히 간직된 의식이다. 참여적 의식에 근거한 독자의 응답(반응)은, 응답과 독자의 분리를 불가능하게 함으로써, 독자로 하여금 자신의 응답에 대해 책임지지 않을 수 없게 만든다. 질문 방식이 독자의 책무성을 고양시키거나, 약화시킨다는 점에서 질문은 매우 중요한 지점을 차지한다.

독자의 유일무이함에 근거한 창조적 이해의 격려

읽기 수업에서는 독자의 유일성, 고유성, 반복불가능성에 기초한 텍스트의 창조적 이해를 강조하고 격려해야 한다. 응답하기는 독자의 창조적 이해를 격려한다. 정확한 이해는 저자의 의도, 텍스트의 의도에 충실한 읽기이다. 반면에 창조적 이해는 저자, 텍스트의 의도를 벗어난 읽기다. 이러한 벗어남으로 인해서 저자도, 텍스트도, 독자도 더 성장하고, 더 풍요로워진다. 이는 현재의 독자가 창조적 이해를 통해 과거의 저자, 텍스트를 해방시킴으로써 가능해진다.[16)

창조적 이해란 텍스트에도 없고, 독자에게도 없는 제3의 의미를 만들어내는 것이다. 이러한 새로운 의미를 만들어내기 위해서는 세 가지 전제가 필요하다. 첫째, 텍스트가 새로운 의미들을 만들어낼 잠재력을 지니고 있어야 한

---

16) "작가 자신과 그의 동시대인들은 무엇보다도 당대에 가까이 있는 것만을 보고 의식하며 평가하게 마련이다. 작가는 자기 시대, 즉 당대의 포로인 것이다. 작가는 그다음 시대에나 이 속박에서 자유롭게 풀려날 수 있으며, 문예학은 이러한 해방을 돕는 소명을 받았다고 할 수 있다."(바흐친, 1970/2006: 473)

다. 둘째, 독자의 고유하고 반복불가능한 경험이 있어야 한다. 셋째, 텍스트의 잠재력과 독자의 고유한 경험이 긴밀하게 대화해야 한다. 모든 텍스트는 상대적인 차이만 있을 뿐, 새로운 의미를 만들어낼 잠재력을 지니고 있다. 독자들은 비슷한 신념과 가치관을 지니고 있고, 공통의 상식과 감수성을 가지고 있다 할지라도, 서로가 어떤 어긋남도 없이 완전히 포개질 수는 없다. 어떤 시공간에서도 독자들은 개별성, 고유성을 지닐 수밖에 없다. 그렇다면 창조적 이해를 위한 세 가지 조건 중에서 앞의 두 가지는 본래적으로 갖추어져 있는 셈이다. 중요한 것은 이 둘이 만나도록 교육적 장면을 기획하는 것이다. 그런데 정확한 이해 또는 꼼꼼히 읽기 방식은 독자 개인이 가지고 있는 고유하고, 반복불가능한 경험을 버리고 올 것을 요구한다. 텍스트에 대한 일반적인, 보편적인, 객관적인 해석을 하는데 이러한 개인적인 경험은 방해가 된다고 생각하기 때문이다. 꼼꼼히 읽기의 이론적 기반인 신비평이 '감정의 오류'를 내세우는 이유가 여기에 있다. 따라서 꼼꼼히 읽기 접근법은 텍스트에 대한 독자의 창조적 이해를 어렵게 하며, 이로 인해서 텍스트도, 저자도, 독자도 더 성장하고, 풍요로워지는 것을 방해한다. 응답하기를 강조하면서, 특히 정동 의지적 어조를 지닌 응답하기를 강조하는 이유는 이러한 접근법이 텍스트에 대한 독자의 창조적 이해를 가능하게 하기 때문이다. 정동 의지적 어조를 유지하라고 요구하는 것은 각각의 독자가 가지고 있는 경험의 고유성, 개별성을 강하게 유지하라고 요구하는 것이다. 이러한 독자의 외재성이 없이는 창조적 이해가 불가능하기 때문이다.

■ ■ ■

이 글에서는 지속적으로 이해하기와 응답하기를 대조시키면서 논의를 전개하였다. 그리고 읽기 교육은 이해하기에 그치지 말고, 응답하기로 나아가야 한다고 주장하였다. 그러나 실은 잘 이해하기 위해서도 응답하기라는 대화적 접근이 유용하다. 심리학, 해석학, 구조주의, 상징 이론 등 그 이론이 무엇이든 특정 이론을 도입하여 텍스트의 전체 또는 일부를 완전하게, 보편타당하게 설명하려고 하는 욕망은 본질적 잉여에 대한 욕망에서 비롯된다. 그러나 어떤 이론이든 그것은 특정한 시공간만을 점할 수밖에 없다는 점에서 부분적인 잉여일 뿐이다. 부분적인 잉여가 만나 대화적 관계를 유지하면서 대화적 진실을 추구할 때, 더 넓고 깊은 텍스트 이해에 도달할 수 있다. 따라서 텍스트를 더 잘 이해하기 위해서는 본질적 잉여에 대한 욕망을 버리고, 말 거는 잉여를 구해야 한다. 그리고 말 거는 잉여가 바로 독자의 응답하기를 가능하게 하는 추진력이고 방법론이 되는 것이다.

한편, 텍스트에 대한 정확한, 객관적인 이해를 위해서 자신을 최대한 사상시키는 행위, 자신과 텍스트의 거리를 충분히 확보하는 행위, 다양한 이론적인 가설을 설정하고, 강화하고, 약화시키면서 해석의 합리성, 타당성을 높이는 행위는 필요하고 당연하다. 그렇게 해야 올바르게 참여하고 이용할 수 있기 때문이다. 그러나 여기에 그쳐서는 안 된다. 이러한 읽기 행위는 최종적인 것이 아니다. 응답을 위한 하나의 방편적인, 도구적인, 보조적인 행위로서의 의미만을 가질 뿐이다. 이렇게 획득된 이해는 하나의 전 단계로서 다음 단계, 최종적인 단계인 응답하기로 나아가야 한다.

독자의 응답적 이해 또는 응답하기가 읽기 교육에서 강조되고, 구현되기 위해서는 몇 가지 전제가 필요하다. 이러한 전제가 성립하지 않으면, 응답하기의 강조는 공허하고, 낭만적인 주장으로 치부될 가능성이 높다. 먼저 평가 방식의 변화가 요구된다. 현재 읽기 평가는 무일무이한 존재의 개별성, 고유성에서 뿜어져 나오는 독자의 개성적인 응답을 허용하지 않는다. 텍스트 바깥의 또는 텍스트를 안팎으로 에워싸고 있는 맥락을 도입하여 창의적으로, 비판적으로 응답하는 것을 용인하지 않는다. 또한 텍스트 의도 파악을 최종 행위로 설정함으로써, 텍스트 이해 주체가 표현 주체로 전화하는 길을 막고 있다.

이러한 객관 지향의 평가 방식에서 응답하기 또는 정동 의지적 응답하기가 설 자리는 매우 좁다. 몇몇 시도 교육청과 단위 학교에서 추진하고 있는 서술형 평가 방식의 확대는 이러한 측면에서 고무적이고 환영할 만한 일이다. 궁극적으로는 대학수학능력 시험과 같은 국가 수준의 평가 방식이 독자의 응답적 이해를 중시하는 방향으로 재설정되어야 하겠지만, 여러 이유로 오랜 시일이 요구된다면, 개별 학교 단위의 평가부터라도 학습 독자의 개별적이고, 개성적인 반응을 유인하는 방향으로 바뀔 필요가 있다. 그리고 이러한 학교 단위의 변화는 상향적으로 작용하여 시도 및 국가 수준의 평가 방식의 변화를 이끌어낼 수도 있을 것이다.

유사한 맥락에서, 읽기 또는 읽기 교육에 대한 근본적인 질문을 던지고, 이러한 질문에서 나온 대안적 읽기 교육의 실천이 현재의 평가 방식에 틈구멍을 만들어 낼 수도 있다. 실제로 현장 교사 중에서는 문제 풀이식 읽기 교육에서 벗어난 '책 읽기 교육'을 실천하는 사례가 있다. 이들 교사들은 현재의 발췌독을 지양하고 작품 전체 읽기를 강조하여 왔는데, 2015 개정 교육과정에서 '한 학기 한 권 읽기'를 도입하면서 더욱 활성화되고 있다.[17] '한 권 읽기'에서는 '시 경험 쓰기', '질문으로 깊이 읽기', '책 대화하기' 등의 구체적인 방법을 적용하고 있는데, 이는 개별 독자의 유일하고, 고유하며, 개성적인 독서 경험을 적극적이고 의미 있게 이끌어 내는 소중한 실천이라고 생각한다. 그리고 이러한 실천은 현행 읽기 교육, 읽기 평가 방식에 대한 근본적인 성찰을 요구하게 될 것이다.

다음으로 문학, 비문학이라는 배타적이고, 이분법적인 통념과 접근을 지양해야 한다. 현재 국어과 교육과정은 읽기 영역(정보 장르)과 문학 영역(본격

---

17) '한 권 읽기'는 읽기 교육에 대한 대안적 방법론을 모색해온 여러 교사들의 적극적인 지지와 공감을 획득하면서 가시적인 성과들을 축적하고 있다. 예컨대, 김주환 외(2018), 박정순 외(2017), 신수경 외(2016), 이오덕김수업연구소(2016), 전국초등교사모임(2017) 등은 '한 권 읽기' 실천 사례를 모아 출간한 책으로서 읽기 교육의 다양한 가능성을 펼쳐 보이고 있다.

적인 문학 장르)을 배타적으로 범주화함으로써 경계에 있는 텍스트의 진입을 막고 있다. 읽기 영역과 문학 영역은 제4차 교육과정기부터 분리되어 현재까지 유지되고 있다. 2015 개정 교육과정의 읽기 영역 성취 기준과 문학 영역의 성취 기준을 비교하면, 두 영역이 왜 분리되어야 하는지를 알 수 없다. 두 영역에 배치된 성취 기준은 장르를 불문하고 동원해야 할 지식, 기능, 태도이기 때문이다. 예컨대, 2015 개정 교육과정의 읽기 영역 성취 기준인 "[9국02-02] 독자의 배경 지식, 읽기 맥락 등을 활용하여 글의 내용을 예측한다.", "[9국02-10] 읽기의 가치와 중요성을 깨닫고 읽기를 생활화하는 태도를 지닌다."는 정보 텍스트뿐만 아니라 문학 텍스트를 읽는 과정에서도 요구되는 능력이고 태도이다. 한편, 문학 영역 성취 기준인 "[9국05-06] 과거의 삶이 반영된 작품을 오늘날의 삶에 비추어 감상한다.", "[9국05-07] 근거의 차이에 따른 다양한 해석을 비교하며 작품을 감상한다."는 문학 텍스트뿐만 아니라, 정보 텍스트를 읽는 과정에서도 강조되어야 한다. 이런 측면에서 "읽기와 문학의 차이가 장르의 특성에서만 두드러진다면 읽기와 문학 영역을 통합해서 기술하는 것이 교과과정과 교과서의 혼란을 줄이는 데 기여할 것으로 보인다."(이순영 외, 2017: 448)는 지적은 매우 타당하고 합리적이다.

독자의 응답을 촉발하는 매력적이고, 도전적인 텍스트는 문학 텍스트와 정보 텍스트의 경계에 있는 텍스트인 경우가 많다. 통상 문학 텍스트는 독자의 깊은 감동과 공감 그리고 새로운 감수성의 형성이라는 정서적, 신체적 응답을 요구하는 경우가 많으며, 정보 텍스트는 적용, 실천이라는 행위적 응답으로 이어지곤 한다. 경계에 있는 수많은 고전 또는 당대의 텍스트는 문학적 성취와 수사적 성취를 동시에 이룸으로써, 독자의 정서적, 인식론적, 실천적 반응과 응답을 촉발하는 경우가 많다. 독자의 자발적이고, 개성적인 응답으로 채워진 읽기 교실을 지향하고, 이러한 응답이 매력적인 텍스트와의 만남을 통해 더 잘 활성화된다면, 읽기 영역과 문학 영역의 벽을 없앰으로써, 경계

텍스트의 적극적인 진입을 도와야 한다.

읽기교육학은 그동안 읽기 교육을 의미 있게 변화시킬 수 있는 다양하고 새로운 이론적 모색을 지속해왔다. 그러나 이러한 모색이 구체화되는 지점인 교육과정, 교과서, 수업을 보면 기대만큼 그 변화의 폭은 크지 않다. 차이보다는 같음을 더 중시하는 동질 지향의 이데올로기, 객관 지향의 평가 관행, 교육과정 및 교과서 제도의 보수성 등 변화를 막는 요인은 다양하다. 이러한 요인은 여전히 현재 진행형으로 건재하다는 점에서 이 글의 목소리는 다시 약화될 수밖에 없다. 그러나 한편으로는 이론을 앞서나가는 의미 있는 읽기 실천이 교실 바깥에서 활발하게 전개되고 있고, 양립을 부담스러워 했던 여러 이론적, 실천적 담론이 진지한 교섭과 연대를 모색하고 있다는 점에서 희망을 본다.

* 이 장은 이재기(2018), 읽기에 대한 대화적 접근의 모색: Bakhtin의 '정동 의지적 어조'를 중심으로, 독서 연구 제49호, 한국독서학회를 수정한 것임.

참고 문헌

고은·김우창·유종호 외(1994), 책, 어떻게 읽을 것인가, 민음사.

김유미(2004), 비판적 담화분석을 활용한 읽기 교육 연구, 독서연구 제33호, 한국독서학회.

김주환·구본희·이정요 외(2008), 한 학기 한 권 읽기 어떻게 할까, 북멘토.

박정순·김연옥·성옥자(2017), 한 학기 한 권 깊이 읽기에 빠지다, 북랩.

신수경·이유진·조연수 외(2016), 이야기 넘치는 교실 온작품 읽기, 북멘토.

유시민(2010), 청춘의 독서, 웅진 지식하우스.

이순영(2015), '꼼꼼하게 읽기(close reading)'의 재조명: 독서 이론과 교수학습 측면의
　　　의미를 중심으로, 독서연구 제37호, 한국독서학회.

이순영·최숙기·김주환 외(2017), 독서교육론, 사회평론.

정재찬(1996), 현대시 교육의 지배적 담론에 관한 연구, 서울대학교 박사학위 논문.

정희모(2017), 비판적 담화 분석의 문제점과 국어교육에의 적용―페어클러프와 푸코의
　　　방법 비교를 중심으로-, 작문연구 제35권, 한국작문학회.

최미숙(2012), 기호·해석·독자의 문제와 문학교육학, 문학교육학 제38호, 한국문학교
　　　육학회.

Bakhtin, M.(1920/2011), 행위 철학, 예술과 책임(최건영 역), 문학에디션 뿔.

Bakhtin, M.(1924/2006), 미적 활동에서의 작가와 주인공, 말의 미학(김희숙·박종소
　　　역), 도서출판 길.

Bakhtin, M.(1934/1988), 소설 속의 담론, 장편소설과 민중언어(전승희·서경희·박유
　　　미 역), 창작과비평사.

Bakhtin, M.(1961/2006), 도스토예프스키에 관한 저서의 개작 계획, 말의 미학(김희숙
　　　·박종소 역), 도서출판 길.

Bakhtin, M.(1970/2006), 신세계 편집진의 물음에 대한 답변, 말의 미학(김희숙·박종
　　　소 역), 도서출판 길.

Morson, G. & Emerson, C.(1990/2006), 바흐친의 산문학(오문석·차승기·김진형 역),
　　　책세상.

Finnish National Board of Education(2016), NATIONAL CORE CURRICULUM
　　　FOR BASIC EDUCATION, Next Print Oy, Helsinki.

제8장 초해석과 글쓰기

■ ■ ■

초해석은 '텍스트 의도'를 둘러싸고 있는 동심원의 먼 외곽에 존재하는 해석이다. 따라서 예상 밖의 날카로운 해석으로 읽힐 수도 있고, 너무 멀리 나가서 동의하기 힘든 해석으로 받아들여질 수도 있다. 이 장에서는 우리 사회에서 권위를 얻은 전문 필자들의 다양한 초해석의 사례를 살필 것이다. 오독과 정독의 경계 또는 문턱에서 경계 이월적 글쓰기를 하고 있는 이러한 글쓰기 사례를 통해 초해석이 읽기의 본질을 구성하는 하나의 일상적 현실이며, 글읽기에서 글쓰기로 나아가는 추진력이며, 나와 타자를 대화적으로 관계 지으면서 둘을 생산적으로 변화시키는 문식성 사건임을 드러내고자 한다.

초해석은 대체로 문학 텍스트 해석 장면에서 주로 논의되어 왔다. 문학 텍스트가 일상 산문에 비하여 독자가 풀어내야 할 언어의 모호성과 은유적 장치들을 더 많이 지니고 있고, 모순되는 삶을 노출함으로써 그 판단을 독자에게 맡기는 기본적으로 '열린 작품'이어서 그럴 것이다. 그럼에도 불구하고 문예 텍스트와 일상 산문 텍스트 사이에 어떤 신비로운 존재론적 차이가 있는 것은 아니다. 이 장에서는 초해석이 일상 산문 영역에서도 빈번하게 발생하는 사건이며, 그 초해석의 양상 또한 매우 다채롭다는 것을 드러내고자 한다. 그리고 문학 독서의 특권처럼 여겨졌던 '창조적 오독'이 일상 산문 독해에도 존재하며, 문학 텍스트에 대한 창조적 오독이 훌륭한 비평문을 산출하듯, 일상 산문에 대한 초해석이 개성적 문체를 가진 멋진 해석 텍스트를 낳는다는 것을 보여주고자 한다.

문학 텍스트 읽기와 일상 산문 텍스트 읽기에서 초해석이 발생하는 지점은 다소 다르다. 문학 텍스트에서의 초해석은 꼼꼼한 또는 정확한 읽기를 지나치게 추구하는 과정에서, 그리고 평범한 읽기를 벗어난 예외적 읽기를 추구하는 과정에서 생긴다. 그러나 일상 산문 텍스트 읽기에서의 초해석은 저자에 대한 과잉 대응, 독자가 저자로 전화(轉化)하는 과정에서 생기는 '의도적 오독' 또는 '이용하기' 등에서 발생한다.

의도적 오독을 포함한 다양한 오독을 초해석으로 분류하고 논의하는 것은 그 오독이 공동체의 해석 전략, 해석 전통의 테두리 안에 있기 때문이다. 경계의 최전방에 자리하고 있지만, 그 선을 넘어서지는 않았기 때문이다. 즉, 최소한의 해석의 수용성을 갖추고 있는 셈이다. 한편, 그 오독은 온몸으로 그 선을 밀고 바깥으로 질주함으로써, 공동체의 해석장을 확장하는 데 기여할 잠재력을 가지고 있기도 하다. 그리고 그 잠재력이 글쓰기와 만나서 비로소 스스로를 구현한다.

어떤 텍스트를 읽고, 그 텍스트에 대한 반응으로 쓰인 해석 텍스트야말로 바흐친이 말한 '응답적 이해'(동의, 반박, 실천 등)의 가장 전형적인 모습이다. 그리고 이해하기가 왜 글쓰기인지, 또는 읽기와 쓰기가 왜 대화적 관계에 있다고 말하는지를 충실하게 보여준다. 한편, 모든 읽기가 왜 쓰기로 이어지지 않는가에 대한 답을 초해석이 준비하고 있다. 수동적, 수용적, 온건한 읽기는 저자에게 되돌려주어야 할 말들을 생성해내지 못한다. 따라서 글쓰기로 이어지지 못한다. 그러나 초해석은 '텍스트의 의도'에 포섭되지 않는 읽기로서 '차이'를 생성시킨다. 이 차이가 바로 글쓰기를 추동하는 힘이다.

1. 초해석¹⁾의 개념과 글쓰기

에코는 '텍스트의 초해석'에서 '텍스트 의도'(intention of the text)라는 개념을 제시하며, 이것이 텍스트 이전의 '작가의 의도'로 환원될 수는 없지만 '독자의 의도'에 제약을 가하는 중요한 역할을 한다고 주장한다. 이어서 에코 (1997, 105)는 "확인할 길 없는 작가의 의도와 논란의 여지가 있는 독자의 의도 사이에 텍스트의 투명한 의도가 있고, 이에 따라 이치에 맞지 않는 해석이 반박되는 것이다."라고 말한다. 에코가 말하는 텍스트의 의도는 해석 진리와 해석 다리(多理) 사이를 걷는 '제3의 길'이라고 볼 수 있다. 즉, 작가의 의도 (말씀)로 회귀하는 해석 진리와 수많은 독자가 나름의 해석 타당성을 주장하는 해석 다리(多理) 사이에서 균형자, 심판자의 길을 가겠다는 의미에 다름 아니다.

한편, 에코는 자신이 즐겨 사용하는 '경험적 독자(empirical reader)', '내포 독자(implied reader)', '모델 독자(model reader)'의 개념을 사용하여 텍스트의 목표는 모델 독자, 즉 텍스트가 읽혀지도록 계획된 대로 텍스트를 읽는 독자를 만들어내는 것이라고 말한다. 그에 따르면, 텍스트의 의도대로 읽지 않는 독자(초해석자)는 경험적 독자일 수는 있지만, 내포 독자나 모델 독자는 될 수 없다.

에코(1997, 45-46)는 "모든 것은, 지상에서나 하늘에서나 비밀을 감추고 있다. 하나의 비밀이 드러날 때마다 그것은 또 다른 비밀을 지시하게 되고 이런 과정이 계속 되풀이되어 최종적 비밀을 향하여 나아가게 된다. 그렇지만 최종적 비밀이란 있을 수 없다."라고 하면서 텍스트 의미의 확정 가능성을

---

1) '초해석'은 콜리니(1997)의 "Interpretation and Overinterpretation"에서 'Overinterpretation'을 우리말로 번역한 말이다. 'over'를 '초(超)'로 이해한 것인데, 이 때 접두사로서 '超'는 '훨씬 뛰어난', '동떨어져 관계가 없는', '초월한' 등을 중층적으로 포괄한다고 볼 수 있으며, 이 중 어떤 뜻에 더 근접한지는 맥락적으로 규정될 것이다.

말하고 있다. 최종적 비밀을 푸는 열쇠도, 텍스트 의미를 확정하는 근거도 텍스트 의도에 있다고 보고 있는 것이다. 그러나 텍스트의 의미가 맥락과의 상호 조회를 통해 드러난다고 할 때, 그 맥락이 확정되지 않는 한 텍스트의 의미도 확정될 수 없다. 동심원적으로 퍼져나가는 공간적 맥락, 끝을 모른 채 과거와 미래로 줄달음치는 시간의 맥락은 본질적으로 제어가 불가능하다.[2] 바흐친이 대화의 종결불가능성을 얘기한 것은 텍스트 의미의 확정 불가능성을 얘기한 것으로 이해할 수 있다. 해석 행위란 텍스트와 맥락 간의 대화란 점에서 특히 그러하다.

텍스트 의도란 개념에서 보면, 초해석은 '텍스트의 의도를 벗어난 해석'으로 정의할 수 있다. 그러나 텍스트 의도를 벗어났는지, 벗어나지 않았는지를 누가 판단할 것인가? 텍스트를 직접 쓴 저자인가? 그렇다면, 내 해석이 의도를 벗어난 초해석인지 아닌지의 여부를 저자에게 여쭈어 윤허를 받아야 하는가? 그러나 에코가 텍스트의 의도가 저자의 의도로 환원될 수 없다고 말하는 것은 '텍스트의 자율성과 자족성'을 인정하기 때문이다. 즉, 텍스트는 스스로 말하는 자이다.

저자에게 확인할 성격이 아니라면, 누가 해석의 타당성을 판단하는 심판관이 될 수 있는가? 해석 공동체의 권위 있는 비평가인가? 누가 그에게 그런 권위를 부여하였는가? 그렇다면, 결국 해석의 타당성은 해석 텍스트를 읽는 해석 공동체에 위임될 수밖에 없다. 마찬가지로 초해석의 여부도 공동체의 다양한 독자들에게 맡겨질 수밖에 없다.[3] 초해석들은 독자층의 공감과 동의

---

2) 후기 구조주의자들은 어떤 텍스트가 그 저자와 그 텍스트가 쓰인 구체적인 정황과 분리되면 그 텍스트는 잠재적으로 무한한 해석이 가능한 진공 속에서 표류할 것이라고 말한다. 지시하는 사람도, 대상도 없는 상태에서 누가 무엇을 근거로 의미를 확정할 것인가?

3) 에코는 텍스트 의도를 벗어난 독자의 해석에 저자가 보일 수 있는 두 가지 반응을 예시하고 있다. 1)"아니오, 내 의도는 이게 아니었습니다. 하지만 나는 텍스트가 그걸 말하고 있다고 인정할 수밖에 없고, 내게 그걸 알려 준 독자에게 감사드립니다.", 2)"내가 이것을 의도하지 않았다는 사실과는 별개로 합리적인 독자라면 그런 해석을 받아들여서는 안 된다고 생각합니다. 왜냐하면 그것은 경제성이 없어 보이기 때문이죠."(에코, 1997: 97) 에코는 전자를 수용 가능한 초해석으로, 후자를 오독으로 보고 있다. 그

의 강밀도에 따라 매우 훌륭한 초해석과 매우 위험한 초해석을 양끝으로 하는 초해석 스펙트럼의 어느 한 자리를 차지하게 될 것이다.

한편, 초해석은 텍스트 의도의 '사후적 정당화'와 '복수성'을 전제한다. 텍스트 의도가 하나이고 이것이 선험적으로 존재한다면 초해석이 자리할 공간은 없다. 에코(1997, 86)의 다음과 같은 말은 텍스트 의도의 사후적 정당화와 복수성을 인정하는 것으로 읽힌다. "텍스트는 정당한 해석을 위한 한계를 설정해 줄 뿐만 아니라, 그 해석이 스스로 정당화하는 순환적 과정에서 형성해 가는 대상이 되기도 한다. 이때 해석의 정당성 여부는 그것이 만들어 내는 결과물에 의해 판단된다." 이 말은 모델 독자에 의해 파악되는 텍스트의 의도는 없다는 것으로 이해할 수 있다. '해석 사건'이 발생하기 전에는 텍스트의 의도도, 모델 독자도 선험적으로 존재하지 않는다. 해석 과정에서 모델 독자도 텍스트의 의도도 생겨난다. 어떤 독자가 해석 결과를 내놓고, 그 해석에 대한 타자들(다른 독자들)의 동의와 공감이 형성되면, 그 독자가 모델 독자가 되는 것이며, 그 독자가 내놓은 해석이 텍스트의 의도가 되는 것이다. 그리고 여럿의 독자가 내놓은 해석이 나름의 해석 정당성을 갖추고 있으면 그러한 해석 모두가 텍스트 의도로 승인을 받는 것이다.4) 초해석은 언뜻 보면, 텍스트 의도를 벗어난 것처럼 보이지만, 복수적으로 존재하는 텍스트 의도의 망 속에 편입되기를 기다리는 '잠재력 있는 그럴듯한 해석'으로 이해될 수 있다.5)

러나 저자가 보이는 후자의 반응만으로 오독이라고 볼 수는 없다. 다른 독자들이 1)"매우 예외적인 해석입니다. 그런데 저도 그렇게 읽었습니다."라고 하거나, 2)"아, 그렇게 읽었습니까? 뜻밖이군요. 그러나 매우 그럴 듯합니다."라고 하는 경우에도 초해석으로 볼 수 있다.

4) 즉, 텍스트의 의도는 복수적으로 존재한다고 볼 수 있다. 이쯤 되면, 에코와 독자 반응 이론가와의 거리는 사라진다. 독자 반응 이론가는 독자의 자발적이고 주관적인 해석을 격려하지만, 합리성과 타당성을 갖추지 못한 해석까지를 용인해야 한다고 말하는 것은 아니기 때문이다.

5) 텍스트 중심 이론가들이 강조하는 '텍스트의 일관성'도 마찬가지이다. 텍스트의 일관성이란 텍스트 내에 선험적으로 존재하는 것이 아니라, 독자에 의해 발견되거나 구성되는 것이다. 따라서 텍스트의 일관성은 독자의 수만큼이나 복수로서 존재한다고 볼 수 있다. 독자가 텍스트에서 어떤 의미 있는 일관성을 발견한다면 이는 글쓰기로 이어질 가능성이 높다. 물론 반대로 글쓰기에 대한 과제가 독자로 하여금 자신만의 일관성을 발견하도록 추동하기도 한다.

텍스트 의도를 이렇게 유연하고 복수적으로 사용한다면, '텍스트 의도'를 벗어난 해석을 초해석으로 규정하는 것은 여전히 유효하다.[6] 에코는 초해석을 부정적으로 사용하지만, 나는 일단 긍정적으로 사용하고자 한다. 초해석을 통해서 저자와 독자의 생산적이고 긴장된 '대화적 관계'가 형성되며, 이러한 대화적 관계가 저자와 독자 모두를 새롭게 형성할 것이라고 보기 때문이다. 여기서 '일단'이라고 단서를 붙인 이유가 밝혀진다. 즉, 초해석이라고 하더라도 '대화적 관계' 형성을 방해하거나 해치는 초해석은 조심스럽게 제어되어야 한다고 생각하기 때문이다.

초해석이 갖는 잠재력과 중요성을 이해하는 데에는 웨인 부스의 '초이해'라는 개념이 더 적합할 수 있다. 초이해는 "텍스트가 그 모델 독자에게 제기하지 않는 질문을 추구한다는 것"(J. 컬러, 1997: 151)을 의미한다.

웨인 부스는 ≪비판적 이해(Critical understanding)≫라는 책에서 '이해(understanding)'와 '초이해(overstanding)'을 대비시키고 있는데, 이해는 텍스트 자체에 의해 제기되는 질문에 대하여 해답을 구하는 일이다. 가령 '옛날에 세 마리의 아기 돼지가 있었다.'라는 문장은 우리로 하여금 '왜 셋일까' 혹은 '그 구체적·역사적 맥락은 무엇일까?'라는 질문이 아니라 '그래서 무슨 일이 일어났을까?'라는 질문을 하도록 요구한다. 이와는 반대로 '초이해'는 텍스트가 그 모델 독자에게 제기하지 않는 질문을 추구한다는 것을 내포한다. 부스는 텍스트 자체에 의해서 제기될 수 있는 질문 이외의 질문을 하는 것이 매우 중요하고 생산적일 수 있다고 본다(J. 컬러, 1997: 151).

초이해는 초해석과 유사한 해석 경향을 지닌다. 이해가 텍스트의 의도를 재구성하는 것이라면 초이해를 지향하는 질문들은 그런 방향으로 나아가지

---

6) 텍스트 의도로부터 벗어났다고 모두 초해석은 아니다. 그렇다고 명백한 오독 또한 아닌 경우가 있다. 이를 지시하는 용어로 '과소 해석'이 있다. 과소 해석은 해석의 입증이 불충분하거나, 해석의 일관성이 상당히 떨어지거나, 상호텍스트적인 검토가 충실하지 않은 해석이라고 볼 수 있다.

않는다. 컬러(1997)의 설명을 더 들어 보자.

> 텍스트가 무엇을 어떻게 행하는가에 관해서 묻는다. 즉 한 텍스트가 다른 텍스트들이나 관행들과 어떻게 연관되어 있고, 그것이 무엇을 감추고 억누르고 있으며, 그것이 무엇을 진행시키고 무엇과 연루되어 있는가를 묻는 것이다. 현대 비평 중 아주 흥미로운 많은 유형들은 무엇을 염두에 두고 있는가가 아니라 무엇을 잊고 있는가를, 무엇을 말하고 있는가가 아니라 무엇을 당연시하고 있는가를 묻는다. (컬러, 1997: 152-153).

컬러가 웨인 부스의 초이해를 길게 인용한 이유가 있다. 컬러 역시 독자가 텍스트에 던지는 질문들의 범위를 텍스트 자체가 결정하도록 위임하는 데 반대하기 때문이다. 컬러(1997)는 의미는 문맥에 의해 결정되지만(따라서 의미는 주어진 문맥에 관계없이 무한한 것은 아니다), 유익한 문맥으로 간주될 수 있는 것은 미리 규정될 수 없으며 원칙적으로 그러한 문맥 자체가 무한하다고 보는 것이 탈구조주의자의 입장이라고 주장한다(콜리니, 1997: 22). 텍스트의 안과 밖을 겹겹이 싸고 있는 맥락들, 이러한 맥락은 텍스트를 잉여적 시선에서 해석하도록 한다는 점에서 '외재성'(outsideness)[7]을 갖는다. 그리고 이러한 텍스트와 외재성과의 접속은 텍스트 의도와 수시로 불화하게 마련이다. 텍스트 중심 이론가들의 입장에서 보면, 이러한 온건하지 않은 독자에 대한 부정적인 이미지를 형성하기에 좋은 개념이 '초해석'인 셈이다.

초해석은 온건한 해석을 지양하고, 능동적·비판적 해석을 지향한다. 온건한 해석 또는 수용적 해석은 좀처럼 외재성을 갖기 어렵다. 대상 텍스트의 저자에게도, 해석 텍스트의 독자에게도 의미 있는 영향을 미치지 못하며 이들

---

7) '시선의 잉여', '외재성'은 바흐친 사상을 관통하는 핵심 개념이다. 나는 가장 가까운 내 몸의 일부도, 바로 내 뒤의 배경도 보지 못한다. 그러나 내 몸 바깥에 위치한 타자는 이를 볼 수 있다. 나는 못 보지만 타자는 볼 수 있는 것. 이것이 나에 대한 타자의 시선의 잉여이다. 이런 맥락에서 외재성은 '타자의 시선에서 보기'로 이해될 수 있다. 바흐친의 외재성은 outsideness, extralocality, exteriority, exotopie 등의 번역어가 혼용되고 있는데, outsideness는 모슨과 에머슨(1990)의 용례를 따른 것이다.

을 변화시키기 어렵다.[8) 컬러(1997, 146)의 다음과 같은 말도 이러한 생각과 맞닿아 있다. "대부분의 지적 행위들처럼 해석은 극단적일 때에만 흥미를 불러일으킨다. 많은 사람들이 수긍하는 온건한 해석은, 어떤 상황에서는 가치가 있기도 하겠지만, 흥미를 자아내지 못한다." 물론 여러 '극단적' 해석들도 설득력이 없다, 지나치다, 부적절하다, 지루하다 등으로 판단되면, 온건한 해석과 마찬가지로 생산적인 외재성을 갖지 못한다.

그럼에도 불구하고 온건한 수용적 해석과 날카로운 비판적 해석 중에 하나를 선택하라고 한다면, 나는 후자를 선택하겠다. 초해석이 온건한 수용적 해석보다 텍스트에서 다루고 있는 주제를 보다 새롭게, 풍부하게, 중층적으로 볼 수 있는 기회를 줄 것이라고 생각하기 때문이다. 그리고 온건한 수용적 해석은 글쓰기로 이어지기 어렵다. 독자가 누구를 위해서 저자의 말을 반복하겠는가?[9)

초해석은 바흐친이 말한 '응답적 이해'에 충실하게 부합하는 해석 행위라고 볼 수 있다. 저자는 독자의 응답적 이해를 기다린다. "그는 자신의 생각이 타자의 머릿속에서 복사되는 것에 불과한 수동적 이해가 아니라 대답·동의·공감·반대·실행 등을 기다린다."(바흐친, 1952/2006: 361) 그리고 독자는 텍스트를 읽으면서 텍스트에 대한 응답적 위치를 설정한다. 독자는 전적으로 또는 부분적으로 동의하거나, 동의하지 않는 위치를 정하고, 이러한 위치를 정당화하

---

8) 고종석(1999, 162)은 복거일이 촉발시킨 논쟁에 참여한 논자들 중에서 "가장 온당한 견해를 제출하고 있는 사람은 박이문일 것"이라고 하면서 긍정적으로 평가하고 있는데, 외재성의 측면에서 보면 그만큼 생산성이 부족하다. 박이문의 복거일의 민족주의에 대한 전폭적인 지지는 표현은 강렬하지만 매우 심심하게 읽히며, '민족주의'를 보는 다른 시선을 제공하지 못한다.

9) 적어도 일상 산문에 대한 해석과 해석 텍스트 쓰기에서는 그러하다. 그러나 문학 텍스트에 대한 해석은 상당히 다를 수 있다. 텍스트의 의도를 정확하게 읽어내는 것이 문학 비평의 주요 역할이기 때문이다. 그러나 자세히 들여다보면 상황은 매우 흡사한 측면이 있다. 예컨대, 어떤 문학 작품에 대한 매우 정교하고, 정확하며, 성실한 비평문이 나오고, 그것이 해당 공동체에서 권위 있는 텍스트로 정립되면 이와 비슷한 목소리를 내는 비평문 쓰기는 쑥스러운 일이 되고 만다. 따라서 그 다음부터는 '예외적 해석'이 경쟁하듯이 등장하고, 이로 인해 공동체는 상당히 소란스러워진다. 그리고 이 때 해석의 '예외성'은 초해석의 범주에 놓이는 것이 일반적이다.

는 응답적 발화를 준비한다. 그리고 이러한 응답적 이해의 산출물이 해석 텍스트이다. 초해석은 부분적인 동의와 반박의 과정에서 생겨나며, 그 내용의 합리성을 떠나서 적극적이고, 능동적인 응답적 이해의 가장 전형적인 모습을 지닌다는 점에서 의의를 갖는다.[10]

다음 2, 3, 4장에서는 복거일(1998)의 ≪국제어 시대의 민족어≫란 책에 대한 반응으로서 쓰인 여러 해석 텍스트를 분석하고자 한다.[11] 복거일의 책은 1부와 2부로 구성되어 있고, 1부에서는 (닫힌) 민족주의 비판을, 2부에서는 영어 공용어화 주장을 하고 있다. 이후 격렬한 논란을 일으킨 것은 2부의 내용으로 조선일보 지면을 통해 많은 비판과 옹호, 복거일의 재반박이 이어졌다. 여기에서는 복거일의 책에 대한 반응으로 산출된 텍스트를 해석 텍스트로 규정하고, 이러한 해석 텍스트들은 어떤 초해석의 양상을 보이고 있는지, 초해석은 어디에서 비롯된 것인지를 살피고자 하며, 초해석이 갖는 대화적 가능성과 한계를 검토하고자 한다.

---

10) 다양한 초해석을 낳은 복거일 텍스트도 해석 텍스트라는 점에서 초해석의 논란에서 자유롭지 않다. 복거일 텍스트는 '민족주의', '세계화', '제국주의', '모국어와 외국어', '공용어'를 주제로 삼아 쓰인 수많은 선행 텍스트에 대한 '응답적 이해'의 산물이다. 복거일 텍스트가 수많은 반박과 반론을 맞은 것은 그의 텍스트가 상당한 정도의 초해석을 노출하고 있다는 것을 의미한다.

11) 1998년 7월에 조선일보 지면을 통해 발표된 남영신, 이윤기, 한영우, 박이문, 정과리, 최원식의 텍스트가 분석 대상이며, 이들 텍스트에 대한 메타 비평의 성격을 지니는 고종석(1999)의 텍스트를 참조하였다. 독자의 이해를 돕기 위하여 분석 대상 텍스트들을 발표된 시간적 순서에 따라 정리하면 다음과 같다.
　①복거일(1998), 국제어 시대의 민족어, 문학과지성사.
　②남영신(1998), 세계화 위해 민족 버리자니…천박한 과잉 세계주의, 조선일보(7. 6일).
　③복거일(1998), 열린 민족주의를 찾아서, 조선일보(7. 7일).
　④한영우(1998), '지구제국'은 강대국 희망 사항이다, 조선일보(7. 9일).
　⑤복거일(1998), '지구제국'은 실제로 존재한다, 조선일보(7. 10일).
　⑥이윤기(1998), 선택하라면 국어다, 조선일보(7. 12일).
　⑦정과리(1998), 영어 '내것화'가 관건이다, 조선일보(7. 13일).
　⑧박이문(1998), 영어 공용어는 시기상조, 조선일보(7. 17일).
　⑨최원식(1998), 영어공용화론 서구 패권주의 연장, 조선일보(7. 20일).

2. 정서적 과잉 반응: 내용의 비대칭성과 수사의 대칭성

복거일에 대한 옹호 또는 반론으로서 쓰인 텍스트에는, 특히 반론 텍스트에는 복거일 또는 복거일 텍스트에 대한 지나친 표현과 은유가 빈번하게 등장한다. 대개 이러한 과잉 정서의 개입으로 인한 반응은 저자를 욕보일 가능성이 높다. 즉, 다른 의미의 오독(汚瀆)이다.

남영신 텍스트가 특히 그러하다. 그는 "'지구 제국'이 어느 나라인지 그가 밝히지 않았으니 알 수는 없으나 공용어인 영어만 잘하면 그 나라의 중심부에 들어갈 수 있다는 생각도 천박할 뿐만 아니라 영어를 공용어로 채택하면 모든 일이 술술 풀릴 것으로 보는 생각도 단순하고 위험하기는 그가 배척하고 있는 민족주의자들보다 더욱 심각한 수준이라고 해야 할 것이다."라고 말하고 있는데, "천박", "단순하고 위험"은 지나치게 나간 감이 없지 않다. 이외에도 남영신 텍스트에는 과격한 표현들로 넘쳐난다.[12]

한영우의 "노예로서 편안하게 사느냐, 경제적으로 어렵더라도 주인 노릇을 하면서 제멋대로 사느냐"란 표현도 수사적으로 매력적이지만, 복거일 텍스트에 대한 정확한 반응은 아니라고 여겨진다. 고종석(1999, 151)이 적절하게 지적하고 있듯이, 복거일이 노예로서 편안하게 살자고 주장하는 것은 아니다. 도리어 주인으로서 편안하게 살자는 것이다. 영어를 쓴다고 해서 노예가 되는 것은 아니다. "게다가 한영우는 집단적 수준의 주체성을 이야기하고 있지

---

12) 남영신의 이러한 과격한 반응은 복거일 텍스트가 촉발시킨 측면이 있다. 복거일(1998, 125)은 번역투를 비판하는 사람을 일컬어 '풍속의 파수꾼', '언어의 수호자'라고 칭하면서 "'풍속의 감시자'들이 사회에 혜택을 주는 경우는 거의 없다. 그들이 사회를 덜 합리적이고 덜 관용적으로 만들 따름이다."라고 비판하고 있다. 남영신은 이 부분을 읽으면서 자신을 포함한 국어 순화론자를 보는 타자의 시선 하나를 알게 되었을 것이고, 많이 불편했을 것이다. 복거일의 과잉 표현이 남영신의 과잉 반응을 낳았다고 볼 수도 있겠다. 이러한 심증이 굳어지는 것은, 복거일은 바로 이어지는 글 '우리 언어를 합리적으로 다듬는 길'에서 "일본말들 가운데엔 좋은 말들이 많음을 깨닫게 된다. 쓰리, 네다바이, 나와바리, 와이로, 히야카시와 같은 말들이 좋은 예다."(복거일, 1998: 131)라고 하였는데, 이를 의식한 듯 남영신은 "국어까지 내버릴 준비가 되어 있는 그가 어떻게 하여 국어 속에 들어와 있는 '쓰리, 와이로, 히야카시' 같은 일본어 찌꺼기를 되살려 쓰자고 주장하게 되었는지 궁금하기 짝이 없다."고 화를 내고 있다.

만, 복거일은 개인적 수준의 주체성을 이야기하고 있다.”

한편, 이윤기를 통해 우리는 복거일 텍스트에 대한 색다르고, 서정적이며, 재창조적인 읽기를 만나게 된다. 그러나 그가 마무리 말로 삼고 있는 “어머니가 문둥이일지라도 클레오파트라와 바꾸지는 않을 것이라던, 유태인 아이자이어 버얼린 같은 조선인 김소운 선생이 그리워지곤 한다.”라는 표현은 과하다. 복거일의 주장을 문둥이 어머니를 클레오파트라와 바꾸자는 것으로 읽을 수는 없다.

저자의 정서가 깊이 스며든 이와 같은 표현들은 매우 문학적이어서 수사적 힘이 강하다.13) 그리고 저자들 역시 독자에게 미치는 이러한 수사적 힘을 기대했을 것이다. 그러나 이러한 수사가 표현 대상(기의)과 불일치할 때, 특히 그 불일치가 과도한 폄하와 모욕일 때, 오독이 분명하다. 특히, 문제가 되는 것은 대상 텍스트와의 ‘대화’와 ‘소통’을 거부하고 ‘단절’과 ‘불통’을 초래할 수 있다는 점이다. 자신(해석 텍스트의 저자)의 텍스트와 기꺼이 대화할 준비가 되어 있는 독자들(그만의 해석 공동체)에게는 이성을 넘어 감성적 대화까지를 가능하게 하는 글쓰기 전략일 수 있지만, 자신의 텍스트를 불편해 하거나, 낯설어 하는 독자들에게는 소통 중단을 선언하는 결과를 초래할 가능성이 높다. 특히, 대상 텍스트의 저자는 심한 모욕감에 휩싸일 수 있다.14)

그러나 대상 텍스트가 매우 위험하면서도 매력적일 때, 그래서 논리뿐만 아니라 수사에 의해서도 해체되어야 한다고 생각한다면, 즉 과잉 수사와 과

---

13) 특히, 이윤기, 한영우가 사용하고 있는 말투는 논리와 수사를 멋들어지게 결합해서 듣는 사람들에게 깊은 울림을 남긴다. 그러나 매력적인 만큼 위험하다.

14) 에코 역시 이러한 비판에서 자유롭지 않다. 에코(1997, 40)는 텍스트 해석의 합리성을 논의하면서 절도(moderateness)란 개념을 끌어들이고, “절도는 ‘양식(modus)’ 내에 있는 것, 즉 한계나 한도 내에 있다는 것을 뜻한다.”고 하면서 양식의 한 예로 ‘공간적 한계’를 거론한다. “경계선에 명확한 개념이 더 이상 존재하지 않는 시기가 오거나, 야만인들(자기네의 원래 영토를 버리고 자기네 것인 양 아무 영토에서나 돌아다니다가 그것도 역시 버리고 마는)이 그들이 견해를 당당하게 과시할 수 있는 때가 온다면, 그것은 로마가 끝장나거나 야만인들처럼 수도를 다른 곳으로 옮길 수 있게 된 때일 것이다” 나는 이 부분을 읽으면서 에코가 지나치게 나가고 있다고 생각했다. 그가 의식했든, 의식하지 않았든 후기 구조주의자에게 야만인의 이미지를 씌우고 있기 때문이다.

잉 정서가 내용의 비대칭성은 피할 수 없지만, 대상 텍스트가 갖는 '위험', '매력'의 강도에 비추어 볼 때, 수사적 대칭성을 유지하고 있다면 오독이라고 볼 수는 없을 것이다. 도리어 초해석의 아름다운 경지라고 볼 수도 있을 것이다.

한편, 이러한 과잉 대응은 복거일에 대한 새로운 이미지 생성으로 이어지곤 한다. 이런 이미지화는 복거일에 대한 독자의 태도에서 비롯되었을 것일 텐데, 복거일 텍스트에 대한 독자들의 해석 텍스트에는 저자에 대한 새롭게 만들어진 이미지들로 넘쳐난다.[15] 그 이미지는 직접 표현되기도 하고, 암시되기도 한다. 부정적으로 그려지기도 하고, 긍정적으로 그려지기도 한다. '나(저자)에 대해 내가 갖는 이미지'와 '나(저자)에 대해 타자(독자)가 갖는 이미지'간의 차이, 그리고 '저자에 대해 독자 A가 갖는 이미지'와 '저자에 대해 독자 B가 갖는 이미지'간의 차이는 결국 초해석의 다양한 양상을 보여주는 것이기도 하다.

남영신에 의해 그려지는 복거일의 이미지는 매우 부정적이다. "천박할 뿐만 아니라" "단순하고 위험"하며 "생각지도 못했던 주장"을 하는 "용감한" 사람이다. 물론 이때의 "용감"은 비아냥이다. 더 나아가서 복거일을 "1천년 전에 자기 정체성을 잃고 국어를 중국어의 하위 언어로 전락시켜 우리 문화와 민족의 자주성을 송두리째 짓뭉개버렸던" "신라의 지식인"에 비유한다. 21세기의 복거일은 "환생한" 신라의 지식인이라는 것이다.

한영우는 상당히 간접적인 방식으로 복거일의 이미지를 창조한다. 정확히 말하면 한영우가 창조하는 것이 아니라 그는 단지 유비의 단초만을 제시하고, 독자로 하여금 이미지를 만들도록 유도하고 있다. 몇 가지 사례를 제시하면 다음과 같다. 1)"사실 친일파들은 스스로를 매국노라고 생각해본 일이 없다.

---

15) 동일인 복거일은 여러 독자와 접속하는 과정에서 매우 상이한 복거일로 현시한다. 이는 복거일의 동일성, 고유성, 유일성이 부재하다는 것을 보여주는 것이기도 하다. 복거일은 타자(독자)에 의해 새롭게 거듭난 자신의 이미지들과 마주하며 어떤 생각을 갖게 될까? 이러한 이미지화에 대한 복거일의 반응 속에서 초해석의 한계와 가능성이 가늠될 것이다.

(중략) 강하고 앞선 나라와 하나가 되는 것이 가장 빠른 지름길이라고 믿었다."(매국노) 2)"적자생존을 신봉하는 경쟁원리가 제국주의를 낳았고, 그것이 세계평화를 깨지 않았던가."(제국주의자)[16] 3)"모든 사물을 경제 논리로 보고, 인간이란 무엇인가, 한국인이란 무엇인가에 대한 성찰이 없는 것이 유감이다. 경제와 거리를 두어야 할 문학인의 시각이 그렇다는 것이 더욱 놀랍다."(비문학인) 4)"영어가 짧아서 우리 사회의 위기가 온 것은 아니다. 오히려 자기 정체성도 모르고, 분수없이 세계를 향해서 뛰다가 당한 것"(정체성 없는 세계주의자)이라고 말하고 있다.

최원식은 상당히 정치한 방식으로 복거일을 이미지화한다. 1)"어떤 점에서는 우국적 충정도 얼비치고 있어서 이 제안을 간단히 왕년의 친일파 다루듯 봉쇄해서도 아니 될 것이다."(유사친일파) 2)"나는 그의 제안을 검토하면서 일본의 메이지(명치) 초기 녹명관(1883 개관) 시대를 연상했다. (중략) 그런데 이후 일본사회는 녹명관 시대를 한때의 철부지 에피소드로 돌리고 서구주의로부터 국수주의로 급회전한다. 나는 복거일씨의 제안이 오히려 '닫힌' 민족주의 또는 국수주의를 가져올까 우려한다."(국수주의자) 복거일을 친일파 다루듯 해서는 안 된다고 하면서 매우 교묘하게 친일파 이미지를 퍼뜨리고 있다. 결국에는 '잠재적' 국수주의자로 포획한다.

해석 텍스트를 쓰는 나에게 있어서 타자는 복수적으로 존재한다. 예컨대, 1)저자(대상 텍스트를 쓴), 2)주제(저자와 내가 함께 다루고 있는), 3)독자(나의 해석 텍스트를 읽을)가 그 예이며, 3)독자는 1-1)저자와 관점이 같은 독자, 1-2)저자와 관점이 다른 독자, 2-1)주제를 잘 아는 독자, 2-2)주제를 잘 모르는 독자, 3-1)나와 견해가 같은 독자, 3-2)나와 견해가 다른 독자로 다양

---

16) 여기에 대해 복거일은, 이러한 오해를 낳은 표현인 '지구제국'은 하나의 상징으로 사용한 것인데, 제국주의를 엄격하게 해석하면, 한영우의 강력한 비판이 가능해질 것이라는 점을 "선선히 인정한다."고 말하고 있다.

하게 분화한다. 남영신, 한영우. 최원식의 경우에는 다른 타자 유형은 과소 의식되고, 2), 1-2), 2-2), 3-1)의 독자는 과다 의식된 것으로 보인다. 내 해석 텍스트를 읽을 본래 저자와 그 저자를 지지하는 독자의 반응은 의식되지 않고, 나와 견해를 같이 하는 동질 집단만을 강하게 의식할 때, 감정이 과잉 개입하여 대상 텍스트 및 그 저자를 지나치게 부정적으로 이미지화할 가능성이 높다. 글쓰기 장면에서 벌써 동질 집단에서 우렁차게 퍼져 나오는 지지와 찬사의 목소리가 들릴 것이다. 그러나 자신이 쓴 해석 텍스트를 읽는 독자들이 본래 저자 및 주제에 대한 논의 맥락을 충실하게 이해하고 있을 것이라고 판단되면 내용과 문체는 매우 조심스러울 수밖에 없다. 정과리, 박이문의 텍스트가 이러한 과잉 반응으로부터 멀리 벗어난 글쓰기 양상을 보이는 이유가 여기에 있다. 예컨대, 고종석과 같이 복거일과 주제에 대해 매우 넓고 깊은 이해를 가진 사람이 자신의 글을 읽을 것이라고 생각했다면, 즉 고종석을 예상 독자로 고려했다면 이들의 글쓰기는 지금과 달리 온건함과 균형을 유지했을 것으로 예상된다.

해석 텍스트는 선행한 대상 텍스트에 대한 응답적 발화라는 점에서 일차적인 독자는 대상 텍스트의 저자이다. 동시에 해석 텍스트는 후행하는 응답적 발화를 기다리면서 끝난다는 점에서 미래의 잠재적 독자(내 텍스트에 대해 응답적 발화를 할 미지의 사람)까지 의식하게 마련이다. 즉, 해석 텍스트의 독자는 시간적으로 중층적이다. 따라서 해석 텍스트의 저자가 본래 저자와 잠재적 독자를 모두 독자로 상정하고 글쓰기를 해야 하겠지만, 누구를 더 우위에 두느냐, 즉 누구를 더 의식하느냐에 따라 글쓰기의 방향, 내용, 문체가 결정된다. 예컨대, 대상 텍스트를 반박하는 해석 텍스트의 저자가 잠재적 독자를 더 의식하고, 잠재적 독자 중에서도 동질 집단을 더 우위에 두었을 때, 해석 텍스트는 매우 단호하고, 단정적인 문체를 갖기 쉽다. 다행이 이것이 독자들의 넓고 깊은 공감대를 형성한다면 대상 텍스트의 저자는 주제에 대한 이제까지의 자신의 인식을 매우 낯설게 바라보는 계기가 될 것이다.

한편, 해석 텍스트의 '지나친' 표현과 '과도한' 이미지화는 대상 텍스트가 벌써 예견하고 있는 것이기도 하다. 바흐친의 다음 말은 이러한 관계를 잘 설명해준다.

> 우리 발화의 표현성은 이 발화의 대상적-의미적 내용에 의해서뿐만 아니라(또는 의해서보다도), 같은 주제를 놓고 우리가 대답하고 논쟁을 벌이는 타자의 발화에 의해 결정된다. 타자의 발화에 의해서, 개별 계기의 강조와 반복, 한층 날카롭거나 한층 부드러운 표현의 선택, 도발적이거나 양보적인 어조 등이 결정되는 것이다. (바흐친, 1952/2006: 390)

복거일 텍스트는 모국어, 민족에 대해 강한 애정을 가진 사람뿐만 아니라, 비교적 온건하고 합리적인 태도를 가진 사람까지도 자극하는 도발적인 주장을 담고 있다. 내용뿐만 아니라 "박물관 언어", "풍속의 감시자" 등과 같은 불편한 표현도 수시로 등장한다. 이와 같이 대상 텍스트의 내용 및 표현을 고려하면 해석 텍스트의 글쓰기 태도가 정당화되는 측면이 있다.

한편, 남영신, 한영우, 최원식과 상당히 다른 글쓰기 양상이 드러나는 경우도 있으며, 이는 해석 텍스트 전체의 문체적 특징으로 이어지고 있다. 이러한 표현 및 문체 또한 대상 텍스트 및 그 저자에 대한 독자의 태도에서 비롯되었다고 볼 수 있는데, 대상 텍스트 저자에 대한 긍정적이고, 우호적인 태도는 내밀한 문체로 드러나고 있다. 다음이 이러한 경우에 해당할 것이다. 1)"복거일씨의 전망이 얼마나 조심스러운 것이고 그의 대안 제시가 얼마나 고뇌에 찬 것인지 나는 짐작한다."(이윤기), 2)"나는 박이문과 복거일 사이에서 동요하고 있는 것 같다."(고종석, 1999: 162), 3)"이러한 터부에 정면으로 도전한 복거일의 용기는 대단하다." "그의 논지는 혁신적이며 이를 전개하는 방식은 통쾌하다."(박이문)

'내밀한 장르와 문체'는 응답적 이해가 문체에 영향을 미친다는 것을 설명하면서 바흐친(1952)이 사용한 말이다. 이윤기, 고종석, 박이문의 내밀하고 부드러운 표현은, 이들과 복거일 간의 인식적, 정서적 유사성에서 비롯되었음을 알 수 있다.

> 내밀한 말에는 수신자와 그의 공감에 대한 신뢰가, 그의 민감하고 호의적인 응답적 이해에 대한 깊은 신뢰가 스며들어 있다. 깊은 신뢰의 분위기 속에서 화자는 자신의 깊은 내면을 열어 보인다. (바흐친, 1952/2006: 397)

3. 저자의 복수성: 독자 해석의 다층성

대개의 저자는 동일 화제를 다루고 있는 이 글과 저 글에서 사뭇 또는 다소 다른 생각을 노출한다. 하나의 글 안에서도 이 부분과 저 부분에서 차이를 드러내기도 한다. 언뜻 동일하다고 보이는 생각들에서도 섬세한 악센트의 차이가 느껴진다. 이는 어떤 생각이 그것이 놓여 있는 구체적이고 유동하는 맥락의 영향을 받기 때문이다. 맥락에 따라 흔들린다는 점에서 저자는 본질적으로 문턱에 서 있는 저자일 수밖에 없으며, 이는 자연스럽게 독자의 다양한 해석 차이를 낳는다.

문턱에 서 있는 저자는 '저자의 복수성'을 의미한다. 컬러(1997, 118)는 "경험적 작가의 사생활은 어떤 점에서 그의 텍스트보다 더 깊이를 측량할 수 없는 것"이라고 말한다. 텍스트보다 두꺼운 저자의 삶의 복잡성은 다양한 측면에서 독자를 초해석으로 이끈다. 먼저, 저자 자신도 모르게 본인의 삶의 복잡성이 다양한 국면과 다양한 방식(문체, 어휘 등)으로 텍스트의 배면에 스며들 수 있다. 독자가 어떤 부분에 주목하느냐에 따라 정독과 오독의 경계가 흔들린다. 또한, 독자는 텍스트만을 보고 해석하는 것이 아니라 지속적으로 독자가 아는 저자를 호출한다. 이로 인해 저자의 삶은 물론 저자의 이전 텍스트들이 수시로 독자에 의해 조회된다. 따라서 독자의 해석은 텍스트뿐만 아니라 저자의 삶, 그리고 텍스트와 저자의 삶과의 관계 속에서 도출되며 이로 인해 해석과 텍스트가 충실하게 대응되지 않을 수 있다.

한편, 저자의 복수성은, 공동체의 다중적 해석 전략에 대한 저자의 강한 의식 또는 눈치 보기에서 비롯된다고 볼 수 있다. "텍스트가 단일한 독자가 아니라 한 공동체의 독자를 위해서 쓰여졌을 때, 작가는 자신의 의도가 아니라 상호 작용의 복합적인 전략에 따라 자신이 해석되리라는 것을 안다. 물론 여기에는 사회적 유산으로서의 언어에 대한 구사력을 가진 독자들이 내포된다. 여기서 사회적 유산이란 일련의 문법적 규칙을 가진 주어진 언어뿐만 아니라 그 언어가 성취한 백과사전적인 것, 즉 언어가 만들어 낸 문화적 관습들과 독자가 지금 읽고 있는 텍스트를 포함한 많은 텍스트들에 대한 과거 해석의 역사 자체를 의미한다."(에코, 1997: 90)

저자는 공동체로서의 독자가 자신의 텍스트를 어떤 방식으로 이해하고 반응할지를 짐작한다. 내가 지금 화제로 삼고 있는 것에 대해 이전에 어떤 글쓰기가 있었고, 그러한 글쓰기에 어떤 반응들이 있었는지 알기 때문이다. 특히 자신의 글쓰기가 공동체의 상식과 통념에 크게 반하는 것일 때, 인식 차이가 큰 두 개 또는 그 이상의 독자층으로 나뉠 때, 저자는 예민해질 수밖에 없으며 이러한 예민함과 신중함은 여러 글쓰기 전략으로 표출된다. 그리고 이러한 글쓰기 전략이 독자를 문턱에서 서성이게 만든다.

복거일 텍스트(1998)는 영어 공용어화에 대한 단정적인 표현과 유보적인 표현이 섞여서 묘한 부조화를 이룬다. 먼저 단정적인 목소리 몇 개를 제시하면 다음과 같다. 1)"그것들(민족어-저자 주)은 차츰 대중들의 삶에서 떨어져서 일부 학자들이나 작가들에 의해 보존되는 '박물관 언어'들이 될 것이다."(152), 2)"거의 모든 작가들이 국제어로 글을 쓸 것이므로, 전 세계가 하나의 문학 시장이 될 것이다."(157), 3)"단 몇 십 년 뒤엔 민족어를 모국어로 가진 것은 누구에게나 감당하기 어려운 짐이 될 터이다."(100)[17] 다음은 유보적인 표현이다. 1)"다섯 세대 안에 영어가 대부분의 사회들에서 공용어가 될 가능성이 무척 높다. 여기서 지적되어야 할 것은 이런 상태가 민족어들의 완전한 쇠멸을 뜻하는 것은 아니라는 점이다. 쉽게 사라지기엔 민족어들은 너무 큰 지적 자산들을 담고 있다. 그래서 민족어들은 대중의 외면을 받지만 전문가들에 의해 사용되고 보존되고 계승될 것이다."(173), 2)"우리는 이미 모국어인 조선어에 큰 투자를 한 세대이므로, 우리에겐 모국어를 우대하는 것이 합리적이다. 그러나 논의는 아직 그런 투자를 하지 않은 후손들의 처지에서 진행되어야 옳다."(191)

복거일의 이러한 유보적 태도는 앞에서 논의한 공동체 눈치 보기에서 비롯된 것으로 보인다. 민족주의, 민족어 앞에서 복거일은 수시로 흔들린다. 이들 담론에 대한 공동체의 태도, 이들에 대한 자신의 글쓰기에 보일 공동체의 반응이 예견되기 때문이다. 다음에서 우리는 복거일이 공동체라는 타자의 시선의 잉여를 전유 또는 선취하고 있다는 것을 확인할 수 있다. 1)"영어가 국제어라고 해서, 우리가 영어를 선뜻 쓰기는 어렵다. 무엇보다도, 우리 사회의 거센 민족주의적 감정이 그런 일을 용납하지 않을 것이다. 아울러 우리 시민들은 한국어의 습득에 큰 투자를 한 세대로서 국제어의 채택으로 현실적 및 심리적 손해를 볼 사람들이다. 따라서 국제어의 채택에 반대하는 목소리들은 거셀 수밖에 없다."(180)[18] 2)"언어가 민족주의에서 핵심적 지위를 차지하므

---

17) 박이문은 "복거일은 우리 주위에서 보기 드물게 합리적이다. 그러나 그의 영어 공용론의 합리성은 의심스럽다."라고 비판한다. 그러나 이런 단정적 표현 말고 유보적인 표현들에 주목한다면 박이문의 비판은 지나친 감이 있다. 즉, 복거일 논의의 전체를 보지 못하고 일부만 보고 글쓰기를 하고 있다고 볼수도 있다. 박이문뿐만 아니라 많은 복거일 비판자는 그의 유보적 표현에 주목하지도 않고, 인용하지도 않는다. 이 또한 뒤에서 살필 '의도적 오독'에 해당할 것이다.

18) 남영신류의 거센 반발은 복거일의 글쓰기에서 벌써 예견되고, 고려된 것이다. 따라서 남영신 텍스트는 복거일에게 외부가 아니다. 복거일 텍스트 안에 들어와 복거일의 목소리를 조율하는 데 벌써 참여하고 있기 때문이다. 외재성을 갖지 못하는 해석 텍스트는 대상 텍스트에게 '잉여적 시각'을 보여주지 못한다. 따라서 대상 텍스트 또는 대상 텍스트의 저자에게 의미 있는 충격을 주지 못하며, 변화도 야기하지 못한다.

로, 영어를 공용어로 삼는 일은 특히 거센 반발을 불러올 것이다."(194), 3) "물론, 영어를 모국어로 삼는 일은 지금 우리의 감정에 너무 거슬린다. 우리 말이기 때문에, 개인적으로 성당한 손해를 보더라도, 우리는 우리말을 아끼고 써야 한다는 주장에 심정적으로 동의하지 않는 사람이 과연 몇이나 되겠는 가?"(191)

남영신(7월 6일)의 글을 읽고, 복거일(7월 7일)은 반박하는 글을 게재하는 데, 여기서 복거일은 "국제어와 민족어에 대한 내 주장을 '민족어를 버리고 영어를 모국어 삼자'로 요약한 것은 지나친 단순화다."라고 말한다. 그리고 한영우(7월 9일) 글에 대한 반론과 해명의 글에서 복거일(7월 10일)은 "한 교 수께서 전쟁과 노예–자유민을 대비한 것은 적절한 틀이 되기 어렵다"라고 말 한다. 복거일이 자신이 사용한 유보적 표현을 떠올리면 이렇게 이들의 오독 을 비판할 수 있다. 그러나 유보적 표현만큼이나 아니 그보다 더 많은 곳에서 단정적인 표현을 하고 있다는 점에서 남영신과 한영우는 지나치게 읽은 것이 아니라 정확하게 읽고 있는 셈이다. 더구나, 복거일의 유보적 표현이 현재 공 동체 구성원의 지배적 신념과 감수성을 의식한 글쓰기 전략에서 나온 것이라 고 볼 때, 남영신의 요약은 텍스트 및 저자의 의도에 매우 충실하다고 볼 수 있다. 그리고 지나친지, 정확한지의 최종(진짜) 판단은 남영신, 한영우의 텍 스트를 읽는 독자의 몫이다.

4. 의도적 오독: 쓰기 위한 읽기

의도적 오독의 길은 실용주의자의 길이라고 볼 수 있는데, 텍스트를 자신 의 특정 목적을 위해서 도구적으로 사용한다는 점에서 그러하다.19) 이 때 특

---

19) 자신의 글쓰기를 위해서 의도적으로 기존 개념과 구조를 변형시키고, 의도적으로 없는 새로운 개념 및 구조를 도입하여 대상 텍스트를 재구조화 한다는 점에서 그러하다. 존 듀이를 비롯한 실용주의자들은,

정한 목적은 대개의 경우 글쓰기이다. 대상 텍스트를 옹호 또는 비판하는 글을 쓰기 위해서 독자는 우선 대상 텍스트의 거시 구조 즉, 담론 구조를 설정해야 한다. 이렇게 담론 구조를 설정해야 자신의 글쓰기 방향과 전략이 비로소 자리를 잡기 때문이다. 문제는 자신의 글쓰기 목적(전략)에 맞추기 위해서 대상 텍스트를 상당한 정도로 변형하는 일이 생긴다는 점이다. 그리고 이러한 변형(왜곡, 수정) 과정에서 초해석의 경향이 노정된다.[20] 다음에서는 복거일 텍스트 독자들이 어떻게 복거일 텍스트의 담론 구조를 변형시켰는지 살펴보고자 한다. 그리고 이런 변형이 자신의 글쓰기를 어떻게 정당화, 합리화시키고 있는지도 검토하고자 한다. 이러한 과정에서 초해석이 글쓰기와 갖는 깊은 관계 맺음이 드러날 것이다.

먼저, 나부터 복거일 텍스트의 논의 구조를 확정할 필요가 있다. 그래야 다른 독자가 설정한 구조에 대해서 비판 또는 옹호하는 해석의 길이 열리기 때문이다. 나는 복거일 텍스트는 '실용 對 비실용', '합리 對 비합리'라는 틀에서 해석되어야 한다고 생각한다.[21] 즉, 복거일의 '영어 공용어화' 주장이 실용적

개념들은 '세계의 실존 방식(How the World Really Is)'이라는 그림 맞추기 틀의 조각들이 아니라 특정한 목적을 위해서 우리가 이용하는 도구들로 간주하라고 주문한다(R. 로티, 1997: 119-144).

20) 논의 구도를 변형시키는 의도적 오독의 가장 나쁜 사례는 아마도 마술적 편집 또는 악마적 편집일 것이다. 이는 에코(1997, 75)의 다음 말에서 실감으로 다가온다. "우리가 '그 장미는 푸르다'라는 문장이 어떤 작가의 테스트에 나오는지 알아보려면 그 텍스트에서 '그 장미는 푸르다'라는 완전한 문장을 찾아내야만 할 것이다. 첫 페이지에서 '그'라는 관형사를 찾아내고 50페이지의 '장미 꽃밭'이라는 어휘에서 '장'자를 찾아내는 식으로는 아무것도 찾아낼 수 없다. 하나의 텍스트가 어휘의 조합을 위하여 결합시키는 자모(字母)의 글자 수는 제한되어 있지만 이런 식으로는 어떤 텍스트에서나 우리가 원하는 어떤 문장이라도 찾아낼 수 있기 때문이다."

21) 이렇게 설정한 근거는 복거일(1998, 192)의 다음 글에서 잘 드러난다. "위에서 얘기한 것처럼, 이미 이 땅에 태어난 사람들은 모두 조선어에 큰 투자를 했다. 물질적으로만이 아니라 감정적으로도, 그런 사람들이 아주 큰 값을 치르더라도 조선어를 쓰겠다고 하는 것은 당연하고 합리적이다. 그러나 아직 태어나지 않은 세대들까지 미리 그런 판단으로 구속하는 것이 옳을까? 그들에게 국제어인 영어와 민족어인 조선어 가운데 자신들의 삶에 나은 것을 모국어로 고르도록 하는 것이 합리적이지 않을까" 나는 이것이 복거일의 진짜 질문이라고 생각한다. 이 질문에 충실하게 답한 독자는 누구인가? 이들은 왜 질문을 바꾸었는가? 왜 복거일 질문에 답하지 않고, 자신이 만든 질문에 자신이 스스로 답하는가? 복거일의 담론 구조에 포섭되지 않기 위한 고도의 전략에서? 무엇이 (진짜) 질문인지 파악을 못해서? 내가 잘 답하기 위해 질문을 바꾸었을 뿐, 누구나 다 그런 것 아닌가? 어찌되었든, 우리 사회의 권위 있는 저자이면서 독자인 사람들은 복거일의 논의 구조를 어떻게 재설정했는지, 다른 말로 하면 어떤 질문을

인지 아닌지, 합리적인지 아닌지를 따지는 것이 텍스트 의도에 부합한다고 생각한다. 물론 '실용적인 것이 합리적인 것이다.'라는 복거일의 대전제도 함께 검토될 필요가 있다.

정과리는 복거일이 제기한 논쟁은 "원리민족주의와 실용적 민족주의의 대립"이라고 정리하면서 복거일의 '실용적 민족주의'를 옹호하는 글쓰기를 하고 있다. 복거일이 말한 '닫힌 민족주의'와 '열린 민족주의'를 위의 개념으로 재진술한 것이라면 수긍이 간다.[22] 그러나 고종석(1999, 155-156)이 적절하게 지적하고 있듯이 복거일 텍스트의 전체 맥락에 비추어 볼 때, '열린 민족주의'는 "민족을 포함한 여러 수준을 이루고 있는 개인 개인의 복지에 대한 관심"이며, "개인주의·자유주의'의 면사포에 지나지 않는다." 따라서 복거일의 이런 관점을 '실용적 민족주의'라고 부를 수는 없다.

고종석은 정과리가 복거일을 의도적으로 이렇게 바꾸어 읽었다고 보고 있다. "왜냐하면, 의도적으로 잘못 읽지 않으면 복거일을 옹호하기가 껄끄럽기 때문이다."(고종석, 1999: 155-156) 즉, 정과리가 복거일 텍스트를 의도적으로 오독한 까닭은 복거일의 민족주의 비판을 그대로 옹호할 수 없기 때문이라는 것이다. 복거일 옹호가 정과리의 글쓰기 목적인데, 현재의 논의 구조(민족주의 비판)에서는 자신의 논의가 들어설 공간이 없다. 따라서 논의 구조를 왜곡 또는 비틀어서(열린 민족주의와 실용적 민족주의의 대립) 자신이 설 자리를 마련한 것이다. 그렇다면, 정과리는 왜 복거일 텍스트를 의도적으로 오독하면서까지 '민족주의 비판'을 피해간 것일까? 나는 그 이유가 정과리의 '공동체 눈치 보기'에 있다고 생각한다. 복거일의 민족주의 비판에서 불가피하게

설정하고 답하고 있는지 살펴볼 필요가 있다.

[22] 복거일의 논의의 기본 구도를 '열린 민족주의 對 닫힌 민족주의'로 보는 것은 타당성이 있다. 이는 복거일(1998, 163)이 직접 언급한 것이기도 하다. "우리가 지녀야 할 것은 인종이나 국적이나 언어에 관계없이 모든 사람들이 잘살 수 있는 사회를 지향하는 '열린' 민족주의지 전체적이거나 배타적인 '닫힌' 민족주의가 아니다."

그어져 나오는 주장들, 예컨대, 영어의 모국어화가 궁극적으로 가야 할 길이다, 미국을 중심으로 재편성된 '제국의 질서'를 인정하고 승낙해야 한다 등은 정과리가 자리하고 있는 공동체의 공통 감각에 어긋난다. 이러한 공동체의 상식과 충돌하는 논의는 독자에게 '불편함'과 '거부감'을 줄 것이고, 이러한 독자의 반응은 저자에게도 불편한 것이어서 상당한 용기를 필요로 한다. 정과리는 의도적 오독이라는 글쓰기 전략을 선택함으로써 이러한 난관을 돌파하고 있는 셈이다.[23)]

이윤기는 '추상적 세계성 對 구체적 국지성'으로 논의 구도를 설정한 다음, 복거일의 영어공용어 주장을 추상적 세계성에 위치시키고 있다. 그리고 "인간의 가장 자연스러운 감정, 그가 가진 인간적 가능성의 만개를 위한 조건, 그의 존재의 의미를 주고 그를 가장 편안하게 하며 그를 가장 인간답게 하는 것은 추상적인 세계성이 아니라, 집, 고향, 동네, 친구들 같은 구체적이고 특수한 '국지성'이며 국지적 관계이다."라고 말하고 있다. 결국, 민족어 사용으로서의 국지성 지향이 국제어 사용으로서의 세계성 지향보다 인간적 가능성의 만개를 돕고, 인간을 더 인간답게, 편안하게 하는 데 기여한다고 보고 있는 것이다.

그러나 복거일을 비판하기 위해서 추상적 세계성 對 구체적 국지성으로 논의 구조를 설정한 것은 이해가 되나, 이런 구도 설정은 복거일 논의를 상당히 왜곡할 가능성이 높다. 복거일 텍스트를 정확하게 이해한다면, '추상적 민족주의 對 구체적 개인주의'로 논의 틀을 잡는 것이 적절하다. 복거일은 민족주의가 추상적 세계로서 개인을 억압하므로, 개인의 가능성의 만개와 자유로움을 회복하기 위해서 개인주의를 적극적으로 옹호해야 한다고 본다. 따라서

---

23) 정과리가 "복거일 씨의 문제 제기는 팍스 아메리카나의 수락이 아니다. 복거일씨가 촉구하는 것은 세계화의 이중적 상황에서 한국인에게 요구되는 불가피한 생존 조건에 대한 성찰일 뿐"이라고 하거나 "복거일의 영어공용어화론은 영어의 모국어화와는 다른 착상"이라고 하는 것은 정과리의 이러한 글쓰기 전략에서 비롯된 것이다.

복거일의 개인주의는 추상적 세계성의 옹호가 아니라 구체적 국지성의 옹호라고 볼 수 있다.[24] 구체적 국지성의 옹호라는 점에서 복거일과 이윤기는 대립하는 것이 아니라, 하나의 울타리 안에서 만나고 있는 것이다.

최원식은 '서구주의 對 국수주의'라는 논의 구도를 설정한 다음, 둘의 관계가 겉으로는 모순적 관계가 있는 것처럼 보이지만, 실은 상보적 관계에 있음을 다양한 방식으로 설명하고 있다. 예컨대, "일본 사회는 녹명관 시대를 한때의 철부지 에피소드로 돌리고 서구주의로부터 국수주의로 급회전한다.", "사실 서구주의와 국수주의는 단순한 대립물이 아니라 일종의 동전의 양면과 같다. 서양을 모방하여 서양을 따라잡겠다는 서구주의의 뒤집어진 형태가 국수주의니," 등이 그 예이다. 이러한 논의 구조는 서구식 시장 경제에의 적용을 강조하고, 국제어로서의 영어의 공용어화를 주장하는 복거일을 서구주의자로 호명하는 데 효과적이다. 더구나 "서구주의는 민족주의의 매우 특이한 변종일지도 모른다."라고 말함으로써, 드디어 복거일을 민족주의자, 국수주의자로서 호출한다. 멋진 글쓰기 전략이다. 그러나 이는 닫힌 또는 거친 민족주의에 대한 비판적 성찰과 민족주의에 대한 안티테제로서 개인주의를 일관되게 주장해 온 복거일의 삶에 대한 모욕이다. 복거일도 복거일 텍스트를 성실하게 읽은 독자도 많이 불편할 것이고, 동의하기 힘들 것이다. 즉, 오독이고 거친 초해석이다.

그러나 독자를 복거일과 복거일 주장에 동조하는 독자로 한정하지 않는다면, 최원식 텍스트는 여러 독자에게 깊은 울림과 성찰의 기회를 줄 수 있다. 서구주의와 국수주의의 관계에 대한 최원식의 논의는 일리가 있다. 또한 복거일의 시각(탈민족주의)에서 강조되는 '영어 공용어화'가 아니라, '제국의 질

---

24) 복거일의 영어 공용어화 주장은 철저하게 실용적인 관점에서 나온 것으로, 영어의 쓸모가 늘고 있고, 따라서 영어를 잘 하면 삶에 크게 도움이 되며, 영어를 효과적으로 배우는 가장 좋은 방법은 영어를 공용어로 선택하는 것이라고 말하고 있는 것이다. 추상이 아닌 특수한, 구체적 개인을 보고 있으며, 그러한 개인들의 쓸모를 염두에 두고 있다는 점에서 매우 국지적이라고 볼 수 있다.

서'에 효과적으로 편입하여, 중심부로 진입하여, 제국주의적 힘을 부려보고자 하는 욕망 속에서 나온 '영어 공용어화'라면 최원식의 글쓰기 전략은 힘도 있고, 설득력도 있다. 최원식이 이런 의도와 더불어 '영어 공용어화'에 대한 논의의 확장을 효과적으로 막아보고자 하는 의도("위험해요")를 가지고 쓴 글이라면, 그의 오독은 매우 정치적으로 계산된, 의도된 오독이라고 볼 수 있다.

한영우는 복거일 논의를 '민족어-주인-자유' 對 '국제어-노예-예속'의 구도로 설정(해석)하고, 자유를 적극적으로 옹호하면서 복거일에게 주인에게 최소한의 생활 보장을 구걸하면서 노예의 길을 가자는 것이냐며 맹비난을 한다.[25] 심지어는 복거일 주장이 식민지 시대 매국노의 논리를 닮았다고 말한다. 그러나 국제어로서의 영어를 공용어화 하자는 복거일의 주장은 한영우 해석과는 달리 노예가 아닌 주인의 길을 가자는 취지로 이해할 필요가 있다. 개인이 손해를 보지 않고 잘 살기 위해서, 국제화된 사회에서 소외되지 않고 잘 참여하기 위해서 영어를 배워야 한다는 입장이기 때문이다. 복거일은 진짜 자유주의는 진단과 처방으로서 영어를 가리킬 수밖에 없을 것이라고 말하고 있다.[26]

의도적 오독을 통해 글쓰기의 힘을 충전하고 있는 이들 해석 텍스트는 상당히 생산적인 글쓰기라고 볼 수 있다. 바흐친(2006)은 고유하고 유일한 외재성을 유지할 때, 생산성이 생긴다고 보고 있다.

사건의 생산성은 모든 것이 하나로 합류됨에 있지 않고 사건의 외재성과 비합류성에서 생기는 긴장에 있으며, 타인들 밖의 자신의 유일한 위치가 지닌 특권을 사용하는 것에 있다. (바흐친, 1924/2006: 135)

---

25) 이에 대해 복거일은 "한 교수께서 전쟁과 노예-자유민을 대비한 것은 적절한 틀이 되기 어렵다"고 반박하고 있다.
26) "사회를 부드럽고 다양하게 만드는 일에서 우리 사회의 구성 원리인 자유주의는 또렷한 진단과 처방을 내놓는다. 자유주의는 개인들이 자신들의 판단에 따라 자유롭게 활동하는 사회를 지향한다. 자연히, 사회를 탄력적으로 만들어 예측이 어려운 미래에 대해 준비하는 일을 돕는다."(복거일, 1998: 187)

해석 텍스트 또는 해석 텍스트 저자가 자신의 유일한 위치를 강하게 유지할 때, 외재성이 강화되며, 이럴 때 주제를 둘러싼 논의에 탄력이 생긴다. 이런 의미에서 앞의 해석 텍스트들이 설정한 논의 구도는 복거일 텍스트를 새로운 눈으로, 거리를 두고 보게 하는 매우 강한 외재성을 갖는다고 볼 수 있다.

의도적 오독은 창조적 읽기의 한 유형이라고 볼 수 있다. 이러한 창조적 읽기는 주제에 대한 다층적이고 심화된 이해로 우리를 이끈다. 읽기와 쓰기의 해석학적 순환에서 우리가 기대하는 것은, 어떤 사건, 현상, 주제에 대한 창조적 이해를 도모함으로써 인류의 지적, 미적 자산을 풍요롭게 하는 것이며 삶의 결들마다에 합리성과 심미성을 새기는 것이다. 읽기와 쓰기가 궁극적으로 도달해야 할 지점이 여기라고 한다면, 창조적 읽기로서의 의도적 오독은 가치가 있다.

의도적 오독은 독자의 위치에서 저자의 위치로 전화(轉化)하는 자의 글쓰기에서 불가피하다. 중요한 것은 이러한 의도적 오독이 대상 텍스트를 쓴 저자에게 생산적인 외재성을 갖느냐, 파괴적인 외재성을 갖느냐이다. 저자는 자신이 쓴 텍스트에 대한 독자들의 해석 텍스트를 읽으면서 저자 자신을, 그리고 저자의 텍스트를 보는 타자(독자)의 시선의 잉여(외재성)와 만나게 되고, 이를 통해 자신의 부분성을 확인하고 성찰할 수 있게 된다. 또한 주제에는 다양한 방식으로 대립하고, 연대하는 수많은 타자의 목소리가 배음으로 깔려 있음을 확인하면서 스스로의 자리를 객관화할 수 있게 된다. 또한 자신의 글쓰기 전과 중에 선취한 독자의 상, 주제의 상이 적절했는지를 확인할 수 있다.

■ ■ ■

일상 산문에서 주제는 시공간적으로 수많은 타자에게 열려 있다. 주제가 타자에게 열려 있는 만큼, 주제는 저자의 위치에 고정되지 않는다.[27] 주제는 수많은 목소리로 채워져 있으며, 주제를 다루면서 저자는 이러한 목소리를 듣는다. 그리고 저자가 이러한 목소리들에 일정한 통일성을 부여하지 못한다면 글을 쓸 수 없고, 쓰인 글도 통일성을 갖추지 못한다. 어떤 주제로 글을 쓴다는 것은 주제에 스민, 주제를 둘러싼 목소리에 일정한 방향성과 통일성을 부여한다는 의미인데 이 과정에서 어떤 목소리는 주제의 의미망에 자리를 잡고[28], 어떤 목소리는 주제의 의미망에서 지연되거나 배제된다.

저자가 글을 쓰면서 의식적으로, 무의식적으로 지연, 배제한 목소리 또는 타자들은 언제, 어떤 모습으로 나타나는가? 저자가 쓴 글을 읽고, 그 글에 대한 반응으로 쓰인 해석 텍스트 속에서 드러난다. 복거일은 자신의 글쓰기에서 의식적 또는 무의식적으로 지연, 배제한 목소리가 독자들의 해석 텍스트에서 현시하는 것을 보았을 것이다.

저자의 텍스트는 어떤 대상과 주제에 대한 저자의 해석 과정에서 산출된 것이다. 그리고 그 해석의 정당성과 타당성은 그 텍스트를 읽는 독자의 반응 속에서 입증된다. 독자의 반응은 저자 또는 텍스트의 일관성을 강화, 해체, 재구성하는 외재성으로 존재하며, 이러한 외재성을 의식한 글쓰기가 다시 시도된다. 이는 외재성까지도 껴안아서 자신의 해석 일관성을 확보하려는 노력이면서 동시에 또 한 번의 해석 시도라고 볼 수 있다. '해석-반응(외재성)-(재)해석…'이란 연속성은 '해석학적 순환'에 다름 아니다.

실제로 복거일은 자신의 텍스트에 대한 남영신과 한영우의 반응을 보고,

---

27) 바흐친에게 있어서 작가가 '나'이고, 주인공이 타자이다. "예술의 영역에서는 오직 작가만이 타자가 될 수 있다. 작가가 주인공에 대해 누리는 외재성과 시선의 잉여를 주인공은 절대 누릴 수 없기에 이 세계에서 완결된 상을 만들어내는 타자의 기능은 오직 작가에게만 허락되고 주인공은 그 형식적 완결의 대상이 되는 삶의 주체, 즉 '나라고 하는 작가의 위치에 고정된다."(이문영, 2000: 150) 그러나 예술 산문과는 달리 일상 산문에는 주인공이 없다. 따라서 일상 산문에서는 나와 타자의 관계를 저자와 주인공의 관계 틀에서 다룰 수 없다. 나는 일상 산문 영역에서는 저자와 주제와의 관계 속에서 나와 타자의 관계가 조명되고 분석될 수 있다고 생각한다. 그리고 저자인 나에 의해서 위치가 고정되는 주인공과 달리, 저자인 나에 의해서 위치가 좀처럼 고정되지 않는 주제라는 점에서 예술 산문과 일상 산문의 장르적 차이가 발생한다고 생각한다.

28) 자리를 잡은 목소리들은 나인 저자에 의해 재배열되면서 일정한 리듬(주제적 목소리)을 형성한다. 이와 같이 글을 쓴다는 것은 절대적 보편성을 드러내는 것이 아니라 구체적 보편성, 유일한 보편성, 일시적 보편성을 보유하는 과정이라고 볼 수 있다.

다시 글쓰기를 통해 이들의 반응에 대해 응답한다.[29] 남영신과 한영우의 반응을 부분적으로 수용하고, 반박하면서 지속적으로 자신의 일관성을 확보하기 위해 노력하는 모습을 보인다. 이러한 저자·독자 간의 상호 반응으로 작동하는 '해석학적 순환'은 주제가 살아남아 있는 한 멈추지 않을 것이다. 그리고 그 주제는 다양한 방식으로 변형되어 죽지 않고 살아남을 것이므로 해석학적 순환이란 물레도 멈추지 않을 것이다. 그래서 우리는 '대화' 속에서 영원히 살 수 있는 것이다.

'어떤 저자'의 글에 대한 '어떤 독자'의 해석 텍스트는 시간이 흐른 후 그 '어떤 저자'가 글을 쓸 때, 외재성으로서 글쓰기에 지속적으로 영향을 미친다. 마찬가지로 '어떤 독자'가 저자가 되어 글을 쓸 때, '어떤 저자'는 외재성으로서 글쓰기에 작용한다. 저자와 독자, 대상 텍스트와 해석텍스트, 나와 외재성 간의 대화는 '나와 타자' 간의 대화로 유비된다. 나와 타자 간의 대화가 나와 타자 모두를 더 강밀도가 높은 통일성, 일관성, 전체성의 세계로 이끈다면, 초해석은 이러한 대화에 긴장감과 생동감을 불어넣는다.

해석 텍스트에 대한 해석 텍스트인 이 글은 또 얼마나 많은 초해석으로 넘쳐날까? 이러한 지나친 해석이 저자와 저자의 애독자에게 상처를 주지는 않을까? 초해석을 주제로 삼아 초해석을 살펴보니, 글쓰기가 얼마나 매력적인지 그리고 얼마나 치명적인지 알겠다. 초해석은 불이다.

* 이 장은 이재기(2015), 초해석과 글쓰기, 국어 교육 제148집, 한국어교육학회를 수정한 것임.

---

29) 글의 역사에서 타자와 나의 관계는 가역적이며 순환한다. 복거일이 글을 쓸 때에는 복거일이 나이고, 수많은 잠재적 독자가 타자이지만, 독자 중 한 명인 남영신이 글을 쓸 때에는 남영신이 나가 되고, 복거일이 타자 즉 외재성으로 전환된다. 한편, 복거일이 남영신의 글을 읽고, 다시 글을 쓸 때에는 복거일은 나로 복귀하고, 남영신은 타자로 돌아간다.

참고 문헌

고종석(1999), 감염된 언어, 개마고원.

남영신(1998), 세계화 위해 민족 버리자니…천박한 과잉 세계주의, 조선일보(7. 6일).

박이문(1998), 영어 공용어는 시기상조, 조선일보(7. 17일).

복거일(1998), 국제어 시대의 민족어, 문학과지성사.

복거일(1998), 열린 민족주의를 찾아서, 조선일보(7. 7일).

복거일(1998), '지구제국'은 실제로 존재한다, 조선일보(7. 10일).

이문영(2000), 바흐찐의 모순의 역동성에 관한 소고, 러시아연구 10(2), 133–170, 서울
　　　대학교 러시아연구소.

이윤기(1998), 선택하라면 국어다, 조선일보(7. 12일).

정과리(1998), 영어 '내것화'가 관건이다, 조선일보(7. 13일).

최원식(1998), 영어공용화론 서구 패권주의 연장, 조선일보(7. 20일).

한영우(1998), '지구제국'은 강대국 희망 사항이다, 조선일보(7. 9일).

Bakhtin, M.(1924/2006), 미적 활동에서의 작가와 주인공, 말의 미학(김희숙·박종소
　　　역), 도서출판 길.

Bakhtin, M.(1952/2006), 담화 장르의 문제, 말의 미학(김희숙·박종소 역), 도서출판 길.

Collini, S.(ed.)(1997), 해석이란 무엇인가(손유택 역), 열린책들.

Culler, J.(1997), 초해석의 옹호, 해석이란 무엇인가(손유택 역), 열린책들.

Eco, U.(1997), 작가와 텍스트의 사이에서, 해석이란 무엇인가(손유택 역), 열린책들.

Eco, U.(1997), 텍스트의 초해석, 해석이란 무엇인가(손유택 역), 열린책들.

Morson, G. & Emerson, C.(1990/2006), 바흐친의 산문학(오문석·차승기·이진형
　　　역), 책세상.

Rorty, R.(1997), 실용주의의 역정, 해석이란 무엇인가(손유택 역), 열린책들.

제9장 읽기, 쓰기 연계 활동을 통한 표현 주체의 형성

■ ■ ■

읽기와 쓰기 연계 교육의 의의에 대한 연구는 상당히 폭넓게 이루어진 셈이다. 따라서 읽기·쓰기 연계 활동의 의의를 다시 언급하는 것은 새삼스러울 수 있다. 새삼스러움에서 벗어나는 방법은 미처 생각하지 못하고 놓친 의의를 찾아 추가하는 것일 텐데, 기존의 논의가 빈틈없이 촘촘하고, 모두 그럴듯하여 좀처럼 돌파구를 마련하기 어렵다. 고심 끝에 내가 선택한 글쓰기 전략은 읽기와 쓰기를 연계했을 때, 기대되는 주체의 모습을 그려보는 것이다. 정확하게는 국어교육에서 지향해야 하는 주체는 이런 주체인데(여야 하는데), 읽기·쓰기의 연계를 어떻게 기획해야 이런 주체를 길러낼 수 있는지를 보여주는 것이다.

내가 상정한 주체는 '표현 주체'와 '이성적 주체'이다. 이러한 주체는 다원주의 사회, 민주주의 사회에서 요구되는 주체이고, 국어교육의 목표도 이러한 주체를 길러내는 데 두어야 한다고 생각한다. 표현 주체는 스스로 문식 활동을 '향유'하는 주체이며, 설득과 동의라는 대화 체계에 의해서 존재하는 민주주의를 적극적인 표현을 통해 실질적으로 작동시키는 주체이다. 2, 3, 4절에서는 읽기 교육에서 읽는데 관심이 많은 소극적 이해 주체를 지양하고, 표현하는 데 열심인 적극적 표현 주체를 길러낼 필요가 있다는 점, 이를 위해서는 읽기 교육이 '해석 텍스트 쓰기'를 중심으로 재편되어야 한다는 점에 대해 논의하고자 한다. 나의 논의는 대체로 표현 인문학, 표현주의, 실용주의 관점에 기대고 있다.

이성적 주체는 상상할 수 있는 모든 사람을 합리적으로 설득시키고, 상상할 수 있는 모든 사람의 입장에서 동의의 근거를 찾고자 근근이 노력하고 고심하는 주체이다. 이러한 이성적 주체가 설득과 동의를 통해서 민주적 질서를 만들어 간다. 설득의 대상과 동의의 주체로서 '상상할 수 있는 모든 사람'이 신수사학에서 말하는 '보편 청중'이다. 읽기가 가장 강력한 쓰기 방법이라는 것은 여러 사람의 심증과 논증을 통해서 하나의 상식으로 받아들여지고 있다. 읽기가 어떻게 설득력 있고, 공감을 불러일으키는 좋은 글쓰기를 가능하게 하는가? 내가 주목하는 것은 읽기를 통해서 '보편 청중' 구성 능력과 감수성이 고양될 수 있다는 점이다. 5절과 6절에서는 읽기를 통해 보편 청중에 대한 감수성이 고양된다는 점, 이러한 감수성이 쓰기 장면에서 보편 청중 구성 능력을 높인다는 점, 이러한 독자 구성 능력이 좋은 글쓰기를 가능하게 한다는 점에 대해 논의하고자 한다.

1. 대상 텍스트와 해석 텍스트의 순환성

읽기와 쓰기를 연계하여 또는 통합하여 교육해야 한다는 당위성과 필요성에 대해서는 상당한 공감대가 형성된 것으로 보인다. 읽기와 쓰기의 연계 가능성, 연계의 의의, 그리고 구체적인 연계 방법론도 여러 연구자에 의해 다양하게 모색되어 왔다(윤정옥, 1997; 박영민, 2003; 이재승, 2004; 김봉순, 2004; 김명순, 2004, 김혜정, 2004).

한편, 읽기 교육에서 해석 텍스트 쓰기가 갖는 의의에 대해서도 많은 논의가 축적되어 있다. 특히, 문학 교육에서 활발하게 논의되어 왔다(김동환, 1999; 우한용, 1999; 김미혜, 2000; 김성진, 2002; 양정실, 2006). 이들 논의는 문학 읽기 교육에 쓰기를 연계함으로써, 문학 작품을 더 잘 읽는 방법을 획득할 수 있다는 가정을 가지고 있으며, 그러한 가정이 어떻게 타당화될 수 있는지, 그것이 문학 교육에서 어떤 의의를 갖는지에 대해 매우 다채로운 논의를 전개하고 있다.

주로 읽기 교육 연구자들에 의해 이루어진 읽기와 쓰기에 대한 통합 논의, 문학 교육 연구자들에 의해 이루어진 문학 읽기와 해석 텍스트 쓰기의 연계 논의는 상당히 생산적이고, 읽기·쓰기 통합의 의의를 확충하는 데 많은 기여를 했음에도 불구하고, 읽기와 쓰기가 갖는 개별적 독립성을 강하게 의식하고 있다는 점은 문제적이라고 생각한다. 읽기와 쓰기의 경계는 없어서 각각의 개별성, 독립성, 자율성을 주장할 수 없다고 보기 때문이다. 그리고 읽기와 쓰기의 경계가 허물어진 그 지점에서 읽기와 쓰기의 본질이 드러난다고 생각한다.

세상에 존재하는 모든 텍스트는 해석 텍스트이다. 모든 텍스트는 어떤 대상 텍스트에 대한 반응(해석)의 결과물이다. 그리고 이러한 해석 텍스트는 누군가의 대상 텍스트가 되어 반응(해석 텍스트)을 기대하고 있다. 소진되지 않는 대상 텍스트와 해석 텍스트의 순환성이 읽기와 쓰기의 본질이다.

이런 맥락에서 볼 때, 해석 텍스트는 읽기 행위와 쓰기 행위가 상호 계기적으로 동시에 작용하여 생성된다. 필자는 대상 텍스트를 해석하면서(읽기) 글을 쓴다(쓰기). 글을 읽는 독자에게도, 글을 쓰는 필자에게도 '읽기'와 '쓰기'는 동시에 나타난다. 즉, 쓰기의 과정이 곧 읽기의 과정이고, 읽기의 과정이 곧 쓰기의 과정이다. 따라서 해석 텍스트 쓰기에서 읽기와 쓰기의 경계나 독자와 필자의 경계는 모호하고, 구별이 무의미하다. 해석 텍스트가 이러한 성격을 지닌다면, 해석 텍스트로서 존재하는 모든 대상 텍스트도 역시 읽기와 쓰기의 경계가 허물어진 지점에서 산출된다고 볼 수 있다.

김명순(2004, 115-116)은 독서, 작문의 통합 지도를 논의하면서 통합을 위해서는 "대상들이 개별적 독립성을 지니고 존재하는 점"이 전제되어야 한다고 말한다. 이런 전제가 있어야 통합의 대상이 된다고 한다면, 읽기와 쓰기는 통합될 수 없다. 개별적 독립성을 가지고 있지 못하기 때문이다. 김명순의 엄밀한 기준을 적용하면, 읽기와 쓰기는 벌써 하나의 행위로 통합되어 있기 때문에 통합을 이야기하는 것 자체가 난센스다.

2. 표현 인문학, 적극적인 자유 추구와 표현 주체

≪표현 인문학≫(정대현 외, 2000)의 저자들은 인문학을 고전 인문학과 새로운 인문학으로 구분하고, 고전 인문학의 전형적인 활동은 읽기에서 나타나고, 새로운 인문학의 전형은 글쓰기에서 보인다고 말한다. 이러한 발상에서 고전 인문학은 이해 인문학으로, 새로운 인문학은 표현 인문학으로 언명되는데, 저자들은 현대인의 조건에 비추어 소극적 자유로서의 이해 인문학에서 벗어나 적극적 자유로서의 표현 인문학을 지향해야 한다고 주장한다.

이들에 따르면, 이해 인문학은 억압의 시대에 필요로 했던 인문학이다. 그리고 그러한 시대에서 이해 인문학 이외의 다른 선택은 불가능했을 것이다. 그러나 이해인문학을 현대 사회에 고집하는 것은 부적절하다. 그것은 너무나 소극적인 인문학이며, 억압의 시대에서 불가피한 최소한의 인문학이었기 때문이다. 현대사회는 개인의 적극적인 자유의 추구를 요구한다. 적극적인 자유를 추구하는 주체가 표현 주체이며, 이러한 주체의 형성은 표현 인문학의 도입과 옹호를 통해 가능해진다.

표현 인문학의 관점에서 보면, 표현은 모든 인간에게 편재되어 있다. 의식은 항상 대상 지향성을 갖는다. 의식하는 인간의 대상 지향성은 자연스럽게 대상에 대한 표현 욕망을 불러일으킨다. 그리고 표현 욕망은 해소되지 않을 때, 억압으로 작동한다. 그렇다면, "표현의 목적은 궁극적으로 그 표현에의 강압으로부터 표현 주체가 해방되는 일이 된다. 개성적 표현이 충분히 발휘되는 조건 하에서만, 다시 말해 표현의 총체성 속에서 비로소 표현의 대상과 표현 주체는 화해와 조화를 이룰 수 있게 되고 표현의 강압과 욕구는 해소될 수 있는 것이다."(정대현 외, 2000: 204-205)

한편, 한 사람의 삶의 어디에서나 그 사람의 표현이 이루어지고 있다는 표현의 인간 편재성을 수용한다면 사람은 표현적이어야 한다는 표현 당위성을 주장할 필요가 없다. 벌써 표현은 인간 삶의 일부 또는 전체이기 때문이다. 표현 편재성과 표현 당위성 간의 표면적 불일치를 어떻게 봐야 하나? 표현 편재성은 최소 표현성을 나타내고, 표현 당위성은 최대 표현성을 요구하는 것이라고 볼 수 있다. 표현이 사람다움의 표현이지만 사람다움은 종류의 개념이 아니라 정도의 개념이기 때문이다. 인간이 지향적 존재로서 표현 편재적 존재이지만 또한 인간은 목표적 가치로서의 최대 표현성을 추구하는 것이다. 국어교육에서 표현 주체를 새삼 강조하고, 지향해야 하는 이유가 여기에 있다.[1]

표현의 독점과 이해의 다점 구조를 해소하고 모두가 표현 주체가 되는 길은 모두의 사람다움을 추구하는 길이면서 한편으로는 다원주의적, 민주적 질서를 세우는 길이기도 하다. 모두가 표현 주체가 되는 길을 내기 위해서는 우선 표현 가치를 평가하는 기준의 무거움을 덜어내야 한다. 즉, 표현 가치를 평가하는 전통적 기준에서 벗어나 새로운 평가 기준이 설정되어야 한다. 정대현 등(2000, 303-306)은 표현에 대한 전통적 기준은 대체로 '새로움, 창의성, 균형, 조화, 통일성, 수월성' 등의 기준인데, 이러한 기준은 지나치게 엘리트적이고 위계적이라고 말한다. 이러한 기준은 천재나 제왕의 표현을 평가하는

---

1) 해석 텍스트 쓰기의 도입은 표현의 '자연성', '편재성'을 의도적으로, 교육적으로 확장하는 의미를 갖는다. 읽고 해석 텍스트 쓰기는 언어생활에서 매우 자연스런 현상이지만, 보통 사람은 그렇게 살지 않는다. 다만, 모든 전문 필자(독자)에게서 두드러지게 나타나는 특징이다. 이들 전문 필자(독자)가 표현 주체인 것은 해석 텍스트 쓰기를 통해서 자신과 세계를 구성하고, 지배적 담론을 형성하고 있기 때문이다. 모두가 표현 주체가 되기를 꿈꾸면서 교육 장면에서 표현 주체 형성을 의도적으로 강조할 필요가 있다.

가치로서 유용할 수는 있지만 모든 사람이 표현의 주체가 되어야 하는 시대에는 범속한 기준의 설정이 필요하다고 말한다.

이들은 새로운 표현 가치 평가 기준으로 '인간성, 일상성, 진실성, 성실, 수행성'을 제안한다. 인간에 대한 애정과 연민, 그리고 공동체에 대한 관심이 드러나고, 삶의 소소함을 진실하고 성실하게 그려내고, 그 표현의 내용과 형식이 관념적이고 아니고 구체성을 드러낼 때 그러한 요소를 포함하고 있는 표현일 때 우리는 가치 있다고 볼 수 있다는 것이다.

표현의 가치를 평가하는 이러한 범속한 기준은 교실에서의 해석 텍스트 쓰기에도 적극적으로 도입될 필요가 있다. 전통적 평가 기준인 새로움, 균형, 조화, 통일성 등은 모두 수월성(excellence)에 기반을 두고 있다. 이러한 관념적이고 드높은 기준을 학생들이 산출한 해석 텍스트에 적용할 때, 해석 텍스트 쓰기는 그 자체가 억압으로 작용하고, 폭력으로 체감될 것이다. 이러한 느낌을 수반한 해석 텍스트 쓰기 경험에서 표현 주체가 형성될 개연성은 높지 않다. 소극적이고 안정적인 이해 주체에 머무르려는 태도를 강화할 것이다. 학습 독자의 해석 텍스트가 인간에 대한 관심으로 촉촉하고, 범속한 삶의 일상성을 진술하고 구체적으로 드러내고 있다면 그 자체로 훌륭한 해석 텍스트로 승인되는 교실 구조에서 학습 독자는 이해 주체에서 표현 주체로 거듭날 것이다.

3. 표현주의, 텍스트로 되돌아가지 말고 나에게로 나아가기

읽기(문학) 교육 장면에서 도입되는 해석 테스트 쓰기는 '잘 읽는 독자'를, 쓰기 교육 장면에서 인용되는 해석 텍스트 쓰기는 '잘 쓰는 필자'를 강하게 의식하고 있다. 각각의 지향은 다르지만 모두 해석 텍스트 쓰기를 하나의 '수단'으로 삼고 있다는 점에서 같은 사고를 하고 있다.[2] 읽기 장면에서는 이차적 읽기의 방법으로, 쓰기 장면에서는 완성된 글을 쓰기 전에 이루어지는 초고로 활용되고 있다. 해석 텍스트 쓰기는 수단이 아니라 그 자체로 고유한 가치를 갖는 목적이 되어야 한다. 잘 읽는 것은 그 자체가 목적이 아니다. 잘 읽는 것은 잘 표현하기 위한 하나의 전제이며, 과정일 뿐이다.

학습 독자의 해석 텍스트는 잘 읽기 위한 방편으로서의 학습 장르가 아닌 하나의 창작품으로 인정될 필요가 있다. 텍스트를 읽은 후 또는 읽으면서 경험하는 것은 선명하거나 또는 막연한 '감정의 덩어리'일 것이다. 여운, 슬픔, 애잔함, 불쾌감, 통쾌함, 분노, 기쁨 등. 이러한 정서는 어디에서 비롯된 것인가? 이 정서의 물줄기는 어디에서 흘러온 것인가? 이전에 없던 정서가 텍스트를 읽는 과정 또는 후에 형성된 것이고 보면 정서의 줄기와 기원은 분명히 텍스트일 것이다. 그러나 텍스트가 형성한 정서의 지향, 결, 주름, 강도가 독자마다 다르고, 정서가 형성되는 텍스트의 지점이 수많은 갈래로 분산되는 것이 사실이라면 정서의 기원은 텍스트가 아니라 실제로는 독자일 개연성이 높다.

텍스트는 내 정서의 기원이 아니라 내 정서의 기원 또는 맥락을 '환기'한 매개체가 되는 것이다. 따라서 텍스트가 환기한 내 정서를 설명할 수 있는 자원은 텍스트에 있는 것이 아니라 나에게 있는 셈이다. 그렇다면, 텍스트 맥락으로 되돌아가기보다는 나의 맥락으로 나아가는 것이 맞다. 텍스트와 컨텍스트가 전복되어야 한다. 텍스트를 읽는 과정에서 독자인 나는 컨텍스트였지만, 텍스트 읽기를 마친 지금 그 텍스트는 컨텍스트가 되고, 내가 텍스트가 되는 것이다. 그리고 텍스트가 된 나(나의 정서)를 내가 해석하는 과정으로 진입해

---

2) 해석 텍스트 쓰기의 도입은 읽기와 쓰기를 통합하는 또는 연계하는 하나의 효과적인 학습 방법의 도입만을 의미하지 않는다. 이런 관점에서는 해석 텍스트 쓰기가 갖는 풍부한 맥락적 의미를 잃는다. 해석 텍스트 쓰기는 학습자를 어떻게 볼 것인가? 즉, 학습자관과 깊은 연관이 있다. 해석 텍스트 쓰기의 도입은 학습자를 해석의 주체, 표현의 주체로 승인하는 것을 의미한다. 해석과 표현에서 독점적, 우월적 지위를 누렸던 전문 독자·저자의 권위와 책무를 학습자에게 부여하는 것을 의미한다. '해설-경청'이라는 '설명 교실'에서 벗어나 학습자와 교사가 모두 해석과 표현에서 대등한 지위를 갖는 '대화 교실'을 추구하는 것을 의미한다.

야 한다. 나를 해석하는 과정이 바로 해석 텍스트 쓰기의 과정이다.

'나의 이해 또는 성찰', '정체성의 형성'과 같은 텍스트 읽기의 의의는 텍스트가 환기한 정서를 쓰기를 통해 지극하게, 천천히 들여다보고 음미하는 과정에서 구현될 것이다. 그리고 그 정서를 음미하고, 살피는 쓰기의 과정은 소유권이 분명한 한 편의 표현 텍스트(창작물)를 생성하는 과정이다.[3] 이를 위해서는 해석 텍스트에 대한 인식이 바뀌어야 한다. 즉, 해석 텍스트 쓰기는 '다시 텍스트로 돌아가는 방법'이 아니라 '비로소 나로 나아가는 방법'으로 인식되고 실천되어야 한다.

해석 텍스트 쓰기가 텍스트가 아닌 나로 나아가는 길이라는 데 동의한다면, 읽기와 해석 텍스트 쓰기의 관련성을 강박적으로 강제하는 훈수를 접을 필요가 있다. 예컨대, 텍스트를 면밀하게 읽지 않고서는 해석 텍스트를 잘 쓸 수 없다거나, 해석 텍스트를 쓰면서 대상 텍스트를 다시 면밀하게 읽지 않으면 해석 텍스트의 장르적 요구를 충족할 수 없다는 강박으로부터 벗어나야 한다.

또한, 해석 텍스트를 하나의 평가 자료로 삼아서는 안 된다. 학습 독자가 대상 텍스트에 성실히 반응하며 해석 텍스트를 썼듯이, 교사나 동료 학생도 해석 텍스트를 대상 텍스트로 인정하고 해석 텍스트에 성실히 반응해야 한다. 학습 독자의 해석 텍스트는 학습 독자의 '개인 맥락'이 적극적으로 도입된 텍스트이다. 개인 맥락으로 구성된 해석 텍스트는 더 이상 대상 텍스트의 조회만으로 읽어낼 수 있는 만만한 존재가 아니다. 학생 저자의 개인 맥락을 읽어내야 하며, 그 개인 맥락을 둘러싼 사회문화적 맥락[4]을 읽어내야 하고, 학

---

3) 해석 텍스트가 교사를 비롯한 권위 있는 사람이 제공한 '객관적 해설'을 그대로 베낀 것이라면 창작품이 될 수 없다. 도자기에 도공의 의도가 작용하는 방식으로 학습 독자의 인격이나 의도가 어떤 방식으로든 작용하고 있다면 해석 텍스트는 그의 작품인 것이다. 나의 반영으로서의 언어적 형상성을 갖는 것은 모두 나름의 창작물로 인정할 필요가 있다.

4) 학생 저자와 내가 공유하고 있는 사회문화적 맥락은 겹칠 수 있지만, 실제로는 겹치지 않는 수많은 다른 사회문화적 맥락들을 거느리고 있는 경우가 많다.

생 저자와 독자로서의 나(교사, 동료 학생)의 관계 맺음 양상까지도 살펴야 한다. 이러한 복잡성으로 인해서 학생 저자의 해석 텍스트는 교사와 동료 학생을 긴장시키고 흥분시킨다.

국어교육이 '표현 주체'의 형성을 지향해야 한다는 견해에 동의한다면, 읽기 또는 해석의 대상을 글에만 한정하는 것은 문제가 있다. 자연 현상과 문화 현상을 포함한 모든 현상과 사건, 드라마, 영화, 미술, 음악 등 기호로 생산된 모든 텍스트를 읽기 대상으로 설정할 필요가 있다. 이는 읽기의 대상을 확장하는 의미를 가지면서 동시에 표현의 대상을 제한하지 않는 것을 의미한다. 인간은 살면서 모든 대상을 항상 읽고, 읽으면서 동시에 표현한다. 이와 같이 읽기와 표현은 인간 삶의 곳곳에 편재하고 있고, 읽기의 편재성, 표현의 편재성을 적극적으로 살리는 것이 사람다움을 추구하는 것이며, 국어교육이 표현 주체를 지향해야 하는 이유가 여기에 있다.

박영민(2003)은 해석 대상으로서의 대상 텍스트와 함께 자료 텍스트를 제공해야 한다고 주장한다. 자료 텍스트는 대상 텍스트와 관련된 참조 텍스트인데, 그는 자료 텍스트의 기능을, 1)비평적 관점 형성의 기능, 2)배경 지식 구성 및 활성화의 기능, 3)문제 중심 활동 강화의 기능, 4)모범문 및 예시문의 기능으로 정리하고 있다. 자료 텍스트는 일종의 컨텍스트로서 독자는 대상 텍스트를 읽는 과정에서 수많은 컨텍스트를 도입한다. 이 때 도입되는 컨텍스트는 그가 지금까지 읽은 모든 텍스트이다. 그리고 여기서 텍스트는 문자 텍스트만을 의미하지 않는다. 그가 보고, 듣고, 느끼고 경험한 것이 모두 컨텍스트로서 작용한다. 따라서 읽기의 과정은 독자의 현재 정체성을 구성하는 컨텍스트 전체와 대상 텍스트가 전면적으로 만나는 과정이다. 해석 텍스트의 종잡을 수 없음, 일리(一理)의 분산, 그리고 터무니없는 무리(無理)의 넘침은 이러한 맥락 유동성과 다양성에서 비롯된 것이다. 무리와 일리의 향연장으로서의 해석 텍스트 쓰기, 이러한 읽기 현상은 제어될 것이 아니라, 활성화되어야 한다. 표현 주체는 이러한 일리와 무리의 대책 없는 확산 속에서 형성된다고 보기 때문이다.

해석 텍스트의 새로움은 텍스트에서 기인하기보다는 독자가 끌어들인 맥락에서 기인하는 경우가 많다. 즉 '새로움들'은 텍스트에 있는 것이 아니라, 독자가 도입한 '맥락들'에 있다. 독자가 도입하는 맥락들은 매우 상이하다. 따라서 모든 해석 텍스트는 나름의 '새로움'을 간직하고 있다. 이러한 새로움은 해석 텍스트를 쓴 독자(저자)로 하여금 해석 텍스트에 대한 소유 의식을 강화한다. 따라서 교사가 제공하는 자료 텍스트는 새로운 맥락의 진입을 막고, 해석 텍스트의 소유권을 약화시킬 개연성이 있기 때문에 조심스러워야 한다.

한편, 해석 텍스트에 대한 장르적 성격에 대해서도 유연한 태도를 가질 필요가 있다. 나는 해석 텍스트를 대상 텍스트에 대한 비평 또는 논평을 목적으로 삼는 설득적 글쓰기로 한정할 필요가 없다고 본다. 또한 대상 텍스트에 대한 개인적이고 주관적인 반응의 형성을 강조하는 표현적 글쓰기로 제한해서도 안 된다. 대상 텍스트에 대한 '해석'을 글쓰기를 통해 확장하는 해석 텍스트에서 '해석의 경향은 종잡을 수 없기 때문이다.5)

김봉순(2004)은 독서 중심의 작문 통합에서 읽기 후 활동으로 요약 쓰기, 해석 쓰기, 비평 쓰기, 감상 쓰기의 작문 활동과 자기 말로 다시 쓰기, 다른 장르로 바꾸기, 인터뷰 내용으로 만들기, 동생에게 설명하기 등의 전략을 적용할 수 있다고 보고 있다. 그리고 상호 목적이자 대상이 되는 독서 작문의 형태로 비평을 들고 그 하위 장르로 서평, 의견쓰기, 논평을 예시하고 있다. 이들 모두가 해석 텍스트란 범주로 포함할 수 있다. 더 나아가 그림, 음악, 조각, 연극 등과 같은 표현물도 해석 텍스트로서 폭넓게 수용될 필요가 있다.

읽기 교육 장면에서의 해석 텍스트 쓰기 경험은 대상 텍스트에 근거한 창

---

5) 김우창(1987)이 글읽기를 '마음의 놀이'라고 표현했을 때, 이 때 놀이의 성격이 해석 텍스트의 장르를 규정할 것이라고 생각한다.

작 경험이지만, 이렇게 축적된 쓰기 경험은 해석하고 표현하는 힘을 기르는 자양분이 될 것이다. 이렇게 길러진 힘은 나중에 텍스트를 넘어선 모든 대상에 기꺼이 익숙하게 나름의 해석을 하고, 표현하는 표현 주체를 형성할 것이다.

4. 실용주의, 나를 표현하기 위해 텍스트 이용하기

국어 교실에서의 해석 텍스트 허용은 상당한 혼란을 감수해야 하는 모험일 수 있다. 학습 독자의 해석 텍스트는 전체가 아닌 부분, 중요한 것이 아닌 사소한 것, 중심이 아닌 주변, 정확한 해석이 아닌 오독과 초해석으로 산만할 것이다. 정돈되지 않는 수많은 독자 맥락은 통제되지 않은 채, 독자를 이렇게 저렇게 충동질할 것이다. 텍스트의 의도를 중시하는 교사는 학습 독자의 반응이 텍스트의 의도와 배치되는 않도록 하기 위하여 일관된 전체로서의 텍스트에 배치되는 추측과 반응을 제어하고, 일관된 흐름으로 안전하게 복귀시키기 위해 부산할 것이다. 독자의 통제되는 않는 충동과 이로 인한 교실의 혼란, 교사의 부산함이 자유로운 해석 텍스트 쓰기의 도입을 어렵게 해왔다. 그런데, 일관된 흐름이라는 것이 있기는 한 것인가? 그것이 일관된 흐름임을 도대체 누가 보장하는가? 왜 일관된 흐름에 맞추어 일관되게 반응해야 하는가? 독자의 일관된 의도를 실현하기 위해서 텍스트를 이용하면 안 되는 것인가?

텍스트가 진정으로 말하는 것을 알게 되었다는 느낌도 대개는 하나의 환상이지만, 텍스트가 진정으로 말하는 것을 알게 되었다는 것이 무슨 의미가 있는가? 무엇을 할 것인가에 대한 실용적 심사숙고와 '진리'를 발견하려는 시도 사이에는 큰 차이가 있을 것이다. 로티를 중심으로 한 실용주의자들에게 '잘 읽었다'는 의미는 독자 자신의 필요와 목적에 맞게 텍스트를 잘 이용했다는 것을 의미한다. 그러나 텍스트의 의도나 존재 방식에 대해 관심을 갖는 사람들에게 텍스트를 단순히 이용하기만 하는 것은, 텍스트를 수단으로 취급하는 것으로 교육적이지도, 윤리적이지도 않다.

텍스트의 의도를 중시하는 에코주의자가 '일관된 전체로서의 텍스트에 배치되지 않도록 추측을 제어하라'라고 했을 때, 그러한 주문이 한 권의 책에 대한 해석이 그럴듯하게 보이려면, 한두 행만을 그럴싸하게 설명해서는 안 된다는 사실을 환기시키는 말이라면 수긍이 간다. 그럼에도 불구하고, 한 두 행, 하나의 인물, 인물의 어떤 행동, 특정 어휘 등에 깊이 사로잡혀 해석 텍스트를 쓴 학생이 있다면 그에게 뭐라고 말할 것인가?

텍스트의 의미는 텍스트 전체에 걸쳐서 단일하게 존재하는 것이 아니다. 텍스트의 의미는 텍스트 전체에 걸쳐서 곳곳에 편재되어 있다. 텍스트 전체에 걸친 의미의 편재성은 독자의 텍스트의 부분, 부분에 대한 해석을 정당화시켜 준다. 교사가 해석하라고 내민 텍스트 역시 해석 텍스트의 하나이고, 그 해석 텍스트는 기존 어떤 텍스트 곳곳에 편재하는 의미의 일부를 확대재생산하거나 창의적으로 해석하여 쓴 텍스트일 공산이 크다. 기실 모든 텍스트는 이러한 부분성의 확대, 변형, 심화 속에서 이루어진 것이라고 한다면, 부분에 초점을 맞춘 학습 독자의 해석 행위도 정당한 것으로 인식되어야 한다.

해석 텍스트 쓰기 교육 장면에서 '텍스트의 전체적인 의도 파악'이란 강박에서 벗어나야 한다고 했는데, 실제로 학교 밖의 일상 독서에서 그렇게 읽는 독자는 드물다. 대부분의 독자는 의도를 파악하기보다는 의문을 가지고 나오기도 하며, 의미 있는 질문(화두 또는 화제)을 설정하기 위해서 읽기도 한다. 또한, 하나의 아이디어, 하나의 단락, 심지어는 하나의 문장, 하나의 단어만을 챙기는 경우도 많다.[6]

---

6) "과거와 현재가 싸우면 미래를 잃는다."(박근혜), "미래는 이미 와 있다. 단지 널리 퍼져있지 않을 뿐이다."(안철수) 이들이 읽은 텍스트의 전체 의도가 이 한 문장으로 정리되는지 모르겠다. 이 문장이 전체 의도를 드러내는지 그렇지 않는지는 누구의 관심도 아니다. 이 말을 인용한 이들의 관심도 아니고, 이들 텍스트를 읽는 독자의 관심도 아니다. 다만, 관심이 가는 것은 이 말이 이들 텍스트에서 적절한 자리를 차지하고 있는지, 이 말을 통해서 이들이 전하고자 하는 메시지가 무엇인지에만 관심이 있다.

텍스트는 어떤 주제에 대해 설명하거나 해명하는 경우가 많지만, 독자는 이러한 설명과 해명에 고개를 끄덕이며 순순히 나오지 않는다. 수많은 질문을 가지고 나오는 경우가 많다. 또 좋은 텍스트는 대개 독자로 하여금 의미 있는 질문을 갖도록 유인한다. 읽기 후에 이러한 질문을 스스로 탐구하는 과정이 필요하며 이러한 탐구의 교육적 계기가 바로 해석 텍스트 쓰기이다. 질문을 둘러싼 드넓은 맥락 속에 진입하여 질문에 대한 나름의 대답을 구성하는 과정이 해석 텍스트 쓰기의 과정이다.

다음 5절과 6절에서는 쓰기 또는 쓰기 교육에서 읽기가 갖는 의의가 무엇인지에 대해 생각해보고자 한다. 현재 읽기는 수많은 쓰기 전 전략의 하나로 소개되고 있고, 또 그러한 쓰임 정도에 머물러 있다. 그러나 모든 쓰기가 읽기라는 해석 행위를 전제하고 있다는 점에서 읽기 또는 해석 활동이 쓰기 교육의 중심을 이루어야 한다고 생각한다. 한편, 자신의 글쓰기는 지속적이고 다양한 읽기 경험에서 비롯되었다고 고백하는 작가가 많고, 낭만주의 학파, 형식주의 작문 이론, 비판적 접근법에 동조하는 많은 작문 이론가들이 읽기를 쓰기 활동의 중요한 일부로 삼아야 한다고 주장한다. 잘 읽는 것이 잘 쓰기의 전제라고 보는 것인데, 나는 작문 능력을 구성하는 요인 중에서 독자 구성 능력이 매우 중요하다고 생각하며, 읽기 활동은 독자 구성 능력을 신장시키는 교육적 계기를 풍부하게 포함하고 있다고 생각한다.

5. 쓰기 이론에서 읽기의 자리 또는 이미지

세상에 존재하는 모든 텍스트는 해석 텍스트이다. 이 때 해석 대상은 크게 두 가지 유형으로 분류할 수 있다. 하나는 언어적 개념이고, 다른 하나는 형상적 사물이다. 언어적 개념에 대한 해석의 과정이 개념 사유의 과정이고, 형상적 사물에 대한 해석의 과정이 형상 사유의 과정이다. 그리고 그 두 가지 사유의 결과물이 텍스트인 것이다. 그렇다면 모든 텍스트 생산 과정은 필연적으로 해석을 전제하거나 해석의 과정을 수반하지 않을 수 없다.

모든 쓰기에서 중심을 차지하는 것은 키보드나 펜으로 이루어지는 '물질적인 쓰기(필사)' 활동이 아니라 머리로 이루어지는 '정신적 해석' 활동이다. 쓰기 현상이 그렇다면 쓰기 교육도 이러한 쓰기 현상을 충실히 고려하여 기획되어야 한다. 해석으로서 읽기가 왜 쓰기 교육의 중심이 되어야 하는지의 이유가 여기에 있다.

쓰기를 위한 읽기 또는 쓰기로서의 읽기에 대한 의식은 사실 매우 오래된 것이다. 좋은 글을 쓰는 데 필요한 세 가지 방법(三多) 중의 처음이 '많이 읽는 것'이다. 읽고 또 읽다 보니, 어느덧 드러난 뜻(讀書百遍義自見)이 쓰기의 계기가 되고 내용이 되는 것이다. 술이부작(述而不作)도 쓰기보다는 읽기를 강조한 것으로 또는 충실한 읽기가 부재한 섣부른(오만한) 쓰기에 대한 경계라고 볼 수 있다. 이들은 모두 쓰기보다는 읽기를 강조한, 그리하여 표현 주체보다는 이해 주체를 강조한 소극적 자유로서의 이해 인문학을 드러내는 관점이지만 쓰기에 선행되는 읽기의 중요성을 충실하게 드러내고 있다.

스피비(1999, 192-211)는 상호텍스트성의 관점에서 선행하는 어떤 텍스트의 내용 및 형식의 구조가 작문을 할 때 어떻게 변형되는지를 논의한 바 있다. 이를 통하여 작문에서는 구성적 변형(organizational transformation), 선택적 변형(selective transformation), 연결적 변형(connective transformation)이 일어난다는 점을 논증하였다. 또한 플라워 등(1990)은 텍스트를 읽고 글을 쓰는 과제(reading-to-write tasks)를 수행할 때 학생들이 어떤 인지 과정을 거치는지를 사고 구술을 통하여 분석한 바 있다. 이들은 이 연구를 통해서 과제 표상의 중요성, 내용 지식의 강약과 텍스트 구조의 관계를 규명하였으며, 이러한 환경에서의 읽기와 쓰기의 통합적 인지 과정은 조정하기, 정교화하기, 구조화하기, 계획하기로 범주화될 수 있음을 밝혔다. 특히 텍스트를 읽고 글을 쓰는 통합적 상황에서 정교화하기는 새로운 내용의 생성, 비판적 시각의 형성, 텍스트 내용의 발전에 중요한 영향을 끼친다는 점을 밝혔다(박영민, 2003: 10-16에서 재인용). 모두 읽기의 쓰기에 대한 영향을 입증하고 있다.

지루(2003, 134-135)는 쓰기 또는 쓰기 교육에 대한 잘못된 가정을 가지고 있음에도 불구하고, 영향력이 큰 학파로 기술 중시 학파(technocratic school), 모방중시 학파(mimetic school), 낭만중시 학파(romantic school)를 지목하고 있다. 이 중에서 모방중시 학파의 지지자들은 쓰기 교육을 문법, 문장 쓰기와 같은 기본을 가르치는 것으로 시작하지 않는다. 학생들에게 처음부터 플라톤에서 노먼까지 '훌륭한' 저자의 작품을 읽게 하는 가장 높은 수준에서 글쓰기 교육을 시작한다. 이 학파는 학생들이 훌륭한 글쓰기 모델인 독서를 통해 글쓰기 방법을 배우도록 촉구한다. 뉴욕 시립대학의 대학원에서 열린 글쓰기교수협의회에서 수잔 손택과 그레이 역시 모방적 글쓰기의 가치를 거듭 주장했다. 손택은 학생들이 글을 쓰기 전에 사고하는 방법부터 배워야 한다고 주장했다. 손택이 보기에 사고하는 방법과 글쓰기 방법, 둘 다를 학습하는 한 가지 길은 훌륭한 작가를 모방하는 것이다. 훌륭한 작가의 작품을 한 단락이나 한 쪽 정도의 적은 분량으로 나누어서 학생들이 그 작가들을 모방하도록 해야 한다고 주장한다(이재기, 2011: 173-174에서 재인용).

모범문 읽기를 통한 모방적 글쓰기는 형식주의 작문이론에서 강조하는 글쓰기 교육 방법이기도 하다. 그리고 이러한 글쓰기 교육은 중등학교에서 지배적인 현상이다. 한편, '담화 관습 또는 속성 익히기'란 측면만 보면, 형식주의 작문 이론과 사회구성주의 작문이론은 매우 가깝다. 사회구성주의 작문 이론이 공동체의 합의에 의해 성립되고 유지되는 담화 관습을 강조하면서, 그러한 담화 관습이 어떤 경로를 통해 획득될 수 있는지에 대한 답은 명쾌하게 내놓지 않고 있는 와중에, 엉뚱하게도 형식주의 작문 이론이 그 답을 내놓고 있는 셈이다.

담화 관습은 사회문화적인 전통과 합의 속에서 형성·유지되고, 이러한 관습이 공동체 구성원 간의 소통을 돕는다고 할 때, 그 관습의 내면화의 계기는 역시 읽기에 있다고 볼 수 있다. 필자는 읽기 과정에서 담화 관습으로서의 장르적 속성을 익히고 내면화한다. 특정 장르의 지속적인 읽기는 그 장르의 속성을 내면화하는 과정이다. 한 작가의 작품의 지속적인 읽기 경험은 그 작가의 글쓰기 방식을 익히고 내면화하는 과정이며, 이러한 글쓰기 방식에는 벌써 그 작가의 발상, 문체가 깊이 침윤되어 있다.

쓰기에서 읽기를 강조하는 또 하나의 중요한 흐름은 '비판적 접근법'이다. 비판적 교수법을 지향하는 수업은 대체로, 읽기, 쓰기, 대화가 중심 활동을 이룬다. 지배적 담론을 폭로하는 텍스트 읽기, 텍스트에 대하여 토론하기, 해석 텍스트 쓰기, 해석 텍스트에 대하여 토론하기가 일반적인 수업 절차이다. 작문 과정 및 작문 전략 등에는 관심이 없다. 작문의 형식적 특징에도 크게 주목하지 않는다. 중요한 것은 얼마나 잘 읽었느냐며, 여기서 '잘'은 비판과 폭로의 심도 또는 질이다(이재기, 2008: 190).

언뜻 보면, 상호 대립적인 자리에 있는 것으로 보이는 모방중시 학파와 비판적 접근법, 형식주의 작문이론과 사회구성주의 작문이론은 의식하던, 의식하지 않던 쓰기에서 읽기를 강조하고 있다는 점에서 한 목소리를 내고 있는 셈이다.

모방 중시 학파나 비판적 접근법의 주장은 쓰기를 체계적으로 지도하고자 하는 연구자나 교사에게는 다소 미덥지 않다. 모방중시 학파는 모범글의 모방이 글쓰기에 어떻게 작용하는지는 설명하지 못하고 있기 때문이다. 이 학파는 고작해야 '삼투'의 원리를 언급한다. 학생들이 헤밍웨이, 비달, 그 밖의 저자들의 작품을 충분히 읽으면 작품에 저절로 동화(同化)되어 글쓰기 방법을 배우게 된다고 주장한다(이경숙 역, 2003:137). 비판적 접근법 역시 읽기와 읽기에 따른 토론을 강조할 뿐, 이러한 활동이 쓰기에 어떤 영향을 미치는지는 설명하지 않는다. 다만, 비판적 읽기의 성향과 비판적 읽기의 질이 좋은 글쓰기를 낳는다고 말할 뿐이다. 근거도 막연하고, 교육의 원리와 방법도 빠져 있다.

그러나 읽기가 쓰기에 상당한 영향력을 미치고 있다는 것은 수많은 저자의 경험을 통해 확인된 것이고, 그러면 읽기 행위에 포함된 무엇이 쓰기 능력으로 전이되었는지를 논리적으로 추론하는 일이 쓰기 연구자에게 주어진 과제라고 볼 수 있다. 나는 쓰기 능력을 구성하는 요인은 많지만, 그 중에서도 독자 구성 능력이 매우 중요하다고 보며, 읽기는 독자 구성 능력을 신장시키는 매우 의미 있는 교육적 계기를 포함하고 있다고 생각한다.

6. 읽기를 통한 보편 청중의 구성

현재 작문 교육에서 독자는 작문 상황을 구성하는 주요 요인으로 설정되고 있음에도 불구하고, 글쓰기 계획 단계에서 고려해야 할 대상에 그치고 있다. 작문 이론이 발달하면서 독자의 위상은 높아져서 공저자로 격상되기는 했지만, 여전히 주변적인 요소로서 인식되고 있다. 그러나 신수사학의 관점에서 보면, 쓰기의 성공 여부는 독자에게 달려 있다. 공감을 목적으로 하든, 설득을 목적으로 하든, 공감과 설득의 여부는 저자의 의도나 텍스트의 자질에 의해 결정되는 것이 아니라, 순수하게 독자에게 달려 있다. 즉, 텍스트의 최종 심판관은 독자인 것이다. 그렇다면 독자 구성 능력이 쓰기의 성패를 결정한다고 말할 수 있다.[7]

---

7) 이성영(2000, 28)은 텍스트 구성 능력을, "필자가 전달 내용을 생성하여, 독자가 제대로 이해할 수 있는지 혹은 어떻게 하면 독자에 대한 설득력을 높일 수 있는지 고려하면서, 텍스트성의 여러 조건에 부합하는 텍스트를 구성하는 능력"으로 정의하였다. 독자의 이해 가능성, 설득 가능성은 저자의 독자 구성 능력에 달려 있다. 텍스트성도 독립적으로 존재하는 것이 아니라, 독자의 이해 가능성과 설득 가능성의 측면에서 규정되는 것이라고 본다면, 텍스트성의 구현 여부도 독자 구성 능력에 영향을 받는다고 볼 수 있다.

청중을 분류하는 방식은 다양할 것이다. 그리고 모든 분류 행위가 그러하듯이 분류 방식에는 분류하는 사람의 의도와 지향이 작용한다. 나는 쓰기 교육이 특정 상황에서 특정 청중을 대상으로 효과적으로 이기거나 공감을 이끌어내는 쓰기 기술을 전수하는 데 있는 것이 아니라, 상상할 수 있는 모든 사람을 이성적으로 납득시키는 이성적인 주체를 형성하는 데 목적을 두어야 한다고 생각한다. 이런 관점에 설 때, 페렐만과 올브레히츠-티테카가 ≪신수사학≫에서 분류한 특정 청중(particular audience)과 보편 청중(universal audience)의 개념을 쓰기 교육에서 적극적으로 도입하고 인용할 필요가 있다고 생각한다.

페렐만과 올브레히츠-티테카가 ≪신수사학≫에서 청중을 특정 청중과 보편 청중으로 분류한 것은 특정 시간, 특정 장소에서 특정 성격을 지닌 특정 집단에게만 호소하는 쓰기 행위와 그러한 특정함을 초월한 쓰기 행위를 구분하기 위한 것이다. 또한 단지 효과적인 쓰기 행위와 진정으로 타당한 쓰기 행위를 구분하고 후자를 강조하기 위한 것이다.

특정 청중은 구체적인 어떤 사실·가치·이익·목적을 공유하는 구성원의 집합이다. 예컨대 우리가 특정 종교, 지역, 성, 정치적 입장을 지지하는 구성원을 상정하고 논의를 한다면 우리는 특정 청중을 향하고 있는 것이다. 반면에 특정 가치, 지역, 종교, 정치적 입장에서 자유로운 또는 초연한 누군가를 상대로 이야기를 한다면 우리는 보편 청중을 향하고 있는 것이다.

보편 청중은 담화 공동체의 지배적 신념·가치·상식을 공유하고 있는 청중이다. 공동체의 해석 전략을 이상적으로 담지하고 있는 사람이다. 삼단 논법의 대전제, 소전제를 공유하고 있는 사람이다. 내 주장을 납득시키고, 동의를 이끌어내기 위해 어떤 전제를 도입할 것인가를 알기 위해서는 보편 청중을 알아야 한다. 어떻게 보편 청중을 알게 되는가? 가장 강력한 도구가 읽기이다. 텍스트에는 저자가 구성한 보편청중이 새겨져 있다. 저자는 텍스트를 구성하면서 개인 독자를 의식하는 것이 아니라, 그 독자의 해석을 일정하게 규정하고 제어하는 공동체를 의식한다. 독자가 생각하고 지각하는 방식을 지배하는 공동체의 해석 전략 또는 규범에 대한 저자의 의식은 텍스트 곳곳에 새겨져 있으며, 독자는 읽기 과정에서 저자의 이러한 의식을 읽으며, 이는 보편 청중을 읽는 과정이기도 한다.

한편, 읽기의 과정은 특정 이데올로기에 노출되는 과정이다. 특정 이데올로기에 의해 호출되고, 포섭되는 과정이다. 이 때 특정 이데올로기가 공동체의 지배적 관점을 품고 있는 지배 이데올로기일 때, 읽기의 과정은 지배이데올로기에 의해 호명되고 포섭되는 과정이다. 지배 이데올로기와 시대정신은 그 경계가 모호하다. 시대정신과 통념 또는 상식도 구별이 어렵다. 상식과 공통 감각 또는 공통 감수성이 대체로 일치한다. 그렇다면 읽기의 과정은 시대정신, 상식, 공통 감각에 포섭되는 과정이고, 독자의 입장에서 보면 이들을 적극적으로 획득하고 내면화하는 과정이다.

물론, 모든 텍스트가 지배적 신념을 담지한 보편 청중을 구성하고 있는 것은 아니다. 보편 청중의 이미지가 왜곡되어 있거나 훼손된 경우도 있다. 작문을 사회적 관점에서 이해하는 데 익숙한 연구자들은 앞에서 기술한 것처럼 독자를 담화 공동체로 대체하고 담화 공동체가 저자와 더불어 공저자의 역할을 수행한다고 본다. 그러나 공저자로서의 담화 공동체는 그 지위를 자동적으로 얻는 것이 아니다. 저자의 담화 공동체 구성 능력에 달려 있다. 저자가 담화공동체를 강하게 의식할 때, 충분히 고려할 때 공저자의 지위를 얻는다. 저자가 의식하고 고려하는 정도만큼만 담화공동체는 쓰기에 참여하게 되는 것이다. 그리고 담화공동체의 지각과 의식, 그리고 구성 능력의 계기는 역시 텍스트 읽기 과정에 있다고 볼 수 있다.

이와 같이 읽기는 텍스트에 새겨진 보편 청중의 이미지를 확인하고, 내면화하는 과정이다. 읽기는 독자와 텍스트(또는 저자)와의 대화 과정이다. 독자는 텍스트를 읽으면서 저자가 구성한 청중을 만난다. 정확하게는 저자가 구성하여 텍스트에 새긴 청중(보편 청중, 모델 독자, 호출된 독자, 내포 독자 등)을 만난다. 읽기 과정에서 만난 또는 구축된 보편 청중의 이미지는 독자가 저자가 되어 글쓰기를 하는 과정에서 실질적인 영향을 미친다. 읽기 과정에서 독자는 무엇이 청중의 관심사이고 쟁점인가?(어떤 쟁점이 소진되었고, 부각되고 있는가?), 청중이 일반적으로 공유하고 있는 전제(상식)은 무엇인가? 수용 가능한(또는 높이 평가되는) 표현 방식은 무엇인가? 등과 같은 보편 청중의 감수성을 형성하고, 이렇게 형성된 감수성이 글쓰기 장면에서 영향을 미치는 것이다.[8]

이런 관점에서 보면, 형식주의 작문 이론, 모방중시 학파가 표 나게 강조한 모범글 읽기, 사회구성주의가 은연중 강조하고 있는 담화공동체의 합의를 구현하고 있는 텍스트 읽기가 중요해진다. 모범 텍스트가 모범 텍스트인 것은 이들 텍스트가 보편 청중을 상정하고, 보편 청중의 이미지를 텍스트를 통해서 충실하게 구체화하고 있기 때문이다. 소위 고전 텍스트는 보편 청중을 가장 넓고 깊은 수준에서 설정하고, 구체화하고 있는 텍스트라고 볼 수 있다.[9] 그러나 누구에게는 고전이고, 누구에게는 고전이 아닌 경우가 있고, 역사 속에서 고전의 지위를 박탈당하는 텍스트가 있고, 새롭게 고전의 지위를 획득하는 텍스트가 있는 경우를 보면, 보편 청중의 지위도 구체적인 사회문화적 맥락에 의해서 지속적으로 변하는 것임을 알 수 있다.

한편, 독자는 읽기를 통해서 수동적으로 보편 청중의 이미지를 내면화하지는 않는다. 대상 텍스트에 동의하고 공감하는 경우에는 보편 청중의 이미지

---

8) 바흐친 방식으로 말하면, 보편 청중의 감수성은 저자와 더불어 쓰기를 수행하는 '공저자'의 지위를 갖는 것이다.

9) 고전은 설득력이 상대적으로 높은 텍스트이다. 이는 고전 텍스트가 구성한 보편 청중의 폭이 넓고 강도가 높다는 것을 의미한다. 무엇이 보편 청중의 폭과 강도를 결정하는가? 그것은 텍스트의 화제나 주제를 둘러싼 컨텍스트의 겹의 확장성에 달려 있다. 주제를 동심원적으로 둘러싸고 있는 컨텍스트들을 원심력으로 횡단하여, 최대한 멀리 자리 잡고 있는 컨텍스트에 접근할수록 보편 청중의 폭은 넓어지고 세기는 강해진다.

가 강화되고, 일부 보강이 될 것이다. 비판적인 독자라면 자신은 동의하지만 동의하지 못하는 독자가 있을 수 있음을 의심하고, 그런 독자는 저자가 구성한 보편 청중과 어떻게 상충되고 대립되는지를 살필 것이다. 그리고 그러한 특정 청중과 저자의 보편 청중 중에서 누가 더 보편적인지를 따지거나, 이 둘의 모순과 대립은 어떻게 지양될 수 있는지를 고심할 것이다. 이러한 의심, 따짐, 고심 속에서 구성되는 보편 청중의 이미지는 곧 독자 안의 보편 청중의 해체와 재구성을 수반하게 마련이다.

텍스트가 불편하거나 공감이 되지 않는다면, 일차적으로 독자는 저자가 구성한 보편 청중이 아님을 입증하는 것이다. 독자의 소외는 저자의 본래 의도로서 독자가 보편 청중의 자질과 태도를 갖고 있지 않기 때문에 배재된 것인가? 아니면, 저자의 보편 청중 구성 능력 부족에서 비롯된 것인가? 독자를 배재하고 저자가 구성한 보편 청중이 이상적인 의미에서 실제로는 보편 청중이 아닌 특정 청중이고, 이러한 특정 청중이 대개의 저자에 의해서 보편 청중으로 인식되고 있다고 판단할 때, 독자는 기존하는 보편 청중을 해체하고, 새롭게 보편 청중을 구성하는 담대한 길을 걷게 된다.

공동체의 지배적 담론에 의문을 제기하고, 이를 대체하는 대항 담론을 재구성한다. 대항 담론이 공동체의 구성원에 의해서 동의와 공감을 얻게 되면, 대항 담론은 지배 담론이 된다. 이는 보편 청중의 해체와 재구성을 의미한다. 잘못 구성된 보편 청중의 부적절한 권력 행사의 발견, 새로운 대항 담론 구성의 필요성 인식과 문제의식의 고양, 대항 담론을 구성하는 데 친화적인 담론의 확인 및 도입, 이 모두는 읽기로부터 시작되고, 읽기로 마무리된다.

한편, 보편 청중은 결국 저자에 의해 구성되는 것이고 보면, 보편 청중의 가장 구체적인 모습은 '저자 자신'이다. 저자가 다루고 있는 주제와 관련해서 해당 주제에 대한 논의 맥락을 가장 잘 이해하고 있고, 가장 높은 수준에서 평가할 것이라고 예상되는 구체적인 사람을 상정한다고 할지라도 그 사람은 실재하는 그 사람의 전체(총체)가 아니라 바로 내가 파악하고 인식하고 있는, 나의 주관에 의해 해석된 사람일 뿐이다. 즉, 저자의 추리력, 상상력, 감수성을 벗어난 보편 청중의 구성은 어렵다. 그렇다면 보편 청중에 대한 저자 자신의 추리력과 상상력, 그리고 감수성을 고양하는 것이 보편 청중 구성 능력을 신장시키는 것일 때, 이들 능력을 어떻게 획득하고 고양시킬 것인가? 역시 읽기에 길이 있지 않을까?

페렐만과 올브레히츠-티테카의 ≪신수사학≫은 보편 청중을 강조하면서도 보편 청중을 구성하는 일반적인 규칙을 제시하지 않는다. 다만, 그들의 논의를 바탕으로 보편 청중 구성 방법을 추론할 수는 있다(20011: 170-181). 1)특정 청중의 자질 중에서 그 청중에게만 특정하다고 생각되는 자질을 배제하고 보편적이라고 생각되는 자질들만을 고려한다. 2)특정 청중 중에서 지금 다루고 있는 논증 행위에 대해 편견이 있거나, 상상력과 공감이 부족하거나, 비합리적이거나 무능력한 구성원들을 모두 배제하고, 상대적으로 편견이 없고 적절한 능력을 갖춘 사람들만을 포함한다. 3)특정 청중들을 함께 합친다. 논증 행위가 단지 하나의 특정 청중이 아니라 여러 혹은 모든 특정 청중들에게 호소하려고 할수록 그에 비례해서 논증 행위의 보편성은 확대된다. 4)논증이 그 순간 대면하고 있는 특정 청중에게만 행해지는 것이 아니라 몇 년 후, 또는 몇 십 년, 몇 백 년 후의 청중에게도 행해진다고 상상한다. 이러한 종류의 논증은 역사에 호소하는 방식으로, 청중들에게 그들 스스로를 역사의 한 자리에 서도록 요구한다. 5)다른 청중으로 하여금 그것을 비판하도록 하는 것이다. 우리가 보편 청중으로 구성한 특정 청중이 실제로 우리의 논증을 확증할 수 있다면, 우리의 논증은 훨씬 더 타당성과 힘을 갖게 될 것이다.

어떤 자질이 특정 청중의 자질인지, 무엇이 편견이고 불합리한 것인지, 상상력과 공감 부족의 표지는 무엇인지, 어떤 특정 청중을 합쳐야 보편성이 확대되는지, 먼 옛날의 독자는 어떤 생각을 했고 먼 훗날의 독자는 어떤 생각을 할지, 서로 대립 또는 양립하고 있는 견해는 무엇인지를 아는 길은 다양하겠지만 역시 읽기에도 있을 것이다.

■ ■ ■

스스로 행복해지기 위해서, 한 사회의 다원주의적, 민주적 질서를 형성하기 위해서 학습자가 표현 주체로 성장해야 한다고 생각한다. 안타깝게도 우리 사회의 일상인은 표현의 주체가 아니다. 왜 표현 주체가 되지 못하는가? 이것도 제도권 학교 교육의 효과가 아닐까? 읽기 중심의 국어교육, 독자의 자유로운 해석이 금지된 혹은 방해받는 읽기 교육의 효과가 아닐까? 이런 의심이 '쓰기 중심 읽기 교육'이 되어야 한다는 주장으로 이어졌다.

가끔 궁금했다. 내가 한 때 빠졌던 어떤 사람이 아무런 텍스트도 없이 옥중에서 오직 궁리와 명상만으로 수고를 썼고, 그 생산물은 놀라운 것이었다. 그가 그토록 힘들게 궁리하고 있을 때, 그가 읽은 텍스트들은 그냥 무심하게 지켜만 봤을까? 궁리와 명상의 힘은 혹시 읽기 경험에서 오지 않았을까? 텍스트 읽기 경험이 컨텍스트가 되어 글쓰기에 지속적으로 영향을 미쳤을 것이라고 생각하였다. 어떤 쓰기도 읽기(해석) 없이는 불가능하다는 생각에 사로잡혀서 '읽기 중심 쓰기 교육'을 강조하였다.

* 이 장은 이재기(2012), 읽가쓰기 연계 활동의 교육적 의미, 독서연구 제28호, 한국독서학회를 수정한 것임.

참고 문헌

김동환(1999), 비평적 에세이 쓰기, 문학과 교육 제7호.

김명순(2004), 독서와 작문 통합 지도의 전제와 기본 방향, 한국독서학회 제13회 학술
대회 자료집.

김미혜(2000), 비판적 읽기 교육의 내용 연구—비평 담론의 생산 과정을 중심으로—,
서울대학교 석사학위 논문.

김봉순(2004), 독서와 작문 통합 지도의 전망: 비문학 담화를 중심으로, 한국독서학회
제13회 학술대회 자료집.

김우창(1987), 궁핍한 시대의 시인, 민음사.

김혜정(2004), 읽기 쓰기 통합 활동에서 '의미 구성'의 내용과 이해, 한국독서학회 제13
회 학술대회 자료집.

김성진(2002), 문학작품 읽기 전략으로서의 비평에 대한 시론, 문학교육학 제9호, 한
국문학교육학회.

박영민(2003), 과정 중심 비평문 쓰기, 교학사.

우한용(1999), 문학교육의 평가—메타비평의 글쓰기 평가를 중심으로, 국어교육 제100
호, 한국어교육학회.

양정실(2006), 해석 텍스트 쓰기의 서사교육 방법 연구, 서울대학교 박사학위 논문.

윤정옥(1997), 읽기와 쓰기의 통합에 의한 설명적 글 지도 방법 연구, 한국교원대학교
석사학위 논문.

이성영(2000), 글쓰기 능력 발달 단계 연구—초등학생의 텍스트 구성 능력을 중심으
로—, 국어국문학 제126호, 국어국문학회.

이재승(2004), 초기 문식성 지도에서 독서와 작문의 통합, 한국독서학회 제13회 학술
대회 자료집.

이재기(2011), 학생 필자의 해석 텍스트에 대한 '반응 중심' 작문 평가, 작문연구 제13
집, 한국작문학회.

정대현 외(2000), 표현 인문학, 생각의 나무.

Mieczyslaw Mnneli(2006), 페렐만의 신수사학(손장권·김상희 역), 고려대학교 출판부.

J. Corsswhite(2001), 이성의 수사학(오형엽 역), 고려대학교 출판부.

제3부

독백적 글쓰기, 대화적 글쓰기

제10장 알리바이와 비알리바이

1. 바흐친의 개념들: 참칭자, 책임, 유일무이함

바흐친은 그의 최초의 저작인 〈예술과 책임〉(바흐친, 1919)에서 이상주의적
인 어조로 "인격은 전적인 책임성을 가져야 한다. 개성의 모든 요소들은 그저
삶의 시간적 연속 속에서 나란히 배열되는 것을 넘어서, 죄과와 책임의 통일
속에서 서로에게 속속들이 스며들어야 한다."(바흐친, 1919/2006: 26)라고 주
장한다. 이 요구는 무한하고도 필수적인 의무를 수반한다.[1] 이 이념을 저자
와 독자에게 적용하면서 바흐친은, "예술과 삶은 하나가 아니다. 그러나 그것
들은 내 안에서, 나의 책임의 통일안에서 하나가 되어야 한다."(바흐친, 1919/
2006: 26)라고 결론짓는다.

≪행위 철학을 위하여≫에서 그는 개개의 자아가 유일무이한 이유는 관련
된 것과 관련되지 않은 것의 총합이 각각 다르다는 데 있다고 주장한다. 총합
의 공식이란 있을 수 없고, 개개인의 고유한 자아 기획을 대체할 수 있는 것

---

1) 자유가 가능하다면, 바흐친에게 언제나 핵심적으로 중요했던 윤리적 문제들 또한 가능하다. 자유가 가능
하다면 책임이 불가피하다. "바흐친은 ≪행위 철학을 위하여≫에서 도덕적 책임이란 삶의 매 순간과 관
련되어 있고, 거기서 벗어날 수 있는 어떤 정당한 탈출구도 존재하지 않는다고 강조했다. 하지만 정당하
지 않은 탈출구는 존재한다. 즉 사람들은 마치 '존재의 알리바이'가 있다는 듯이 살아갈 수 있고, '참칭자'
로 살아갈 수도 있다. 도덕을 핵심으로 하는 세계에서, 사람들은 의무가 표면상 유예되는 순간들을 자의
식적으로 구성하게 된다. 여기에서 바흐친의 요점은 이러한 유예를 구성하는 바로 그 행위 자체가 (부정
적인) 도덕적 가치를 갖는다는 것이다."(모슨과 에머슨, 1990/2006: 597) 그러나 생텍쥐페리가 말한 것처
럼, 그것이 부정적인 것이든, 긍정적인 것이든 우리는 그것에 연루되어 있고 따라서 책임이 있다.

도 없으며, 매 순간 매 상황의 윤리적 의무에서 도피하는 행위도 있을 수 없다.[2] 바흐친이 이 저서의 여러 곳에서 반복해서 말하듯이 "존재에서 알리바이는 없다."(바흐친, 1920/2011: 93, 106)

초기 저작에서 바흐친은 이러한 알리바이로 살아가는 사람들을 '참칭자'라고 불렀다. "참칭자pretender(samozvanets, 글자 그대로 '자-칭자self-caller)라는 단어의 용법에는 묘한 데가 있다. 왜냐하면 러시아에서(영어도 그렇지만) 그 말은 다른 사람의 자리를 차지하려는 사람을 뜻하기 때문이다."(모슨과 에머슨, 1990/2006) 그러나 바흐친의 용법으로 보면 참칭자는 다른 사람의 자리를 찬탈하는 사람이 아니라, 특정한 자리에서 결코 살지 않으려 하는 사람, 즉 순전히 일반화된 추상적 자리에서 살려는 사람을 가리킨다.[3] 책임을 진다는 것은 의미를 시인한다는 것인데, 참칭자는 "의미를 묵살하는 것도 가능할 터이고, 의미를 무책임하게 존재에 통과시키는 것도 가능할 것이다."(바흐친, 1920/2011: 97) 그들의 행위는 "수행의 밑그림이거나 서명이 없는 문서와 같아"서 어떤 책임도 요구받지 않는다(바흐친, 1920/2011: 97).

우리는 삶의 크고 작은 여러 국면에서 "대표자"로서 어떤 일을 수행하는 경우가 있다. 이때 우리가 잊지 말아야 할 것은, "내가 대표하게 되는 그 전체를 실제로 승인하고 시인하는 것은 개체로서 책임 있는 나의 행동"이라는 점이다. "[전체를 승인하고 시인하는] 이 행동이 누락된 채로 단지 특수하게 책

2) "청년 바흐친에 따르면 모든 사람들의 모든 행위는 시간과 공간 속에서 차지하는 각각의 단독성 singularity에 의해 조건 지어진다. 윤리나 행위의 '이론가들'은 세계를 패턴과 규범과 규칙들로 일반화 하여 고찰함으로써 이 단독성을 놓쳐버리고 만다. 누구든 다른 장소에 있을 수 있다고 인정한다는 점에서 이론가들의 설명은 '가역적'이다. 분석은, 사람들이 서로 번갈아가며 일인칭 대명사를 사용할 수 있는 것과 마찬가지로 관계들의 자리를 뒤바꿔놓을 수 있다. 그러나 실제적인 행위는 본질적으로 불가역적이며 특수하다. 이는 바흐친이 '비(非)알리바이nonalibi'라는 개념에 도달하게 되는 또 하나의 길이다."(모슨과 에머슨, 1990/2006: 113-114) 사건의 유일성에 주목하는 글쓰기 즉, 일반적인 윤리 개념에 의해 사건을 재단하지 않고, 어떤 사건에서 어떤 새로운 윤리적 감수성을 모색하고 있는 글이 여기에 해당할 것이다.
3) 이들은 "끊임없이 밀려오는 공허한 가능성의 파도에 휩쓸려 가버릴 터"이고, "실제로 존재하는, 퇴로가 없고 선택의 여지가 없는 현실을 완전히 잃게 될 뿐이고, 스스로는 단지 무한의 가능성에 잠재적인 가치를 부여할 뿐이다."(바흐친, 1920/2011: 108)

임 있는 자로 있는 한, 나는 홀려 있는 자, 현혹된 자가 되고, 나의 행위는 개체로서 참여하는 [바의] 존재론적인 뿌리에서 끝내 분리되어, 최종적인 유일의 통일에 대하여 우연에 불과한 것, 그리고 뿌리를 내리지 못하는 것이 된다." 개체로서의 이러한 참여와 책임을 방기하고[4], "자신의 생을 완전히 비밀스러운 대표의 입장으로서, 그리고 자신의 개개의 행동을 의식의 그것으로서 이해하려고 할 때, 우리는 참칭자가 되어버린다."(바흐친, 1920/2011: 112)

윤리든, 정치든 모든 것을 '체계'로 환원시키려는 모든 시도는 개개인의 특정한 도덕적 의무의 가치를 부인한다. 그러나 "인간 일반이라는 것은 없다. 내가 있고, 특정의 구체적인 타자(내게 가까운 자들, '사회적 인류'로서의 나의 동시대인)가 있고, 현실의 실존하는 인간들(현실의 역사적 인류)의 과거와 미래가 있을 뿐이다."(바흐친, 1920/2011: 103) '체계'의 관점에서 보면 모든 죽음은 똑같다. 그곳에서 우리 삶의 유일성과 고유성은 "공허한 가능성의 물로 희석"되고, "우리에게 아무래도 좋은, 무한의 물질의 요인", "호모 사피엔스의 견본"이 되고 만다(바흐친, 1920/2011: 109).

한편, 우리에게 익숙한 형식주의적 사유는 저자의 알리바이를 부추긴다. 형식주의는 텍스트만을 보며, 텍스트를 구성한 삶의 맥락을 배제한다. 알리바이는 '사건'이라는 텍스트만을 분석하며, 그 사건을 구성하고 있는 삶의 맥락을 지워버린다. 글쓰기에 참여하는 저자는 삶의 맥락 안에 놓여 있기 때문에, 이러한 삶의 맥락을 지워버리는 순간 그 사건과 관련된 저자의 존재도 그 사건과 저자를 연결하는 고리도 사라지고 만다. 그 사건에 대한 저자의 알리바이는 이렇게 성립된다.

---

4) 나는 나의 역할을 다했을 뿐이다. 내 지위에서 나에게 부여된 임무를 수행했을 뿐이다. 내 상관의 명령에 따랐을 뿐이다. 누구나 그 자리에 있었다면 그렇게 했을 것이다. 그리하여 그 때 그 결정과 행위는 내가 스스로 결정한 것이 아니다. 따라서 나에게는 아무런 책임이 없다. 처벌받을 일이 없다. 이것이 전형적인 '참칭자'의 삶이다. 이것이 한나 아렌트가 말한 것이며, 마루야마 마사오가 말한 것이며, 김영민이 말한 것이다. 영화 〈책 읽어주는 남자〉에서 뒤늦게 한나가 깨달은 바이기도 하다.

바흐친의 알리바이에 대한 비판과 비알리바이에 대한 강조는 집요하게 지속되다가 ≪라블레와 그의 세계≫에 오면, 특히 카니발 개념과 만나게 되면 다소 혼란스러워진다. 카니발은 우리를 일상생활의 평범한 모든 것에서 자유롭게 함으로써 해방시킨다. "라블레의 언어는 새롭고도 가치 있는 진리들을 발생시키는 대화로서가 아니라 모든 진리에 대한 유쾌한 파괴로서 설명된다. 그리고 개인이 향연을 즐기는 사람들의 거대한 무리 속으로 용해될 때 개인적인 책임은 시야에서 완전히 사라진다. 더 이상 자아는 없으며, 있는 것은 오직 카니발적 가면일 뿐이다. 다른 사람들이 나의 축제 의상을 입는다면 그들은 '나'가 할 수 있는 것을 그대로 할 수 있다."(모슨과 에머슨, 1990/2006: 183)

이와 같이 카니발은 존재에 대한 완벽한 '알리바이'를 제공해준다. 이렇게만 보면, 바흐친의 초기 저작과 마지막 저작은 극단적인 모순을 보인다. 그러나 바흐친이 카니발, 웃음을 강조한 것은 모든 진지한 것으로부터의 해방을 원했기 때문이다. 진지함으로부터 해방될 때, 존재는 자유로워지고, 그 자유로움으로 인해서 진정한 대화와 진정한 '평범함'으로의 복귀가 가능해지는 것이다. 즉, 카니발과 웃음은 존재에 대한 비알리바이를 가능하게 하는 중요한 계기로서 존재하는 것이다.

국어 교육에서 길러내야 할 저자는 어떤 모습이어야 하는가? 나는 참칭자와 같은 알리바이의 삶을 사는 것이 아니라, 자신의 고유성, 유일성을 표명하는 '이 나'로서의 삶, 비알리바이로서의 삶을 사는 저자를 상정해야 한다고 생각한다.

비알리바이로서의 삶을 살기 위해서는 어떻게 해야 하는가? 대상에 대한 저자의 '시선의 잉여'[5]가 있어야 한다. 누구든 자신만이 점하는 시공간이 있다. 그 자리는 고유명사처럼 고유해서 누구도 그 자리에 설 수 없고, 그 자리에서 생겨나는 대상에 대한 경험 또는 체험은 본인을 포함해서 어느 타자도

---

5) 바흐친의 용어로, 나의 일부이지만 나는 보지 못하고, 타자에 의해서만 볼 수 있는 것이 나에 대한 타자의 '시선의 잉여'이다. 마찬가지로 나는 타자 또는 대상에 대한 '시선의 잉여'를 갖게 마련이다.

대체할 수 없다. 반복되지도 않는다. 저자가 대상에 대한 '시선의 잉여'를 가질 때, 저자는 비알리바이의 삶을 살게 된다.

저자가 시선의 잉여를 버릴 때, 알리바이의 삶을 살게 된다. 모두가 공유하는, 반복 가능한, 대체 가능한 시선을 갖는 때가 있다. 예컨대, 표제어(대상)에 대해 기술하는 사전 편찬자의 시선이 그러하다. 그 시선은 객관적이고, 일반적이고, 보편적이다. 그 시선에 고유성과 개별성은 삭제되거나 영원히 지연되고 있어서 개인으로서의 편찬자를 감지할 수 없다. 사전적 글쓰기에는 저자가 없다.

시선의 잉여가 없는, 즉 시선의 고유성이 없는 글쓰기는 무의미하다. 대상에 대한 저자의 시선의 잉여가 없다는 것은 텅 빈 시선, 타자와 동일하게 포개지는 시선을 가졌다는 것을 의미한다. 이런 시선의 글쓰기는 저자 자신은 물론 타자도 성장시키지 못한다. 공동체를 차이의 풍성함으로 이끌지 못한다.

저자의 고유성, 개성적인 목소리를 강조할 때, 나는 표현주의 접근법에 한층 가까워진다. 표현주의에서는 모든 장르의 글에서 개인적인 목소리, 기풍을 간직해야 한다고 말하기 때문이다.[6] 표현주의자들은 글쓰기를 통한 저자의 심미적, 인지적, 도덕적 발달을 지향한다. 내가 말하는 비알리바이로서의 글쓰기는 이러한 지향을 포함한다.

그러나 거기서 그치지 않는다. 비알리바이로서의 글쓰기는 닫힌 채 끝나는 것이 아니라, 항상 타자의 응답을 기대하면서 글쓰기를 마친다. 바흐친이 자주 쓰는 표현처럼 '열린 채 끝나는' 것이다. 왜 열린 채 끝나야 하는가? 나의 글쓰기가 나의 최종 발화가 되어서는 안 되기 때문이다. 대상에 대한 최종 발화가 되어서는 안 되기 때문이다.[7]

---

6) 표현주의 접근법의 인식론적 전제, 국내외 연구 동향은 이재기(2008), 이재승(2010)을 참조 바람.
7) 비알리바이의 삶을 사는 저자로서의 '이 나'는 구체적인 시공간을 벗어난 초월적인 자리에 있지 않다. 특정한 자리에 있는 존재이기 때문에 저자의 '시선의 잉여'는 뚜렷한 한계를 지니고 있다. 따라서 '이 나'의 글쓰기는 타자가 보지 못하는 것을 본다는 자신감과 가능성을 간직한 채 '끝나면서' 동시에 이것

저자의 시선의 잉여는 그 자체로 의미를 갖는 것이 아니다. 저자의 대상에 대한 시선의 잉여란 실은 대상에 대한 하나의 시선일 뿐, 대상에 대한 총체성으로 도무지 환원될 수 없다. 내 글쓰기에 대한 타자의 응답을 만나는 것은, 그 타자의 시선의 잉여를 만나는 것이다. 타자의 응답이 겹으로 쌓이고 동심원적으로 퍼져나갈 때, 대상에 대한 차이를 지닌 시선 역시 겹으로 쌓이고 동심원적으로 퍼져나간다. 이런 글쓰기의 대화성으로 인해서 대상에 대한 이해와 해석은 풍요로워지는 것이다.

표현주의가 저자의 고유한 목소리와 주체의 성장에 초점을 맞추고 있다면, 내가 지향하는 글쓰기는 각각의 고유함을 지닌 저자와 타자(독자)와의 대화, 이를 통한 저자, 타자, 대상의 변화와 성장에 관심을 둔다는 점에서 차이가 있다. 요컨대, 표현주의가 고유함을 간직한 채 끝나는 것이라면, 비알리바이로서의 글쓰기는 그 고유함을 시작 대화로 삼아 타자와의 협력적 또는 경쟁적 대화를 지향한다.

저자의 비알리바이의 강조는, 비판적 접근법에 가깝다. 비판적 접근법은 "필자가 자신의 맥락에 기반한 담론을 원심력으로 삼아 지배적 담론의 구심력으로부터 탈주하는 것"을 강조한다. 따라서 좋은 글이란 "지배적 담론을 재생산하는 것이 아니라 지배적 담론을 재구성, 해체하면서 자신의 정치적, 문화적 맥락에 어울리는 대안적 담론을 생산하는 글"이다(이재기, 2008: 189). 비판적 접근법에서 강조하는 '저자의 맥락'이란 저자가 유일하게, 고유하게 점하고 있는 시공간을 말한다. 이런 고유한 시공간에 충실할 때, 대상에 대한 저자의 '시선의 잉여'가 생겨나고, 이러한 '시선의 잉여'에 의해서 대상에 대한 지배적 담론은 재영토화되거나 탈영토화된다.

우리에게 널리 알려진 또는 우리가 사랑하는 대개의 산문에서 우리는 저자

이 갖는 명백한 한계로 겸손해지면서 '열려'야 한다.

를 느낀다. 저자를 체험한다. 글의 곳곳에서 생생한 또는 은은한 저자의 목소리를 들을 수 있다. 목소리는 지문이다. 따라서 저자의 알리바이는 없다.

글쓰기란 대상에 참여하는 것이다. 대상과 관계를 맺는 것이다. 따라서 독자는 글을 읽는 과정에서 저자가 대상을 대하는 '정조'(감탄, 분노, 사랑 등)를 느낀다. 우리는 통상 글읽기의 목적을 '텍스트의 의도' 파악이라고 말하지만, 텍스트의 의도란 다름 아닌 저자가 대상을 대하는 태도이고, 이러한 태도는 당연하게도 정조로 드러난다. 나는 대상에 대한 저자의 이러한 정조가 글쓰기의 방아쇠를 당기게 하며, 독자는 독서 과정에서 이 정조에 감염되며, 끝내 독자에게 남는 것은 이러한 정조라고 생각한다. 그리고 이러한 정조는 저자의 비알리바이를 입증한다.8)

많은 사람들이 글쓰기는 의미를 구성하는 행위라고 설명한다. 그리고 이러한 진술은 상당 부분 인지심리학의 자장 안에서 생겨난 경우가 많다. 개인의 개별성, 고유성을 지워버리고 글쓰기를 '인지 행위'로 환원시켜버리는 이러한 접근법에 나는 반대한다. 즉, 이때의 '의미'란 누구의 의미도 아닌, "내가 찾은", "내가 발견한" "내가 부여한" 의미여야 한다.

아렌트는 '이야기하는 시민'이 사유하는 시민이라고 하였는데, 나는 이를 확대하여 '표현하는 시민'이 '사유하는 시민'이라고 말하고 싶다. 이야기의 힘은 어디서 생겨나는가? 그것은 대상(인물, 사건, 현상 등)의 개별성, 고유성, 구체성과 그 대상과 이야기하는 자가 맺고 있는 관계의 개별성, 고유성, 구체성에서 생겨난다고 생각한다. 대상, 서술자, 대상에 대한 서술자의 체험의 개

---

8) Butler는 1999년 미국 학술지 ≪철학과 문학≫에서 '최악의 저자'로 뽑혔을 만큼 난해한 글쓰기로 악명이 높다고 한다. 그런데 다양한 독자를 확보하고 있고, 가장 중요하고 영향력 있는 페미니즘 이론가로 인정받는 이유는 뭘까? 기존 페미니즘 정치학에 도발적인 문제 제기를 하면서 새롭고 묵직한 의제를 발굴, 선도하고 있기 때문일 것이다. 나는 그러한 글쓰기를 가능하게 한 '힘'에 주목한다. 나는 그것이 버틀러의 개별성, 고유성에 충실한 '이 나'로서 대상과 만났기 때문이라고 생각한다. 여성, 여성동성애자, 유대인여성동성애자, 유대인여성동성애자학자라는 '이 나'로서 대상(젠더 사태)을 대면했기 때문에 그러한 글쓰기가 가능했다고 본다.

별성, 고유성, 구체성이 바로 내가 말하는 비알리바이이다.

훌륭한 산문은 대체로 이야기이다. 그 이야기에는 개별적이고 고유한 사건이 있고, 이를 대하는 서술자의 개별적이고, 고유한 체험이 있다. 개인적인 목소리가 있다. 예컨대, "아렌트의 이야기하기는 한 개인의 이야기가 옳고 그름을 논할 수 있는 진리의 명제를 전제하지 않는다. 이야기는 한 개인이 삶에 대해서 가지고 있는 인생관, 가치관, 세계관 등이 의견의 형태로 드러난다. 개인이 가진 의견은 개인의 역사와 생각이 고스란히 담겨져 있고, 한 개인의 고유성을 그대로 드러낸다."(천명주, 2012: 107)9) 나는 국어교육이, 표현 교육이 이러한 이야기하는 자로서의 표현 주체를 길러내야 한다고 생각한다.10)

이 때 중요한 것은, 이야기하는 자가 제3자처럼 존재하는 것이 아니라, 자신의 개별적이고, 고유하며, 반복불가능한 체험에 지극히 충실한 존재여야 한다는 점이다. 누구에게나 자신만의 고유하고 개별적인 체험이 있게 마련이며, 따라서 모든 학생 필자는 이야기할 준비가 되어 있다.

이들에게는 어떤 대상을 체계적으로 설명할 수 있는 이론이 없을 수 있다. 그러나 체험은 있다. 그 체험을 말하게 해야 한다. 자신이 직접 경험하지 않는 대상에 대해 제3자처럼 이야기하도록 요구하는 것은 그 자체가 고역이며, 알리바이로서의 삶을 요구하는 것이며, 표현 주체로서 성장할 가능성을 박탈하거나, 지연시키는 것이다. 고유한 나, 고유한 나의 체험에 대해서 말하게 해야 한다.

---

9) 천명주는 이야기하기의 의미와 힘을 아렌트의 사례를 들어 다음과 같이 말하고 있다. "아렌트는 자신이 경험하고 이해한 20세기의 역사적 경험을 우리들에게 이야기하고 또 이야기한다. 아렌트의 이야기하기는 아이히만을 알지 못하는 우리에게, 전체주의를 경험하지 못했던 우리들에게 유용한 도덕적 가르침을 제공한다. 이야기는 사건들을 개별적이고 주의 깊게 다룰 수 있는 힘을 가지고 있기에 거대한 이론을 압도하는 도덕적 힘을 가지고 있다. 그래서 아렌트의 이야기하기는 현대 세계의 악에 저항하는 중요한 도구로 이해된다."(천명주, 2012: 106)

10) 이야기하는 주체는 서사 주체이다. 이러한 서사 주체는 현재와 같은 쓰기 교육과 창작 교육이 분리된 교육 상황에서는 길러지기 어렵다. 나는 글쓰기 교육에서 문예적 산문 쓰기가 강화되어야 한다고 생각한다. 이런 점에서 장르의 개방과 통합 문제를 거론하면서 쓰기교육과 창작교육의 통합을 강조한 최인자(2000) 논의에 동의한다.

2. 대화적 글쓰기의 발견 1

세상의 모든 글쓰기는 어떤 삶과 사건에 대한 저자 개인의 반응이란 점에서 저자의 비알리바이를 드러내고 있다. 그러나 실제 글쓰기를 들여다보면, 모든 글쓰기가 비알리바이를 드러내고 있다고 말하기는 힘든 측면이 있다. 왜냐하면, 저자 자신은 마치 사태를 관망하는 제3자인 것처럼 느껴지는 글이 많기 때문이다. 바흐친 식으로 말하면 이들은 '참칭자'인 셈이다.

그렇다면, 대화적 글쓰기를 위해서는 글에서 직접적으로 '나'를 표명하도록 권장할 필요가 있다. 물론 '나'를 표명하면서도, 마치 참칭자처럼 글쓰기를 할 수도 있고, '나'를 직접 표명하지 않고서도 자신의 비알리바이를 강하게 드러낼 수도 있다. 이와 같이 '나'의 직접적인 표명 여부가 알리바이와 비알리바이를 가늠하는 일차적인 기준이 될 수는 없겠지만, '나'의 표명은 책임 있는 글쓰기를 일정 부분 강제하는(좋은 의미에서) 효과가 있다. 실제로 책임 있는 글쓰기의 저자는 '나'를 직접 표명하는 경우가 많다. 이들의 글에는 사건을 보는 '정동 의지적 어조'가 드러나 있다.

🎞 천황과 전두환: 5.18의 윤리

역사가 죽은 이 나라에 '한줌의 도덕(minima moralia)'이라도 남아 있다면 나는 전두환(1931~)이 암살이라도 되어야 한다고 최소한 1990년대 초반까지 '공상'하였다. 그런데 이 생각은, 서구의 1789년이나 1989년과는 또 다른 의미에서 '역사의 종말'을 신봉한 일본사회가 '한줌의 도덕'을 위해서라면 그 스스로 히로히토(裕仁, 1901~1989) 천황을 암살해야 했다고 '공상'만했던 것과 연동되어 있었다. 박열과 이봉창 등 식민지의 애국청년들이 그 목숨을 노렸던 히로히토는 결국 천수를 누렸고, 일흔을 훌쩍 넘긴 전두환 역시 그의 전 재산 29만원을 아껴 쓰면서 호의호식하고 있다. 돌이켜 보면, 히로히토는 맥아더와 손을 잡기 전에 자신의 신민(臣民)에 의해서 처단되어야 했고, 문민정부 시절 정치재판의 쇼가 벌어지기 전에 전두환은 광주의 핏빛 혼에 의해 붙들려 가야만 했다.

침략과 전쟁범죄에 관한 일본의 거듭된 망언에는 사안별로 그 나름의 복잡한 배경이 스며있다. 그러나 마루야마 마사오(丸山眞男)가 말한 '무책임의 체계'로서의 일본사회라는 시각은 비록 공소하긴 하지만 사태의 대체를 꿰는 일리 있는 지적이다. 매사 역사사회적 책임이 주장(主將)에 귀착하는 것은 상식이다; 이 상식이 짓밟힌 채 나태한 봄날 같은 일상이 뻔뻔스레 계속될 때 책임의식은 도착(倒錯)되고 윤리는 속으로부터 썩는다. 주범이 언죽번죽 역사와 시대를 희롱하고, 종범(從犯)들은 그 희롱당한 역사와 시대 속에 변함없이 기생한 채 번창하며, 그 아래 민중의 한(恨)은 조직적으로 은폐되거나 왜곡될 때, 그 무책임의 체계는 반윤리적으로 전염된다. 이른바 15년 전쟁의 주범인 히로히토를 면책하고 그 무책임의 체계를 재가동시킨 것은 동북아시아의 공산주의 혁명을 저지하기 위한 미국의 정책적 타협이었지만, 수백만의 무고한 생명을 죽음과 고통의 지옥으로 몰아넣은 일은 그 어떤 정책적 고려로써도 미봉할 수 없는 엄혹한 역사요 현실이다. 전후의 일본이 지금에 이르도록 과거사에 대한 헛소리를 반복하거나 그 국가의 경영철학이 아전인수격으로 두루뭉술한 이유도 전쟁의 주범인 천황이 건재했고, 여전한 추앙을 받았으며, 마침내 천수를 누린 사실과 직접적으로 관련된다. 그 천황은 정책적 고려나 정치적 담보가 될 수 없는 전범이었다. 그 천황의 배후에는 정책이나 정치의 타협으로써는 상쇄하거나 환치할 수 없는 수백만의 피와 살, 그 고유명(固有名)의 고통과 한이 들끓고 있기 때문이다.

마찬가지로, 전두환 일당이 정치와 정책의 보호 아래 후안무치하게 광주의 핏빛 영혼들을 조롱하고 있는 한, 5.18은 우리에게 아무런 윤리적 빛을 던지지 못한다. 그런 뜻에서 빛고을(光州)은 아직 어둡다. 광주의 피가 윤리의 빛으로 거듭나 새로운 역사의식의 요청으로 다가오려면 만시지탄이지만 80년 5월의 범죄에 대한 엄혹하고 확실한 처벌이 있어야 했다. 그러나 타협과 미봉, 그리고 섣부른 화해의 제스처가 남발되었을 뿐이며, 전두환을 비롯한 주범들은 건재하고 심지어 그 건재를 흉물스레 과시한다. 이 경우, 용서와 관용은 추악한 삼류의 이데올로기에 지나지 않는다. 까뮈의 말처럼 오직 역사에 대한 올바른 기억과 대접만이 화해를 불러올 수 있으며, 아렌트의 말처럼 시대의 어두움은 기억의 빛이 사라지기를 기다린다.

나치즘의 갖은 범죄들을 '기억, 책임, 미래'라는 원칙과 순서에 의해서 진지하고 철저하게 처리하고 있는 독일은 좋은 방증이다. 그러나 전후의 일본은 책임의 주체 없는 명령-체계의 순환 속으로 퇴각함으로써 그 끔찍한 침략과 전쟁의 참화에서 윤리의 메시지를 건져내지 못했다. 천황의 존재마저 그 무책임한 체계의 고리를 끊지 못했으며 오히려 정치적 타협의 술수 속에서 면책됨으로써 수백만 명의 무고한 생명을 살상한 이 참학한 재앙은 윤리의 빛을 잃었고 원혼들의 고통은 계속되고 있다. 아울러 그 천황이 여전한 숭앙을 받으며 천수를 누리게 함으로써 일본은 그 값비싼 윤리의 마지막 기회를 영영 잃고 만 것이다.

광주의 5월이 번듯한 이름을 얻고 망월동이 성역화된 일은 내 눈에는 한갓 우스개요 역사에 대한 조롱이다. '전두환'으로 대표되는 그 학살의 주범들이 여전한 권세를 누리는 한 5.18은 모욕 받은 현실의 이름일 뿐이다. '암살'은 이 모욕 받은 현실을 구제하려는 판타지였지만, 나는 이 판타지조차 마감하려는 역설(逆說)의 힘으로써 죽은 윤리를 다시 꿈꾼다. (김영민, 2007: 123-127)

그 동안 한국 사회에는 '5·18'과 '전두환'을 화제로 한 수많은 글쓰기가 이루어져왔다. 그러나 나는 김영민의 위 글처럼 강렬한 인상을 남기는 글을 본 적이 없다. 실은, 위 화제를 다룬 김영민의 대부분의 글쓰기는 대체로 이러한 문체적 특징을 지니고 있다.

그 동안 많은 저자들은 왠지 '추상적인 자리'에 서서, '사건으로부터 자신을 지속적으로 유예시키는' 모습을 보여 왔다. 이들의 텍스트에서 저자 자신은 잘 보이지 않고, '민주주의', '공권력', '인권', '무책임' 등과 같은 추상적인 개념 및 이론이 더 도드라져 보였다. 저자인 '나'가 사건을 어떻게 보는지가 그려지는 것이 아니라, 이런저런 이론에 비추어 볼 때, 사건은 이렇게, 저렇게 해석된다 또는 해석되어야 한다는 식의 논지가 주를 이루었다. 나는 이러한 글쓰기는 넓은 의미에서 볼 때, 비알리바이보다는 알리바이를 드러내는 글쓰기라고 생각한다. 자신은 이론 뒤에 숨음으로써, 스스로 '부재'를 입증하고 있기 때문이다.

그러나 위 텍스트에서 알 수 있듯이, 김영민은 글쓰기 전반에서 본인을 강하게 드러내고 있다. 김영민의 글쓰기를 체험한 사람이라면, 위 텍스트를 읽고, 단박에 김영민 텍스트임을 알 수 있을 것이다. 그의 텍스트는 그의 지문과 같다. 누구와도 구별되는 그만의 개인성, 고유성, 개별성을 드러내고 있다. 지문은 비알리바이의 명백한 증거이다.

김영민처럼 저자 자신의 비알리바이를 보이는 글쓰기를 한다는 것은 상당히 부담되는 일이다. 왜냐하면, 글쓰기에 대한 책임을 져야 하기 때문이다. 자신을 강하게 드러냈기 때문에 도망갈 방법이 없다. 그것이 칭찬과 지지든, 비난과 체포든 책임을 면하기 어렵다. 그래서 힘들고 부담스럽다. 그러나 알리바이로서의 글쓰기는 숨을 공간이 많다. 이론과 같은 보이지 않는 추상적인 실체 뒤에 조용히 있으면 된다.

세월호

나는 본래 어둡고 오활하여, 폐구閉口로 겨우 일신의 적막을 지탱하고 있다. 더구나 궁벽한 갯가에 엎드린 지 오래니 세상사를 입 벌려 말할 만한 식견이 있을 리 없고, 이러한 말조차 아니함만 못하다는 것을 모르지 않는다. 그러하되, 잔잔한 바다에서 큰 배가 갑자기 가라앉아 무죄한 사람들이 떼죽음을 당한 사태가 대체 어찌된 영문인지 알지 못하고, 아직도 돌아오지 못한 사람들의 몸을 차고 어두운 물밑에 버려둔 채 새해를 맞으려니 슬프고 기막혀서 겨우 몇 줄 적는다.

단원고 2학년 여학생 김유민양은 배가 가라앉은 지 8일 후에 사체로 인양되었다. 라디오 뉴스에서 들었다. 유민이 아버지 김영오씨는 팽목항 시신 검안소에서 딸의 죽음을 확인하고 살았을 적 몸을 인수했다. 유민이 소지품에서 학생증과 명찰, 그리고 물에 젖은 1만 원짜리 지폐 6장이 나왔다. 김영오씨는 젖어서 돌아온 6만 원을 쥐고 펑펑 울었다(유민 아빠 김영오, 『못난 아빠』 중에서). 이 6만 원은 김영오씨가 수학여행 가는 딸에게 준 용돈이다. 유민이네 집안 사정을 보건대, 6만 원은 유민이가 받은 용돈 중에서 가장 많은 돈이었을 것이다. 이 6만 원은 물에 젖어서 돌아왔다.

아 6만 원. 이 세상에 이 6만 원처럼 슬프고 참혹한 돈이 또 있겠는가. 이 6만 원을 지갑에 넣고 수학여행 가는 유민이는 어떤 설계를 했던 것일까. 열일곱 살 난 여학생은 무엇을 사고 싶었을까. 얼마나 간절한 꿈들이 유민이의 6만 원 속에 담겨 있던 것인가. 유민이가 가지고 싶었던 것들. 아버지, 엄마, 동생에게 사다주려 했던 선물은 무엇이었을까.

6만 원은 유민이의 꿈을 위한 구매력에 쓰이지 못하고 바닷물에 젖어서 아버지에게 되돌아왔다. 300명이 넘게 죽었고, 아직도 돌아오지 않는 사람들의 몸이 물밑에 잠겨 있지만 나는 이 많은 죽음과 미귀未歸를 몰아서 한꺼번에 슬퍼할 수는 없고 각각의 죽음을 개별적으로 애도할 수밖에 없다. 그래서 유민이의 6만 원, 물에 젖은 1만 원짜리 6장의 귀환을 통절히 슬퍼한다.

아 6만 원. 유민이의 마음속에서 6만 원으로 할 수 있는 일은 셀 수 없이 많았고, 유민이가 갖고 싶었던 것은 사소할수록 간절했을 것이다. 이것을 살까, 저것을 살까 망설일 때 그 후보 리스트에 오른 물건까지를 합산한다면 이 6만 원이 갖는 구매력의 예상치, 실현되지 못한 구매력은 몇 배로 늘어난다. 유민이의 선택에서 최종적으로 탈락되었다고 해서 그 탈락된 꿈이 무효인 것은 아니다. 배는 수학여행지에 닿지 못했다. 죽은 많은 아이들의 용돈도 다들 물에 젖어서 돌아왔을 것이므로 그 많은 꿈들은 슬픔과 분노로 바뀌어 바다를 덮는다. 유민이의 지갑에서 돌아온 6만 원으로 살아 있는 사람들이 무엇을 할 수 있는가. 국가재난 컨트롤타워에 성금으로 보내야 하는가를 생각하다가 생각을 그만두었다. 내가 젊은 날 육군에서 힘들 때 엄마한테서 편지가 왔는데, 어렵고 힘들 때는 너보다 더 어려운 이 어미를 생각해라, 라고 적혀 있었다. 고지의 겨울은 맹수에게 물어뜯기는 듯이 추웠다. 엄마의 편지를 받던 날 밤에 나는 보초를 서면서 고난을 따스함으로 바꾸어놓는 엄마의 온도와 엄마의 눈물의 힘을 생각했고 자라는 고비에서 치솟는 반항기로 엄마를 속썩인 패악을 뉘우치면서 가슴이 아팠다. 유민이의 6만 원에도 내 엄마의 편지처럼, 크고 깊은 슬픔의 힘이 저장되어 있어 세상의 불의와 더러움을 밀쳐낼 수 있으며, 말을 알아듣고 사물을 볼 수 있는 마음을 가진 사람들의 마음을 정화시켜줄 테지만 그렇게 말해봐도 산 자들의 말일 뿐, 젖어서 돌아온 6만 원을 위로할 수는 없다. 배 안을 수색하는 잠수사들의 말에 따르면, 아이들이 담요를 둘둘 말아서 배 안의 창문 틈마다 모두 막아놓았다고 한다. 아이들은 그렇게 버둥거리다가 최후를 맞았다. 골든타임도 에어포켓도 컨트롤타워도 다가오는 인기척도, 아무것도 없었다. (이하 생략) (김훈, 2015: 153-156)

김훈의 글에도 김영민의 글처럼 저자의 목소리가 강하게 드러나 있다. 다만, 상대적으로 상당히 정제된 모습을 보이고 있다. 저자의 비알리바이를 드러내는 글은 대체로 그것이 분노든, 슬픔이든, 기쁨이든 그 감정을 숨기지 않는다. 이것이 바흐친이 말하는 '정동 의지적 어조'일 것이다. 이러한 정동 의지적 어조야말로 저자가 '존재하고 있음'을 입증하는 명백한 증거가 된다. 김훈의 글에는 그의 개별적이고 고유한 슬픔이 곳곳에서 묻어난다. "슬프고 기막혀서 겨우 몇 줄 적는다.", "나는 이 많은 죽음과 미귀未歸를 몰아서 한꺼번에 슬퍼할 수는 없고 각각의 죽음을 개별적으로 애도할 수밖에 없다. 그래서 유민이의 6만 원, 물에 젖은 1만 원짜리 6장의 귀환을 통절히 슬퍼한다." "그들의 마음속에서 울음으로 끓어오르던 새로운 삶에 대한 각오와 동경, 지나간 삶에 대한 회한과 뉘우침, 이루어야 할 소망과 사랑과 평화와 친절, 만남과 그리움, 손 붙잡기, 끌어안기, 쓰다듬기⋯⋯ 이런 것들을 생각하면서 팽목항에서 나는 기막혔고 분했다."

한편, 그의 글은 세월호 사건에 대해 책임을 져야 할 사람들에 대한 비판을 애둘러 하지 않는다. "큰 배가 스스로 뒤집혀서 가라앉게 되는 배후에는 대체 얼마나 큰 악과 비리가 축적되어 있는 것인지, 그리고 담요를 말아서 창문 틈을 막다가 죽은 아이들과 정치적·행정적 시스템과의 그 참혹한 단절은 어찌된 영문인지를 나는 알 수가 없다." 알 수가 없다고 했지만, 이는 스스로의 책임을 부정하는 주체에 대한 조롱으로 읽어야 한다. "비를 맞으니까 옷이 젖었고, 밥을 굶었더니 배가 고프다는 말과 같은 말이다. 세월호는 왜 기울었고 왜 뒤집혔는가." 동어 반복을 하는 사람은 누구인가? 굳이 명시할 필요가 없겠다. 한편, 그의 글에는 애도 대상에 대한 감정 이입이 여러 곳에서 발견된다. "세월호가 기울고 뒤집히고 가라앉을 때 배에 갇힌 사람들은 마지막 순간까지 그러한 방식의 죽음을 받아들일 수는 없었을 것이다."

이 글 외에도 김훈의 글쓰기는 항상 '부재 증명'을 거부한다. 그의 슬픔, 분노, 기쁨 등의 감정은 항상 개별적이고, 고유하며, 슬픔과 분노의 대상 또한 개별성을 갖는다. 이로 인해 저자도 대상도 모두 비알리바이의 삶을 살고 있다.

🖼 맏누님 증 정부인 박씨 묘지명

유인(孺人)의 휘(諱)는 아무요 반남 박씨이다. 그 아우 지원(趾源) 중미(仲美 연암의 자)가 다음과 같이 기록한다.

유인은 16세에 덕수(德水) 이택모 백규(李宅模伯揆)에게 출가하여 1녀 2남을 두었으며 신묘년(1771, 영조 47) 9월 초하룻날에 돌아갔다. 향년은 43세이다. 남편의 선산이 아곡(鵶谷)에 있었으므로 장차 그곳 경좌(庚坐)의 묘역에 장사하게 되었다.

백규가 어진 아내를 잃고 난 뒤 가난하여 살아갈 방도가 없게 되자, 그 어린것들과 여종 하나와 크고 작은 솥과 상자 등속을 끌고 배를 타고 협곡으로 들어갈 양으로 상여와 함께 출발하였다. 중미는 새벽에 두포(斗浦)의 배 안에서 송별하고, 통곡한 뒤 돌아왔다.

아, 슬프다! 누님이 갓 시집가서 새벽에 단장하던 일이 어제런 듯하다. 나는 그때 막 여덟 살이었는데 응석스럽게 누워 말처럼 뒹굴면서 신랑의 말투를 흉내 내어 더듬거리며 정중하게 말을 했더니, 누님이 그만 수줍어서 빗을 떨어뜨려 내 이마를 건드렸다. 나는 성을 내어 울며 먹물을 분가루에 섞고 거울에 침을 뱉어 댔다. 누님은 옥압(玉鴨)과 금봉(金蜂)을 꺼내 주며 울음을 그치도록 달랬었는데, 그때로부터 지금 스물여덟 해가 되었구나!

강가에 말을 멈추어 세우고 멀리 바라보니 붉은 명정이 휘날리고 돛 그림자가 너울거리다가, 기슭을 돌아가고 나무에 가리게 되자 다시는 보이지 않는데, 강가의 먼 산들은 검푸르러 쪽 찐 머리 같고, 강물 빛은 거울 같고, 새벽달은 고운 눈썹 같았다.

눈물을 흘리며 누님이 빗을 떨어뜨렸던 일을 생각하니, 유독 어렸을 적 일은 역력할 뿐더러 또한 즐거움도 많았고 세월도 더디더니, 중년에 들어서는 노상 우환에 시달리고 가난을 걱정하다가 꿈속처럼 훌쩍 지나갔으니 남매가 되어 지냈던 날들은 또 어찌 그리도 촉박했던고!

떠나는 자 정녕히 다시 온다 다짐해도 / 去者丁寧留後期
보내는 자 눈물로 여전히 옷을 적실 텐데 / 猶令送者淚沾衣
조각배 이제 가면 어느제 돌아오나 / 扁舟從此何時返
보내는 자 헛되이 언덕 위로 돌아가네 / 送者徒然岸上歸

(박지원, 2004)

알리바이와 비알리바이를 얘기하면서 박지원의 글을 가져온 이유는 이 글에서 저자가 겪은 사건과 슬픔의 개별성이 강하게 느껴지기 때문이다. 이 글이 조선 시대에 쓰였다는 사실을 상기할 필요가 있다. 이 시기에 죽음에 대한 슬픔은 개별적인 슬픔이 아니라, 유교적 슬픔으로 표현되어야 한다. 모든 죽음은 개별적인데, 모든 묘지명의 내용이 비슷한 이유가 여기에 있다. 그러나 박지원의 글쓰기는 다르다. 앞에서는 다른 묘지명처럼 기술되다가 중간 부분에 오면, 누이와 있었던 지극히 사사로운 사건이 묘사된다. 그리고 후반부에 오면 그의 슬픔의 개별성은 증폭되어 폭발하고야 만다.

이별에 대한 슬픔은 고조되어, 과거와 현재가 겹쳐지고, 현재의 풍경과 과거의 사건이 혼용한다. "강가의 먼 산들은 검푸르러 쪽 찐 머리 같고, 강물빛은 거울 같고, 새벽달은 고운 눈썹 같았다." 유교적 애도와 슬픔이 아닌, 개인 박지원의 애도와 슬픔이 느껴지는 것은, 박지원이 참칭자처럼 '의례적으로' 자신의 마음을 표현하지 않았기 때문이다. 부인의 죽음을 맞아 체제공이 쓴 제문을 박지원의 위 묘지명과 비교하여 살펴볼 필요가 있다.

祭亡室貞敬夫人權氏文

축하하는 것과 슬퍼하는 것은 상반되는 감정인데, 실컷 축하해 놓고 이내 슬퍼지니 내가 어찌 이상한 줄 모르겠소. 그렇긴 하지만 내가 슬퍼하는 것은 고금의 사람들이 인정에 맞지 않게 구구하게 죽은 사람을 슬퍼하느라 끝내 맺힌 마음을 풀지 못하는 것과는 다르오. 아! 나는 여인들의 일을 기록한 역사서를 많이 보았고, 규문(閨門)의 아름다운 행실을 기록한 것들도 많이 보았지만 어질고 현명한 당신과 견줄 만한 것은 보지 못했소. 당신은 우리 집에 시집온 뒤로 부모님을 지성으로 섬겼소. 작은 일 하나라도 혹 시부모의 마음에 들지 않을까 염려하여 낮이나 밤이나 기색을 살폈고, 행동은 법도에 맞게 하였소. 그러자 부모님들도 늘 "우리 며느리가 참 어질다"고 하셨소. (이영호, 2006: 23에서 재인용)

당시에 지어진 다른 제문보다 체제공 자신의 개인적인 슬픔이 비교적 잘 드러나 있다. 그러나 박지원이 지은 제문에 비하여 상실감과 슬픔의 감정이 많이 약화되어 있는 것이 사실이다. 이는 아내를 잃은 슬픔을 드러내기보다는 죽은 부인의 부덕을 칭송하는 데 초점을 맞추었기 때문이다. 이 점에서 체제공의 글은 박지원의 글쓰기보다 일반적인 제문의 글쓰기를 더 닮아 있다. 그리고 체제공이 기술한 칭송은 대상이 누구여도 무관하다. 그런 점에서 대상과 저자의 고유성, 개별성도 약한 글쓰기라고 볼 수 있다. 즉, 대상도 저자도 언제든지 대체될 수 있다.

박지원의 글쓰기는 당시의 장르 관습에서 크게 벗어나 있다. 표현 방식도 대단히 파격적이다. 새로운 글쓰기 또는 파격적인 글쓰기는 열렬한 호응과 거친 비난 모두에 직면할 개연성이 높다. 박지원의 처남 이재성은 이 글에 덧붙이는 말에서 "이 글을 옛사람의 문장을 기준 삼아 읽는다면 당연히 이의가 없겠지만, 지금 사람의 문장을 기준 삼아 읽기 때문에 의아해하지 않을 수 없는 것이다. 상자 속에 감추어 두기 바란다."라고 하였는데, 위 글이 마주할 저간의 사정을 잘 보여주고 있다.

박지원의 새로운 글쓰기는 박지원이 '이 나'로서의 정서와 시선에 충실하였기 때문에 가능해진 것이다. 그가 맏누님과 공유한 경험, 맏누님의 죽음에 대해 박지원이 갖는 마음은 누구도 대체할 수 없는 개별적이고 고유한 것이다. 박지원이 맏누님을 떠나보내며 바라 본 강가의 산, 강물 빛, 새벽달은 이전에 누구에 의해서 그러한 방식으로 포착된 적이 없고, 이후에도 그러할 것이다. 이러한 박지원의 글쓰기는 대상을 달리하면서도 유지된다.

📷 정석치 제문

살아 있는 석치(石癡)라면 함께 모여서 곡을 할 수도 있고, 함께 모여서 조문할 수도 있고, 함께 모여서 욕을 할 수도 있고, 함께 모여서 웃을 수도 있고, 여러 섬의 술을 마실 수도 있어 서로 벌거벗은 몸으로 치고받고 하면서 꼭지가 돌도록 크게 취하여 너니 내니도 잊어버리다가, 마구 토하고 머리가 짜개지며 위가 뒤집어지고 어찔어찔하여 거의 죽게 되어서야 그만둘 터인데, 지금 석치는 참말로 죽었구나!

석치가 죽자 그 시신을 빙 둘러싸고 곡을 하는 사람들은 바로 석치의 처첩과

형제 자손 친척들이니, 함께 모여서 곡을 하는 사람들이 진실로 적지 않다. 또한 손을 잡고 위로하기를,

"덕문(德門 남의 집안을 높여 부르는 말)이 불행하여 철인(哲人)이 어찌 이 지경에 이르렀습니까."

하면, 그 형제와 자손들이 절하고 일어나 머리를 조아리고 대답하기를,

"제 집안이 흉한 화를 만났습니다."

하고, 그 붕우들마다 서로 더불어 탄식하며,

"이 사람은 확실히 얻기 쉽지 않은 사람이었다."

하니, 함께 모여서 조문하는 사람들도 진실로 적지 않다.

한편 석치와 원한이 있는 자들은 석치더러 염병 걸려 뒈지라고 심하게 욕을 했지만, 석치가 죽었으니 욕하던 자들의 원한도 이미 갚아진 셈이다. 죄벌로는 죽음보다 더한 것이 없기 때문이다.

또한 세상에는 진실로 이 세상을 꿈으로 여기고 인간 세상에서 유희(遊戲)하는 자가 있을 터이니, 석치가 죽었다는 말을 들으면 진실로 한바탕 웃어젖히면서 본래 상태로 돌아갔다 여겨서, 입에 머금은 밥알이 나는 벌떼같이 튀어나오고 썩은 나무가 꺾어지듯 갓끈이 끊어질 것이다.

석치가 참말로 죽었으니 귓바퀴가 이미 뭉그러지고 눈망울이 이미 썩어서, 정말 듣지도 보지도 못할 것이며, 젯술을 따라서 땅에 부으니 참으로 마시지도 취하지도 못할 것이다. 평소에 석치와 서로 어울리던 술꾼들도 참말로 뒤도 돌아보지 않고 자리를 파하고 떠날 것이며, 진실로 장차 뒤도 돌아보지 않고 파하고 가서는 자기네들끼리 서로 모여 크게 한잔할 것이다.

제문을 지어서 읽어 가로되, (이하 생략) (박지원, 2007)

일반적으로 제문 양식은 '칭송→관계 부각→애도'라는 형식을 따른다(이영호, 2006: 201). 그러나 박지원의 정석치 제문은 이러한 순서를 따르지도 않고 있고, 각각의 요소도 뚜렷하게 나타나지 않는다. 이는 박지원이 정석치의 죽음을 마주하고 있는 '지금 여기'의 인식과 정서에 지극히 충실했기 때문이다.

왜 칭송이 없는가? 칭송이 없는 것은, 화자인 연암과 망인인 정석치가 매우 막역하여 이러한 '칭송'이 새삼스럽기 때문이다. 아마도 연암이 칭송을 하였다면, 칭송을 마친 대목에서 둘은 쑥스러움을 견디지 못하여 서로 바라보

며 크게 웃었을 것이다. 왜 관계에 대한 부각 또는 설명이 없는가? 이 또한 새삼스럽기 때문이다. 둘이 어떤 관계였는지 모르는 이가 있는가? 쓸데없는 군더더기일 뿐이다. 왜 이토록 표현이 거칠고 과장되어 있는가? 평소 둘 사이의 대화가 이러했을 것이다. 이 글에 흐르는 주된 정조는 슬픔과 분노이다. 지금 여기서 박지원이 대면하고 있는 것은, 오직 슬픔과 분노의 감정뿐이다.

나는 박지원과 같은 새로운 글쓰기를 '수사적 측면'으로 환원시켜버리는 논의가 매우 위험하다고 생각한다. 하나의 새로운 표현 기법으로 정리하고, 이를 학생 필자에게 가르쳐야 할 '교육 목록'으로 상정하기 때문이다. 새로운 글쓰기는 저자가 자신의 고유하고, 유일한 맥락에 충실했기 때문에 생겨난 것이므로, 그 저자마저도 해당 글쓰기를 반복할 수 없으며, 반복하는 순간 상투적인 글쓰기로 흘러갈 것이다. 그 저자는 벌써 다른 맥락에 있기 때문이다. 더구나 완전히 다른 맥락에 있는 학생 저자에게 새롭다고 여겨지는 어떤 글쓰기 방식을 요구하는 것은 학생 저자로 하여금 자신의 맥락에 서는 것을 방해한다. 새로운 또는 창의적 글쓰기가 의의가 있다면, 우리가 할 일은 학생이 현재 점하고 있는 시공간적 맥락에 충실하도록 요구하는 것이다. 즉, 현재 자신의 삶의 맥락에서 벗어나지 않도록, 알리바이의 삶을 살지 않도록 격려하는 것이다.[11]

박지원의 정석치 제문이 하나의 교육 제재가 된다면, 우리가 관심을 가져야 하는 부분은 연암이 석치의 죽음을 대하는 태도와 마음의 움직임이여야지, 연암이 석치의 죽음을 그려내는 표현의 방식이어서는 안 된다. 즉, 저자가 대상을 대하는 태도와 마음이어야지, 저자가 대상을 그리는 표현 기법이어서는

---

11) 새로운 글쓰기 또는 창의적인 글쓰기를 논의하면서, 박지원의 '법고창신(法古創新)'을 언급한다. 통상 '법고하면서도 창신해야 한다'로 이해하고, '창신'을 강조한다. 그러나 나는 박지원의 글쓰기관과 글쓰기 방식을 고려할 때, '법고해야 창신한다'로 해석하는 것이 맞다고 생각한다. 그리고 이 때 '법고'는 '이 나'에 충실했던 옛 사람의 글쓰기 방식 또는 글쓰기 태도를 따르는 것이다. 즉 '이 나'에 충실할 때, 새로운 글쓰기가 태어난다.

안 된다. 후자에 초점을 맞추게 되면 자칫 효과적인 표현 방식, 예컨대, '과거와 현재의 대조적 표현'이라는 교육 목록의 발굴과 그 목록의 교육적 가치로 논의가 수렴될 개연성이 높다.

🎞 ≪코스모스≫의 일부

코스모스COSMOS는 과거에도 있었고 현재에도 있으며 미래에도 있을 그 모든 것이다. 코스모스를 정관靜觀하노라면 깊은 울림을 가슴으로 느낄 수 있다. 나는 그때마다 등골이 오싹해지고 목소리가 가늘게 떨리며 아득히 높은 데서 어렴풋한 기억의 심연으로 떨어지는 듯한 아주 묘한 느낌에 사로잡히고는 한다. 코스모스를 정관한다는 것이 미지 중 미지의 세계와 마주함이기 때문이다. 그러므로 그 울림, 그 느낌, 그 감정이야말로 인간이라면 그 누구나 하게 되는 당연한 반응이 아니고 무엇이겠는가.

인류는 영원 무한의 시공간에 파묻힌 하나의 점, 지구를 보금자리 삼아 살아가고 있다. 이러한 주제에 코스모스의 크기와 나이를 헤아리고자 한다는 것은 인류의 이해 수준을 훌쩍 뛰어 넘어 무모한 도전일지도 모른다. 모든 인간사는, 우주적 입장과 관점에서 바라볼 때 중요키는커녕 지극히 하찮고 자질구레하기까지 하다. 그러나 인류는 아직 젊고 주체할 수 없는 호기심으로 충만하며 용기 또한 대단해서 '될 성 싶은 떡잎'임에 틀림이 없는 특별한 생물 종이다. 인류가 최근 수천 년 동안 코스모스에서의 자신의 위상과, 코스모스에 관하여 이룩한 발견의 폭과 인식의 깊이는 예상 밖의 놀라움을 인류 자신에게 가져다주었다. 우주 탐험, 그것을 생각하는 것만으로도 우리의 가슴은 설렌다. 그것은 우리 모두에게 생기와 활력을 불어넣는다. 진화는 인류로 하여금 삼라만상에 대하여 의문을 품도록 유전자 속에 프로그램을 잘 짜놓았다. 그러므로 안다는 것은 사람에게 기쁨이자 생존의 도구이다. (칼 세이건, 1985/2017: 36-37)

우리는 통상 설명적 텍스트를 "정보를 제공하기 위한 텍스트", "귀납, 분류, 비교와 대조 등의 추상적 논리 과정에 따라 전개되는 텍스트"로 설명한다.12) 설명적 텍스트는 대상으로서의 '정보'가 중심이 되기 때문에, 저자는 최

---

12) ≪국어교육학 사전≫(서울대학교 국어교육연구소, 1999: 419)에서는 설명적 텍스트를 "교과서, 상품 사

대한 대상과 거리를 두고, '객관적'인 자리를 유지할 것을 요구한다. 물론, 설명적 텍스트를 교과서, 상품 사용 설명서, 훈련 교법 등과 같은 지극히 실용적인 텍스트로 한정한다면 이러한 접근이 맞을 수 있다.

그러나 쓰기 교육 장르로서 설명적 텍스트를 위와 같이 실용적 텍스트로만 한정하는 것은 슬픈 일이다. 실제로 현행 국어과 교육과정의 쓰기 영역에서 설정하고 있는 설명적 텍스트의 하위 장르는 이러한 실용적 텍스트를 벗어나 있다. 그리고 실제 삶의 세계에서 우리가 읽게 되는 설명적 텍스트는, 장르의 전형성을 정하지 못할 만큼 다채로운 방식으로 존재한다.

특히, 문제가 되는 것은 설명적 텍스트를 쓰는 저자의 위상이다. 현행 글쓰기 교육에서 설명적 텍스트를 가르칠 때, 저자의 존재는 체계적으로, 지속적으로 지워지고 있다는 것이 나의 생각이다. 그러나 우리에게 널리 알려진 대개의 설명적 텍스트에서 우리가 만나는 것은 정보보다는 저자이다.

위 인용문에서 알 수 있듯이 ≪코스모스≫에는 별, 우주, 지구, 인간에 대한 칼 세이건의 정조가 생생하게 드러나 있다. 예컨대, 세이건은 우주를 정조할 때마다 "등골이 오싹해지고 목소리가 가늘게 떨리며 아득히 높은 데서 어렴풋한 기억의 심연으로 떨어지는 듯한 아주 묘한 느낌에 사로잡히고는 한다." 저자가 우주에 대한 학술적 연구 성과를 객관적으로 기술할 때에도 우주, 인간, 별에 대한 저자의 정조는 낮게, 깊게 깔려서 울려 퍼진다. 그리고 이 책을 읽으면서 독자 역시 비슷한 정조에 감염되고 휩싸인다. 독서를 마친 후, 독자에게 오래 남는 것은 별, 우주에 대한 체계적인 또는 낱낱의 지식보다는 이러한 흥분, 감탄, 탄복이 아닐까?

용 설명서, 훈련 교법 등과 같이 정보를 제공하기 위한 텍스트를 총칭해서 부르는 말이다. 서사적(敍事的) 텍스트가 즐기기 위해서 인과 관계에 따라 전개되는 텍스트라면, 설명적 텍스트는 정보를 전달하기 위해서 귀납, 분류, 비교와 대조 등의 추상적 논리 과정에 따라 전개되는 텍스트이다."라고 설명하고 있다.

▓ ≪말≫의 일부

샤를 슈바이체르가 루이즈 기유맹을 만나게 된 것과 거의 같은 무렵에, 한 시골 의사가 페리고르의 지주의 딸과 결혼하고 티비에의 을씨년스러운 대로에 있는 약방 맞은편에서 살림을 차렸다. 그러나 그는 결혼하자마자 장인 된 사람이 사실은 무일푼인 것을 알게 되었다. 화가 치밀어 오른 의사 사르트르는 그 후 40년 동안 아내에게 말 한마디 건네지 않았다. 식사 때는 손짓으로 제 의사를 표시했으며 아내는 남편을 '우리집 하숙생'이라고 부르게 되었다. 그러나 잠자리만은 함께해서 무언중에도 가끔 아내의 배를 불려 놓았다. 그녀는 2남 1녀를 낳았으며 이 침묵의 아이들에게 각각 장바티스트, 조제프, 엘렌이라는 이름을 붙여 주었다. 엘렌은 노처녀가 되어서야 한 기병 장교와 결혼했는데 남편이 미치고 말았다. 조제프는 알제리 보병대에 들어갔다가 금방 제대를 하고 부모의 집에 눌러앉았다. 그에게는 직업이 없었다. 아버지의 침묵과 어머니의 넋두리 사이에 끼게 된 그는 말더듬이가 되어 평생을 말과 씨름하면서 보냈다. 장바티스트로 말하자면, 그는 바다가 보고 싶어서 해군사관학교에 들어가는 것이 소원이었다. 결국 해군 장교가 되고 이미 코친차이나의 열병에 걸려 있던 그는 1904년 셰르트부르에서 안마리 슈바이체르를 알게 되고, 버림받은 그 키다리 처녀를 사로잡아 결혼해 아이 하나를, 즉 나를 서둘러 만들어 놓고는 죽음의 길로 달아나 버리려고 했다.

그러나 죽는다는 것은 쉬운 일이 아니다. 장열(腸熱)은 서서히 올라갔다가도 또 떨어지곤 했다. 안마리는 그를 정성껏 돌보았지만 사랑한다는 주책을 부리지는 않았다. 루이즈가 부부 생활에 대한 혐오감을 미리 심어 주었기 때문이다. 그녀는, 피 흘린 첫날밤 이후 한없는 희생만이 뒤따랐고 밤중에는 야비한 짓을 당했다는 이야기를 들려주었다. 그래서 나의 어머니는 자기 어머니를 좇아 쾌락보다 의무를 택했다. 그녀는 결혼 전이나 후나 나의 아버지라는 사람을 잘 몰랐고, 때로는 이 낯선 사나이가 왜 하필이면 자기의 품 안에서 죽으려고 온 것인지 기구하게 생각하기도 했다. 이윽고 아버지는 티비에에서 몇십리 떨어진 어느 소작인의 농가로 옮겨졌다. 그의 부친이 매일 털털이 마차를 타고 아들을 진찰하러 왔다. 안마리는 밤샘과 근심에 지친 나머지 이미 젖도 나오지 않아, 거기에서 멀지 않은 한 유모의 집에 나를 맡겨 버렸다. 나 역시 죽음을 향해 달려가고 있었다. 장염(腸炎)이 원인이었지만 아마 원통하기 때문이기도 했으리라. 경험도 없고 가르쳐 줄 사람도 없는 스무 살의 나의 어머니는 낯선 두 중환자 사이에서 갈팡질팡했다. 그녀의 애정 없는 결혼은 결국 병과 죽음을 통해서 그 결론을 얻은 셈이었다. 그러나 나로서는 이런 사정이 기회가 되었다. 그 시대에는 어머니가 직접 오랫동안 젖을 먹이는 것이 보통이었다. 그러니까 만일 나의 어머니가 그런 이중의 괴로움을 겪지 않았던들, 나는 이유기(離乳期)가 너무 늦을 때에 생기는 여러 장애에 마주쳤으리라. 그러나 병자인 데다가 아홉 달 만에 강제로 젖을 떼게 된 나는 열에 시달리고 아둔해진 덕분으로 모자(母子)간의 유대를 마지막으로 끊는 가위 소리를 듣지 못한 것이었다. 나는 유치한 환각과 희미한 우상들이 우글거리는 혼미(昏迷)의 세계로 빠져 들어갔다. 아버지가 세상을 떠났을 때 안마리와 나는 같은 악몽에서 깨어났다. 내 병이 나은 것이다. 그러나 우리 모자는 어떤 오해의 희생자였다. 어머니는 마음으로는 한시도 떨어지지 않았던 아들을 되찾은 것이 기뻤지만, 나는 본 일도 없는 한 여자의 무릎 위에서 의식을 회복했으니 말이다. (샤르트르, 1964/ 2009: 17-20)

이 텍스트는 서사 텍스트가 아니라 자서전이다. 서술자가 실제 작가와 동일인이다. 그리고 텍스트에 등장하는 인물도 모두 실제 인물이다. 안마리는 샤르트르의 어머니이고, 장바티스트는 아버지이다. 의사 샤르트르는 조부이며, 알렌은 고모이다. 사건들은 사르트르가 당사자로서 참여했거나 실제 목격한 것들이다.

그러나 나는 이 텍스트가 자서전이 아닌 서사 텍스트처럼 읽혀진다. 이 텍스트에 등장하는 '나'도 저자와 동일인이 아니라, 하나의 등장인물로 여겨진다. 할아버지, 할머니, 아버지, 어머니와 맺는 특별한 관계에서 자신의 특수성(손자, 아들)을 삭제하고 제3의 서술자처럼 기술한다. 위 인용문에서 보듯, 샤르트르는, 아버지의 이른 죽음에 대한 우리의 통상적인 관념을 불경스럽고 까불까불한 문체로 해체한다. 그의 아버지는 아이 하나를 "서둘러 만들어 놓고는 죽어버렸다." 샤르트르는 그 죽음이 감히 축복이었다고 말한다. "샤르트르는 억압적인 부상(父像)과 가족의 짐과 초자아(超自我)를 탄생 때부터 면하고 사생아처럼 태어난 것이 희한한 특권이었던 것처럼 받아들인다."(사르트르, 1964/2009: 275)

자신의 경험을 해석하는 이러한 저자의 시선은 어린 시절의 시선이 아니라, 지금의 시선이다. 이는 서사 텍스트가 흔히 구사하는 바, 초점 화자와 서술자를 분리할 때 가능해진다. 저자인 샤르트르가 아버지의 죽음을 회상할 때, 초점 화자는 어린 시절의 인물이 되지만 서술자는 어른이 된 지금의 샤르트르이다. 이와 같이 이 텍스트는 자신의 체험과 기억을 보고하는 것이 아니라, 체험과 기억을 구조화하고, 자신의 의견을 드러냄으로써 저자는 서사 텍스트의 '서술자'로서 기능한다.

나는 위 텍스트를 읽으면서 바흐친이 말한 '삶의 가면적 배우들'이 떠오른다. 이들은 '집이 없는', '뿌리 없는', '방황하는' 존재들로서, 이들의 역할은 삶의 관습적 가면을 폭로하는 것이다. 이 텍스트는 자서전이기 때문에 서사 텍스트처럼 이러한 허구적 인물을 배치할 수 없다. 돌파구는 있다. 가면적 배우들의 자세를 저자가 취하는 것이다. 인물과 사건에 대해 비아냥대고, 깐죽거리고, 촐랑대는 특유의 문체는 이러한 저자의 태도에서 나온 것이다. 그리고 이러한 저자의 자세는 이 텍스트를 반어, 은유, 해학, 상징, 모순어법 등의 문학적 코드로 가득 채우고 있다.

경험과 기억을 충실히 기록하고, 보고하는 자서전의 당사자되기가 아닌, 짐짓 자신의 자리를 벗어난 서사 텍스트의 서술자되기는 저자의 비알리바이를 강조해온 지금까지의 논의 흐름과 맞지 않을 수 있다. 더구나, 자서전의 저자로 하여금 가면적 배우들의 자세를 취하도록 하는 것도 저자의 알리바이를 부추기는 셈이다. 그러나 초월적 서술자, 가면을 쓴 저자는 삶의 관습성과 허위성을 폭로하면서 삶의 진실성과 진정성에 다가가게 한다는 점에서 무책임의 세계를 사는 참칭자가 아니라, 반대로 비알리바이의 삶을 사는 책임지는 저자를 가능하게 한다. 글쓰기 교육에서 구축해야 할 또는 추구해야 할 학생 저자의 이미지는 이런 저자, 서술자의 이미지여야 한다. 이 지점까지 밀고 가야 한다.

나는 이제까지 저자의 비알리바이에 대해 말해 왔다. 다소 단정적이긴 하지만 픽션이 인물의 비알리바이를 드러낸다면, 논픽션은 저자의 비알리바이를 보여준다. 그런 의미에서 스베틀라나 알렉시예비치의 ≪전쟁은 여자의 얼굴을 하지 않았다≫(스베틀라나 알렉시예비치, 1985)는 독특한 장르의 책이다. 이 책은 논픽션이면서도 저자가 아닌 다양한 인물의 비알리바이를 보여주고 있기 때문이다.

이 책 전체를 볼 때, 저자는 두 가지 원칙을 정하고 여기에 충실한 글쓰기를 한 것으로 보인다. 원칙이란, 1)저자의 개입을 철저하게 차단하고 인물의 목소리만을 있는 그대로 전하기, 2)거리, 집, 카페, 전차와 같이 일상의 사소한 공간에서 들음직한 '사소하고 하찮'으나 생생한 이야기를 전하기인 것으로 보인다. 실제로 이 책은 이러한 원칙에 매우 충실하다. 책의 앞부분에만 저자의 얘기가 기술될 뿐, 이후 책 전체의 이야기는 모두 실존하는 인물들의 목소리이다. "작가는 여인들의 다양한 사연들을 그네들의 생생한 목소리로 가감없이 들려준다. 극적인 이야기를 끌어내기 위한 어떤 시도도 과정도 격앙된 감정도 없이 묵묵히 듣고 그대로 전달한다." (스베틀라나 알렉시예비치, 1985/2015: 557)

그럼, 저자의 역할은 무엇인가? 때를 기다리는 것이다. 인물의 목소리가 터져 나오는 순간을 인내하며 기다리는 것이다. 기다리다 보면, "어느 순간……얼마나 시간이 지났을까. 무엇을 통해서인지, 그리고 무엇 때문인지 알 수 없지만 갑자기 그토록 기다리던 순간이 찾아온다. 석고나 콘크리트 기념상처럼 단단한 껍데기 속에 있던 사람이 그 껍데기를 깨고 자기 자신에게로 향하는 순간이. 자신의 내면으로 걸어 들어가는 순간이. 그리고 그 사람은 이제 전쟁을 이야기하는 것이 아니라 자신의 젊은 날을 돌아보기 시작한다." (스베틀라나 알렉시예비치, 1985/2015: 20)

소설에서 중요한 것은 인물의 성장이다. 이 책은 이런 성장의 기획을 가지고 있지 않다. 저자가 어떤 성장의 플롯도 가지고 있지 않기 때문이다. 대신이 책은 독특하게도 이야기를 하는 과정에서 성장하는 인물들을 매우 통찰력 있게 보여준다. 인물의 성장을 돕는 것은 타자가 아니다. 자신이다. 이들은 과거의 자신의 이야기를 하는 과정에서 낯선 자신과 조우하게 되고, 이러한 조우 과정에서 자신이 몰랐던 자신의 이야기를 새롭게 써내려 간다.13) 이 때의 새로움이란 취사선택, 가감, 윤색에서 오는 것이 아니라, 나에 대한 새로운 '발견'에서 오는 것이다. 말하는 과정에서 성장하는 인물을 그리고 있다고 한 것은 여기에서 연유한다.

저자의 또 다른 역할은 인물의 선정이다. 저자에게 가장 중요한 것은, 전쟁에 대한 '여자의 정확하고, 생생한 목소리'를 전달하는 것이다. 전달 자체가 목적일 때, 관심을 가져야 할 부분은 누구의 목소리를 전달하는가이다. 저자는 이러한 관점에서 평범한 인물들의 목소리를 주로 담고 있다. "확신컨대, 간호사나 요리사, 세탁부 같은 평범한 사람들은 자신의 행동을 꾸미지 않는다…… 더 정확히 말해 이들은 신문이나 책 따위에서 이야기를 끌어오지 않는다. 타인으로부터 영향을 받은 이야기가 아니라 바로 자기 자신의 삶에서 뽑아낸 진짜 고통과 아픔을 들려준다. 많이 배운 사람들의 감정과 언어는, 그다지 이상한 일도 아니지만, 시간에 의해 다듬어지기 쉽다. 흔히들 하는 방식으로. 그리고 본질이 아닌 부차적인 것들에 쉽게 물든다." (스베틀라나 알렉시예비치, 1985/2015: 19)

이 책은 '인터뷰 기사'의 성격을 지니고 있다. 면담자가 있고, 피면담자가 있고, 면담자의 절제되고 약화된 묘사와 기술이 있다. 역시 중심은 피면담자(전쟁 참여 여성)의 가감 없는 목소리가 중심을 이루고 있다. 면담 기사에서 중요한 것은 면담자의 태도와 준비이다. 스베틀라나 알렉시예비치는 피면담

---

13) "다들 하나같이 마치 다른 사람의 사연인양 자신들을 이야기한다. 나만큼이나 지금 자신들의 모습에 놀라워하면서, 박제된 역사가 내 눈앞에서 '인간다워지고', 평범한 일상의 풍경으로 변신한다. 역사를 비추는 조명에 새로운 빛이 들어오는 것이다."(스베틀라나 알렉시예비치, 1985/2015: 18)

자와 거리를 두면서 이들과 연대하고 공감할 태도를 지니고 있다. 그녀는 면담에 임하는 면담자의 준비가 어떠해야 하는가에 대한 모범적인 사례를 제시하고 있다. "나는 '여자'의 전쟁 이야기를 듣고 싶었고, 그래서 오랜 시간을 들여 삶의 영역이 저마다 다른, 많은 사람들을 만나러 다녔다…… 그것도 한 번의 만남에 그치지 않고 주기적으로 여러 번 만났다. 보고 또 보고서야 인물을 화폭에 담아내는 초상화가처럼"(스베틀라나 알렉시예비치, 1985/2015: 19) "오랜 시간"을 들여 "많은 사람을" "주기적으로" "만나야" 한다. 이 책의 주인공은 역시 '인물들의 생생한 목소리'이지만, 이러한 목소리를 들을 수 있었던 데에는 저자의 역할이 컸다고 봐야 한다.

한편, 이 책은 하나의 자서전으로 읽힌다. 이 책에는 다양한 인물의 자전적인 이야기가 실려 있다. "처음 사람을 죽이고 엉엉 울어버린 소녀, 첫 생리가 있던 날 적의 총탄에 다리가 불구가 돼버린 소녀, 전장에서 열아홉 살에 머리가 백발이 된 소녀, 전쟁에 나가기 위해 자원입대하는 날 천연덕스럽게 가진 돈 다 털어 사탕을 사는 소녀, 전쟁이 끝나고도 붉은색은 볼 수가 없어 꽃집 앞을 지나지 못하는 여인, 전장에서 돌아온 딸을 몰라보고 손님 대접하는 엄마, 딸의 전사통지서를 받아들고 밤낮으로 딸이 살아오기를 기도하는 늙은 어머니……"(스베틀라나 알렉시예비치, 1985/2015: 556)의 자전적인 이야기가 있다. 보통의 자서전이 한 인물의 이야기를 담고 있다면 이 책은 200여 명의 여인들의 이야기를 담고 있다. 200명의 자서전인 셈이다.

자서전은 단순한 사실의 기록이 아니다. 자서전의 동력인 회상은 항상 회상하는 자의 새로운 인식과 감수성을 수반한다. "회상이란 지금은 사라져버린 옛 현실에 대한 열정적인, 혹은 심드렁한 서술이 아니다. 그것은 시간을 거슬러 올라간, 과거의 새로운 탄생이다. 무엇보다 새로운 창작물이다. 사람들은 살아온 이야기를 하며 자신의 삶을 새로 만들어 내고 또 새로 '써내려간다'." (스베틀라나 알렉시예비치, 1985/2015: 19)

≪전쟁은 여자의 얼굴을 하지 않았다≫는 논픽션이다. 나는 현행 글쓰기 교육에서 가장 소외받고 있는 장르가 논픽션이라고 생각한다. 이렇게 된 데에는 읽기 영역과 문학 영역의 분리, 쓰기 영역과 문학 영역의 분리, 창작의 홀대와 경시 등 다양한 이유가 있을 것이다. 결과적으로 논픽션은 어떤 영역에서도 다루지 않는 장르가 되어버렸다.

논픽션은 이렇게 홀대받아도 되는가? 실제 독서 시장에서 논픽션이 차지하는 위치가 그러한가? 그렇지 않다. 앞에서 다룬 샤르트르의 ≪말≫, 스베틀라나 알렉시예비치의 ≪전쟁은 여자의 얼굴을 하지 않았다≫는 물론이고, 고전의 반열에 오른 많은 텍스트가 논픽션 장르이다. 무엇보다 다루는 대상의 사실성과 현실성, 대상을 다루는 자의 저자성과 창작성 측면에서 볼 때, 논픽션은 저자의 비알리바이를 지향하는 나의 글쓰기관에 충실하게 부합한다. 논픽션이란 대장르와 관련해서 매우 다채롭고 다양하게 존재하는 세부 장르가 발굴되고, 이들을 쓰기 교육과정 및 교과서에서 적극적으로 도입해야 한다.

나는 앞에서 비알리바이의 삶을 사는 저자는 표현주의에서 지향하는 저자와 구별된다고 말하였다. 그 구별의 중심에 타자가 있다. 더 구체적으로 말하면 타자와 대화하는 저자가 존재한다. 타자와의 대화로 인하여 바흐친의 응답성 개념은 구체적인 외연을 얻게 된다. 글쓰기 장면에서 저자가 대화하는 타자는 다양하겠지만, 관계 및 대화의 강밀도가 가장 높은 타자는 역시 독자일 것이다. 저자의 글쓰기 과정은 독자와 대화하는 과정이며, 독자의 응답을 기대하면서 글을 마친다. 예컨대, 김영민 텍스트는 '분노하는', 김훈 텍스트는 '애도하는', 칼 세이건 텍스트는 '탄복하는', 샤르트르 텍스트는 '실실 웃는' 응답을 기다리고 있다.

그럼에도 불구하고 이 장은 저자의 고유성, 유일성, 개별성에 주목하고, 응답성을 소홀하게 다룸으로써 표현주의와의 차이를 충분히 드러내지 못하였다. 이는 저자의 비알리바이 사례를 분석하고자 한 글쓰기 기획에서 불가피하게 파생된 한계이며, 바흐친의 저작이 갖는 한계이기도 하다. 즉, 이 글이 근거하고 있는 바흐친의 최초 저작인 ≪행위 철학을 위하여≫에서는 응답성 개념이 하나의 맹아로서만 희미하게 존재할 뿐, 본격적인 탐구 대상은 아니다. 비알리바이와 응답성, 대화주의와 표현주의의 관계는 이러한 논의 맥락에서 이해될 필요가 있다.

* 이 장은 이재기(2018), 민주주의, 시민성 그리고 비알리바이로서의 글쓰기, 국어 교육 160, 한국어교육학회를 수정한 것임.

참고 문헌

이재승(2010), 표현주의 쓰기 이론의 비판적 검토, 청람어문교육 41권, 269-290, 청람
    어문교육학회.
천명주(2012), 한나 아렌트의 '사유하는 시민'과 도덕교육적 방법, 윤리교육연구 28권,
    91-110, 한국윤리교육학회.
최인자(2000), 장르의 역동성과 쓰기 교육의 방향성, 문학교육학 5권, 27-52, 한국문
    학교육학회.
Bakhtin, M.(1919/2006), 예술과 책임, 말의 미학(김희숙·박종소 역), 도서출판 길.
Bakhtin, M.(1920/2011), 행위 철학을 위하여(최건영 역), 문학에디션 뿔.
Bakhtin, M.(1924/2006), 미적 활동에서의 작가와 주인공, 말의 미학 김희숙·박종소
    역), 27-275, 도서출판 길.
Morson, G., & Emerson, C.(1990/2006), 바흐친의 산문학(오문석·차승기·이진형 역),
    책세상.
Todorov, T.(2012/2012), 민주주의 내부의 적(김지현 역), 반비.

인용 문헌

김영민(2007), 천황과 전두환: 5.18의 윤리, 산책과 자본주의, 늘봄.
김훈(2015), 세월호, 라면을 끓이며, 문학동네.
박지원(2004), 맏누님 증 정부인 박씨 묘지명, 연암집(신호열·김명호 공역), 한국고전
    번역원.
박지원(2004), 정석치 제문, 연암집(신호열·김명호 공역), 한국고전번역원.
Sagan, C.(1985/2017), 코스모스(홍승수 역), 사이언스북스.
Sartre, J.P.(1964/2009), 말(정명환 역), 민음사.
Svetlana Alexievich(1985/2015), 전쟁은 여자의 얼굴을 하지 않았다.(박은정 역), 문
    학동네.

제11장 곁눈질과 장르의 혼종

1. 바흐친의 개념들: 숨은 논쟁, 한방 먹이기, 겹목소리

저자는 일차적으로 지시하는 대상을 향해 말을 한다. 한편, 지시하는 대상뿐만이 아니라 저자의 글쓰기에 대한 어떤 청자의 반응을 의식하거나, 곁눈질을 한다. 그리고 이러한 곁눈질의 결과는 그의 글쓰기에서 다양한 방식으로 드러난다. 예컨대, 숨은 논쟁에서도 이러한 양상은 빈번하게 나타난다. 적대적인 타자의 반응을 은근하게 때로는 직접적으로 공격하는 것이다. 즉, "숨겨진 논쟁에서 저자의 담론은 다른 모든 담론처럼 자신의 대상을 향해 있다. 그러나 이때 대상에 대한 주장은 자신의 대상적 의미를 떠나서 똑같은 테마에 대한 타인의 담론, 똑같은 대상에 대한 타인의 주장을 논쟁적으로 공격하게끔 꾸며져 있다."(바흐친, 1963/2003: 255) 따라서 저자의 말은 지시하는 대상과 타자의 반응이라는 이중의 방향성을 지니고 있다. 이러한 이중의 방향성은 어휘, 억양, 스타일 등에 깊게 침투되어 있다. 실은 이와 같은 담론 경향은 일상생활에서도 문예적인 글쓰기에서도 흔하게 발견된다.

내면적으로 논쟁적인 담론, 즉 적대적인 타인의 담론을 탐색해 보는 담론은 실제적인 일상의 말과 마찬가지로 문학에서도 대단히 흔한 현상이지만 양식 형성상 대단히 중대한 의미를 지니고 있다. 실제적인 일상 언어에서 "남의 채소밭에 돌던지기"식의 담론과 "가시 돋친" 담론은 모두 거기에 속하고 있다. 또한 여기에 속하는 담론으로서 자신을 미리 비하하는 수사로 가득 찬 말, 그리고 수천의 실언, 양보, 핑계 등의 담론이 있다. 이러한 담론은 타인의 담론이나 대답, 반박을 목전에 두고 예감하면서 마치 웅크리고 앉아 있는 듯하다. 사람이 자신의 담론을 만드는 개인적 방법은 대체로 타인의 담론을 받아들이는 각자의 감각과 반응에 의해 결정된다 (바흐친, 1963/2003: 256).

모슨과 에머슨은 바흐친도 곁눈질을 하고 있다고 말한다. "도스토옙스키 인물들의 언어 행태를 닮은 듯한 방식으로, 도스토옙스키 연구서(특히 1963년 판)의 제1장은 대체로 현전하는 잠재적 오독자에게 '굽실'거리며, '곁눈질로는' 미래 비평가의 눈치를 보는 것처럼 보인다. 〈도스토옙스키 연구서 개정을 위하여〉(바흐친, 1961)에서도, 바흐친은 새로운 설명 전략을 실험하면서도 미래 세대들이 자신의 의중을 간파하게 되리라는 희망을 표현하는 등 오락가락하고 있다." (모슨과 에머슨, 1990/2006: 407)

한편, 우리는 "언어가 동일한 화제를 두고 다른 언어의 가능한 말과 자신의 말을 비교하는 청자들을 곁눈질할 때, 양식화나 겹목소리 내기의 몇몇 요소들이 나타날 수 있다. 말하자면 언어는 자신의 '이미지'와 마주친 탓에 자기 '얼굴'에 대해서 어느 정도 자의식적이게 된다." (모슨과 에머슨, 1990/2006: 532)

바흐친만을 읽고, '상호텍스트성'을 이야기하는 나와 바흐친과 관련된 수많은 해석 텍스트들 예컨대, 토도로프와 크리스테바를 읽고 난 후에 '상호텍스트성'을 얘기하는 나는 다른 사람일 개연성이 높다. 나는 나의 글을 토도로프, 크리스테바의 글과 비교하는 독자를 의식하게 마련이다. 곁눈질하게 마련이다. 이러한 자의식이 발동한 후, 상호텍스트성을 얘기하는 나의 글은 이전 글과 비교할 때, 그 억양과 스타일을 달리할 수밖에 없다. 목소리가 잦아들거나, 완곡한 표현이 많아지거나, 심지어 다시는 '상호텍스트성'을 얘기하지 않는 사람이 될 수도 있다.

곁눈질은 글쓰기가 갖는 대화성 또는 다성성을 잘 설명해준다. 시는 다른 장르와 달리 곁눈질의 부재 또는 결핍을 보여준다.

협의의 시적 장르의 경우에는 언어 고유의 대화성이 예술적으로 활용되는 일이 일어나지 않는다. 말이란 자족적인 것이고 따라서 자신의 경계너머에 다른 발언들이 있음을 전제할 필요를 느끼지 않는다. 시적 문체는 관습적으로 다른 담론과의 여하한 상호작용이나 그에 관한 암시조차 거부하는 것으로서 존재해왔다. (바흐친, 1934/1988: 94)

시인은 자신이 완전히 통제할 수 있는 언어를 찾는다. 시 쓰기는 이러한 언어를 발견할 때 시작되며, 발견되지 않는 한, 시 쓰기는 가능하지 않다. 일단 발견되면 다른 어떤 언어를 곁눈질하지 않는다.

시적 장르의 경우 작가가 의미와 표현의 차원에서 의도하는 모든 것의 통합체인 예술적 의식은 자기 언어의 테두리 안에서 충분히 구현된다. 시적 장르의 예술의식은 자신의 언어 안에 속속들이 침투해 있으며, 그 속에서 직접적이고 자발적으로 조건이나 매개 없이 스스로를 표현한다. 시인의 언어는 자신의 언어이다. 그는 전적으로 자신의 언어에 침윤되어 있고 그것과 뗄 수 없는 관계에 있으며, 모든 형식, 모든 어휘, 모든 표현을 그것의 직접적인('인용부호가 불필요한') 의미부과 능력에 따라, 자기 의도의 순수한 직접적 표현으로서만 사용한다. (바흐친, 1934/1988: 94-95)

독백적 글쓰기는 하나의 시처럼 읽힌다. 시처럼 심미적 직관에 기반하고 있다는 뜻이 아니라, 어떤 다른 언어를 좀처럼 의식하지 않는다는 의미에서 그렇다. 독자는 시가 그와 경쟁 관계에 있는 다른 언어를 곁눈질하지 않는다는 것을 느끼듯이, 독백적 글쓰기에서도 비슷한 체험을 한다. 독백적 글쓰기의 저자들은 "의도를 직접적으로 표현하는 단일한 일원론적 언어"(바흐친, 1934/1988: 97)를 구사하고 있기 때문이다.

2. 대화적 글쓰기의 발견 2

다음에서는 글쓰기에 나타난 다양한 '곁눈질'의 양상을 살펴보고자 한다. 크게 두 가지 범주를 포함하고 있다. 먼저, 곁눈질의 대표적인 글쓰기 양상인 '한방 먹이기'의 구체적인 양상을 살펴보고자 한다. 다음으로는 곁눈질의 결과인 장르 혼종 양상을 분석하고자 한다.

🎬 공자·아우얼바하·유종호

'사십에 불혹(不惑), 오십에 지천명(知天命), 육십에 이순(耳順), 칠십에 종심소욕불유구(從心所欲不踰矩)'라는 공자의 가르침을 완전히 '전복적으로' 풀이하던 친구가 있었다. 말인즉슨, "사십에 불혹이란 게 무슨 뜻인고 하니, 사람이 나이 사십이 되면 저마다 고집이 생긴다는 말이야. 어떤 유혹과 압력에도 굴하지 않는 똥고집! 그걸 가리켜 불혹이라 하는 거지. 그렇게 십년쯤 지나 도저히 구제불능의 상태가 되면 그걸 천명이라고 우기는 경지에 이르게 되지. 다시 십년이 지나 육십이 되면 이순이라. 이제는 귀가 순해져서 뭐든지 한 귀로 흘려. 요컨대, 남의 말을 아예 안 들어. 마침내 칠십이 되면 제 욕심대로 해도 어긋남이 없다. 이게 무슨 말이냐? 욕심밖엔 남은 것이 없다, 그 말이지."

우스갯소리 치고는 그런대로 인간성의 한 부정적 측면을 꿰뚫는 바가 없지 않은 이 해석에 내가 크게 공감하는 것은, 그것이 바로 다름 아닌 나 자신을 콕 찍어 가리키는듯한 느낌을 받기 때문이다. 좌충우돌의 젊은 시절이 누구에겐들 없으랴만, 세상에 대한 불평불만이 넘치는 그만큼 사람살이의 이치에는 한없이 둔감하고 모자란 철딱서니 없는 '젊은 것'의 전형이 바로 내가 아니었던가. 젊었던 그 시절에는 영원히 오지 않을 것만 같았던 '지천명'의 나이를 넘기면서부터 그런 생각에 자주 가슴을 치곤 한다.

그런데 후회를 하고 반성을 하면 무얼 하나? 나이가 들었어도 달라진 건 아무 것도 없다. 아내한테 번번이 지청구를 먹으면서도 나는 여전히 때와 장소를 안 가리고 남의 욕을, 그것도 실명을 거론하면서 자주 하고, 시시때때로 "한국이라는 나라는 해체해 버리는 것이 인류를 위해서 가장 좋다"라는, 남이 들으면 맞아죽기 딱 좋을 소리를 (그러니까 가까운 친구들하고의 사석에서만) 서슴없이 내뱉어서 친구들을 아연실색하게도 하는, 철나기는 이미 글러버린 남자인 것이다. 게다가 남의 충고나 비판을 잘 새겨듣기는커녕 벌컥 화부터 내고 보는 옹졸한 심보 역시 조금도 개선되는 바가 없다. '이순'이 되려면 아직도 시간이 남았건만, 그게 뭐 그리 좋다고 벌써 '남의 말을 아예 안 듣는 이순의 경지'에 이르렀단 말인가, 홀로 한탄하고 한탄할 뿐이다. 술이라면 모를까, 세월이 인간을 그냥 성숙시키는 것은 아닌 듯하고, 아마도 그 산 증거가 내가 아닐까 하는 생각을 요즘 씁쓸하게 하고 있는 중이다.

그러나 잘 되면 제 탓이고 안 되면 조상 탓이라고, 불평불만의 크기에 비례해서 내 공부나 사람됨의 깊이가 한없이 얕은 것도 반 이상은 시대와 사회를 잘못 만났기 때문이라고, 나는 되도록 그렇게 믿고 싶어 한다. 아닌 게 아니라 그렇다고 보자면 그렇기도 하다. '젊은 것'들이 망둥이처럼 날뛸 때에는 또 그만한 이유가 있을 터이니, 우선 내 나이 또래의 세대가 남의 탓하기 딱 좋은 것으로는 그 시절이 암담한 군사독재의 시절이었다는 점이다. 돌이켜보면, 나의 20대와 30대에 해당하는 70년대와 80년대는 극단의 '증오'와 극단의 '열광'이 공존하는 시대였다. '극단의 증오' 쪽에는 군사독재의 통치자들과 그 추종자들이 있었다. 동시에 증오와 혐오의 크기만큼 '극단의 열광'을 불러일으키는 존재들이 있었다. 수많은 이론가들, 선동가들, 운동가들, 그리고 그 이념들이 그것이었다. 증오와 혐오의 어둠이 깊을수록 열광의 빛 또한 밝고 뜨거웠다. '적'에 대한 증오로 치를 떠는 순간과 찬란한 이념의 빛에 들리우는 황홀경의 순간은 언제나 동시적인 것이었다.

그런 현상은 80년대에 극에 이르렀다. 새파란 꽃잎 같은 청춘들이 자신을 둘러싸고 있는 단단한 담장을 향해 일직선으로 달려 나가 그대로 산산이 부서져 내리는 비극이 일상처럼 되풀이 되었던 80년대의 캠퍼스에서, 어느 편인지가 분명하지 않은 목소리, 정체가 불투명한 발언, 목표와 전략이 확실치 않은 이론, 당파적 이해를 우선하지 않는 논리, 기타 이와 유사한 것으로 간주될 수 있는 모든 목소리는 단호하게 거부되었고, 자주 '적'과 동일시되었다. 그 성취와 한계를 모두 포함해서 한국의 80년대 같은 시대는 인류 역사상 다시 오지 않을 거라고 나는 생각하지만, 지금 여기서 그걸 말하려는 건 아니다. 내가 말하고 싶은 것은, 이른바 386세대를 포함해서 80년대에 젊은 시절을 보낸 세대의 중요한 세대론적 특정 중의 하나는 그들에게 '어른'이 없다는 것이다. '증오'를 불러일으키는 어른도 어른이 아니지만, '열광'시키는 어른 또한 진정한 어른이 아니라는 뜻에서 군부독재와 투쟁 속에서 젊음을 보낸 세대들에게는 어른이 없었다. 아니 어른이 없다기보다는 '제 마음 속에 어른이 없었다'는 것이 정확한 말이겠다. 나는 이제야 그걸 알겠다. 그러니 80년대에 젊은이였던 내가 어찌 그걸 알았겠는가.

8·15 해방이 '도둑처럼' 찾아 왔듯이 세계 사회주의의 몰락 역시 (적어도 한국에서는) 그러했다. 90년대가 시작되었고 나는 '불혹'의 40대, '똥고집'의 40대를

맞이했다. 세상에 대한 불만은 여전했지만, 내가 변한 것이 있다면 나 자신에 대한 불만이 급증했다는 것이었다. 무엇보다도 나는 내가 불만이었다. 뻔하디 뻔한 상투적인 소리를 강의실에서든 글에서든 늘어놓고 있는 나 자신에 염증이 날대로 나 있었다. 나는 예전에 읽었던 책들을 다시 읽기 시작했다.

그이의 목소리는 너무 작아서 잘 들리지 않았다. 아니 그이는 늘 분명한 소리를 내고 있었지만 주위의 소리가 워낙 커서 여간 세심한 귀가 아니고는 잘 들리지가 않았다. 큰소리들이 잦아들자 그 소리가 들리기 시작했다. 그러자 그 소리는 이전의 어떤 큰소리들보다 더 컸다. 그러나 '열광'을 불러일으키는 큰소리들과는 질이 다른 것이었다. 나는 그 소리의 잔잔함 때문에 마음이 편해졌고 귀가 열렸다. 동시에 이제서야 그 소리를 듣는 내 자신이 한없이 부끄러웠다.

그이의 소리는 나를 일으켜 어디론가 뛰어나가게 하는 것이 아니었다. 그이의 소리는 내가 그것으로 밥을 벌어먹는 일에 최소한의 정직성과 성실성을 지니고 있는지를 스스로 돌아보게 하는 것이었다. 이것보다 더 중요한 원칙, 이것보다 더 급진적인 이론은 어디에도 없었다. 나는 나 자신에 대한 염증에서 어느 정도 벗어나 무언가 갈 길을 찾은 느낌이 들었다. 사숙(私淑)이란 것이 있다면 이런 경우를 가리키는 것일 터이다. 그런 점에서 나는 오래 전부터 그이의 제자였다.

1996년부터 나는 유종호 선생과 같은 학교 같은 학과에서 근무하게 되었다. 세상에 대한 나의 불평불만 중에는 내 밥벌이의 터전인 이 학교에 대한 것도 꽤 큰 부분을 차지하고 있지만, 그러나 유종호 선생과 함께 감히 '입사동기'의 영광을 베풀어 준 데 대해서만큼은 특별한 감사의 뜻을 표하지 않을 수 없다. 비범함을 가장한 평범 이하의 언필칭 지식인이 무수히 많고 세상은 또 대개 그런 류의 인간들이 움직인다는 것이 경험으로부터 나온 나의 믿음이다. 그 반대의 인간형을 만나기는 어렵다. 그런 사람을 '동료'로 만나기는 더더욱 어렵다. 세상에 대한 불만감이 커질 때마다 나는 나에게 주어진 이 흔치 않은 행운을 돌이키면서 위안을 삼곤 한다. 그것만으로도 나는 선생에게 큰 은혜를 입은 것이다.

자꾸 나이 타령을 해서 미안하지만, 사실 나이든 사람과 같이 술을 마시거나 식사를 하는 일은 어지간해서는 그리 즐거운 일이 아니다. 그러나 자신 있게 주장하건대 선생의 경우는 전혀 예외에 속한다. 선생의 초인적인 기억력과 무궁무진한 지식은 널리 알려진 것이지만, 실제로 무수한 전적(典籍)이 도서관이 아니라 인간의 머릿속에 들어 있는 경우를 목도할 때의 경이로움은 직접 겪어보기 전에는 상상하기 어렵다. 그래서 그런가, 나는 이스탄불의 빈약한 도서관에서 주로 기억에 의존해서 불후의 명저 『미메시스』를 저술한 아우얼바하와 그 책의 한국어 번역자인 선생의 모습이 겹쳐지는 느낌을 자주 받곤 한다. 척박한 지적 환경 속에서 솟아오른 지성의 희귀한 사례로서 그 둘이 비슷해 보이기 때문이다. 존경할 만한 지성을 동시대에 만날 수 있다면 그런대로 혜택 받은 세대일 터이고, 그런 점에서 우리 세대의 이런저런 불우함도 선생 덕택에 꽤 많이 탕감될 수 있을 것이라고 나는 늘 생각한다.

선배 세대로부터 받은 만큼 갚지 못하는 것은 전적으로 이쪽의 모자람 탓이다. 내가 '똥고집'의 40대를 지나 '똥고집을 천명이라 우기는' 50대를 넘기는 동안 선생은 진정한 '종심소욕'의 경지에 이르렀다. 나는 공자의 인간론에 대한 저 '전복적' 해석이 전혀 들어맞지 않는 경우를 선생을 통해서 보았다. 천박하고 상스런 세상사에 대한 혐오감을 노골적으로 표현할 때조차 선생의 언사는 묘한 훈훈함과 유머 감각으로 넘치는데 이 놀라운 '종심소욕'의 경지는 나에게는 영원히 불가능한 것이다.

이번 학기를 끝으로 선생은 강단을 떠난다. 큰 사전에도 안 나오는 어떤 영어 단어 때문에 며칠을 끙끙대다가 혹시나 해서 여쭌즉 그 자리에서 '단방에' 해결해 주셨던 선생, "거리의 장삼이사(張三李四)가 베토벤의 어깨를 치면서 '안녕하슈, 노형' 하고 수작을 부리는 것이 민주주의가 아니다"라는, 내게 깊은 위안을 주었던 토마스 만의 명구(名句)를 그 명번역과 함께 알려 주셨던 선생을 이제 복도나 식당 같은 곳에서 예사롭게 마주칠 수는 없게 되었다. 저렇게 되고 싶다고 늘 흠모하던 대상을 떠나보내는 마음은 적적하고 삭막하다. 공교롭게도 가까이에서 선생을 뵐 수 있었던 시간이 10년이고, 선생이 학교를 떠난 뒤 내게 앞으로 남은 시간도 10년이다. 공부에서든 인생에서든 잘 흉내 내기는 실로 어렵다. 남은 10년 동안 나는 선생을 잘 흉내 낼 수 있을까? 자신은 없지만 애는 써 보려고 한다. 그러면 혹시 공자 말씀에 부합하는 어느 순간도 오지 않을까 싶다. (김철, 2008: 297-302)

김철 교수가 정년퇴임을 맞은 유종호 교수를 보내며 쓴 글이다. 글이지만, 퇴임식장에서 읽혀졌을 것이란 생각이 든다. 보통의 퇴임사와는 달리 '날카로운 생동감'이 돋보이는 글이며, 매우 높은 수준에서의 '구체적 보편성'을 획득한 글이라고 여겨진다. 이러한 생동감, 구체성은 어디서 오는가? 무엇보다 '젊은 것'에 대한 날카로운 비판과 통찰에서 비롯되었을 것인데, 이러한 비판이 다른 누군가가 아닌 젊은 시절의 '자신'이라는 점에서 실감이 더해진다.

'젊은 것'은 다양하게 묘사되고, 기술된다. '젊은 것'은 "세상에 대한 불평불만이 넘치는 그만큼 사람살이의 이치에는 한없이 둔감하고 모자란 철딱서니 없는", "망둥이처럼 날뛰는", "어느 편인지가 분명하지 않은 목소리, 정체가 불투명한 발언, 목표와 전략이 확실치 않은 이론, 당파적 이해를 우선하지 않는 논리, 기타 이와 유사한 것으로 간주될 수 있는 모든 목소리는 단호하게" 거부하고, 자주 '적'과 동일시하는 존재이다. '젊은 것'에 대한 이러한 기술은 모두 자신의 젊은 시절에 대한 성찰적 고백으로 들리지만, 과연 그렇기만 한 것인가? 혹시 '과거의 나'가 아닌, 이 글을 읽는(읽을) 또는 듣는(들을) '현재의 젊은 것', '미래의 젊은 것'이 진짜 독자는 아닐까? 이들을 강하게 의식한 것은 아닐까? 나는 "비범함을 가장한 평범 이하의 언필칭 지식인", "거리의 장삼이사(張三李四)가 베토벤의 어깨를 치면서 '안녕하슈, 노형' 하고 수작을 부리는"이라는 대목에서 이러한 심증이 굳어진다. 누가 불의의 일격을 당했을까? 당사자로서의 독자만 알 일이다.

📷 초책에게 보냄

그대는 행여 신령한 지각과 민첩한 깨달음이 있다 하여 남에게 교만하거나 다른 생물을 업신여기지 말아 주오. 저들에게 만약 약간의 신령한 깨달음이 있다면 어찌 스스로 부끄럽지 않겠으며, 만약 저들에게 신령한 지각이 없다면 교만하고 업신여긴들 무슨 소용이 있겠소.

우리들은 냄새나는 가죽부대 속에 몇 개의 문자를 지니고 있는 것이 남들보다 조금 많은 데 불과할 따름이오. 그러니 저 나무에서 매미가 울음 울고 땅 구멍에서 지렁이가 울음 우는 것도 역시 시를 읊고 책을 읽는 소리가 아니라고 어찌 장담할 수 있겠소. (박지원, 2004)

📷 능양시집서

달관한 사람에게는 괴이한 것이 없으나 속인들에게는 의심스러운 것이 많다. 이른바 '본 것이 적으면 괴이하게 여기는 것이 많다'는 것이다. 그러나 달관한 사람이라 해서 어찌 사물마다 다 찾아 눈으로 꼭 보았겠는가. 한 가지를 들으면 열

가지를 눈앞에 그려 보고, 열 가지를 보면 백 가지를 마음속에 설정해 보니, 천만 가지 괴기(怪奇)한 것들이란 도리어 사물에 잠시 붙은 것이며 자기 자신과는 아무런 상관이 없다. 따라서 마음이 한가롭게 여유가 있고 사물에 응수함이 무궁무진하다.

본 것이 적은 자는 해오라기를 기준으로 까마귀를 비웃고 오리를 기준으로 학을 위태롭다고 여기니, 그 사물 자체는 본디 괴이할 것이 없는데 자기 혼자 화를 내고, 한 가지 일이라도 자기 생각과 같지 않으면 만물을 모조리 모함하려 든다.

아, 저 까마귀를 보라. 그 깃털보다 더 검은 것이 없건만, 홀연 유금(乳金) 빛이 번지기도 하고 다시 석록(石綠) 빛을 반짝이기도 하며, 해가 비추면 자줏빛이 튀어 올라 눈이 어른거리다가 비췻빛으로 바뀐다. 그렇다면 내가 그 새를 '푸른 까마귀'라 불러도 될 것이고, '붉은 까마귀'라 불러도 될 것이다. 그 새에게는 본래 일정한 빛깔이 없거늘, 내가 눈으로써 먼저 그 빛깔을 정한 것이다. 어찌 단지 눈으로만 정했으리오. 보지 않고서 먼저 그 마음으로 정한 것이다.

아, 까마귀를 검은색으로 고정 짓는 것만으로도 충분하거늘, 또다시 까마귀로써 천하의 모든 색을 고정 지으려 하는구나. 까마귀가 과연 검기는 하지만, 누가 다시 이른바 푸른빛과 붉은빛이 그 검은 빛깔[色] 안에 들어 있는 빛[光]인 줄 알겠는가. 검은 것을 일러 '어둡다' 하는 것은 비단 까마귀만 알지 못하는 것이 아니라 검은 빛깔이 무엇인지조차도 모르는 것이다. 왜냐하면 물은 검기 때문에 능히 비출 수가 있고, 옻칠은 검기 때문에 능히 거울이 될 수 있기 때문이다. 그러므로 빛깔이 있는 것치고 빛이 있지 않은 것이 없고, 형체[形]가 있는 것치고 맵시[態]가 있지 않은 것이 없다.

미인(美人)을 관찰해 보면 그로써 시(詩)를 이해할 수 있다. 그녀가 고개를 나직이 숙이고 있는 것은 부끄러워하고 있음을 보이는 것이고, 턱을 고이고 있는 것은 한스러워하고 있음을 보이는 것이고, 홀로 서 있는 것은 누군가 그리워하고 있음을 보이는 것이고, 눈썹을 찌푸리는 것은 시름에 잠겨 있음을 보이는 것이다. 기다리는 것이 있으면 난간 아래 서 있는 모습을 보여 주고, 바라는 것이 있으면 파초 아래 서 있는 모습을 보여 준다. 만약 다시 그녀에게 서 있는 모습이 재계(齋戒)하는 것처럼 단정하지 않다거나 앉아 있는 모습이 소상(塑像)처럼 부동자세를 취하지 않는다고 나무란다면, 이는 양 귀비(楊貴妃)더러 이를 앓는다고 꾸짖거나 번희(樊姬)더러 쪽을 감싸 쥐지 말라고 금하는 것과 마찬가지며, '사뿐대는 걸음걸이[蓮步]'를 요염하다고 기롱하거나 손바닥춤[掌舞]을 경쾌하다고 꾸짖는 것과 같은 격이다.

나의 조카 종선(宗善)은 자(字)가 계지(繼之)인데 시(詩)를 잘하였다. 한 가지 법에 얽매이지 않고 온갖 시체(詩體)를 두루 갖추어, 우뚝이 동방의 대가가 되었다. 성당(盛唐)의 시인가 해서 보면 어느새 한위(漢魏)의 시체를 띠고 있고 또 어느새 송명(宋明)의 시체를 띠고 있다. 송명의 시라고 말하려고 하자마자 다시 성당의 시체로 돌아간다.

아, 세상 사람들이 까마귀를 비웃고 학을 위태롭게 여기는 것이 너무도 심하건만, 계지의 정원에 있는 까마귀는 홀연히 푸르렀다 홀연히 붉었다 하고, 세상 사람들이 미인으로 하여금 재계하는 모습이나 소상처럼 만들려고 하지만, 손바닥춤이나 사뿐대는 걸음걸이는 날이 갈수록 경쾌하고 요염해지며 쪽을 감싸 쥐거나 이를 앓는 모습에도 각기 맵시를 갖추고 있으니, 그네들이 날이 갈수록 화를 내는 것은 이상할 것이 없다.

세상에 달관한 사람은 적고 속인들만 많으니 입을 다물고 말하지 않는 것이 좋을 것이다. 그러나 쉬지 않고 말을 하게 되는 것은 무엇 때문일까? 아아! (박지원, 2004)

위 두 글은 연암 박지원이 지인의 문집 발간 즈음에 써준 일종의 '발문'이다. 따라서 일차적인 독자는 해당 저자이겠지만, 연암은 의외의 제3자를 끌어들여 한방을 먹이고 있다. 〈초책에게 보냄〉에서 저자는 "신령한 지각과 민첩한 깨달음이 있다 하여 남에게 교만하거나 다른 생물을 업신여기지 말"라고 말한다. 그리고 이 다음부터 제3자에 대한 공격에 들어간다. 일단, 그들은 신령한 지각이나 민첩한 깨달음이 없을 수 있다. 그렇다면 잘난 척 한다고 하여, 그 잘남을 알아채지 못할 것이다. 한편, 그들이 혹시라도 그런 신령한 지각이 있다면, 저자의 글을 보고 "어찌 스스로 부끄럽지 않겠"는가? 어찌되었던 연암은 "그들"을, 이 글의 뛰어남을 알아보는 안목과 감수성이 부족하거나, 저자의 글을 보고, 자신의 능력 없음을 심히 부끄러워하는 사람들로 몰아붙이고 있다. 그리고 "우리들은"이란 표현을 통해 저자와 연암이 하나의 동일한 그룹을 형성하고 있음을 드러낸다. 비록 연암과 저자는 "냄새나는 가죽부대 속에 몇 개의 문자를 지니고 있는 것이 남들보다 조금 많은 데 불과할 따름"이라고 겸손하게 말하지만, 여기에는 저자와 자신을 포함하고 있는 집단에 대한 강한 자부심이 배어 있다.

〈능양시집서〉에서는 1)"자기 생각과 같지 않으면 만물을 모조리 모함하려" 드는 사람, 2)"보지 않고서 먼저 그 마음으로 정"하는 사람, 3)"검은 빛깔이 무엇인지조차도 모르는" 사람, 4)"한 가지 법에 얽매"이는 사람, 5)"까마귀를 비웃고 학을 위태롭게 여기는" 사람을 비판하고 있다. 짐작하겠지만, 이 글에서 비판하고 있는 1)~5)의 사람은 〈초책에게 보냄〉에서 겨냥하고 있는 "저들"과 동일한 사람 또는 집단이다. 이들이 누구이겠는가? 그들은 연암과 같은 새로운 글쓰기를 완강하게 거부하면서 이전의 글쓰기를 고집하는 사람들이다. 연암은 이들을 갑자기 호출하여 다양한 방식으로 날카롭게 비판하고 있는 것이다.

📖 문학의 몇 가지 기능에 대해

문학 작품을 읽음으로써 우리는 주어진 해석의 자유 안에서 성실함과 존중을 훈련하게 됩니다. 현대에 전형적으로 나타나는 위험한 비평적 이단이 하나 있는데, 그것은 문학 작품에서 단지 우리의 통제할 수 없는 충동들이 암시하는 것만을 읽으면서 자기가 원하는 것을 할 수 있다는 생각입니다. 이는 사실이 아닙니다. 문학 작품이 우리를 해석의 자유로 이끄는 것은 바로 다양한 층위의 읽기로 이루어진 담론을 제시하고, 우리를 언어와 삶의 모호함 앞에 직면하도록 만들기 때문입니다. 하지만 모든 세대가 문학 작품들을 서로 다른 방식으로 읽는 이러한 게임을 진행하기 위해서는, 내가 다른 곳에서 텍스트의 의도라 불렀던 것에 대한 깊은 존경에서 출발할 필요가 있습니다.

한편으로 세상은 하나의 읽기만을 허용하는 〈닫힌〉 책처럼 보이기도 합니다. 만약 행성 간의 인력을 지배하는 법칙이 있다면, 그것은 맞거나 틀리거나 둘 중 하나이기 때문이지요. 그에 비해 책의 우주는 열린 세계처럼 보입니다. 그렇지만 우리는 상식을 갖고 소설 작품에 접근하려고 노력하며, 우리가 그 작품에 대해 표명할 수 있는 명제와, 세상에 대해 표명하는 명제를 서로 비교하지요. 세상에 대해 우리는 만유인력의 법칙은 뉴턴에 의해 표명된 법칙이라고 말하거나, 나폴레옹이 1821년 5월 5일 세인트헬레나 섬에서 사망한 것은 사실이라고 말합니다. 그럼에도 만약 우리가 열린 정신을 갖고 있다면, 과학이 우주의 위대한 법칙들을 밝힐 새로운 공식을 표명하거나, 또는 어느 역사가가 나폴레옹은 어느 보나파르트주의자의 배를 타고 탈출을 시도하는 동안 사망하였다고 증명하는 새로운 자료들을 발견할 경우, 언제나 우리의 확신을 수정할 준비가 되어 있습니다. 그런데 책의 세계와 관련하여 가령 〈셜록 홈스는 독신이었다〉, 〈빨간 모자는 늑대한테 잡아 먹히지만 사냥꾼에 의해 다시 살아나게 된다〉, 〈안나 카레니나는 자살한다〉 같은 명제들은 영원히 진실로 남을 것이며, 누구에 의해서도 절대 반박될 수 없을 것입니다. 예수는 하느님의 아들이라는 것을 부정하는 사람들도 있고, 심지어 그의 역사적 실존을 의심하는 사람들도 있고, 어떤 사람들은 그가 길이요, 진리요, 생명이라고 주장하고, 또 어떤 사람들은 메시아는 아직 오지 않았다고 주장하기도 합니다. 그리고 우리는 각자 어떻게 생각하든지 그런 견해들을 존중하지요. 하지만 햄릿은 오필리아와 결혼하였다고, 또는 슈퍼맨은 클라크 켄트가 아니라고 주장하는 사람은 아무도 존중하지 않을 것입니다.

문학 텍스트는 우리가 절대로 의문시할 수 없는 것을 명백하게 말해 줄 뿐만 아니라, 세상과는 달리 거기에서 중요하게 받아들여야 할 것, 그리고 자유로운 해석을 위한 실마리로 받아들일 수 〈없는〉 것을 근엄한 권위와 함께 우리에게 지적해 주기도 합니다. (움베르토 에코, 2005: 14-15)

에코는 이 글을 쓰면서 어떤 부류의 비평가 집단을 곁눈질하고 있는 것으로 보인다. 내가 보기에 에코가 말하고 있는 "현대에 전형적으로 나타나는 위험한 비평적 이단"은 로티를 중심으로 한 실용주의 관점의 비평가들과 조너던 컬러를 중심으로 한 포스트모더니즘 계열의 비평가들로 보인다. 에코가 보기에 이들은 "통제할 수 없는 충동들이 암시하는 것만을 읽으면서 자기가 원하는 것을 할 수 있다는 생각"을 하는 비평가들이다. 이들은 좀처럼 객관적 사실에 근거한 해석을 추종하지 않는다. 자기 나름의 '맥락'을 접속시켜, 객관적 해석을 거부하거나 전복시키는 데 열중한다. 텍스트 중심 비평가로서의 에코에게는 도무지 받아들이기 힘든 논리들임에 틀림없다. 따라서 에코는 이들에게 몇 가지 객관적인 사례를 들어 이들의 비평이 정도에서 벗어나 있다고 비판한다. 먼저 누구도 수용하지 않을 수 없는 객관적 진실이 있다(〈셜록 홈스는 독신이었다〉, 〈빨간 모자는 늑대한테 잡아먹히지만 사냥꾼에 의해 다시 살아나게 된다〉, 〈안나 카레니나는 자살한다〉). 또한 누구도 거부해야 하는 진실이 있다(〈햄릿은 오필리아와 결혼하였다〉, 또는 〈슈퍼맨은 클라크 켄트가 아니다〉). 그리고 이들 실용주의자, 포스트모더니스트들에게 엄중하게 경고한다. 문학 작품을 서로 다른 방식으로 읽는 게임을 진행하기 전에 "텍스트의 의도"에 대한 깊은 존경부터 가지라고. 이와 같이 에코와 같이 많은 저자들은 자신의 논쟁적인 적수에게 멋지게 한방을 먹이려는 텍스트 전략을 수시로 구사한다.

이러한 곁눈질 양상을 장르로 확산하면, '장르 곁눈질'이라는 말을 할 수 있게 된다. 즉 어떤 장르가 다른 장르를 곁눈질하면서, 그 장르를 어느 순간 차용하는 경우가 여기에 해당한다. 이러한 차용의 결과는 장르 혼종이다. 모슨과 에머슨은 소설을 예로 들어 이러한 현상을 설명한다. "한때 언어가 비자의식적이고 정언적이었다면, 소설화된 이후 그것은 논쟁적이고 접목소리를 내게 된다. 그것은 다른 발화 방식들을 곁눈질한다. 웃음과 자기 패러디는 이전에 문제시되지 않았던 진지함의 어조를 복잡하게 만든다. 숭배된 가치들은 일상적인 관념의 시장에서 발견되고, '절대적 과거'의 영웅들은 '열린-채-끝나는 현재'의 '거리낌 없는 구역'에서 다시 태어난다."(모슨과 에머슨, 1990/2006: 523)

소설뿐만 아니라, 일상 산문에서도 이러한 장르 곁눈질, 장르 차용과 장르 혼용은 흔하게 나타난다. 소설이 제국주의적으로 타 장르를 차용하였다면, 일상 산문이 소설의 장르를 차용하는 경우도 많다. 이러한 산문을 보면, 이것이 일상 산문인지 소설인지 분간이 되지 않는다. 이러한 사례에 해당하는 작품은 많지만, 다음에서는 김훈의 〈바다의 기별〉, 사르트르의 《말》, 스베틀라나 알렉시예비치의 《전쟁은 여자의 얼굴을 하지 않았다》를 중심으로 장르 혼종 양상을 살펴보고자 한다.

🎬 바다의 기별

모든, 닿을 수 없는 것들을 사랑이라고 부른다. 모든, 품을 수 없는 것들을 사랑이라고 부른다. 모든, 만져지지 않는 것들과 불러지지 않는 것들을 사랑이라고 부른다. 모든, 건널 수 없는 것들과 모든, 다가오지 않는 것들을 기어이 사랑이라고 부른다.

내가 사는 마을의 곡릉천曲陵川은 파주평야를 구불구불 흘러서 한강 하구에 닿는다. 여름내 그 물가에 나와서 닿을 수 없는 것들과 불러지지 않는 것들을 생각했다. 마침내 와서 닿는 것들과 돌아오고 또 돌아오는 것들을 생각했다. 생각의 나라에는 길이 없어서 생각은 겉돌고 헤매었다. 생각은 생각되어지지 않았고, 생각되어지지 않는 생각은 멀었다.

바다는 멀어서 보이지 않는데, 보이지 않는 바다의 기별이 그 물가에 와닿는다. 김포반도와 강화도 너머의 밀물과 썰물이 이 내륙 하천을 깊이 품어서 숭어 떼들이 수면 위로 치솟고 호기심 많은 바다의 새들이 거기까지 물을 따라 날아와 갯벌을 쑤신다. 그 작은 물줄기는 바다의 추억으로 젖어서 겨우 기신기신 흐른다. 보이지 않는 바다가 그 물줄기를 당겨서 데려가고, 밀어서 채우는데, 물 빠진 갯벌은 "떠돌이 창녀 시인 황진이의 슬픈 사타구니"(서정주, 「격포우중」중에서)와도 같이 젖어서 질퍽거린다. 저녁 썰물에 물고기들 바다로 돌아가고 어두워지는 숲으로 새들이 날아가면 빈약한 물줄기는 낮게 내려앉아 겨우 이어가는데, 먼 것들로부터의 기별은 젖은 뻘 속에서 질척거리면서 저녁의 빛으로 사윈다.

가을은 칼로 치듯이 왔다. 가을이 왔는데, 물가의 메뚜기들은 대가리가 굵어졌고, 굵은 대가리가 여름내 햇볕에 그을려 누렇게 변해 있었다. 메뚜기 대가리에도 가을은 칼로 치듯이 왔다. 그것들도 생로병사가 있어서 이 가을에 땅 위의 모든 메뚜기들은 죽어야 하리. 그 물가에서 온 여름을 혼자서 놀았다. 놀았다기보다는 주저앉아 있었다. 사랑은 모든 닿을 수 없는 것들의 이름이라고, 그 갯벌은 가르쳐주었다. 내 영세한 사랑에도 풍경이 있다면, 아마도 이 빈곤한 물가의 저녁썰물일 것이다. 사랑은 물가에 주저앉은 속수무책이다.

'사랑'의 메모장을 열어보니 '너'라는 글자가 적혀 있다. 언제 적은 글자인지는 기억이 없다. '너' 아랫줄에 너는 이인칭인가 삼인칭인가, 라는 낙서도 적혀 있다. '정맥'이라는 글자도 적혀 있다. '너'와 '정맥'을 합쳐서 '너의 정맥'이라고 쓸 때, 온몸의 힘이 빠져서 기진맥진했던 기억이 떠올랐다. '이름'이라는 글자 밑에는 이름과 부름 사이의 거리는 얼마인가라고도 적혀 있다. 치타, 백곰, 얼룩말, 부엉이 같이 말을 걸 수 없는 동물의 이름도 들어 있다. 이 안쓰러운 단어 몇 개를 징검다리로 늘어놓고 닿을 수 없는 저편으로 건너가려 했던 모양인데, 나는 무참해서 메모장을 덮는다.

　물가에서 돌아온 밤에 램프 밑에 앉아서 당신의 정맥에 관하여 적는다.
　그해 여름에 비가 많이 내렸고 빗속에서 나무와 짐승들이 비린내를 풍겼다. 비에 젖어서, 산 것들의 몸냄새가 몸 밖으로 번져나오던 그 여름에 당신의 소매 없는 블라우스 아래로 당신의 흰 팔이 드러났고 푸른 정맥 한 줄기가 살갗 위를 흐르고 있었다. 당신의 정맥에서는 새벽안개의 냄새가 날 듯했고 정맥의 푸른색은 낯선 시간의 빛깔이었다. 당신의 정맥은 팔뚝을 따라 올라가서, 점점 희미해서 가물거리는 선 한 줄이 겨드랑이 밑으로 숨어들어갔다. 겨드랑이 밑에서부터 당신의 정맥은 몸속의 먼 곳을 향했고, 그 정맥의 저쪽은 깊어서 보이지 않았다. 당신의 정맥이 숨어드는 죽지 밑에서 겨드랑이 살은 접히고 포개져서 작은 골을 이루고 있었다. 당신이 찻잔을 잡느라고, 책갈피를 넘기느라고, 머리카락을 쓸어올리느라고 팔을 움직일 때마다 당신의 겨드랑이 골은 열리고 또 닫혀서 때때로 그 안쪽이 들여다보일 듯했지만, 그 어두운 골 안쪽으로 당신의 살 속을 파고들어간 정맥의 행방은 찾을 수 없었고 사라진 정맥의 뒷소식은 아득히 먼 나라의 풍문처럼 희미해서 닿을 수 없었다. 정맥의 저쪽으로부터는 아무런 기별도 오지 않았는데, 내륙의 작은 하천에 바다의 조짐들이 와닿듯이, 희미한 소금기 한 줄이 얼핏 스쳐오는 듯도 싶었고 아무런 냄새도 와닿지 않는 듯도 싶었다. 환청幻聽이나 환시幻視처럼 냄새에도 환후幻嗅라는 것이 있어서 헛것에 코를 대고 숨을 빨아들이는 미망이 없지 않을 것인데, 헛것인가 하고 몸을 돌릴 때, 여름장마의 습기 속으로 번지는 그 종잡을 수 없는 소금기는 멀리서 가늘게, 그러나 날카롭게 찌르며 다가오는 듯도 했다. 내 살아 잇는 몸 앞에서 '너'는 그렇게 가깝고 또 멀었으며, 그렇게 절박하고 또 모호했으며 희미한 저쪽에서 뚜렷했다.
　'너'가 이인칭인지 삼인칭인지 또는 무인칭인지 알 수 없는 날엔 혼자서 동물원으로 간다. 동물들은 모두 다 제 똥과 오줌과 제 몸의 냄새를 풍긴다. 기린이나 얼룩말이 목을 길게 빼고 먼 곳을 바라볼 때, 그 망막에 비치는 세계의 내용을 나는 알 수가 없다. 나는 기린의 눈의 안쪽으로 나의 시선을 들이밀 수가 없다. 올빼미의 눈과 독수리의 눈에 비치는 나를 나는 감지하지 못한다. 늙은 독수리는 나뭇가지에 앉아서 미동도 하지 않고 철망 밖을 내다본다. 백곰은 하루종일 철망 안쪽을 오락가락한다. 그의 앞발은 무겁고 그의 엉덩이는 늘어져 있다. 백곰은 앞발을 터벅터벅 내딛어, 몸을 흔들며 철망 안을 서성거린다. 코를 철망에 비비면서 저쪽 끝까지 갔다가 다시 돌아온다. 백곰의 눈은 반쯤 감겨 있다. 백곰의 동작은 대낮의 몽유夢遊처럼 보였다. 철망에 쓸려서 헤진 콧구멍으로 피를 흘리면서, 백곰은 돌아오고 또 돌아간다. 늙은 수사자는 시멘트 바닥 위에서 저편으로 돌아누워 있다. 갈기가 흘러내려 바닥에 닿았고 돌아누운 옆구리를 벌떡거리며 숨을 쉰다. 귀기울이면 사자의 숨소리가 들린다. 숨은 바람처럼 사자의 콧구멍으로 몰려들어갔다가 다시 쏟아져나온다. 숨이 드나들 때, 창자가 '가르릉'거리는 소리도 들린다. 늙은 사자의 숨소리는 불균형하고 숨쉬는 옆구리는 힘들어 보인다. 코끼리 발바닥은 발가락 다섯 개가 한 덩어리로 붙어 있고, 붙은 발가락에 제가끔 발톱이 박혀 있다. 공룡 시대부터 지금까지 그 발가락 다섯 개는 분화되지 않았다. 코끼리는 그 들러붙은 발바닥으로 둔중하게 땅을 딛는다. 다시 억겁의 세월이 지나야 코끼리의 발가락은 갈라지는 것인지, 발가락은 갈라짐의 먼 흔적들을 지닌 채 들러붙어 있다. 그 흔적은 미래에 있을 흔적이다.

'사랑'의 메모장에 왜 동물 이름을 적어놓은 것인지 지금은 기억이 없다. 아마도 '사랑'이 아니라 '타인'의 항목 안에 써놓아야 할 단어들이었다. 동물원에서 코끼리 발바닥과 기린의 눈동자를 들여다보면서, '너'는 이인칭이 아니라 삼인칭임을 안다. '너'가 삼인칭으로 다가오는 날엔 내가 사는 마을의 곡릉천을 보러 간다.

다시 '사랑'의 메모장을 연다. '시선'이라는 단어가 적혀 있다. '강'이라는 단어도 적혀 있다. '시선'을 적은 날은 봄이었고, '강'을 적은 날은 가을이었다. 봄에서 가을 사이에는 아무런 메모도 없었다. 메모가 없는 날들이 편안한 날들이었을 것이다. '시선' 밑에는 '건너가기'라고 적혀 있고, '강' 밑에는 또 '혈관'이라는 말이 적혀 있다. '농수로'도 있고 '링거주사'도 보인다. 허약해서 버리고 싶은 단어들인데, 버려지지가 않는다.

내가 당신과 마주앉아 당신의 이름을 부를 때 당신이 숙였던 고개를 들어서 나를 바라보았고, 당신의 시선이 내 얼굴에 닿았다. 당신의 시선은 내 얼굴을 뚫고 들어와 몸속으로 스미는 듯했고, 당신의 이름을 부르는 나의 목소리에 이끌려, 건너와서 내게 닿는 당신의 시선에 나는 경악했다. 내가 당신의 이름을 부르는 그 부름으로 당신에게 건너가고 그 부름에 응답하는 당신의 시선이 내게 와닿을 때, 나는 바다와 내륙 하천 사이의 거리와, 나와 코끼리 발바닥 사이의 시간과 공간이 일시에 소멸하는 환각을 느꼈다. 그것이 환각이었을까? 환각이기도 했겠지만, 살아 있는 생명 속으로 그처럼 확실하고 절박하게 밀려들어온 사태가 환각일 리도 없었다. 그리고 당신이 다시 시선을 거두어 고개를 숙일 때, 당신의 흘러내린 머리카락 위에서 햇빛은 폭포처럼 쏟아져내렸다. 당신의 먼 변방에 주저앉은 나는 당신의 겨드랑 밑으로 숨어드는 푸른 정맥을 바라보고 있었다.

그때, 당신의 푸른 정맥은, 낮게 또 멀리 흐르는 강물처럼 보였다. 나는 나주 남평의 드들강을 생각했다. 드들강은 넓고 고요하다. 들에 낮게 깔려 다가오는 그 강은 멀리 굽이치며 마을로 다가왔고 다시 굽이쳐서 들로 나아갔다. 강안에 둑이 없어서 수면은 농경지에 잇닿았고, 굽이치는 안쪽으로 물풀이 우거져 새들이 퍼덕거렸다. 느리게 다가오는 강은 강가에 앉은 자의 몸속을 지나서 흘렀다. 저녁이면 노을이 풀리는 강물은 붉게 빛났고, 강물이 실어오는 노을과 어둠이 몸속으로 스몄다. 당신의 겨드랑 속으로 사라지는 당신의 정맥이 저녁 무렵의 강물처럼 닥쳐올 시간의 빛깔들을 실어서 내 몸속으로 흘러들어오기를 나는 그 강가에서 꿈꾸었던 것인데, 그 때 내 마음의 풍경은 멀어서 보이지 않는 바다의 기별을 기다리고 또 받아내는 곡릉천과도 같았을 것이다. 곡릉천은 살아서 작동되는 물줄기로 먼바다와 이어져 있다.

내 빈곤한 '사랑'의 메모장은 거기서 끝나 있다. 더이상의 단어는 적혀 있지 않다. '관능'이라고 연필로 썼다가 지워버린 흔적이 있다. 아마도, 닿아지지 않는 관능의 슬픔으로 그 글자들을 지웠을 것이다. 너의 관능과 나의 관능 사이의 거리를 들여다보면서 그 두 글자를 지우개로 뭉개버렸을 것이다.

모든, 닿을 수 없는 것들과 모든, 건널 수 없는 것들과 모든, 다가오지 않는 것들과 모든, 참혹한 결핍들을 모조리 사랑이라고 부른다. 기어이 사랑이라고 부르는 것이다. (김훈, 2015: 223-231)

김훈의 산문집 《라면을 끓이며》에 수록된 〈바다의 기별〉이다. 이 글을 읽고, '산문과 소설의 경계가 어디인가?' 또는 '산문과 소설의 경계가 있는가?'라는 의문이 생긴다. 산문과 소설의 경계가 무너진 지점에서, 이 글이 사실과 그에 대한 단상이라는 짐작을 가능하게 하는 지점은 단 두 곳이다. 1)"내가 사는 마을의 곡릉천曲陵川은 파주평야를 구불구불 흘러서 한강 하구에 닿는다", 2)"물 빠진 갯벌은 "떠돌이 창녀 시인 황진이의 슬픈 사타구니"(서정주, 「격포우중」 중에서)와도 같이 젖어서 질퍽거린다." 그러나 이런 장치는 소설에서도 흔하게 사용되는 전략이고 보면, 이 지점만으로 이 글이 산문임에 틀림없다고 단정하기는 어려울 것이다.

이 글은 곡릉천 물가(닿을 수 없는 것들과 불러지지 않는 것들을 생각)—'사랑'의 메모장 열어보기(당신의 정맥을 생각)—동물원 가기('너'가 이인칭인지 삼인칭인지 모를 때)—다시 '사랑'의 메모장 열기(닿을 수 없는 것들과 모든, 건널 수 없는 것들과 모든, 다가오지 않는 것들과 모든, 참혹한 결핍들을 모조리 사랑이라고 부른다)라는 시간의 경과를 보이고 있다. 구체적인 시공간 속에서 물질적 사건은 발생하지 않지만, 괄호로 묶은 사유의 사건은 '의식의 흐름'이라는 유장한 선을 그으면서 펼쳐진다.

📷 ≪말≫의 일부

　1850년 무렵, 알자스 지방에 살고 있던 한 초등학교 선생이 아이들에게 들볶이다 못해 식료품상으로 직업을 바꾸고 말았다. 그러나 속세로 돌아온 이 사나이는 무슨 별충을 해야겠다고 생각했다. 비록 자신은 인간 형성이라는 과업을 포기했지만, 자기 자식 중 한 명만은 영혼을 기르는 일에 종사시켜야겠다는 것이었다. 그러니 한 녀석을 목사로 만들자. 이 일에는 샤를이 적합하다. 하지만 샤를은 달아나 버렸다. 한 여자 곡마사의 뒤를 쫓아서 거리로 나서고 만 것이다. 그러자 아버지는 그의 초상화를 뒤집어 걸어 버리고 이름조차 입 밖에 내지 못하게 했다. 그러면 이번에는 어느 녀석을 고를까? 오귀스트는 재빨리 아버지의 희생적 행위를 본받아 장사꾼으로 나섰고 그것으로 만족했다. 남은 것은 루이밖에 없는데 그 녀석에게는 별다른 소질이 보이지 않았다. 그러나 아버지는 이 얌전한 아들을 사로잡아 순식간에 목사로 만들어 놓았다. 착하디착한 루이는 그 후 제 자식마저 목사가 되게 했는데, 이 사람이 바로 우리가 널리 알고 있는 알베르 슈바이체르이다. 한편, 샤를은 여자 곡마사와 다시 만나지 못했다. 그는 아버지의 허울 좋은 거동을 그대로 물려받은 위인이었다. 평생을 통해서 고상한 척하는 버릇을 버리지 못했고 자질구레한 일들을 어마어마한 것으로 꾸며 보이려고 애썼다. 그는 분명히 집안의 천직(天職)을 저버리려고 한 것은 아니었다. 다만 부담이 적은 정신적 직업을 택하는 것, 다시 말하면 여자 곡마사의 뒤를 따라다녀도 상관없을 만한 그런 성직(聖職)을 갖는 것이 그의 소원이었다. 그러니 제일 알맞은 것은 교직이었다. 샤를은 독일어를 가르치기로 작정했다. 그는 한스 작스에 관한 논문을 쓰고, 직접교수법을 채택하고—후일 이 교수법의 발명자가 바로 자기라고 자랑하기도 했지만—시모노 씨와 공저로 『독일어 독본』을 내서 호평을 받고, 마롱에서

리옹으로 그리고 파리로 출셋길을 달렸다. 파리에서는 종업식 날 일장 연설을 해서, 그것이 책으로 출판되는 영광을 누리기까지 했다. "장관 각하, 신사 숙녀 여러분, 그리고 나의 사랑하는 학생들, 오늘 제가 말씀드리려는 것이 무엇인지 여러분은 짐작조차 못 하실 것입니다. 저는 음악에 관한 이야기를 하려고 합니다." 그는 즉흥시가 장기이기도 했다. 집안 식구들이 한자리에 모일 때면 으레 이런 말을 했다. "루이는 누구보다도 신앙심이 두텁고 오귀스트는 제일 부자다. 그렇지만 머리가 가장 좋은 것은 나다." 그러면 아우들은 웃어 대고 계수들은 입을 뾰로통하게 내밀었다. 샤를 수바이체르는 마콩에 있을 때 천주교를 믿는 한 소송 대리인의 딸 루이즈 기유맹과 결혼했다. 그녀는 신혼여행 때의 일은 다시 생각하기도 싫었다. 샤를이 미처 식사도 끝나기 전에 신부를 끌어내서 기차 속에 내던지다시피 했기 때문이다. 일흔 살이 되어서도 그녀는 역의 간이식당에서 시켜 먹은 파로 만든 샐러드 이야기를 했다. "그이가 흰 줄기는 혼자 다 먹고 내게는 푸른 이파리만 남겨주었단다." 그들은 알자스의 본가에서 식탁 앞에 앉은 채로 꼬박 두 주일을 보냈다. 형제들은 그 지방 사투리로 추잡스러운 이야기들을 해 댔다. 그러면 목사가 이따금씩 루이즈를 돌아보고 기독교도다운 자비심을 발휘해서 그 이야기들을 번역해 주었다. 그녀는 얼마 되지 않아서 가짜 진단서를 마련해 그것을 구실 삼아 부부생활을 끊고 침실을 달리할 권리를 얻게 되었다. 늘 머리가 아프다는 핑계로 자리에 눕곤 하면서, 소음과 혈기와 흥분을 멀리하기 시작했다. 슈바이체르 집안의 그런 거칠고 촌스럽고 허황된 생활 태도가 일체 싫었던 것이다. 활발하고 얄밉고 쌀쌀한 그녀의 사고방식은 올곧고도 짓궂은 것이었다. 왜냐하면 남편의 생각이 선량하면서도 비뚤어져 있었기 때문이다. 남편이 거짓말쟁이면서도 어수룩한 까닭에 그녀는 만사를 의심했다. "자기들은 지구가 돌고 있다고 하지만 뭘 안답시고 그러는 거야?" 점잔을 빼는 광대들에게 둘러싸여 있던 그녀는 점잖은 짓과 연극을 다 같이 싫어하게 되었다. 촌스러운 정신주의자(精神主義者)들의 집안에 잘못 끼어든 이 예민한 현실주의자는 반발심이 나서 볼테르를 읽어 본 적도 없으면서 볼테르주의자로 행세했다. 예쁘고 통통하고 반항적이고 쾌활한 그녀는 부정적 기질의 표본이 되고 말았다. 눈살을 찌푸리거나 엷디엷은 미소를 지음으로써 그들의 허세를 샅샅이 부숴 버렸지만, 그것은 자기만족일 뿐 아무도 그런 눈치를 알아차리지 못했다. 교만하게 배척하고 이기심에서 거부하려는 태도가 그녀를 지배했다. 으뜸가는 자리를 차지하려고 잔꾀를 쓰자니 자존심이 상하고, 둘째 자리로 만족하자니 허영심이 허락지 않아, 아무와도 만나지 않았다. "다른 사람들이 자기를 보고 싶어 하도록 만들어야 한다." 하고 그녀는 늘 말했다. 과연 처음에는 그녀를 보고 싶어 하는 사람들이 제법 많았지만, 그 수가 차차

줄어들고 마침내는 만나 볼 수가 없어서 완전히 잊어버리고 말았다. 이제는 안락의자나 침대를 떠나는 일이 거의 없게 되었다. 자연주의자이면서도 청교도이기도 한(이 두 가지 덕의 배합은 보통 생각하듯이 그렇게 드문 일이 아니다.) 슈바이체르 집안은 야비한 말들을 좋아했다. 골수 기독교도답게 육체를 천시하면서도 한편으로는 인간의 자연적인 기능을 너그럽게 인정한다는 것을 과시하는 그런 말들 말이다. 그러나 루이즈는 완곡한 표현을 좋아했다. 그녀는 외설스러운 소설을 많이 읽었다. 이야기 줄거리가 재미있다기보다도 그런 이야기를 감싸고 있는 투명한 베일이 마음에 들었기 때문이다. "참 대단하군. 잘도 썼지. 인간들이여, 가볍게 스쳐 가라. 힘껏 딛지 말아라." 하며 새침하게 말하는 것이었다. 아돌프 블로가 쓴 『불꽃의 처녀』를 읽었을 때, 이 쌀쌀한 여인은 숨이 막히도록 웃었다. 그녀는 첫날밤의 이야기를 즐겨했는데, 그것은 늘 망측하게 끝나는 것들뿐이었다. 신랑이 너무도 난폭하게 서둘러 댄 나머지 신부의 목이 침대 모서리에 부딪쳐 부러진 이야기며, 옷장 속에 벌거숭이로 숨은 미친 신부를 이튿날 아침에 찾아낸 이야기 따위였다. 루이즈는 어두컴컴한 속에서 살았다. 샤를이 들어와서 덧창을 열어젖히고 등불이란 등불을 모두 켜 놓으면 그녀는 손으로 두 눈을 가리며 신음하듯 말했다. "여보, 눈이 부셔요!" 하나 그 반항은 체질적인 반항의 범위를 벗어나는 것이 아니었다. 샤를을 보면 우선 겁이 나고 참을 수 없이 짜증이 났지만, 그의 손이 몸에 닿지 않는 한에는 우정을 느끼는 때도 없지 않았다. 그러다가도 샤를이 소리를 지르기만 하면 당장에 꿈쩍도 못 했다. 그는 기습작전으로 아이를 넷이나 만들었다. 그중 딸 하나는 어려서 죽고 2남 1녀가 남았다. 무관심했던 탓인지 혹은 아내의 뜻을 존중해서였는지는 몰라도, 그는 아이들을 가톨릭 식으로 교육하는 것을 허락했다. 루이즈는 신자가 아니었지만 개신교를 싫어했기 때문에 아이들을 가톨릭 신자로 만들어 놓았던 것이다. 두 사내아이는 어머니 편을 들었고, 루이즈는 그 덩치 큰 아버지로부터 그들을 슬그머니 떼어 놓았다. 샤를은 그런 눈치조차 못 챘다. 장남인 조르주는 공과 대학에 들어갔고 둘째 아들 에밀은 독일어 선생이 되었다. 그는 야릇한 인물이다. 평생을 독신으로 지냈는데, 아버지를 좋아하지 않으면서도 모든 점에서 그를 흉내 냈으니 말이다. 부자(父子)는 마침내 의가 상했다. 그렇지만 야단스러운 화해의 장면이 몇 번 벌어지기도 했다. 에밀은 자기의 생활을 숨기고 다녔으나, 어머니를 무척 좋아하여 예고도 없이 몰래 찾아와 보는 버릇을 끝끝내 버리지 않았다. 그럴 때면 어머니에게 키스를 퍼붓고 수없이 껴안고 하다가 아버지의 이야기를 하기 시작했다. 처음에는 빈정거리는 말투였지만 이윽고 화를 터뜨리고는 문을 탁 닫아 버리며 나가는 것이었다. 루이즈는 그를 사랑한 것 같은데 동시에 무서워하기도 했다. 거칠고 까다로운 이

부자에게 지친 그녀는 차라리 발길을 끊은 조르주를 좋아했다. 에밀은 1927년 고독 때문에 미쳐서 죽고 말았다. 베개 밑에서 권총 한 자루가 나왔고, 가방들을 열어 보니 해진 양말 백 켤레와 뒤축이 닳아 빠진 구두 스무 켤레가 들어 있었다. (사르트르, 2008: 11-15)

사르트르가 쓴 자서전 ≪말≫의 첫 부분이다. 일상 산문과 소설은 장르적 측면에서 서로를 차용하는 관계에 있다. 소설에는 수많은 이질적인 일상 담론이 들어가 있으며, 일상의 담화 속에도 다양한 서사적 문학 장치들이 벌써 들어와 있다. 이는 일상 산문과 소설(또는 문학 장르)이 서로를 곁눈질한 결과이다. 따라서 이 둘의 차용 관계를 논의하는 것은 새삼스럽다. 다만, 그 장르의 혼재 현상을 예시하는 좋은 사례를 제시하는 것으로 혹시나 일상 산문과 소설 장르, 더 나아가 일상 산문과 문학 장르를 엄격하게, 배타적으로 구분하려는 새삼스런 논의의 무의미함을 환기시키고자 한다.

자서전과 소설은 읽기, 쓰기 행위의 동기와 소비 방식이 매우 닮아 있다. "어떤 사람이 자서전을 쓰고 다른 사람들이 그것을 읽는 행위는 소설을 쓰고 읽는 행위와 본질적으로 다를 것이 없다. 작가는 자기 자신을 소재로 전개한 이야기에 어떤 가치가 있다고 생각해서 발표하는 것이며, 독자는 그 이야기에서 인생과 사회에 관한 지식이나 교훈을 얻고 또 그것을 자기 나름대로 반성의 계기로 삼으려고 할 것이다."(정명환, 2008: 273) 더구나 자서전의 주인공이 사르트르처럼 널리 알려진 사람이라면 그의 고백과 경험담에는 더욱 진실되고 중요한 이야기가 담겨 있을 것이라고 생각할 것이다.

나는 사실, 위와 같은 교과서적인 이유였다면, 이 글을 끝까지 읽지 않았을 것이다. 내가 소설도 아닌 이 두툼한 책을 짧은 시간에 끝까지 읽은 것은, ≪말≫의 문체였다. 이 책은 반어, 은유, 해학, 상징, 모순어법 등의 문학적 코드로 가득 차 있다. 위 글에서 보듯 샤르트르는, 아버지의 이른 죽음에 대한 우리의 통상적인 관념을 불경스럽고 까불까불한 문체로 해체한다. 샤르트르의 아버지는 "몇 방울의 정액을 흘려서" 아이 하나를 서둘러 만들어 놓고는 죽어버렸다. 샤르트르는 그 죽음이 감히 축복이었다고 말한다. 샤르트르는 "억 압적인 부상(父像)과 가족의 짐과 초자아(超自我)를 탄생 때부터 면하고 사생 아처럼 태어난 것이 희한한 특권이었던 것처럼" 받아들인다(정명환, 2008: 275). 나는 이러한 사유 방식과 표현의 재기발랄함이 이 책의 가장 큰 미덕이 라고 생각한다.

　장르 간 곁눈질에 의한 장르 차용이 우리의 관심사인 대화적 글쓰기에 시 사하는 바는 무엇일까? 각각의 장르는 장르 간의 적극적인 차용을 통해서 스 스로를 살찌우고 풍요로워질 수 있다. 바흐친은 〈예술과 책임〉에서 삶과 예 술의 방향적 책무성을 강하게 강조하면서 "삶과 예술은 서로에 대해 책임을 져야 할 뿐만 아니라 서로에 대한 죄과도 떠맡아야 한다. 시인은 삶의 비속한 산문성이 자신의 시 탓임을 기억해야 하며, 생활인은 예술의 불모성이 엄격 한 요구를 제시할 줄 모르는 자신의 어설픔과 삶의 문제들에 대한 자신의 진 지하지 못함 때문임을 깨달아야 한다."라고 하였는데(바흐친, 1919/2006: 25), 이러한 책무성을 소진하는 하나의 방식이 적극적인 장르 차용이 아닐까 생각한다.

■ ≪전쟁은 여자의 얼굴을 하지 않았다≫의 일부

값없이 죽임당한 수백만의 사람들
어둠 속에서 길을 다지네……
_오시프 만델시탐

1978~1985년

나는 전쟁에 대한 책을 쓰고 있다……
　내가 어렸을 때나 젊었을 때는 누구나 전쟁 이야기를 즐겨 읽었지만, 나는 전 쟁 이야기를 좋아하지 않았다. 내 동갑내기들 역시 모두 전쟁 이야기를 좋아했다.

그건 그다지 놀랄 일이 아니었다. 우리는 승리의 아이들이었으니까. 승자의 아이들. 전쟁 하면 맨 먼저 머리에 떠오르는 기억은 무엇일까? 그건 알아들을 수도 없는 무서운 말들 속에서 보낸, 우울했던 나의 어린 시절이다. 사람들은 늘 전쟁을 회상했다. 학교에서도 집에서도, 결혼식에서도 세례식에서도, 기념일에도 추도식에서도 언제나 전쟁을 얘기했다. 심지어 아이들의 대화에서조차. 어느 날 이웃집 남자애가 나에게 물었다. "사람들은 땅 밑에서 뭐하는 걸까? 땅 밑에서 어떻게 살지?" 우리는 전쟁의 비밀이 무엇인지 알아내고 싶었다.

그때 나는 '죽음이란 무엇일까' 생각하기 시작했다…… 죽음에 대한 생각을 떨칠 수가 없었고 어느새 죽음은 나에게 삶의 중요한 비밀이 되었다.

우리에게는 그 두렵고 비밀스러운 세계가 모든 것의 출발점이었다. 우크라이나 출신인 외할아버지는 전쟁터에서 전사해 헝가리 땅 어딘가에 묻혔고, 친할머니는 빨치산으로 활동하다가 티푸스로 돌아가셨다. 할머니의 두 아들은 군대에서 복무하다가 전쟁이 발발한 지 한 달 만에 행방불명이 되었다. 할머니의 세 아들 중 한 명만 살아 돌아왔다. 바로 우리 아버지이다. 먼 일가친척들 중에서 열한 명이나 되는 친척들이 아이들과 함께 산 채로 독일군에게 불태워졌다. 누구는 자기 오두막에서, 또 누구는 시골 교회에서. 집집마다 그런 사연 하나쯤은 있었다. 어느 집이나. 시골의 사내아이들은 오랫동안 '독일인'이나 '러시아인' 흉내를 내며 놀았다. 아이들은 '헨데 호흐!' '추뤼크!' '히틀러 카푸트!'라는 독일어를 크게 외치곤 했다.

우리는 전쟁이 없는 세상을 알지 못했다. 전쟁의 세상이 우리가 아는 유일한 세상이었고, 전쟁의 사람들이 우리가 아는 유일한 사람들이었다. 나는 지금도 다른 세상이나 다른 세상의 사람들을 알지 못한다. 그런데 다른 세상, 다른 세상 사람들은 정말 존재하기나 했던 걸까?

전쟁이 끝난 뒤 내 어릴 적 시골마을은 여자들의 세상이었다. 여자들의 마을. 남자 목소리를 나는 기억하지 못한다. 그때의 풍경은, 마을 여자들이 전쟁을 이야기하고, 흐느껴 울고, 흐느끼듯 노래하던 모습으로 내 기억 속에 남아 있다.

학교 도서관의 책은 절반이 전쟁에 관한 것이었다. 마을 도서관도, 아버지가 책을 빌리러 자주 들르곤 하셨던 구청 도서관도 마찬가지였다. 이제 나는 그 이유를 안다. 정말 우연일까? 우리는 끊임없이 전쟁을 하거나 전쟁을 준비했다. 다들 어떻게 전쟁을 치러냈는지 이야기했다. 우리는 한 번도 다른 삶을 살아본 적이 없었고, 어쩌면 다르게 사는 법을 몰랐던 것인지도 모른다. 다른 세상, 다른 방식의 삶을 상상조차 할 수 없는 우리는, 언젠가 다르게 사는 법을 오랫동안 배워야 할지도 모르겠다.

학교는 우리에게 죽음을 사랑하도록 가르쳤다. 우리는 …의 이름으로 명예로운 죽음을 맞을 수 있다면 얼마나 좋을지에 대해 글을 썼고 그것을 꿈꿨다.

하지만 학교 밖의 세상은 다른 이야기를 했고, 나는 그 다른 이야기에 마음을 더 빼앗겼다.

나는 오랫동안 현실에 눈이 어두운 사람이었다. 현실은 나를 놀라게 했고 또 내 마음을 뒤흔들었다. 삶에 대해 무지했기 때문에 겁도 없었다. 이제 와 생각해본다. '만약 내가 좀더 현실적인 사람이었다면, 이처럼 밑도 끝도 없는 깊은 나락으로 달려들 수 있었을까?' 어쩌다 이렇게 되었을까? 무지 때문에? 아니면 이 길을 갈 것만 같은 예감 때문에? 사실 그럼 예감은 있었다……

오랫동안 찾아 헤맸다…… 어떤 말을 써야 내 귀에 들려오는 이야기들을 제대로 전달할 수 있을까? 내가 느끼는 세상을, 내 눈이 보고, 내 귀가 듣는 이 세상을 표현해낼 수 있는 장르를 나는 애타게 찾았다.

어느 날 우연히 『나는 화염에 휩싸인 마을에서 왔다』라는 책을 읽게 되었다. 아다모비치, 브릴, 콜레스니크의 소설. 그런 충격은 우연히 도스토옙스키의 작품을 읽으며 충격받았던 날 이후로 처음이었다. 소설의 형식은 놀라웠다. 소설은 삶 그 자체의 목소리를 담고 있었다. 소설은 내가 어렸을 때 들었던 이야기, 지금도 거리와 집과 카페와 전차에서 들려오는 사람들의 이야기를 쓰고 있었다. 바로 이거야! 세상은 다시 돌아가기 시작했다. 그토록 찾아 헤매던 것을 찾은 것이다. 사실 찾을 줄 알고 있었다.

알레시 아다모비치는 나의 스승이 되었다……

2년 동안 나는 생각했던 만큼 자주 사람들을 만나지도 글을 쓰지도 못했다. 읽기만 했다. 내 책은 무엇을 이야기하게 될까? 글쎄, 전쟁에 대한 또 한 권의 책이라…… 무엇 때문에? 전쟁은 사실, 크고 작은 전쟁들에서부터 널리 알려지거나 알려지지 않은 전쟁들까지, 이미 수천 번도 더 넘게 있지 않았던가. 그리고 전쟁에 대한 이야기는 그보다 더 많은 사람들이 쓰지 않았던가. 하지만…… 그건 모두 남자들이 남자들의 목소리를 들려준 것이다. 그건 분명한 사실이다. 우리는 전쟁에 대한 모든 것을 '남자의 목소리'를 통해 알았다. 우리는 모두 '남자'가 이해하는 전쟁, '남자'가 느끼는 전쟁에 사로잡혀 있다. '남자'들의 언어로 쓰인 전쟁. 여자들은 침묵한다. 나를 제외한 그 누구도 할머니의 이야기를 묻지 않았다. 나의 엄마 이야기도. 심지어 전쟁터에 나갔던 여자들조차 알려들지 않았다. 우연히 전쟁 이야기가 시작되더라도, 그건 '남자'들의 전쟁 이야기이지, '여자'들의 전쟁은 아니다. 이들의 행동은 서로 약속이라도 한 듯 매번 똑같다. 집에서나 전쟁을 같이 치른 여자들의 모임에서만 잠깐 눈물을 보인 뒤, 비로소 자신들의 전쟁, 나는 알지 못하는 전쟁에 대해서 입을 연다. 나뿐만 아니라 우리 모두 알지 못하는 여자들의 전쟁. 취재여행을 다니면서 나는 여러 차례 생각지 못한 새로운 이야기들의 목격자가 되고 유일한 청취자가 되었다. 그리고 어렸을 때처럼 큰 충격을 받았다. 그들의 이야기 속에는 치가 떨리도록 극악하고 참혹한 진실이 숨어 있었다…… 여자들이 이야기할 때, 그들의 이야기에는 우리가 읽거나 들어서 익숙한 내용, 그러니까 어떤 이들이 얼마나 영웅적으로 다른 사람들을 죽이고 승리를 거뒀는지, 아니면 어떻게 패배했는지, 어떤 기술들이 사용됐고 어떤 장군이 활약했는지 따위의 내용은 아예 없거나 거의 등장하지 않는다. 여자들의 이야기는 전혀 다른 것이고, 또 여자들은 다른 것을 이야기한다. '여자'의 전쟁에는 여자만의 색깔과 냄새, 여자만의 해석과 여자만이 느끼는 공간이 있다. 그리고 여자만의 언어가 있다. 그곳엔 영웅도, 허무맹랑한 무용담도 없으며, 다만 사람들, 때론 비인간적인 짓을 저지르고 때론 지극히 인간적인 사람들만이 있다. 그리고 그곳에서는 사람들만이 아니라 땅도 새도 나무도 고통을 당한다. 이 땅에서 우리와 함께 살아가는 모든 존재가 고통스러워한다. 이들은 말도 없이 더 큰 고통을 겪는다.

하지만 왜? 나는 여러 번 자신에게 물었다. 절대적인 남자들의 세계에서 당당히 자신의 자리를 차지해놓고 왜 여자들은 자신의 역사를 끝까지 지켜내지 못했을까? 자신들의 언어와 감정들을 지키지 못했을까? 여자들은 자신을 믿지 못했다. 하나의 또다른 세상이 통째로 자취를 감춰버렸다. 여자들의 전쟁은 이름도 없이 사라져버렸다……

나는 바로 이 전쟁의 역사를 쓰고자 한다. 여자들의 역사를.

첫 만남 이후……

전쟁터에서 위생사관, 저격수, 기관총 사수, 고사포 지휘관, 공병으로 복무했던 여인들이 지금은 평범한 회계원이나 실험실 조수, 여행가이드, 교사가 되어 살아간다…… 그때 그곳에서의 삶과 지금 이곳에서의 삶의 완벽한 부조화가 놀랍다. 다들 하나같이 마치 다른 사람의 사연인양 자신들을 이야기한다. 나만큼이나 지금 자신들의 모습에 놀라워하면서. 박제된 역사가 내 눈앞에서 '인간다워지고', 평범한 일상의 풍경으로 변신한다. 역사를 비추는 조명에 새로운 빛이 들어오는 것이다.

충격적인 사연을 지닌 여인들이 있다. 그네들의 삶은 명작소설에 등장하는 이야기들과 견줘도 뒤지지 않을 만큼 극적이다. 사람은 명확하게 자신을 볼 줄 안다. 하늘처럼 저 높은 곳에서도 땅처럼 저 낮은 곳에서도. 사람 앞에 모든 길이 놓여 있다. 고결한 곳으로 향하는 길과 비열한 곳으로 향하는 길, 천사로부터 짐승에 이르는 길. 회상이란 지금은 사라져버린 옛 현실에 대한 열정적인, 혹은 심드렁한 서술이 아니다. 그것은 시간을 거슬러올라간, 과거의 새로운 탄생이다. 무엇보다 새로운 창작물이다. 사람들은 살아온 이야기를 하며 자신의 삶을 새로 만들어 내고 또 새로 '써내려간다'. 있는 이야기에 다른 이야기를 '보태고', 있는 이야기를 '뜯어고친다'. 바로 이 순간을 조심해야 한다. 경계해야 한다. 동시에 고통은 어떠한 거짓도 녹여내고 없애버린다. 고통은 너무나도 뜨겁기에! 확신컨대, 간호사나 요리사, 세탁부 같은 평범한 사람들은 자신의 행동을 꾸미지 않는다…… 더 정확히 말해 이들은 신문이나 책 따위에서 이야기를 끌어오지 않는다. 타인으로부터 영향을 받은 이야기가 아니라 바로 자기 자신의 삶에서 뽑아낸 진짜 고통과 아픔을 들려준다. 많이 배운 사람들의 감정과 언어는, 그다지 이상한 일도 아니지만, 시간에 의해 다듬어지기 쉽다. 흔히들 하는 방식으로. 그리고 본질이 아닌 부차적인 것들에 쉽게 물든다. 영웅심 따위에. 어떻게 퇴각했는지, 어떻게 공격을 감행했는지, 어느 전선에서 싸웠는지는 '남자'의 전쟁에 대한 이야기이다. 나는 그것이 아니라 '여자'의 전쟁에 대한 이야기를 듣고 싶었고, 그래서 오랜 시간을 들여 삶의 영역이 저마다 다른, 많은 사람들을 만나러 다녔다…… 그것도 한 번의 만남에 그치지 않고 주기적으로 여러 번 만났다. 보고 또 보고서야 인물을 화폭에 담아내는 초상화가처럼.

낯선 집을 찾아가 한참을 머문다. 하루종일 머물 때도 있다. 같이 차를 마시고, 새로 샀다는 블라우스를 봐주고, 헤어스타일이니 요리법 같은 주제를 놓고 열띤 논의를 벌인다. 손자들 사진을 찬찬히 함께 들여다본다. 그리고 어느 순간…… 얼마나 시간이 흘렀을까. 무엇을 통해서인지, 그리고 무엇 때문인지 알 수 없지만 갑자기 그토록 기다리던 순간이 찾아온다. 석고나 콘크리트 기념상처럼 단단한 껍데기 속에 있던 사람이 그 껍데기를 깨고 자기 자신에게로 향하는 순간이. 자신의 내면으로 걸어들어가는 순간이. 그리고 그 사람은 이제 전쟁을 이야기하는 것이 아니라 자신의 젊은 날을 돌아보기 시작한다. 자기가 살아온 인생의 굽이굽이들을…… 바로 이 순간을 잡아야 한다. 놓쳐선 안 된다! 하지만 그 많은 사연과 사건과 눈물로 가득 찬, 기나긴 하루를 보냈음에도 기억에 남는 건 고작 몇 마디에 불과할 때가 종종 있다. 이를테면, "우리는 너무 어린 나이에 전쟁터로 갔어. 얼마나 어렸으면 전쟁중에 키가 다 자랐을까" 같은 말. 이미 수십 미터에 달하는 녹음테이프가 있음에도 불구하고 나는 이 말 역시 꼼꼼하게 수첩에 적는다. 녹음테이프만 벌써 네다섯 개다……

무엇이 나를 돕는 걸까? 그건 바로 우리가 함께 사는 데 익숙하다는 사실이다. 더불어 사는 사람들. 우리가 사는 이 세상에는 행복도 있고 눈물도 있다. 우리는 고통스러워할 줄도 고통에 대해 이야기할 줄도 안다. 고통은 남루하고 힘겨운 우리네 삶에 의미와 가치를 부여한다. 아픔, 그건 우리에게 하나의 예술이다. 우리 여자들이 바로 이 아픔과 고통의 길을 향해 용감하고 당당하게 나아갔음을 나는 밝혀야만 한다…… (스베틀라나 알렉시예비치, 2015: 13-20)

이 책을 접하고, 공부하는 사람의 오랜 습성에 따라 이 책은 무슨 장르로 규정해야 할지 혼란스러웠다. 새로운 사유와 새로운 감수성은 새로운 장르를 요구하게 마련이다. 저자는 오랜 기간에 걸친 취재를 통해서 '전쟁에 대한 여자들의 이야기'를 들어왔다. 그러나 자신이 들은 이야기를 독자에게 제대로 되들려줄 마땅한 장르를 오랫동안 찾지 못한 것으로 보인다.

스베틀라나 알렉시예비치가 발견한 장르는 소설이었다. 그러나 위 글에서 확인한 것처럼 이 책은 소설로서의 장르적 성격이 강하지 않다. 그럼 저자가 소설에서 차용한 것은 무엇일까? 더 정확하게는 아다모비치, 브릴, 콜레스니크의 소설에서 영감을 받은 것을 무엇일까? 내가 직접 이들 소설을 읽어보지 못했기 때문에 단언하기는 쉽지 않다. 그러나 저자의 책과 위 인용문 뒷부분의 내용에 비추어 볼 때, 짐작되는 바가 없지는 않다. 그것은 1)저자의 개입을 철저하게 봉쇄하고 인물의 목소리만을 있는 그대로 전하기, 2)거리, 집, 카페, 전차와 같이 일상의 사소한 공간에서 들음직한 '사소하고 하찮'으나 생생한 이야기를 전하기일 것이다. 실제로 이 책은 이러한 원칙에 매우 충실하다. 책의 앞부분에만 저자의 얘기가 존재할 뿐, 이후 책 전체의 이야기는 모두 실존하는 인물들의 목소리이다. "작가는 여인들의 다양한 사연들을 그네들의 생생한 목소리로 가감 없이 들려준다. 극적인 이야기를 끌어내기 위한 어떤 시도도 과정도 격앙된 감정도 없이 묵묵히 듣고 그대로 전달한다."(박은정, 2015: 557)

그럼, 저자의 몫은 무엇인가? 인물들의 목소리를 녹음하고, 이를 전사하고, 전사한 내용 중에서 어떤 부분을 선정하여 책으로 묶는 것인가? 동의하기 어려울 것이다. 스베틀라나 알렉시예비치가 스스로에게 부여한 중요한 역할은 때를 기다리는 것이다. 인물의 목소리가 터져 나오는 순간을 인내하며 기다리는 것이다. 기다리다 보면, "어느 순간……얼마나 시간이 지났을까. 무엇을 통해서인지, 그리고 무엇 때문인지 알 수 없지만 갑자기 그토록 기다리던 순간이 찾아온다. 석고나 콘크리트 기념상처럼 단단한 껍데기 속에 있던 사람이 그 껍데기를 깨고 자기 자신에게로 향하는 순간이. 자신의 내면으로 걸어 들어가는 순간이. 그리고 그 사람은 이제 전쟁을 이야기하는 것이 아니라 자신의 젊은 날을 돌아보기 시작한다."(스베틀라나 알렉시예비치, 2015: 20)

소설에서 중요한 것은 인물의 성장이다. 이 책은 이런 성장의 기획을 가지고 있지 않다. 저자에게는 어떤 성장의 플롯도 가지고 있지 않기 때문이다. 이 책은 독특하게도 '이야기를 하는 과정에서 성장하는 인물'들을 매우 통찰력 있게 보여준다. 인물의 성장을 돕는 것은 절대 타자가 아니다. 자신이다. 이들은 과거의 자신의 이야기를 하는 과정에서 낯선 자신과 조우하게 되고, 이러한 조우 과정에서 자신이 몰랐던 자신의 이야기를 새롭게 써내려 간다.[1] 이 때의 새로움이란 취사선택, 가감, 윤색에서 오는 것이 아니라, 나에 대한 새로운 '발견'에서 오는 것이다. 말하는 과정에서 성장하는 인물을 그리고 있다고 말한 것은 여기에서 연유한다.

저자의 또 다른 역할은 인물의 선정이다. 저자에게 가장 중요한 것은, 전쟁에 대한 '여자의 정확하고, 생생한 목소리'를 전달하는 것이다. 전달 자체가 목적일 때, 가장 중요한 것은 누구의 목소리를 전달하는가이다. 저자는 이러

---

[1] "다들 하나같이 마치 다른 사람의 사연인양 자신들을 이야기한다. 나만큼이나 지금 자신들의 모습에 놀라워하면서. 박제된 역사가 내 눈앞에서 '인간다워지고', 평범한 일상의 풍경으로 변신한다. 역사를 비추는 조명에 새로운 빛이 들어오는 것이다."(스베틀라나 알렉시예비치, 2015: 18)

한 관점에서 평범한 인물들의 목소리를 주로 담고 있다.

이 책은 '인터뷰 기사'의 성격을 지니고 있다. 면담자가 있고, 피면담자가 있고, 면담자의 절제되고 약화된 묘사와 기술이 있다. 역시 중심은 피면담자(전쟁 참여 여성)의 가감 없는 목소리가 중심을 이루고 있다. 면담 기사에서 중요한 것은 면담자의 태도와 준비이다. 스베틀라나 알렉시예비치는 피면담자와 일정거리를 두면서도 연대하고 공감할 준비를 한다. 무엇보다 그는 면담에 임하는 면담자의 준비가 어떠해야 하느냐에 대한 모범적인 사례를 제시하고 있다. "나는 '여자'의 전쟁 이야기를 듣고 싶었고, 그래서 오랜 시간을 들여 삶의 영역이 저마다 다른, 많은 사람들을 만나러 다녔다…… 그것도 한 번의 만남에 그치지 않고 주기적으로 여러 번 만났다. 보고 또 보고서야 인물을 화폭에 담아내는 초상화가처럼"(스베틀라나 알렉시예비치, 2015: 19). "오랜 시간"을 들여 "많은 사람을" "주기적으로" "만나야" 한다. 이 책의 주인공은 역시 '인물들의 생생한 목소리'이지만, 이러한 목소리를 들을 수 있었던 데에는 저자의 역할이 컸다고 봐야 한다.

한편, 이 책은 하나의 자서전으로 읽힌다. 이 책에는 다양한 인물의 자전적인 이야기가 실려 있다. "처음 사람을 죽이고 엉엉 울어버린 소녀, 첫 생리가 있던 날 적의 총탄에 다리가 불구가 돼버린 소녀, 전장에서 열아홉 살에 머리가 백발이 된 소녀, 전쟁에 나가기 위해 자원입대하는 날 천연덕스럽게 가진 돈 다 털어 사탕을 사는 소녀, 전쟁이 끝나고도 붉은색은 볼 수가 없어 꽃집 앞을 지나지 못하는 여인, 전장에서 돌아온 딸을 몰라보고 손님 대접하는 엄마, 딸의 전사통지서를 받아들고 밤낮으로 딸이 살아 오기를 기도하는 늙은 어머니……"(스베틀라나 알렉시예비치, 2015: 556)의 이야기가 있다. 보통의 자서전이 한 인물의 이야기를 담고 있다면 이 책은 200여 명의 여인들의 이야기를 담고 있다. 200명의 자서전인 셈이다.

자서전은 단순한 사실의 기록이 아니다. 자서전의 동력인 회상은 항상 회상하는 자의 새로운 인식과 감수성을 수반한다. "회상이란 지금은 사라져버린 옛 현실에 대한 열정적인, 혹은 심드렁한 서술이 아니다. 그것은 시간을 거슬러올라간, 과거의 새로운 탄생이다. 무엇보다 새로운 창작물이다. 사람들은 살아온 이야기를 하며 자신의 삶을 새로 만들어 내고 또 새로 '써내려간다'."(스베틀라나 알렉시예비치, 2015: 19)

참고 문헌

Bakhtin, M.(1919/2006), 예술과 책임, 말의 미학(김희숙·박종소 역), 도서출판 길.

Bakhtin, M.(1934/1988), 소설 속의 담론, 장편소설과 민중언어(전승희·서경희·박유미 역), 창작과비평사.

Bakhtin, M.(1963/2003), M. 바흐친 도스또예크스키 창작론(김근식 역), 중앙대학교 출판부.

Morson, G. & Emerson, C.(1990/2006), 바흐친의 산문학(오문석·차승기·이진형 역), 책세상.

인용 문헌

김철(2008), 공자·아우얼바하·유종호, 식민지를 안고서, 역락.

김훈(2015), 바다의 기별, 라면을 끓이며, 문학동네.

박지원(2014), 능양시집서, 연암집(신호열·김명호 공역), 한국고전번역원.

박지원(2004), 초책(楚幘)에게 보냄, 연암집(신호열·김명호 공역), 한국고전번역원.

장 폴 샤르트르(2008), 말, 민음사.

스베틀라나 알렉시예비치(2015), 전쟁은 여자의 얼굴을 하지 않았다, 문학동네.

움베르토 에코(2005), 문학의 몇 가지 기능에 대해, 나는 독자를 위해 쓴다(김운찬 역), 열린책들.

제12장 기호학적 전체주의, 재영토화하기

1. 바흐친의 개념들: 체계, 이론주의, 원심적 사유

모든 현상, 사건을 어떠한 단일한 체계로 설명하려는 이론은 모두 기호학적 전체주의(semiotic totalitarianism)의 경향을 지닌다고 볼 수 있다. 예컨대, 마르크스주의, 프로이트주의, 헤겔주의 등이 대표적인 사례가 될 것이다. 내가 이 글에서 크게 의지하고 있는 바흐친 사상도 바흐친주의라는 이론주의의 한 경향으로 읽힐 수 있다.

바흐친은 '체계'에 대한 그릇된 애착을 지적하는 다양한 용어들을 사용했다. 이러한 오류를 지적하기 위해 제일 처음 사용한 용어는 이론주의(theoretism)다. 후에 그는 그것을 독백주의(monologism)라고 칭한다. 이러한 경향을 총괄해서 모슨과 에머슨은 '기호학적 전체주의'라는 용어를 만들어내는데, "이는 모든 것에는 솔기 없는 전체와 연결된 의미, 즉 암호를 알고 있을 때만 발견할 수 있는 의미가 있다고 가정하는 사유 경향을 말한다. 이러한 종류의 사유는 사물의 총체성을 원리적으로 설명할 수 있다고 가정한다는 점에서 전체주의적이다. 그리고 이것은 모든 명시적인 사건들에 접근할 때, 그 사건들을 기존 체계가 열쇠를 쥐고 있는 기층 질서의 기호로 간주한다는 점에서 기호학적(또는 암호 해독적)이다."(모슨과 에머슨, 1990/2006:70-71).

이와 같이 대개의 이론주의는 사건을 해결하는 열쇠말로서의, 기호로서의

'암호'를 상정한다. 이 때 암호는 해석자에게 있어서 하나의 해석 전략이면서 해석 체계로서 작동한다. '살기 위해' '먹잇감을' 기다리는 '그물망'처럼, '해석' 하기 위해 '행위'를 기다리는 '체계'로서 존재한다. 생존의 목적이 맹목적인 것처럼, 비판적 또는 옹호적 해석의 목적도 맹목적이다. 그물망의 형태, 구성, 기능이 변하지 않는 것처럼, 체계의 형태, 구성, 기능도 변하지 않는다. 다만 변하는 것은 먹잇감과 행위인데, 이들은 모두 그물망과 체계의 정당성, 합리성을 입증하는 또는 설명해주는 하나의 '기호'로서의 의미만을 갖는다. 즉, 대상은 주체로서 존재하는 것이 아니라, 소비, 소화를 위한 도구적 대상으로서만 의미를 갖는다.

"현대 기호학과 그 밖의 문학 이론이나 문화 이론 일부의 입장에서 볼 때, 만일 이론이 제공하리라는 열쇠를 가지고 있기만 하다면 그와 같은 충동은 삶과 행위의 다양한 측면—꿈에서 몸짓까지, 사회사의 전 시기에 이르기까지— 을 전적으로 의미 있는 것으로 해석하게 할 것이다. 문학 비평의 경우에, 우리는 텍스트 내의 모든 것이 구조, 의미 또는 주제적 통합성에 따라 정당화될 수 있다는 공통된 가정 속에서 동일한 사유 방식을" 발견하게 된다(모슨과 에머슨, 1990/2006: 72).

많은 문학 이론은 아니 모든 문학 이론은 어떤 '구조'에 의해서 텍스트의 모든 것이 설명될 수 있다는, 해석될 수 있다는, 정당화될 수 있다는 가정(신념)을 가지고 있다. 이는 모든 이론이 갖는 운명인지도 모른다. 예컨대, 원형 비평, 심리주의 비평, 사회문화적 접근, 기호학적 접근, 구조주의 접근, 역사 비평, 작가 비평 등 모든 비평론, 문학 이론은 그들 이론을 존재하게 하는 어떤 해석 또는 정당화 구조(체계)를 가지고 있다. 그리고 그 구조를 적용하여 해석의 정당성을 입증하는 데 열중한다. 그리고 이러한 사유 경향은 대개의 저자가 갖고 있기도 하다. 분명한 이론(구조, 체계)을 가진 자만이 저자로 태어나기 때문이다. 이렇게 보면, 모든 저자가 독백적일 수밖에 없다고 말하는 셈인데, 이는 우리 사회가 독백적 문화라는 점을 상기시키는 것이기도 하다. 궁싯거리고, 머뭇거리고, 망설이고, 왔다갔다 하는 저자의 목소리에 힘들어하지 않을 독자는 많지 않을 것이다. 어느 면에서 보면, 저자도, 독자도 독백적 사유와 감수성으로 길들여졌는지도 모른다.

우리는 사유의 경향을 구심적 사유와 원심적 사유로 나누어 볼 수 있다. 기호학적 전체주의는 뚜렷하게 구심적 사유의 경향을 보인다. 이와 달리 바흐친 산문학은 원심적이다. 기호학적 전체주의는 질서를 옹호하며, 바흐친 산문학은 무질서를 옹호한다. 전자는 하나의 체계로 삶과 세계가 질서 있게 설명될 수 있다고 생각하며, 후자는 삶과 세계는 본질적으로 무질서하다고 생각하기 때문에 질서 있게 삶을 설명하려는 모든 이론, 체계에 대해 본능적인 거부감을 느낀다.

기호학적 전체주의는 무질서, 우연, 해프닝을 인정하지 않는다. 이러한 무질서, 우연, 해프닝 뒤에서는 이들을 가능하게 한 명백하고, 변하지 않는 어떤 원리가 작동하고 있음에 틀림없다. 따라서 이들은 질서 있게 이론적으로 설명되어야 할 현상인 것이다.

바흐친은 문화적 세계란 '구심'력(또는 '공식적'인 힘)과 '원심'력(또는 '비공식적'인 힘)으로 이루진다고 주장했다. 전자는 본질적으로 이질적이고 흐트러진 세계에 질서를 부과하고자 하며, 후자는 의도적으로 또는 특별한 이유 없이 줄곧 그 질서를 무너뜨린다. 중요한 것은 '특별한 이유'가 없어야 한다는 점이다. 이러한 이유를 상정하면 올바른 의미의 원심력이 아니다.

원심력이란 용어도 오해를 낳을 수 있다. "원심력은 통일성이라기보다는 오히려 가장 이질적인 요소들의 집합체다. 그것들은 '공식적'인 것과 차이가 난다는 점을 제외하고는 서로 아무런 관련도 없다. 공식적인 것(그것이 가정하는 것처럼 결코 그렇게 통일되어 있지 않은)과의 이러한 차이는 종류에 있어서 뿐만 아니라 정도에 있어서도 다를 수 있기 때문에, 구심력과 원심력의 사이에 선명한 선을 긋는 것은 원칙적으로 불가능할 것이다. 이 범주들의 관계는 원심분리기에 비유될 수 있다."(모슨과 에머슨, 1990/2006: 74)

기호학적 전체주의의 가장 큰 문제는 그것이 철저하게 '환원적'이라는 것이다. 이러한 사유 방식에서 '새로움'이란 없다. 어떤 사건에 대한 새로운 설명 논리도, 새로운 해석도 요구되지 않는다. 따라서 어떤 사건에 대한 의미가 긴 시간 속에서 변화하고 성장하는 것을 원천적으로 봉쇄하고 차단한다. 다만, 우리가 만나는 것이라곤 고정된 체계, 이론에 따른 해석의 정교함과 심미성 정도일 것이다.

"바흐친은 '기호학적 전체주의자들'이 제공하는 해답도, 절대적 '상대주의자들'이 제공하는 해답도 거부했다. 한편으로 그는 위대한 문학적 텍스트들은 고정된 의미를 지니지 않기 때문에 어떤 절차도 그 텍스트들의 고정된 의미를 규정할 수는 없다고 주장했다. 바흐친에게 의미란 전적으로 텍스트 내에 놓여 있지도 않으며 (통상적인 의미에서) 저자의 원래의 의도와 동일시되지도 않는다. 작품들은 시간이 지나면서 진정으로 의미가 성장하는데, 의미가 고정되어 있다면 이러한 성장은 불가능할 것이다. 다른 한편으로 바흐친은 이와 반대되는 견해, 즉 의미가 전적으로 해석의 산물이라는 견해도 거부한다. 만일 우리가 보고자 하는 것만을 텍스트에서 발견할 수 있다면, 문학은 우리에게 어떤 가치도 결코 가르쳐줄 수 없을 것이다."(모슨과 에머슨, 2006: 491)

바흐친은 주로 문학적 텍스트를 둘러싼 '의미의 문제'를 다루었지만, 사실 모든 사건은 어떤 해석을 기다리고 있다는 점에서 본질적으로 텍스트이다. 일간지의 많은 사설은 두 가지 점에서 기호학적 전체주의를 드러내고 있다. 첫째, 모든 사건을 하나의 일관된 관점에서 해석한다. 둘째, 그 사건이 시간 속에서 다르게 해석될 수 있는, 즉 의미가 성장할 수 있다는 개연성을 상정하지 않는다.

2. 대화적 글쓰기의 발견 3

기호학적 전체주의의 뚜렷한 사례 중의 하나는 소위 말하는 '딱지 붙이기'이다. 이때의 딱지는 어떤 사건 또는 인물의 행위의 의미를 일관되게, 명백하게 설명해주는 하나의 열쇠말, 암호, 체계로서 기능한다. 딱지붙이기는 특정 사람, 특정 집단 또는 이들의 행위를 하나의 특정 용어로 호출함으로써, 이들에 대한 다른 해석과 의미 생성을 원천 봉쇄하고, 그 의미를 폭력적으로, 획일적으로 독점해버린다. 다음에서는 신문 사설을 분석함으로써 딱지붙이기의 구체적인 양상을 살펴보고자 한다.

근래 한국 사회에서 딱지붙이기의 가장 두드러진 사례가 바로 '종북'이다. 종북은 사전에 올라있는 말도 아니고, 학술적인 용어도 아니다. 소위 보수 세력 또는 보수 언론이 특정 세력과 집단의 행위를 하나의 일관성 있는 프레임 안에서 해석하고, 평가하기 위해 조작적으로 생성한 용어이다. 일반적인 관점에서 종북은 '북한 추종'쯤으로 이해할 수 있다.

무엇이 '북한 추종'인가? 다른 용어도 마찬가지겠지만, 종북이라는 말은 무한히 넓고 다기 다종한 해석을 기다리고 있는, 폭발적인 해석의 잠재력을 가지고 있어서, 어느 것도 종북이 아니고, 한편 어느 것도 종북이 아닌 것이 없다. 예컨대, 독립 국가로서의 북한(조선민주주의인민공화국)을 인정하면, 종북인가? 그럼 세계 대부분의 나라가 종북 국가이다. 그들은 모두 북한을 독립 국가로서 인정하고 있기 때문이다. 북한의 인권을 얘기하지 않는 집단이 종북인가?(북한을 비판하지 않기 때문, 비판하지 않는 것은 동의하는 것으로 해석하겠음), 남한 사회의 분열 또는 남남 갈등을 야기하는 집단이 종북인가?(이렇게 되면 결국 북한이 이롭기 때문에), 미국의 정책을 비판하는 집단이 종북인가?(북한이 주적으로 삼고 있는 세력이 미국이므로, 결국 북한과 같은 입장을 취하는 것이기 때문에) 질문은 끝이 없을 것이다.

문제는 이렇게 무한히 확장되는 의미를 이용해서, 자신과 관점이 다른 일체의 집단과 그들의 행위에 '종북'이라는 딱지를 붙이는 것이다. 즉, 종북에 대한 해석을 독점하고, 그러한 해석 독점에 근거해서 이들의 행위를 일방적으로, 폭력적으로, 불가역적으로 재단하는 것이다. 2014년에 조선일보와 동아일보에 실린 사설을 분석해보니, 종북이란 용어는 무려 70회 이상 등장하였다. 사설만 분석했을 때, 이러하니 기명 칼럼과 기획 기사를 포함하면 훨씬 많을 것이다. 이들 사설을 분석하면, 종북이란 용어는 벌써 매우 다양한 파생어를 거느리고 있다. '종북 인사', '종북주의', '종북 세력', '종북 노비', '종북 숙주' 등이 그 예이다. 다음 사설 (가)와 (나)는 종북이란 용어가 어떻게 사용되고 있는지에 대한 하나의 예시가 될 것이다.

(가) 헌법재판소는 19일 통합진보당이 북한식 사회주의 실현을 목적으로 하는 위헌(違憲) 정당에 해당한다며 재판관 9명 가운데 8명의 압도적 찬성으로 통진당을 해산하고 통진당 소속 국회의원 5명의 의원직(職)도 박탈한다는 결정을 내렸다. 작년 11월 정부가 통진당 해산 심판을 헌법재판소에 청구한 지 410일 만에 내놓은 결론이다.

헌재는 결정문에서 "통진당이 북한식 사회주의를 실현한다는 숨은 목적을 가지고 무장 폭동에 의한 내란(內亂)을 논의하는 활동을 한 것은 헌법상 민주적 기본 질서에 위배되고, 통진당의 실질적·구체적 위험성을 제거하기 위해서는 정당 해산 외에 다른 대안이 없다"고 밝혔다. 헌재는 통진당이 강령에서 내세우고 있는 '진보적 민주주의'는 실제로는 북한의 김일성-정일-정은으로 이어지는 3대(代) 세습과 주체사상을 추종하는 것에 불과하며 통진당의 목적은 대한민국의 자유민주주의 체제를 무너뜨리는 데 있다고 판단했다.

이번 헌재 결정의 핵심은 북을 맹목적으로 따르는 종북(從北) 꼭두각시에 불과한 통진당과 그 세력은 대한민국과 민주주의의 적(敵)이라는 것이다. 이들로부터 이 나라의 헌정(憲政) 질서를 지켜내기 위해 통진당을 즉각 해산하고, 앞으로도 통진당이라는 이름을 사용하거나 통진당과 비슷한 강령·정책을 표방하는 유사(類似) 정당을 만들지 못하게 쐐기를 박았다.

헌법 재판을 통한 정당 해산은 대한민국 헌정사(史)에서 한 번도 가본 적이 없는 길이다. 세계적으로도 독일 연방 헌법재판소가 1950년대 사회주의제국당과 독일공산당 등에 대해 연거푸 정당 해산 명령을 내린 것이 거의 유일한 유사 사례일 정도다. 이 무거운 짐을 짊어진 헌재의 고민이 크고 깊을 수밖에 없었을 것이다. 헌재는 13개월 동안 17만 쪽에 달하는 사건 기록과 3800건 넘는 증거를 검토했다고 한다. 20차례 가까운 공개 변론을 열어 통진당의 변론 기회도 보장했다. 최후 변론 과정과 선고 장면은 TV를 통해 생중계됐다. 헌재는 이처럼 헌법과 법률이 규정한 민주주의 적법 절차를 거쳐 '통진당은 대한민국 파괴 세력'이라는 결론에 이르렀다.

대한민국에선 정치적 소수 의견을 가진 사람도 자유롭게 의사(意思)를 표현할 수 있으며 이들 역시 국가의 보호와 배려를 받아야 한다. 다양성을 존중하고 관용을 앞세우는 정신은 이 나라의 민주주의를 지탱하는 중요한 기둥이다. 그런데도 헌재가 이번에 통진당 해산 결정을 내린 것은 통진당을 더 이상 방치할 경우 헌정 질서가 위협받을 수밖에 없다는 국민적 공감을 반영했다고 볼 수 있다. 헌재 재판관 9명 중 8명이라는 절대다수가 통진당 해산에 찬성한 것도 소모적 논쟁을 더 이상 이어갈 수 없다는 사회적 합의가 반영된 결과라고 할 수 있다.

통진당 해산 결정은 지난해 드러난 '이석기와 RO(혁명 조직)의 일탈 행위' 때문만은 아니다. 통진당의 전신(前身)인 민주노동당은 원래 노동·시민·재야 단체 등이 힘을 합쳐 2000년에 만든 정당이다. 2001년부터 북한의 주체(主體)사상을 떠받드는 종북 세력이 민노당 조직을 파고들기 시작했다. 불법·탈법을 서슴지 않는 종북파가 결국 2000년대 중반 민노당을 장악했다. 원래 민노당을 만들었던 사람들은 2007년 이들을 '패권(覇權)적 종북주의'라고 비난하면서 민노당을 떠났다.

종북이라는 표현은 진보 세력 밖에서 지어낸 말이 아니다. 이들과 함께 정당을 했던 사람들이 내부 다툼 과정에서 이렇게 불렀다. 이들의 불법·탈법 행태 역시 내부 고발이 없었다면 당 밖에서 쉽게 눈치채지 못했을 것이다. 이런 증언들을 통해 국민은 통진당 종북 세력의 실체를 깨닫게 됐다. 민노당 시절부터 통진당에 이르기까지 왜 이 정당에서 '간첩 사건'이 끊이지 않는가 하는 의문도 풀렸다. 이들은 일심회를 비롯한 당 간부들이 연루된 간첩 사건이 터지면 조작이라고 둘러대며 항의 집회에 열을 올렸다. 그러나 손바닥으로 하늘을 가릴 수는 없다.

통진당은 북의 3대 세습이나 3번의 핵실험, 거듭되는 미사일 도발에 사실상 침묵해 왔다. 그러면서도 대한민국 정부를 향해선 기회 있을 때마다 '민주적 가치를 훼손한다'는 비난을 퍼붓곤 했다. 북의 김씨 왕조(王朝)가 저지르는 온갖 도발과 반(反)인권적·반인도적 행위에 대해선 입도 뻥끗 못 하면서 대한민국 안에서는 온갖 분란과 갈등을 일으키는 데 앞장섰다. 급기야 이석기와 RO는 내란을 모의했던 사실이 적발됐다. 헌재가 이 종북 세력이 장악한 통진당에 대해 해산 결정을 내린 것은 당연한 귀결(歸結)이다. 헌재는 이번 결정으로 대한민국과 대한민국

헌법(憲法)을 지켜냈다. (조선일보, 2014. 12. 20일)

(나) 일부 한인(韓人) 시위대가 캐나다·미국을 순방 중인 박근혜 대통령이 가는 곳마다 따라다니며 비방 시위를 벌이고 있다. 지난 21일 캐나다 오타와에서 열린 한·캐나다 정상회담 직후에는 다른 행사 장소로 이동하려는 박 대통령의 차량을 4~5명의 피켓 시위대가 한동안 뒤쫓았다. 박 대통령이 유엔총회 기조연설을 위해 미국 뉴욕에 도착한 23일에는 한국 총영사관과 유엔본부 주변에서 박 대통령의 퇴진을 요구하는 시위를 벌였다. 일부는 대통령에게 '당장 죽어라'라는 독설(毒舌)을 퍼붓기도 했다.

이들이 든 피켓에 적힌 구호들은 말과 글로 옮길 수 없을 정도로 저급(低級)하거나 상식적으로 이해하기 힘든 비방으로 가득하다. 평생 독신으로 살아온 여성 대통령을 향한 성적(性的) 모욕도 서슴지 않았다. 세월호 참사에 대해 '청와대가 지시하고 국정원이 각본을 짰다'는 가당찮은 음모설까지 있었다.

시위 계획을 사전에 예고한 '미시 USA'라는 인터넷 게시판은 지난 5월 뉴욕타임스 등 미국 언론에 박 대통령과 한국 정부를 비난하는 광고를 싣기 위해 모금 운동이 벌어진 곳이다. 북한을 수시로 드나들면서 북의 주장을 그대로 전하는 '민족통신'이라는 사이트를 운영해 온 종북(從北) 인사들이 시위 계획 단계에서부터 참여하고 있는 것으로 확인됐다. 이들은 북미(北美) 지역에 사는 500여만명의 교민 중 극히 일부다. 대다수 교민은 생업(生業)에 바쁜 하루를 보내고 있다는 게 교민 단체들의 전언이다.

이 극소수 한인 시위대는 겉으론 박 대통령을 겨냥하고 있지만 알고 보면 대한민국과 한국인을 망신 주겠다는 목표로 행동하고 있는 것 같다. 이들은 수년 전부터 자신들이 만든 인터넷 블로그 등을 통해 출처 불명의 반(反)정부·반(反)대한민국 성향의 글을 '유력 외신 보도'라는 식으로 번역·전파해 왔다. 국내 좌파 성향의 매체들이 이 글을 퍼 나르면서 국내에 외국발(發) 온갖 괴담이 확산되는 일까지 벌어지고 있다.

그러나 몇몇 사람들이 이런 일을 벌인다고 해서 대한민국이 그 정도 저급한 주장과 상식 이하의 행동에 흔들릴 나라가 아니다. 현지에서도 이들의 주장에 관심을 보이는 경우는 거의 없다고 한다. 이들의 행동은 결국 자신들의 뿌리인 모국(母國)을 욕되게 하는 짓이 아닐 수 없다. 그들은 이 나라를 독재국가인 듯 몰아세우지만 지금 대한민국에선 그 어느 누구도 대통령과 정부를 비판하면서 눈치를 보지 않는다. 그들의 한심한 활동까지 버젓이 국내에 소개되고 있다. 극소수 한인들의 일탈(逸脫)에 대해 교민 사회가 자정(自淨) 능력을 보여줄 필요가 있다. (조선일보, 2014. 09. 24일)

어떤 집단에 의해 딱지붙이기를 당한 집단이나, 이러한 딱지붙이기를 거부하는 집단은, 이러한 딱지붙이기의 비합리성, 폭력성을 폭로하고, 그러한 딱지붙이기로부터 벗어나려는 다양한 용어를 만들어낸다. 대표적인 용어가 '종북몰이'이다. 종북몰이라는 용어는 종북이란 용어가 이성과 합리성을 담지하고 있지 못하며, 특정 세력에 의해 일방적으로, 폭력적으로 사용된 것임을 폭로하는 기능을 한다. 이를 통해 거짓 프레임을 해체하고자 한다. 이와 비슷한 의도로 만들어진 용어는 '종북 프레임', '종북 공안몰이', '종북 낙인', '종북 딱지'등이다. 다음 사설 (가)~(자)는 종북이란 딱지에서 벗어나기 위한 용어 사용의 사례를 보여준다. 해당 용어가 포함된 단락만을 발췌하여 제시하였다.

(가) 박근혜 대통령이 헌재 결정을 "자유민주주의를 확고하게 지켜낸 역사적 결정"이라고 치켜세우자 '공안몰이'의 신호탄 아니냐는 우려도 나오고 있다. 검찰의 난데없는 '사이버 검열' 논란이나 '비선실세 국정농단' 파문 등에서 대통령의 말 한마디가 사실상의 가이드라인으로 작용했다는 지적이 많다. 만에 하나 정부와 여당, 보수 진영이 헌정사의 비극을 정치적 국면전환용이나 '종북몰이'의 빌미로 악용할 경우 헌재 결정의 정당성을 훼손하는 것은 물론 더 큰 저항을 부를 것이다. (한국일보, 2014. 12. 21일)

(나) 노래는 단순히 음률과 가사의 결합이 아니다. 그것이 불린 시대의 역사, 노래를 불렀던 사람들이 공유하는 기억과 체험까지도 아우르는 총체적 융합물이라고 할 수 있다. 평범한 대중가요도 그러하거늘 군부독재 시기의 민주화운동과 5·18 광주민중항쟁을 상징하는 노래인 '임을 위한 행진곡'에는 더 이상의 설명이 필요없을 터이다. 이 땅의 민주화를 위해 헌신했던 이들의 피땀이 고스란히 배어 있는 이 노래가 온갖 괴롭힘을 당하고 있다. '임을 위한 행진곡'을 5·18 공식 기념곡으로 지정할 것을 촉구하는 국회 결의안을 정부가 온갖 핑계로 외면하고 있는 데다, 주무부처인 국가보훈처의 영향력 아래 있는 보수우익 단체들이 '북한과 관련된 노래' 운운하며 황당하기 짝이 없는 '종북몰이'까지 하고 있기 때문이다. (경향신문, 2014. 04. 11일)

(다) 박근혜 대통령의 '지침'이 신호였나 보다. 헌법재판소의 통합진보당 해산

결정에 대해 "자유민주주의를 확고하게 지켜낸 역사적 결정"이라는 박 대통령의 언명이 나오자 당정과 장외의 극우 세력이 총궐기하는 양상이다. 새누리당은 '헌재 결정' 비판에 "대한민국을 부정하는 것"이라고 으스스한 죄목을 들이대고, 야당을 향해선 "대선 불복보다 심각한 헌법 불복"이라고 윽박지르고 있다. 여당은 헌재 결정 규탄집회에 강경 대응을 주문하고, 검경은 엄단을 복창하고 있다. 헌재 결정에 대한 반대집회마저 처벌하겠다니 유신시대의 긴급조치를 방불케 한다. 보수단체들이 10만여명에 달하는 통합진보당 당원 전체를 국가보안법 위반 혐의로 고발하자, 검찰은 기다렸다는 듯 수사에 착수했다. 때맞춰 종편을 필두로 한 일부 보수언론은 '헌재 결정 반대=종북=진보'의 틀을 꿰맞추려 안간힘이다. 다원성과 소수자 관용이란 민주적 근본가치를 훼손한 헌재의 결정이 내려졌을 때 이미 예견된 종북몰이 '이념전쟁'이 현실화한 것이다. (경향신문, 2014. 12. 22일)

(라) 녹취록에서 드러난 수백 군데 오류는 이 사건 수사가 정상적으로 이뤄지지 못했다는 유력한 증거다. 대선개입 사건으로 궁지에 몰린 국정원이 위기돌파용으로 '종북몰이' 카드를 꺼내든 것이라면 참으로 위험한 불장난이다. 재판부는 여론재판 시도에 흔들리지 말고 오로지 법과 양심에 따라, 그리고 철저히 증거에 입각해 신중하게 판단해야 할 것이다. (한겨레신문, 2014. 02. 03일)

(마) 통일에 대한 박 대통령의 실천 의지가 확고하다면 북한을 고리 삼아 남한 내부를 갈등과 분열에 몰아넣는 종북몰이는 이제 중단돼야 한다. 통일 문제라는 게 북한이라는 상대가 있는 상황에서 끊임없이 종북몰이를 하는 것은 통일준비위 설립 목적에도 맞지 않는다.

1980년 신군부는 '국민의 통일 의지와 역량을 결집해 평화통일을 구체적으로 실천하기 위한 범국민적 통일기구' 따위의 거창한 구호를 내걸고 민주평통을 만들었다. 하지만 이 기구가 지금 어떤 성격으로 전락해 있는지는 두말할 필요가 없을 것이다. 통일준비위가 제2의 민주평통이 되지 말라는 법이 없음을 유념하기 바란다. (한겨레신문, 2014. 03. 16일)

(바) 이명박·박근혜 정부는 남북 관계 개선에 소극적이었다. 보수세력의 지지를 기반으로 한 두 정권은 오히려 남북 갈등을 조장하며 이를 국내 정치에 이용하곤 했다. 18대 대선에서 북방한계선(NLL) 논란을 일으켜 선거를 자신들에게 유리한 쪽으로 이끌었고, 헌법재판소는 통합진보당을 해산하면서 적대적인 북한을 최대한 인용했다. 최근 종북공안몰이도 남북 갈등과 이념 대결을 자양분 삼아 기

승을 부리는 중이다. (한겨레신문, 2014. 12. 31일)

(사) 김 대표는 신년 회견에서 북한 인권 문제도 거론했다. "민주당은 북한의 인권 문제에 대해서도 직시한다"며 북한인권민생법 마련 방침을 밝혔다. 제1야당으로서 북한 인권에 관심을 갖고 대처하는 것은 필요하고도 소망스러운 일이다. 다만 '종북 프레임'에서 벗어나려는 대증적 차원이어서는 안된다. 북한 인권 관련 법은 북한의 인권 향상에 도움이 되면서 한반도 평화에 기여하는 방향으로 접근되어야 한다. 실질적 효과는 기대하기 힘들면서 북한의 반발만 초래할 수 있는 새누리당의 북한인권법에 편승하는 것은, 김 대표가 밝힌 "국민통합적 대북정책"에도 반한다. (경향신문, 2014. 01. 13일)

(아) 둘째로 대선 기간 내내 기치로 내건 대통합이 실종되고, 사회분열이 위험 수위로 치닫고 있다. 분열은 '종북몰이' 등으로 편을 가르는 낙인과 배제의 정치, '나만이 옳다'는 독선의 정치를 통해 배가됐다. 통합이 훼손된 것에는 인사실패의 책임도 크다. 나 홀로 '수첩인사'로 시종하면서 인사파행이 반복되고, 특히 탕평의 가치가 실종되면서 지역편중이 심화됐다. 셋째, 원칙과 신뢰를 상징자본으로 삼는 박 대통령은 지난 1년 동안 경제민주화와 복지 공약을 대거 파기·후퇴시키면서 신뢰 추락을 자초했다. 넷째, 경제의 영역에서 경제성장률과 무역흑자 등 지표상의 성과가 나타나는 것은 평가할 만하다. 하지만 '불안하고 고단한 민생'을 푸는 데는 미흡했다. 새누리당에서도 지적하는 전세 대란과 가계부채 등이 대표적이다. (경향신문, 2014. 02. 24일)

(자) 예수는 원수라도 일곱번씩 일흔번을 용서하라고 가르쳤다. 붓다는 희대의 살인마 앙굴리말라까지 제자로 받아들여 교화했다. 탄원서는 정치적·법적 견해가 아니라 이런 가르침을 따르는 성직자들의 '종교적 포용'에서 비롯됐다고 본다. 따라서 종교인들을 종북논쟁에 끌어들이는 것은 불교에서 말하는 '달은 보지 못하고 손가락만 보는' 행태가 아닐 수 없다. (경향신문, 2014. 07. 29일)

딱지붙이기의 또 하나의 사례는 '전문 시위꾼' 또는 '시위꾼'이란 용어의 사용이다. 아마도 '상습적으로 시위만을 일삼는 사람'이란 의미를 부여하고 있는 것으로 보인다. 그러나 집회 및 결사의 자유가 보장된 민주주의 사회에서 자신의 목소리를 지속적으로 내는 사람을 이러한 부정적인 이미지로 포착하는 것은 바람직하지 않다. '전문 시위꾼'으로 호출할 때, 이들의 개별적이고 절박한 목소리는 삭제되기 때문이다.

상습시위꾼, 전문시위꾼 등의 용어는 매우 부적절하다. 주권자가 헌법적 기본권을 '상습적'으로, '전문적'으로 행사하는 것을 문제 삼는 것은 위헌적 발상이다. 집회나 시위는 사회적 약자와 소수자들이 자신의 의사를 공개적으로 표현하고 관철하는 창구이자 수단이기 때문이다. 다음 (가)~(라)는 '시위꾼'이란 용어를 사용하고 있는 사설을 뽑은 것이다. 딱지붙이기의 한 용례를 확인할 수 있을 것이다.

(가) 세월호 희생자·실종자 가족을 대하는 태도와 마음이 극(極)과 극으로 다른 두 가지 사람들이 있다. 한쪽은 진도에서 실종자 가족을 보살피는 자원봉사자들이고, 다른 쪽은 서울·안산의 집회장에서 반(反)정부·반(反)정권 구호를 외쳐대는 시위꾼들이다. (조선일보, 2014. 05. 13일)

(나) 여야는 지난 8일 진상조사위에 유가족 추천자 3명이 포함되도록 하되 조사위에 수사권을 주지는 않기로 합의했다. 특별검사 임명은 기존 법절차에 따르기로 했다. 여야 원내대표는 이를 국민 앞에서 함께 발표했다. 그러나 새정치연합은 11일 의원총회를 열어 기존 합의를 전면 파기하고 재협상에 나서기로 결정했다. 이렇게 된 데는 야당 내부 강경파 외에도 직업 시위꾼들을 비롯한 외부 세력의 압박도 작용했다. 야당이 이렇게 중심을 잡지 못하고 장외 세력에 휘둘린다면 세월호 사건에 대한 진상규명과 후속 대책 마련은 산(山)으로 가고 말 것이다. (조선일보, 2014. 08. 12일)

(다) 이런 사람들의 목소리가 커지면 커질수록 세월호 문제는 정치싸움과 한풀이로 변질된다. 유가족과 국민 사이의 거리도 그만큼 멀어지게 된다. 이미 많은 사람이 세월호 문제라면 고개를 돌려버리고 있다. 7·30 재·보선에서 민심이 여당이 아니라 야당을 심판한 것도 그 때문이다. 세월호 때문에 많은 사람의 생계가 걸려있는 민생 법안들이 전부 볼모로 잡혀 있다. 다수 국민의 인내도 어쩔 수 없이 고갈돼 가고 있다. 유가족 주변의 직업 시위꾼들이 차츰 고립되면 이들이 앞으로 어떤 행동으로 나설지도 알 수 없다. 누구보다 유가족들의 현명한 선택이 절실한 시점이다. (조선일보, 2014. 08. 22일)

(라) 송씨를 비롯한 시위 참가자들은 당시 희망 버스 집회·시위를 '시민들의 자발적 연대'라거나 '아름다운 모임'이라고 포장했다. 그러나 아무리 그럴듯한 명분을 내세웠더라도 불법 시위는 처벌받아야 한다는 것을 이번 판결은 분명히 했다. 설사 목적이 정당하더라도 불법적 수단을 써선 안 된다는 것이다. 무슨 일만 터지면 멋대로 끼어들어 폭력 시위를 일삼고 사태를 악화시키는 전문 시위꾼들에게 울리는 경종(警鐘)이다. (조선일보, 2014. 12. 04일)

딱지붙이기는 보수 언론만의 전유물이 아니다. 소위 진보 언론에서도 사용한다. 대표적인 사례가 '수구(守舊)'란 용어이다. 수구의 사전적 의미는 '옛 제도나 풍습을 그대로 지키고 따름'이다. 일상생활에서 이 용어는 대체로 부정적으로 사용된다. '보수'와 같은 가치중립적 용어를 사용하지 않고, 부정적인 가치판단이 깊게 새겨진, 또는 그런 가치판단을 환시키는 용어를 사용하는 것 역시 바람직하지 않다.

(가) 정부·여당과 수구세력은 지난 몇 달 동안 온갖 방법을 동원해 '교학사 교과서 살리기'에 나선 바 있다. 교육부는 유례없는 사실상의 재검정 절차를 거쳐 졸속으로 수정명령을 내렸고, 교학사 교과서를 최종 승인한 뒤에도 다시 고칠 기회를 줬다. 이들이 이 교과서 문제를 물타기하려고 모든 교과서가 문제인 것처럼 침소봉대한 것은 이 교과서를 '역사전쟁'의 주요 수단으로 삼고 있음을 잘 보여준다. 이 과정에서 기존 검정 제도는 상처투성이가 됐고 여러 소송이 뒤따랐다. (한겨레신문, 2014. 01. 02일)

(나) 그런데도 검찰은 정부·여당 및 수구보수언론과 발맞춰 사안의 본말을 뒤집어버렸다. 지난해 11월15일 노 전 대통령이 대화록 원본 삭제를 지시했다며 그 지시를 따른 백종천 전 청와대 정책실장과 조명균 전 비서관을 대통령기록물관리법 위반 등으로 불구속 기소했다. 그래 놓고 이제 김무성 의원 등은 무혐의 처리하겠다는 것이다. 후임 정권이 열람하기 쉽게 국정원에 보관하라고 지시한 전직 대통령의 선의는 무시하고 '사초 폐기'의 중범죄인으로 몰고가더니 정작 고이 보관돼 있어야 할 사초를 끄집어내 선거에 악용한 자들은 혐의가 없다고 판단하다니 말문이 막힌다. (한겨레신문, 2014. 01. 15일)

(다) 부림 사건 재심 재판부 역시 무죄 판결을 내리면서 불법감금과 자백 강요 등 수사기관의 불법행위를 인정했다. 최근 이 사건을 소재로 한 영화 〈변호인〉이 흥행에 성공하자 당시 수사검사들은 고문은 없었다며 영화 자체를 허구로 단정했다. 일부 수구·보수 언론들은 사건 관련자들에 대한 국가보안법 유죄가 재심에서도 뒤집히지 않았다며 부림 사건의 조작 가능성을 인정하지 않으려 했다. 영화와 그 실제 주인공을 폄하하는 인사들의 주장을 전하는 데 앞장서기도 했다. (한겨레신문, 2014. 02. 13일)

(라) 창간 이후 줄곧 한겨레는 한국 사회의 민주화와 통일, 그리고 민생을 위해 적지 않은 기여를 해왔음을 감히 자부한다. 비민주적인 정치권력에 대한 감시와 비판의 끈을 놓지 않았고, 남북 화해와 통일 지향적인 보도를 지속했으며, 더불어 사는 사회를 만들기 위한 노력도 멈추지 않았다. 비록 우리 사회를 온전히 변화시키기에는 역부족이었지만 한겨레는 일관된 목소리를 끊임없이 냄으로써 우리 사회를 한 단계 진전시키는 데 주요한 구실을 해왔다. 수구정권의 끊임없는 견제와 보수 일색인 열악한 언론 지형 속에서도 한겨레가 이렇듯 적잖은 성과를 낼 수 있었던 것은 오롯이 한겨레를 믿고 사랑해준 독자와 국민 덕분이다. 깊이 감사드린다. (한겨레신문, 2014. 05. 14일)

(마) 걱정스러운 것은 수구보수세력의 한국방송 흔들기다. 중앙이 '진짜 문제는 한국방송의 왜곡보도'라고 지적하는 목소리를 대대적으로 보도한 것이 단적인 사례다. 길환영 전 사장 해임 이후 한국방송의 변화 움직임이 수구보수세력의 불안을 깨운 것 아니냐는 의구심이 든다. 23일치 〈동아일보〉의 '김순덕 칼럼'이 "6월 11일 케이비에스의 문창극 (강연) 보도는 반드시 책임을 물어야 한다"며 한국방송에 칼을 들이댄 것도 심상찮다. 수구보수세력의 한국방송 흔들기가 제2의 청와대 해바라기를 사장으로 불러들이려는 수작이라면 국민이 용납하지 않을 것이다. (한겨레신문, 2014. 06. 23일)

(바) 범행을 저지른 학생은 일베에서 활동하면서 이 사회의 가장 저급한 극우적 주장에 물든 것으로 보인다. 이날 범행을 저지를 때도 이 학생은 신은미씨에게 "지금 북한을 지상낙원이라고 했나?"라고 묻고 상대방이 그런 사실이 없다고 밝히는데도 "지상낙원이라고 표현했다"며 준비한 폭발물에 불을 붙였다. 자기 생각에만 사로잡힌 상태에서 무모한 짓을 저질렀음을 짐작할 수 있다. 한 청소년을 그렇게 귀먹은 상태로 만든 것은 이 나라 어른들이다. 특히 수구보수 언론의 행태를 지적하지 않을 수 없다. 이 언론들은 신은미씨의 토크콘서트를 비난하는 기

사를 반복해서 생산했다. 툭하면 '종북'으로 몰아대는 것이야말로 실제의 테러를 조장하는 언어의 테러행위다. (한겨레신문, 2014. 12. 11일)

기호학적 전체주의는 다양한 목소리와 해석을 차단하고, 특정 기의를 독점적으로 점유하고, 이를 모든 삶과 사건에 일방적으로, 폭력적으로 적용한다. 그러나 동시에 이러한 포획으로부터 탈주하여 자신의 고유하고, 유일한 목소리를 내고자 하는 움직임이 존재한다. 이러한 목소리는 들뢰즈·가타리 식으로 말하면, 기존의 영토를 탈영토화하고 재영토화함으로써 목소리의 대체 또는 목소리의 공존을 추구한다. 다음에서는 이러한 탈주와 재영토화를 시도하고 있는 몇 가지 글쓰기 사례를 살펴보고자 한다.

⬛ ≪전쟁은 여자의 얼굴을 하지 않았다≫의 일부

나는 전쟁에 대한 책을 쓰고 있다……
(중략)
학교는 우리에게 죽음을 사랑하도록 가르쳤다. 우리는 …의 이름으로 명예로운 죽음을 맞을 수 있다면 얼마나 좋을지에 대해 글을 썼고 그것을 꿈꿨다.
(중략)
2년 동안 나는 생각했던 만큼 자주 사람들을 만나지도 글을 쓰지도 못했다. 읽기만 했다. 내 책은 무엇을 이야기하게 될까? 글쎄, 전쟁에 대한 또 한 권의 책이라…… 무엇 때문에? 전쟁은 사실, 크고 작은 전쟁들에서부터 널리 알려지거나 알려지지 않은 전쟁들까지, 이미 수천 번도 더 넘게 있지 않았던가. 그리고 전쟁에 대한 이야기는 그보다 더 많은 사람들이 쓰지 않았던가. 하지만…… 그건 모두 남자들이 남자들의 목소리를 들려준 것이다. 그건 분명한 사실이다. 우리는 전쟁에 대한 모든 것을 '남자의 목소리'를 통해 알았다. 우리는 모두 '남자'가 이해하는 전쟁, '남자'가 느끼는 전쟁에 사로잡혀 있다. '남자'들의 언어로 쓰인 전쟁. 여자들은 침묵한다.
(중략)
나뿐만 아니라 우리 모두 알지 못하는 여자들의 전쟁. 취재여행을 다니면서 나는 여러 차례 생각지 못한 새로운 이야기들의 목격자가 되고 유일한 청취자가 되었다. 그리고 어렸을 때처럼 큰 충격을 받았다. 그들의 이야기 속에는 치가 떨리도록 극악하고 참혹한 진실이 숨어 있었다…… 여자들이 이야기할 때, 그들의 이야기에는 우리가 읽거나 들어서 익숙한 내용, 그러니까 어떤 이들이 얼마나 영웅적으로 다른 사람들을 죽이고 승리를 거뒀는지, 아니면 어떻게 패배했는지, 어떤 기술들이 사용됐고 어떤 장군이 활약했는지 따위의 내용은 아예 없거나 거의 등장하지 않는다. 여자들의 이야기는 전혀 다른 것이고, 또 여자들은 다른 것을 이야기한다. '여자'의 전쟁에는 여자만의 색깔과 냄새, 여자만의 해석과 여자만이 느끼는 공간이 있다. 그리고 여자만의 언어가 있다. 그곳엔 영웅도, 허무맹랑한 무용담도 없으며, 다만 사람들, 때론 비인간적인 짓을 저지르고 때론 지극히 인간적인 사람들만이 있다. 그리고 그곳에서는 사람들만이 아니라 땅도 새도 나무도 고통을 당한다. 이 땅에서 우리와 함께 살아가는 모든 존재가 고통스러워한다. 이들은 말도 없이 더 큰 고통을 겪는다.

하지만 왜? 나는 여러 번 자신에게 물었다. 절대적인 남자들의 세계에서 당당히 자신의 자리를 차지해놓고 왜 여자들은 자신의 역사를 끝까지 지켜내지 못했을까? 자신들의 언어와 감정들을 지키지 못했을까? 여자들은 자신을 믿지 못했다. 하나의 또다른 세상이 통째로 자취를 감춰버렸다. 여자들의 전쟁은 이름도 없이 사라져버렸다……

나는 바로 이 전쟁의 역사를 쓰고자 한다. 여자들의 역사를.

(중략)

남자들…… 그들은 마지못해 여자들을 자신의 세계, 자신의 영역에 들여놓는다.

민스크의 한 트랙터 공장에서 일했던 여자를 찾았다. 그녀는 저격병으로 복무했다. 꽤 유명한 저격수였단다. 전선의 신문들은 그녀에 대한 기사를 여러 차례 실었다. 모스크바에 사는 그녀의 친구들이 그녀의 집 전화번호를 알려주었지만, 옛날 번호였다. 내가 알고 있는 그녀의 성도 처녀 때 성이었다. 나는 그녀가 일했다는 공장으로 찾아갔다. 인사과의 남자들(공장장과 인사과 과장)이 나에게 말했다. "남자들로는 부족한 거요? 무엇 때문에 여자들의 이야기가 필요한 거죠? 그건 다 여자들의 환상이란 말이오……" 남자들은 여자들이 전쟁에 대해 뭔가 딴소리를 할까봐 두려워했다.

(중략)

나는 '하찮은 이야기 따위는 필요 없소…… 우리의 위대한 승리에 대해 쓰시오……'라는 추신이 덧붙여진 편지를 여러 번 받았다. 하지만 나에겐 바로 이 '하찮은 것'들이 중요하다. 이 하찮은 것들이야말로 삶의 온기이자 빛이므로. 긴 머리 대신 뭉툭하게 잘려나간 짧은 앞머리, 뜨거운 죽냄비와 국그릇들이 돌아오지 않는 주인들을 기다리고 전투에 나갔다 무사히 돌아오는 사람은 백 명 중에 일곱

명 정도였다는 이야기, 혹은 전쟁터에 다녀온 후로는 줄줄이 걸린 붉은 살점의 고기를 볼 수가 없어서 시장에도 못 다니고, 심지어 붉은색이라면 사라사 천도 쳐다볼 수가 없었다는 사연들…… "글쎄, 전쟁이 끝나고 벌써 40년이란 세월이 흘렀지. 하지만 내 집에서 붉은색이라곤 하나도 찾을 수 없을걸. 전쟁 이후로 붉은색이라면 치가 떨려."

　고통에 귀를 기울인다…… 고통은 지난한 삶의 증거이다. 다른 증거 따윈 없다. 다른 증거 같은 건, 나는 믿지 않는다. 사람의 말이 얼마나 우리를 진실에서 멀어지게 했던가.
　나는 비밀에 직접 잇닿는, 비밀에 대한 최상의 정보인 고통에 대해 생각한다. 삶의 비밀을 간직한 고통을. 모든 러시아문학은 고통에 대해 말한다. 사랑보다 고통에 더 많은 페이지를 할애한다.
　그리고 사람들도 내게 고통에 대해 더 많은 이야기를 한다……
　　　　　　　　　　　　　　　　　(스베틀라나 알렉시예비치, 2015: 13-32)

　이 책은 그 흔한 전쟁 이야기를 다루고 있다. 그러나 우리가 이전에 보지 못한 다른 전쟁 이야기이다. 그 다름은 전쟁을 보는 시선의 다름에서 발생한다. "이 책은 여자들의 전쟁을 이야기한다. 작가 스스로 말했듯이 전쟁은 인류 역사에서 그 수를 헤아리기 어려울 만큼 수천 번도 넘게 있었고, 전쟁에 대한 책은 그보다 더 다양하고 많았지만, 거의 하나같이 남자들 입장에서 이해하고 받아들인, '남자'의 목소리로 들려준 '남자'의 전쟁이었다. 여자들 역시 전쟁의 당사자이자 가장 큰 피해자였음에도 불구하고 여자들 입장에서의 전쟁은 그 누구도, 심지어 여자들 자신조차 관심을 갖지 않았다. 그래서 작가는 이 작품을 통해 '여자'가 겪고, '여자'가 목격한, '여자'의 목소리를 들려준 '여자'의 전쟁을 이야기한다. 그건 전쟁에 대한 다른 수많은 책들이 말하지 않았거나 간과한 탓에 우리가 알지 못했던, 알았더라도 미처 인식하지 못했던 전쟁의 새로운 얼굴이다. '여자'의 전쟁은 전쟁에 대한 우리의 일반적인 통념을 깨뜨린다. 우리가 알던 전쟁보다 '더 현실적이고 잔혹하며 더 실제적'이다."
(박은정, 2015: 555-557)

🖼 ≪식민지를 안고서≫의 일부

'일제 강점기(强占期)'라는 용어가 있다. 일본 제국주의가 조선을 식민통치했던 기간을 가리키는 용어로서 현재 한국의 출판물이나 매스미디어, 학술논문 등에서 가장 널리 사용되는 말이다. 일일이 확인해 보지는 않았지만, 대부분의 역사 교과서도 이 용어를 사용하고 있지 않을까 한다. '강점기'라는 용어가 한국 사회에서 사용된 지는 물론 오래 되었다. 그러나 거의 공식적인 용어라고 해도 좋을 정도로 이렇게 널리 보편성을 획득한 것은, 내 기억으로는 불과 몇 년이 안 된다. (아마, 노무현 정부의 등장 이후가 아닌가 한다).

어쨌거나, 일제의 식민통치 기간이 '강점기'라는 용어로 획일화된 것이 언제부터인가를 따지는 것은 나의 관심사가 아니다. 문제는 이 용어가 일본 제국주의의 식민지 지배를 가리키는 용어로서 과연 적절한가를 따지는 일인데, 바로 그 점에서 나는 이 용어가 아주 부적절한 것이라고 생각한다. 물론 일제 식민지 기간을 '강점기'로 명명하는 사람들의 의도를 이해 못할 바는 아니다. 그 용어는 일본 제국주의의 야만적 폭력성과 이른바 '한일합방'의 불법성을 부각시키는 데에 더할 수 없이 효과적이다. 더 나아가 그 용어는 이민족(異民族)의 물리적 폭력 앞에 '점령(occupation)'당했던 쓰라린 과거의 기억을 언제까지나 잊지 않고 보존시키는 데에도 대단히 효과적이다.

그러나 과연 그럴까? 일제 36년의 지배를 '강점기'로 명명하는 것은, 식민 지배의 폭력성을 인식하고 과거를 기억하는 데에 정말 효과적일까? 아니, 전혀 비효과적이라고 나는 생각한다. 결론부터 말하면, '강점기'라는 용어는 제국주의의 식민지 지배가 무엇인지에 대한 이해를 가로막고, 그럼으로써 제국주의의 지배 질서를 넘어설 수 있는 우리의 상상력과 실천력을 고갈시킨다. 어째서 그러한지 그 이유를 살펴보자.

제국주의의 식민지 지배가 무력에 의한 폭력적 과정임은 의문의 여지가 없고 일본 제국주의도 이 점에서 예외가 아니다. 그러나 몇 십 년 혹은 몇 백 년에 걸친 식민지 지배는 교전 상태에서의 적(敵)에 의한 일시적 점령과는 그 질이 다르다. 교전 중의 적에 의한 점령은 우선 그 기간이 짧고, 무엇보다도 오로지 무력, 즉 폭력에만 근거를 두고 있는 것이다. 사정이 그런 만큼, 적에 의해 점령당한 피점령지의 주민들의 관점에서 보자면 이 기간은 '일시적인 비정상' 혹은 '일시적인 정지 상태', 요컨대 정상적인 궤도로부터 잠시 이탈한 '일탈기(逸脫期)'에 지나지 않는다. 오로지 폭력으로만 유지되는 점령의 기간은 바로 그것이 폭력에만 기초하고 있다는 점에서, 피점령지의 사회, 문화, 전통 등에 큰 영향을 끼치지 못한다. 점령 상태가 소멸되는 순간 모든 것은 원래의 위치로 되돌아간다. 남은 일은 폭력에 의한 피해를 복구하고 적에 의해 일시 단절되었던 주권 권력을 재가동하는 것이다. 물리적 피해가 클 수는 있지만 역사적 흔적이나 영향은 생각보다 작기 마련이고, 점령은 일시적인 '역사적 일탈'로서 기억 속에 매끄럽게 봉합된다.

일본 제국주의의 식민지 지배를 이러한 교전 상태에서의 적에 의한 점령 같은 것으로 이해한다면, 그것은 매우 심각한 오해를 초래할 것이다. 일제 식민지 기간을 '강점기'라고 부르는 한, 40년에 가까운 그 역사적시간은 '일시적 일탈'의 한 순간으로 바뀐다. 오천년 동안 면면히 이어지는 민족적 연속체의 장구(長久)한 역사 속에서 36년의 '짧은' 시간을 일시적 '궤도 이탈'로 봉합함으로써 그 '치욕'을 잊고자 하는 욕구, '강점기'라는 용어는 바로 이러한 욕구를 반영하고 있는 것이다. 그러므로 역설적으로, '강점기'라는 역사 인식 아래에서 일제 식민지라는 기간은 존재하지 않는다.

그러나 보다 큰 문제는, 일제 식민지 시기를 '강점기'로 명명함으로써 식민 지배의 본질, 즉 그것의 폭력성 및 식민자(the colonizer)와 피식민자(the colonized)의 관계의 복잡성이 시야에서 사라지고, 사태가 오직 '강자'와 '약자', '가해자'와 '피해자', '저들'과 '우리' 등과 같은 단순한 이분법으로 환원되고 만다는 점이다(그리고 이러한 이분법이 또 다른 폭력을 낳는 데 대해서는 더 이상 말하지 않겠다). 알다시피, 일제의 식민지 지배는 오늘의 한국 사회가 형성되고 오늘의 한국인이 탄생하는 데에 역사상의 그 어느 시기보다도 심대하고 깊은 영향을 끼쳤다. 잠시 동안 무지막지한 폭력이 점령하고 있던 것이라면, 그것은 앞서 말했듯 피점령자의 의식과 생활에 그다지 심각한 영향을 초래하지 않는다. 그러나 일제의 식민지 지배를 이렇게 말할 수는 없다. 수십 년 동안 수천만 명의 사람들이 식민지에서의 삶을 영위했다. 그것은 일시적인 역사적 일탈이 아니라 한국의 근대사를 구성하는 가장 큰 핵심적 구성 부분이다.

그러나 '강점기'라는 용어를 통해 환기되는 세계는 무엇인가? 흉폭하고 잔인한 '저들'과 순결하고 연약한 '우리'로 양분된 멜로드라마의 세계―이것이 '강점기'라는 용어로 표상되는 세계일 것이다. 이런 세계는 물론 현실의 세계가 아니다. 지금의 우리가 그런 세계에 살고 있지 않듯이, 식민지의 사회도 그러했다. 그러나 '강점기'라는 용어가 그리는 것, 그리고 사람들이 이 용어를 통해 보고자 하는 세계는 바로 그런 세계이다. 그리고 바로 그 점에서 이 용어는 다시 한 번 식민지의 역사를 가린다. (김철, 2008: 1-3)

김철은 '일제 강점기'라는 용어로부터의 탈주를 시도한다. 또한 '일제 강점기'의 재영토화를 의도한다. 이 용어는 국정 교과서, 검정 교과서를 포함한 모든 공식 담론에서 하나의 공식어로서의 지위를 획득하였다. 모든 언론과 학술 논문에서도 이 용어를 사용하고 있으며, 다른 용어를 사용하면 역사관을 의심받는, 몰상식을 감수해야 하는 상황이다.

김철의 말대로 이 용어는 "제국주의의 야만적 폭력성과 이른바 '한일합방'의 불법성을 부각시키는 데에 더할 수 없이 효과적이다." 그러나 이 용어는 "제국주의의 식민지 지배가 무엇인지에 대한 이해를 가로막고, 그럼으로써 제국주의의 지배 질서를 넘어설 수 있는 우리의 상상력과 실천력을 고갈시킨다."

일제 식민지 기간을 '강점기'라고 부르는 한, 40년에 가까운 그 역사적 시간은 '일시적 일탈'의 한 순간으로 바뀐다. 일시적인 이탈로 일제 식민지를 규정하면, 이 시기는 천천히 들여다보며 그 의미를 되새겨야 할 시기가 아니라, 가능하면 빨리 버리거나 잊어버려야 할 시기가 된다. 여기서 소위 말하는 역사적 교훈은 없다. 무엇보다 큰 문제는 "일제 식민지 시기를 '강점기'로 명명함으로써 식민 지배의 본질, 즉 그것의 폭력성 및 식민자(the colonizer)와 피식민자(the colonized)의 관계의 복잡성이 시야에서 사라지고, 사태가 오직 '강자'와 '약자', '가해자'와 '피해자', '저들'과 '우리' 등과 같은 단순한 이분법으로 환원되고 만다는 점이다." 그래서 김철이 호출하고 있는 용어가 '일본 제국주의'이다. 한편, 이 책에서 김철이 '친일 인사'가 아니라, '일본 제국주의 부역자'라는 말을 사용하는 것도 이러한 맥락과 닿아 있다.

⬛ 편견

나는 며칠 전에 또 그 변명을 들어야 했다. 내 앞에서 전라도 사람의 욕을 한참 하고 난 다음에 내가 전라도 사람임을 늦게야 알고는 얼굴을 붉히면서, "그렇지만"으로 시작하여, "실은 전라도 사람들이 훌륭하다"라고 이야기해야 하는 또 한 사람의 변명이 무척 불쌍했다. 그가, 내가 전라도 사람임을 알고도 아마도 그의 마음속에 도사리고 있을 그의 첫 뜻을 관철하려고 시도했던들 그는 생각에 충실한 말의 공적으로 나의 존경이라도 받았을 텐데, 그는 내 앞에서 위선자 노릇을 했다. 그리고도 그는 전라도 사람이 위선적이어서 싫다나? 그의 생각이 옳다 손 치고 전라도 사람이 위선적이라고 하자. 그러면 그는 전라도 사람이 자기와 같아서 싫은 셈이다. "그렇지만"으로 시작된 변명은 나에게 무례했음을 메우기 위하여 예의로 한 말이라고 하자. 그는 예의 유지의 이기적인 목적을 위하여 거 짓을 동원했을 뿐이다.

나는 전라도 사람이다. 어머님이 날 거기에서 낳았기 때문이냐? 아니다. 강원 도 아낙네가 전라도를 여행하는 동안에 낳아서 다시 고향으로 데리고 가서 키운 아이는 전라도 사람이 아니라고 하기 때문이다. 그러면 내가 거기서 자라서 사고 방식의 형성기인 초등학교, 중학교 또는 고등학교 교육을 거기서 받았기 때문이 냐? 아니다. 서울에서 출생하여 가족이 전라도에 피난 가서 정착하였기 때문에 거기에서 교육을 받은 학생은 자라서, 비록 교육을 난리 통에 거기에서 받았지만, 자기는 서울 사람이라고 강조하더라. 그러면 출생에도 교육에도 상관없이 전라도 에 몇 년 동안에 걸쳐 거주함이 전라도 사람됨의 자격이냐? 이십대에 어느 기관 에 취직하여 육십대에 퇴직할 때까지 전라도 지부에서만 근무한, 서울에서 출생 하고 교육을 받은 사람이 스스로 전라도 사람이라고 하랴? 사람이 본적이 전라도 에 올라 있으면 전라도 사람의 자격을 얻나? 그러면 본적만 충청도로 옮기면 충 청도 사람이 되게? 조상이 전라도에 있었어야 전라도 사람이냐? 그러면 서울에 사는 전주 이씨도 전라도 사람이게? 솔로몬 임금의 심판은 위에서 생각나는 대로 열거한 모든 요건을 다 갖추어야 전라도 사람이 된다고 하랴? 그러나 이 까다로 운 자격의 조건에도 불구하고, 그리고 자격이 불비한 점이 있더라도 전라도 사람 임을 자처하는 사람도 많다. 나도 그중의 하나이다.

실로 위의 모든 조건을 다 갖춘 전라도 사람은 무척 드물 것이다. 그러나 그 조건 중 하나만으로 전라도 사람 되기에 충분하다면 우리 나라에 전라도 사람은 많기도 하겠고, 전라도 사람을 욕하는 사람 중에 핏줄의 사분의 일이 전라도 조 상에 속한다면, 그의 모든 결점을 이 사분의 일에 돌릴 만큼 그는 전라도 사람을 미워해야 할까? 전라도 사람 중에 핏줄의 사분의 일이 다른 지방의 조상에 속한 사람이 있다면, 그의 미덕의 전부를 이 사분의 일 핏줄의 축복에 돌려야 할까? 안 될 말이다. 고비 사막 쪽에서 왔다고 하는 한민족 조상들의 아들과 딸들이 슬 슬 반도의 남쪽으로 거슬러 내려와서 전라도에 정착했다는데, 그래 전라도 후손 의 미덕이 그 조상이 내려오다가 밟은 전라도 북쪽의 흙 때문이라고 우길 수 있 을까?

전라도 사람에게 결점이 있다면, 이는 다른 지방의 사람에게 결점이 있음과 마 찬가지이다. 특정 환경의 지배 아래에서 사고방식이 형성된 사람들에게 다른 환경에서 사고방식이 형성된 사람들과는 다른 특징이 있을 수는 있다고 본다. 그러나 환경의 영향을 받은 특징이 다르다고 해서 다른 점수를 매기려고 하는 것은, 기침했다고 해서 매를 한 대만 때리고 재채기를 했다고 해서 두 대를 때리는 잘못과 마찬가지이다. 사람 마음의 선과 악의 정도는 하느님만이 헤아릴 수 있다. 그러나 미련한 사람에게는 자기에게 익숙한 것이 선이요, 익숙하지 않은 특징은 악이다.

전라도 사람 모두를 나쁘게 만드는 것은 그들의 특징도 그들이나 그들의 조상이 밟은 땅도 그들이 받거나 받지 못한 교육도 아니요, 바로 그들을 판가름하는 사람의 편견은 그 희생물이 된 사람들로 하여금 피부의 색이나, 언어나, 풍습이나, 국적이나, 신앙이나, 집안이나, 부락이나, 면이나, 군이나, 도가 다른 사람의 위협이나, 공포나, 증오의 대상이라고 생각케 하는 정신적인 무질서이다. 편견의 희생물이 된 사람은 흔히 남의 편견에는 분개하면서도, 자기에게는 편견이 없다고 생각한다. 링컨의 흑인 해방의 역사를 음미하고 감격하면서도, 그리고 미국의 인종 차별이나, 남아프리카 연방의 흑인 분리 정책을 보고 분개했던 분도 자기의 딸이 비록 교육은 잘 받고 인품은 좋지만 흑인인 미국인 병사에게 시집을 가겠다고 하면 질겁을 하는 분이 많으리라. 일본에서 규슈나 홋카이도 사람들이 중부 지방의 사람들에게서 차별 대우를 받고 있다고 하면 한탄할 사람도 낯선 곳에서 온 사람을 머슴으로 맞기를 꺼려 할 사람도 있다. 일본에서 재일 교포가 민족적 차별을 받는다고 슬퍼할 사람도 서울에서는 화교를 업신여긴다.

나는 우리 나라가 둘로 나누인 것을 무척 서글퍼 한다. 이 땅의 서글픈 나누임의 근본 원인이 이 땅에 사는 사람들의 마음의 나누임이 아니었더냐? 반으로 나누인 이 좁은 땅에 무슨 세분이 더 필요해서, 중요한 일들을 제쳐 놓고 출신 도를 따지고 있어야 하랴? 자연은 다행스럽게도 편견뿐만이 아니라 편견으로부터의 해방을 택할 수 있는 능력을 가진 형태의 생명체를 그 안에서 지배하고 있다. 이 형태의 생명체가 사람이요, 한국인이다. (한창기, 2007: 19-22)

'호남', '호남 사람', '전라도', '전라도 사람'이란 용어는 한국 사회에서 매우 독특한 지위를 지니고 있다. 차별의 정치학을 낳고, 유지하고, 강화하는 대표적인 보통 명사가 된 지 오래되었다. 언제, 어디서부터 시작되었고, 누구의 어떤 의도에 의해 생겨났는지를 정치적으로, 역사적으로, 인문학적으로 해명하려는 다양한 시도가 있었지만, 여전히 이 용어는 우리 사회가 얼마나 폭력적인 차별의 사회인가를 명징하게 보여주고 있다.

저자는 집요하게 누가 전라도 사람인지를 묻는다. 그러면서 이러한 정체성 확인이 매우 터무니없는 것임을 드러낸다. 모든 프레임이 그러하듯, '전라도 사람'이란 용어는 전라도 사람 내의 수많은 차이를 무화시킨다. 더 큰 문제는 전라도 사람과 그 밖의 사람이 지니는 같음에 대한 시선을 삭제한다. 그럼으로써, 전라도 사람을 고립시키고, 차별을 정당화한다. 이러한 구조는 다른 수많은 차별의 구조를 파생시킨다. '경상도 사람', '제주도 사람', '충청도 사람' 등등. 그러면서 화이부동의 세계에 대한 상상력을 고갈시킨다.

우리는 기호학적 전체주의에서 탈주하는 방식 하나를 황현산의 글쓰기에서 발견할 수 있다. 그의 많은 산문은 글쓰기에서 '적대적 타자'를 어떤 방식으로 대할 것인지에 대한 의미 있는 시사점을 던져준다. 이와 관련된 황현산의 글 몇 개를 제시하면 다음과 같다.

⟨1⟩
선생은 요즘 납득하기 어려운 글도 쓰고, 이해하고 싶지 않은 인터뷰도 종종 한다. 선생은 하고 싶은 말을 할 자유가 있으며, 그 자유를 위해 싸워왔다. 그런데, 선생의 이상한 말들이 저 초라한 비녀산과 안장산에서 고독하면서도 찬란하게 돋아오르던 풀잎들을 때아닌 황사처럼 덮을 때는 가슴이 송곳에 찔리는 듯 아프다. (황현산, 2018: 30)

⟨2⟩
이제 1년이 다 되어가니 혹시라도 잊은 사람이 있을지 모르겠다. 2009년 1월 20일, 용산4구역 철거 현장에서, 제 삶의 터전을 지키려고 망루에 올라 몸을 떨며 시위를 하던 다섯 사람과 경찰 한 사람이 불에 타서 숨졌다. 사람들은 이를 참사라고 부르지만, 추운 겨울에 그 무리한 철거를 주도했던 사람들이나, 이 문제를 해결할 힘을 지닌 사람들이 크게 충격을 받지는 않는 것 같다. 정부는 정부가 관여할 일이 아니라고 했고, 고위관료 한 사람은 '개인적으로' 이 사건을 무마할 계책을 적어 산하기관에 이메일로 보냈으며, 경찰은 거의 동일한 상황을 연출하여 진압 훈련을 했다. 그런데 사법부는? 검찰은 시위자들 가운데 불에 타 숨지지 않은 사람들을 찾아내어 기소했으며, 판사들은 그들에게 이 참사의 책임을 물어 중형을 선고했다. 물론 행정부가 이들 철거민을 위해 한 일이 전혀 없는 것은 아니다. 국무총리는 한 번 빈손으로 참사 현장을 찾아가 인사를 했다. (황현산, 2018: 31)

〈3〉
그런데 사실 나는 무슨 시인론을 펼치려는 것이 아니었다. 우리 예술위원회가 한국작가회의에 주어야 할 지원금을 붙들고 앉아서 어떤 모욕적인 서류에 도장을 찍으라고 한다기에 이런 이야기까지 하게 된다. 그러면 벌받는다. 도장 찍으라고 한 사람이 벌받는 것이 아니라 이 시대를 사는 모든 사람들이 벌받는다. (황현산, 2018: 39)

〈4〉
나는 한국의 군대에 인신의 희생을 요구하는 괴물이 있고 군을 통솔하는 자들이 복잡한 미궁을 만들어 그 괴물을 사육하고 있다고는 결코 생각하지 않는다. 나는 이런 비극이 일어났을 때 국방부의 고위 인사들이나 군대의 지휘관들이 사건을 은폐하려고만 한다고도 생각하지 않는다. 나는 오히려 이 참극에 희생된 병사들의 가족들과 함께 가장 큰 고통과 슬픔을 느끼는 것도 바로 그 지휘관들일 것이라고 생각한다. 그들이 진실을 말하지 않는다면 그것은 그들이 반드시 진실을 두려워하는 사람들이어서가 아니라 그들 자신도 진실을 모르고 있기 때문이라고 생각한다. (황현산, 2018: 259-260)

〈1〉에서 알 수 있듯이, 황현산의 글쓰기에서 화살은 적대적 타자에게로 날아가지 않고, 내 가슴팍에 꽂힌다. 아픈 것은 나다. 타자를 직접 비판하지 않고, 타자로 인해서 나 또는 누군가가 어떤 아픔을 느꼈는지를 말함으로써, 바로 그 타자가 자신을 성찰할 수 있는 길을 만들어낸다. 이는 여전히 타자에 대한 존중의 마음이 없지 않고는 가능하지 않다. 그의 어떠한 비판적인 글에서도 적대적 타자가 부정되는 경우는 없다.

〈2〉에서는 용산 참사와 관련해서 비판을 받고 책임을 져야 할 많은 기관 또는 사람들이 호명되고 있다. 예컨대, '정부', '고위 관료', '경찰', '검찰', '판사', '국무총리'가 이들이다. 그런데, 이들을 '무책임', '비인간적' 등의 용어로 총체화하지 않는다. "이 문제를 해결할 힘을 지닌 사람들이 크게 충격을 받지는 않는 것 같다."고 말하고, 이러한 판단을 하게 된 구체적인 사례만을 열거한다. 이들에 대한 분노가 없을까? 또는 분노를 담아낼 적절한 용어를 발견하지 못한 것일까? 그렇지는 않을 것이다. 적대적 타자를 겨냥한 글이 수사적으로 성공을 거두는 지점은 어떤 방식으로든 적대적 타자를 움직이는데 있다. 황현산 글은 그러한 지점에 다가가는 중요한 길 하나를 보여주고 있다고 생각한다.

〈3〉에서도 적대적 타자의 말과 행위를 직접 비판하거나 공격하지 않는다. 적의 말과 행위가 사람들에게 미치는 영향에 초점을 맞춘다. 이를 통해, 적대적 타자는 자신의 행위를 되돌아보는 계기를 갖게 될 것이다. 황현산이 비판적 타자를 대하는 방식은 대체로 이러하다. 즉, 비판적 타자에게 자신을 성찰할 수 있는 지점을 제공하는 방식으로 글을 쓴다. 이러한 방식은 비판적 타자를 전혀 인식하지 않거나, 비판적 타자의 응답을 아예 기대하지 않는 독백적 글쓰기와는 매우 다르다.

〈4〉에서 황현산은 섣불리 적대적 타자를 찾아 직진하지 않는다. 도리어 우리가 벌써 '공공의 적'으로 설정한 표적을 옹호하는 것처럼 보이기도 한다. 표적을 명시하기 어려운 것은 아마도 맥락을 고려하고 있기 때문일 것이다. 황현산은 다른 글에서 "맥락을 따진다는 것은 사람과 그 삶을 존중한다는 것이다. 맥락 뒤에는 또다른 맥락이 있다. 이렇듯 삶의 깊이가 거기 있기에 맥락을 따지는 일은 쉽지 않다."고 고백하고 있다(황현산, 2018: 97). 적대적 타자로 의심되는 사람을 둘러싼 맥락을 최대한 살필 때, 그들의 맥락 안으로 최대한 깊숙이 들어갔다가 나왔을 때, 그나마 우리의 판단이 진실에 조금 더 가까워질 수 있다는 생각이 그에게는 있는 것으로 보인다.

참고 문헌

Morson, G. & Emerson, C.(1990/2006), 바흐친의 산문학(오문석·차승기·이진형 역), 책세상.

인용 문헌

조선일보 사설
한국일보 사설
경향신문 사설
한겨레 신문 사설
김철(2008), 식민지를 안고서, 역락.
스베틀라나 알렉시예비치(2015), 전쟁은 여자의 얼굴을 하지 않았다, 문학동네.
한창기(2007), 배움나무의 생각, 휴머니스트.
황현산(2018), 밤이 선생이다, 난다.

제13장 권위적인 담론과 내적으로 설득적인 담론

1. 바흐친의 개념들: 외어 암송하기, 자신의 말로 말하기

어느 시대에나, 어느 사회에나 권위적인 담론은 존재한다. 권위적인 담론은 구어적 발화일 수도 있고, 문어적 발화로도 존재할 수도 있는데, 공동체 구성원들은 권위적 담론의 지배를 받거나, 자발적 인용을 통해 자신의 행위의 당위를 설정하기도 한다.

> 모든 시대, 인간의 삶과 성장이 이루어지는 모든 사회적 그룹이나 가족·친구·지인·동료 간의 모든 작은 공동체에는, 사람들이 의지하고 인용하고 모방하고 따르는 권위적이고 주도적인 발화들, 예술적·학문적·사회평론적 저작들이 있다. 모든 시대, 삶과 활동의 모든 영역에는 작품이나 발화, 격언 같은 언어의 옷으로 표현되고 보존되는 일정한 전통이 있다. 한 시대의 '사상의 지배자들'의 지도적 이념을 나타내는 언어적 표현이나 그 어떤 기본 과업, 슬로건 등은 항상 존재하는 법이다. 하물며 모국어를 배우는 아이들에게 전범이 되어야 하고 따라서 항상 표현적이게 마련인 대표적인 학습서나 선집들에 대해서는 말할 나위도 없다. (바흐친, 1952/2006: 387)

"권위적인 담론은 주어진 삶의 영역에서 행위에 어조를 부여해준다. 그리고 그것은 특수한 사유 영역에 어조를 부여하기 위해서 심리 속으로 흡수된다. 권위적인 담론에 복종하지 않을 수는 있지만, 담론이 완전히 권위적인 상태를 유지하는 한 그것과 논쟁할 수는 없다. 권위적인 담론은 대화적 관계를 사전에 차단하고 있다. 그것은 상속된 것으로, 그리고 의심의 여지가 없는 것으로, 아주 멀리 떨어진 구역에서 들려오는 목소리로 느껴진다."(모슨과 에머슨, 1990/2006: 385)

권위적인 말은 우리가 그것을 인정하고 우리 자신의 것으로 만들어주기를 요구한다. 그것은 내적으로 우리를 설득함으로써 가질 수 있는 힘과는 전혀 무관한 힘으로 우리를 결박한다. 그것은 이미 자신의 내부에 융합되어 있는 권위를 가지고 우리를 대면한다. 그것은 먼 거리에 위치하고 있으며, 위계상으로 보다 높은 것으로 여겨지는 과거와 유기적으로 연결되어 있다. 말하자면 그것은 선조들의 말이다. 그 권위는 과거에 이미 인정받은 것이다. 그것은 선험적 담론이다. 그러므로 권위적인 담론은 그것과 동등한 여타의 가능한 담론들 중에서 그것을 선택한다는 식의 접근을 허용치 않는다. 그것은 친숙하게 접촉할 수 없는 높다란 곳에서 주어지며 들려온다. 그 언어는 특별한 (이를테면 신성한) 언어이므로 그에 대한 모독은 신성에 대한 모독이다. 그것은 금기(taboo), 즉 함부로 들먹거려서는 안 되는 이름과도 유사하다. (바흐친, 1934/1988: 162)

권위적인 담론은 우리에게 충성을 요구한다. 그리하여 "자신을 유희의 대상으로 삼지 못하게 하며, 우리를 설득하는 다른 목소리들과 자신을 통합하거나 병합하는 것도 허용하지 않는다. 우리는 거기에서 우리가 좋아하는 것을 선택하거나 그 일부만을 취할 수 없다. 그런 선택 행위는(선택의 근원적 의미에서) 이단적 행위가 될 것이다."(모슨과 에머슨, 1990/2006: 385)

권위적인 담론에 해당하는 것은 1)성경, 불경, 쿠란, 베다 등을 포함한 여러 종교 경전, 2)자본론, 꿈의 해석, 에밀 등 고전의 반열에 오른 텍스트와 그러한 고전에 대한 해석 텍스트 중에서 권위 있는 텍스트들이다. 실은 세상의 모든 텍스트가 권위적인 담론이라고 볼 수도 있으며, 지적·신분적 위계적 질서의 상위자에 의해 생산된 텍스트 역시 권위적 담론에 해당한다고 볼 수 있다. 교과서, 사용설명서를 포함한 지침(안내) 텍스트 역시 넓은 의미의 권위적인 텍스트라고 볼 수 있다. 이들은 충성을 요구하며 선택과 첨언을 불경스럽고, 위험한 행위로 본다는 점에서 지극히 권위적이다.

"학교에서 말과 관련된 원칙들을 배울 때 우리는 다른 사람의 말-그것이 텍스트이건 규칙이건 전범이건 관계없이-을 전유하고 전달하는 두 가지 기본 양식, 즉 '외어 암송하는 것'과 '자신의 말로 다시 이야기하는 것'을 배운다. 여기서 후자의 양식은 모든 산문의 문체론에 내포되어 있는 과제를 작은 규모로 제기하는 것이다(바흐친, 1934/1988: 160-161). '외어 암송'해야 말이 '권위적인 담론'이고, '자신의 말로 다시 이야기하는 것'이 '내적으로 설득적인 담론'이다.

내적으로 설득적인 담론은 경험에 상응하여, 그리고 내적으로 설득적인 다른 목소리에 상응하여 성장하고 변할 때 풍성해진다. 무엇보다도 그 담론은 결코 죽어 있는 것이 아니며 결코 종결된 어떤 것이 아니다. 오히려 그것은 미래를 향한 충동의 일종이다. "내적으로 설득하는 말이 갖는 창조성과 생산성은 바로 그것이 새롭고 독립적인 말들을 일깨우고, 그 내부로부터 수많은 우리의 말들을 조직해내며, 고립된 정적 환경을 고수하지 않는다는 사실에 있다. 그것은 우리에 의해 해석되는 대상이라기보다는 그것 스스로가 더욱 자유롭게 발전하여 새로운 질료와 새로운 조건에 응용되는 주체이다."(바흐친, 1934/1988: 165-166)

내적으로 설득적인 담론은 맥락을 지배하는 것이 아니라, 맥락과 더불어 성장하고 변화한다. 맥락은 고정되어 있지 않기 때문에 내적으로 설득적인 담론은 항상 열려 있다. 미래에 대한 충동으로 설레며, 미래에 대한 맥락을 만나 스스로 변화할 준비를 마쳤다.

맥락은 항상 이질적이다. 따라서 내적으로 설득적인 목소리들은 항상 예측 불가능한 방식으로 서로 구별된다. "이념적 발전이란 바로 다양한 언어적·이념적 관점들과 접근법들과 방향들과 가치들이 헤게모니를 잡기 위해 우리의 내부에서 벌이는 강렬한 투쟁인 것이다."(바흐친, 1934/1988: 166) 이러한 치열한 투쟁은 내적으로 설득적인 목소리들의 다성성의 결과일 뿐만 아니라, 내적으로 설득적인 말 각각의 구조 자체의 결과이기도 하다. "내적으로 설득하는 담론의 의미 구조는 자체 완결적이지 않고 열려 있다. 그것을 대화화하는 새로운 문맥들 속에서 이런 담론은 거듭거듭 더욱 새로운 의미를 띠게 된다." (바흐친, 1934/1988: 166)

내적으로 설득적인 담론은 권위적인 담론을 암송하는 것이 아니라 그것을 '내 경험', '내 맥락'과 끊임없이 상호 조회시키면서 권위적인 담론을 '자기말화'하는 담론이다. 권위적인 담론을 자기 나름의 용어로 해석한 많은 훌륭한 해석 텍스트가 여기에 해당할 것이다. 마르크스에 대한 루카치, 알튀세르, 그람시의 해석이 여기에 해당할 것이다. 공자 담론에 대한 주자 텍스트, 주자 텍스트에 대한 이황, 이이의 텍스트도 내적으로 설득적인 담론의 한 사례이다. 이 글의 맥락에서 보면, 도스토옙스키에 대한 바흐친 텍스트, 바흐친 텍스트에 대한 크리스테바, 토도로프, 클라크와 홀퀴스트, 모슨과 에머슨 등의 텍스트도 한 사례가 될 것이다.

기존의 권위적인 담론은 이러한 내적으로 설득적인 해석 텍스트를 만나서 더욱 새로워지고 풍요로워진다. 즉, 새로운 조건, 맥락, 재료, 사건, 경험, 인물 등을 만나면서 새롭게 변화하고, 성장한다.

내적으로 설득적인 목소리에서 기존의 권위적인 담론과 거리를 두는 과정은 심리 및 이데올로기적 발달 과정에서 매우 중요하다. "자기 자신의 담론과 자기 자신의 목소리는 그것이 비록 타인의 것으로부터 태어났거나, 혹은 타인에 의해 역동적 자극을 받은 것이라 할지라도, 조만간 타인의 담론의 권위로부터 자신을 해방시키기 시작할 것이다."(바흐친, 1934/1988: 168) 내적으로 설득적인 말을 하게 되었다는 것은, 내가 스스로 사유하고, 판단하고, 책임을 지는 주체가 되었다는 의미를 갖는다.

바흐친은 "독립적이고 신뢰할 수 있는 능동적 담론이야말로 윤리적이고 법

적이고 정치적인 인간을 가리키는 근본적 지표"라고 주장한다(바흐친, 1934/
1988: 170). 윤리적 책임과 자아의 기획에는 '자신의 말'과 '권위적인 말' 사이
의 부단한 조정이 포함된다.

2. 대화적 글쓰기의 발견 4

다음에서는 내적으로 설득적인 담론 및 권위적인 담론의 구체적인 모습을
살펴보고자 한다. 세 가지 범주를 포함하고 있다. 첫째, 기존의 권위적인 담
론 또는 공식적인 담론이 어떤 방식으로 해체되는지를 드러내고자 한다. 또
한 권위적인 말의 자기화 또는 자기말로 재진술하기의 사례를 확인하고자 한
다. 둘째, 권위적인 담론이 어떻게 생성, 유지되는지를 최현배 텍스트와 언론
사 사설을 통해 확인하고자 한다. 셋째, 내적으로 설득적인 담론은, 권위적인
담론과 거리를 두고, 대신 하찮고 사소한 일상의 삶을 자신의 눈으로 기술하
는 담론이라고 보고, 여기에 부합하는 텍스트를 분석하고자 한다.

용서는 없다

나는 '은원불망(恩怨不忘)'이라는 무인류(武人類)의 명패를 가슴에 새기고 살았
는데, 언젠가 지기 몇이 이를 기이하게 여겼으나 세쇄(細瑣)하게 답하지 않았다.
자기들은 이 글을 그 답신의 일부로 읽었으면 좋겠다.

문제는, 용서가 관계와 체계 사이에서 클리나멘의 빗금을 치며 미끄러지는 방
식과 그 효과를 탐색하는 것이다.

우선, '용서하라'거나 심지어 '내 탓이오!'라는 윤리적 슬로건은 개인적 실존의
발화(發話)가 아닌 점에 주목해야 한다. '용서'나 '탓'과 같은 낱말에 체계의 포르
말린 냄새가 진동하는 것 역시 세속의 표징이리라. 그것은 관계의 심층적 굴곡과
그 메카니즘을 온전히 담은 정서의 소리, 몸의 울림이 아니다. 일견 관홍(寬弘)해

보이는 그 윤리적 권면은 바로 그 정서를 섣불리 청산해버린 터에 세운 위령탑에 지나지 않기 때문이다. 이 경우, 정서는 그 깊이와 무관하게 방기되거나 비난받아야 할 미성숙하고 반사회적인 응혈(凝血)로 치부된다. 그래서, 용서는 핏빛 상처의 현장을 제멋대로 누비는 진공청소기와 같아진다.

일부의 종교와 정치세력이 남용하는 용서의 슬로건은, 관계의 문제를 체계의 문제로 혼동하거나 호도한다. 물론 상처는 개인 실존의 것만이 아니다; 그것은 자주 역사적 상흔을 대물림해서 앓는 것이며, 집단적 무관심과 체계의 것이다. 그러나 상처를 받는 자와 용서를 하는 자는 모두 개인의 실존일 수밖에 없으며, 그 모든 화해는 이 사실에 대한 지극한 환대의 결실이어야 한다.

그러나 세속 속의 용서란 대체 무엇일까? 일상 속에 코를 박고 있는 나태하고 안이한 타성의 별명이 아니고 무엇이란 말인가? 공포의 대물림 속에서 허우적거리면서 내민 미봉과 타협의 문서가 아니고 무엇이란 말인가? 여태도 그 가해자를 응연(凝然)하게 지목하지 못하는 무능력의 사시(斜視)가 아니고 무엇이란 말인가? 얻어맞고 그 맞은 상처를 스스로 핥아야 하는, 바로 그 가해자들의 체계에 겹으로 복무하는 이데올로기가 아니고 대체 무엇이란 말인가?

요컨대, 우선 용서는 관계의 진실이 앓고 있는 상처에 정직해야 한다. "진실에 가까이 다가갔을 때는 격한 분노와 놀라움이 치밀어 올라오는 것을 과감히 받아들일 수" 없는 경우가 많은데, "그럴 경우에는 … 몸이 이 희생에 대한 대가를 치르게 된다." 그렇기에 용서는 생각을 다지거나 기억을 재배치하는 문제가 아니다. 그것은 무엇보다도 몸의 문제다; 그것은 그 관계의 폐허 속에서 홀로 울고 있는 몸과 그 몸에 각인된 상처의 역사를 자연화시키려는 체계 사이의 근본적 불화(不和)의 문제다. 반지빠른 타협의 그물은 억울한 상처를 건져낼 능력이 없다.

그 무력은 자신의 생존을 위해 상처와 증오를 숨길 수밖에 없다. 상처를 견디고 증오를 삭힌 예외적 인간들을 가리키는 손가락은 그 자체로 또 다른 상처와 증오를 낳을 뿐이다. 상처에 대한 갖은 '생각'들은 정작 그 상처에 이르지 못한다. 중요한 것은 몸이며, 그 몸의 상처를 저녁 안개처럼 둘러싸고 있는 무채색 정서(emotions)다. 생각으로 다짐한 용서, 혹은 종교와 도덕의 체계로 찍어낸 용서, 심지어 눈치 보기와 망각의 방편으로 전락한 용서는 필경 최종심급의 피해자인 몸에 의해서 모두 거부된다.

급기야 몸은 그 거부의 힘에 의해서 살아갈 수밖에 없다. 그 한 맺힌 거부의 정서는 가든하게 배출되거나 효율적으로 승화되지 못한다. 기계적 나르시스에 빠진 체계는 관계의 현실에 응대하면서 자신을 넉넉히 조절하거나 변신할 수 없기 때문이다. 따라서, 그 거부는 다시 거부될 수밖에 없다. 체계는 관계에 구애(求愛)하지 않기 때문이며, 체계는 체계의 마스터베이션이 곧 그 체계의 운신 원리이기 때문이다.

체계는 '자동생산(auto-poiesis)'(루만)하며, 바깥을 두려워하는 그 본성처럼 자기준거적으로 진화한다. 그 과정에서 체계는, 그것이 자본주의든 종교든 혹은 정권이든, 몸과 몸의 언어를 침탈하게 마련이다.(가령, 하버마스와 부르디외의 차이가 바로 이곳이다.) 후기 자유주의의 대중민주주의적 복지국가를 거친 작금에서 돌아보면, 지배가 부드러운 동의의 형식을 갖춘지 참으로 오래 되었다. 그러나 지난 세기의 거친 이데올로기전(戰)의 종언이 낳은 또 다른 역설적 이데올로기는 '관용'(마르쿠제)이다. 더불어 '폭력의 희생에 대한 얄팍하고 비정한 태도일 뿐'인 '망각적 용서'(P. 리쾨르)를 거론해야 한다. 체계는 관계 속의 실존이 낳는 몸과 그 몸의 언어를 돌보지 않는다; 체계는 그저 체계 그 자체의 안정을 위해 자동(재)생산하고, '관용'과 '용서'와 '안정'의 이데올로기로써 마치 기름칠이라도 하듯 체계라는 기계의 이곳저곳을 닦고 조인다.

요컨대, 용서마저 관료화하는 것이다. 그리고 그 숱한 위령탑이니 기념비니 하는 국가주의적 조형물들이 보여주듯이 용서조차 물화하는 것이다. 그것은 체계가 기계적으로 부리는 제도 속에 표준화한 채로 안착한다. 그래서 너와 나의 상처는, 너와 내가 울고 웃으며 다룰 수 없는 상처는, '용서하라'는 것을 도그마(dogma)로 가진 자들의 날름거리는 쇠 혓바닥에 의해 재차 능멸 당한다. 그저 용서가 아직 충분히 상업화되지 않았다는 사실에서 명개 먼지 한 톨 만큼의 위안이라도 얻을까? 아, 오늘도 조갯살 같은 내 상처를 조개껍질 같은 네 용서가 은폐한다, 조롱한다, 강간한다.

다시 문제는, 체계가 용서를 포획하는 방식과 그 효과를 탐색하는 것이다. 외려 실다운 용서의 가능성 그 자체를 소외시키는 체계의 정치성, 관계의 현실을 빗금치며 달아나는 체계의 정치성을 캐묻는 것이다. 그리고 용서라는 너와 나 사이의 실존적 사밀(私密)을 정치적 전시가치의 매개물로 악용해서는 안된다는 항의를 실천하는 일이다. 관계의 현실을 에두르면서 이미 그 관계를 원천적으로 포박하고 있는 체계적 용서의 제스처를 끈질기고 단호하게 제어하는 일이다.

그 누구는 말한다: "잊지 않고도 용서할 수 있으며 용서하지 않고도 화해할 수 있다(Aber man kann sich versöhnen, ohen zu verzeihen und man kann verzeihen, ohne zu vergessen)"고! 누구든 '생각' 속에 용서할 수 있으며 화해의 '의도' 속에서 말할 수 있다. 그러나 생각도 의도도 용서에 이르지 못한다. 그렇기에, '해야 하므로 할 수 있다(Du kannst, denn du sollst)'는 칸트류의 명제야말로 전형적인 윤리적 도착(倒錯)인 것이다." 오히려 하고 싶어도 할 수 없는 궁지(Aporie) 속에 용서의 비밀이 있다. 용서는 그저 불가능한 것일 뿐이다. (김영민, 1996: 152–159)

김영민의 글은 '용서'에 대한 기존의 종교적, 학술적, 정치적 담론 모두를 철저하게 거부한다. '용서하라'라는 종교적·윤리적·정치적 슬로건은 "개인적 실존의 발화(發話)"가 아니기 때문이다. "관계의 심층적 굴곡과 그 메카니즘을 온전히 담은 정서의 소리, 몸의 울림이 아니"기 때문이다. 그리고 "생각으로 다짐한 용서, 혹은 종교와 도덕의 체계로 찍어낸 용서, 심지어 눈치 보기와 망각의 방편으로 전락한 용서는 필경 최종심급의 피해자인 몸에 의해서 모두 거부된다." 그것은 상처받은 자의 내면에서 울려나오는 목소리가 아닌, 바깥에서 강요되는 한낱 슬로건에 불과하기 때문이다.

이와 같이 김영민은 용서를 강요하는 모든 체계(자본주의, 종교, 정권, 학술 담론 등)를 해체하고, 탈영토화한다. 칸트도 예외가 아니다. "'해야 하므로 할 수 있다(Du kannst, denn du sollst)'는 칸트류의 명제야말로 전형적인 윤리적 도착(倒錯)인 것이다. 한편으로는 자신의 목소리와 친화적인 담론들을 적극적으로 불러 모은다. "지난 세기의 거친 이데올로기전(戰)의 종언이 낳은 또 다른 역설적 이데올로기는 '관용'(마르쿠제)이다. 더불어 '폭력의 희생에 대한 얄팍하고 비정한 태도일 뿐'인 '망각적 용서'(P. 리쾨르)를 거론해야 한다."

그 형식이 무엇이든 모든 '체계'는, 도그마는 개인의 고유한 상처를 덧내고 능멸한다. "너와 나의 상처는, 너와 내가 울고 웃으며 다룰 수 없는 상처는, '용서하라'는 것을 도그마(dogma)로 가진 자들의 날름거리는 쇠 혓바닥에 의해 재차 능멸 당한다."

　김영민 글은 기존의 공식적, 권위적 담론을 모두 해체하면서 '용서'에 대한
새롭고 설득력 있는 담론을 구축한다. 이것이 설득력이 있는 것은, 개별적이
고, 유일하며 고유한 개인, 개인의 몸, 개인의 목소리에 근거하고 있기 때문
이다. 용서하지 않거나 못하고 있는 개인, 몸, 목소리가 있는 한, 모든 '용서'
담론(용서하라)는 허위이고, 기만이며, 상처받은 자에 대한 능욕이다. 김영민
의 글은 권위적인 담론은 어떻게 내파되는지, 내적으로 설득력 있는 담론은
어떻게 구성되는지에 대한 좋은 사례가 된다. 그리고 산문적 또는 대화적 글
쓰기가 갖는 '체계'에 대한 강한 저항과 거부의 가능성을 확인할 수 있는 글이
기도 한다.

🎬 마르크스, 프로이트, 그리고 봉준호

　1895년 12월28일 뤼미에르 형제가 상영한 최초의 영화 열편 중의 하나가 〈기
차의 도착〉이었으니, 기차는 영화사에서 최초의 주인공인 셈이다. 그 이후로 기
차가 주연으로 활약한 많은 영화들이 있었고 봉준호 감독의 〈설국열차〉는 가장
최근 사례다. 이 영화에 대해서는 이미 너무 많은 글들이 쓰였다. 얼마 전에 문득
다음과 같은 장면이 머릿속에 떠오르지 않았다면, 이 글을 시작할 엄두를 못 냈
을 것이다. 마르크스주의자, 프로이트주의자, 그리고 신화학자가 〈설국열차〉를
함께 본 뒤 각자 이 영화를 한 문장으로 요약한다면? 마르크스주의자가 입을 연
다. "기차가 얼음을 뚫고 앞으로 달리는 이야기더군요." 이어 신화학자가 반론을
제기한다. "아니, 기차가 지구를 순환하면서 1년에 한 번씩 제자리로 돌아오는 이
야기지요." 그러자 프로이트주의자가 말한다. "글쎄요, 이것은 기차가 절정의 순간
에 폭발하는 이야기가 아닙니까?" 일단 이런 농담을 한 뒤에 이들은 진지한 이야
기를 시작했을 것이다. 그 이야기를 짐작해서 적어보려 한다. 이번 글은 그간 발
표된 뛰어난 작품론들 옆에 주변적 읽을거리 정도로 놓일 만한 글이 될 것 같다.

　그런데 왜 기차이고, 왜 마르크스와 프로이트인가. "오늘날 문명국이 철도 건
설에 쏟는 열의와 성의는 몇 세기 전의 교회 건축에 비견될 수 있다." 이것은 생
시몽주의자 미셸 슈발리에가 1853년에 한 말이다. 그리고 이 시기를 조망하면서
수잔 벅 모스는 이렇게 적었다. "철도는 지시물이었고 진보는 기호였다. 공간적

운동은 역사적 운동 개념과 너무나도 긴밀하게 연결되어 있었기 때문에 철도와 진보는 더 이상 구분될 수 없었다."(〈보기의 변증법-발터 벤야민과 아케이드 프로젝트〉, 1991) 보다시피 19세기 이래로 기차는 진보의 은유였고 진보는 곧 근대성의 핵심 이념 중 하나였다. 그러니 '기차=진보=근대성'이라는 도식이 사람들을 지배한 것은 자연스러운 일이다. 상황이 그랬으니 근대성의 해부자인 마르크스와 프로이트가 기차에 대해서 아무 말도 하지 않았다면 오히려 이상한 일일 것이다. 아니, 과장해서 말하면 그들이 쓴 모든 책은 기차에 대한 책이다. 〈자본〉은 자본주의 근대라는 기차의 설계도를 분석한 책이었고 〈꿈의 해석〉은 기차 객실 가장 깊숙한 곳에서 벌어지고 있는 은밀한 일들을 해석한 책이기 때문이다.

마르크스의 기차

마르크스가 전복하려 한 것은 자본주의라는 체제일 뿐 진보라는 이념이 아니었기 때문에 그 역시 진보의 상징인 기차의 은유를 받아들였다. "혁명은 역사의 기관차다." 출처 표기 없이 자주 인용되는 이 말은 마르크스가 1848년 프랑스 2월 혁명의 전개 과정을 분석하기 위해 쓴 긴 논설문인 〈1848년에서 1850년까지의 프랑스에서의 계급투쟁〉(1950)의 3장에 나온다. 당시 프랑스에서 선거권자의 절대다수는 보수적인 농민계급이었기 때문에 여러 정파들이 농민계급을 포섭하기 위해 그들이 알아들을 수 있는 말로 선전에 매진했다. "그러나 가장 쉽게 알아들을 수 있도록 말해준 것은 농민계급이 선거권을 사용하면서 획득한 경험들 자체, 즉 급박하게 진행되는 혁명 속에서 연이어 농민계급을 엄습한 환멸이었다. 혁명은 역사의 기관차다. 농민들이 점차 변화하고 있음은 여러 가지 징후 속에서 나타났다."(〈맑스 엥겔스 저작선집 2〉, 박종철 출판사) 농민계급을 바꾼 것은 다른 누구의 선전이 아니라 자신들의 경험 그 자체였다는 것이다. 잇따른 혁명의 환멸이 그들을 바꾸었는데, 바로 그들이 당시 역사라는 기차의 전진 동력이 됐다는 것.

위 문장이 특별히 유명해질 수 있었던 것은 발터 벤야민 때문이기도 했을 것이다. 물론 그는 비판하기 위해 인용한 것이지만 말이다. 〈역사의 개념에 대하여〉(=〈역사철학테제〉)라는 글을 쓰기 위해 적어둔 메모를 모은 《역사의 개념에 대하여'-관련 노트들》에 이런 말이 나온다. "마르크스는 혁명이 세계사의 기관차라고 말했다. 그러나 어쩌면 사정은 그와는 아주 다를지 모른다. 아마 혁명은 이 기차를 타고 여행하는 사람들이 잡아당기는 비상 브레이크일 것이다."(〈벤야민 선집5〉, 길) 당시의 벤야민에게는 '진보에 대한 신화적 믿음'이 가장 큰 위험으로 보였다. "진보의 의미론은 테크놀로지의 변화와 사회 개선을 무매개적으로 동일시하며, 진보의 이미지는 지상-천국을 불가피한 어떤 것처럼 제시한다."(수잔 벅

모스, 앞의 책) 이런 미혹에 빠져 있는 동안 역사는 오히려 파국으로 치닫고 있는 지도 모를 일이었다. 베냐민은 마르크스조차도 계몽주의 이래로 사람들을 지배해 온 이 진보에 대한 맹신을 의심하지 않았다고 판단했다. 그래서 마르크스의 기차 은유를 위와 같이 뒤집어야만 했다. 기차를 멈추는 것이야말로 혁명이라고.

마르크스와 베냐민의 기차 은유를 알고 있었던 사람이라면 〈설국열차〉를 보고 저 두 문장을 쉽게 떠올렸을 것이다. 압제자 윌포드의 객차 앞까지 도달하는 데 성공했으나 거기서 커티스와 남궁민수는 대립한다. 혁명이란 무엇인가. 엔진을 장악하고 기차를 접수하는 것인가, 아니면 기차를 멈추고 밖으로 나가는 것인가. 단순화를 무릅쓰고 말한다면, 저 장면은 마치 마르크스와 베냐민의 논쟁처럼 보인다. 이때 윌포드의 객차 문이 열리면서 논쟁은 잠시 유보되고, 커티스는 윌포드와 대면해서 충격적인 진실을 알게 된다. 마르크스는 혁명이 피지배계급의 학교라고 생각했지만, 이 영화에서 기존의 혁명으로부터 무언가를 배운 이들은 오히려 지배자들이었다. 그들은 시스템을 유지하는 데 혁명이 유용하다는 것을 깨닫고 그것을 시스템의 내부로 흡수해둔 터였다. 아이러니하게도 혁명이 설국열차를 계속 달리게 했던 것이다. 이 대목에서 이 영화는 '혁명은 역사의 기관차다'라는 마르크스의 말을 이상한 방식으로 승인하면서 그것을 조롱하고 있는 셈이다. 이와 더불어, 앞서 유보되었던 논쟁은 결국 남궁민수의 의견을 따르는 것으로 결론이 나는데, 그렇다면 이 영화는 베냐민의 손을 들어주고 있는 것일까? 남궁민수가 하려고 하는 일이야말로 기차의 비상 브레이크를 당기는 일처럼 보이니까 말이다.

그러나 영화를 끝까지 보고 나면 그렇다고 답하기가 어려워진다. "커티스와 윌포드의 대결이 기차—근대라는 시스템 안에서의 대립이라면, 커티스—윌포드 커플과 남궁민수—요나 부녀 사이의 차이는 시스템과 그 외부 사이의 그것이다."(변성찬, '봉준호의 두 가지 길', 〈씨네21〉 916호) 이 글의 필자는 '남궁민수—요나'가 표상하는 외부에의 지향이 이 영화의 핵심이며 "탈근대적이고 정치적이고 영화적인 상상력"이라고 높이 평가한다. 설득력 있는 분석과 평가이기는 하지만 선뜻 동의하기 어려운 것은 영화의 결말 때문이다. 남궁민수—요나 부녀가 주장한 바대로 기차를 멈추고 '외부'를 향한 것은 맞다. 그런데 그 결과는? 기차가 탈선했고 박살이 났다. 두 명의 생존자가 있다는 사실에 감격하느라 잊어버리기 쉽지만 그 둘을 제외한 나머지는 모두 죽은 것이 아닌가. 이것은 꽤 심각한 결론이다. 순진하게 반문하자면, 이 영화는 이 구제불능의 자본주의 시스템을 폭파시켜서 우리는 모두 죽어버린 뒤에, 다음 세대에게 새로 시작할 기회를 주자고 말하는 것인가? 봉준호 감독은 희망을 말하려 했다고 하지만, 우리는 희망도 절망도 아닌 기이한 선택과 만난다.

이 영화의 마지막 선택이 혼란스럽다고 느낀 이들은 꽤 많은 것 같다. 그 이유를 남궁민수라는 캐릭터의 불확실성에서 찾는 이는 이렇게 말한다. "그는 환각 혹은 죽음의 충동에 사로잡힌 마약중독자와 진실의 유일한 목격자 어느 쪽에도 고정되지 않는다. 이 자리가 고정되지 않으면 우리는 〈설국열차〉가 제시간에 목적지에 도착했는지도 알 수 없다."(허문영, 〈씨네21〉 917호) 또 어떤 이는 "서구에서 발원한 장르 규범에 도전하고 반역하는 힘을 강조하면서 내셔널 시네마의 '제3의 장소'를 개척해온" 것이 봉준호 감독의 미덕인데 이번 영화에서는 장르 문법과 대결해서 찾아낸 '제3의 장소'가 어딘지 모호하며, "해방인지 추방인지 모호한" 이 영화의 결말은 바로 그와 연결돼 있다고 지적한다(장병원, 〈씨네21〉 917호). 또 다른 이는 〈설국열차〉에는 커티스의 이야기와 남궁민수의 이야기가 따로 놀다가 결말에 이르러 설득력 없이 결합되기 때문에 그 결합 이후의 최종 결말이 희망인지 파국인지를 따지는 것이 무의미해 보인다는 요지의 말을 하기도 했다(남다은, 〈씨네21〉 918호).

서로 각도는 다르지만 세 사람 모두 이렇게 묻고 있다. 〈설국열차〉는 지금 어디에 도착한 것인가, 애초 의도한 곳에 도착한 것이기는 한 것인가, 잘못 도착했다면 운행 경로에 문제가 있었던 것은 아닌가. 내 식대로 말하자면 이 영화는 '마르크스냐 베냐민이냐'를 묻고는 갑작스럽게 제3의 선택지를 택해버린 것처럼 보인다. 앞문을 열자고 한 것은 커티스였고, 옆문을 열자고 한 것은 남궁민수였지만, 다 죽고 아이들 둘만 살리자고 말한 사람은 아무도 없었다. 이것은 그 누구의 것도 아닌 봉준호의 선택이다. 그런데 그의 선택은 우리로 하여금 절망인지 희망인지를 선택할 수 없는 상황에 던져놓았다. 이와 같은 해석의 곤경에서 빠져나가는 길은 여기서 해석을 더 진전시켜 무언가를 선택할 수 있다고 가정하지 않고 지금 우리가 도달한 이 지점이 해석의 끝이라고 간주하는 것뿐이다. 커티스가 타락한 시스템을 떠맡는 결론을 우리는 '도덕적으로' 용납할 수 없었을 것이고, 모든 승객이 기차 밖으로 나오는 데 성공하는 결론을 우리는 '현실적으로' 수긍할 수 없었을 것이다. 실로 지금 이 시대가 체념도 낙관도 모두 허용하지 않는 시대라면, 이 열차가 이상한 곳에 도착했기 때문에 우리는 정확한 현실인식에 도착한 것일지도 모른다.

프로이트의 기차

기차에 대해서라면 프로이트도 할 말이 많을 것이다. 〈꿈의 해석〉에는 기차에 대한 언급이 여러 차례 나오는데 특히 '툰 백작 꿈'(5장 2절)이나 '홀트후른 꿈'(6

장 7절)에 대한 그의 분석을 읽어보면 당시 기차라는 공간이 어떤 의미를 가졌는지를 얼마간 이해할 수 있게 된다. 그 대목들을 읽기 전에 19세기의 기차 구조를 미리 알아두면 좋을 것이다. 당시 기차는 지금처럼 넓은 객차에서 하나의 '좌석'을 차지하고 앉는 구조가 아니라 하나의 '객실'에 몇 사람이 함께 머무는 구조였다. 그 객실은 다른 객실과 완전히 단절돼 있었는데, 이 폐쇄성 덕분에 당시의 기차는 두렵고 에로틱한 공간이 될 수 있었다. 객실 안에서 끔찍한 살인사건이 일어나거나 혹은 에로틱한 행위가 벌어져도 그로 인해 발생하는 비명 혹은 신음 소리는 기차가 내는 소음에 묻혀버렸기 때문이다. 그래서 기차는 이와 관련된 환상이 투사되는, 정신분석학적인 공간이 될 수 있었다. (이 단락에서 언급한 내용에 대한 보다 상세한 논의는 김종엽, 〈프로이트와 기차〉(〈창작과비평〉 2000년 겨울호)를 참조.) 프로이트가 〈설국열차〉를 봤다면 어떤 점에 주목했을까.

분명한 것은 프로이트가 이런 말은 농담으로라도 하지 않았을 것이라는 점이다. "터질 듯한 긴장감으로 팽팽하던 기차가 마침내 폭발하고 마는 장면은 사정(射精)을 상징합니다." 프로이트식으로 말한다는 것은 '기차는 남근, 터널은 질' 운운하는 것이어서는 안된다. (설사 봉준호 감독이 그런 이야기를 했다고 해도 그것은 그런 식의 해석에 대한 한발 앞선 희화화라고 생각하는 편이 좋을 것이다.) 그런데 애석하게도 이 영화에는 기차가 터널을 통과하는 장면이 한번 나온다. '예카테리나 다리'를 통과하면서 '해피 뉴 이어'를 외친 다음 기차는 터널에 진입하고 그 어둠 속에서 피의 살육이 자행된다. 기차, 터널, 피. 여러모로 불길한 설정이라고 하지 않을 수 없다. 아니나 다를까, 나는 이 장면을 '첫 경험과 처녀막의 파열'(!)을 상징하는 것으로 읽어낸 글을 어디선가 보고야 말았다. 이런 해석은 틀렸다기보다는 무익한 것이다. 마르크스에 대한 오용이 글쓴이 자신을 답답한 사람으로 보이게 하는 데 그친다면, 프로이트에 대한 오용은 글쓴이만이 아니라 프로이트조차 바보처럼 보이게 만든다는 점에서 그 해악이 더 크다.

잘 알지 못하지만 감히 말하건대, 프로이트적인 해석은 모든 사물을 성적 상징으로 변환시키는 기술이 아니라, 이성과 의지의 산물인 것처럼 보이는 행위와 사건들에 (그런 것들일수록 더) 무의식적인 요소가 얼마나 깊숙이 '매개'돼 있는지를 따져보는 작업이다. 그런 의미에서 〈설국열차〉는, 마르크스의 관점에서 보자면 기차 그 자체가 주인공인 영화일 수 있지만, 프로이트의 관점에서 본다면 그야말로 커티스가 주인공인 서사일 것이다. 말을 바꾸면, 전자가 이 영화에서 '혁명의 서사'를 읽어낼 때, 후자는 '아들의 서사'를 읽어낼 것이라고 말할 수도 있다. 아들의 서사란 결국 '어떻게 아버지로부터 벗어나서 스스로 아버지가 될 것인가' 하는 문제의 해결 과정이다. 그리고 이 문제는 집단의 층위로 옮겨지면서 '어떻게 이 집단의 아버지(리더)가 될 것인가'라는 문제로 매개된다. 아닌 게 아니라 이 영화는 시작되자마자 길리엄과 에드가가 커티스에게 하는 말을 통해 바로 이 문제가 영화의 핵심이라는 사실을 서둘러 알려준다. '네가 리더가 되어야 한다.'(틸다 스윈튼은 이 영화를 '리더십이라는 주제에 대한 심오하고 현대적이며 정치적인 탐구'(〈씨네21〉 916호)라고 규정했다.)

커티스가 이 과정을 통과하는 일은 쉽지 않을 것이다. 자신은 아버지(리더)가 될 자격이 없다고 생각하는데 그 밑에는 그를 사로잡고 있는 끈질긴 죄책감이 있다. 그는 십대 후반의 나이에 굶주림 때문에 발생한 꼬리칸의 아비규환 속에서 아이를 잡아먹는 자들에 가담했었으나, 길리엄(꼬리칸의 아버지)의 영웅적인 희생으로 지옥이 진정되고 모두가 스스로 자기 팔을 잘라 공동체의 윤리적 질서를 회복하기 시작했을 때에는 끝내 자신의 팔을 자르는 데 실패했고, 결국 그의 죄를 속죄할 기회를 놓쳐버렸다. 커티스에게 아버지-되기의 문제는 이 죄책감의 해결 과정과 맞물릴 수밖에 없다. 그래서 문제는 한 차원 더 복잡해진다. '어떻게 커티스는 자신의 죄책감을 해소하고 아버지가 되는 데 성공할 수 있을 것인가.' 그런데 이게 끝이 아니다. 커티스에게는 그가 극복해야 할 아버지가 둘이나 존재하기 때문이다. 다음은 봉준호 감독의 말이다. "초반의 길리엄과 후반의 월포드를 양극단에 놓고 모두 유사 부자관계를 맺는다면, 좋은 아버지를 떠나 나쁜 아버지를 찾아가는 여정이랄까. 그게 원작과 근본적으로 다른 핵심이다."

그렇다면 커티스에게는 구체적인 방법론이 이미 주어져 있는 셈이다. 그는 나쁜 아버지를 제압함으로써 좋은 아버지에게 인정받고 스스로 집단의 아버지(리더)가 될 수 있을 것이다. 그런데 이 영화는 결정적인 순간 커티스에게 좋은 아버지와 나쁜 아버지가 둘이 아니라 하나라는 사실을 알려준다. 이 순간 커티스뿐만이 아니라 우리도 혼란에 빠진다. 이것은 무엇을 뜻하는가. 지금과 같은 시스템 속에서는 우리 모두가 나쁜 아버지일 수밖에 없다는 뜻일까. 우리 사회의 모든 아버지들은 귀가하기 전에 제 손에 묻은 피를 씻고 들어올 수밖에 없는 것일까. 월포드는 커티스에게 말한다. "이것이 너의 숙명이야." 그러니까 커티스 앞에 주어진 것은 '나쁜 아버지냐 좋은 아버지냐' 사이의 선택이 아니라, '나쁜 아버지가 될 것인가, 아니면 아버지가 되기를 포기할 것인가' 사이의 선택인 것처럼 보인다. 언뜻 보면 커티스는 후자를 선택한 것 같다. 그는 새로운 지도자가 되기를 거부했고, 기차는 폭발했으며, 결국 남은 것은 두 명의 고아들뿐이기 때문이다. 그러나 이렇게 결론을 내릴 수는 없을 것 같다. 우리가 결정적인 장면을 건너뛰었기 때문이다.

'나쁜 아버지'와 '좋은 아버지'가 있는 것이 아니라, '나쁘고 현명한 아버지'와

'나쁘고 어리석은 아버지'가 있을 뿐이라는 윌포드의 설득에 흔들릴 때 커티스가 이를 물리칠 수 있었던 것은 객차 아래에서 기계 부품처럼 일하는 아이들을 목격했기 때문이었다. 커티스가 받은 충격은 우리가 받은 것보다 더 심원했을 것이다. 지하에 웅크리고 있는 아이들은 기차에 잡아먹힌 것처럼 보인다. 이 형상은 커티스가 17년 전에 아이를 삼켰다는 사실을 자극했을 수 있다. 그러니 커티스가 윌포드의 뒤를 잇게 된다면 그는 또 아이를 잡아먹는 자가 되는 것이다. 그것은 끔찍한 일이다. 그래서 그는 아이를 꺼내기를 선택했고 대신 그의 팔이 잘려나간다. 그러니까 그는 지금 17년 전의 행위를 정확히 반대로 반복하고 있는 것이다. 그는 먹은 아이를 토해내고 당시 못 자른 팔을 뒤늦게 잘랐으니까. 그러니 그는 결국 아버지가 되는 데 성공했다고 말해야 하지 않을까. 그는 아버지가 되기를 포기하고 죽음을 택한 것이 아니라, 아버지가 되는 데 성공했기 때문에 미련 없이 죽을 수 있었을 것이다.

이렇게 결론을 맺자. 이 영화에서 마르크스의 기차는 이상한 곳에 정확하게 도착했고, 프로이트의 기차는 정확한 곳에 은밀하게 도착했다고. (신형철, 2013)

이 글은 신형철이 쓴, 영화 '설국 열차'에 대한 비평문이다. 대개의 비평문은 또는 비평문 저자의 시선은 두 곳을 향해 있다. 하나는 분석해야 할 대상 텍스트이고, 다른 하나는 대상 텍스트를 해석하는 데 유용한 권위적인 담론이다. 비평문의 성패는 권위적인 담론을 다루는 저자의 방식에 달려 있다. 정확하게 인용하느냐, 부정확하게 인용하느냐와 정확하게 그대로 적용할 것인가, '나의 말'로 정확하게 적용할 것인가의 문제다. 한편, 하나의 권위적인 담론에 의존할 것인가? 아니면, 권위적인 말에 대항적인 담론과 권위적인 말에 대한 근사한 해석 텍스트를 두루 도입할 것인가? 더 나아가 권위적인 말이 '보고되는 방식'으로 즉 직접 인용의 방식을 취할 것인가? 아니면 권위적인 말과 비평가의 말이 교묘하게 혼재되어 있어서 그 말의 경계선이 모호한 방식을 취할 것인가? 후자는 바흐친이 강조하는 회화적인 담론 또는 의사직접화법의 형식을 드러낼 것이다.

신형철의 비평문은 위에서 열거한 대조의 항목에서 후자에 충실한 글이라고 생각한다. 사실, 대개의 훌륭한 비평문은 이러한 담론 형식을 취하고 있다. 저자는 '마르크스의 기차'에서 마르크스의 시선과 베냐민의 시선을 중층적으로 대조한다. 저자는 기존의 비평문이 둘 중의 하나의 관점, 또는 제3의 창의적 관점(탈근대의 얘기로 해석)에 도달해 있다고 평가하면서, 이들 세 개의 시선이 갖는 부적절함을 '설국 열차'의 다양한 장면을 인용하면서 드러낸다. 그러면서 저자는 "이 영화는 '마르크스냐 베냐민이냐'를 묻고는 갑작스럽게 제3의 선택지를 택해버린 것처럼 보인다."라고 말하면서, "실로 지금 이 시대가 체념도 낙관도 모두 허용하지 않는 시대라면, 이 열차가 이상한 곳에 도착했기 때문에 우리는 정확한 현실인식에 도착한 것일지도 모른다."라고 말함으로써, 납득 가능한 지점에 정확하게 도달하고 있다.

'프로이트의 기차'에서는, 프로이트를 부정확하게 또는 무리하게 인용한 해석("터질 듯한 긴장감으로 팽팽하던 기차가 마침내 폭발하고 마는 장면은 사정(射精)을 상징합니다.")을 비판하면서, "프로이트적인 해석은 모든 사물을 성적 상징으로 변환시키는 기술이 아니라, 이성과 의지의 산물인 것처럼 보이는 행위와 사건들에 (그런 것들일수록 더) 무의식적인 요소가 얼마나 깊숙이 '매개'돼 있는지를 따져보는 작업이다."라고 말한다. 그리고 커티스의 마지막 결정은 "결국 아버지가 되는 데 성공했다고 말해야 하지 않을까. 그는 아버지가 되기를 포기하고 죽음을 택한 것이 아니라, 아버지가 되는 데 성공했기 때문에 미련 없이 죽을 수 있었을 것이다."라고 평가한다. 마르크스와 프로이트 담론을 인용하고 있는 신형철의 글은 이들 말과 자신의 말 사이에 존재할 수 있는 경계선을 지우는 방식으로, 경계이월적 접근으로 대상에 천천히 접근하고 있다.

권위적인 담론이란 여러 사람에 의해서 권위를 인정받았고, 그래서 미래의 여러 해석 텍스트를 기다리는 담론을 의미하지만, '스스로' 권위적인 담론의 위치를 점하려는 의지를 드러내는 담론도 여기에 포함시켜 논의할 필요가 있다. 이러한 담론은 전형적인 독백적 글쓰기에 해당하기 때문이다. 어떤 사건에 대한 해석을 독점하면서, 독자로 하여금 '암송', '동의', '실천'을 은근히 강요하는 대개의 사설과 어떤 칼럼은 이러한 권위적 담론의 특징을 두루 공유하고 있다. 이는 이들 장르가 갖는 본래적 성격에서 비롯되는 것이기도 하다.

▞ 민족 갱생의 도

"나의 글을 이까지 읽고도, 조금도 自己의 內的 反省을 할 餘裕를 가지지 못한 이에게는, 나의 말을 또 다시 한다고 바로 그 痲痺된 聽官의 神經을 움직일 수는 없는 때문이다. 그러한 頑固한 衰弱症 患者는, 그의 病毒이 健全한 사람의 사이에 傳播되기 전에, 어서 하루라도 바삐 우리 民族 社會에서 떠나기를 바란다."(최현배 〈민족 갱생의 도〉의 일부; 김철, 2008: 77에서 재인용)

최현배의 글은 문체, 어조 모든 면에서 매우 권위적이다. 이는 자신의 생각에 대한 깊은 확신에서 비롯된 것으로 보인다. 무엇보다 독자(청중)에 대한 그의 규정이 무척이나 단정적이고, 권위적이다. 독자는 "조금도 自己의 內的 反省을 할 餘裕를 가지지 못한", "痲痺된 聽官의 神經을 움직일 수는 없는", "頑固한 衰弱症"에 걸린 사람이다. 따라서 "그의 病毒이 健全한 사람의 사이에 傳播되기 전에, 어서 하루라도 바삐 우리 民族 社會에서 떠나"야만 하는 사람이다.

독자를 이와 같이 계몽의 대상으로 삼는 글쓰기는 우리에게 매우 익숙하다. 이런 어휘를 동원하여 이런 문체로 쓴 칼럼, 사설, 논설 텍스트를 우리는 교과서나 신문을 통해 오래전부터 익혀온 터다. 사실, 한국 사회의 대개의 사설은 이러한 권위적인 담론의 성격을 농후하게 지니고 있다고 생각한다. 한국 사회, 한국 언론에 뚜렷한 이러한 사설 장르의 형식과 문체가 어떻게 생겨나고 어떻게 고착되었는지에 대해서는 이후 차분한 논의가 필요할 것이라고 생각한다. 다만, 위와 같은 권위적인 담론이 요즘의 사설에서 어떻게 유지되고 있는지 한 두 사례를 통해 살펴보고자 한다.

(가) 헌법재판소의 통합진보당 해산 결정 후 옛 통진당 당원들과 좌파 단체 사람들이 연일 '근조(謹弔) 민주주의'라는 피켓을 들고 집회를 열고 있다. 참석자 전원이 약속한 듯 이 피켓을 들었다. 이정희 전 대표 등은 연단에 올라 "민주주의가 송두리째 무너졌다" "독재와 암흑의 시대로 돌아갔다"고 했다. 이들은 앞으로도 이런 집회를 전국적으로 확대해 나갈 예정이라 한다.

헌재(憲裁)가 헌정 사상 최초인 정당 해산 심판의 압박감 속에서도 8대1이라는 압도적 찬성으로 해산 결정을 내린 것은 통진당의 종북(從北) 노선만을 문제 삼아서가 아니다. 헌법 8조가 정당 해산 사유로 규정하고 있는 '민주적 기본 질서 위배'에 해당한다고 본 것도 해산 결정의 주요 이유 중 하나다.

통진당과 그 전신인 민주노동당이 지난 몇 년간 보여온 행태를 돌이켜보라. 주사파 계열의 NL(자주파) 집단이 평등파(PD)를 몰아내고 당을 장악한 이후 통진당에서는 시대착오적인 부정(不正)과 폭력 사태가 벌어졌다.

통진당을 장악한 이석기 전 의원과 그를 중심으로 한 경기동부연합은 2012년 총선 비례대표 후보 선출을 위한 당내 경선 과정에서 광범위한 부정을 저질렀다. 이 전 의원처럼 통진당 내에서 이름조차 알려지지 않은 사람들이 이런 부정 경선을 통해 국회의원까지 됐고, 이번에 종북 콘서트로 문제가 된 황선미 같은 사람마저 비례대표 예비 후보에 올랐다. 이정희 전 대표는 야권 단일 후보 경선 때 조직적 부정을 저질렀다가 후보직 사퇴까지 했다. 이런 문제를 수습하기 위해 열린 당 중앙위원회에서는 생중계 속에서도 머리채를 잡아끌고 각목이 난무하는 충격적 폭력 장면을 보여줬다. 민노당 시절부터 이 당 소속 의원들은 툭하면 국회에서 기물을 부수는 등 폭력을 휘둘렀고, 급기야 국회 본회의장에서 최루탄을 터뜨리는 일까지 저질렀다.

그들이 민주주의를 말할 자격이 있느냐는 물음은 그들이 자초(自招)한 것이다. 당내 경선은 물론 총선에서도 자유·비밀투표라는 민주주의 기본 질서를 훼손했다. 이런 사실은 이들과 함께 당을 하다가 결국 통진당을 떠난 유시민·노회찬 같은 사람의 증언을 통해 세상에 알려졌다. 당 핵심들은 간첩 사건으로 기소된 사람들에 대한 당 차원의 징계조차 막았다. 목적 달성을 위해서라면 수단과 방법을 가리지 않아 온 이 사람들은 지금까지 당을 장악해 돈과 조직을 좌지우지해왔다. 이 돈은 국민의 세금에서 나온 국고보조금으로, 지난 3년간만 163억원이나 됐다. 작년 5월 RO(혁명 조직) 집회에 참석한 사람들은 바로 이런 일을 주도해온 통진당 핵심들이었다.

우리 사회 일각에는 민주국가에선 아무리 일탈한 정당이라도 유권자에게 존속 여부에 대한 선택을 맡기거나 공론의 장(場)에서 걸러지도록 하는 것이 낫다는 견해가 있는 게 사실이다. 통진당 세력은 앞으로 바로 이런 정서에 기대어 어떻게 든 살아남으려 할 것이다. 그러나 통진당 세력은 최루탄으로 건전한 공론(公論)이 형성되는 걸 방해하고, 폭력과 부정 선거로 당내(黨內) 민주주의를 완전히 무너뜨렸다. 민주주의 덕분에 누릴 수 있는 혜택을 다 누리면서도 민주주의를 파괴하는 데 앞장섰다. 민주주의 파괴의 주역들이 민주주의의 위기를 얘기하는 것 자체가 언어도단(言語道斷)이다. (조선일보, 2014. 12. 22일)

(나) 각계 진보 성향 인사들이 22일 '원탁회의'를 열어 "통진당 부활과 민주주의 수호를 위한 전국적 국민운동 조직을 만들겠다"고 밝혔다. 이들은 그동안 선거 연대(連帶)를 비롯해 야권에 주요 현안이 있을 때마다 장외(場外)에서 훈수를 둬온 사람들이다. 이번엔 야당에 '통진당 지킴이'로 나서라는 압박을 시작한 셈이다.

헌재가 통진당 해산을 결정한 핵심 이유 중 하나는 그들이 "민주주의 원리를 훼손했기 때문"이다. 헌재는 "(자주파 출신 당 주도세력이) 비례대표 부정 경선(競選), 중앙위원회 폭력 사태 등을 통해 토론과 표결에 기반을 두지 않고 비민주적이고 폭력적인 수단으로 후보의 당선을 관철하려 함으로써 선거제도를 형해화(形骸化)하려 했다"고 구체적 근거까지 들었다.

이른바 '원탁회의'를 만든 사람들은 그동안 입만 열면 "이 나라의 민주화를 위해 싸워온 양심세력"이라고 자랑해 왔다. 그렇게 민주투사를 자임(自任)해온 사람들이 통진당 세력의 비(非)민주적 폭력과 부정, 불법들에 대해서는 눈을 감고 입을 닫아 왔다. '원탁회의'가 진짜 민주화 양심세력이라면 통진당 사람들이 폭력과 부정을 저질렀을 때 꾸짖었어야 했다. 민주주의를 짓밟은 통진당의 잘못에는 침묵해 놓고 헌재 결정 이후 통진당을 되살리는 명분으로 '민주주의 수호'를 내세우는 건 자기모순이자 자기 부정(否定)일 뿐이다.

이런 장외 나팔수들을 의식했는지 새정치연합 문희상 비대위원장은 이날 "내려진 결정은 되돌릴 수 없다"면서도 "헌재는 더 신중해야 하고 정치적이어선 안된다"고 했다. 우윤근 원내대표는 "헌재 (재판관) 구성 방식을 개선해야 한다"고 지적하고 나왔다. 통진당 해산 결정이 나왔을 때만 해도 "헌재 결정을 존중한다"더니 사흘 만에 헌재 비판 쪽으로 무게 중심을 옮긴 것이다. 심지어 야당 지도부인 인재근 비대위원과 정동영 전 대선 후보는 아예 '원탁회의' 제안자 11명 명단에 이름을 올렸다.

새정치연합은 2년 전 총선에서 '야권 연대'를 통해 통진당이 국회에서 13석(席) 의석을 얻을 수 있게 해줬다. 통진당 이석기 세력은 이 힘을 바탕으로 국회에서 합법적으로 '북한 노동당 2중대'처럼 행동하다가 적발됐다. 통진당이 당 출범식에서 애국가를 부르지 않을 정도로 반(反)대한민국 행각을 보였는데도 새정치연합은 이를 모른 척하며 총선 등에서 통진당과 어깨동무를 하기에 바빴다. 그러니 새정치연합이 '종북(從北) 세력의 숙주(宿主) 노릇을 했다'는 비난을 듣는 것은 스스로 불러온 결과다. 새정치연합은 이런 통진당과의 야권 연대를 통해 수도권 일부 지역에서 몇 석을 건졌는지 몰라도 총선과 대선, 지방선거 등 충분히 이길 수 있는 선거의 판세를 그르쳤다. 새정치연합 정책연구원이 지난해 만든 총선 패배 보고서에도 "종북·좌파 등의 문제가 있는 (통진당 등) 진보 정당과 차별화하지 않으면 앞으로 선거에서 이기기 힘들다"고 적혀 있다.

통진당과 손잡는 걸 주도했거나 적극적으로 거든 사람들은 야당 지지자를 비롯한 국민에게 사과하고 용서를 구하는 게 책임 있는 정치인의 자세다. 그런데도 당 대표를 비롯한 당시 야당 지도부는 하나같이 침묵하고 있다. 당 상임고문으로 야권 연대를 채근했던 문재인·이해찬 의원은 오히려 통진당 해산 결정을 "세계사적으로 유례가 드문 일" "끔찍한 일"이라며 헌재를 상대로 삿대질을 하고 나섰다.

야당이 다음 총선과 대선에서 통진당 지지 세력의 도움을 기대하고 말고는 스스로 판단할 문제다. 그러나 지난 주말 두 여론조사에서 '통진당 해산' 찬성 의견이 60%를 넘었다. 국민의 다수가 종북 세력과 다시는 연대하지 말라는데도 야당이 이를 무시하고 다시 장외의 '사이비 훈수꾼'들에게 휘둘린다면 그것을 누가 말리겠는가. 분명한 것은 그럴수록 야당의 재집권 꿈이 더 멀어질 뿐이라는 점이다. (조선일보, 2014. 12. 23일)

위 (가)와 (나)의 사설은 사설의 저자가 또는 해당 언론사가 '통진당'을 어떻게 보고 있는지를 잘 보여준다. 특히, 사용된 어휘와 표현을 보면 그러한 관점과 태도가 여실하게 드러난다. "장외 나팔수", "북한 노동당 이중대", "숙주", "사이비 훈수꾼"으로 호명하고 있다. 국민이 뽑은 국회의원을 이렇게 호출할 수 있는 근거는 무엇인가? 국회의원이 아닌 누구라도 이런 방식으로 호명하는 것은, 인식론적으로도 윤리적으로도 바람직하지 않다.

또한 사용된 어휘를 보면, 훨씬 거칠고 부적절하다. (가)에 나타나는 "일삼던", "들먹이나", "행태", "저질렀다", "언어도단"과 (나)에서 보이는 "삿대질인가", "입만 열면", "꾸짖어야 했다", "행각", "노릇" 등의 표현은 보통 어른이 행실이 나쁜 어린애를 꾸짖을 때, 사용하는 말들이다. 물론 인격적으로 성숙한 어른은 이런 표현을 사용하지 않으면서 자신의 생각을 드러낼 것이다.

사설이 보이는 이런 권위적인 태도는 매우 흔하게 발견된다. 한국 언론이 갖는 하나의 고유한 특성으로 자리 잡았다고 볼 수 있다. 사설은 본래적으로 설득을 목적으로 한 텍스트일 텐데, 사설이 이런 태도와 문체를 유지할 때, 독자(청중)은 공감과 동의를 할 것인가? 본래부터 이런 공감과 동의를 요구하고 있지 않다는 생각이 든다. 그렇다면, 그들의 독자는 누구인가? 이런 태도와 표현은 누구를 향하고 있는가? 아마도 이런 태도를 공유하고 있는 동질 집단일 것이다. 동질 집단을 대상으로 한 텍스트에서 대화적 글쓰기를 기대하는 것은 상당히 힘들 것이다.

앞에서 우리는 사설이 갖는 매우 권위적인 태도와 형식을 살펴보았다. 그리고 이러한 권위적인 담론은 특히, 소위 보수를 자처하는 언론에서 더 흔하게 나타나는 것이 사실이다. 그러나 자칭 진보 언론이라고 하는 신문사의 사설도 권위적인 담론의 틀에서 좀처럼 벗어나지 못한다. 그래서 나는 이것이 한국 언론의 사설이 갖는 장르적 성격이라고 보는 것이다. 물론 진보적인 언론의 표현은 보수 언론의 표현에 비하여 다소간 더 완곡하고 진중한 모습을 보이는 것은 사실이다. 그러나 표현의 이면에 자리잡고 있는 태도는 여전히 권위적이다.

📄 관용하지 않을 권리

우리 사회에 절실히 필요한 것은 여전히 관용의 자세다. 관용은 그저 착하기만 해서 자기주장 없이 뭐든지 다 받아들이는 것을 의미하지 않는다. 오히려 확고한 자신의 생각을 가지고 있지만 그럼에도 불구하고 그것이 틀릴 수도 있음을 인정하는 태도가 관용을 가능하게 하는 전제다.

우리 사회에는 나와 다른 생각의 존재 자체를 인정할 준비가 안 되어 있는 관계들이 많다. 나이, 직급, 학벌, 성별, 인종, 지역, 혹은 종교나 정치적 신념 등이 수많은 장벽들을 만들어내고 상대에게 침묵과 복종을 강요하는 현실에서 관용이야말로 사회 곳곳에 요구되는 덕목이다.

그러나 칼 포퍼가 '관용의 역설'이라고 말했듯이, 관용을 위협하는 자들에게까지 무제한의 관용을 베푼다면 관용 자체가 무너지고 만다. '불관용을 관용하지 않을 권리'가 없다면 관용은 애초에 성립할 수 없다. 자신을 냉철하게 성찰하고 상대의 입장을 어떻게든 이해해 보려는 힘겨운 노력을 잠시라도 멈춘다면 누구나 불관용의 우를 범할 수 있다. 그러기에 촛불집회와 친박집회 사이에조차도, 상호 관용의 가능성은 늘 열려 있어야 한다. 하지만 불관용이 인간의 존엄성을 무시하는 폭력으로까지 이어지는 상황이라면, 우리는 단호하게 관용하지 않을 권리를 말해야 한다.

우리 사회에 관용이 부족한 원인의 하나로 유교 전통의 폐해를 들 수도 있겠으나, 유교의 근본이념 가운데 하나인 '충서(忠恕)'는 나의 마음을 다해서 타인의 마음을 헤아리는 것이라는 점에서 관용과 닮아 있다. 관용이 '인정하기 힘든 다름을 참아냄'에서 비롯된 데 비해, 충서는 타인의 아픔에 민감하게 반응하는 데에서 출발한다. 평화적 공존이라는 명분 아래 상호 불간섭으로 이어질 여지가 있는 관용에 따뜻한 숨결을 더해줄 수 있는 것이 충서다. 그러나 자신의 생각을 주장하기 위해서 타인의 아픔 따위 아랑곳하지 않을 수 있다면, 그는 이미 인간이 아닌 괴물이다. 괴물에게 베풀 관용은 없다.

세월호 유족을 조롱하고 참사의 진상 조사를 악의적으로 방해하며 거짓 뉴스들을 양산해온 이들, 봉하마을까지 몰려가서 고인의 가족을 능멸하는 것도 모자라 유인물 안 받는다는 이유로 손녀 같은 학생의 따귀를 때리는 이들에게까지 관용을 베푼다면, 이 사회에 그나마 존재하는 관용들마저 무너지고 말 것이다.

(경향신문, 2017. 04. 04일)

위 사설의 논지는 분명하다. '관용을 위협하는 자들에게까지 관용을 베풀어서는 안 된다.'가 사설의 일관된 입장이다. 이러한 관점은 실은 대부분의 사람들이 동의하는 상식이 되었다. 물론 이러한 상식을 실천하고 있는지는 모르겠다. 다만, 나는 이러한 진술이 하나의 격률이 될 때의 사태를 우려한다. 위 사설의 태도로 볼 때, 이 진술을 철회할 의사는 '절대로' 없어 보인다. 그만큼 단호하고 완고하다.

어떤 담론이 '언제 어디서나' 통용되고, '언제 어디서나' 변하지 않는 어떤 원리, 원칙, 격률을 가정할 때, 그 담론은 필연적으로 권위적인 담론이 된다고 생각한다. 나는 위 사설에서 이러한 권위를 읽는다. 권위적인 담론은 삶의 개별성, 우연성, 복잡성을 좀처럼 허용하려 들지 않는다.

위 사설에서 밝히고 있듯이 "자신을 냉철하게 성찰하고 상대의 입장을 어떻게든 이해해 보려는 힘겨운 노력을 잠시라도 멈춘다면 누구나 불관용의 우를 범할 수 있다." 이 말은 관용이 얼마나 힘든 일이고, 불관용이 얼마나 쉬운 것인지를 말해준다. 다른 말로 하면, 우리는 '괴물'이 될 가능성이 매우 높은 삶을 살고 있다. 따라서 각 주체에게 불관용을 관용하지 않는 사회는 매우 무섭고, 위태로운 사회이다. 나는 언제든지 그런 불관용의 대상이 될 수 있기 때문이다.

그러나 정작 문제가 되는 것은 여럿 잠복해 있다. 예컨대, 누가 '불관용'을 하는 사람인가, 어떤 사람을 불관용하는 사람이라고 말할 수 있는 자는 누구인가? 어느 한 사람이라도 저 사람이 불관용한 사람이라고 하면 그 사람에게 불관용해야 하는 것인가? 아니라면, 불관용을 판단하는 어떤 사람과 그 사람의 역할을 규정해야 하는가? 그 사람의 판단이 맞다고 누가 판단할 수 있는가? 불관용의 정도도 있을 수 있지 않은가? 속으로만 되새기는 불관용, 말로만 표현되는 불관용, 직접적인 피해를 입히지 않는 불관용, 순간적인 불관용 등은 또 어떠한가?

이러한 질문은 끝이 없을 것이다. 그런데 위 사설은 이러한 질문을 하지 않는다. 이러한 질문을 상정하지 않고 있는 것으로 보인다. 그래서 위 사설이 매우 권위적인 담론으로 읽히는 것이다. 이와 같이 많은 사설은 질문을 하지 않거나, 질문을 봉쇄하거나, 일부의 질문만 제기하는 방식으로 스스로 권위 있는 담론이 되려는 경향성을 지니고 있다. 그런데, 나는 이것이 모든 사설 또는 칼럼 장르의 고유하고 변하는 않는 성격, 특성이라고 생각하지 않는다. 다음은 소소한 일상의 삶에서 윤리적 감수성을 길어 올리는 글쓰기 사례이다. 내적으로 설득적인 담론의 대화적 성격을 잘 드러내고 있다고 생각한다.

🎲 여호와의 증인

아주 좋아하는 벗이면서도 아주 싫어하는 이로 여호와의 증인인 이가 있다. 싫어하는 곡절부터 말하자면, 여호와의 증인이 못 될 나를 그이는 늘 동정하여 만날 때마다 여호와 어쩌고 사탄 어쩌고 한다.

그러나 그이는 내가 깊이 존경하는 사람이다. 일찍이 미국에 가서 눌러 살면서 시민권 신청을 할 적에 정부 관리가 시민권의 기본 요건을 확인하려고 묻는, "전쟁이 터지면 총칼 들고 싸울래?", "총칼 들지 못하겠다면 총칼 들지 않는 군대 일을 할래?"에 대해 부정적인 대답을 하고 그 황금같이 값지다고 치던 특권을 거부한 인물이다. 그가 믿는 신앙의 가르침 속에 총칼 들지 말라는 것이 포함되어 있어서 그랬다. 보통 사람이라면 우선 "예" 하고 시민권 얻어다 놓고 나중에 신앙에 어긋난 약속을 했던 것을 용서해 달라고 하늘에 빌었을 터이나 그이는 시민권을 못 얻는 대가를 치르면서 하늘과 관리에게 두루 정직했다.

신앙의 부름과 국가의 부름이 서로 어긋날 때에 그 신앙을 믿는 한 국민이 어느 쪽의 부름을 따를지는 지극히 개인적인 문제일 것이다. 그러나 둘 다 어기면 처벌을 받는 부름이라면 멀리 보이는 저승의 정신적인 처벌보다는 눈앞에 보이는 이승의 옥살이를 더 무서워하는 것이 예사일 것이다. 그러나 우리 눈에는 군대 복무를 거부하여 징역살이를 하게 된 여호와의 증인을 꾸짖는 신문 보도가 가끔 눈에 띈다.

'양심적인 반대자'에 대하여 특례를 인정하는 미국 같은 나라와는 여러모로 사정이 다른 우리 나라의 법으로 보아서 그들의 징역살이는 마땅하다. 그러나 신교의 자유가 헌법에 명시된 국민의 기본권이라는 사실 같은 것은 우선 제쳐 놓고라도 우리는 그들도 인간으로는 따뜻하게 대접해야 할 듯하다.

종교에서 옳다고 하는 것과 법에서 옳다고 하는 것이 여호와의 증인의 군대 복무 문제 같은 것에서와는 달리 대체로 일치한다고 치면, 비록 바깥 사람의 눈에는 '그른' 믿음으로 비칠지는 몰라도 그것을 지키기 위해서 감방을 마다하지 않는 이의 사회 생활에 많은 올바름의 실천이 있을 수도 있을 것이다.

고장난 소련 스파이 인공 위성이 지구로 되돌아와 방사성 더러움을 땅에 퍼뜨릴지도 모른다고 해서 최근 온 세계 사람들이 마음을 죄었다. 문명의 첨단에 다다랐다는 오늘날에도 인간은 이처럼 서로 싸우고 죽이고 하는 원시인 생활을 하고 있다. 그런 점에서 세계의 모든 사람들이 총칼 들기를 거부한다면 인간 사회는 그만큼 성숙하게 되는 셈이다.

다만 그런 스파이 인공 위성이 상징하는 '저편 사람들'의 손에 총칼이 쥐어져 있는데도 불구하고 가만히 앉아 있기만 할 수 없는 것이 오늘을 사는 많은 사람들의 고민이기는 하다. 그러나 되풀이하건대 총칼 들기를 거부하여 법으로 처벌하여야 할 '나쁜' 사람들이라고 하더라도 인간으로서만은 따뜻하게 대접하자.

(한창기, 2007: 193-194)

기존하는 법률, 종교적 규범, 윤리적 규범 등과 같은 공식적인 담론에 근거해서 어떤 인물의 행위를 평가하고, 재단하는 것은 쉬운 일이다. 그 '원칙'과 '규범'을 그대로 적용하면 되기 때문이다. 이는 다른 말로 하면 '권위적인 담론'을 사는 방식이기도 하다.

이러한 '권위적인 담론 살기'에서는 내적으로 설득적인 담론이 형성될 개연성이 적어진다. 이러한 개연성이 사라진 사회에서는 도그마적인 권위적인 담론이 지배함으로써, 일탈과 무질서를 설명하는 새로운 용어도 생겨나기 어렵다. 이러한 사회는 깔끔하고, 명징한 사회일지는 모르나 섬세하고, 부드러운 합리성과 이질적이고 풍성한 다양성이 부재 또는 결핍된 사회라고 할 수 있다. 이런 사회를 우리는 온전한 의미에서의 민주주의 사회라고 부르기는 힘들 것이다.

한창기가 화제로 삼고 있는 '여호와의 증인'은 한국 사회에서 매우 쉽게 재단되고 처리되어 왔다. 이들에 대한 섬세하고, 부드러우며, 합리적인 시선은 좀처럼 발견하기 어렵다. 이들은 한국의 기독교 사회에서 벌써부터 '이단'으로 취급받아 왔으며, 자신이 무교이든, 불교이든 간에 상관없이 우리는 손쉽게 그들에게 '이단'에 걸맞는 시선을 보낸다. 이들은 종교적인 이유로 병역을 거부한다. 따라서 우리는 이들을 '범법자'로서 처리하는 것에 대해 적극적인 지지를 보낸다. 이것이 한국 사회의 윤리적 감수성 수준이다. 그리고 이는 우리가 권위적인 담론 살기를 하고 있음을 반증하는 것이기도 하다.

한창기는 이러한 공식적인, 권위적인 담론을 잠시 유예시키면서, 이들의 처지와 이들에 대한 우리의 시선을 조심스럽게 성찰하면서 새로운 윤리적 감수성을 일깨운다. 다른 시선으로 보면, 이들은 자신의 종교적 신념을 지키기 위해 세속의 모든 특권을 버리는 사람이며, 세속의 모든 처벌을 감수하는 사람이다. 멀고 눈에 안 보이는 신앙보다는 가깝고 눈앞에 훤히 보이는 이익을 좇는 우리와는 상당히 다른 면모를 보이는 사람이다. 한편, 이들은 매우 이상적이고, 고결한 어떤 사회를 상상하게 만든다. 전쟁이 없는 삶이다. "문명의 첨단에 다다랐다는 오늘날에도 인간은 이처럼 서로 싸우고 죽이고 하는 원시인 생활을 하고" 있는데, 여호와의 증인은 "세계의 모든 사람들이 총칼 들기를 거부"하는 따라서 그만큼 성숙한 사회를 꿈꾸게 하는 사람들이다. 한편, 이들은 무엇보다 특별한 사람이 아니다. 공식적이고, 거창한 담론으로 이들을 평가하려는 권위적 태도를 버린다면, 이들은 나의 이웃이고, 친구이고, 가족이다. 그렇지 않은가? 다만, "여호와 어쩌고 사탄 어쩌고"하지만 않는다면 말이다. 이렇게 한창기는 자신의 구체적이고, 일상적인 인간관계의 맥락에 주목함으로써, 우리가 미처 느끼지 못했던, 발견하지 못했던 윤리적 감수성 한 가닥을 펼쳐 보이고 있다. 내적으로 설득적인 담론은 권위적인 담론에 거리두기와 이해적·능동적 반응 속에서 형성되기도 하지만, 이와 같이 사소하고, 하찮은 삶의 맥락에서 만들어낼 수 있는 것이다.

📷 내 유년의 울타리는 탱자나무였다

어린 시절 내 손에는 으레 탱자 한두 개가 쥐어져 있고는 했다. 탱자가 물렁물렁해질 때까지 쥐고 다니는 버릇이 있어서 내 손에서는 늘 탱자 냄새가 났다. 크고 노랗게 잘 익은 것은 먹기도 했지만, 아이들은 먹지도 못할 푸르스름한 탱자들을 일없이 따다가 아무 데나 던져놓고는 했다. 나 역시 그런 아이들 중 하나였는데 그렇게 따도 따도 남아돌 만큼 내가 살던 마을에는 집집마다 탱자나무 울타리가 많았다.

지금도 고향, 하면 탱자의 시큼한 맛, 탱자처럼 노랗게 된 손바닥, 오래 남아 있던 탱자 냄새 같은 것이 먼저 떠오른다. 그리고 뾰족한 탱자가시에 침을 발라 손바닥에도 붙이고 코에도 붙이고 놀던 생각이 난다. 가시를 붙인 손으로 악수하자고 해서 친구를 놀려주던 놀이가 우리들 사이에 한창인 때도 있었다. 자그마한 소읍에서 자라나는 아이들이 할 수 있는 놀이란 고작 그런 것이었다.

그래서 탱자가시에 찔리곤 하는 것이 예사였는데 한번은 가시 박힌 자리가 성이 나 손이 퉁퉁 부었던 적이 있다. 벌겋게 부어오른 상처를 보면서 나는 생각했다. 왜 탱자나무에는 가시가 있는 것일까. 그리고 찔레꽃, 장미꽃, 아카시아…… 가시를 가진 꽃이나 나무들을 차례로 꼽아보았다. 그 가시들에는 아마 독이 들어 있을 거라고 혼자 멋대로 단정해버리기도 했다.

얼마 후에 아버지는 내게 가르쳐주셨다. 가시에 독이 있는 것은 아니고, 그저 아름다운 꽃과 열매를 지키기 위해 그런 나무들에는 가시가 있는 거라고, 다른 나무들은 가시 대신 냄새가 지독한 것도 있고, 나뭇잎이 아주 써서 먹을 수 없거나 열매에 독성이 있는 것도 있고, 모습이 아주 흉하게 생긴 것도 있고……이렇게 살아 있는 생명에게는 자기를 지킬 수 있는 힘이 하나씩 주어져 있다고.

그러던 어느 날 탱자 꽃잎을 보다가 스스로의 가시에 찔린 흔적을 발견하게 되었다. 바람에 흔들리다가 제 가시에 쓸렸으리라. 스스로를 지키기 위해 주어진 가시가 때로는 스스로를 찌르기도 한다는 사실에 나는 알 수 없는 슬픔을 느꼈다. 그걸 어렴풋하게 느낄 무렵, 소읍에서의 내 유년은 끝나가고 있었다.

언제부턴가 내 손에는 더 이상 둥글고 향긋한 탱자 열매가 들어지지 않게 되었다. 그 손에는 무거운 책가방과 영어단어장이, 그 다음에는 누군가를 향해 던지는 돌멩이가, 때로는 술잔이 들려 있곤 했다. 친구나 애인의 따뜻한 손을 잡고 다니던 때도 없지는 않았지만, 그 후로 무거운 장바구니, 빨랫감, 행주나 걸레 같은 것을 들고 있을 때가 더 많았다.

생활의 짐은 한 번도 더 가벼워진 적이 없으며, 그러는 동안 내 속에는 날카로운 가시들이 자라나기 시작했다. 가시는 꽃과 나무에게만 있는 것이 아니었다. 세상에, 또는 스스로에게 수없이 찔리면서 사람은 누구나 제 속에 자라나는 가시를 발견하게 된다. 한번 심어지고 나면 쉽게 뽑아낼 수 없는 탱자나무 같은 것이 마음에 자리 잡고 있다는 것을, 뽑아내려고 몸부림칠수록 가시는 더 아프게 자신을 찔러댄다는 것을 알게 되었다. 그 후로 내내 크고 작은 가시들이 나를 키웠다.

아무리 행복해 보이는 사람에게도 그를 괴롭히는 가시는 있기 마련이다. 어떤 사람에게는 용모나 육체적인 장애가 가시가 되기도 하고, 내성적인 성격이 가시가 되기도 하고, 원하는 재능이 없다는 것이 가시가 되기도 한다. 그리고 그 가시 때문에 오래도록 괴로워하고 삶을 혐오하게 되기도 한다.

로트렉이라는 화가는 부유한 귀족의 아들이었지만 사고로 인해 두 다리를 차례로 다쳤다. 그로 인해 다른 사람보다 다리가 자유롭지 못하고 다리 한쪽이 좀 짧았다고 한다. 다리 때문에 그는 방탕한 생활 끝에 결국 창녀촌에서 불우한 생을 마감했다. 그러나 그런 절망 속에서 그렸던 그림들은 아직까지 남아서 전해진다.

"내 다리 한쪽이 짧지 않았더라면 나는 그림을 그리지 않았을 것이다"라고 그는 말한 적이 있다. 그에게 있어서 가시는 바로 남들보다 약간 짧은 다리 한쪽이었던 것이다.

로트렉의 그림만이 아니라, 우리가 오래 고통받아온 것이 오히려 존재를 들어올리는 힘이 되곤 하는 것을 겪곤 한다. 그러니 가시 자체가 무엇인가 하는 것은 그리 중요한 문제가 아닐지도 모른다. 어차피 뺄 수 없는 삶의 가시라면 그것을 어떻게 받아들이고 다스려 나가느냐가 더 중요하지 않을까 싶다. 그것마저 없었다면 우리는 인생이라는 잔을 얼마나 쉽게 마셔버렸을 것인가. 인생의 소중함과 고통의 깊이를 채 알기도 전에 얼마나 웃자라버렸을 것인가.

실제로 너무 아름답거나 너무 부유하거나 너무 강하거나 너무 재능이 많은 것이 오히려 삶을 망가뜨리는 경우를 자주 보게 된다. 그런 점에서 사람에게 주어진 고통, 그 날카로운 가시야말로 그를 참으로 겸허하게 만들어줄 선물일 수도 있다. 그리고 뽑혀지기를 간절히 바라는 가시야말로 우리가 더 깊이 끌어안고 살아야 할 존재인지도 모른다.

가시 박힌 상처가 벌겋게 부어올라 마음이 쉽게 가라앉지 않는 날, 나는 고향의 탱자나무 울타리를 떠올리곤 한다. 둥근 탱자를 손에 쥐고 다니던 그때, 탱자 가시로 장난을 치곤하던 그때……그 평화롭던 유년의 울타리가 탱자나무로 되어 있었다는 사실이 내게는 어떤 전언처럼 받아들여진다.

내게 열매와 꽃과 가시를 처음으로 가르쳐준 나무, 내가 살아가면서 잃어버려야 할 것과 지켜가야 할 것을 동시에 보여준 나무, 그러면서 나와 함께 좁은 나이테를 늘려가고 있을 탱자나무, 눈앞에 그 짙푸른 탱자나무를 떠올리고 있으면 부어오른 마음도 조금은 가라앉게 되는 것이다.

언젠가 탱자나무 울타리를 다시 지나게 된다면……아마도 나는 그 사이에 더 굵어진 가시들을 조심조심 어루만지면서 무어라 중얼거릴 것이다. 그러고는 오래 전에 잃어버린 탱자 한 알을 슬그머니 따서 주머니에 넣고는 그 푸른 울타리를 총총히 떠날 것이다. 만일 가시들 사이에서 키워낸 그 향기로운 열매를 내게도 허락해준다면. (나희덕, 1999: 66-70)

나희덕이 말하고 있듯이 누구에게나 '가시'는 있다. "아무리 행복해 보이는 사람에게도 그를 괴롭히는 가시는 있기 마련이다. 어떤 사람에게는 용모나 육체적인 장애가 가시가 되기도 하고, 내성적인 성격이 가시가 되기도 하고,

원하는 재능이 없다는 것이 가시가 되기도 한다." 누구에게나 있는 이런 가시를 우리는 어떻게 대해야 하는가? 권위적인 담론은 이러한 질문에 대한 친절한 반응을 보이고 있지 않다. 있다고 하더라도, 효과적인 처방이 되지 못한다. 우리의 삶의 맥락은 권위적인 담론이 가정하고, 상상한 맥락보다 훨씬 복잡하고, 중층적이기 때문이다.

저자는 내 삶을 설명하는 거창한 이론이나 권위적인 담론을 가져오지 않는다. 그러한 이론에 근거하여 삶을 설명하지 않는다. 나의 유일하고, 고유하며, 구체적인 삶의 맥락을 차분히 들여다보는 과정에서 개별적인 사건에 의미를 부여하고 있다. 정언 명령으로서의 윤리적 규범보다 나희덕의 말이 훨씬 더 공감과 울림을 형성하는 이유가 여기에 있다.

나는 이것이 산문적 지혜이고, 산문적 사유의 힘이라고 생각한다. 이 글은 이러한 산문적 사유의 특징을 고스란히 드러내고 있다. 산문적 사유는 그것이 이론이든, 규범이든 기존의 것에 기대지 않는다. 사소하고, 하찮고, 무질서한 삶의 맥락에서 어떻게 살아가야 할 것인가에 대한 길을 스스로 모색한다. 더 중요한 것은 이렇게 찾은 길이 모든 시공간적 맥락을 초월해서 적용할 수 있다거나, 적용해야 한다고 가정하지 않는다. 우리는 질서보다는 무질서의 삶을 살고 있고, 필연보다는 우연의 맥락을 지나간다. 삶은 투명하기보다는 불투명하며, 탄탄하기보다는 울퉁불퉁하다. 따라서 지금 내가 발견한 길은 지금 여기의 맥락에서만 일시적이고, 유보적인 의미를 지닐 뿐, 다른 맥락을 만나면 새로운 길이 새롭게 모색되어야 한다. 이와 같은 보편성, 일반성에 대한 거부가 산문적 지혜이고 사유 방식이다. 그리고 이것이 대화적 글쓰기를 관통하는 사유 방식이기도 하다.

참고 문헌

Bakhtin, M.(1934/1988), 소설 속의 담론, 장편소설과 민중언어(전승희·서경희·박유미 역), 창작과비평사.

Bakhtin, M.(1952/2006), 담화 장르의 문제, 말의 미학(김희숙·박종소 역), 도서출판 길.

Morson, G. & Emerson, C.(1990/2006), 바흐친의 산문학(오문석·차승기·이진형 역), 책세상.

인용 문헌

경향신문 사설(2017. 04. 04일)

김영민(1996), 용서는 없다, 산책과 자본주의, 늘봄.

나희덕(1999), 내 유년의 울타리는 탱자나무였다, 반통의 물, 창비.

신형철(2013), 마르크스, 프로이트, 그리고 봉준호, 시네21 915호.

조선일보 사설(2014. 12. 23일)

최현배(1930), 민족 갱생의 도(김철, 2008: 77에서 재인용).

한창기(2007), 여호와의 증인, 배움 나무의 생각, 휴머니스트.

제14장 본질적 잉여와 시선의 잉여

1. 바흐친의 개념들: 낭만주의·형식주의 모델, 대화적 직관

저자는 인물을 창조한 사람이다. 따라서 저자는 인물의 심리를 인물 자신보다도 더 잘 안다. 더 나아가 인물의 운명까지 훤히 꿰고 있다. "이런 종류의 '본질적' 잉여(인물은 이용할 수조차 없는 본질적 사실에 대한 지식)는 저자와 인물이 '단일한 평면 위에서 존재'하지 못하게 만들며, 따라서 동등하게 대화를 나눌 수도 없게 만든다. 저자는 잉여를 사용해 인물을 종결짓고, 그의 정체성을 최종적으로 확정한다."(모슨과 에머슨, 1990/2006: 421)

그러나 실제 대화에서는 각 주체가 동일한 평면 위에서 서로 마주보며 대화를 한다. 따라서 둘 중에 누구도 상대에 대해 '본질적인 잉여'를 가질 수 없다. 본질적인 잉여를 가질 수 없기 때문에 누구도 타자에 대해서 종결이 불가능하다. 그러나 글쓰기는 저자가 갖는 우월성 때문에 다성성과 종결불가능성을 방해하는 요소가 곳곳에 존재한다. 도스토옙스키의 위대성은 "인물들을 타자로서 마주하는 방법을, 그리고 그들과 더불어 진정으로 열린-채-끝난 대화를 나누는 방법을 찾았다는 데 있다."(모슨과 에머슨, 1990/2006: 421)

즉, 도스토옙스키의 위대한 발견은 사람들을 진정으로 종결 불가능한 것으로 표상할 수 있는 길을 예술 내에서 창조해낸 것이었으며, 그러기 위해 그는 그 자체로 종결 불가능한 창작 방법을 전개했다. 다성적 소설은 사람들을 진정으로 개별적인 것으로 표상하기 위해 인물들과 직결된 저자의 '외재하는 본질적 잉여'를 거부한다.[1] 저자가 '본질적 의미의 잉여'를 폐기할 때, 인물들에게 상대적 자유와 독립을 부여할 수 있다. 바흐친은, 이러한 '본질적 잉여'의 폐기가 도스토옙스키 창작론의 핵심이라고 보고 있다.

> 도스또예프스끼는 자신을 위해 본질적인 의미의 잉여[2]를 남겨두는 법이 없으며, 오로지 이야기를 진행하는 데 필요할 만큼 순전히 실용적인 통보의 역할만 최소한의 잉여로 남겨둘 뿐이다. 사실상 작가에게 본질적인 의미의 잉여가 존재한다는 것은 소설의 커다란 대화를 완결지어진 그리고 객체화된 대화로 전환시키거나 수사적인 역할을 하는 대화로 전환시키는 것이다. (바흐친, 1963/2003: 94)

오로지 저자인 나만이 알고 있는 어떤 것, 또는 인물은 모르나 저자 자신만 알고 있는 어떤 것이 바로 '본질적 잉여'이다. 이런 자신감이 없다면 사실 글쓰기가 불가능할지 모른다. 그러나 대상, 사건에 대한 하나의 다른 시각을 보탬으로써, 결과적으로 대상, 사건에 대한 총체적이고 전반적인 이해에 도달할 수도 있겠다는 희망이 나의 글쓰기를 추동할 수도 있는 것이다. 전자의 경향성이 강하면 독백적 글쓰기로, 후자의 경향성이 강하면 대화적 글쓰기로 흐를 가능성이 상대적으로 높아진다.

"'본질적 잉여의 폐기', 인물의 '상대적 자유', 그리고 저자의 '지위' 및 '활동'의 변화 같은 개념은 모두 다성성이 사실 창작 과정의 이론임을 시사한다. 다성적 작품은 특별한 방법으로 창작되어야지 그렇지 않으면 불가피하게 독백적이게 된다는 것이 바흐친의 주장이다."(모슨과 에머슨, 1990/2006: 423) 만일 잘못된 창작 방법이 사용된다면, 그 작품은 진정한 대화가 아니라 오히

---

1) 인물을 완전히 이해할 수 있다는, 모든 면에서 그려낼 수 있다는 관점, 태도, 시선이 '본질적 잉여'이다. 그러나 우리가 신이 아닌 이상, 지금 여기를 벗어난 총체적인, 종합적인, 전지적 시점에서 타자 또는 대상을 그려낼 수는 없다.
2) 김근식(2003, 94)은 '여분'으로 번역하였으나, 나는 모슨과 에머슨의 용례를 좇아 '잉여'라는 표현을 사용하고자 한다.

려 "모든 독백적 소설에서 흔히 볼 수 있는 객관화되고 완결된 대화의 이미지로 변해 버릴 것이다."(바흐친, 1963/2003: 80)

낭만주의 글쓰기는 흔들림이 없는 또는 글쓰기 과정에서 저자나 주제의 변화가 없는 글쓰기라고 할 수 있다. 이러한 글쓰기는 저자의 '본질적 잉여'를 활용한 글쓰기로써 독백적 글쓰기의 뚜렷한 하나의 사례라고 볼 수 있다.

바흐친이 보기에 도스토옙스키의 창작 과정은 다른 작가들과 구별된다. "바흐친은 자신이 이해한 도스토옙스키의 글쓰기 방법에 기대어 기존의 창작 과정 모델, 즉 '낭만적'(혹은 '영감에 의한') 모델에 대한 대안을 구성하고자 했다. 플라톤에게서 시작되어 최근 프로이트의 수정을 거친 영감에 의한 모델은 창작 과정을 뮤즈나 무의식, 혹은 정체 불명의 원천에서 영감이 느닷없이 분출하는 것으로서 표상한다. 결국 그것은 방법적 작업이 중요성을, 그리고 매 순간마다 요구되는 결단 과정의 중요성을 무시한다. 이 점에서 영감에 의한 모델은 바흐친의 산문학에 들어맞지 않는다."(모슨과 에머슨, 1990/2006: 424)

순간적으로 받아들여지며 본질적으로 처음부터 완성되어 있어야 하는 낭만적 영감은 저자나 인물 양측에서 진행되는 진정한 대화적 활동을 허용하지 않는다. 어찌 보면 낭만적 모델에서의 저자는 '본질적 잉여'에 휩싸인 존재라고 볼 수 있다. 그는 주제와 대화할 필요가 없다. 주제를 이끌고 가는 어떤 미지의 힘에 나를 맡기면 되는 것이기 때문이다.

한편, 고전적 혹은 형식주의적 모델 역시 대화적 글쓰기에 부적합하다. "이 모델에 따르면 저자는 처음부터 주어진 계획에 따라 작업을 진행하고, 수학자가 문제를 풀 때의 엄밀함과 주의를 가지고 세부를 완성한다. (중략) 사실상 수학 문제를 푸는 것은 창작이라기보다는 발견의 형식인데, 어떤 의미에서 해답은 이미 존재하는 것이기 때문이다. 그에 반해서 다성적 저자는 언제나 진정 새로운 것을 창조해낼 수 있는 잠재력을 가진 대화에 참여한다. (중략) 진정한 대화와 마찬가지로, 다성적 창작은 걸음을 내딛을 때마다 '놀라움'을 찾아내는 열린 과정이다."(모슨과 에머슨, 1990/2006: 425)

독백적 글쓰기는 하나의 단일한 논리 구조를 가지며, 이러한 구조는 애초부터 하나였다는, 하나일 수밖에 없다는 가정을 가지고 있다. 그러나 "바흐친이 제대로 지적한 것처럼, 이미 전개된 플롯은 전개될 수 있었던 여러 가능한 플롯들 중의 하나에 불과하다. 우리는 똑같이 시작하는 대화를 두고도 거기에서 전개될 수 있을 법한 다른 가능한 플롯들에 '점선'을 긋고 싶은 유혹을 받는다. 대화적 교환이 이루어지는 본질적인 순간에는 인물들이 모든 플롯과 모든 구조 너머로 달아나버린다는 점에서, 플롯은 한낱 '프로크루스테스의 침대'에 불과하다."(모슨과 에머슨, 1990/2006: 436) 대화적 진리 감각처럼, 대화적 글쓰기는 하나의 체계에 통합된 요소들로 만들어진 것이 아니라 잠재적 사건으로 가득 찬 목소리들로 만들어진다.

도스토옙스키의 작품에서 타자를 실질적으로 이해하는 주인공들은 "대화적 직관"(바흐친, 1963/2003: 78)을 소유한 사람들이다. "이때 대화적 직관은 전적인 종결 불가능성 속에 타자의 내적 대화를 감지하고, 개방성을 존중하면서 그 대화에 참여하는 능력을 말한다. 그들은 '본질적' 잉여에 대한 욕망을 거절하고, 그 대신에 말 거는 잉여를 구한다."(모슨과 에머슨, 1990/2006: 463) 사실, 대화적 직관은 모든 인간 본성에 내재하고 있는 것인지 모른다. 도스토옙스키는 단지 그것을 '대화적 직관'으로 예감하고, 발견하고, 드러냈을 뿐이다.

바흐친이 도스토옙스키 글쓰기에서 읽은 것은, 신과 인간의 관계 또는 신이 인간을 대하는 방식이었는지도 모르겠다. "신은 종결 불가능한 존재들을 창조했고, 그들은 진정으로 자유로우며 자신의 창조주를 놀라게 했던 도스토옙스키의 인물들처럼 신을 놀라게 할 능력을 지니고 있다. '세계의 향연'에 직접 참여하기 위해서 신은 스스로 육화되고 시험을 당했다. 마치 도스토옙스키가 자신의 이념을 시험하기 위해서 샤토프, 조시마, 그리고 티콘을 육화했던 것처럼 말이다. 그리스도는 세계에 들어가 살았고', 결코 종결되지 않는 '대화적 직관'으로 사람들에게 말을 걸면서 자신이 완벽한 대화 상대자임을 입증했다."(모슨과 에머슨, 1990/2006: 463)

'본질적 잉여'를 버린다는 것은, 대상을 다루는 저자로서의 내가, 기꺼이 대상에 의해 시험을 당하는 위치에 서겠다는 태도를 보이는 것과 같다. 대상의 자유로움을 인정하고, 그러한 자유로움에 의한 예측 불가능한 사태에 기꺼이 나를 노출시키는 것이야말로 '본질적 잉여'를 버리고 대화적 글쓰기를 수행하는 최선의 방법이다.

바흐친의 눈으로 볼 때, 도스토옙스키는 산문 장르들에 혁명을 일으켰다. 그리고 장르는 다름 아닌 사유의 방식이고, 사유의 형식이다. 따라서 도스토옙스키가 일으킨 것은 사유 방식의 혁명이라고 볼 수 있다. 바흐친의 다음 서문에서도 알 수 있듯이, 바흐친이 주목한 것은 도스토옙스키의 사유 방식 또는 예술적 사고 유형이라고 할 수 있다.

> 우리는 예술형식 분야에서 도스토옙스키를 가장 위대한 혁신자 중의 하나로 간주하고 있다. 우리가 믿는 바에 따른다면 그는 우리가 약정하여 다성음악적이라고 부르는 극히 새로운 예술적 사고의 유형을 창조해냈다. 이 예술적 사고의 유형은 도스토옙스키의 여러 작품에서 드러나고 있으며, 그 중요성은 소설 창작의 영역을 뛰어넘을 뿐만 아니라 유럽 심미학의 기본 원칙과도 관련을 맺고 있다. 요컨대 도스토옙스키는 혁신적이라고까지 할 수 있는 세계적 예술의 모델을 창조했다고 말할 수 있다. 그러한 모델 속에서 재래적 예술 형식의 상당한 구성요소가 근본적 변형을 겪었다. 이 책의 과제는 문학적 이론 분석을 통해 그와 같은 도스토옙스키의 원론적 혁신성을 규명해보려는 데도 있다. (바흐친, 1963/2003: 2)

바흐친의 다성성 개념은 소설 창작론을 설명하는 논리를 넘어선다. 모든 글쓰기를 설명하는, 더 나아가 예술적·인식론적 사유 방식을 설명하는 매우 유효한 개념이다. 바흐친이 도스토옙스키 창작론에서 추론한 다성성 개념을 문예적 장르를 넘어 수사적 장르로 확장하고자 하는 이유가 여기에 있다.

도스토옙스키 덕분에 우리는 인간경험의 여러 측면을 접할 수 있게 되었다. "도스토옙스키 이전의 소설가들은 도덕적 책임과 인간적 선택에 대해 쓸 수는 있었지만, 그들의 '본질적 잉여'와 플롯에 대한 선 지식은 자유를 그 모든 종결 불가능한 '사건성' 속에서 가시화할 수 없게 만들었다. 추상적 전사의 문제에 대해 자기 나름의 논의를 전개한 철학자들도 사건성과 '당위성'의 희미한 그림자 이상은 쓸 수 없었다."(모슨과 에머슨, 1990/2006: 485)

"대화적 노선" 또는 다성적 접근으로 인해서 우리는 "인간 의식과 인간 존재의 대화적 영역이라는 측면들을 포착"할 수 있게 되었다. 그리고 "이러한 측면들은 독백적 입장에서는 예술적으로 융화될 수 없는 것들"이다. (바흐친, 1963/ 2003: 359)

2. 대화적 글쓰기의 발견 5

저자가 본질적 잉여를 버릴 때, 대상은 활짝 만개한다. 비로소 대상이 주인공이 되고, 주인공이 텍스트의 흐름을 이끈다. 이는 저자가 통일되고, 명확한 자신의 시선을 버렸기 때문에 가능해진 공간이다. 이러한 사례를 김훈 텍스트를 통해 확인하고자 한다. 한편, 나는 '본질적 잉여'를 버린 글쓰기관과 그러한 관점에 충실히 부합하는 글쓰기 사례를 우리의 고전 글쓰기에서 풍부하게 발견할 수 있다고 생각한다. 박지원, 이옥, 이덕무 등의 글쓰기 사례를 통해 이러한 판단의 적절성을 시험해 보고자 한다.

여자7

사람의 목소리는 경험되지 않은 것들에 대한 추억을 끌어 당겨준다. 사람의 목소리에는 생명의 지문이 찍혀 있다. 이 지문은 떨림의 방식으로 몸에서 몸으로 직접 건너오는데, 이 건너옴을 관능이라고 말해도 무방하다. 그러므로 내가 너의 목소리를 들을 때, 나는 너를 경험하는 것이다.

초야의 새벽은 새소리로 열린다. 새소리를 들을 때, 나는 새의 종족을 구분할 수는 있지만 소리를 내고 있는 새의 개별성을 확인할 수는 없다. 나는 새가 아니기 때문이다. 그래서 새소리는 나를 소외시킨다. 새소리나 악기의 소리가 들려올 때, 나는 그 소리를 내고 있는 주체의 개별성이 그리워지고 그 그리움 때문에 더욱 소리에 빠져든다. 이 결핍에는 출구가 없다.

그러나 죽은 이난영의 노래를 들을 때 나는 내가 만난 적이 없는, 살아 있는 동안의 이난영의 개별성을 내 몸으로 확인한다. 내가 인간의 목소리에 매혹되는 것은 이 사적인 개별성과 직접성 때문이다. 나는 살아 있는 모든 인간의 목소리에서 관능을 느낀다.

양희은은 송창식, 조용필, 위키리 같은 가수들과 함께 대중의 음악정서를 두 박자 트로트로부터 해방시킨 선구적인 여가수다. 그 이전에는 들리는 것이라고는 온통 뽕짝이거나 후방전시 체제를 다그치는 군가뿐이었다. 나는 젊은 양희은을 좋아했고 지금도 자주 듣는다. 양희은의 목소리는 힘 있고 맑다. 양희은 목소리의 힘은 세계를 안으로 끌어들이기보다는 자아를 세계 속으로 밀어내는, 공격적인 힘이다. 그리고 양희은의 맑음은 잡것을 받아들이지 않으려는 배타적인 맑음이다. 그래서 양희은의 맑음은 부드럽지 않고 거세다. 힘 있고 맑은 소리는 멀리 간다. 양희은의 힘과 맑음이 합쳐지면서 때때로 건전가요풍의 창법을 이루는 대목을 나는 좋아하지 않지만 양희은의 목소리는 멀리 가서, 삶의 전망이라고 할 만한 것에 닿는다. 그때 양희은의 목소리는 세상을 열어젖히는데, 거기가 양희은의 가장 좋은 순간들이다. 그때 양희은은 새롭게 태어나는 시간의 질감으로 거칠고 싱그럽다. 목소리를 통해서 내가 체험한 양희은의 여성성은 여자인 생명의 외로움을 버거워하면서도 힘겹게 감당해낸다. 그 여성성은 제도나 인습에 의해서 이미 정형화되고 이미 여성화되어버린 아름다움을 사절하고 있다. 사랑을 노래할 때, 양희은의 목소리는 그리움이나 기다림을 노래하기보다는 사랑과 더불어 와야 할 자유를 노래한다. 그래서 양희은 목소리의 쓸쓸함은 애절하지 않고 강력하다.

김추자는 어떤가. 김추자는 어지럽다. 김추자 목소리의 본질은 환각과 도발이다. 김추자의 여성성은 내연기관처럼 끊임없이 폭발하고 배기한다. 이 폭발의 절정이 음악적 기율로 통제될 때가 김추자의 가장 좋은 순간들이다. 사랑을 노래할 때 김추자의 목소리는 사랑을 손짓해 부르기보다는 사랑을 부르고 있는 자신의 내면을 가열차게 터뜨려버린다. 그래서 김추자의 노래는 때때로 상대가 없는 독백처럼 들린다. 이 독백은 맹렬한 독백이다. 이것이 김추자의 도발이다.

    사실은, 심수봉 얘기를 하려고 이 글을 시작했다. 나는 젊었을 때 양희은을 좋아했다. 좀더 나이 먹어서는 김추자를 좋아했고 지금은 심수봉을 좋아한다. 나는 목소리를 통해서 심수봉을 체험한다. 심수봉의 여성성 속에서, 여자로 태어난 운명은 견딜 수 없는 결핍이다. 이 결핍은 의식화된 것도 아니고 인문화된 것도 아니다. 이 결핍은 본래 그러한 것이다. 심수봉은 그 결핍을 막무가내로 드러내 보인다. 심수봉은 그 결핍의 자리로부터 남자의 안쪽을 향해 직접 쳐들어오면서 노래한다. 남자로 태어난 운명도 견딜 수 없는 결핍이고 빈곤이다. 그 결핍을 향해 바로 다가온다는 점에서 심수봉은 남자를 가장 잘 이해하는 여가수다. 심수봉은 곧장 다가온다.

    내가 나이 먹어서 심수봉을 좋아하게 되었다고 말했더니, 내 주변의 젊고 사나운 첨단 여성들은 나를 늙고 진부하고 성적 이기심에 가득 찬 남성주의자 추물이라고 비난했다. 여자들은 점점 사나워진다. 심수봉의 노래를 들을 때 나는 그 여자의 결핍의 애절함에 의해 남자인 나 자신의 결핍을 깨닫는다. 그리고 그 결핍이 슬픔이라는 것도 알게 되었다. 나는 지금 심수봉 노래의 음악적 수준을 말하려는 것이 아니다.

    다시 들어보니, 양희은의 자유나 김추자의 도발도 모두 견딜 수 없는 결핍을 노래하고 있었다. 자유를 노래할 때도, 그 노래를 노래하게 하는 것은 결국은 부자유일 터이다. 나이 먹어서까지 양희은을 좋아한다는 것은 건강한 일일 테지만, 나이 먹어서 심수봉을 좋아하게 되었다는 것은 뒤늦게 찾아오는 결핍의 자각이다. 그러니 사나운 여자들아, 결핍의 슬픔으로 화해하자. 내가 혼자 산속 마을에 엎드려 있어도 이 결핍과 부자유는 어쩔 수 없다. (김훈, 2015: 262-266)

    김훈은 목소리의 개별에 주목한다. 사람의 지문이 모두 다르듯, 목소리 또한 다르다. 이것이 목소리의 개별성이고 고유성이다. 대화적 글쓰기는 대상의 개별성과 유일성에 주목한다. 본질적 잉여로서의 시선으로는 대상의 개별성을 포착하기 어렵다. 본질적 잉여를 거둘 때, 비로소 그 자리에 대상의 개별성은 오롯하게 빛을 내며 존재감을 드러낸다.

    김훈의 글에서, 많은 가수의 목소리는 개별성을 드러내면서 빛난다. 양희은의 목소리는 "힘 있고 맑다. 양희은 목소리의 힘은 세계를 안으로 끌어들이기보다는 자아를 세계 속으로 밀어내는, 공격적인 힘이다. 그리고 양희은의 맑음은 잡것을 받아들이지 않으려는 배타적인 맑음이다." 그러면 양희은의 가장 좋은 순간은 언제인가? 양희은의 목소리가 "멀리 가서, 삶의 전망이라고 할 만한 것에 닿"을 때이다. 김추자의 목소리는 "사랑을 손짓해 부르기보다는 사랑을 부르고 있는 자신의 내면을 가열차게 터뜨려버린다." 그리고 "이 폭발의 절정이 음악적 기율로 통제될 때가 김추자의 가장 좋은 순간들이다." 심수봉의 목소리는 여자로 태어난 견딜 수 없는 운명의 결핍을 드러낸다. 그래서 김훈은 심수봉의 노래를 들을 때, "그 여자의 결핍의 애절함에 의해 남자인 나 자신의 결핍을 깨닫는다."

위 글에서 알 수 있듯이 김훈 글쓰기의 한 특징은 반복과 나열과 대조이다. 예컨대, "힘 있고 맑다.", "부드럽지 않고 거세다.", "거칠고 싱그럽다." "애절하지 않고 강력하다.", "환각과 도발이다.", "폭발하고 배기한다.", "결핍이고 빈곤이다." 등이 그 예다. 이러한 표현은 시선의 중층성의 강도를 높이는 방식이라고 생각한다. 김훈 글쓰기에서 반복과 나열은 특히 서술어에서 강하게 나타난다. 서술어의 반복과 나열은 시선이 하나로 모아지지 않는 사태, 하나로 모아지는 것에 대한 경계와 자의식에서 발생한다. 즉, 시선의 단층성에 대한 경계, 어쩔 수 없이 생겨나는 시선의 중층성이 자연스럽게 서술어의 반복과 나열을 낳을 수밖에 없는 것이다. 다시 말해, 하나의 시선으로는 좀처럼 포착되지 않는, 비록 포착될지라도 그러한 진술이 대상을 다 말하지 못할 것이라는 조바심과 우려에서 비롯된다고 생각한다. 이는 그가 생래적으로 '본질적 잉여'에 대한 강한 거부감이 있음을 보여준다.

🖼 정확하게 사랑하기 위하여
비평가를 이해해줄 것 같은 시인 장승리의 〈무표정〉

대부분의 사람들에게는 비평이나 비평가에 대해 진지하게 생각해볼 시간이 없겠지만, 비평가 자신들은 꽤 많은 시간을 자기 자신에 대해 생각하는 데 보낸다.

어떤 비평가가 되길 원하느냐는 질문을 몇 번 받은 이후 나는 간결하고 명료한 대답을 준비해둬야겠다고 생각했는데, 마침 최근 어느 대담에서 같은 질문을 받고는 이렇게 답했다. 정확하게 칭찬하는 비평가. 이 대답은 곧바로 두 개의 추가 질문을 유발할 것이다. 길게 답할 수 없으니 오해를 사기 쉽겠지만 그래도 답해보자.

첫째, 왜 칭찬인가. 어떤 텍스트건 칭찬만 하겠다는 뜻이 아니라, 칭찬할 수밖에 없는 텍스트에 대해서만 쓰겠다는 뜻이다. 그런 글을 쓰고 나면 내 삶이 조금은 더 가치 있어졌다는 생각이 들기 때문이다. 내 노트북에는 쓰고 싶은 글의 제목과 개요만 적어놓은 파일이 수두룩한데 이 파일의 수는 자꾸만 늘어난다. 누구에게나 그렇겠지만, 도대체가 시간이 너무 없다. 이것은 인생의 근본 문제다. 비판이 비평의 사명이라고 생각하지 않는다. 비판은, 비판을 할 때 만족감을 느끼는 비평가들의, 사명이다.

둘째, 왜 정확한 칭찬인가. 비판이 다 무익한 것이 아니듯 칭찬이 늘 값있는 것은 아니다. 부정확한 비판은 분노를 낳지만 부정확한 칭찬은 조롱을 산다. 어설픈 예술가만이 정확하지 않은 칭찬에도 웃는다. 진지한 예술가들은 정확하지 않은 칭찬을 받는 순간 자신이 실패했다고 느낄 것이다. 정확한 칭찬은 자신이 칭찬한 작품과 한 몸이 되어 함께 세월의 풍파를 뚫고 나아간다. 그런 칭찬은 작품의 육체에 가장 깊숙이 새겨지는 문신이 된다. 지워지지도 않고 지울 필요도 없다.

이런 생각이 보편적인 설득력을 가질 것이라고 자신하지 않는다. 동의해달라고 떼쓸 생각도 없다. 누군가는 왜곡 없이 이해할 것이라고 믿을 뿐이다. 그러던 중에 장승리의 두 번째 시집 〈무표정〉(문예중앙시선 23)을 읽었다. 좋은 시가 많았지만 특히 어떤 시가 나를 반갑게 했다. 그 시를 읽고 나서 나는 이 시인이 어떤 사람인지 알 것 같다는 생각이 들었다. 그리고 이 시인도 내가 어떤 사람인지 이해해줄 것 같다고 생각했다. 이것이 이중의 착각일지라도, 이런 착각은 어떤 에너지가 된다.

"정확하게 말하고 싶었어/ 했던 말을 또 했어/ 채찍질/ 채찍질/ 꿈쩍 않는 말/ 말의 목에 팔을 두르고/ 니체는 울었어/ 혓바닥에서 혓바닥이 벗겨졌어/ 두 개의 혓바닥/ 하나는 울며/ 하나는 내리치며/ 정확하게 사랑받고 싶었어/ 부족한 알몸이 부끄러웠어/ 안을까봐/ 안길까봐/ 했던 말을 또 했어/ 꿈쩍 않는 말발굽 소리/ 정확한 죽음은/ 불가능한 선물 같았어/ 혓바닥에서 혓바닥이 벗겨졌어/ 잘못했어/ 잘못했어/ 두 개의 혓바닥을 비벼가며/ 누구에게 잘못을 빌어야 하나"('말' 전문)

화자는 세 개의 소망을 말했다. 정확하게 말하고 싶고, 정확하게 사랑받고 싶고, 정확하게 죽고 싶다는 것. 이 모든 것의 출발은 우선 말이다. 그녀는 정확하게 말하고 싶었으나 말을 하고 나면 그것은 늘 부정확한 것처럼 여겨졌고 그래서 했던 말을 또 해야만 했다. 니체는 채찍질당하는 말(馬)을 끌어안고 울었지만, 그녀는 자신의 말(言)이 정확해지길 바라며 채찍질하는 사람이기도 하고 그것이 고통스러워 우는 사람이기도 하다. 그래서 그녀에게는 "두 개의 혓바닥"이 있다. 하나는 때리고, 하나는 운다.

정확하게 말하고 싶다는 욕망은 정확하게 사랑받고 싶다는 욕망과 연결돼 있다. 나는 "부족한 알몸"이 부끄럽다. 그런데 네가 나를 안으려 들까봐, 혹은 내가 너에게 안기고 말까봐, 했던 말을 하고 또 하면서 딴청을 부려야 했다. 내 알몸을 부끄러워할 필요가 없도록, 네가 있는 그대로의 나를 사랑해주면 좋겠다. 그때 나는 '정확하게 사랑받고 있다'는 느낌을 받겠지. 어쩌면 그것은 정확한 죽음만큼이나 "불가능한 선물"일까. 비평가인 나는 세상의 모든 훌륭한 작가와 시인들에게 바로 그 '불가능한 선물'을 주고 싶은 것이다. 정확한 칭찬이라는 정확한 사랑을. (신형철, 한겨레21, 2013. 02. 08일)

'본질적 잉여'를 버리고, '잉여적 시선'으로 대상을 본다는 것은, 대상을 정확하게 보고자 하는 노력이다. 한편, 대상에 대한 정확함은 하나의 '시선의 잉여'가 아닌, 중층적인 '시선의 잉여'일 때, 또는 '시선의 잉여'가 중층적으로 포개질 때, 비로소 가까스로 획득될 것이라는 가정을 포함하고 있다.

신형철의 '정확함'에 대한 강조는 이런 맥락에서 이해될 수 있다. 그러나 '정확한 사랑'에는 드러나지 않은, 또는 제기될 수 있는 많은 질문들을 거느리고 있다. 먼저, 칭찬할 수밖에 없는 텍스트에 대해서만 쓰겠다고 할 때, 저자가 선택한 텍스트가 "칭찬할 수밖에 없는 텍스트"라는 것을 누가 확정할 수 있는가? 저자인 비평가가 "이것은 칭찬할 수밖에 없는 글이다."라고 선언하면 되는 것인가? 이것은 순환 논증이다. 따라서 여기에 대한 답은 "나는 칭찬할 수밖에 없는 텍스트라고 생각한다. 그러나 나와 다른 생각을 가진 사람이 있을 것이다."일 것이다. 물론, 저자는 이와 같은 답변을 미리 가지고 있는 것으로 보인다. "오해를 사기 쉽겠지만", "누군가는 왜곡 없이 이해할 것이라고

민을 뿐이다."란 표현 속에 벌써 이와 같은 질문을 예견하고 있기 때문이다. 중요한 것은, 대상이 "칭찬할 수밖에 없는 텍스트"든, "비판할 수밖에 없는 텍스트"든, 그 칭찬과 비판 담론 역시, 다양한 주체에게 칭찬과 비판이 열려 있다는 것을 아는 것이다. 이것이 '본질적 잉여'로부터 거리를 두는 방식이다.

나는 '본질적 잉여'를 거부하고 '잉여적 시선'을 가지고 글쓰기를 한 사례를 박지원, 이옥 등의 우리 고전 글쓰기에서 발견한다. 이들은 모두 저자의 특권을 포기함으로써 비로소 대상이 주인공이 되는 길을 열었다는 점에서, 대화적 글쓰기의 본질에 육박해 들어갔다고 생각한다. 먼저, 이들의 글쓰기관을 살펴보고자 한다.

(가) 경지에게 답함 3
앞다리를 반쯤 꿇고, 뒷다리는 비스듬히 발꿈치를 들고서 두 손가락을 집게 모양으로 만들어 다가가는데, 잡을까 말까 망설이는 사이에 나비가 그만 날아가 버립니다. 사방을 둘러보아도 사람이 없기에 어이없이 웃다가 얼굴을 붉히기도 하고 성을 내기도 하지요. 이것이 바로 사마천이 ≪사기≫를 저술할 때의 마음입니다. (박지원, 2004)

(나) 초책에게 보냄
그대는 행여 신령한 지각과 민첩한 깨달음이 있다 하여 남에게 교만하거나 다른 생물을 업신여기지 말아 주오. 저들에게 만약 약간의 신령한 깨달음이 있다면 어찌 스스로 부끄럽지 않겠으며, 만약 저들에게 신령한 지각이 없다면 교만하고 업신여긴들 무슨 소용이 있겠소.
우리들은 냄새나는 가죽부대 속에 몇 개의 문자를 지니고 있는 것이 남들보다 조금 많은 데 불과할 따름이오. 그러니 저 나무에서 매미가 울음 울고 땅 구멍에서 지렁이가 울음 우는 것도 역시 시를 읊고 책을 읽는 소리가 아니라고 어찌 장담할 수 있겠소. (박지원, 2004)

(다) 능양시집서
아, 저 까마귀를 보라. 그 깃털보다 더 검은 것이 없건만, 홀연 유금(乳金) 빛이 번지기도 하고 다시 석록(石綠) 빛을 반짝이기도 하며, 해가 비추면 자줏빛이 튀어 올라 눈이 어른거리다가 비췻빛으로 바뀐다. 그렇다면 내가 그 새를 '푸른 까마귀'라 불러도 될 것이고, '붉은 까마귀'라 불러도 될 것이다. 그 새에게는 본래 일정한 빛깔이 없거늘, 내가 눈으로써 먼저 그 빛깔을 정한 것이다. 어찌 단지 눈으로만 정했으리오. 보지 않고서 먼저 그 마음으로 정한 것이다.

아, 까마귀를 검은색으로 고정 짓는 것만으로도 충분하거늘, 또다시 까마귀로써 천하의 모든 색을 고정 지으려 하는구나. 까마귀가 과연 검기는 하지만, 누가 다시 이른바 푸른빛과 붉은빛이 그 검은 빛깔[色] 안에 들어 있는 빛[光]인 줄 알겠는가. 검은 것을 일러 '어둡다' 하는 것은 비단 까마귀만 알지 못하는 것이 아니라 검은 빛깔이 무엇인지조차도 모르는 것이다. 왜냐하면 물은 검기 때문에 능히 비출 수가 있고, 옻칠은 검기 때문에 능히 거울이 될 수 있기 때문이다. 그러므로 빛깔이 있는 것치고 빛이 있지 않은 것이 없고, 형체[形]가 있는 것치고 맵시[態]가 있지 않은 것이 없다. (박지원, 2004)

(라) 영처고서

우사단(雩祀壇) 아래 도저동(桃渚洞)에 푸른 기와로 이은 사당이 있고, 그 안에 얼굴이 붉고 수염을 길게 드리운 이가 모셔져 있으니 영락없는 관운장(關雲長)이다. 학질(瘧疾)을 앓는 남녀들을 그 좌상(座牀) 밑에 들여보내면 정신이 놀라고 넋이 나가 추위에 떠는 증세가 달아나고 만다. 하지만 어린아이들은 아무런 무서움도 없이 그 위엄스러운 소상(塑像)에게 무례한 짓을 하는데, 그 눈동자를 후벼도 눈을 깜짝이지 않고 코를 쑤셔도 재채기를 하지 않는다. 그저 덩그러니 앉아 있는 소상에 불과한 것이다.

이를 통해 보건대, 수박을 겉만 핥고 후추를 통째로 삼키는 자와는 더불어 그 맛을 말할 수가 없으며, 이웃 사람의 초피(貂皮) 갖옷을 부러워하여 한여름에 빌려 입는 자와는 더불어 계절을 말할 수가 없듯이, 관운장의 가상(假像)에다 아무리 옷을 입히고 관을 씌워 놓아도 진솔(眞率)한 어린아이를 속일 수는 없는 것이다. (박지원, 2004)

(마) 백운필

내가 말했다. "짓는 자가 어찌 감히 짓겠는가? 짓는 자로 하여금 짓게 하는 자가 지은 것이 되기 때문이다. 이를 짓게 하는 자가 누구인가? 천지만물이 바로 그것이다. 천지만물은 천지만물의 성(性)이 있고 천지만물의 상(象)이 있고 천지만물의 색(色)이 있고 천지만물의 성(聲)이 있다. 총괄하여 살펴보면 천지만물은 하나의 천지만물이고 나누어 말하면 천지만물은 각의 천지만물이다. 바람 부는 숲에 떨어진 꽃은 비오는 모양처럼 어지럽게 흐트러져 쌓여 있는데 이를 변별하여 살펴보면 붉은 꽃은 붉고 흰꽃은 희다. 그리고 균천광악(勻天廣樂)이 우레처럼 웅장하게 울리지만 자세히 살펴보면 현악은 현악이고 관악은 관악이다. 각 자기의 색을 그 색으로 하고, 각 자기의 음을 그 음으로 한다. …곧 천지만물이 그것을 짓는 자의 꿈에 의탁하여 그 상(相)을 드러내고 기(箕)에 나아가 정(情)을 통하는 데 지나지 않는다. …그러므로 작가라는 것은 천지만물의 한 번역관이며 또한 천지만물의 한 화가라 할 수 있다. (이옥, 2009)

(바) 이목구심서

만물을 관찰할 때는 제각기 안목을 갖추어야 한다. 나귀가 다리를 지날 때엔 오직 귀가 어떠한지를 보고, 비둘기가 뜰에서 거닐 때는 오직 어깻죽지가 어떠한가를 보아야 한다. 매미가 울 때는 오직 가슴이 어떠한가를 보며, 붕어가 물을 삼킬 적엔 오직 아가미가 어떠한가를 보아야 한다. 여기에 모두 정신이 드러나며 지극한 묘리가 붙어 있다. (이덕무, 1967)

(가)에서 박지원은 나비를 재현 대상에, 나비를 잡는 아이를 저자에 비유하여 글쓰기 방법론을 논하고 있다. "나비는 곧 이리저리 움직이며 끊임없이 변화하는 현실, 살아있는 재현 대상이다. 역사적 현실도 마찬가지이다. 역사가의 의식 속에 날아다니는 나비같이 좀체 잡기 어려운 대상이다. 역사를 서술하기 위한 사마천의 고심은 그 진실을 어떻게 포착하느냐에 있었다. 나비에게 자기 존재를 들키지 않듯이 재현 대상을 훼손하지 말아야 하며, 두 손가락을 집게처럼 벌려 날개를 잡을 수 있게끔 정확한 재현 방법을 사용해야 하고, 제때 나비 날개에 닿을 수 있도록 거리와 속도를 조절하듯이 재현 방법을 정밀하게 운용해야 한다."(황혜진, 2015: 79-80) 대상에 대한 조심스런 접근, 대상에 따라 몸과 마음이 움직이는 저자의 모습은 저자가 자신의 기존 관념을 벗어버렸을 때, 가능해진다.

(나)에서 박지원은 "신령한 지각과 민첩한 깨달음이 있다 하여 남에게 교만하거나 다른 생물을 업신여기지 말"라고 충고한다. 이는 저자가 "신령한 지각

과 민첩한 깨달음"을 가지고 있다는 칭찬이기도 하다. 이런 지각과 깨달음은 어디서 오는가? 대상에 대한 극진한 사랑과 집요한 관심에서 비롯된다. 즉, 이러한 능력과 감각은 저자에게 선험적으로 존재하는 것이 아니라, 저자가 대상을 대하는 '태도'에서 비롯되는 것이다. 이런 태도를 지닐 때, 저자는 "나무에서 매미가 울음 울고 땅 구멍에서 지렁이가 울음 우는 것도 역시 시를 읊고 책을 읽는 소리"로 인식할 수 있게 되는 것이다.

(다)는 박지원의 까마귀 색깔론이다. 까마귀가 검다는 것은 예나 지금이나 일반적인 상식이다. 그러나 박지원은 이러한 상식을 전복시킨다. 인식으로 전복시키는 것이 아니라, 대상의 '그러함'을 통해 전복시킨다. 까마귀의 색깔은 하나로 확정되지 않음에도 우리는 왜 하나의 색깔, 검은색으로만 인식하는가? "내가 눈으로써 먼저 그 빛깔을 정한 것"이기 때문이다. "보지 않고서 먼저 그 마음으로 정한 것"기 때문이다. 여기에 그치지 않고, 우리는 "까마귀를 검은색으로 고정 짓는 것만으로도 충분하거늘, 또다시 까마귀로써 천하의 모든 색을 고정 지으려" 한다. '본질적 잉여'를 가진 저자는 이렇게 대상을 기존하는 관념으로 가둔다. 이러한 시선에서 대상의 그러함이 드러날 개연성은 적어진다.

(라)에서 박지원은 사당 안에 모셔져 있는 관운장의 초상을 보는 어른의 태도와 어린아이들의 태도를 대조시키고 있다. 학질을 앓는 어른들은 왜 "정신이 놀라고 넋이 나가 추위에 떠는 증세가 달아나고" 마는가? 아이들은 왜 무서워하지 않고, 심지어 "그 눈동자를 후벼"파기도 하고, "코를 쑤셔도" 보는가? 선입견이 없기 때문이다. 대상에 대한 기존하는 '사로잡힘'이 없기 때문이다. 저자는 아이들과 같이 대상에 대한 편견과 선입견을 버릴 때, 재현 대상을 있는 그대로 그려낼 수 있다.

(마)에서 이옥은 글을 짓게 하는 자는 작가 자신이 아니라 천지 만물이라고 하면서 천지 만물이 작가를 빌려 글을 쓰도록 하는 것이라 말한다. 그런 의미

에서 작가는 "천지만물의 한 번역관이며 또한 천지만물의 한 화가라 할 수 있다." 글쓰기의 주체가 저자가 아니라 대상으로서 천지만물이라는 이옥의 생각은, 저자의 '본질적 잉여'의 폐기를 강조하는 바흐친의 생각과 그대로 겹친다.

(바)에서 이덕무는 안목을 가진 저자라면 만물을 관찰할 때, 어찌해야 하는지에 대해 구체적인 예를 들어 설명하고 있다. 이 글을 읽을 때, 우리가 조심해야 할 것은, 마치 사물마다 정신이 드러나는 곳, 또는 관찰해야 할 핵심(나귀는 귀, 비둘기는 어깻죽지, 매미는 가슴, 붕어는 아가미)이 정해져 있는 것으로 오해해서는 안 된다. 만일, 이덕무가 그러한 핵심이 있고, 그러한 핵심이 언제 어디서나 고정되어 있다는 의도로 말했다면, '잉여적 시선'이 아닌, '본질적 시선'을 강조한 것으로 읽어야 한다. 왜냐하면, 그 '핵심'을 알고 있는 자가 바로 '본질적 잉여'를 가진 저자이기 때문이다. 그러나 나는 (바)의 글을 그렇게 읽지 않는다. 나는 도리어 대상의 신체 일부가 아닌, 대상의 움직임에 더 주목한다. 즉 "나귀가 ㉠'다리를 지날 때'엔 오직 귀가 어떠한지를 보고, 비둘기가 ㉡'뜰에서 거닐 때'는 오직 어깻죽지가 어떠한가를 보아야 한다. 매미가 ㉢'울 때'는 오직 가슴이 어떠한가를 보며, 붕어가 ㉣'물을 삼킬 적'엔 오직 아가미가 어떠한가를 보아야 한다."고 했을 때, 나는 ㉠~㉣에 주목해야 한다고 본다. ㉠~㉣은 일종의 맥락이다. 우리가 관찰해야 할 핵심은 이러한 맥락을 통해서 결정된다. 예컨대, 나귀가 '새끼를 부를 때'는 아마도 나귀의 목소리에 주목해야 할 것이다. 비둘기가 '모이를 먹을 때'는 비둘기의 부리를 봐야 할 것이다. 붕어가 '헤엄을 칠 때'는 오직 그 지느러미가 어떻게 움직이는지를 보아야 할 것이다. 맥락에 따라 변화는 관찰의 핵심 포인트, 즉 맥락주의는 대화적 글쓰기의 핵심 중의 하나이기도 하다.

이들의 실제 글쓰기는 자신들이 밝힌 글쓰기관에 충실히 부합한다. 이들의 쓴 텍스트 몇 편을 제시하면 다음과 같다.

(가) 선귤당농소

3월의 푸른 시내에 비가 갓 개면 햇볕이 따스하다. 복숭아꽃 붉은 물결은 언덕에 넘쳐흐른다. 오색의 작은 붕어가 지느러미를 빨리 움직이지 못해 마름 사이를 헤엄치는데 혹 거꾸로 서기도 하고 옆으로 자빠지기도 하며, 혹 주둥이를 물 밖으로 내놓기도 한다. 아가미를 벌름거리는 것이 진기(眞機)의 지극함인지라 샘날 만큼 쾌활하고 편안해 보인다. 따스한 모래는 깨끗도 한데 백로와 원앙 같은 물새들이 둘씩 넷씩 짝을 지어 비단같은 바위 위에 앉기도 하고 꽃나무에서 지저귀기도 하고, 날개를 문지르기도 하고 모래를 몸에 끼얹기도 하고, 물에 그림자를 비춰보기도 한다. 그 천연스런 자태의 해맑음이 절로 사랑스러워 요순시절의 기상 아님이 없다. 웃음 속의 칼날과 마음속에 모여 있는 많은 화살, 가슴 속에 숨겨두고서 말의 가시가 통쾌하게 사라져 눈곱만큼도 남아 있지 않게 된다. 항상 나의 마음을 3월의 복사꽃 물결이 되게 할진대 물고기와 새의 활발함이 절로 순리대로 살아가려는 나의 마음에 보탬이 될 것이다. (이덕무, 1967)

(나) 호곡장

초팔일 갑신(甲申), 맑다.

정사 박명원(朴明源)과 같은 가마를 타고 삼류하(三流河)를 건너 냉정(冷井)에서 아침밥을 먹었다. 십여 리 남짓 가서 한 줄기 산기슭을 돌아 나서니 태복(泰卜)이 국궁(鞠躬)을 하고 말 앞으로 달려 나와 땅에 머리를 조아리고 큰 소리로,

"백탑(白塔)이 현신(現身)함을 아뢰오." 한다.

태복이란 자는 정 진사(鄭進士)의 말을 맡은 하인이다. 산기슭이 아직도 가리어 백탑은 보이지 않았다. 말을 채찍질하여 수십 보를 채 못 가서 겨우 산기슭을 벗어나자 눈앞이 아찔해지며 눈에 헛것이 오르락내리락하여 현란했다. 나는 오늘에서야 비로소 사람이란 본디 어디고 붙어 의지하는 데가 없이 다만 하늘을 이고 땅을 밟은 채 다니는 존재임을 알았다.

말을 멈추고 사방을 돌아보다가 나도 모르게 손을 이마에 대고 말했다.

"좋은 울음 터로다. 한바탕 울어 볼 만하구나!"

정 진사가,

"이 천지간에 이런 넓은 안계(眼界)를 만나 홀연 울고 싶다니 그 무슨 말씀이오?"

하기에 나는,

"참 그렇겠네. 그러나 아니거든! 천고의 영웅은 잘 울고 미인은 눈물이 많다지만 불과 두어 줄기 소리 없는 눈물이 그저 옷깃을 적셨을 뿐이요, 아직까지 그 울

음소리가 쇠나 돌에서 짜 나온 듯하여 천지에 가득 찼다는 소리를 들어 보진 못했소이다. 사람들은 다만 안다는 것이 희로애락애오욕(喜怒哀樂愛惡欲) 칠정(七情) 중에서 '슬픈 감정[哀]'만이 울음을 자아내는 줄 알았지, 칠정이 모두 울음을 자아내는 줄은 모를 겁니다. 기쁨[喜]이 극에 달하면 울게 되고, 노여움[怒]이 사무치면 울게 되고, 즐거움[樂]이 극에 달하면 울게 되고, 사랑[愛]이 사무치면 울게 되고, 미움[惡]이 극에 달하여도 울게 되고, 욕심[欲]이 사무치면 울게 되니, 답답하고 울적한 감정을 확 풀어 버리는 것으로 소리쳐 우는 것보다 더 빠른 방법은 없소이다. 울음이란 천지간에 있어서 뇌성벽력에 비할 수 있는 게요. 복받쳐 나오는 감정이 이치에 맞아 터지는 것이 웃음과 뭐 다르리오? 사람들의 보통 감정은 이러한 지극한 감정을 겪어 보지도 못한 채 교묘하게 칠정을 늘어놓고 '슬픈 감정[哀]'에다 울음을 짜 맞춘 것이오. 이러므로 사람이 죽어 초상을 치를 때 이내 억지로라도 "아이고", "어이"라고 부르짖는 것이지요. 그러나 정말 칠정에서 우러나오는 지극하고 참다운 소리는 참고 억눌리어 천지 사이에 쌓이고 맺혀서 감히 터져 나올 수 없소이다. 저 한(漢)나라의 가의(賈誼)는 자기의 울음터를 얻지 못하고 참다 못하여 필경은 선실(宣室)을 향하여 한번 큰 소리로 울부짖었으니, 어찌 사람들을 놀라게 하지 않을 수 있었으리오."

"그래, 지금 울 만한 자리가 저토록 넓으니 나도 당신을 따라 한바탕 통곡을 할 터인데 칠정 가운데 어느 '정'을 골라 울어야 하겠소?"

"갓난아이에게 물어보게나. 아이가 처음 배 밖으로 나오며 느끼는 '정'이란 무엇이오? 처음에는 광명을 볼 것이요, 다음에는 부모 친척들이 눈앞에 가득히 차 있음을 보리니 기쁘고 즐겁지 않을 수 없을 것이오. 이 같은 기쁨과 즐거움은 늙을 때까지 두 번 다시 없을 일인데 슬프고 성이 날 까닭이 있으랴? 그 '정'인즉 응당 즐겁고 웃을 정이련만 도리어 분하고 서러운 생각에 복받쳐서 하염없이 울부짖는다. 혹 누가 말하기를 인생은 잘나나 못나나 죽기는 일반이요, 그 중간에 허물·환란·근심·걱정을 백방으로 겪을 터이니 갓난아이는 세상에 태어난 것을 후회하여 먼저 울어서 제 조문(弔問)을 제가 하는 것이라고 한다면 이것은 결코 갓난아이의 본정이 아닐 겁니다. 아이가 어미 태 속에 자리 잡고 있을 때에는 어둡고 갑갑하고 얽매이고 비좁게 지내다가 하루아침에 탁 트인 넓은 곳으로 빠져나오자 팔을 펴고 다리를 뻗어 정신이 시원하게 될 터이니, 어찌 한번 감정이 다하도록 참된 소리를 질러 보지 않을 수 있으랴! 그러므로 갓난아이의 울음소리에는 거짓이 없다는 것을 마땅히 본받아야 하리이다. 비로봉(毘盧峰) 꼭대기에서 동해 바다를 굽어보는 곳에 한바탕 통곡할 '자리'를 잡을 것이요, 황해도 장연(長淵)의 금사(金沙) 바닷가에 가면 한바탕 통곡할 '자리'를 얻으리니, 오늘 랴오둥 벌판에 이르러 이로부터 산해관(山海關) 일천이백 리까지의 어간(於間)은 사방에 도무지 한 점 산을 볼 수 없고 하늘가와 땅끝이 풀로 붙인 듯, 실로 꿰맨 듯, 고금에 오고 간 비바람만이 이 속에서 창망(蒼茫)할 뿐이니, 이 역시 한번 통곡할 만한 '자리'가 아니겠소." (박지원)

(다) 남정십편

바람은 잔잔하고 이슬은 정결(淨潔)하니 8월은 아름다운 계절이고, 물은 흘러 움직이고 산은 고요하니 북한산은 아름다운 지경(地境)이며, 개제순미(豈弟洵美)한 몇몇 친구는 모두 아름다운 선비이다. 이런 아름다운 선비들로서 이런 아름다운 경계에 노니는 것이 어찌 아름다운 일이 아니겠는가? 자동(紫峒)을 지나니 경치가 아름답고, 세검정(洗劍亭)에 오르니 아름답고, 승가사(僧伽寺)의 문루(門樓)에 오르니 아름답고, 문수사(文殊寺)의 문에 오르니 아름답고, 대성문(大成門)에 임하니 아름답고, 중흥사(重興寺) 동구(峒口)에 들어가니 아름답고, 용암봉(龍岩峰)에 오르니 아름답고, 백운대(白雲臺) 아래 기슭에 임하니 아름답다.…(중략)…아침도 아름답고 저녁도 아름답고, 날씨가 맑은 것도 아름답고 날씨가 흐린 것도 아름다웠다. 산도 아름답고 물도 아름답고, 단풍도 아름답고 돌도 아름다웠다. 멀리서 조망해도 아름답고 가까이 가서 보아도 아름답고 불상도 아름답고 승려도 아름다웠다. 아름다운 안주가 없어도 탁주가 또한 아름답고, 아름다운 사람이 없어도 초가(樵歌)가 또한 아름다웠다. 요컨대 그윽하여 아름다운 곳이 있고 밝아서 아름다운 곳도 있었다. 탁 트여서 아름다운 곳이 있고 높아서 아름다운 곳이 있고, 담담하여 아름다운 곳이 있고 번다하여 아름다운 곳이 있었다. 고요하여 아름다운 곳이 있고, 적막하여 아름다운 곳이 있었다. 어디를 가든 아름답지 않은 곳이 없고, 누구와 함께 하든 아름답지 않은 곳이 없었다. 아름다운 것이 이와 같이 많을 수 있단 말인가? 이자(李子)는 말하노라. "아름답기 때문에 왔다. 아름답지 않다면 오지 않았을 것이다." (이옥, 2009)

(라) 담충

일찍이 수숫대를 우연히 꺾어 그 한마디를 쪼개보니 가운데가 텅 비어 구멍이 나 있었는데, 위 아래로 마디에 이르지는 못했다. 구멍의 크기는 연근의 구멍만 한데 벌레가 거기에 살고 있었다. 벌레의 길이는 기장 두 알 정도이고 꿈틀거리며 움직여 생기가 움직이는 듯했다. 내가 한숨을 쉬고 탄식하며 말했다. "즐겁구나, 벌레여! 이 사이에서 태어나고, 이 사이에서 기거하며 이 사이에서 먹고 입고 하면서, 장차 또 이 사이에서 늙어가겠구나. 이는 윗마디로써 하늘을 삼고, 아랫

마디로써 땅을 삼으며, 수숫대의 하얀 속살을 먹이로 삼고, 푸른 껍데기를 집으로 삼아서 해와 달, 바람과 비, 추위와 더위의 변화가 없으며, 산하 성곽 도로의 험난함과 평탄함에 근심이 없으며, 밭 갈고 베 짜고 요리하는 것을 마련할 게 없고, 예악과 문물의 찬란함도 없구나. 저것이 인물, 용과 호랑이, 붕새와 곤의 위대함을 알지 못하므로 그 자신에게 자족하여 눈이 먼 줄 모른다. 궁실과 누대의 사치스러움을 알지 못하므로 그 거처에 자족하여 좁다고 여기지 않는다. 의복의 무늬, 수놓은 비단, 기이한 짐승의 털, 채색 깃털의 아름다움을 알지 못하므로 그 나체에 자족하여 부끄럽다고 여기지 않는다. 술과 고기, 그리고 귀한 음식의 맛을 알지 못하므로 그 깨무는 것에 자족하여 굶주린다고 여기지 않는다. 귀로 들음이 없고, 눈으로 봄이 없으며 이미 그 수숫대의 하얀 속살을 배불리 먹다가, 때때로 답답하고 무료하면 그 몸뚱이를 세 번 굴려 윗마디에 이르러 멈추니, 대개 또 하나의 소요유이다. 어찌 넓고 여유로운 공간이라 말 할 수 있지 않겠는가? 즐겁구나

벌레여!" (이옥, 2009)

(마) 화설

시험 삼아 높은 언덕에 올라 저 성루 장안의 봄빛을 바라보노라면 무성하고, 아름답고, 훌륭하며, 곱기도 하다. 흰 것이 있고, 붉은 것이 있고, 자주색이 있고, 희고도 붉은 것이 있고, 노란 것이 있으며, 푸른 것도 있다. 나는 알겠노라. 푸른 것은 그것이 버드나무인 줄 알겠고, 노란 것은 그것이 산수유꽃, 구라화인 줄 알겠고, 흰 것은 그것이 매화꽃, 배꽃, 오얏꽃, 능금꽃, 벚꽃, 귀룽화, 복사꽃 중·벽도화인 줄 알겠다. 붉은 것은 그것이 진달래꽃, 철쭉꽃, 홍백합꽃, 홍도화인 줄 알겠고, 희고도 붉거나 붉고도 흰 것은 그것이 살구꽃, 앵두꽃, 복사꽃, 사과꽃인 줄 알겠으며, 자줏빛은 그것이 오직 정향화인 줄 알겠다. 서울 장안의 꽃은 여기에서 벗어남이 없으며 이 밖의 벗어난 것이 있다 하더라도 또한 볼 만한 것은 못된다. 그런데 그 속에서도 때에 따라 같지 않고 장소에 따라 같지 않다. 아침 꽃은 어리석어 보이고 한낮의 꽃은 고뇌하는 듯하고 저녁 꽃은 화창하게 보인다. 비에 젖은 꽃은 파리해 보이고, 바람을 맞이한 꽃은 고개를 숙인 듯하고, 안개에 젖은 꽃은 꿈꾸는 듯하고, 이내 낀 꽃은 원망하는 듯하고, 이슬을 머금은 꽃은 뻐기는 듯하다. 달빛을 받은 꽃은 요염하고, 돌 위의 꽃은 고고하고, 물가의 꽃은 한가롭고, 길가의 꽃은 어여쁘고, 담장 밖으로 뻗어 나온 꽃은 손쉽게 접근할 수 있고, 수풀 속에 숨은 꽃은 가까이 하기가 어렵다. 그리하여 이런저런 가지각색 그것이 꽃의 큰 구경거리이다. (이옥, 2009)

(가)는 이덕무의 글이다. 늦봄의 비갠 날, 푸른 시내에 붕어와 물새가 한가로이 노니는 풍경을 쓰고 있다. 시인은 평화롭다고 직접 말하는 대신 물고기와 새의 묘사만으로 그 느낌을 전달한다. 사물에 대한 묘사가 극진하다. 이는 동일 대상에 대한 반복적 기술에서 알 수 있다. 붕어는 "거꾸로 서기도 하고 옆으로 자빠지기도 하며, 혹 주둥이를 물 밖으로 내놓기도 한다.", 물새들은 "바위 위에 앉기도 하고 꽃나무에서 지저귀기도 하고, 날개를 문지르기도 하고 모래를 몸에 끼얹기도 하고, 물에 그림자를 비춰보기도 한다." 이러한 반복적이고, 세부적인 묘사는 대상을 보는 저자의 깊은 애정이 없이는 가능하지 않다.

(나)는 우리에게 익히 잘 알려진 박지원의 글이다. 박지원은 요동 벌판을 보고, "좋은 울음 터로다. 한바탕 울어 볼 만하구나!"라고 말한다. 정 진사가 이런 넓은 안계(眼界)을 만났는데 왜 우냐고 물으니, 그는 울음이 꼭 '슬픈 감정'에서만 오는 것이 아니라고 길게 얘기한다. 그는 칠정 중에서 어떤 '정'을 골라 울었을까? 박지원이 "갓난아이에게 물어보게나"라고 말한 것으로 보아, 그가 지금 세상에 막 태어나 크게 우는 아이의 심정이라는 것을 짐작할 수 있겠다. 즉 칠정이 버무려져 불꽃처럼 터지는 울음일 것이다. 그는 요동 벌판을 보면서 왜 이런 정서에 사로잡혔을까? 나는 이것이 박지원의 열린 정서, 감수성, 태도에서 비롯되었다고 생각한다. 나의 자아가 완고하고, 꽉 차 있을 때, 대상과 내가 닿는 접촉면은 줄어든다. 나의 들어냄에 비례해서 대상과 나의 접촉면이 증가하는 것이다. 박지원은 그런 대상과의 접촉면이 매우 넓은 사람이다. 그렇기 때문에 거침없이, "비로봉(毘盧峰) 꼭대기에서 동해 바다를 굽어보는 곳에 한바탕 통곡할 '자리'를 잡을 것이요, 황해도 장연(長淵)의 금사(金沙) 바닷가에 가면 한바탕 통곡할 '자리'를 얻으리니, 오늘 랴오둥 벌판에 이르러 이로부터 산해관(山海關) 일천이백 리까지의 어간(於間)은 사방에 도무지 한 점 산을 볼 수 없고 하늘가와 땅끝이 풀로 붙인 듯, 실로 꿰맨 듯, 고

금에 오고 간 비바람만이 이 속에서 창망(蒼茫)할 뿐이니, 이 역시 한번 통곡할 만한 '자리'가 아니겠소."라고 말할 수 있는 것이다. 그리고 이는 박지원이 저자로서의, 생활인으로서의 '본질적 잉여'가 부재함을 또는 적음을 말해주는 것이기도 하다.

(다)에서 이옥은 수숫대 속에 살고 있는 조그마한 벌레를 관찰하고서 깨달음을 얻는다. 이 글 역시 벌레에 대한 섬세한 관찰이 돋보인다. 벌레에 대한 글은 이 글 외에도 많다. 작고 하찮은 것들에 대한 지극한 사랑이 이러한 글쓰기를 가능하게 했을 것이다. (마) 역시 이옥의 글이다.

이옥의 글들은 맥락주의를 지지하는 글이면서, 개별성과 고유성에 대한 옹호로 읽힌다. 더 나아가 다원주의와 상대주의라는 민주주의의 기본 가정에 대한 강한 긍정이기도 하다. 개별성과 고유성에 대한 옹호는 인식론에서 비롯되는 것인가, 윤리적 태도에서 생겨나는 것인가? 아니면 개별 사물에 대한 세밀한 관찰에서 비롯되는가? 이들 경향성의 상호작용에서 생겨난 것이라고 보는 것이 타당할 것이다. 특히, 이옥의 경우에는 인식론이나 윤리적 측면보다는 개별 사물에 대한 강렬한 애정과 이러한 애정에서 비롯된 섬세한 관찰에 더 무게를 두고 싶다. 그리고 이러한 애정과 관찰은 그의 일종의 심미성에서 비롯된 것이 아닌가 하는 생각을 하게 한다.

(다)와 (마)에서 알 수 있듯이, 이옥 문체의 가장 큰 특징 중의 하나는 지칠 줄 모르는 반복과 나열이다. 이러한 반복과 나열의 문체는 어디에서 오는가? 이옥의 반복과 나열은 서술어보다는 대상에서 두드러지게 나타난다. 이는 모든 대상이 갖는 상대적 존재감, 고유성, 개별성에 대한 강한 긍정에서 오는 것이다. 어느 한 대상에 주목하자, 다른 대상이 존재감을 드러내고, 연달아 또 다른 대상이 자신을 드러내는 행국이다. 물론 이러한 존재감의 과시와 드러냄은 이옥이 갖는 인식론 또는 태도에서 비롯되는 것이기도 하다. 하나의 존재마저도 수많은 맥락에 따라 매번 다른 모습으로 등장하는 사태는 '모든

대상, 사물은 똑같은 가치와 의미가 있다'는 그의 사유 방식에서 비롯되는 것이다. 박수밀(2016, 11)은 "이옥이 온갖 꽃의 색깔과 형상을 반복적으로 열거한 것은 생태적 사고를 보여주는 글쓰기이다. 그에게 좋은 꽃, 나쁜 꽃의 구별은 아무런 의미가 없다. 이옥에게 꽃 하나하나는 다 의미 있는 존재이고 사랑받기에 마땅한 사물이다."라고 하였는데, 이옥과 이옥의 문체에 대한 정확한 진술이라고 생각한다.

참고 문헌

Bakhtin, M.(1963/2003), M. 바흐친 도스또예크스키 창작론(김근식 역), 중앙대학교 출판부.

Morson, G. & Emerson, C.(1990/2006), 바흐친의 산문학(오문석·차승기·이진형 역), 책세상.

황혜진(2015), 박지원 평문의 작문론 연구, 작문연구 제25집, 한국작문학회.

박수밀(2016), 생태 글쓰기(Ecological Writing)의 가능성과 전망, 작문연구 제28집, 한국작문학회.

인용 문헌

김훈(2015), 여자7, 라면을 끓이며, 문학동네.

박지원(2004), 경지에게 답함 3, 연암집(신호열·김명호 공역), 한국고전번역원.

박지원(2004), 초책에게 보냄, 연암집(신호열·김명호 공역), 한국고전번역원.

박지원(2004), 능양시집서, 연암집(신호열·김명호 공역), 한국고전번역원.

박지원(2004), 영초고서, 연암집(신호열·김명호 공역), 한국고전번역원.

신형철(2013), 정확한 사랑을 위하여, 한겨레21(2013. 02. 08).

이덕무(1967), 이목구심서, 국역청장관전서, 민족문화추진회.

이덕무(1967), 선귤당농소, 국역청장관전서, 민족문화추진회.

이옥(2009), 백운필, 완역이옥전집(고전문학연구회 역), 휴머니스트.

이옥(2009), 남정십편, 완역이옥전집(고전문학연구회 역), 휴머니스트.

이옥(2009), 담충, 완역이옥전집(고전문학연구회 역), 휴머니스트.

이옥(2009), 화설, 완역이옥전집(고전문학연구회 역), 휴머니스트.

제15장 웃음, 유쾌한 상대성 또는 형식 창조의 힘

1. 바흐친의 개념들: 카니발, 부정의 정신, 축소된 웃음

대화주의자 바흐친이 웃음에 관심을 가진 것은 무척이나 자연스러워 보인다. 독백주의 주변에 배치되는 '진지함, 무거움, 완고함'과 웃음은 좀처럼 어울리지 않기 때문이다. 카니발에 대한 관심도 이와 유사한 맥락에서 이해된다. 바흐친에게 있어서 웃음과 카니발은 독백주의를 부정하고 해체하는 강력한 무기인 셈이다.

"카니발과 웃음은 그것들이 지금까지 있어왔거나 앞으로 언제나 있을 모든 사회적 규범에 도전한다는 의미에서 유토피아적인 것으로 설명된다. 그것들은 완결되거나 완결될 모든 것에 대한 유쾌한 부정의 정신을 구체화한다."(모슨과 에머슨, 1990/2006: 182) 물론 여기서 유토피아는 끝내 도달해야 할 종결점으로서의 유토피아는 아니다. 그런 유토피아라면 독백주의에 가깝기 때문이다. 카니발과 웃음이 갖는 '유쾌한 부정의 정신'에 대한 하나의 은유로 이해할 필요가 있다.

폭력은 웃음을 알지 못한다. 진지한 얼굴(공포 혹은 위협)의 분석. 웃는 얼굴의 분석. 비장함의 위치. 감상성으로 이행하는 비장함. 중대 뉴스를 전하는 아나운서의 음조에 실린 익명적 위협의 억양. 진지함은 탈출구 없는 상황을 쌓아가지만, 웃음은 그러한 상황 위로 올라서서 그 상황으로부터 해방시킨다. 웃음은 인간을 구속하지 않는다. 그것은 인간을 해방시킨다. (중략) 모든 진정으로 위대한 것은 자신 안에 웃음의 요소를 포함하고 있어야만 한다. 그렇지 않다면 그것은 위협적이고 공포스럽거나 허풍스러울 것이다. 즉 모든 경우에 그것은 제한적이라는 말이다. 웃음은 차단목을 들어올리고, 길을 튼다. (바흐친, 1970~1971/2006: 480)

웃음을 인간을 해방시킨다. 구체적으로 '폭력', '위협', '공포'로부터 우리를 해방시킨다. '진지한', '비장한' 얼굴은 폭력의 얼굴이지만, '웃는' 얼굴은 해방의 얼굴이다. 그리고 폭력의 얼굴, 해방의 얼굴은 독백주의, 대화주의와 나란히 겹친다. "라블레 연구에서 카니발적 발화는 다양한 '욕설의 장르들'에서 외쳐지는 음탕한 욕설의 분출과 쾌활한 독설의 사례로 설명되고 있다. 그러나 후기 저술에 오면, 웃음은 대화의 여지를 만들어내기 위해 폭력과 위협을 깨끗이 치운다."(모슨과 에머슨, 1990/2006: 184)

> 웃음은 대상 및 세계를 친숙하게 접촉하는 것을 통해 그것을 완전히 자유롭게 검토할 수 있게 하는 공간을 마련해줌으로써 그것에 대한 공포심이나 충성심을 파괴한다. 웃음은 세계를 리얼리스틱하게 접근하는데 필수불가결한 대담성의 전제조건을 마련하는 하나의 본질적인 요소이다. 웃음이 대상을 자신에게로 끌어당겨 친숙하게 만드는 것과 마찬가지로, 웃음은 그 대상을 대담한 탐구적 실험의 손-과학적이면서 동시에 예술적인-에, 그리고 자유로운 실험적 상상의 손에 인도한다. (바흐친, 1941/1988: 41)

웃음은 글쓰기에서 중요한 도구로서 작용한다. 웃음은 대상 및 세계에 대한 자유로운 검토와 실험을 가능하게 한다. 이렇게 웃음은 서사시적 거리를 없앰으로써 대상과의 익숙함을 확보한다. 이러한 거침없는 익숙함 속에서 사건이 갖는 진리의 다중성은 그 모습을 드러낼 것이다.

우리는 앞에서 현실에서의 웃음의 기능, 더 나아가 작품 속에서의 웃음의 역할과 의의에 대하여 살펴보았다. 더불어 바흐친이 주목한 것은 이러한 웃음의 실제적 기능과 함께 웃음이 갖는 장르 창조적 기능이었다.

우리는 이미 세계문학에서 약화된 웃음의 중대한 현상을 지적했다. 웃음은 논리적 언어로 옮길 수 있는, 현실에 대한 하나의 미학적 태도이다. 즉 현실을 예술적으로 통찰하고 이해하는 특정한 수단이며, 따라서 예술적 이미지, 줄거리, 장르를 구성하는 특정한 수단이 된다. 상호모순적 이중성을 띤 카니발의 웃음은 거대한 (그것도 장르 형성적) 창조력을 가지고 있다. 이 웃음은 교체와 전이의 과정 속에 나타나는 현상을 포착하고 포괄하며, 그 현상 속에다 새롭고 끊임없이 생겨나서 변해 가는 진화생성의 양극을 고정시켜 놓는다. 즉 죽음 속에서 탄생이, 탄생 속에서 죽음이, 승리 속에서 패배가, 패배 속에서 승리가, 대관 속에서 폐위가 내다보이도록 하는 것이다. 카니발적 웃음은 교체의 이러한 국면들 중 그 어느 것도 일방적인 진지성 속에서 절대화되거나 응고되는 것을 용납하지 않는다. (바흐친, 1963/2003: 214-215)

바흐친은 웃음의 장르 창조적 기능을 설명하면서 '축소된 웃음'[1]이란 개념을 사용한다. "축소된 웃음은 예컨대, '소리 내 울리지는 않지만', 그 흔적들은 이미지나 담론의 구조 속에 남아 있고 그 안에서 탐지될 수 있다. 이런 웃음은 그 축소나 '비가시성'의 결과 심오한 의미를 잃을 수도 있고 획득할 수도 있다. 예를 들어, 도스토옙스키에게서 축소된 웃음은 탁월하게 형상화되어서 그 소설의 위대한 대화에 본질적인 요소를 제공해준다."(모슨과 에머슨, 1990/2006: 777) 축소된 웃음에서, 웃음은 여전히 형식 창조적 이데올로기로서 이미지의 구조를 결정해 주나 그 자체는 최소한으로 축소된다.

예를 들어 묘사된 현실의 구조 속에서 웃음의 흔적을 보는 듯하지만 웃음소리 자체는 들리지 않는 경우이다. 이리하여 초기 플라톤의 『소크라테스의 대화』에서 웃음은 약화되었지만(완전히 약화된 것은 아니지만), 웃음은 주인공(소크라테스)의 이미지 구조 속에서, 대화진행의 방법 속에서 잔재하고 있다. 그러나 중요한 것은 진화 생성하는 존재의 유쾌한 상대성 속으로 사상을 끌어가고, 그 사상이 추상적·교조적(독백적) 경화현상 속에서 응고되는 것을 방지하는 진정한 (수사적이 아닌) 대화성 속에 웃음이 남아있다는 사실이다. (바흐친, 1963/2003: 215)

---

1) 위 인용문에서 알 수 있듯이, 김근식(2003, 214)은 "약화된 웃음"으로, 오문석(2006)에서는 "축소된 웃음"으로 번역하고 있다.

축소된 웃음은 그 자체가 중요한 것이 아니다. 웃음은 저자의 최종적인 입장과 만나야 한다. 이때 웃음을 통해 저자의 최종적인 입장은 형식 창조적으로 구체화된다. 그리고 저자의 최종적인 입장이란 "일면적이고 교조적인 모든 진지성을 배척하고, 삶과 사상의 일개 국면이나 관점을 절대화시키지 않는"데 있다(바흐친, 1963/2003: 216). 한편, 축소된 웃음은 "작품 내면의 어두운 색조를 마다하지 않는다. 그러므로 도스또예프스끼 작품의 어두운 색조도 우리를 혼란시키지 않는다. 그것은 작품의 최종적인 담론이 아니기 때문이다."(바흐친, 1963/2003: 217)

웃음에 대한 바흐친의 논의, 특히 '축소된 웃음'에 대한 논의를 우려스럽게 바라보는 모슨과 에머슨의 태도는 진지함과 함께 작은 웃음을 선사한다. 예컨대, 모슨과 에머슨이 보기에, 축소된 웃음에 대한 바흐친의 논의는 바흐친이 그토록 비판했던 프로이트의 사유를 바흐친 스스로가 보여주고 있다는 혐의에서 완전히 자유로울 수 없다. 예컨대 "몇몇 프로이트주의자들이 증거 부재를 억압의 징표로 받아들이고, 오히려 그것을 가장 강력한 증거로 받아들이는 것과 똑같은 방식으로, 바흐친은 종종 웃음의 부재를 웃음의 뚜렷한 '축소'의 신호이자 조용히 침투해 있는 웃음의 현존의 신호로 받아들이는 것 같다."(모슨과 에머슨, 1990/2006: 783) 모슨과 에머슨의 우려는 일리가 있다. 웃음이 또 다른 '심급', '체계'가 되어서는 안 되기 때문이다. 따라서 우리가 수용할 것은 웃음이 갖는 형식 창조적 힘일 것이다.

2. 대화적 글쓰기의 발견 6

다음에서는 웃음이 있는, 웃음이 어떤 형식적 창조적 힘을 발휘하고 있는 몇 개의 텍스트를 살펴보고자 한다. 고종석, 서해성, 샤르트르의 텍스트 통해 웃음의 기능을 살필 것인데, 여기에는 바흐친이 말한 '축소된 웃음'의 의미와 기능에 대한 논의도 일부 포함될 것이다.

🎞 성년의 문턱에 선 아들에게

급히 마무리해야 할 글이 있어서 어제 네 졸업식에 가지 못했다. 서운했을 수도 있겠구나. 굳이 겨를을 내자면 못 낼 것도 없었지만, 네 어머니와 고모가 간다기에 따로 시간을 내지 않았다. 더구나 아비는 세 해 전 네 형 졸업식에도 가지 않았으니, 네 졸업식에도 가지 않는 것이 공평한 일인 듯도 했다. 졸업을 축하한다. 그리고 이제 성년의 문턱에 이른 네게 몇 마디 당부를 하고 싶다. 이것은 아비가 자식에게 건네는 당부이기도 하지만, 고등학교 문을 나서는 네 세대 청년들에게 앞선 세대가 건네는 당부이기도 하다. 너는 어제 열두 해의 학교 교육을 마쳤다. 우리 사회가 구성원들 모두에게 의무적 권리로 규정하고 있는 기간보다 세 해 더 학교를 다닌 것이다.

그것은, 네 둘레의 친구들 대다수와 마찬가지로, 너 역시 적어도 네 세대의 가장 불운한 한국인들에게 견주어 학교 교육의 혜택을 더 받았다는 뜻이다. 그 여분의 혜택을 누릴 수 없었던 네 동갑내기들 가운데는 학교 공부에 대한 열의와 재능이 너보다 컸던 사람들도 있었으리라는 사실을 늘 잊지 마라.

너는 이제 열아홉 살이다. 언제부턴가 우리 사회의 다정다감한 부모들이 20, 30대의 어린아이들을 키워내고 있는 터라 네겐 생뚱맞게 들릴 수도 있겠지만, 아비 생각에 열아홉이면 두 발로 설 수 있는 나이다. 그것은 이제 네가 부모로부터의 독립을 생각하기 시작할 나이에 이르렀다는 뜻이다. 그 독립의 첫걸음으로 우선, 앞으로의 학교 공부는 네 힘으로 하려고 애써라. 국가가 고등교육을 책임지지 않는 사회에서, 대학에 다니고 싶으면 제가 벌어 다니라는 말이 야박하게 들릴 줄은 안다. 그러나 단지 경제적 이유로 대학 진학을 포기한 네 동갑내기들이 적지 않다는 것을 기억해라.

또 네 형도 제 힘으로 대학 공부를 하고 있다는 것을 상기해라. 지금 당장 온전히 독립하는 것은 어렵겠지만, 적어도 네가 아비에게 경제적으로 의존하는 것이 꼭 당연하고 자연스러운 일은 아니라는 점을 잊지 마라.

성년의 표지로서 경제적 독립 못지않게 긴요한 것은 정신의 독립이다. 가족이나 친구와 이야기를 나누든, 책을 읽거나 신문·방송을 보든, 네가 접하는 지식과 정보와 의견들에 늘 거리를 두도록 애써라. 줏대를 버린 뇌동은 그 당사자에게만이 아니라 공동체에도 크게 해롭다. 그러나 줏대를 지닌다는 것은 독선적이 된다는 것과 크게 다르다. 줏대를 지니되, 진리는 늘 여러 겹이라는 사실도 잊지 마라.

독립은 고립과 아주 다르다. 고립은 단절된 상태를 뜻하지만, 독립은 연대속에서도 우뚝하다. 연대는 어느 쪽으로도 향할 수 있지만, 아비는 네 연대가 공동체의 소수자들, 혜택을 덜 받은 사람들에게 건네지기를 바란다.

적어도 너 자신보다는 소수자의 표지를 더 짙게 지닌 사람들 쪽으로 네 연대가 길을 잡기 바란다. 높이 솟아오른 정신일수록 가장 낮은 곳을 응시한다.

네가 막 그 문턱에 다다른 세상은 중고등학교 교실에서 상상하던 세상과는 많이 다를 것이다. 사악한 이성과 욕망의 온갖 광기가 휩쓰는 세상에서 너는 너 자신과 아비를 포함한 인간의 비천함에 절망하고 지쳐, 어느덧 그 비천함의 능동적 실천자가 되고 싶은 유혹에 노출될지도 모른다. 그러나 그 더러워 보이는 세상한 구석에 인류의 역사를 순화하고 지탱해 온 순금의 정신이 숨어있다는 것도 잊지 마라. 그 순금의 정신은 상상 속의 엘도라도가 아니라 바로 네 둘레에 있을 수도 있다. 네가 잘 알고 있듯, 아비는 충분히 독립적이지 못했고 충분히 연대하지 못했다. 그러나 모든 생명체는 뒷 세대가 저보다는 나아지기를 바란다. 그렇다면 아비에게도 스스로 이루지 못한 것을 네게 당부할 권리가 있을 것이다. 독립적이되도록 애써라. 소수자들과 연대하려고 애써라. 다시 한 번, 네 졸업을 축하한다.
(고종석, 한국일보, 2004. 02. 11)

고종석이 성년을 맞은 아들에게 보내는 글이다. 이 글은 곳곳에 잔잔한 웃음을 유발하는 장치를 두고 있다. 예컨대, ㉠"더구나 아비는 세 해 전 네 형 졸업식에도 가지 않았으니, 네 졸업식에도 가지 않는 것이 공평한 일인 듯도 했다.", ㉡"너는 어제 열 두 해의 학교 교육을 마쳤다. 우리 사회가 구성원들 모두에게 의무적 권리로 규정하고 있는 기간보다 세 해 더 학교를 다닌 것이다.", ㉢"줏대를 버린 뇌동은 그 당사자에게만이 아니라 공동체에도 크게 해롭다.", ㉣"사악한 이성과 욕망의 온갖 광기가 휩쓰는 세상에서 너는 너 자신과 아비를 포함한 인간의 비천함에 절망하고 지쳐, 어느덧 그 비천함의 능동적 실천자가 되고 싶은 유혹에 노출될지도 모른다.", ㉤"그러나 모든 생명체는 뒷 세대가 저보다는 나아지기를 바란다. 그렇다면 아비에게도 스스로 이루지 못한 것을 네게 당부할 권리가 있을 것이다." 등이 그 예이다. 이러한 웃음 장치는 사실 장치이기 이전에 고종석이 삶을 대하는 태도에서 비롯되었다고 보는 것이 적절하다. 삶에 대한 비의를 상정하지 않는 개방성, 대화적 진실을 추구하고자 하는 담대함과 솔직성에서 연유하였을 것이다. 그리고 이러한 글쓰기는 대상과의 접촉면 더 나아가 독자와의 접촉면을 매우 넓게 확장시킨다.

내용은 '독립적인 삶을 살도록 애쓸 것', '소수자와 연대하려고 애쓸 것' 등과 같이 상당히 교훈적이다. 그러나 내용상의 이러한 진지함이 웃음이란 형식을 얻음으로써 이 글은 매우 발랄한 성격도 함께 지니는 글이 되었다. 독자가 이 글을 끝까지 읽도록 만드는 힘으로 작용하고 있는 셈인데, 대화적 글쓰기는 독자와 연대하여 함께 걸어가는 글이다.

🎞 언어의 구토

대중은 지금 구토 중이다. 구토 내용물은 엔포세대, 흙수저, 조물주 위에 건물주, 헬조선 따위 희망 없는 사회가 생성시켜내는 토사물들이다. 대중 스스로가 지속적으로 생산해내고 있는 이 자조적 풍자언어가 신문과 방송, 인터넷에 상시 출몰하고 있다. 이걸 다중지성이라고 하는 게 타당한지는 모르겠다. 지금까지 거룩한 두께로 군림해온 언어로는 현 상황을 적절히 압축, 비유, 설명할 길이 없어서 새말이 무시로 태어나고 있는 중이다. 문학적으로 말하자면 이는 언어의 구토다.

연애·결혼·출산 포기라는 3포는 벌써 고사성어가 되었고, 일자리와 내집 마련 포기로 5포, 인간관계와 희망 포기로 7포, 건강과 외모관리 포기로 9포를 거쳐 다포시대는 확장을 거듭하고 있다. 광범한 알바인턴 시대에 어린이 장래희망이 정규직인 사회에서 지상에 방 한 칸 얻기가 까마득해 마침내 조물주 위에 건물주가 강림한 지경이다. 삼정의 문란이 울고 갈 법하다. 흙수저라는 말이 널리 유통되기 시작한 것은 작년 가을이다. 이 언어들의 전반적인 기조는 분노를 자양분으로 하고 있으면서도 자기모멸적이다.

구체제 복귀 초기만 해도 다중 풍자는 자신감을 뿜어내고 있었다. 광우병 사태가 터졌을 때 중간고사를 앞둔 중학생들이 뱉어낸 언어는 되물릴 수 없는 폭소와 근육이 내장되어 있었다. 쥐박이 너나 먹어. 이는 불특정 다수 대중이 권력을 향해 퍼부은 풍자의 정점을 찍고 있다. 욕설을 일러 지배자를 해체해서 끌어내리는 대중투쟁이라고 한 사르트르의 언설과도 부합한다고 해야겠다. 적어도 모종의 낙관적 정서가 관철되어야 욕설과 풍자는 유쾌한 힘을 얻을 수 있다.

불행히도 근래 풍자언어의 가장 뚜렷한 특성은 자기 저주다. 비판과 분노, 체념과 비하, 좌절과 포기, 절망과 낙담, 실패가 노골적으로 언어의 표면을 타고 흐르다 심층으로 자맥질을 감행하는가 하면 문득 기도를 타고 밖으로 쏟아져 나온다. 이 끈적한 소화액의 이름은 비판이다. 취업 불가, 방값 불가, 신분상승 불가 등 불가 따위의 외연을 선거부정, 세월호, 메르스, 국정 교과서, 노동법, 개성공단 폐쇄 등이 둘러싸고 있다. 정권과 자본의 느린 쿠데타에 대한 야당 등 대응권력의 무능과 무기력은 대중을 자조와 저주로 기울게 하는 촉매제 노릇을 하고 있다. 그리하여 망조 든 한국 사회를 이들 언어가 통렬하게 강타해가고 있는 참이다.

오늘날 풍자언어는 통신 형태의 은어성 신조어를 넘어 다중 공감을 전제로 확산을 도모하고 있다. 유통 공간은 인터넷이다. 언어 생산 중심이 청년세대라는 점은 미래에 암전을 드리우고 있는 징후임에는 분명하다. 이들 언어는 정치와 자본 권력에 반감을 품은 폭로와 공격은 있되 정의의 중심에 서 있기도 버거워 비극적이게도 좌절의 궤도에서 원심력을 얻고 있다. 세계에서 가장 높은 자살률이 고통을 철저히 개별화해서 자기를 살해하는 양태인 것처럼 장기 불황과 장기 좌절을 자기 학대로 연결하고 있는 셈이다. 이는 연대와 기대가 꺾인 사회에서 나타나는 자기 공격적 성향이다.

구토는 거꾸로 행하는 배설이다. 헬조선 사전을 편찬해도 좋을 만큼 숱한 말들이 이 순간에도 출생하고 있다. 한마디로 줄이자면 구토 언어는 대중 신음이다. 구토 이후에는 무엇이 오는가. 여기가 언어의 종착지다. 이제 본격 등장할 것은 부조리와 모순에 대한 해체행동으로서 언어투쟁이다. 새로운 언어 없이 새로운 세계란 없다. 말이 천하를 구하리라. 저항언어가 아름다운 것은 그 말의 문학적 수사나 심도보다 그 언설 구조가 세상을 바꾸기 때문이다. 혹시 아직 눈물과 욕설이 부족한가. 그렇다면 더 구토하라. (서해성, 한겨레신문, 2016. 02. 13일)

서해성의 글은 다양한 웃음의 코드를 가지고 있다. 이들이 목격되는 장면은 대체로 다음과 같다. ㉠"대중 스스로가 지속적으로 생산해내고 있는 이 자조적 풍자언어가 신문과 방송, 인터넷에 상시 출몰하고 있다. 이걸 다중지성이라고 하는 게 타당한지는 모르겠다.", ㉡"광범한 알바인턴 시대에 어린이 장래희망이 정규직인 사회에서 지상에 방 한 칸 얻기가 까마득해 마침내 조물주 위에 건물주가 강림한 지경이다.", ㉢"삼정의 문란이 울고 갈 법하다.",

ⓔ"헬조선 사전을 편찬해도 좋을 만큼 숱한 말들이 이 순간에도 출생하고 있다.", ⓜ"혹시 아직 눈물과 욕설이 부족한가. 그렇다면 더 구토하라."

대체로 비꼼, 비아냥, 패러디를 수반한 웃음이다. 바흐친의 표현을 빌리면, 다소간 '축소된 웃음'이라고 볼 수도 있겠다. 저자는 이러한 웃음의 코드를 통해 거침없이 현실을 폭로하고 있다. 앞에서 우리는 웃음이 삶의 현실에 육박해 들어가는 대담한 태도를 형성한다고 말했다. 서해성은 다양한 웃음의 코드를 통해 삶의 현실에 비판적으로 돌진해 들어가고 있는 것이다.

저자는 "적어도 모종의 낙관적 정서가 관철되어야 욕설과 풍자는 유쾌한 힘을 얻을 수 있다."라고 하였는데, 그의 글쓰기에는 이러한 '모종의 낙관적 정서'가 배어 있다. 그래서 그의 여러 풍자는 힘을 발휘하고 있다. 즉, 유쾌한 부정의 정신을 느낄 수 있다. 한편, 이러한 일상 산문에도 이 정도로 웃음의 코드가 넘쳐나니, 웃음은 바흐친이 말한 것처럼 '평일의 문화'임에 틀림이 없어 보인다. 그리고 웃음은 평일의 문화여야 한다.

📲 ≪말≫의 일부

둘째 딸 안마리는 어린 시절을 의자에 앉아서 보냈다. 그녀는 따분해지는 것과 똑바로 앉는 것과 바느질하는 것을 배웠다. 재주가 있었지만, 부모는 그 재주를 키워 주지 않는 것이 훌륭한 짓이라고 생각했다. 또 아주 예쁘기도 했지만 그런 사실도 본인이 의식하지 못하도록 하려고 애를 썼다. 검소하고 자존심이 강한 이 중산층 인간들은 아름다움이란 자기들보다 돈이 많은 사람이나 신분이 낮은 사람들에게나 어울리는 것이라고 생각했다. 다시 말하면 후작 부인이나 창부들에 대해서만 그것을 인정하는 것이었다. 루이즈는 메마른 자존심의 소유자였다. 오해일지도 모른다는 생각에 그녀는 아이들과 남편과 그리고 자기 자신의 가장 분명한 소질마저 부정해 버렸다. 한편 남들의 아름다움을 분간할 줄을 모르는 샤를은 아름다움과 건강을 혼동했다. 아내가 병든 후로는 튼튼하고 혈색 좋으면 엷은 수염까지 난 목석 같은 여장부들과 사귀면서 마음을 달랬다. 안마리는 50년 후 가족 사진첩을 뒤져 보다가 그때야 비로소 자기가 미인인 것을 알게 되었다.

샤를 슈바이체르가 루이즈 기유맹을 만나게 된 것과 거의 같은 무렵에, 한 시골 의사가 페리고르의 지주의 딸과 결혼하고 티비에의 을씨년스러운 대로에 있는 약방 맞은편에서 살림을 차렸다. 그러나 그는 결혼하자마자 장인 된 사람이 사실은 무일푼인 것을 알게 되었다. 화가 치밀어 오른 의사 사르트르는 그 후 40년 동안 아내에게 말 한마디 건네지 않았다. 식사 때는 손짓으로 제 의사를 표시했으며 아내는 남편을 '우리집 하숙생'이라고 부르게 되었다. 그러나 잠자리만은 함께해서 무언중에도 가끔 아내의 배를 불려 놓았다. 그녀는 2남 1녀를 낳았으며 이 침묵의 아이들에게 각각 장바티스트, 조제프, 엘렌이라는 이름을 붙여 주었다. 엘렌은 노처녀가 되어서야 한 기병 장교와 결혼했는데 남편이 미치고 말았다. 조제프는 알제리 보병대에 들어갔다가 금방 제대를 하고 부모의 집에 눌러앉았다. 그에게는 직업이 없었다. 아버지의 침묵과 어머니의 넋두리 사이에 끼게 된 그는 말더듬이가 되어 평생을 말과 씨름하면서 보냈다. 장바티스트로 말하자면, 그는 바다가 보고 싶어서 해군사관학교에 들어가는 것이 소원이었다. 결국 해군 장교가 되고 이미 코친차이나의 열병에 걸려 있던 그는 1904년 셰르트부르에서 안마리 슈바이체르를 알게 되고, 버림받은 그 키다리 처녀를 사로잡아 결혼해 아이 하나를, 즉 나를 서둘러 만들어 놓고는 죽음의 길로 달아나 버리려고 했다.

그러나 죽는다는 것은 쉬운 일이 아니다. 장열(腸熱)은 서서히 올라갔다가도 또 떨어지곤 했다. 안마리는 그를 정성껏 돌보았지만 사랑한다는 주책을 부리지는 않았다. 루이즈가 부부 생활에 대한 혐오감을 미리 심어 주었기 때문이다. 그녀는, 피 흘린 첫날밤 이후 한없는 희생만이 뒤따랐고 밤중에는 야비한 짓을 당했다는 이야기를 들려주었다. 그래서 나의 어머니는 자기 어머니를 좇아 쾌락보다 의무를 택했다. 그녀는 결혼 전이나 후나 나의 아버지라는 사람을 잘 몰랐고, 때로는 이 낯선 사나이가 왜 하필이면 자기의 품 안에서 죽으려고 온 것인지 기구하게 생각하기도 했다. 이윽고 아버지는 티비에에서 몇십리 떨어진 어느 소작인의 농가로 옮겨졌다. 그의 부친이 매일 털털이 마차를 타고 아들을 진찰하러 왔다. 안마리는 밤샘과 근심에 지친 나머지 이미 젖도 나오지 않아, 거기에서 멀지 않은 한 유모의 집에 나를 맡겨 버렸다. 나 역시 죽음을 향해 달려가고 있었다. 장염(腸炎)이 원인이었지만 아마 원통하기 때문이기도 했으리라. 경험도 없고 가르쳐 줄 사람도 없는 스무 살의 나의 어머니는 낯선 두 중환자 사이에서 갈팡질팡했다. 그녀의 애정 없는 결혼은 결국 병과 죽음을 통해서 그 결론을 얻은 셈이었다. 그러나 나로서는 이런 사정이 기회가 되었다. 그 시대에는 어머니가 직접 오랫동안 젖을 먹이는 것이 보통이었다. 그러니까 만일 나의 어머니가 그런 이중의 괴로움을 겪지 않았던들, 나는 이유기(離乳期)가 너무 늦을 때에 생기는 여러 장애에 마주쳤으리라. 그러나 병자인 데다가 아홉 달 만에 강제로 젖을 떼게 된 나는 열에 시달리고 아둔해진 덕분으로 모자(母子)간의 유대를 마지막으로 끊는 가위 소리를 듣지 못한 것이었다. 나는 유치한 환각과 희미한 우상들이 우글거리는 혼미(昏迷)의 세계로 빠져 들어갔다. 아버지가 세상을 떠났을 때 안마리와 나는 같은 악몽에서 깨어났다. 내 병이 나은 것이다. 그러나 우리 모자는 어떤 오해의 희생자였다. 어머니는 마음으로는 한시도 떨어지지 않았던 아들을 되찾은 것이 기뻤지만, 나는 본 일도 없는 한 여자의 무릎 위에서 의식을 회복했으니 말이다.

돈도 없고 직업도 없었던 안마리는 친정으로 돌아가 살기로 결심했다. 그러나 내 아버지의 뻔뻔한 죽음은 슈바이체르 집안의 악감을 샀다. 그 죽음은 일방적인 이혼과도 같았다. 그것을 미리 알아차리지도 막지도 못했다고 해서 어머니는 죄인 취급을 당했다. 금방 쓸모없게 되어 버린 남편을 얻은 것이 경망했다는 것이었다. 그러면서도 어린애를 품에 안고 뫼동으로 되돌아온 이 키다리 아리아드네에 대한 그들의 태도는 겉으로는 나무랄 데 없었다. 퇴직 원서를 냈던 나의 할아버지는 군소리 한마디 없이 다시 근무하기로 했다. 할머니는 은근히 기뻐했다. 안마리는 고마워서 어쩔 줄 모르면서도, 이런 온정의 밑바닥에 비난이 깔려 있는 것을 눈치 챘다. 물론 어느 집안에서나 사생아를 낳은 딸보다야 과부가 된 딸이 낫다고 생각하겠지만, 그것은 대동소이한 것이다. 그들의 용서를 얻어 보려고 안마리는 몸을 아끼지 않았다. 뫼동에서도 또 그 후 파리로 올라와서도 그녀는 친정의 집안일을 떠맡아 했다. 가정교사, 간호부, 주방장, 비서, 하녀의 역할을 두루 했지만 어머니의 말 없는 역정을 가라앉힐 수는 없었다. 루이즈는 매일 아침 식단을 짜고 저녁이면 가계부를 정리하는 것을 귀찮아하면서도 남이 대신 하는 것은 그냥 보고 있지 못하는 여자였다. 자기의 짐이 가벼워지는 것은 좋았지만, 동시에 특권을 잃게 되는 것이 못마땅했다. 하루하루 늙어 가는 이 뒤틀린 여인에게는 한 가지 환상밖에 없었으니, 그것은 자기가 절대로 필요한 존재라는 믿음이었다. 그러나 이제 그 환상이 깨어지고 그녀는 딸에게 질투를 느끼기 시작했다. 불쌍한 안마리. 얌전히 앉아만 있었으면 귀찮은 식객이라고 욕을 먹었을 것이다. 그래서 적극적으로 일을 하니 이번에는 집안을 휘어잡으려 한다는 의심을 사게 되었다. 그러니 첫 번째 비난을 받지 않으려면 온갖 용기를 내야 했고 두 번째 비난을 면하기 위해서는 겸손할 대로 겸손해야만 했다. 그러다가 오래지 않아 이 청상과부는 다시 미성년자가 되고 흠집 있는 처녀가 되어 버렸다. 양친은 그녀에게 일부러 용돈을 안 주려고 한 것이 아니라, 용돈 주기를 숫제 잊어버리고 말았다. 옷가지가 닳고 닳아서 실밥이 보일 정도가 되어도 할아버지는 새로 사 줄 생각을 하지 않았다. 혼자 외출하는 것도 여간해서 허락하지 않았다. 대부분 시집 간 옛 친구들이 혹시 그녀를 저녁 식사에 초대하고 싶을 때는 며칠 전부터 미리 허락을 청하고 10시 전까지는 꼭 데려다 주겠다고 약속을 해야만 했다. 그래서 한창 식사를 하고 있는 도중이라도 초대한 집의 주인은 자리에서 일어나 그녀를 마차로 바래다주어야 했다. 그사이, 잠옷 차림의 할아버지는 한 손에 시계를 들고 침실을 왔다 갔다 하다가 10시를 알리는 소리가 그치자마자 호통을 쳤다. 그러니 초대 받는 일은 더욱 드물어지고, 나의 어머니는 그런 괴로움을 겪으면서까지 놀러 나가고 싶어 하지 않게 되었다. (샤르트르, 1964/2008: 16-21)

이 글은 샤르트르가 쓴 ≪말≫에서 발췌한 것이다. 어머니를 회상하며 쓴 대목이다. 이글은 어디를 따로 지목할 필요도 없이 글 전체가 자신의 가족과 어머니에 대한 조롱과 희화화로 넘쳐난다. 이러한 희화화가 매우 노골적인 대목을 옮기면 다음과 같다. ㉠"검소하고 자존심이 강한 이 중산층 인간들은 아름다움이란 자기들보다 돈이 많은 사람이나 신분이 낮은 사람들에게나 어울리는 것이라고 생각했다. 다시 말하면 후작 부인이나 창부들에 대해서만 그것을 인정하는 것이었다.", ㉡"안마리는 50년 후 가족 사진첩을 뒤져 보다가 그때야 비로소 자기가 미인인 것을 알게 되었다.", ㉢"그러나 잠자리만은 함께해서 무언중에도 가끔 아내의 배를 불려 놓았다.", ㉣"그는 1904년 셰르트부르에서 안마리 슈바이체르를 알게 되고, 버림받은 그 키다리 처녀를 사로잡아 결혼해 아이 하나를, 즉 나를 서둘러 만들어 놓고는 죽음의 길로 달아나 버리려고 했다.", ㉤"때로는 이 낯선 사나이가 왜 하필이면 자기의 품 안에서 죽으려고 온 것인지 기구하게 생각하기도 했다.", ㉥"만일 나의 어머니가 그런 이중의 괴로움을 겪지 않았던들, 나는 이유기(離乳期)가 너무 늦을 때에 생기는 여러 장애에 마주쳤으리라.", ㉦"얌전히 앉아만 있었으면 귀찮은 식객이라고 욕을 먹었을 것이다. 그래서 적극적으로 일을 하니 이번에는 집안을 휘어잡으려 한다는 의심을 사게 되었다."

조롱과 고뇌, 그리고 아이러니가 한 덩어리가 되어 있는 그의 글쓰기, 그의 고의적으로 불경스럽고 까불까불한 문체는 어디서 온 것일까? 이런 글쓰기를 통해 그가 의도한 효과는 무엇일까? 샤르트르가 ≪말≫을 출간한 때는 1964

년이다. 이 시기 그는 다양한 정치적 참여로 주목을 받았다. 정명환(2009, 275)은 이러한 맥락을 고려하여 "정의로운 투사로서의 자아를 정립하고, 어느 때보다도 적극적으로 행동하게 된 지금, 깨끗이 청산해야 할 근본적 과오를" 찾았을 것이라고 짐작한다. 그리고 샤르트르는 어린 시절에 기른 어떤 습성이 근본적 과오의 근원이 되어 있을 것으로 여겼을 것이라고 또다시 추측한다. 자서전이 하나의 중요한 해명과 변명의 도구가 되고, 그의 자서전이 주로 어린 시절의 가족 관계를 통해 자신의 성장 과정을 들추어내고 있다는 면에서 정명환의 설명은 설득력이 있다. 그리고 어린 시절이 어느 부분에서는 부정의 대상이 되어야 한다면, 자연스럽게 가족은 조롱과 희화화의 대상이 되는 것이 마땅할 것이다.

그러나 그의 웃음의 코드는 폐쇄적이거나 파괴적이지 않다. 조롱과 불경스러움마저도 항상 유쾌함과 발랄함이 배음처럼 흐르고 있다. 이러한 아이러니는 어디서 오는 것일까? 내가 생각하기에 이는 샤르트르의 세계관 또는 삶을 대하는 태도에서 나왔다고 생각한다. 유쾌한 부정의 정신 또는 유쾌한 상대주의, 삶과 역사에 대한 모종의 또는 뚜렷한 낙관적 정서가 그의 웃음 코드가 갖는 아이러니를 형성했다고 볼 수 있다. 그리고 샤르트르가 글쓰기 과정에서 드러내고 있는 웃음의 정신과 어느 정도의 낙관적 전망은 대화적 글쓰기의 중요한 특징이 되어야 한다고 생각한다. 웃음이 없는 진지함은 모든 삶의 사건을 종결지으려고 덤빌 것이며, 여기에 민주적 다원주의와 화이부동의 세계가 자리잡기는 힘들기 때문이다.

참고 문헌

Bakhtin, M.(1941/1988), 서사시와 장편소설, 장편소설과 민중언어(전승희·서경희·박유미 역), 창작과비평사.

Bakhtin, M.(1963/2003), M. 바흐친 도스또예크스키 창작론(김근식 역), 중앙대학교출판부.

Bakhtin, M.(1970~71/2006), 1970~71년 노트에서, 말의 미학(김희숙·박종소 역), 도서출판 길.

Morson, G. & Emerson, C.(1990/2006), 바흐친의 산문학(오문석·차승기·이진형 역), 책세상.

인용 문헌

고종석(2004), 성년의 문턱에 선 아들에게, 한국일보(2004. 02. 11일).

서해성(2016), 언어의 구토, 한겨레신문(2016. 02. 13일).

Sartre, J.P.(1964/2009), 말(정명환 역), 민음사.

1. 바흐친의 개념들: 최종화, 비융합적 의식들(목소리들)

변증법이라는 말은 그리스어의 dialektike에서 유래한 것으로 대화술이나 문답법을 뜻하는 것이었다. 상대방의 논리가 지니고 있는 허점을 문답을 통해 밝혀냄으로써 자기 논리의 정당성을 입증하는 기술이었다. 변증법은 문답을 통해 진리를 향해 나아가고자 했던 소크라테스의 변론술로 널리 알려져 있다. 변증법이 이러한 수사적 차원에서 나아가 새로운 논리학과 세계관의 형태로 자리 잡게 된 것은 헤겔에 의해서였다. 마르크스주의자들은 이를 이어받아 역사의 발전 과정에 대한 철학적 기초로 삼음으로써 변증법은 한층 중요한 의미를 지니게 되었다(서영채, 2013). 변증법은 지금도 여전히 수사학과 논리학에서 중요한 위치를 차지하고 있다.

모슨과 에머슨(1990)은 바흐친이 변증법을 철저하게 거부 또는 부정하였다고 말하지만, 이렇게 단언하기에는 상당히 복잡한 논의 맥락이 존재한다. 소크라테스식 변증법은 옹호하지만, 헤겔의 변증법적 논리학, 마르크스의 유물론적 변증법은 거부하였다고 말하는 것이 정확할 것이며, 독백적 변증법을 거부하면서 대화적 변증법을 지향하였다고 말하는 것이 타당할 것이다. 한편, 헤겔과 마르크스의 변증법을 거부하였다고 하였지만, 이는 그의 후반부 저작에서 확인할 수 있을 뿐, 그의 전반부 저작 여러 곳에서는 도리어 이들 변증법을 긍정적으로 인용하고 있다. 특히, 프로이트 심리학, 형식주의 문예 이론을 비판하고 사회학적 문예학을 구성하는 과정에서 변증법은 바흐친의 중요한 이론적 근거가 되고 있기도 하다. 다음에서는 바흐친 저작을 시간 순서대로 좇으면서 변증법에 대한 그의 사유가 어떤 방식으로 변모하고 굴절되었는지를 살펴보고자 한다.

변증법의 적극적이고 긍정적인 인용

변증법에 대한 바흐친의 최초의 언급은 〈러시아 문학사 강의에서, 바체슬라프 이바노프〉(바흐친, 1920년대)라는 강연록에서 발견된다. 이 강연에서 바흐친은 "외적인 것과 내적인 것의 복잡한 변증법"을 언급하고 있는데, 구체적인 진술 맥락은 다음과 같다.

> 인식−통찰이라는 양면적 행위의 복잡성. 인식하는 자의 능동성과 자신을 열어 보이는 자의 능동성(대화성). 인식 능력과 자기표현 능력. 우리에게 여기서 문제되는 것은 표현과 그 표현에 대한 인식(이해)이다. 외적인 것과 내적인 것의 복잡한 변증법. 개성은 환경과 주변 상황뿐만 아니라 자기만의 지평을 갖고 있다. 인식하는 자의 지평과 인식되는 자의 지평간의 상호작용. 표현의 요소들(죽은 사물이 아닌 몸, 얼굴, 눈 등), 그 안에서 (나와 타자의) 두 의식이 교차하고 결합한다. (바흐친, 1920년대/2006: 565)

바흐친은 '외적인 것'과 '내적인 것'의 변증법을 말하고 있는데, 위 진술에 근거하여 '외적인 것'(A항)에 해당하는 것과 '내적인 것'(B항)에 해당하는 것을 정리하면 다음과 같다.

A항	B항
외적인 것	내적인 것
자신을 열어 보이는 자	인식하는 자

A항	B항
자기 표현 능력	인식 능력
표현	인식(이해)
인식되는 자의 지평	인식하는 자의 지평
타자	나

A와 B는 서로 대화를 지향("대화성")하고 있으며, 상호작용하고 있다. 그리고 이러한 대화와 상호작용 안에서 나와 타자의 의식은 교차하고 결합한다. 따라서 A항과 B항의 변증법이란, 둘 사이의 대화성, 상호작용성을 의미한다고 볼 수 있으며, 여기서 '변증법'은 긍정적인 의미를 갖고 있다. 더 나아가 대상과 대상, 요소와 요소, 나와 타자 간의 대화성, 관계성, 상호작용성, 개방성을 의미한다고 볼 때, 변증법은 바흐친 사유 방식을 설명하는 중요한 핵심어로서의 위상까지 얻게 된다. 중요한 것은 여기서의 변증법이 누구의 변증법이 아니라, '대상과 대상이 갖는 대화적 관계'라는 일반적이고, 보편적이며, 상식적인 층위의 의미로 사용되고 있다는 점이다.

바흐친의 최초의 저작인 《행위 철학을 위하여》(바흐친, 1920)에서는 변증법이란 말이 한 번도 등장하지 않으며, 1924년에 집필된 〈미적 활동에서의 작가와 주인공〉에서는 딱 한 번 등장한다.

이 싸움은 내적으로 극적인 과정이며, 소여성으로서의 존재의 경계를 결코 넘어가지 않는다. 이것은 변증법적인 과정이 아니며, 도덕적 의미를 지닌 과정도 아니다. 비극적인 죄는 주어진 존재의 가치론적 차원에 놓여 있으며 주인공의 운명에 내재하고 있다. (바흐친, 1924/2006: 241)

여기서도 변증법은 긍정적인 의미로 인용된다. 위 진술에서 "싸움"은 '갈등'을 의미하는 데, 바흐친은 고전적인 인물의 내부에서의 갈등은 원죄에서 비롯된 것이며, 이는 선험적인 것이어서 "주인공의 운명에 내재하고 있"고, "죄는 에너지로서 존재 내에 있는 것"이기 때문에, "존재의 경계를 결코 넘어가지 않는다." 그래서 바흐친은 고전적인 인물의 갈등이 "변증법적인 과정이 아니"라고 말한다(바흐친, 1924/2006: 241). 대개의 변증법이 대상과 대상의 대립을 상정하고, 이때의 대립은 항상 대상 간의 경계이월성을 전제하고 있다는 점에서 바흐친은 일반적인 수준에서 공유되고 있는 변증법 용례를 따르고 있는 것으로 보인다.

≪문예학의 형식적 방법≫(메드베데프와 바흐친, 1928)에서 메드베데프와 바흐친은 마르크스주의에 기반한 사회학적 시학을 구축하고자 노력한다. 그리고 사회학적 시학을 구축하면서 주로 인용되는 논리 중의 하나가 바로 변증법이다. 사회학적 시학을 구성하면서 바흐친이 주요 비판 대상으로 삼는 것이, 교조주의와 규범주의, 실증주의이다. 이들 접근법은 문학 장르 또는 형식의 역사적 생성 과정이 갖는 역동성을 과학적으로 설명하지 못한다. 따라서 이들의 설명 방식은 학문적 엄밀성이 부족하고, 하나의 문학 유파의 예술 선언에 그치고 만다.

사회학적 시학이 하나의 강령이 되지 않고, 개별적인 문학적 사실의 열거에 그치지 않기 위해서는 변증법적 방법을 적용해야 한다. "변증법적 방법은 생겨나는 어느 장르, 어느 형식의 체계에 걸맞게, 이것들을 동적으로 정의하기 위해 필요한 귀중한 무기를 사회학적 시학에 부여해준다." 그리고 "변증법을 기초로 할 때에만, 규범주의와 교조주의, 어느 것에도 연결되지 않고 그저 임시로 뭉쳐 있는 다양한 사실이라는 실증주의적인 분산성을 피할 수 있다." (메드베데프와 바흐친, 1928/1992: 55) 당대의 지배적인 담론이었던 교조주의와 실증주의를 극복하고자 할 때, 더 나아가 마르크스주의에 근거한 사회학적 시학을 구축하고자 할 때, 변증법은 매우 중요한 이론적 무기가 되어야 한다는 점을 메드베데프와 바흐친은 여러 곳에서 강조하고 있다.

메드베데프와 바흐친은 "밋밋한 경험주의"로서의 실증주의, "추상적 격리성"을 특징으로 하는 관념론은 삶과 세계를 설명하는 논리로서는 뚜렷한 한계를 지니고 있으며, 이러한 각각의 한계를 극복하고, 총합하는 유일한 논리가 변증법적 유물론이라고 말한다. "변증법적 유물론만이 예술, 학문, 도덕, 종교에 고유한 현상에 대한 구체적이고 역사적인 연구와 철학적 세계관을 올바르게 총합할 수 있다." 그리고 현대 유럽 학문은 관념론과 실증주의가 맞은 위기를 극복할 기반을 찾고 있는데, "우리는 변증법적 유물론만이 이 기반이 될 수 있다고 믿는다."라고 말하고 있다(메드베테프와 바흐친, 1928/1992: 14-15).

한편, 메드베데프와 바흐친은 문학과 이데올로기의 관계에 대한 조야한 인과론에 반대하면서 이를 극복하는 논리로서 변증법을 도입한다. 외적 요인으로서의 이데올로기가 문학에 영향을 미친다는 소박한 인과론적 접근을 문제 삼는데, 문학과 이데올로기의 관계는 그렇게 "조잡하고 역동성을 잃은 일방통행식"관계로 설명할 수 없다.

> 문학에 영향을 끼치는 외적 요인은 어느 것이나 다 문학 속에 순전히 문학적인 효과를 불러일으킨다. 그리고 이 효과는 이후의 문학의 발전을 규정해가는 내적 요인이 된다. 그리고 이 내적 요인은 다른 이데올로기 영역에 대한 외적 요인이 되고, 이 이데올로기 영역들은 나름의 내적적 언어를 가지고 이러한 사실에 반응한다. 그리고 이 반응이 이번에는 다시 문학에 대한 외적 요인이 된다. (메드베테프와 바흐친, 1928/1992: 53)

외적 요인으로서의 이데올로기가 문학에 영향을 미치는 것은 사실이다. 그러나 여기서 그치는 것이 아니다. 문학에 침투한 이데올로기는 문학적 기제로 작용하여 문학의 발전을 규정하는 내적 요인이 된다. 그리고 이러한 내적 요인은 다시 이데올로기에 영향을 미치는 외적 요인으로 작동한다. 또한 문학의 영향을 받은 이데올로기는 다시 문학을 규정하는 외적 요인으로 작용한다. 이와 같이 문학과 이데올로기, 외적 요인과 내적 요인은 영향을 받으면서 동시에 영향을 미치는 상호규정적 존재이다. 이것이 바흐친이 말하는 문학과 이데올로기의 변증법적 놀이인 것이다.

≪문예학의 형식적 방법≫ 전반에서 비판의 대상이 되고 있는 것이 형식주의이다. 형식주의는 마르크스주의와 완전히 정반대의 방식으로 문학의 특수성과 독자성을 규정한다. 형식주의는 문학이 관계하고 있는 이데올로기, 사회와의 연결 고리를 끊어버린 채, 문학의 독자성을 독립적으로, 고립시켜서 설명한다. 즉, 형식주의는 문학의 특수성과 독자성에서 "이데올로기 영역을 격리시키고 이데올로기적 생활과 사회생활의 모든 다른 힘과 에너지에서 벗어나는 것으로 생각한다." 또한 형식주주의자들은 "독자성을 변증법적으로 파악하지 않는 까닭에 사회적·역사적 생활이라는 구체적인 통일체 안에서 일어나는 생동감 있는 상호작용과 그 독자성을 연결시켜보지 않는다."(메드베테프와 바흐친, 1928/1992: 64) 메드베데프와 바흐친의 형식주의 비판 논리에서, 변증법적 접근법은 곧 마르크스주의적 접근법이 되고 있다.

메드베데프와 바흐친이 보기에 형식주의는 결여로서의 학문이다. "어떠한 학문적 추상화에서도 부정은 긍정과 변증법적으로 연결되어 있다." 부정이 필연적으로 품고 있는 긍정을 포착하고 이를 그려낼 때, "추상화는 비로소 응고되어 생기를 잃어버리는 것에서 벗어날 수 있는 것이다." 그런데, "형식주의는 다양하게 부정만 하면서 극도의 경직성만을 보여준다."(메드베테프와 바흐친, 1928/1992: 153) 형식주의는 부정에서 긍정을 보지 못함으로써, 부정 뒤에 배경으로서 긍정을 설정하지 못함으로써 학문적 가치를 잃고 있는 것이다. 한편, 형식주의의 부정 방식도 문제적이다. 변증법적 부정은 내부 부정이고, 자기 부정의 방식으로 이루어지는데, 형식주의의 부정은 외부의 부정이기 때문에 변증법적 부정이 아니고, 따라서 그 부정 속에서는 부정을 통한 생성과 긍정을 찾기 어렵다.

변증법적인 부정이 생겨나고 성장하는 것은 부정된 것 자신의 품속에 있다. 이 렇게 해서 사회주의는 자본주의의 품속에서 성장해 나온다. 현상 그 자체가 자기 부정을 필연적으로 준비하고 그 스스로 또 다른 현상을 낳는 것이다. 만일 부정 이 외부에서부터 오는 것이라면 그것은 변증법적인 부정이 아니다. (메드베데프 와 바흐친, 1928/1992: 273)

형식주의의 부정은 변증법적 부정이 아니기 때문에 당연히 변증법적 진화 에 대해서도 알지 못하고, 설명하지도 못한다. 따라서 "형식주의는 전진할 수 없다."(메드베데프와 바흐친, 1928: 153) 바흐친의 후반부 저작에서 모순은 극복되어야 할 것이 아니라, 증폭되거나 강화되어야 할 것으로 논의된다. 그 러나 다음 진술에서 알 수 있듯이 전반부 저작에서 모순은 극복되기도 하고, 총합되기도 한다.

이데올로기적 환경은 끊임없이 생겨나고 변증법적으로 변화·발전한다. 그때 모순은 늘 존재하기 마련이며 그 모순은 항상 끊임없이 극복되고 재생된다. 그러 나 모순이 역사적으로 발전하는 어느 시대의 각각의 집단에게 이 환경은 독자적 인 하나의 구체적인 전체이고, 학문, 예술, 도덕, 그 이외의 이데올로기를 생생하 고 직접적으로 총합한다. (메드베데프와 바흐친, 1928/1992: 27)

이와 같이 모순은 어느 시점에서 극복되거나 총합되어야 이데올로기 또는 이데올로기적 환경은 변증법적으로 변화발전할 수 있는 것이다. 그러나 메드 베데프와 바흐친이 모순의 극복과 총합을 얘기하면서, '종결'을 전제하고 있 지 않다는 점에 주목할 필요가 있다. 모순은 극복되지만 재생된다. 총합이 되 지만, 최종적인 총합이 아니라, 어느 시대라는 특정 시기에 총합되는 것이고, 이 시기 이후에 그러한 총합은 깨져나간다. 소시간 속에서 모순은 극복되고 총합되나, 대시간 속에서 모순은 계속해서 재생한다. 이렇게 보면, 변증법과 모순에 대한 바흐친의 생각은 생애 초반부와 후반부에서 비교적 일관성을 유 지하고 있다고 볼 수 있다.

바흐친이 후반부에 헤겔의 변증법과 마르크스의 변증법을 비판하는 이유는 이들이 전제하고 있는 '종결성', '최종화' 때문인데, 미종결성으로서의 변증법에 대한 우호적인 시각은 다음에서도 확인할 수 있다.

> 이데올로기적 생성의 흐름은 다시 그를 두개의 방향, 두개의 진리에 봉착하게 한다. 이데올로기적 시야는 끊임없이 자꾸 생겨난다. 인간이 삶의 썩은 곳에 빠져서도 다시 헤어나올 수 있는 한 이것이 생생한 삶의 변증법이다. (메드베테프와 바흐친, 1928/1992: 37)

이데올로기적 전망은 결코 종결되지 않는다. 이데올로기적 전망은 다양하게 존재하며, 이들은 어느 한 시공간에서 잠시 하나로 모아지기도 하지만, 결국 또다시 분화한다. 이러한 분화와 통일(모아짐)의 영원한 반복, 다양성과 종결성의 소진 불가능함이 바흐친이 그리고 있는 변증법이라고 볼 수 있다.

≪마르크주의와 언어 철학≫(볼로시노프와 바흐친, 1929)에서 바흐친은 언어, 이데올로기를 다루면서 변증법적 유물론을 인용하고 있다. 특히, 자칭 마르크스주의자라고 하면서도, 이들의 논의 방식이 변증법적 유물론에 충실하지 않을 때, '기계적인 인과론'이라고 거세게 비판한다. 예컨대, 토대가 이데올로기를 어떻게 규정하는가가 당대의 중요한 화두였고, 많은 논자들이 "인과적으로 규정한다.", "토대와 이데올로기 사이에는 전자가 후자를 규정하는 인과 관계가 있다."라고 응답하는데, 이와 같이 "기계론적으로 이해한다면, 이 대답은 근본적으로 잘못된 것이고 변증법적 유물론의 기초에도 모순되는 것이다."라고 비판한다(볼로시노프와 바흐친, 1929/1988: 26).

특정 이데올로기는 홀로 독립적으로 존재하거나 작용하지 않는다. 특정 이데올로기는 통일된 전체로서의 '이데올로기 체계(네트워크) 속에서 존재하며, 이 체계 전체가 토대의 변화에 반응하므로 우리가 주목해야 할 것은, "어떤 주어진 이데올로기의 변화가 그것이 소속된 이데올로기 체계 전체의 맥락 속에서 어떠한 의미를 갖는가?"이다. 기계론적 인과론은 이를 꼼꼼하게 살피지 않는다. 또한 "모든 설명은 상호 작용하고 있는 영역들의 질적인 차이를 전부 고려해야 하며, 또 (토대로부터 상부구조에 이르기까지의) 토대의 변화가 이루어지는 모든 단계의 자취를 더듬지 않으면 안 된다."(볼로시노프와 바흐친, 1929/1988: 27) 볼로시노프와 바흐친은 이런 방식으로 토대와 이데올로기의 관계를 설명하는 것이 참된 변증법적 설명방식이라고 말한다.

볼로시노프와 바흐친은 심리와 이데올로기의 관계를 논의하면서 이들 사이의 변증법적 상호작용에 주목한다. 심리는 이데올로기가 되는 과정에서 "말살되거나 제거되고", 이데올로기는 심리가 되는 과정에서 스스로를 "말살한다." 볼로시노프와 바흐친은 심리를 내적 기호로, 이데올로기를 외적 기호로 부르기도 하는데, 내적 기호가 이데올로기라는 외적 기호가 되기 위해서는 주관적 경험 즉 심리적 맥락에서 빠져나와야 한다. 이데올로기라는 외적 기호 역시 생명력을 갖기 위해서는 "내적인 주관적 기호들의 요인에 깊이 침잠해야 하고 주관적 어조의 울림을 가져야만 한다."(볼로시노프와 바흐친, 1929/1988: 57)

한편, 발화는 심리와 이데올로기, 내적 기호와 외적 기호가 변증법적으로 통합되는 공간이다. 각각의 발화에서 심리와 이데올로기는 끊임없이 되풀이되어 교차하고, 상호작용한다. 이러한 발화의 성격으로 인해서 발화가 이루어지는 공간은 "방향을 달리하는 여러 가지 사회적인 액센트가 교차하고 서로 투쟁하는 작은 무대"가 된다(볼로시노프와 바흐친, 1929/1988: 60). 이 진술에서도 볼로시노프와 바흐친은 개인의 말이 갖는 사회적 성격을 놓치지 않고 있는데, 중요한 것은 심리와 이데올로기는 변증법적으로 상호 침투한다는 점, 이러한 상호 침투의 생생한 현장이 바로 개개인의 발화 행위라는 점이다.

말의 다의성과 통일성(단일성)이라는 일견 모순된 성격이 어떻게 조화를 이루는지에 대해 설명을 하면서 볼로시노프와 바흐친은 추상적 객관주의를 비판한다. 이들의 모순성은 변증법적으로 해결할 수 있는데, 추상적 객관주의

는 그 길을 가지 않는다는 것이다. 먼저, 말의 다의성과 통일성에 대한 볼로
시노프와 바흐친의 진술을 살펴보자.

말의 의미는 그 말이 쓰이는 맥락에 의해서 결정된다. 사실, 주어진 말이 사용
되는 맥락의 수만큼 그것의 의미가 다양하다. 하지만 그와 동시에 말은 그 자체
로서 단일한 실재이다. 주어진 말이 사용되는 맥락의 수만큼의 말로 분해되어 버
리지는 않는다. 말의 통일성은 그 자신의 음성학적 구성방식의 통일성에 의해서
뿐만 아니라 그 말이 지닐 수 있는 의미 전체에 대한 공통된 통일성의 요소에 의
해서도 보증된다. 그러면 그 말의원칙적인 다의성이 어떻게 그것의 통일성과 조
화를 이룰 수 있는가? (볼로시노프와 바흐친, 1929/1988: 110)

이러한 말의 의미론적 문제에 대하여 추상적 객관주의는 어떤 입장을 갖고
있는가? 추상적 객관주의는 말의 다의성을 무시하고, 동일성 요인에만 관심
을 갖는다. 이는 "맥락의 바깥에서" 말을 정의할 때 가능해진다. 말이 사용되
는 맥락을 배제할 때, 가까스로 말의 의미의 단일성, 동일성, 통일성은 확보
될 수 있다. 그리고 "말을 독립시키고 그것의 의미를 개별적인 맥락으로부터
단절시켜 고정화시키는 과정은 다른 언어들을 비교하는 것에 의해서 강화된
다." 추상적 객관주의자들은 다른 언어와의 비교 과정에서 하나의 말에 대응
하는 유일한 실제 대상을 수립하고자 노력한다. 이러한 확정된 대상의 자기
동일성에 기반해서 의미의 통일성을 보증하고자 한다. 말의 다의성을 배제한
이러한 설명 방식은 말의 "의미의 통(단)일성과 다양성 사이의 변증법적 결합
이 불가능하다."(볼로시노프와 바흐친, 1929/1988: 111) 말의 단일성과 통일성
은 이들 언어학자들의 이론적 논의에서만 가능하고, 실제 삶의 맥락에서 이
러한 말의 단일성, 통일성 규정은 가능하지 않다. 말의 다의성을 야기하는 맥
락은 제거될 수 없기 때문이다.

이와 같이 추상적 객관주의의 근본적인 오류는 개인적 언어 행위 또는 그
러한 언어 행위가 이루어지는 맥락을 배제하는 데 있다. 그러나 이러한 추상

적 객관주의에 대한 비판이 곧바로 개인적 주관주의의 옹호로 이해되어서는 안 된다. 개인적 주관주의는 언어 행위를, 말하는 주체의 개인적인 정신생활의 측면에서 설명하려고 한다. 따라서 개인적 주관주의는 말의 다의성을 설명할 수는 있어도 통일성을 설명할 수는 없다.

> 언어 행위의 산물인 발화는 어떤 상황에서도, 그 말의 정확한 의미에 있어서, 개인적인 현상으로 간주될 수 없고, 말하는 주체의 개인적·심리적 조건이나 정신 물리학적 조건에 의해서 설명될 수도 없다. 발화는 사회적인 현상이다. (볼로시노프와 바흐친, 1929/1988: 114)

위와 같이 볼로시노프와 바흐친은 언어 행위를 '사회적 현상'으로 설명함으로써, 말의 다의성과 통일성을 해결할 수 있는 돌파구를 모색한다. 추상적 객관주의는 '사회적 맥락'을 삭제함으로써, 말의 단일성을 확보하고, 개인적 주관주의는 '사회적 맥락'을 배제하고 '개인적 맥락'에만 주목함으로써 말의 다의성을 강화한다. 이러한 두 가지 접근법은 모두 말의 단일성과 다의성 중의 하나만을 초점화함으로써, 결국 둘 사이의 변증법적 통합에 실패하고 있다는 것이 볼로시노프와 바흐친의 주장이다. 이들이 볼 때, '사회적 맥락'을 도입함으로써, 비로소 말의 단일성과 다의성이 변증법적으로 통합되는 국면을 맞이할 수 있게 된다.

1929년에 쓴 '≪부활≫ 서문'(바흐친, 1929)에서 바흐친은 매우 엄중하게 톨스토이의 창작방법론을 비판하고 있는데, 이때 비판의 중요한 근거가 '역사적 변증법'이다. 나중에 살펴보겠지만, 바흐친의 후반부 저작에서는 변증법이 공격의 대상이 되는데, 이 글에서는 변증법이 톨스토이 비판의 중요한 논거로서 인용되고 있다. 예컨대, "역사와 그 변증법, 그러한 부정도 역사 속에서 단지 상대적이며, 이미 또 다른 긍정을 포함하고 있다는 사실이 톨스토이의 사고방식에서는 완전히 생소한 것이다. 그렇기 때문에 현실적인 법정에 대한 그의 부정은 절대적이며, 해결책이 없고 비변증법적이며 모순적"이며(바흐친, 1929/1987: 199), "그의 이데올로기적 명제는 역사적인 변증법적 모든 요소를 결여하고 있"고(바흐친, 1929/1987: 200), "모든 인간의 문화를 부정하고 마는 톨스토이의 이 허무주의는 산 자가 대치하러 왔을 때에야 죽은 자를 매장하는 역사적 변증법을 그가 알지 못했다는 사실과 관계된다."(바흐친, 1929/1987: 201) 바흐친이 이해하고 있는 역사적 변증법은 '부정이 벌써 긍정을 포함하고 있다는 원리'이고, 비유적으로 말하면, '산 자가 죽은 자를 대치한다는 원리'이다. 구체적인 역사적인 맥락에서 보면, "착취라는 사실로 인해 형성되는 피착취자들의 진영에서 무르익어가고 있는 긍정적인 형식들"이다(바흐친, 1929/1987: 201). 그러나 톨스토이는 부정, 죽은 자, 착취와 착취자만을 보고, 긍정, 산 자, 피착취자의 긍정적 형식을 철저히 외면함으로써, 역사적 변증법의 모든 요소를 결여한 작가, 역사적 변증법을 알지 못하는 작가라는 비판을 받을 수밖에 없는 것이다. 바흐친이 이해하고 있는 역사적 변증법이란, 부정과 긍정의 변증법이라고 볼 수 있는데, 여기서 부정은 생성의 원인이고 토대이며, 긍정은 생성의 결과이고 열매라는 점에서 '변증법적 생성'을 적극적으로 인정하고, 인용하고 있는 것이다. 이는 후반의 저작에서 발견되는 '변증법적 생성' 비판과는 매우 대조적인 모습이 아닐 수 없다.

논리적 변증법의 거부 또는 거리두기

〈언어학, 어문학 그리고 다른 인문학에서 텍스트의 문제〉(바흐친, 1961)에서는 바흐친의 논리적 변증법에 대한 거부 또는 거리두기가 비로소 뚜렷하게 나타난다. 이 글에서 바흐친은 "텍스트들 간의, 그리고 텍스트 내부의 대화적 관계"(바흐친, 1961/2006: 403), 그리고 "텍스트들 간의 의미적(변증법적)이고 대화적인 상호관계의 문제"와 "텍스트들 간의 역사적 상호관계라는 독특한 문제"(바흐친, 1961/2006: 404)에 주목한다. 그리고 이러한 텍스트들 간의 대화적 관계는 "순수하게 논리적이거나(비록 변증법적일지라도) 순수하게 언어학적인 것(구성적–통사론적인것)으로 귀결될 수 없다."고 말한다(바흐친, 1961/2006: 422). 즉, 텍스트들 간의 관계는 논리적 변증법으로도, 언어학적인 것으로도 대치될 수 없다고 말하는 것인데, 바흐친은 이러한 텍스트와 텍스트의 대화적 관계에서 인문학의 성격을 규명하고자 시도한 것으로 보이나, 아쉽게도 위 글에서 이러한 성격은 충분히 구체화되지 못하고 있다. 다만, 변증법과 관련해서 주목을 끄는 것은, 바흐친이 대화적 관계를 강조하면서 논리적 사유 방식으로서의 변증법에 일정한 거리를 두고 있다는 점이다. 바흐친은 텍스트들 간의 관계를 논리적 변증법으로 설명하지 말아야 한다고 말하고 있다. 이는 어떤 텍스트가 어떤 선행 텍스트를 논리적으로 부정, 극복, 통합했다는 관점에서 접근하지 말라는 의미로 해석된다. 이러한 접근은 대화적 관계 속에서 텍스트들의 관계를 살피는 것이 아니다. 동의와 반대 또는 공감과 거부 등과 같은 응답적(반응적) 양상을 살피는 것이 대화적 관계 속에서 텍스트들의 상호 관계를 조망하는 방법이 될 것이다. 물론, 동의와 반대라는 응답 과정에 '논리적 판단'이 작동하지 않을 수 없지만, 그러한 '논리적 판단'으로만 관계를 해석하는 것은, 텍스트 자체와 텍스트들 간의 관계의 독특함, 개별성을 훼손하면서 빈약하고, 축소된 대화적 관계를 초래할 뿐이다.

≪도스토옙스키 창작론≫(바흐친, 1963)에서 변증법에 대한 바흐친의 비판은 최고조에 이른다. 도스토옙스키는 소설의 주인공을 통해 "다수의 의식"을 제시하는데, 이들은 "구체적이고 완전한 의식들"이며, "절대적 이율배반으로서 서로 모순 대립하는 명제들"고, "비(非)융합적인 의식들"이다(바흐친, 1963/2003: 9). 따라서 이들 의식들은 변증법적으로 지양, 융합, 통일될 수 없는 의식들이다. 바흐친은 많은 도스토옙스키 비평이 이들 "다수의 의식들을 통일된 세계관의 조직적·독백적 틀 속에 끼워 넣으려 하면서 변증법에 집착할 수밖에 없었다."고 비판하고 있다(바흐친, 1963/2003: 9). 기존의 비평이

다수의 의식들 사이에 존재하는 모순과 이율배반에 주목한 것은 옳다. 그러나 이들 의식들 간의 모순과 이율배반을 관념적 명제로 치환하여 융합과 통일을 시도함으로써 철학적 독백화의 길을 걷게 되었다고 바흐친은 비판하고 있다.

도스토옙스키의 세계에서 변증법적 요소나 이율배반적 요소의 "모든 논리적 고리는 개별적 의식들의 영역에 남아 있어서, 사건이 될 만한 의식들 간의 상호관계를 지배하지 않는다." 그리고, "개별적 의식들의 영역에서조차 변증법적이거나 이율배반적인 대열은 구체적인 완전한 의식들의 기타 요인들과 끊임없이 얽혀 있는 추상적 요인일 따름이다. 논리적 대열의 사고(思考)는 완전한 인간의 살아있는 목소리 속에서 체현된 그러한 구체적 의식을 통해, 일관적으로 묘사되는 사건과 교류한다." 따라서 의식들의 사건적 상호작용에서 제외되어 체계적·독백적 문맥으로 재구성된 사상은 "아무리 변증법적일지라도 나름대로의 특성을 상실하고 형편없는 철학적 신념으로 전환된다."(바흐친, 1963/2003: 9-10)

바흐친은 엔겔가르뜨의 견해를 비판하면서 다음과 같이 말한다. "각개의 개별적 소설 속에서 사상들이 정말로 유일한 변증법적 대열의 고리들로서 역할 한다면 각개의 소설은 변증법적 방법론에 의해 세워진 완전한 철학적 전체가 되었을 것이다(소설의 평면들은 근저에 깔린 사상들에 의해 명백히 드러나게 된다). 다행일 경우에 그것은 우리에게 사상을 지닌 소설(변증법적이라고 하자), 즉 철학적 소설이 되었을 것이요, 불행일 경우에는 소설형식을 갖춘 철학이 되었을 것이다."(바흐친, 1963/2003: 31) '다행'도 '불행'도 발생하지 않았다. 도스토옙스키의 소설은 '철학적 소설'도 되지 않았고, '소설 형식을 갖춘 철학'도 되지 않았다. 사상들이 변증법적 대열의 고리로서의 역할을 하지 않았기 때문이다. 그리고 이러한 변증법적 연결고리의 부재야말로 도스토옙스키 창작론의 가장 큰 특징이기도 하다. 만일 사상들이 변증법적 대열의 고리 역할을 했다면, 앞의 고리들(사상들)은 부정적인 것들로서 제거되거나 부정되었을 것이고, 이와 같이 앞의 고리를 극복한 뒤에 생겨난 뒤의 고리는 추상적이고 완전한 고리로서 작가가 추구하고 지향하는 사상이 되었을 것이다. 부정되는 고리의 부재, 부정 후에 생겨하는 고리의 부재, 결국 변증법적 고리의 부재야말로 도스또옙스키 글쓰기의 뚜렷한 특징이고, 바흐친이 지향하는 비변증법적 글쓰기이기도 하다.

바흐친은 "변증법적으로 제거되지 않은 여러 비융합적 의식들의 대립"이 가능한 글쓰기를 지향한다. 이러한 글쓰기에서 대립하는 모든 의식들은 "자신의 개성을 상실치도 않고 그 무엇과 합류하지도 않고 다만 조화를 이루면서" 공존한다. 이러한 대화적 글쓰기의 대표적인 사례가 도스토옙스키의 글쓰기 방식인데, 따라서 그의 글쓰기에서 "단일화된 정신의 변증법적 생성은 전혀 존재하지 않는다. 한 마디로 생성이란 없다."(바흐친, 1963/2003: 31) 다음의 바흐친 진술에서 알 수 있듯이, 헤겔식의 변증법은 단일화된 정신을 '생성'할 수는 있어도, 다원적이고 비융합적인 의식을 '생성'할 수는 없다. 따라서 헤겔의 변증법적 생성이란 사실 독백주의의 '생성'이고, 대화주의의 '소멸'을 의미할 뿐이다.

> 헤겔식으로 이해되고 변증법적으로 생성된 단일화된 정신은 철학적 독백 이외에 아무 것도 탄생시킬 수 없다. 일원론적 사상주의의 토대에서 다수의 비융합적 의식들은 번창할 가능성이 아주 희박할 것이다. 이러한 의미에서 생성하는 단일화된 정신은 하나의 형상과 같더라도 본질적으로는 도스또예프스끼와 이질적이다. 도스또예프스끼의 세계는 극히 다원적이다. 만약 이 세계 전체를 포용할 수 있을 듯한 이미지를, 즉 도스또예프스끼적 세계관의 정신에 걸 맞는 이미지를 찾아내라면, 그것은 융합되지 않은 혼들의 교통(交通)으로서 죄인들과 신앙인들이 한데 모일 수 있는 교회가 될 것이다. 그렇지 않으면 아마도 다면성이 영원성으로 전환되는 곳, 즉 회개하지 않은 자와 회개한 자, 그리고 구원받지 못한 자와 구원받은 자가 함께 사는 단테적 세계의 형상이 될 것이다. (바흐친, 1963/2003: 32)

바흐친이 도스토옙스키의 글쓰기에서 발견한 것은, 양의성과 다의성에 대한 지각이며, 양의성과 다의성은 차이의 계열 속에서 생겨난다고 볼 때, 이는 차이에 대한 감수성이라고 말할 수 있다. 도스토옙스키의 글쓰기에 대한 바흐친의 다음의 진술은 '차이에 대한 감수성'이 빚어내는 대화적 글쓰기의 다양한 특성에 대한 뛰어난 변주곡이라고 할 수 있겠다.

> 도스또예프스끼는 보통사람이 한 가지 사상만 보았던 데서 두 가지 사상, 즉 분열을 발견하고 감촉할 줄 알았다. 도스또예프스끼는 일반인이 하나의 질(質)만 보았던 데서 그 질과 상반되는 또 다른 질의 존재를 밝혀내었다. 단순하게 보였던 모든 것이 그의 세계에서 복합적이고 복잡하게 되었다. 하나하나의 목소리 속에서 그는 논쟁하는 두 목소리를 들을 줄 알았으며, 하나하나의 표현 속에서 또 다른 상반된 표현으로 옮겨갈 수 있는 준비성과 균열을 찾아낼 줄 알았으며, 하나하나의 몸짓 속에서 확신과 불확신을 동시에 포착했다. 그는 형상 하나하나의 심오한 양의성(兩意性)과 다의성을 지각해 냈기 때문이다. 그러나 이 모든 모순과 분열은 변증법적이 되지 않았으며 시간의 통로를 따라서도, 하나로 생성된 대열을 따라서도 운동하지 않았다. 하지만 그것들을 하나의 평면에서 사이좋게 혹은 대립되는 것들로, 서로 동의하지만 융합되지 않은 목소리들의 영원한 조화이거나 그 목소리들의 그칠 줄 모르는 끝없는 논쟁으로 전개되어 왔다. (바흐친, 1963/ 2003: 37)

여기서도 변증법의 길을 걷지 않아야 대화적 글쓰기가 가능해진다는 것을 확인할 수 있다. 모순과 분열이 "변증법적이 되지 않았"기 때문에, 모순과 분열이 통일, 융합, 극복되지 않았기 때문에 "융합되지 않는 목소리들이 영원한 조화"를 이룰 수 있으며, "목소리들의 그칠 줄 모르는 끝없는 논쟁"이 전개될 수 있는 것이다. 헤겔식 변증법이 지양을 향해 가는 한, 대화적 글쓰기가 헤겔식 변증법과 만날 수 있는 공간도 계기도 생기지 않는다.

바흐친이 부정하는 것은 변증법이 아니라, 독백적 변증법이다. 그는 여러 곳에서 변증법을 긍정적으로 진술하곤 한다. 예컨대, "변증법일지언정 체계적으로 독백적인 철학적 최종화(finalization/ завершенность)를 찾기란 공연한 일이 될 것이다. 왜냐하면 작가가 철학적 최종화를 달성할 수가 없어서가 아니라 그 최종화가 작가의 구상 속에 들어가 있지 않기 때문이다."(바흐친, 1963/2003: 38) 여기서 변증법은 모순과 대립을 의미한다. 그리고 바흐친이 모순과 대립에 대한 인식, 감수성을 매우 높게 평가한다는 점에서 위 진술에서 '변증법'은 긍정적인 의미를 갖는다. 바흐친은 '생성', '지양', '합(융합 또는 통합)'을 지향하는 헤겔식 변증법과 최종 도달점으로서의 유토피아를 상정하는 마르크스식 변증법을 거부한다. 그리고 이들 변증법을 바흐친은 '독백적 변증법'이라고 부른다.

대화적 글쓰기에서는 주체의 내면에서 울려나오는 대화적이고 논쟁적인 목소리들을 듣는다. 주체의 사상, 주체의 의식은 항상 타자의 사상, 타자의 의식과 인접해 있으며, 긴장 관계를 유지하면서 인접해 있다. 이때 인접의 경계선은 주체와 타자 사이에 있는 것이 아니라 주체 안에 있거나, 타자 안에 그어져 있다. 즉, 주체와 타자라는 경계를 이월하여 존재한다. 따라서 주체로서 나와 타자의 긴장이란 사실은 나 안에서의 긴장이며, 타자 안에서의 긴장이다. 따라서 대화적 글쓰기는 주체의 하나의 목소리에서 벌써 타자의 목소리를 인식하며, 타자의 하나의 목소리에서 벌써 나의 목소리를 인식한다. 그리하여 "주인공의 사상과 심적 체험은 모두가 내면적으로 대화적이고 논쟁성을 띠고 있"을 수밖에 없다(바흐친, 1963/2003: 39).

바흐친은 논리적 관계와 대화적 관계를 구분한다. 예컨대, 바흐친은 "인생은 멋지다", "인생은 멋지지 않다"(바흐친, 1963/2003: 239-240)라는 두 개의 발화를 통해 발화 사이의 관계를 설명하고 있다. 위 두 개의 판단(인생의 가치에 대한 철학적 또는 경험론적 판단) 사이에는 논리적 관계가 있다. 한쪽이 다른 한쪽을 부정하는 관계(모순 관계, 이율배반 관계)이다. 그러나 여기에는 어떠한 대화적 관계도 없다. 예컨대, 둘은 상호 논쟁을 하지 않고 있다. 두 판단이 대화적 관계를 맺기 위해서는 판단의 표현 주체를 만나야 한다.

즉, 두 주체가 두 개의 판단을 발언해야 한다. 이렇게 되면, 두 판단은 대화적 관계가 발생하게 된다. 발화의 대화적 관계 성립에서 중요한 것은, 판단이 주체의 발언으로 구체화되는 것이며, 동시에 두 개의 판단이 두 개의 주체를 만나야 한다는 점이다. 예컨대, "두 판단은 명제와 반명제로서 어떤 주체의 한 가지 발언 속에서 통일될 수 있다. 그때 주체의 단일화된 변증법적 입장이 나타날 수 있다. 그러한 경우에 대화적 관계는 생기지 않는다." 그러나 동일한 두 개의 판단일지라도("인생은 멋지다", "인생은 멋지다") 이들 판단이 "상이한 두 주체의 두 발언 속에서 표현된다면 두 발언 사이에 대화적 관계"가 생겨난다(바흐친, 1963/2003: 240). 즉, 시인, 동의, 공감이라는 대화적 관계 말이다.

단일 발언에서도 발언과 발언 사이의 대화적 관계는 유지될 수 있다. 하나의 발언에서 발견되는 대화는 바흐친이 말하는 바, "축소 대화"(바흐친, 1963/2003: 241)로 이해할 수 있다. 예컨대, 어떤 저자가 "나는 그 사업이 얼마나 고상하고 위대한 일인지 알지 못한다."라고 진술했을 때, "고상하고 위대한"이란 표현의 소유권은 저자에게 있는 것이 아니다. 저자가 언급하고 있는 자로서, 어떤 사업을 추진하는 사람(들) 또는 그 사업을 지지하는 사람들이 벌써 한 말이다. "알지 못한다"는 그 사업이 고상하고 위대하다고 말하는 사람들의 발언에 "동의하지 않는다", "반대한다"라고 응답하는 것이다. 이와 같이 "대화적 관계는 일개 발언의 내면으로, 아니 개별 담론의 내부까지 침투할 수 있다."(바흐친, 1963/2003: 241)

바흐친의 말기 저작에 해당하는 〈1970-71년의 노트에서〉에서 대화와 변증법은 마치 삶과 죽음의 관계처럼 서로 상반된 지점으로 극적으로 대조된다.

> 대화와 변증법. 대화에서 목소리들(목소리들의 경계)이 지워지고, (감정적이고 개성적인) 억양 역시 지워지며, 살아 있는 말과 응답들로부터 추상적 개념과 판단들이 탈각되어 나온다. 모든 것은 추상적인 하나의 의식 속으로 비집고 들어가며, 그렇게 해서 변증법이 얻어진다. (바흐친, 1970-1971/2006: 498)

대화에서 변증법으로 변하는 과정은, 삶이 죽음으로 변하는 과정으로 은유되고 있다. 대화에서 목소리들과 억양을 제거할 때 변증법이 된다. 살아 있는 말과 응답에서 추상적인 개념과 판단을 잘라내어 만든 것이 변증법이다. 결국 살아있는 생생한 목소리들이 추상적인 단일의 의식으로 포섭되거나, 대체되는 과정이 변증법인데, 이는 곧 대화에서 삶의 기운을 삭제하는 길이기도 하다.

〈인문학의 방법론을 위하여〉(바흐친, 1974)는 바흐친의 마지막 저술인데, 이 글에서 바흐친은 '개성들의 대화'와 대화적 변증법에 대해서 말한다. 변증법은 대화에서 탄생했는데, 변증법의 탄생 목적은 더 높은 차원의 대화로 돌아가기(또는 나아가기) 위한 것이다. 그럼 더 높은 차원의 대화란 무엇인가? 바흐친은 '개성들의 대화'라고 말한다. 변증법은 개성들의 대화를 도울 때, 대화적 변증법의 길을 걷게 되고, 개성들의 대화를 막을 때, 독백적 변증법의 길을 걷게 되는 것이다. 그리고 독백적 변증법의 가정 전형적이고, 대표적인 사례가 바로 헤겔의 변증법인 것이다. 헤겔의 변증법에서 목소리들의 분계선은 지워져 있으며, 이러한 분계선이 삭제된 대화에서는 "심오한(무한한) 의미는 사라져버릴 것"이라고 바흐친은 말한다(바흐친, 1974/2006: 516).

우리가 대화, 대화주의, 대화적 글쓰기를 지향한다면 철저하게 변증법 또는 변증법적 사유를 거부해야 한다. 정확하게는 독백적 변증법, 또는 헤겔과 마르크스의 변증법을 경계해야 한다. 이들 변증법은 '종합', '통합', '융합'을 지향하는 사유 방식이기 때문이다.[1] 헤겔 또는 마르크스주의적인 의미에서

---

[1] "헤겔의 변증법적 논리학에서는 서로 상반되고 모순되는 요소들을 포착하는 것, 그리고 그런 요소들이 서로 반발하고 부정함으로써 어떻게 새로운 요소로 종합되는지를 파악하는 것이 중요한 과제가 된다. 흔히, 정반합(正反合, 정립·반정립·종합)이라 지칭되는 운동의 방식, 그리고 부정과 지양(止揚, Aufheben) 등의 용어들이 그의 논리학에서 핵심적인 위치를 점하게 되는 것도 그 때문이다. 정과 반이라는 서로 대립되는 요소들이 맞닥뜨려지고 서로를 부정하는 움직임 끝에 어떻게 새로운 요소로 탄생하는지를 설명하는 것이 곧 헤겔의 지양이라는 개념이 함축하고 있는 뜻이다. 여기에서 작동하는 부정이라는 개념은 상대방의 존재 자체를 전면적으로 부정해버리는 것이 아니라, 상대가 지니고 있는 통합될 수 없는 특정한 요소만을 부정하고 보존되어야 할 것은 끌어안은 채 새로운 차원의 통합을 향해 나아가는 것을 뜻하며, 이를 전면적 부정과 구분하여 규정적(특정한) 부정(die bestimmte Negation)이라 부른다. 헤겔은 이같이 대립자들의 통일, 모순된 것들의 새로운 차원으로의 지양, 축적된 양적 변화의 새로운 질적

변증법은 하나의 단일한 의식 속에서만 담지될 수 있으며 모순들을 하나의 단일한 독백적 견해 속에서만 극복한다. 대화는 끝을 모른다. 따라서 변증법처럼 '종합', '융합'이라는 끝지점을 향하지도 않고, 알지도 못한다. 종결되지 않는 대화여야 풍요로워진다.

우리는 종종 변증법을 대화적 사유 방식(정과 반의 대화적 관계)으로 이해하곤 한다. 그러나 바흐친은 여러 곳에서 단호하게 변증법적 관계는 근본적으로 대화적 관계와는 다르다고 말한다. 변증법적 관계는 논리적이긴 하지만, 대화적이지는 않다. 종합을 산출하는 두 개의 반정립 명제, 즉 테제와 안티테제를 고한다고 할 때, 이러한 과정 전체가 여전히 누군가에 의해 반드시 구체화되는 것은 아니다. 그리고 만약 그것이 구체화된다 하더라도, 그것은 단독화자의 언표로서 구체화되기 쉬울 것이다. 이 모든 것은 "자신의 통합된 변증법적 입장을 표현하는 단일 주체의 단독 언표 속에 통합될" 수 있는 것이며, "이 경우에 대화적 관계는 발생하지 않을 것이다"(바흐친, 1963/2003: 127).

변증법 역시 분기, 모순, 경쟁, 다양한 목소리를 보지만 이들을 견디지 못한다. 그것이 극복이든, 종합이든, 융합이든, 중간적 진실의 설정이든 끝내는 '합'으로 종결짓고 만다. 그러나 대화는, 대화주의는 이러한 분기, 모순, 경쟁, 다양한 목소리를 섣불리 종결짓지 않는다. 아니, 이러한 다양성을 매우 자연스런 것으로 바라보고 인정한다. 이것이 바로 도스토옙스키의 세계이고, 그의 글쓰기 방법론이기도 하다. 도스토옙스키는 다른 사람들이 단일성을 느끼는 곳에서 다양성, 갈등, 그리고 대화를 보았다.

바흐친은 이러한 모순들과 분기들을 변증법적으로 해결하지 말라고 당부한다. 그것들 사이에서는 어떠한 종합도 가능하지 않으며, 그것들은 단일 목소리나 단일 의식에 거의 포함될 수 없다는 것이다. 오히려 그것들은 "융합되지

변화로의 전환 등의 방법으로 구성되는 사고방식을 변증법적 논리학이라 불렀다."(서영채, 2013).

않은 목소리들의 영원한 조화이거나 그 목소리들의 그칠 줄 모르는 끝없는 논쟁으로"(바흐친, 1963/2003: 37) 존재한다.[2]

바흐친은 유토피아적 사유와 변증법적 사유를 동일한 사유 방식으로 이해한다. 이들 두 가지 사유는 모두 철저하게 독백적이라는 점에서 그러하다. 유토피아적 종결이든(유토피아의 도래) 변증법적 종결이든(합의 도출), 이들은 모두 종결을 상정한다는 점에서 종결 불가능을 강조하는 바흐친에게는 참기힘든 사유 방식이다. "유럽의 유토피아 정신도 이러한 독백적 원칙에 근거하고 있다. 바로 이와 같은 정신이 신념의 전능성(omnipotence/всесилие)을 믿고 있는 유토피아적(공상적)사회주의다. 어디에서든지 한 가지 의식과 한 가지 시점이 모든 의식의 단일성을 대표하게 되었다."(바흐친, 1963/2003: 104).

주체와 주체 간의 대화를 외적 대화라고 하고, 하나의 주체의 의식 안에서 이루어지는 대화를 내적 대화라고 한다면, 바흐친이 언급하는 대화, 바흐친이 관심을 갖는 대화는 대체로 내적 대화이다. 바흐친은 도스토옙스키 소설을 통해 내적 대화의 양상을 다음과 같이 기술하고 있다.

> 사실 이반은 알료샤와 논쟁하는 것이 아니라 무엇보다도 우선 자기 자신과 논쟁하는 것이며 알료샤는 총체적이고 통일적인 목소리로서의 이반과 논쟁하는 것이 아니라 그의 응답 가운데 하나를 강화하려 노력하면서 그의 내적인 대화 속으로 파고들어가는 것이다. 어떤 진테제에 관해서도 말할 수 없다. (바흐친, 1929/2006: 283)

설득 텍스트의 글쓰기 과정은 저자의 내적 대화 과정이라고 볼 수 있다. 이반이 알료샤와 논쟁하는 것이 아니라, 자기 자신과 논쟁하는 것처럼, 저자

---

2) 이 점에서 바흐친과 볼로시노프는 다르다. 볼로시노프에게 기호는 개별적인 것에 대한 사회적인 것의 궁극적 우선성을 보증하며, 개인적 변화를 변증법적 역사에 연결한다. 여기서 볼로시노프의 책이 사실은 바흐친에 의해 쓰여졌다는 상식을 의심하게 한다. 개인적 발화와 사회적 발화를 대립시키고, 사회적인 개인적 발화로 규정하는 방식은 볼로시노프의 책 전체를 관통하는 생각이다. 그리고 이러한 사유는 철저히 변증법적이다. 사회적인 개인적 발화일 때, 개인적 발화가 갖는 개별성, 고유성은 사라진다. 이런 점에서 변증법적 사유의 결과로 도출된 '사회적인 개인적 발화'는 바흐친 사유로부터 가장 먼 지점에 있다.

는 저자 밖의 누군가와 논쟁하는 것이 아니라, 저자 자신과 논쟁하는 것이다. 알료샤가 "그의 응답 가운데 하나를 강화하려 노력하면서 그의 내적인 대화 속으로 파고들어가는"(바흐친, 1929/2006: 283) 것처럼, 저자는 자신의 어떤 주장을 강화하려고 노력하면서 저자 자신의 내적 대화 속으로 진입 또는 침투하는 것이다. 내적 대화에 등장하는 목소리들은 서로 다른 지점을 차지하고 있는 저자의 목소리들일 수 있으며, 저자 밖에 존재하는 선행 텍스트의 목소리들일 수 있다. 서사텍스트의 주인공은 설득 텍스트에서는 저자로 이해할 수 있으며, 주인공 내의 목소리들의 경쟁은 설득 텍스트에서는 저자 내 목소리들의 경쟁으로 이해할 수 있다. 주인공이 자신 밖의 타자의 목소리를 선취 또는 전유하여 목소리들 간의 대립과 경쟁을 도모하듯이, 저자는 선행, 그리고 후행 텍스트의 목소리들을 적극적으로 도입하여, 저자 자신의 목소리와 경쟁시킨다.

도입하고 있는 선행 텍스트의 목소리가 권위적이고, 저자가 이러한 권위를 그대로 수용할 때, 텍스트에서 저자의 목소리는 들리지 않거나, 매우 미약할 것이다. 반대로 선행 텍스트의 목소리를 안티테제로 설정하고, 저자의 목소리로 완전히 부정(또는 제압)해버리거나, 매우 정교한 방식으로 자신의 목소리 안으로 편입시킬 때, 저자의 목소리는 매우 커지고, 타자의 목소리는 아주 작아질 것이다. 진테제가 자리하는 공간(저자의 목소리거나 타자의 목소리거나)만 다를 뿐, 목소리들의 분화, 대립, 모순의 양상이 약해진다는 점에서 대화적이기보다는 독백적 글쓰기에 가깝다고 할 수 있다.[3]

서사 텍스트가 아닌 설명 또는 설득 텍스트라면 종결의 압박을 받지 않을

---

3) 바흐친이 변증법의 기본 논리인 테제와 안티테제의 상정, 테제와 안티테제 간의 대립과 모순의 상정을 거부하는 것은 아니다. 도리어 바흐친의 대화적 사유에서는 항상 테제와 안티테제 간의 대립과 모순이 강하게 의식되고 있다. 바흐친이 변증법과 관련해서 지속적으로 관심을 갖는 것은, 테제와 안티테제가 궁극적으로 종합 또는 통일을 지향하느냐, 지향하지 않느냐에 있다. 바흐친의 관점에서 볼 때, 테제와 안티테제가 종합과 통일이라는 진테제를 전제하고 있거나, 진테제에 도달한다면 독백적 변증법이 되는 것이고, 테제와 안티테제 간의 대립과 모순이 진테제로 종결되지 않는다면 대화적 변증법이 되는 것이다.

수 없다. 명료하지 않는 주장, 도달점이 없는 견해의 병렬적 나열은 그 자체로 텍스트의 흠결이 될 수밖에 없을 것이다. 따라서 이런 목소리 또는 저런 목소리의 승리, 부분적인 또는 비교적 온전한 목소리들의 결합이 없을 수 없다. 이는 나의 발화의 의미가 충분히 소진되어야 타자의 발화(응답적 발화)가 시작될 수 있다는 소통의 전제에서 비롯된 것이다. 따라서 이 발화는 최종 발화가 아니라, 일시적, 잠정적 종결로서 이해되어야 한다. 즉, 열린 채 닫히는 종결로서 이해되어야 한다. 그리고 이러한 종결이라면 대화적 변증법의 자장 안에 있는 종결이라고 할 수 있다.

2. 대화적 글쓰기의 발견 7

독백적 변증법은 산문학 또는 대화적 글쓰기와는 다른 길을 걷는다. 대화적 글쓰기는 도무지 병합되지 않는 목소리들의 경쟁 또는 합창을 지향한다. 그러나 변증법은 모순, 분기, 대결을 참지 못하고, 통합, 융합을 시도함으로써, 그러한 모순과 분기를 극복한다. 즉, 대화적 글쓰기는 비종결을, 독백적 변증법은 종결을 지향한다는 점에서 대조적이다. 다음에서는 변증법을 통한 대결, 모순 극복 사례를 살펴보고자 한다. 또한 이러한 변증법의 길을 걷지 않고, 열린 채 끝나는 대화적 글쓰기를 글쓰기 사례를 통해 살펴보고자 한다.

영어 '내것화'가 관건이다

복거일씨의 책 '국제어 시대의 민족어'(문학과지성사간)가 불씨가 되어, 남영신 한영우 이윤기 제씨가 잇달아 지핀 논쟁은 민족주의와 세계주의의 대립으로 이해되고 있으나, 실제로는 아니다. 복거일씨는 '영어를 모국어로 삼자'고 '주장'하지도 않았고, '지구제국'이라는 말을 단순히 강대국의 세계지배라는 뜻으로 사용하지도 않았다. 만일 비판자들이 그의 책을 꼼꼼히 읽었다면, 그 안에는 진단과 처방 사이에 미묘한 길항이 있으며, 진단은 세계 질서의 현재적 흐름에 대한 지나칠 정도로 투명한 분석인 반면, 그 처방은 역설적이게도 뜨거운 민족주의적 열정을 담고 있다는 것을 알 수 있었을 것이다.

엄격히 보자면, 이 논쟁의 대립은 민족주의와 세계주의의 대립이 아니라 원리 민족주의와 실용적 민족주의의 대립이다. 그러나 이 대립이 이렇게 첨예하게 부각되는 것은 단순히 오해로 인한 것만은 아닌 듯하다. 실로 이 둘 사이에는 도저히 소통을 불가능하게 하는 빗장이 질러져 있으니, 그 빗장이란 '세계화'라는 세 음절 안에 집약되어 있다.

세계화란 무엇인가? 일차적으로 그것은 냉전체제의 붕괴, 경제망의 확산, 그리고 무엇보다도 전자문명의 발달에 힘입어 세계가 점차로 하나의 생활권을 형성하게 되는 현상을 뜻한다. 원론적인 관점에서 보면, 세계화는 민족국가의 운명과는 아무런 상관이 없다. 그러나 지금 지구상에서 벌어지고 있는 세계화는 전혀 별개의 또 다른 양상을 보여주고 있다. 유럽의 지식인들이 자조적으로, 그러나 정확하게 지적하고 있듯이 지금의 세계화는 곧 미국화와 동의어라는 것이 그것이다. 실로 현실사회주의 몰락 이후 정치와 경제뿐만이 아니라, 학문 문화 기술 언어 등 삶의 모든 부문들이 미국의 영향력 안에 놓이고 미국적 방식으로 재편성되고 있는 것은 부인할 수 없는 현실이며, 바로 이것이 민족주의의 심장부를 치명적인 바늘처럼 파고들어 한 패권국에 의해 여타 민족국가들이 노예의 운명으로 전락할지도 모른다는 공포를 주입하는 것이다.

복거일씨의 문제제기는 그러나 팍스 아메리카나의 수락이 아니다. 씨가 촉구하는 것은 세계화의 이중적 상황에서 한국인에게 요구되는 불가피한 생존조건에 대한 성찰일 뿐이다. 복거일씨는 원리 민족주의자에게 바늘이 되었던 것을 내시경으로 바꾸자고 말하고 있는 것이다. 그 내시경으로 비추어볼 때, 세계화는 역전될 수 없는 추세이고, 그것의 기본 도구들을 미국이 선점했으며, 그러나 그 도구들을 기민하게 받아들여 우리의 자산으로 제것화한다면 세계 체제 내의 능동적 참여자로서 새로운 역사를 시작할 수 있으며, 그래야 한다는 것이 복거일씨 주장의 요체이다.

그 주장의 실천적 항목의 하나로 복거일씨가 들고 나온 것이 세상을 들끓게 하고 있는 영어 공용화론이다. 우선, 이것이 영어의 모국어화와는 다른 착상임을 지적하기로 하자. 다음, 영어가 사실상의 국제어가 되었다는 것을 인정할 수밖에 없다면, 그것을 다음세대들이 자유롭게 쓸 수 있도록 노력을 하는 것은 앞세대 한국인들의 피할 수 없는 의무이다. 토론은 그 의무를 전제하고서 진행되어야 한다.

영어가 국제어가 된 오늘의 언어환경은 단순히 영어권 국가의 영향력이 커졌다는 것을 의미하는 것이 아니라, 영어가 인류 전체의 자산이 될 가능성의 폭이 그만큼 넓어졌다는 것을 뜻하기도 한다. 그러니까 중요한 문제는 타인의 도구를 활용하면서 어떻게 자신의 역사적 경험과 문화적 유산을 거기에 새겨 넣어 실질적인 제것화를 달성하느냐이지, 무엇을 선택할 것인가의 문제가 아니다. 이것은 결국 한글과 영어의 공존의 방식에 대한 토론으로 이어지게 되는데, 그러기 위해서는 영어에 대한 준비와 아울러 한글의 세련화를 서로 떼어놓을 수 없는 이중적 과제로 떠맡아야만 한다. (정과리, 조선일보, 1998. 07. 13일)

정과리는 자신의 주장을 하기에 앞서 복거일에 대한 비판이 상당한 오독을 하고 있다는 점을 지적하고 있다. 예컨대, "복거일씨는 '영어를 모국어로 삼자'고 '주장'하지도 않았고, '지구제국'이라는 말을 단순히 강대국의 세계지배라는 뜻으로 사용하지도 않았다. 만일 비판자들이 그의 책을 꼼꼼히 읽었다면, 그 안에는 진단과 처방 사이에 미묘한 길항이 있으며, 진단은 세계 질서의 현재적 흐름에 대한 지나칠 정도로 투명한 분석인 반면, 그 처방은 역설적이게도 뜨거운 민족주의적 열정을 담고 있다는 것을 알 수 있었을 것"이라고 말한다.

그러나 나는 도리어 정과리가 이들 글과 복거일의 글을 다소간 오독했다고 생각한다. 예컨대, 복거일의 주장을 비판한 남영신이나 한영우의 경우, 복거일이 영어를 모국어로 삼고 있다고 말하지 않았다는 점이다. 즉, 남영신, 한영우의 글을 오독한 것이다. 한편, 정과리는 복거일의 글이 "뜨거운 민족주의적 열정을 담고 있다"고 하였는데, 어떤 내용을 두고 이런 판단을 하는 것인지 알 수 없다. 세계 질서에 대한 차가운 비판이 있는 것은 사실이지만, 복거일의 글에서 민족주의적 열정을 찾기는 어렵기 때문이다.

정과리는 복거일에 대한 비판론자들이 사용하고 있는, 민족주의와 세계주의라는 이분법적 구조 대신에, 원리 민족주의와 실용적 민족주의라는 새로운 이분법적 구조를 설정한다. 이 두 대립은 '세계화'에 대한 태도를 중심으로 나누어지는데, 원리 민족주의는 세계화에 대한 급진적 반대를, 실용적 민족주주는 세계화에 대한 부분적 인정을 의미한다. 변증법이 필연적으로 설정할 수밖에 없는 이러한 이분법적 대립 구조는 변증법의 문제점을 고스란히 드러내고 있다. 먼저 세계화, 영어 공용어화를 둘러싼 기존 논의가 이 두 가지 진영으로 깔끔하게 편입되지 않는다. 수많은 주장들이 가지고 있는 개별성과 복잡성을 완전히 사상(捨象)시킨 후에야 비로소 다가갈 수 있다. 그러나 그렇게 되면 이들 논의는 자신의 목소리를 폭력적인 방식으로 강탈당하는 셈이다. 가까운 예로 모국어의 소중함을 얘기한 남영신의 주장은 어디에 속하는가? 아마도 복거일은 원리 민족주의에 포함시킬 것이다. 그러나 모국어의 중요성과 모국어의 순화를 얘기하는 자신의 목소리를 원리 민족주의에 편입시키는 것을 남영신은 납득할 수 있을까? 한영우의 주장은 어디에 속하는가? 역시 원리 민족주의에 포함시킬 것이다. 제국주의의 위험을 강조하고, 폭로한다고 해서 어떻게 원리 민족주의로 분류할 수 있을까? 한영우도 동의하기 힘들 것이다. 이와 같이 대개의 변증법은 각 주장이 가지고 있는 고유성, 개별성, 독자성을 사상시킴으로써 이분법적 대립 구조를 구축한다.

한편, 정과리는 영어 '내것화'를 주장함으로써, 자신이 설정한 원리 민족주의와 실용적 민족주의의 대립을 극복하고 있다. 설정한 원리 민족주의와 실용적 민족주의의 대립 구조는 인정한다고 하더라도 '영어 내것화'를 통해서 둘의 대립은 해소되는 것인가? 결코 아니라고 생각한다. 왜냐하면, 대립하는 두 개의 진영이 가지는 있는 질문에는 '영어를 어떻게 수용할 것인가'만 있는 것이 아니기 때문이다. 즉, 다른 무수한 질문을 함께 포함하고 있는 것이다. 따라서 임의로 하나의 질문에만 초점을 맞추어 대립하는 구조를 극복했다거나, 융합했다거나, 통합시켰다고 말하는 것은 그 자체로 매우 폭력적이다.

변증법적 통합, 극복, 융합을 포기하는 지점에서 대화적 글쓰기는 가능해진다. 활짝 꽃을 피울 수 있다. 다음의 고종석 글에서도 우리는 이러한 지점을 확인할 수 있다.

⚡ '이질화'는 '풍요로움'의 다른 이름

우선 나는 남북한 언어의 이질화를 크게 걱정하지 않는다. 나는 또 근본적으로 '국어 정책'의 지지자가 아니기 때문에, 남북의 언어 이질화를 '정책'으로 해결하려는 시도에 찬성하지 않을 뿐만 아니라, 그것이 '정책'으로 해결할 수 있는 문제라고 생각하지도 않는다.

실상 분단이 반세기를 넘기면서 남과 북의 언어는 꽤 달라졌다. 부분적으로 그 차이는 본디부터 있었던 방언적 분화상태를 반영하는 것이기도 하지만, 주로는 인적 교류가 거의 없었던 두 이질적 체제의 구축 과정을 반영하는 것이다. 80년대 말 이후 남한 사람들은 제한적으로나마 북한의 출판물들을 접하게 되었다. 그 가운데는 그쪽 출판물들을 그냥 복제한 것도 있고, 남한의 출판사에서 맞춤법을 고치거나 낱말의 뜻풀이를 곁들여서 펴낸 것도 있다. 북한의 텍스트를 손상시키지 않은 채 그대로 복제한 책들이 남한의 독자들에 완전히 이해되기는 힘들었다. 북한의 한국어는 맞춤법이나 외래어 표기법 같은 표피적 규범에서만 남한의 한국어와 다른 것이 아니라, 한 언어의 핵심이라고 할 수 있는 어휘부에서 남쪽과 차이를 드러내기 때문이다.

어떤 낱말은 남한과 북한에서 형태는 같으나 의미가 다르고, 반대로 형태는 차이나지만 의미가 같은 경우도 있다. 게다가 많은 낱말들이 남쪽에서는 아예 쓰이지 않는 말들이다. 그 낱말들 가운데는 북쪽의 지역적 방언 어휘들이 북한의 공식어 즉 문화어의 지위를 얻은 것도 있고, 정권적 차원에서 대대적으로 벌인 말다듬기 운동의 결과 새로 태어난 것도 있으며, 또 북한의 사회체제와 공식 이데올로기가 반영돼 만들어진 것도 있다. 남한 사람들에게 낯선 것은 북한의 한국어만이 아니다. 갖가지 언어규범과 지역적·사회적 방언을 북한의 한국어 곧 문화어와 나누고 있는 연변의 한국어도 남한의 한국 사람에게는 다소 낯설어 보인다. 말하자면 표준어라는 이름의 남쪽 한국어와 문화어라는 이름의 북쪽 한국어가 흔히 지적되듯 '이질화'하고 있는 것이다.

이런 이질화는 남북의 진지한 지식인들(과 일부 정책 결정자)에게 적지 않은 걱정을 끼쳐왔다. 물론 그 이질화의 책임을 어느 쪽이 더 크게 져야 하느냐에 대해서는 자신이 딛고 있는 땅의 위도에 따라 견해가 달랐다. 남쪽에서는 '어학혁명'이라는 이름으로 평양 정권이 추진한 언어정책의 과잉을 이질화의 주된 원인으로 꼽았고, 북쪽에서는 '제국주의자'들과 '반동적 부르주아'의 언어에 과도하게 노출돼 '잡탕말'로 타락해버린 남쪽의 언어현실에 그 주된 책임을 돌렸다. 그러나 이런 정치적·이데올로기적 공세 곁에는, 언어의 이질화가 민족의 분열을 고착화할지도 모른다는 순수한 걱정으로 이질화의 물결을 되돌리려는 진지한 모색도 있었다. 한국어의 로마자 표기를 통일하기 위한 남과 북의 협상이나 북한·연변의 어휘를 표제어로 포함하는 국어사전의 편찬작업 같은 것은 그런 모색의 일단이다. 이런 노력들은 남북 언어의 '이질화'가 심각한 수준에 이르렀다는 위기의식의 소산이라고 할 수 있다.

나는 이런 위기의식을 공유하지 않는다. 그 이유는 두 가지다. 첫째, 남북 언어의 '이질화'는 많이 과장되었다. 만일 남북 정상회담이 열린다면 두 정상에게 통역이 필요하지 않을 것은 분명하다. 그리고 남한의 독자들이 북한의 텍스트를 대할 때 겪는 것은 다소의 낯섦이지 불가해(不可解)가 아니다. 남한 한국어의 지역적·사회적 방언들, 예컨대 이문구·김성동의 소설 텍스트나 PC 통신에서 난무하는 '통신언어'들에 견주어 북한의 한국어가 남한의 일반인들에게 더 '이질적'인 것은 아니다. 게다가 그 '이질화'는 풍부화를 포함하고 있다. 예컨대 『피바다』의 앞부분을 이루고 있는 한국어의 풍요로움과 아름다움을 상기해보자. 『피바다』에 담긴 세계관이 단순하고 신파적이라고 비판할 사람은 많겠지만, 그 작품을 짜낸 한국어가 미답의 아름다움과 풍요로움을 보여주고 있다는 것을 부인할 사람은 많지 않을 것이다. 한국어는 이렇게 '이질화'하면서 가멸어진 것이다. 또 통일의 분위기가 익어가며 인적 교류가 확대되고 매스미디어가 상호침투한다면, 남북의 언어는 이질적 요소들을 서로 흡수하고 중화시키면서 점차 동질화를 겪을 것이다.

둘째, 사실은 이것이 더 중요한 관점인데, 만약에 남북의 언어가 정말 '이질화'됐다고 하더라도, 그리고 그 과정이 가속도를 얻고 있다고 하더라도, 그것은 어쩔 수 없는 일이다. 우리가 전체주의 질서를 채택하지 않는 한, 그 이질화의 흐름을 바꿀 방법이 없기 때문이다. 또 굳이 그 흐름을 바꿀 필요도 없기 때문이다. 죽은 언어가 아니라면 언어는 변화하게 마련이다. 그리고 언어를 변화시키는 것은 우리가 쉽게 통제할 수 없는 언어적·언어외적 조건과 상황이다. 우리가 지금의 한국어를 19세기 한국어와 일치시킬 수도 없고 일치시킬 필요도 없듯이, '이질화된' 남과 북의 한국어를 일치시킬 수도 없고 굳이 일치시킬 필요도 없다. 남쪽의 한국인들은 남쪽의 한국어를 사용하고, 북쪽의 한국인들은 북쪽의 한국어를 사용하면 되는 것이다. 그럴 일은 없겠지만 만일 남과 북의 한국어가 소통 가능성의 경계 바깥으로까지 이질화한다면, 그때에는 서로 상대방의 말을 배우면 되는 것이다. 남북의 한국인들이 상대방의 한국어를 배우기 위해 들이는 비용은, 억지로 두 한국어를 동질화하는 데 드는 비용(과 부작용)보다 훨씬 더 적을 것이다. (고종석, 1999: 29-33)

남한과 북한의 언어 이질화는 많은 사람들의 걱정거리였고 지금도 그러하다. 먼저, 이질화의 책임이 누구에게 있는지에 대한 공방이 지속적으로 이루어져왔다. "남쪽에서는 '어학혁명'이라는 이름으로 평양 정권이 추진한 언어정책의 과잉을 이질화의 주된 원인으로 꼽았고, 북쪽에서는 '제국주의자'들과 '반동적 부르주아'의 언어에 과도하게 노출돼 '잡탕말'로 타락해버린 남쪽의 언어현실에 그 주된 책임을 돌렸다." 한편에서는 이러한 책임 공방에서 빠져나와 이러한 이질화를 극복하려는 진지한 시도들이 이루어졌다. 저자가 밝히고 있듯이, "한국어의 로마자 표기를 통일하기 위한 남과 북의 협상이나 북한·연변의 어휘를 표제어로 포함하는 국어사전의 편찬작업 같은 것"이 여기에 해당할 것이다.

고종석의 글이 참신한 것은, 이러한 남북한 언어 이질화에 대한 새로운 시각을 보여주고 있다는 것이다. 즉, 그는 '이질화'는 '풍부화'를 포함하고 있다고 주장한다. 이질화는 남한과 북한의 언어적 자산을 늘리는 기회이지, 걱정거리가 아니라고 말한다. 그의 새로움은 사실 다음의 진술에 있다. "남북의 언어가 정말 '이질화'됐다고 하더라도, 그리고 그 과정이 가속도를 얻고 있다고 하더라도, 그것은 어쩔 수 없는 일이다. 우리가 전체주의 질서를 채택하지 않는 한, 그 이질화의 흐름을 바꿀 방법이 없기 때문이다. 또 굳이 그 흐름을 바꿀 필요도 없기 때문이다." 이러한 접근법은 반변증법적이다. 변증법은 모순, 차이, 간극을 못견뎌하면서 둘의, 또는 여럿의 통합, 융합을 지향하기 때문이다. 그러나 저자는 이러한 차이, 모순, 간극을 그냥 놔두자고 한다. 산문학이 강조하는 무질서, 대화적 글쓰기가 지향하는 대화적 혼란과 종결되지 않는 대화에 매우 가까운 시각이다. 이런 측면에서 보면, 변증법은 다분히 제국주의적이고, 전체주의적 사유 방식임을 알 수 있다. 대화적 글쓰기가 변증법적 '종결'을 지양하고, 열린 채 끝나는 '비종결'을 지향하는 이유가 여기에 있다.

모든 대상은 부정적인 요소와 긍정적인 요소를 함께 지니고 있다. 이것이 바흐친이 말하는 대상의 다의성, 양면성, 복잡성이다. 어떤 대상을 전일적인 부정 또는 전일적인 긍정으로 규정하는 것은 독백적 접근법이다. 긍정에서 부정의 소리를 듣고, 부정에서 긍정의 소리를 듣는 것, 그리고 이렇게 새롭게 발견된 목소리를 증폭시키고, 이들 목소리에 응답하는 것이 바흐친이 말하는 대화적 변증법의 한 양상이 될 것이다.

🔅 희디흰 사람과 검디검은 사람

〈춘향전〉에서 이 도령과 변학도는 아주 대조적인 사람들이었다. 흥부와 놀부가 대조적인 것도 물론이다. 한 사람은 하나부터 열까지가 다 좋고, 다른 사람은 모든 면에서 나쁘다. 그렇지 않으면 적어도 이 이야기들의 윤리가 그걸 의도한다.

신파 소설들도 거의 이 좋은 사람과 나쁜 사람의 싸움을 소개했다. 아마도, 홍성유의 〈비극은 없다〉가 좋은 기질과 나쁜 기질을 고루 다 가진 두 사람의 겨룸을 다룬 맨 처음의 소설이었을 성싶다.

우리의 의식 속에는 이처럼 모든 사람을 좋은 사람과 나쁜 사람 두 갈래로 나누는 나쁜 버릇이 도사리고 있다. 그래서 흔히 신문 보도는 모든 사람이 '순사'가 아니면 도둑놈인 것으로 단정한다. 죄를 지은 사람에 관한 보도를 보면 마치 그 사람이 죄의 화신이고, 그 사람의 이력이 죄만으로 점철되었고, 그 사람의 인격에 바른 사람으로서의 흔적이 하나도 없는 것으로 착각하게 된다. 독자는 그걸 보고 "이 죽일 놈 봐라!"라고 흥분한다.

이처럼 우리는 부분만을 보고, 또 그것도 흔히 잘못 보고 전체를 판단한다. 부분만을 제시하면서도 보는 이로 하여금 그것이 전체라고 믿게 만들 뿐만이 아니라, "말했다"를 "으스댔다", "우겼다", "푸념했다", "넋두리했다", "뇌까렸다", "잡아뗐다", "말해서 주위의 빈축을 사고 있다" 따위의 주관적인 서술로 감정을 부추겨서, 상대방으로 하여금 이성적인 사실 판단이 아닌 감정적인 심리 반응으로 들을 수밖에 없도록 만든다.

그러나 세상에서 가장 결백하게 보이는 사람일망정 스스로나 남이 알아차리지 못하는 결함이 있을 수 있고, 이 세상에서 가장 못된 사람으로 낙인이 찍힌 사람일망정, 결백한 사람에서마저 찾지 못할 아름다운 인간성이 있을지도 모른다.

작은 죄만을 짓고도 들켜서 큰 죄인이 되는 사람도 있으려니와, 더 큰 죄를 짓고도 들키지 않아서 죄 없는 사람으로 통하는 분도 있겠다. 큰 공을 세우고도 남이 몰라주어서 영웅이 안 된 사람도 있고, 작은 공으로 공치사를 잘해서 남이 알아주는 사람도 있다.

희디희게 보이는 사람에게도 검은 부분이 있고, 검디검게 보이는 사람에게도 흰 부분이 있다. 흥부와 놀부 사이에도 공통점이 있고, 놀부에게도 흥부가 알지 못하는 장점이 있다. 세상 사람들을 이 도령과 변 학도로 가르지 말자. 이 도령에게도 변 학도적인 지점이 있고, 변 학도에게도 이 도령적인 자질이 있다. (한창기, 2007: 67)

한창기는 "희디희게 보이는 사람에게도 검은 부분이 있고, 검디검게 보이는 사람에게도 흰 부분이 있다."고 말함으로써, 누구에게나 양면성이 있다는 것을 사실을 환기시키고 있다. 그가 말하고 있듯이 우리의 의식 저 밑바닥에는 모든 사람을 '좋은 사람'과 '나쁜 사람'으로 나누려는 버릇이 자리 잡고 있는지도 모른다. 이것이 자기 보존과 종족 보존을 위한 모든 생물체의 자기 본능에서 비롯되었는지는 모르나, 이러한 생물학적 본능에 내 사유와 판단을 맡기는 것이 얼마나 실상과는 거리가 먼 것인지를 우리는 경험을 통해 알고 있다. 대화적 변증법은 '좋은 사람'과 '나쁜 사람'이 자신의 고유한 맥락에 기반해서 '나쁨'과 '좋음'이라는 타자의 규정에 저항하는 과정이며, 이 과정에서 누구도 완전히 나쁘지도, 좋지도 않음을 드러내는 접근 방식이라고 볼 수 있다.

황현산 산문의 곳곳에서 우리는 대상 또는 삶의 양면성과 다의성을 마주한다. 황현산은 하나의 존재 방식에 대립하는 요소가 양립하고 있고, 하나의 요소는 다른 요소의 존재 조건이 되고 있다는 생각을 하고 있는 것으로 보인다. 예컨대, "그러나 죽음을 끌어안지 않은 삶은 없기에, 죽음을 막다보면 결과적으로 삶까지도 막아버린다. 죽음을 견디지 못하는 곳에는 죽음만 남는다."(황현산, 2013: 21)고 말한다. 대립물은 내 삶의 한 요소이므로, 대립물의 완전한 부정과 거부는 내 삶의 부정을 의미하는 것이기도 하다. 따라서 그의 글쓰기에서는 독백적 변증법에서 보이는 전일적인 부정 또는 전일적인 긍정이란 쉽게 발견되지 않는다.

〈1〉

　"근년에 만난 국사 선생은 사실 국사 선생으로 짐작되는 사람이다. 국립박물관의 고려청자 전시실에서 시간을 보내고 있는데, 한 무리의 중학생과 인솔 교사가 들어왔다. 그때 나는 놀라운 말을 들었다. "이 도자기들은 고려의 도공들이 억압 속에서 노예적으로 만든 것이기 때문에 아무 가치가 없으며, 차라리 증오해야 할 물건들"이라고 그 젊은 교사가 학생들에게 단언했던 것이다.

　도공들이 뼈저린 고통 속에 살았다는 것은 어김없는 사실이다. 그들의 신분은 비천했으며 그들의 작업은 사회적으로나 경제적으로 정당한 대접을 받지 못했다. 그들은 제 손목을 자르기도 했다. 그러나 문제는 그렇게 단순한 것이 아니다. 비록 노예라고 하더라도, 한 사람이 이룩한 작업의 가치를 그 생산제도의 성격으로만 따질 수 있을까. 도공들이 그 아름다운 그릇들을 억압과 고통 속에서, 원한과 분노 속에서 만들었지만, 도공들은 또한 그 도자기를 통해 자기 재능을 실현하고, 자기가 살고 싶은 세계에 대해 그 나름의 개념을 얻기도 했을 것이다. 그 소망이 없었더라면 도공들은 그 아름다움을 어디서 끌어왔겠는가. 그리고 그 소망은 우리의 소망이 아닐 것인가. 교사는 도공들의 편에 서서 말한 것이 아니라 도공들을 모욕한 것이다." (황현산, 2013: 78~79)

〈2〉

　"허진호 감독의 〈봄날은 간다〉는 잘 만들어진 실패담이다. 성장통과 실패담은 다르다. 두 번 다시 저지르지 말아야 할 일이 있고, 늘 다시 시작해야 할 일이 있다. 어떤 아름답고 거룩한 일에 제힘을 다 바쳐 실패한 사람은 다른 사람이 그 일에 뛰어드는 것을 만류하지 않는다. 그 실패담은 제 능력을 극한까지 발휘하였다는 승리의 서사이기도 하기 때문이다. 봄날은 허망하게 가지 않는다. "바람에 머물 수 없던" 아름다운 것들은 조금 늦어지더라도 반드시 찾아오라고 말하면서 간다. (황현산, 2013: 88)

　〈1〉에서 황현산은 도공의 삶을 전일적으로 부정하는 국사 선생의 생각에 반박하고 있다. 고려 청자를 "도공들이 억압 속에서 노예적으로 만든 것"이라면, 도공들은 고려 청자의 "그 아름다움을 어디서 끌어왔겠는가."라고 묻는다. 도공들은 억압과 고통이라는 노예적 삶을 산 것이 사실이지만, 그러한 삶속에서도 그들은 자기가 살고 싶은 세계에 대한 어떤 개념과 이미지도 함께 키워나갔을 것이라고 짐작한다. 〈2〉를 통해서 우리는 실패에도 성장의 요소가 있고, 성장에도 실패의 요소가 있음을 알게 된다. 우리는 실패가 명백해 보이는 길을 걷는 어떤 사람을 굳이 말리지 않는가? 한편, 우리는 그 길의 끝에 성공이 뚜렷하게 보이는 길을 걷겠다는 누구를 애써 독려하거나 부추기지 않는가? 우리는 그 길들의 양면성과 다의성, 그리고 복잡성과 중층성을 알고 있기 때문이다. '봄날'에도 허망함과 아름다움이 공존하고 있어서 허망함을 품지 않은 아름다움이란 없고, 아름다워서 허망하고, 슬프다고 표현하지 않을 수 없는 것이다.

독백적 변증법은 감당하기 어려운 것, 이해하기 어려운 것을 제거하고 부정하는 과정에서 형성된다. 제거의 양이 많고, 제거의 속도가 빠를수록 독백적 변증법은 강화된다. 이런 측면에서 볼 때, 독백적 변증법에서 주체는 타자에 의해서 결코 변하지 않는다. 주체는 감당하기 어려운 것, 이해하기 어려운 것으로서의 타자를 감당하고 이해하려고 애쓰고 애쓰는 과정에서만 변하기 때문이다. 이렇게 애쓰는 과정은 나의 어떤 것을 부정하는 과정이고, 나의 어떤 것을 제거하는 과정이어서 그 변화의 폭과 깊이는 다를 수 있지만 어떠한 방식으로든 주체의 변화를 야기하게 마련이다.

항상 그러한 것은 아니겠지만, 대개의 경우 타자는 알면 알수록 이해하기 어려운 존재, 감당하기 어려운 존재가 되어간다. 타자를 안팎으로 침투하고 있는 맥락이 그치지 않고 퍼져나가는 물결처럼 확장되기 때문이다. 확정되지 않는 타자의 의미를 어찌할 것인가? 가장 손쉬운 방법은 어느 순간에 맥락의 확장을 멈추는 것이다. 또는 맥락을 부정하고, 제거하는 것이다. 그런데 멈추어 맥락을 제거하고 부정하는 지점이 내가 이해할 수 있는 경계에서 이해할 수 없는 경계로 넘어가는 지점일 때, 그리하여 이해의 경계가 이월하지 않을 때, 독백적 변증법은 발흥한다. 결국 주체는 경계 이월을 하지 않음으로써 자신은 전혀 변화지 않은 상태에서 타자를 인식적으로 포획할 수 있게 되는 것이다.

따라서 대화적 변증법은 대체로 더디고 느리다. 우리는 이러한 더딘 글쓰기를 황현산의 글쓰기에서 볼 수 있다. 신형철(2018, 355)이 적절하게 지적했듯이 '황현산 부정문'이 그 예이다. 이때의 부정은 '제거로서의 부정'이 아니라, 어떤 목소리들의 인식과 환기라는 점에서 '생성으로서의 부정'이다. 맥락의 부정이 아니라, 맥락의 생성으로서의 부정문이다.

⟨1⟩
이런 저런 사건들이 늘 '어느 날 갑자기'의 형식으로 찾아오는 곳에서, 사람들의 생각이 변덕스럽지 않기는 어렵다. '어느 날 갑자기' 앞에서 놀라지 않게 하는 일은 인문학이 늘 내세우는 일이고, 사실 내세워야 할 일이다. 그렇다고 인문학이 미래학을 해야 한다는 뜻은 아니다. 지금 이 자리를 모면하기 위해서만 필요한 것이 아닌 일, 언제 어디에 소용될지 모르는 일에도 전념하는 사람이 많아야 한다는 말이다. (황현산, 2013: 57)

⟨2⟩
그러나 한국의 영화나 드라마가 재미없다거나 볼만하지 않다는 이야기는 전혀 아니다. (황현산, 2013: 72)

⟨3⟩
내가 생각하는 바의 좋은 서사는 승리의 서사이다. 세상을 턱없이 낙관하자는 말은 물론 아니다. 우리의 삶에서 행복과 불행은 늘 균형이 맞지 않는다. 유쾌한 일이 하나면 답답한 일이 아홉이고, 승리가 하나면 패배가 아홉이다. 그래서 유쾌한 승리에만 눈을 돌리자는 이야기는 더욱 아니다. 어떤 승리도 패배의 순간과 연결되어 있는 것이 사실이고, 그 역도 사실이다. 우리의 드라마가 증명하듯 작은 승리 속에 큰 것의 패배가 숨어 있는 것과 마찬가지로 큰 승리의 약속이 없는 작은 패배는 없다. (황현산, 2013: 72)

⟨4⟩
한국이 시와 담을 쌓고 사는 나라는 아니다. 사실은 시가 넘쳐난다. 시인이라는 직함을 가진 사람이 많고, 시집이 그나마 많이 팔리는 나라가 이 나라라는 사실만을 두고 하는 말이 아니다. 대중가요에 시가 들어 있는 것은 당연한 일이지만, TV드라마의 '톡톡 튀는 대사'의 연원을 우리 시대의 시에서 찾아내는 일은 어려지 않으며, 광고도 시가 창출한 이미지에 기대고 시를 통해 새롭게 힘을 얻는 말들을 이용한다. (황현산, 2013: 81-82)

〈5〉
제값을 받을 수 있을 때까지 나무와 풀과 돌을 그 자리에 놔두어야 한다는 뜻이 아니다. 그것들은 언제나 제값을 한다. 그것들이 없으면 이 나라 땅이 없고, 이 나라 땅이 없으면 이 나라 삶이 없다. (황현산, 2018: 121)

위의 〈1〉~〈5〉에서 확인할 수 있듯이, 황현산의 글은 더디게 전진한다. "~은 아니다"라는 황현산 특유의 부정문에 의해서 속도는 지연된다. 이러한 부정은 두 가지를 겨냥한다. 하나는 자신의 말이 독자라는 타자에 의해서 어느 하나의 독백적 진술로 '종합'되거나 '종결'되는 것을 방어한다. 한편으로는 자신의 말이 다양하게 분포하는 타자의 말들을 독백적으로 '종합'하는 진술이 되지 않도록 한다. 이는 맥락을 제거하여 사유를 종결하는 방식이 아니라, 도리어 사유에 맥락을 도입하는 방식이라고 할 수 있다. 황현산의 글쓰기가 대화적 변증법의 성격을 잘 드러내고 있다고 말하는 이유가 여기에 있다. 한편, 이러한 글쓰기의 특성은 그의 유보적 태도에서도 확인할 수 있다.

〈1〉 ~고 해야 할 것이다.
마음이 들떠 있는 날은 그 작은 일을 부풀려 이 땅의 한 역사와 내 몸이 공조하고 있다는 망상에 젖기까지 한다. 고인이 이 땅에 흔적을 남겼고, 그 흔적이 이제 내 용렬한 마음의 한구석을 조금 높은 자리로 들어올린다고 해야 할 것이다. (황현산, 2013: 59)

〈2〉 ~라고 보는 편이 옳다.
세상도 군대로 많이 바뀌었다. 그러나 군대 문제는 여전히 젊은이들을 괴롭힌다. 대학에 입학한 남학생들이 한두 해를 방황 속에서 허송하다가 '복학생 아저씨'가 되고 나서야 공부에 전념하는 경우가 적지 않다. 이를 두고 어떤 사람은 군대 생활이 사람을 만들었기 때문이라고 주장하지만, 그보다는 오히려 군대 문제

가 해결되기 전까지 사람이 사람답게 살 수 없었기 때문이라고 보는 편이 옳다. (황현산, 2013: 23)

〈3〉 ~라고 하지 않을 수 없다.
어떤 부당한 일을 놓고 '그것은 평등의 원칙에 위배된다'고도, '누구는군대 생활이 사람을 만들었기 때문이라고 주장하지만, 그보다는 오히려 군대 문제가 해결 인삼 뿌리 먹고 누구는 배추 뿌리 먹나'라고도 말할 수 있지만, 그 두 말의 구체적인 효과가 다르고, 그 앞에서 우리 몸의 반응이 다르다. '인삼 뿌리'와 '배추 뿌리'가 학술활동의 도구로 사용되기는 어렵겠지만, 어떤 첨단의 사고도 어떤 섬세한 말도 이 뿌리들에 이르지 못할 때 학문은, 적어도 인문학은, 죽은 학문이 된다. 이 사태를 사회적 비극이라고 하지 않을 수 없다. (황현산, 2013: 36)

〈4〉 ~고 말할 수도 있다.
김 감독의 영화를 보려면 특별한 마음의 준비가 필요한데, 내가 준비를 끝낼 때까지 영화관이 기다려주지 않았다고 말할 수도 있다. (황현산, 2013: 89)

〈5〉 ~고 말해야 하는 것은 아닐까.
그렇더라도 11월은 아름다운 계절이다. 마른 잎사귀들이 떨어지고 나면 감춰져 있던 나무들의 깨끗한 등허리가 드러난다. 꽃 피고 녹음 우거졌던 지난 계절이 오히려 혼란스러웠다고, 어쩌면 음란하게 보이기까지 했다고 말해야 하는 것은 아닐까. 한 시절의 영화는 사라졌어도 세상을 지탱하는 곧은 형식들은 차가운 바람 속에 남아 있다. (황현산, 2013: 240-241)

〈6〉 ~라고 말하지 않을 수 없다.
아직까지 나에게 삶의 준거가 되고 있는 이 모든 것들을 내 나름으로는 고향의 잣대라고 부른다. 이 문명된 시대에, 세계의 동쪽 끝, 거기서도 멀리 떨어진 어느 궁핍한 낙도의 문물로 세상을 가늠해야 하는 이 잣대질은 참으로 딱한 것이라고 말하지 않을 수 없다. (황현산, 2013: 292-293)

대상, 사건들, 이들을 표현하는 말 속에서 융합되지 않은 채, 잦아들지 않은 채 터져 나오는 목소리들. 변증법적으로 융합되거나, 제거되지 않는 이러한 목소리를 듣는 것, 이들 목소리에 응답하는 것, 이들 목소리를 기억하고 살려내는 것. 이것이 비변증법적 글쓰기 또는 대화적 글쓰기일 것이다. 다음 진술을 통해 우리는 황현산이 이러한 목소리들을 어떤 태도와 방식으로 대하고 있는지를 짐작할 수 있다.

> 인간이 수 천년 사용해온 말 속에는 죽은 자들과 산 자들의 고통과 슬픔이, 그리고 희망이 들어 있다. 제가 쓰는 말을 통해, 그 길고 깊은 어둠 속에서 그친 적이 없이 빛났던, 그리고 지금도 빛나는 작은 불빛들을 저 광채의 세계와 연결하려는, 또한 그 세계가 드문드문이라도 한 뼘씩 가까워지는 것을 보았던 시인에게 30만 원과 3백만 원의 차이 같은 것은 없다. (황현산, 2013: 39)

우리가 어떤 말을 하며 짓는 표정은 누가 만드는 것일까? 당연히 화자가 짓는 표정이니 화자가 만든 표정일 것이다. 그렇다. 화자가 어떤 말을 할 때 화자의 얼굴에 생겨나는 표정은 화자가 하고자 하는 어떤 말에 대한 화자의 인지적, 정서적 반응임에 틀림이 없다. 그러나 화자의 어떤 말이 청자에게 미칠 영향, 화자의 어떤 말이 불러일으킬 청자의 반응에 대한 화자의 예견, 고려, 판단 등이 표정을 만드는 한 요소가 된다고도 말할 수 있다. 그렇다면, 화자의 표정은 화자와 청자가 함께 만드는 것이라고 할 수 있다.

한 어린이가 동일한 말을 아빠 앞에서 할 때와 엄마 앞에서 할 때의 표정이 다르다. 부모에게 할 때와 선생님 앞에서 할 때, 또는 또래 친구 앞에서 할 때가 다르다. 더구나 친한 친구 앞에서 할 때와 서로 견제하는 관계에 있는 친구 앞에서 할 때의 표정이 다르다. 이는 어린이의 말의 내용이 표정을 만들기도 하지만, 그 말을 듣는 청자가 어린이의 표정을 만든다는 것을 보여주는 사례가 될 것이다. 정확하게는 청자가 아니라, 청자의 반응과 그 반응에 대한 화자의 예견과 선취가 표정을 만든다.

표정이 단조로운 사람이 있고, 표정이 풍부한 사람이 있다. 항상 그러한 것은 아니지만, 표정이 풍부한 사람은 자신이 말하는 내용에 대해 섬세하고 예민하며, 자신의 말이 청자에게 미칠 영향에 깊은 관심을 기울이며, 더 나아가 자신의 말이 불러일으킬 청자의 반응에 민감하다. 표정이 풍부한 사람이 갖추고 있는 이러한 민감성이 대화적 글쓰기를 하는 저자의 중요한 태도가 아닐까 생각해 본다. 대화적 글쓰기에서 저자와 독자는 인식이든, 정서든 어떤 주체가 다른 주체를 변증법적으로 지양하지도, 부정하지도 않는다. 둘은 서로 대등한 관계로서 서로가 서로를 섬세하게 눈치 보는 관계이다. 대화적 글쓰기는 저자가 선취하고, 예감한 독자의 반응들로 인해서 다채롭다.

> 사실 김 시인의 저 말이야 백 번 지당한 말이지만, 그 말을 할 때 시인의 얼굴에도 안타까움 같은 것이 조금 끼어 있다. 그 말이 어떻게 이해되느냐에 따라 신실한 말이 되기도 하고 허망한 말이 되기도 할 것이기 때문이다. (황현산, 2013: 54)

여기서 김 시인은 김용택을 말한다. 영화 〈시〉에서 김용택 시인은 시를 쓰고 싶어하는 사람들 앞에서 "사물을 잘 이모저모 잘 보아야 저마다 마음에 품고 있는 시를 끌어낼 수 있다."고 말한다. 말은 맞는 말이지만 실행은 쉽지 않다. 사물을 잘 본다는 것은 무슨 의미인가, 저마다 마음속에 있다는 시는 무엇인가, 그 시를 어떻게 끌어낼 것인가? 김 시인이 이러한 저간의 사정을 모를 리 없다. 청중의 반응은 다양할 것인데, 대체로 '신실한 말'로서의 반응과 '허망한 말'로서의 반응 사이에 있을 것이다. 이러한 예상되는 반응들이 빚어낸 표정이 김 시인의 '안타까운' 표정이 아닐까. 대화적 글쓰기에는 항상, 벌써 타자가 와 있다.

참고 문헌

서영채(2013), 인문학의 개념 정원, 문학동네.

신형철(2018), 슬픔을 공부하는 슬픔, 한겨레출판.

Bakhtin, M.(1920년대/2006), 러시아 문학사 강의에서, 뱌체슬라프 이바노프, 말의 미학(김희숙·박종소 역), 도서출판 길.

Bakhtin, M.(1924/2006), 미적 활동에서의 작가와 주인공, 말의 미학(김희숙·박종소 역), 도서출판 길.

Bakhtin, M.(1928/1992), 문예학의 형식적 방법(이득재 역), 문예출판사.

Bakhtin, M.(1929/2006), 『도스토예프스키 창작의 제 문제』에서, 말의 미학(김희숙·박종소 역), 도서출판 길.

Bakhtin, M. & Volosinov, N.(1929/1988), 마르크스주의와 언어철학(송기한 역), 흔겨레.

Bakhtin, M.(1961/2006), 언어학, 어문학 그리고 다른 인문학에서 텍스트의 문제, 말의 미학(김희숙·박종소 역), 도서출판 길.

Bakhtin, M.(1963/2003), M. 바흐친 도스또예크스키 창작론(김근식 역), 중앙대학교 출판부.

Bakhtin, M.(1970~71/2006), 1970~71년 노트에서, 말의 미학(김희숙·박종소 역), 도서출판 길.

Bakhtin, M.(1974/2006), 인문학의 방법론을 위하여, 말의 미학(김희숙·박종소 역), 도서출판 길.

Morson, G. & Emerson, C.(1990/2006), 바흐친의 산문학(오문석·차승기·이진형 역), 책세상.

인용 문헌

고종석(1999), '이질화'는 '풍요로움'의 다른 이름, 개마고원.

정과리(1998), 영어 '내것화'가 관건이다. 조선일보 칼럼(1998. 07. 13일)

한창기(2007), 희디흰 사람과 검디검은 사람, 배움나무의 생각, 휴머니스트.

황현산(2013), 밤이 선생이다, 난다.

제4부

대화적 글쓰기 교육의 원리와 방법

제17장 맥락 중심 문식성 교육 방법론

■ ■ ■

　텍스트가 텍스트로서 기능할 수 있는 이유는, 언어 주체가 의식하든 말든 텍스트의 안팎을 엮는 맥락 간의 관계와 차이의 역학이 텍스트 씀씀이의 전후를 뒷받침하고 있기 때문이다. 그러므로 텍스트의 특정 자질이 기능하고 살아 움직일 수 있는 것은 그 자질이 가지고 있는 어떤 본질적인 속성 때문이 아니라 그 자질들이 안팎으로 상호 전달되고 조율되는 맥락들의 연계망 때문이다.

　텍스트 또는 의미의 모태/기원은 텍스트, 주체를 함께 둘러싸고 있는 맥락이라고 할 수 있다. 텍스트 생산자의 외적 발화는 내적 발화의 일부이며, 내적 발화는 주체 심리의 일부이고, 주체 심리의 일부는 주체가 살고 있는 사회문화 맥락에 의해 구성된다. 그렇다면, 텍스트의 의미 기원은 사회문화 맥락이라고 할 수 있다. 따라서 국어교육에서 텍스트 자체의 이해, 텍스트 자체의 생산에만 매달리는 것은 온당하지 않다. 사회문화 맥락이 주체를 통해 텍스트 생산·수용 과정에 작용하는 과정, 크고 작은 맥락들의 관계 등이 국어교육에서 중요하게 다루어져야 한다.

　맥락이 갖는 이러한 중요성에도 불구하고 그 동안 맥락은 국어 교육에서 소홀하게 다루어져 왔다. 이렇게 된 데에는 다양한 사정이 있었을 것이다. 먼저, 텍스트 중심주의를 들 수 있을 것이다. 그리고 텍스트 중심주의에는 순수주의, 자율주의가 스며 있다. 텍스트는 맥락 간의 관계 속에서 존재하는 것이 아니라, 그 자체로서 자율적으로, 순수하게, 독립적으로 존재하기 때문에 그 자체로서 이해되어야 한다는 관점이 상당히 오랫동안 지배적 관점을 형성하여 왔다. 이러한 상황에서 텍스트 꼼꼼히 읽기와 같은 분석주의, 텍스트 자질 적용하기와 같은 형식주의가 국어 교실을 채웠다고 볼 수 있다.

한편, 구조주의도 탈맥락화를 부추겼다고 할 수 있다. 텍스트를 포함한 대개의 실체, 구조는 일정한 사회적 관계와 그것을 반영하는 호명 체계에 의해 규정된다(김성태, 1997: 373). 구조주의의 문제와 한계는 본질, 의미가 구조 속에 존재하고 구조를 통해 설명될 수 있다고만 한다는 점이다. 구조주의 영향으로 국어교육에서는 텍스트 자체에 관심을 가져왔다. 텍스트를 구성하는 주체, 사회문화 맥락을 소홀하게 다루어왔다. 따라서 텍스트 생산·수용 과정에 작용하는 주체의 맥락, 사회문화 맥락의 자리를 마련하지 못하였으며, 텍스트와 맥락의 관계를 사고하고 성찰하는 자리를 마련하지 못하였다.

한국적 교육 환경의 영향도 크다고 할 수 있다. 맥락화 교육은 '간주관적(intersubjective) 해석'을 용인하고 격려하는 교육이다. 국어 교실은 간주관적 해석을 체계적으로 추방하는 방향으로 진행되어 왔다. 첫째, 학급 당 학생 수가 너무 많다. 그 많은 학생들이 돌아가면서 간주관적으로 떠들다보면 진도를 나가기 어렵다. 둘째, 학교 시험, 입학 시험을 포함해서 대개의 시험은 객관형 시험으로서 이러한 시험에서는 간주관적 해석을 허용하지 않는다. 간주관적으로 반응하면 평가의 타당도는 높아지나 신뢰도는 의심받는다. 우리나라에서는 신뢰도 의심을 감수하면서 타당도 제고에 몰두할 수 있는 분위기가 전혀 아니다. 셋째, 간주관적 해석을 기꺼이 수용하고, 또 나의 간주관성을 기꺼이 드러내기 위해서는 해석의 주체들이 그러한 행위에 익숙해야 하는데, 교사나 학생이나 그러한 행위에 익숙하지 못하다.

교실 안의 언어 학습자는 교실 밖의 언어 실천자가 된다. 그렇다면, 교실 밖의 언어 실천이 어떠한가에 대해 관심을 기울이는 것은 당연하다. 지금 국어 교실 안의 언어 활동은 상황과 청자 등의 맥락 요소가 고정된 언어 활동이다. 따라서 언어 활동이 갖는 구체성, 개별성, 상황성을 실감할 수 없다(이재기, 2005: 22). 현실 세계는 '해석 갈등'이 노정되는 사회이다. 그리고 이러한 해석 갈등은 맥락화 방식의 차이에서 비롯된 것이다. 탈맥락화된 교실에서 단일한 이해가 가능하다는 전제를 가지고 객관적 의미 파악의 연습에만 열심이었던 학생 주체에게서 현실 세계의 해석 갈등을 견디고 해결해 내는 모습을 기대하기는 힘들 것이다. 애매성과 복잡성을 초래하는 맥락의 위상을 새롭게 조명해야 하는 이유가 여기에 있다.

텍스트는 맥락들과의 관계 속에서 존재한다. 따라서 맥락들을 소거한 상태에서의 텍스트 이해란 불가능하다. 텍스트와 맥락의 이러한 관계로 인해서 텍스트는 그 자체로는 항상 결핍의 상태에 있다. 맥락과의 관계에 놓일 때, 그러한 결핍이 채워지는 것이다. 나는 '텍스트 속으로 맥락이 스며들고, 넓어지고 깊어진 텍스트가 이제는 맥락이 되어 다른 텍스트를 풍요롭게 하는 모습'을 상상한다. 맥락과 텍스트의 이러한 아름다운 교섭은 결국 맑고, 풍요로운 소통의 분위기를 낳을 것이다.

1. 맥락의 개념

Mey는 맥락이 '매우 악명 높은 개념'이라고 말하고 있다(이주섭, 2001: 44). 그 만큼 맥락이 사용자마다 매우 다른 맥락에서 정의되고, 사용되고 있다는 것을 의미한다. Rex 등(1998)은 3개의 주요 학술지[1]를 바탕으로 맥락에

---

1) 여기서 세 개의 학술지는 〈Research in the Teaching of English (RTE)〉, 〈Reading Research Quarterly (RRQ)〉, Journal of Literacy Research (JLR)〉을 가리킨다. Rex 등(1998)은 RTE, RRQ에 5년 동안(1989 -1993) 게재된 논문, JLR에 1년간(1996) 게재된 논문에서 다루어진 '맥락'의 용어를 비교 분석하였다. 맥락을 주요 연구 대상으로 삼은 논문, 맥락을 주요 연구 성과로 제안한 논문은 93개였으며, 이들 논문

대한 용어를 비교하였는데, 수많은 사람에 의해 수없이 맥락이란 용어가 언급됨에도 불구하고 이 개념에 대한 명확한 개념 규정이 부재함을 드러내고 있다. 대부분의 저자들은 맥락이란 용어를 이론적으로 규정하지 않은 채 남겨두었으며, 이 용어를 규정하기 위한 수단으로 다양한 수식어구를 끌어들이고 있었다. 예를 들면, '민주주의적 맥락', '텍스트적 맥락', '둘러싼(surrounding) 맥락' 등이 여기에 해당한다(Rex 외, 1998: 406-407). 그리고 논문에서 사용되고 있는 맥락이 서로 상이한 지시 대상을 가지고 있음을 발견하였다. 예컨대 RTE에서는 60개 중에 35개, RRQ에서는 442개 중에서 172개, JLR에서는 19개 중에서 17개가 서로 상이한 지시 대상을 가지고 있었다. 이들은 이러한 결과가 매우 "놀랍고 자극적이다"고 밝히고 있다(Rex 외, 1998: 406-407). 이들은 맥락이 의미하는 바가 무엇인지에 대한 명료한 이해를 제공할 수 없다는 결론에 이르렀다. 이렇게 된 데에는 다양한 원인이 존재할 것이다. 각 연구자가 속한 학문 공동체의 이론적, 방법론적 차이들에서 비롯되었을 수도 있고, 맥락이란 용어가 다양한 학문 분야에서 다양한 관점에서 사용되는 데에도 원인이 있을 것이다.

Clark과 Carlson(1981)은 비교적 선명하게 맥락을 정의하고 있는데, 이들은 맥락을 '주어진 텍스트를 접한 개인이 그 텍스트와 상호작용하기 위해 사용할 수 있는 정보와 지식'으로 규정한다. 맥락을 비교적 포괄적으로 정의하고 있다는 점에서 이들이 맥락을 보는 관점은 나의 관점과 겹치는 부분이 많다. 다만 맥락을 텍스트 해석 과정에 제한하여 정의하고 있다는 한계를 갖는다. 맥락은 텍스트 생산·수용 과정 전반에 작용하는 것으로 정의될 필요가 있다.

van Dijk(1995: 113)은 화용론이라는 것은 발화(내지 화행)를 일정한 맥락에 적응시키기 위한 조건과 규칙을 다루는 것, 즉 텍스트와 맥락 간의 관계를

에서 쓰인 맥락들을 비교 분석하고 있다.

연구하는 것을 목적으로 한다고 말하면서 이 때의 맥락은 '우리가 직관적으로 〈커뮤니케이션 상황〉이라고 할 수 있는 것의 추상화'라고 정의하고 있다. 그 러면서 맥락 개념에 포함시킬 수 있는 요소는 발화의 수용(또는 불수용), 달 성(또는 실패), 적절함(또는 부적절함)을 체계적으로 결정하는 요소로 한정해 야 한다고 주장한다.

그의 관점을 따르면 발화(발화된 텍스트)의 구조와 해석을 체계적으로 결 정하거나 발화에 의해서 결정되는 요소만이 맥락을 구성하는 것이다. 예컨대, 그에게 있어서 사회학 혹은 심리학에서 분석되는 바와 같은 커뮤니케이션 과 정의 체계적 자질이나 특징 가령 계층, 학교 교육, 지능, 기억 용량, 독서의 속도 및 동기 등과 같은 것은 맥락 영역에 속하는 것이 아니다. 비록 이러한 상황이 의사소통 과정에 영향을 미치는 것은 확실하지만, 의사소통을 '체계적 으로 결정'하는 요소로는 거리가 멀다고 보기 때문이다. 나는 그와 견해를 달 리한다. 이들 요소가 비록 '직접적인' 맥락을 구성하지는 못하지만, 의사소통 과정에 지속적으로 영향을 미치고 있기 때문에 맥락으로서 사고할 필요가 있 다고 본다. 예컨대, 그의 관점에서 보면, 맥락 요소가 아닌 계층만 해도 텍스 트의 장르, 텍스트 자질에 간접적으로 때로는 직접적으로 영향을 미치고 있 기 때문이다.

나는 맥락을 텍스트와의 관계 속에서 정의하고자 한다. 앞에서 살펴보았지 만 맥락은 텍스트와의 관계 속에서만 제대로 정의될 수 있기 때문이다. 나는 맥락을 '텍스트 생산·수용 과정에 작용하는 물리적, 정신적 요소'로 규정하고 자 한다. 예컨대, ①어떤 상황[상황 맥락, 사회문화 맥락]에서 ②어떤 화자[주 체 맥락]가 ③어떤 청자[주체 맥락]에게 ④어떤 주제[주제 맥락]에 대해서 ⑤ 어떤 형식[형식 맥락]으로 ⑥무엇[텍스트]이라고 표현[양식 맥락]한다고 할 때, 무엇(쓰기의 경우 생산된 텍스트, 읽기의 경우에는 해석 텍스트)을 제외 한 ①~⑤가 모두 '맥락'에 속한다고 본다. 이렇게 맥락의 개념을 폭넓게 규정할 때, 언어 현상, 문식성 현상을 시간성, 공간성, 그리고 개인적 차원, 사회적 차원에서 폭넓게 사고할 수 있는 길이 마련된다.

맥락을 이렇게 규정한다고 해도, 여전히 남는 문제는 맥락의 범주화 방식과 맥락이 포함하고 있는 맥락 요소의 범위 설정이다. 다음에서는 다양한 연구자들에 의해 논의된 맥락 범주화 방식, 맥락 요소를 살피면서 보다 타당하고 합리적인 안을 제시하고자 한다. 맥락 범주화 방식에서 가장 주목해야 할 사람이 Halliday와 Hasan이다. 이후 연구자들의 맥락 범주화는 이들 논의의 테두리 안에 놓여 있다고 보여지기 때문이다. Halliday와 Hasan(1989)은 텍스트와 맥락의 상호 작용의 순환에서 다섯 가지 단계를 밝히면서, 네 영역의 맥락을 제시하고 있다. 첫째는 상황 맥락(context of situation)으로 이 맥락은 텍스트의 사용역(resgister)을 구체화하는 발화의 내용, 발화의 형식, 발화의 목적 등의 자질로 구성된다. 둘째는, 문화 맥락(context of culture)으로, 텍스트에 가치를 부여하고, 해석에 제약을 가하는 제도적이고 정신적인 배경을 의미한다. 셋째는 텍스트 간 맥락(intertextual context)으로, 다른 텍스트와의 관련 및 거기서부터 수행된 가정들을 포함한다. 넷째는 텍스트 내 맥락(intratextual context)으로, 내적 의미 관계를 실현화하는 결속성(cohesion), 결속구조(coherence)를 포함한다(노은희, 1993: 10에서 재인용). 한편, Halliday(1961)는 언어는 실체(substance), 형식(form), 상황(situation)을 전제로 성립한다고 하였는데, 나는 이들 세 개념이 모두 맥락에 포함된다고 본다.

할리데이의 맥락 구분 방식을 논의하면서 노은희(1993: 10)는 맥락을 범주화하는 통상적인 방식인 언어적 맥락, 언어외적 맥락의 개념에 비추어 볼 때, 텍스트 간 맥락과 텍스트 내 맥락은 언어적 맥락에, 상황 맥락과 문화 맥락은 언어 외적 맥락에 해당한다고 말한다. 그러나 나는 텍스트 간 맥락은 언어적 맥락보다는 언어 외적 맥락에 더 가깝다고 생각한다. 텍스트 간 맥락이란 텍스트 생산·수용 과정에 작용하는 '기존 텍스트' 또는 '후행 텍스트'를 지시하기 때문이다. 이러한 기존·후행 텍스트의 작용에 의해 결과로서 나타난 텍스트의 자질은 텍스트 내 맥락이겠지만, 기존·후행 발화는 필자, 독자를 매개로 외부에서 텍스트를 생산하고 수용하는 과정에 작용하는 맥락이므로 상황 맥락, 문화 맥락과 함께 언어 외적 맥락으로 분류하는 것이 적절하다고 여겨진다.

최창렬(1986)과 노은희(1993)는 맥락을 두 개로 범주화하여 접근하고 있다. 먼저, 최창렬은 맥락을 언어 맥락과 언어 외적 맥락으로 구분하고 있다. 그리고 언어 외적 맥락을 상황맥락이라고 보고 있다. 언어 맥락은 언어 내의 요소와 이들 간의 관계를 포함하며 우리가 통상 문맥 또는 화맥이라고 부르는 맥락이 여기에 해당한다. 그리고 언어외적 맥락은 언어의 쓰임새에 작용하는 사실 세계와 관련된다. 노은희(1993)는 맥락을 언어적 맥락, 언어 외적인 맥락으로 구분하고, 언어 외적인 맥락은 상황 맥락에 해당한다고 보고 있다. 언어적 맥락은 언어 내의 요소 혹은 이들 관계를 의미하며 연줄(tie), 결합성(cohesion), 통일성(coherence) 등을 포함한다고 보고 있다. 언어외적 맥락 즉 상황맥락은 화자의 표정이나 몸짓, 어조나 감정의 태도, 화자의 의도와 청자에 대한 태도, 선행 발화와의 함의 관계, 그 밖의 시간적 공간적 상황에서 오는 여러 가정, 문화적 관습의 다양성을 포함한다고 한다.

맥락을 세 개로 분류하고 있는 대표적인 연구로는 서울대 국어교육연구소(1999: 231), 이주섭(2001), Rex 외(1998) 등을 들 수 있다. 서울대 국어교육연구소(1999: 231)는 맥락을 언어적 맥락, 상황적 맥락, 사회문화적 맥락으로 분류하고 있다. 상황적 맥락은 화자와 청자, 시간적·공간적 물리적 상황을 포함하며, 사회문화적 맥락은 언어가 속한 세계, 삶을 의미한다. 대체로 할리데이의 관점을 수용한 것으로 보이며, 다만 텍스트 내 맥락, 텍스트 간 맥락을 모두 언어적 맥락에 포함시킨 점이 다르다.

이주섭(2001)은 맥락을 언어 맥락, 상황 맥락, 사회문화적 맥락으로 구분하고 있다. 근거로 1)맥락을 언어 맥락과 상황 맥락만으로 구분하였을 경우 상황맥락의 범위가 지나치게 커진다는 어려움이 있고, 2)Halliday와 Hasan에서 제시한 텍스트 간 맥락이 음성 언어보다는 문자언어 의사소통에 더 깊이 개입되어 있기 때문이라고 하였다. 그는 상황맥락을 반영한 말하기·듣기 내용 체계를 제안하고 있는데, 이 때의 상황 맥락은 참여자, 환경, 내용, 유형 변인을 포함하고 있다.

Rex 등(1998)은 3개의 학술지에 등장하는 맥락의 분석을 통해 맥락을 텍스트 내 맥락(within-text context), 텍스트를 둘러싼 맥락(surrounding-text context), 텍스트 너머의 맥락(beyond-text context)으로 범주화하였다.[2] 텍스트 내 맥락은 문식성 활동 중에 독자에 의해 읽히거나 필자에 의해 이용되는 텍스트의 특질(features)포함한다. 예컨대, 〈장소〉라는 하위 범주는 텍스트, 사건, 이야기라는 지시물을 포함하고 있는데 텍스트를 지시한 경우는 85개였다고 한다. 그리고 〈형식〉 범주는 그림, 지식, 단서, 실마리와 같은 텍스트 특질을 포함하고 있다. 텍스트를 둘러싼 범주는 실제 텍스트 바깥에서 텍스트와의 상호작용에 직접적으로 영향을 미치는 요소들을 포함한다. 〈장소〉 범주는 교실, 일상 사건, 학습 센터를 지시물로, 〈형식〉 맥락은 담론, 사회적 문식성 등을 포함하고 있다. 텍스트를 둘러싼 맥락에서는 〈공동체〉라는 새로운 하위 범주가 등장한다. 〈공동체〉는 교실, 사람들뿐만 아니라 사회적 관계, 동료 문화를 포함하고 있다. 텍스트 너머 맥락은 문식성 활동에 간접적으로 영향을 미치는 맥락을 지시하고 있는데, 예컨대 사회적, 학문적, 환경적, 역사적, 정치적, 교육적 영향으로서의 맥락을 일컫는다. 〈장소〉는 유치원, 이전 논문, 연구, 학교, 특수 교육 등을 포함하고 있다. 텍스트 너머 맥락에서는

---

2) 텍스트 내 맥락은 〈유형(type)〉, 〈장소(place)〉, 〈활동(activity)〉, 〈형식(form)〉, 〈조건(condition)〉을 하위 범주로 설정하고 있으며, 텍스트를 둘러싼 맥락은 〈유형〉, 〈정체성(identity)〉, 〈장소〉, 〈공동체〉, 〈활동〉, 〈형식〉, 〈조건〉을 하위 범주로 설정하고 있다. 그리고 텍스트 너머의 맥락은 〈유형〉, 〈정체성〉, 〈장소〉, 〈공동체〉, 〈활동〉, 〈조건〉를 하위 범주로 설정하고 있다.

〈형식〉이라는 하위 범주가 사라졌는데 이는 형식이 직접 맥락이지 간접 맥락은 아니라는 판단에 기인한 것으로 보인다. 앞에서 논의한 맥락 범주화 방식을 정리하여 제시하면 〈표 17-1〉과 같다.

〈표 17-1〉 맥락의 범주

구분	텍스트 내 맥락	텍스트 간 맥락	상황 맥락	사회문화 맥락
Halliday & Hasan (1989)	언어적 맥락		언어 외적 맥락	
	텍스트 내 맥락	텍스트 간 맥락	상황 맥락	문화 맥락
최창렬 외(1986)	언어 맥락		언어 외적 맥락	
서울대 국어교육연구소 (1999)	언어적 맥락		상황적 맥락	사회문화적 맥락
Rex 외(1998)	텍스트 내 맥락		텍스트를 둘러싼 맥락	텍스트 너머의 맥락
노은희(1993)	언어적 맥락		언어 외적 맥락	
이주섭(2001)	언어 맥락		상황맥락	사회문화적 맥락

나는 맥락 범주화 방식으로 기본적으로 Halliday와 Hasan의 관점을 취하여 맥락을 '텍스트 내 맥락', '텍스트 간 맥락', '상황 맥락', '사회문화 맥락'으로 분류하고자 한다. 다만, 그의 '문화 범주'에서 '문화'는 텍스트 생산·수용 과정에 작용하는 역사적 맥락(시간성), 사회적 맥락(공간성)을 포괄하기에는 다소 제한적이라고 생각하여 '사회문화 맥락'으로 설정하였다. 이들 네 가지 범주는 독립적으로 존재하지 않는다. 각 맥락 범주는 서로 영향 관계에 놓여 있다. 예컨대, 독자 A가 필자 A의 텍스트를 해석하는 과정에 작용하는 텍스트 내 맥락은, 필자 A가 텍스트를 구성하는 과정에서 작용한 텍스트 간 맥락, 상황 맥락, 사회문화 맥락의 결과이다. 한편, 사회문화 맥락의 여러 요소들은 상황 맥락의 요소들에 영향을 미치고, 이들 요소를 구성한다.

노은희(1993)는 다른 문화권의 언어를 교육할 때는 문화 맥락이 보다 강조되어 그 속에서의 구체적 상황 맥락을 살피는 것이 유용하지만, 이미 모어 화자들의 공통된 인식 기반 위에 놓인 문화 맥락에 대해 재삼 강조할 필요는 없다고 말하고 있다. 그리고 상황 맥락에 한정하여 논의를 전개하고 있다. 언어 사용자가 공통된 사회문화 맥락을 공유하고 있다면 굳이 맥락 범주에 포함할 필요가 없을 것이다. 그러나 동일한 공동체에 속하는 구성원이라고 할지라도 매우 다양한 신념, 가치, 이데올로기를 가지고 있다. 그리고 이러한 차이가 텍스트 해석의 차이를 낳는다. 가장 작은 공동체인 가족의 구성원 사이에도 다양한 이념적 편차가 존재하고 이것이 선거 장면에서, 매스컴을 포함한 텍스트 이해 과정에서 해석 충돌을 낳는 것을 수시로 발견할 수 있다. 더구나 상황 맥락은 사회문화 맥락을 조회하지 않고는 충분히 파악될 수 없다. 상황 맥락은 사회문화 맥락 안에 존재하면서 지속적으로 규정을 받고 있기 때문이다.

한편, Halliday와 Hasan이 설정한 '텍스트 간 맥락'을 많은 연구자들이 맥락 범주에서 제외하여 왔으나, 나는 다른 맥락 범주와 대등하게 혹은 더 중요한 맥락으로 설정하고자 한다. 노은희(1993), 이주섭(2001)이 텍스트 간 맥락을 제외한 것은 이들이 말하기·듣기에서의 맥락을 다루기 때문이겠지만, 한편으로는 텍스트 간 맥락의 중요성을 충분히 인식하지 못한 데에도 이유가 있다고 여겨진다. 구어 상황에서든, 문어 상황에서든 담화(텍스트)들은 서로 깊숙이 관계하고 있고, 지속적으로 상호작용을 하고 있다. 예컨대, 환경 문제를 주제로 한 텍스트를 쓰는(말하는) 과정에 이와 관련된 선행 텍스트는 깊숙이 개입한다. 글쓰기의 목적, 글쓰기의 방향과 정보의 양, 문체에도 영향을 미친다. 텍스트 간 맥락을 설정할 때, 텍스트 생산·수용 과정에 대한 깊은 이해에 다다를 수 있다.

나는 이상의 논의를 바탕으로 다음과 같이 맥락의 하위 범주를 설정하고자 한다. 다소 무모한 시도일 수는 있지만, 이렇게 각 범주가 지시하는 맥락 요소를 설정함으로써 맥락을 중심으로 한 논의의 이해 가능성, 소통성을 높일 수 있다고 생각한다.

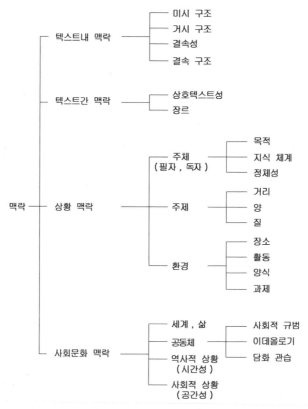

[그림 17-1] 맥락 범주에 따른 맥락 요소의 분류

맥락 요소를 논의할 때 우리는 분석적 관점을 지양해야 한다. 그 동안 맥락에 대한 접근은 분석적 관점이 지배적이었다. 분석적 관점에서는 맥락을 텍스트 생산·수용과정에 작용하는 견제자(container)로 인식하고, 이를 물리적, 사회적, 심리적, 개인적, 기능적 요인으로 세분화하였다. 이러한 관점이 갖는 문제는 이들 맥락을 텍스트 생산·수용 과정과 연관지어 생각하지 못하고, 독립된 실체 또는 사실로서 인식하고 있다는 점이다. 즉 개별 맥락들 자체에 관심을 기울이고 이들 맥락이 텍스트에 작용하는 방식, 이들 맥락 간의 관계에는 별다른 관심을 기울이지 못하였다. 국어교육에서 맥락을 중요하게 다루어야 하는 가장 큰 이유는 이들 맥락이 지속적으로, 체계적으로, 광범위하게 텍스트 생산·수용 과정에서 작용한다는 점이다. 따라서 맥락을 배제한 텍스트 생산·수용 논의는 가능하지 않고, 공허할 수밖에 없다. 국어교육에서 맥락을 사고하는 것만큼 중요한 것이 맥락 요소를 고정된, 독립된 실체로 보지 않고, 지속적으로 관계하고, 작용하는 것으로 보는 것이다.

한편, 노은희(1993)는 "말하기에서는 쓰기와 비교해서 상황 맥락의 비중이 높다. 즉, 화자는 필자에 비해 언어적 맥락보다는 상황 맥락에 더 많이 의존하여 청자에게 의미를 전달하며, 문법적 오류는 크게 문제로 삼지 않는다. 이에 비해 쓰기는 필자와 독자의 상호 작용이 잠재적으로 진술의 내용적, 형식적 완결성이 요구되고, 문법성이 중시되어 언어적 맥락에 더 많이 의존한다."고 지적하면서 말하기에서의 상황 맥락의 특성과 작용 원리를 고찰하는 것은 쓰기에서보다 더 중요하다고 말하고 있다. 그러나 눈에 보이고, 안 보이고의 차이만 있을 뿐 쓰기, 읽기에서의 맥락의 영향 역시 매우 크다. 듣기와 마찬가지로 쓰기 역시 상황 맥락(주체, 주제, 환경)이 없이는 텍스트를 구성할 수 없다. 맥락은 텍스트 구성의 전제이다. 직접성에 차이만 있을 뿐, 구어 상황에서와 마찬가지로 문어 상황에서도 맥락은 중요한 위상을 갖는다.

2. 맥락의 특성

텍스트와의 관계와 차이 속에서 존재하는 맥락

텍스트와 맥락의 자리는 고정되어 있지 않다. 이들이 구체적인 시간 속에서 관계하는 방식에 따라 그 자리가 결정된다. 예컨대, 다음과 같은 쓰기 상황을 생각해 볼 수 있다. a시점에서 볼 때, A글은 텍스트로서 존재한다. 그러나 b시점이 되면, B글이 텍스트가 되고, A글은 맥락이 된다. 마찬가지로 c시점이 되면 A글, B글은 맥락이 되고, C글이 텍스트가 된다. 한편, 항상 과거에 생산된 글만 맥락이 되는 것은 아니다. 아직 쓰이지 않은 글도 맥락이 될 수 있다. 예컨대, B글의 맥락에는 과거에 쓰인 A글과 미래에 쓰일 C글이 모두 포함된다. 필자는 B글을 쓰면서 나중에 출판될 C의 영향을 받을 수 있다. 예컨대, B글과 관련된 연작물로서의 C글일 때, 또는 B글을 염두에 두면서 쓰일 비판적·우호적인 C글이 여기에 해당한다.

A글 (맥락)	↔	B글 (맥락)	↔	C글 (맥락)	↔	n글 (맥락)
a시점		b시점		c시점		n시점

글읽기 상황에서도 텍스트와 맥락은 고정되지 않는다. 예컨대, 동일한 주제를 다룬 A, B, C글이 있을 때, A글이 해석의 대상으로서의 텍스트일 때, B, C글은 맥락으로서 존재한다. 마찬가지로 C글이 텍스트일 때 A, B 글은 맥락으로서 존재한다. 비유컨대, 달이 텍스트일 때 떼 지어 나는 기러기가 맥락(배경)이 되며, 기러기가 텍스트일 때, 달은 맥락이 된다. [그림 17-2]는 Witte(1992: 285)가 맥락과 텍스트의 상호 작용을 설명하기 위해 제시한 표인데, 텍스트와 텍스트, 텍스트와 맥락이 갖는 관계 양상을 잘 드러내주고 있다. [그림 17-2]를 통해 다음과 같은 사실을 확인할 수 있다. 1)텍스트와 맥락은 지속적으로 상호작용을 한다. 2)현재 텍스트(T)와 영향 관계에 있는 텍스트들($I1$, $I2$, In)은 현재의 맥락(C)을 구성한다. 3)현재 텍스트와 영향 관계에 있는 텍스트들은 상호텍스트로서 존재한다. 4)현재 시점에서 상호텍스트는 과거에는 텍스트로서 존재하였으며, 현재 텍스트와 마찬가지로 맥락과 상호텍스트를 수반한다. 5)텍스트, 맥락, 상호텍스트는 일방적인 영향 관계에 있는 것이 아니라 상호작용 관계에 있다.

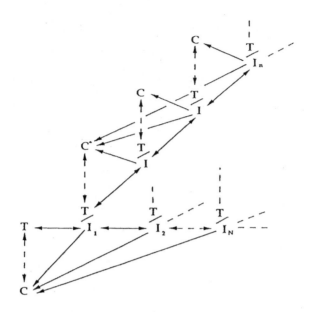

[그림 17-2] 맥락, 텍스트, 상호텍스트의 기호 현상 (Witte, 1992: 285)

텍스트, 맥락의 관계는 데리다의 현전, 차연, 흔적의 개념을 통해서 보다 깊이 이해할 수 있다. 다양한 맥락에서 사용된 현전, 차연, 흔적의 개념을 제시하면 다음과 같다(데리다, 1997: 342-398).

① "차연은 현전을 구성한다." (356쪽)
② "현전은 흔적에 의해 구성된다." (357쪽)
③ "현전하는 것은 생성과 소멸사이의 겨를에 있다" (363쪽)
④ "현재있는 것이 아직 현전의 영역에 들어오지 않은 것과 방금 지나간 것 '사이'에 머물러 있는 것으로 본다." (163쪽)

①~④에서 사용된 개념들을 보다 쉽게 이해하기 위해서 다음과 같은 예를 들 수 있을 것이다.

(침묵)	나는	지금	책을	읽고	있다.
(침묵)	Text1	Text2	Text3	Text4	Text5

현전	(흔적/맥락)	(흔적/맥락)	(흔적/맥락)	(흔적/맥락)	(흔적/맥락)
(흔적/맥락)	현전	(흔적/맥락)	(흔적/맥락)	(흔적/맥락)	(흔적/맥락)
(흔적/맥락)	(흔적/맥락)	현전	(흔적/맥락)	(흔적/맥락)	(흔적/맥락)
(흔적/맥락)	(흔적/맥락)	(흔적/맥락)	현전	(흔적/맥락)	(흔적/맥락)
(흔적/맥락)	(흔적/맥락)	(흔적/맥락)	(흔적/맥락)	현전	(흔적/맥락)
(흔적/맥락)	(흔적/맥락)	(흔적/맥락)	(흔적/맥락)	(흔적/맥락)	현전

①의 경우, 현전 "나는"은 (침묵)과의 차연에 의해, 동시에 "지금"과의 차연에 의해 현전한다. 마찬가지로 "지금"은 "나는"의 차연에 의해, 동시에 "책을"과의 차연에 의해 현전한다. 한편, ②에서 말한 현전과 흔적의 작용 양상을 설명하면 다음과 같다. 현전 "나는"은 흔적인 "(침묵)"과 또 다른 흔적인 "지금"에 의해 구성된다. 마찬가지로, 현전 "지금"은 흔적 "나는"과 또 다른 흔적 "책을"에 의해 구성된다. ③에서의 '생성'과 '소멸', ④에서의 '들어오지 않은 것'과 '방금 지나간 것'은 흔적과 차연을 의미한다고 볼 수 있다.

데리다의 '현전'은 '텍스트'로, '차연', '흔적'은 맥락으로 이해할 수 있다. 현전이 차연과 흔적에 의해 구성되듯이 텍스트 또한 맥락에 의해 구성되기 때문이다. 예컨대, Text1이 텍스트일 때 침묵과 Text2는 맥락으로 작용하며, Text2가 텍스트일 때 Text1과 Text3이 맥락으로서 존재한다. 즉 Text2가 텍스트일 때, Text2의 의미는 맥락으로서 존재하는 Text1, Text3에 의해 구성된다.

Pearce와 Cronon(1980)은 의사소통 참여자들의 적극적인 상호작용을 강조하면서 의미 공동 관리 이론(coordinated management of meaning theory)을 제안하고 있다. 이들은 의사소통 참여자들이 의견을 주고받는 과정에서 선행 발화가 후행 발화에 대한 상황 맥락으로 작용한다고 보고 있다(이주섭,

2001: 12에서 재인용). Heritage(1984) 역시 발화를 통한 맥락 재형성(context-renewing)을 얘기한다. 즉 모든 개별 발화들은 다음의 발화에 대한 상황맥락으로 작용한다는 것이다. 이러한 현상은 위 예에서 쉽게 확인할 수 있으며, Pearce와 Cronon, Heritage는 다분히 구어적 상황을 염두에 두면서 한 말이겠지만, 읽기와 쓰기 상황에서도 그러한 현상은 동일하게 존재한다.

다양한 층위로서 존재하는 맥락

언어 행위자가 인식하고, 실현하는 정도에 따라 맥락은 1차 맥락, 2차 맥락, 3차 맥락으로 구분할 수 있다. 모든 맥락이 텍스트 생산·수용 과정에 똑같은 양상으로 작용하는 것은 아니다. 어떤 맥락은 작용하고 어떤 맥락은 작용하지 않을 수 있다. 예컨대, 쓰기 상황에서 어떤 필자는 독자 중에서 실재 독자만을 의식하고 글을 구성할 수 있으며, 어떤 필자는 실재 독자, 잠재 독자 모두를 의식하고 글을 구성할 수 있다. 또한 실재 독자가 A, B, C일 때, 어떤 필자는 A, B독자를, 어떤 필자는 B독자만을 의식하고 고려할 수 있다.

나는 맥락으로서 작용할 수 있는 잠재 가능성이 있는 맥락을 1차 맥락(잠재 맥락)으로, 잠재 맥락 중에서 텍스트 생산·수용 과정에서 고려되고, 의식된 맥락을 2차 맥락(과정 맥락)으로 구분하고자 한다. Blass(1990)는 물리적인 특성을 지닌 맥락이 인간의 언어에 직접적으로 양향을 미칠 수는 없으며, 다만 그 물리적 맥락에 관한 담화 참여자들의 지식을 통해서만 영향을 미치는 일이 가능하다고 지적하고 있는데, 나의 관점에서 보면, 전자는 잠재 맥락으로서 1차 맥락에, 후자는 과정 맥락으로서 2차 맥락에 해당한다고 볼 수 있다.[3]

한편, 과정 맥락으로서의 2차 맥락이 모두 텍스트 생산·수용의 결과물에 드러나는 것은 아니다. 어떤 과정 맥락은 필자에 의해 고려되고 의식되었지

---

[3] Pearce와 Cronon(1980)은 참여자들 각자가 인식하고 있는 상황 맥락이 서로 다를 수 있다고 설명하고 있다(이주섭, 2001: 12).

만 최종 텍스트의 자질로는 구체화되지 않을 수 있다. 읽기의 경우에는 텍스트가 형성된 역사적 맥락이 고려되고, 텍스트의 자질이 인식되었지만 최종 해석물에는 반영되지 않을 수 있다. 나는 텍스트 생산·수용 과정 중에서 고려되고, 최종 텍스트(읽기의 경우 최종 해석 텍스트)에서 텍스트 자질로서 구체화된 맥락을 과정 맥락(2차 맥락)과 구별하여 실현 맥락(3차 맥락)으로 분류할 수 있다고 본다. 이상의 논의를 정리하면, 〈표 17-2〉와 같다.

〈표 17-2〉 맥락의 층위

층위	1차 맥락	2차 맥락	3차 맥락
성격	잠재 맥락	과정 맥락	실현 맥락
자리	사회문화 맥락 안에 존재	상황 맥락 안에 존재	텍스트 내 맥락 안에 존재

나는 앞에서 맥락을 텍스트 내 맥락, 텍스트 간 맥락, 상황 맥락, 사회문화 맥락으로 분류하였는데, 이들 네 가지 맥락은 동일한 성격을 지니는 것은 아니다. 가시성의 측면에서 보면, 텍스트 내 맥락이 가장 가시적이고, 상황 맥락과 텍스트 간 맥락은 중간 정도이며, 사회문화 맥락은 상당 정도 비가시적이다. 영향 관계의 직접성의 측면에서 보면, 텍스트 내 맥락, 텍스트 간 맥락, 상황 맥락이 상대적으로 직접적이며, 사회문화 맥락은 간접적인 편이다.

한편, 쓰기 장면인가, 읽기 장면인가에 따라 이들의 성격이 달라질 수 있다. 텍스트 내 맥락은 읽기 장면에서는 '주어진' 맥락이지만, 쓰기 장면에서는 필자가 '가져올' 맥락이 된다. 텍스트 간 맥락의 경우 쓰기 장면에서는 필자에 의해 반드시 의식해야 하는 맥락의 성격이 강하지만, 읽기 장면에서는 그 개입과 동원의 정도가 다소 느슨하다. 예컨대, 어떤 주제에 대해 쓸 때, 필자는 관련 주제를 다룬 기존 텍스트를 상당히 의식해야 하지만, 독자는 어떤 텍스트를 읽을 때, 그 주제를 다룬 다른 텍스트를 의식하는 정도가 약하다.

의미 모태로서의 맥락

맥락은 텍스트의 의미를 이해하거나 텍스트의 의도를 파악하는 데 있어서 고려해야 할 요소로서 존재하지 않는다. 텍스트의 의미를 낳는 의미 모태로서 존재한다. 왜냐하면 텍스트의 의미는 맥락과 맥락이 맺는 관계의 차이에서 발생하기 때문이다. 그런 의미에서 '텍스트' 자체의 의미를 강조하는 에코의 관점은 문제적이다. 에코(1997)의 경우, 텍스트 이용은 개인의 문제이기 때문에 양보할 수 있으나 무분별한 '해석'만큼은 허용할 수 없다는 태도를 취한다. 그에게 있어서 중요한 것은 텍스트의 의도이다.

독자들의 무분별한 각양각생의 해석들, 끝없이 퍼져가는 해석을 어떻게 제어할 것인가? 에코는 그것이 텍스트, 즉 일관된 전체로서의 텍스트라고 강조한다. '일관된 전체로서의 텍스트'의 관점에서 해석과 추측을 제어해야 한다고 말한다. 그러나 한 행은 한 단락에 의해서, 한 단락은 한 장에 의해서, 한 장은 한 텍스트에 의해서 나름의 의미와 일관성을 갖게 된다. 한 텍스트 역시 그 텍스트를 존재하게 하는 맥락을 조회할 때, 의미를 갖는다. 텍스트는 그 자체로서 완전하지도 자족적이지도 않다. 즉 텍스트는 다른 맥락과 관계하지 않는 한 '일관된' 의미를 가질 수 없다. 예컨대, '라'는 그 자체로는 아무런 의미도 갖지 못한다. (소)라, 라(디오), (도)라(지)와 같이 어떤 맥락 속에서, 다른 요소들과의 관계 맺음의 방식에 의해서 의미를 갖게 되는 것이다. 텍스트 역시 텍스트를 구성하고 있는 맥락 속에서 비로소 의미를 갖는다. 이런 의미에서 맥락은 텍스트 의미의 전제이고, 의미 모태라고 볼 수 있다.[4]

기표와 기의의 관계를 통해서도 맥락과 텍스트의 관계를 살필 수 있다. 기표는 맥락으로서 존재하는 다른 기표와 관계함으로써 의미를 낳는다. 예컨대,

---

4) 텍스트는 문장들 사이의 관계와 무수한 틈들, 그리고 텍스트와 함께 어울려 살고 있는 언중들의 삶을 통해서 그 기능과 뜻을 드러낸다. 관계, 틈, 언중의 삶이 바로 맥락이고, 맥락이 숨쉬는 공간이다. 따라서 텍스트의 기능과 의미는 맥락 속에서만 드러난다. 텍스트의 의미 모태로서의 맥락에 대한 풍부한 은유는 김영민(1996)을 참조 바람.

기표(A)는 기표(1)과 관계를 맺음으로써, 일정한 기의(1)를 낳는다. 기표는 또다른 기표(2)와 관계를 맺음으로써 기의(2)를 낳지만, 기표(1)과 관계를 맺음으로써 낳은 기의(1)을 상실한다. 이렇게 끊임없이 기표들(n)과 관계를 맺음으로써, 기의들(n)을 낳지만, 그럼으로써 한 기표는 어느 하나의 기의를 확정짓지 못한다. 기표가 다른 기표와 관계를 맺음으로써, 이전 기표와 관계를 맺음으로써 낳은 기의를 잃는 대신에 흔적을 남긴다. 따라서 한 기표는 수많은 흔적을 남기게 된다. 이러한 흔적의 묶임이 그 기표의 기의라고 할 수 있으나, 아직도 그 기표는 다른 기표와 관계를 맺음으로써, 또 다른 흔적을 만들고 있기 때문에 그 흔적의 묶음이라는 것도 고정되지 않는다. 그 흔적들이 데리다의 산종(dissemination) 개념에 해당한다고 볼 수 있다. 이와 같이 기표로서의 텍스트는 다른 맥락(기표 1,2,…n)과의 관계 속에서 의미를 낳으며 텍스트가 갖는 의미의 다양함(多理)은 기표와 다른 기표(맥락)의 관계 속에서 형성되었다고 볼 수 있다.

데리다(마이클 라이언, 1995: 50)는 "모든 것들은 다른 것들로부터 구분(differ)되고, 다른 것들은 연기됨(defer)으로써만 존재한다고 말한다. 이는 텍스트의 존재 방식에도 그대로 적용된다. 쓰기는 그 성격상 수많은 맥락 중 많은 맥락들을 배제하면서 몇 가지 맥락을 부각하고 강조하는 과정이라고 할 수 있다. 이렇게 볼 때, 배제되는 맥락은 사장되고 없어지는 것인가? 그렇지 않다. 글쓰기 과정에서 배제된 맥락은 텍스트화된 맥락과의 '차이' 때문에 배제된 것이라고 할 수 있다. 그런데 텍스트화한 맥락은 그 의미가 배제된 맥락과의 관계 속에서 규정된다. 즉 텍스트화된 맥락은 비텍스트화된 맥락과의 관계 속에서 존재한다.

따라서 텍스트 구성 과정에서 배제된 맥락은 '배제된' 것이 아니라 '보류'내지는 '지연'된 것이다. 그리고 이러한 맥락은 독자의 독서 과정에 개입함으로써 그 존재를 드러낸다. 독서는 텍스트(드러난 맥락)를 통해 제외된 맥락을 인식하며, 지연 내지 보류된 맥락을 통해 텍스트를 해석한다.

글쓰기란 이와 같이 무수한 맥락 중 어떤 것을 드러내고 감출 것인지, 무엇을 앞세우고 무엇을 지연시킬 것인지의 끊임없는 선택의 과정이라고 할 수 있다. 또한 글읽기란 어떤 맥락을 통해 텍스트를 해석하고 이해할 것인지를 결정하는 지속적인 선택의 과정이라고 할 수 있다. 우리가 어떤 텍스트를 읽고 바른 이해를 했다고 하는 것은, 상대적으로 적절한 맥락을 통해 텍스트를 이해했다는 것을 의미한다. 그리고 잘 썼다는 것은 무수한 맥락 중에서 쓰기의 목적에 맞추어 비교적 적절한 맥락을 드러냈다는 것을 의미한다.

텍스트는 세계의 반영이다. 혹은 텍스트는 현실의 재현이다고 할 때, 텍스트는 세계와 현실이라는 외부를 상정하고 있는 것이다. 그리고 텍스트는 실체(reality)로서 존재하는 현실이나 세계를 반영하는 것으로 이해된다. 이 때 텍스트를 이해한다는 것은 텍스트의 언어들을 그 현실에 조회하는 것으로 생각할 수 있다. 그러나 텍스트의 의미 원천으로서 현실은 텍스트의 외부에 존재하지 않는다. 벌써 텍스트 내에 존재한다.

	①o	
②of	③f	④or
	⑤f	

위에서 ③을 텍스트라고 할 때, 텍스트 'f'는 그 자체로서는 아무런 의미도 갖고 있지 않다. 그리고 텍스트 외부로서의 ①, ②, ④, ⑤를 반영하고 있는 것도 아니다. 텍스트의 ③의 'f'는 맥락으로서 존재하는 ①의 'f'와 관련됨으로써 비로소 'of'라는 의미를 구성하게 되는 것이다. ①, ③, ⑤또한 스스로는 아무런 의미를 갖지 못한다. 서로서로 참조관계를 유지할 때만 의미(off)를 형성하게 된다. 이와 같이 텍스트의 외부는 존재하지 않는다. 즉 내부와 외부를

가르는 경계가 유동적이고 불규칙적이어서 미결정적이다. 텍스트는 텍스트의 의미 원천인 맥락과의 관련성 속에서만 의미를 가질 뿐이되, 텍스트와 맥락은 서로 분리되어 어느 하나가 다른 하나를 반영, 재현하는 관계에 있지 않다. 서로 동시적으로 공존함으로써 비로소 텍스트의 의미를 구성한다.

3. 맥락 중심 문식성 교육 원리

맥락은 텍스트의 주변이 아니라, 오히려 중심이다. 별이 아름답게 빛나는 것은 칠흑같은 어둠이 있기 때문이다. 같이 옆에서 반짝이는 별들이 있기 때문이다. 텍스트와 맥락의 원활한 통기 작용과 이에 조응하는 독자들의 감수성이 수반할 때 텍스트의 의미는 빛난다. 다음에서는 이러한 맥락과 텍스트의 활달한 소통을 가능하기 위해서 문식성 교실이 지향해야 할 점을 살펴보고자 한다. 그리고 이러한 지향은 2절에서 제안하고자 하는 맥락 중심 문식성 교육 모형을 지속적으로 의식하고 있다.

첫째, 다양한 맥락을 도입할 수 있는 활동 기회를 제공해야 한다. 읽기, 쓰기의 과정은 자동적으로, 무의식 중에 맥락이 작용하는 과정이라고 할 수 있다. 이러한 활동 속에서는 현재 존재하는 문식력을 확인할 수 있을 뿐이다. 문식력을 향상시킬 수 있는 교육적 계기가 부족하다. 문식성 교육이 주체의 문식력 향상을 도모하고자 한다면, 텍스트 생산, 해석 과정에 맥락을 적극적으로 도입할 수 있는 학습 활동을 제공해야 한다. 예컨대, 읽기의 경우 해석 텍스트 쓰기 활동을 생각해 볼 수 있다.

텍스트 읽기는 1차적 읽기이고, 텍스트에 대한 쓰기, 즉 해석텍스트 쓰기는 2차적 읽기라고 볼 수 있다. 2차적 읽기로서 해석텍스트 쓰기는 텍스트와 깊게 관계하는 과정이며, 반응하고 대화하는 과정이다. 독자는 해석 텍스트를 쓰는 과정에서 지금 읽고 있는 텍스트의 주제를 다루고 있는 다른 텍스트를 조회하고, 인용하면서 텍스트에 대한 해석의 풍부함을 더할 수 있으며, 자신의 다양한 생활 체험을 도입하기도 할 것이다.

해석텍스트 쓰기뿐만 아니라 독서 토의 활동 또는 작문 토의 활동 속에서도 맥락의 개입이 적극적으로 이루어질 수 있다고 본다. 토의 활동 속에서 학생들은 다양한 주체에 의해 동원된 다양한 맥락들을 만나게 된다. 비유적으로 표현하면 토의 활동이 이루어지는 자리는 다양한 맥락들이 진열되고, 거래되는 '맥락의 시장'이라고 할 수 있다. 토의 활동을 하면서 학생들은 텍스트 생산·해석 시 맥락을 조회하는 방법, 텍스트와 맥락을 관계시키는 방법을 익히게 되고, 텍스트 생산·해석에 쓸모 있는 다양한 맥락의 목록을 챙기게 될 것이다.

둘째, 텍스트 생산·수용 과정에 작용하는 맥락을 성찰하도록 해야 한다. 텍스트 생산·수용 과정에 작용하는 모든 맥락이 정당성을 갖는 것은 아니다. 해석텍스트 쓰기 활동, 고쳐쓰기 활동 등은 다양한 맥락의 적극적인 도입을 통해, 문식력을 향상시킬 수 있는 기회를 제공하기도 하지만, 반대로 사회적 고정관념, 편견, 왜곡된 이데올로기를 심화시킬 수도 있다. 맥락의 적극적인 도입과 함께, 맥락에 대한 진지하고 날카로운 성찰이 요구되는 이유가 여기에 있다.

텍스트 생산·해석 과정에 다양한 사회문화 맥락이 자동적으로, 무의식적으로 작용한다. 그리고 필자, 독자에 의해 텍스트와 관련성이 높은 사회문화 맥락이 의식적으로 도입되기도 한다. 우리가 유의할 것은 사회문화 맥락의 작용이 공동체의 왜곡된 신념, 가치관 또는 이데올로기를 확대 재생산할 수 있는 가능성이다. 따라서 맥락 개입을 격려하는 것과 함께 개인적 반응에 대한 성찰, 즉 내 반응은 어떻게 구성되었는가?(반응의 기원), 내 반응은 적절한가?(반응의 적절성)에 대한 질문을 던져보고, 반응을 재구성하는 것이 중요하다. 독서 토의 활동, 작문 토의 활동에서는 각 주체가 도입한 사회문화 맥락이 다양한 관점에서 성찰될 수 있을 것이다.

셋째, 주체 간의 맥락 교섭, 경쟁을 통해 맥락화 전략을 익힐 수 있도록 해야 한다. 다양한 해석과 반응은 그것을 낳은 맥락의 복잡성과 다양성에서 비롯된다. 반응을 나눈다는 것은, 작품에 대해 토의한다는 것은, 해석과 반응을 낳은 맥락들을 끄집어내어 다투게 하고, 섞이게 하고, 그리하여 뒤섞어 하나를 구성해가는 과정이다.

문식성 교실은 각 주체의 맥락이 경쟁하고 교섭할 수 있는 학습 공간을 마련해 주어야 한다. 학생들의 해석 과정에 작용한 다양한 맥락들을 가시화하고, 그러한 맥락들이 텍스트 해석에 어떤 영향을 미쳤는지에 대해 토의하는 활동을 제공해야 한다. 각자 품고 있는 맥락들을 나눔으로써 보다 납득할 만한 반응을 공유할 수 있게 된다. 그 공유의 폭이 넓고 깊어질 수 있다. '납득할만한 해석과 반응의 공유'가 어찌 보면, 읽기 교육이 지향해야 할 바인지도 모른다. 4절에서 제안하는 맥락 중심 모형에서는 독서 토의 활동을 통해 이러한 주체 간의 맥락 경쟁, 교섭이 활발하게 이루어지도록 의도하고 있다.

해석·판단의 보편적·절대적·객관적 기준은 없지만 각 주체가 선택한 기준의 포괄성(깊이와 폭)은 있다. 객관적 기준이 없기 때문에 네 해석, 내 해석의 우열을 논할 수 없다(상대주의, 무정부주의)고 말하는 것은 기준이 그 포괄성의 정도에 따라 우열이 나누어짐을 인정하지 않는 태도이다. A주체의 (a)기준이 B주체의 (b)기준을 포괄하고 있다면, 즉 1)(b)기준을 이미 고려하고 있다면, 2)더 큰 맥락에서 (b)기준을 타당하게 비판할 수 있다면, 3)(b)기준이 갖는 일면성을 폭로하고 있다면 A주체의 해석이 B주체의 해석보다 낮다고 할 수 있는 것이다. 따라서 해석 경쟁의 우위는 결국 얼마나 다양한 맥락을 조회하고, 얼마나 적절한 맥락을 개입시켰느냐에 달려있다고 볼 수 있다. 독서 토의 활동, 작문 토의 활동 과정에서 학생들은 맥락 개입을 통한 치열한 해석 경쟁의 경험을 하게 될 것이다. 그리고 이러한 과정에서 다양하고, 정교한

'맥락화'의 전략들을 익히게 될 것이다.

4. 맥락 중심 문식성 교육 모형

지금까지 맥락 중심 문식성 교육의 원리를 살펴보았다. 앞에서 제시한 세 가지 원리는 층위와 차원이 다소 다르지만, 모두 맥락을 의식하고 있다. 모형은 원리와 실천의 만남을 주선한다. 나는 앞에서 제시한 원리를 문식성 교실에서 구체화하는 데 적합하다고 생각하는 '맥락 중심 문식성 교육 모형'을 구안하여 보았다. 맥락 중심 문식성 교육 모형은 해석을 둘러싸고 전개되는 학습 주체 간의 대화를 기본 구조로 삼고 있다. 이 때의 대화는 당연히, 토의와 토론의 성격이 강하며, 대화는 내적 대화와 외적 대화를 포함하고 있다. 내적 대화와 외적 대화의 대상은 맥락이며 이를 통해서 맥락의 교섭, 맥락에 대한 성찰을 의도하고 있다. 이 장에서 구안한 '맥락 중심 문식성 교육 모형'은 [그림 17-3]과 같다.

맥락 중심 모형은 크게 세 범주 또는 단계를 포함하고 있다. 맥락 작용 단계, 맥락 교섭 단계, 맥락 성찰 단계가 그것이다. 모든 단계는 읽기, 쓰기 활동을 포함하고 있다. 읽기 측면에서 보면, '읽기 활동→독서 토의 활동→해석 텍스트 쓰기 활동' 단계를 가지며, 쓰기 측면에서 보면, '쓰기 활동→작문 토의 활동→고쳐 쓰기 활동' 단계를 포함하고 있다.

맥락 작용 단계는 다양한 맥락이 주체(독자, 필자)의 읽기, 쓰기 활동에 작용하는 단계를 일컫는다. 예컨대 읽기 활동을 하는 과정에서 독자A, 텍스트, 저자 등은 서로 내적인 대화를 하면서 읽기 활동에 작용한다. 마찬가지로 쓰기 활동을 하는 과정에서 필자A, 주제, 독자 등은 내적으로 활발하게 상호작용하면서 주체의 쓰기 활동을 구성한다. 맥락 간의 대화 혹은 상호 작용이 쓰기, 읽기를 구성한다고 볼 때, 맥락은 공저자, 공독자라고 할 수 있다. 이와 같이 맥락이 공저자, 공독자로서 기능하는 단계가 맥락 작용 단계이다. 그러나 이 단계가 다음 단계인 맥락 교섭 단계와 구별되는 특징은 맥락 간의 대화가 내적이라는 점이다. 즉 맥락 간의 내적 대화나 상호작용은 필자, 독자의 내면에서 이루어진다.

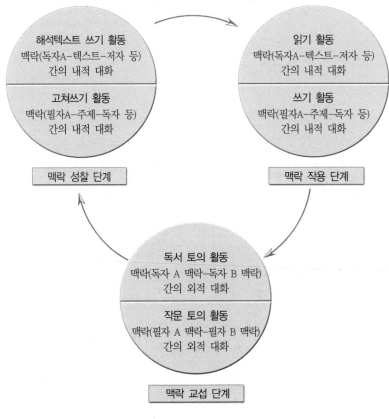

[그림 17-3] 맥락 중심 문식성 교육 모형

맥락 교섭 단계에서는 주체 간의 맥락이 서로 경쟁하고 교섭한다. 예컨대, 독서 토의 활동에서는 독자A의 맥락과 독자B의 맥락이 해석 우위를 차지하기 위해서 경쟁한다. 작문 토의 활동에서는 필자A의 맥락과 필자B의 맥락이 주제 해석, 주제 전개 등을 중심으로 경쟁한다. 이러한 과정에서 다양한 주체의 다양한 맥락이 제시되고, 또한 차용되며 이를 통해 각 주체의 맥락 목록은 풍성해질 수 있다.

맥락 성찰 단계는 자신의 텍스트 생산·수용 과정에 작용한 맥락을 성찰하면서 읽기, 쓰기 활동을 재점검하고 조정하는 활동을 포함하고 있다. 맥락 작용 단계에서 무의식적으로, 자동적으로 작용했던 맥락이 맥락 교섭 단계에서 경쟁하고 만나면서 성찰의 계기를 마련하고, 맥락 성찰 단계에서는 맥락을 중심으로 성찰하면서 자신의 읽기, 쓰기 활동을 재조정하고, 한 단계 고양시키게 된다. 맥락 성찰 단계에서의 맥락 간 대화 양상은 겉으로 보면 맥락 작용 단계와 같다. 예컨대 해석 텍스트 쓰기 활동에서 발생하는 맥락 간 대화와 읽기 활동에서 발생하는 맥락 간 대화는 모두 '독자A, 텍스트, 저자 등'으로서 같다. 내적 대화인 것도 같다. 그러나 맥락간의 대화의 질과 깊이는 매우 다르다. 맥락 작용 단계에서의 대화가 1회적이고, 단순하고, 우연적이라면, 맥락 성찰 단계에서의 대화는 의도적이고, 복잡한 성격을 지닌다.

맥락 중심 모형을 의사소통 구조 측면에서 보면 '내적 대화→외적 대화'의 순환 구조를 가지고 있다. 내적 대화란 주체의 내면에서 이루어지는 맥락 간의 상호 작용을 의미하며, 외적 대화란 맥락을 중심에 놓고 이루어지는 교사와 학생, 학생과 학생 간의 대화를 의미한다. 이러한 내적 대화와 외적 대화의 지속적인 순환 과정에서 학생들은 내적 대화와 외적 대화의 상호텍스트성을 체험하게 될 것이다. 더 나아가 자신의 내적, 외적 말이 상황 맥락, 사회문화 맥락과 상호작용하고 있음을, 상호텍스트적인 관계에 있음을 인식하게 될 것이다.

■ ■ ■

기능, 원리의 목록과 레퍼토리를 늘리려는 지속적인 노력이 진행되고 있다. 기능, 원리의 선정 방식은 인간의 심리 분석, 전문 독자·필자의 특성 분석, 텍스트 분석 등 다양하다. 그 기능과 원리는 구체적·개별적인 맥락 속에 존재하는 구체적·개별적인 대화 참여자(화자, 청자)의 구체적·개별적 상호작용에서만 '기능'했음에도 불구하고 그러한 맥락과 맥락간의 상호작용을 제거한 채 자율적, 자족적, 독립적 실체로서 제시되고 있다. 올바른 의미의 기능·원리의 습득 및 향상은 텍스트 생산·수용 과정에 작용하는 다양한 맥락을 성찰하는 과정에서 이루어진다. 국어교육이 할 일은 이러한 장면을 연출하는 것이며 이러한 연출은 '맥락 중심'일 때 가능해진다.

우리는 통상 맥락을 통해서 텍스트를 해석한다고 생각한다. 그리고 맥락을 고려해서 텍스트를 생산한다고 한다. 그러나 엄밀한 의미에서 우리는 텍스트를 통해서 맥락(세계, 주체)을 해석한다고 볼 수 있다. 텍스트를 통해서 맥락인 세계, 삶, 자아에 대한 이해를 확충한다고 볼 수도 있다. 쓰기는 삶 혹은 세계에 대한 해석의 결과를 표현하는 과정이며, 읽기는 이러한 해석의 결과인 텍스트를 '통해서' 다시 삶과 세계를 재해석하는 과정이다. 즉 독자는 텍스트를 해석하는 것이 아니라 텍스트를 매개로 해서 삶과 세계를 해석한다. 따라서 맥락은 수단이 아니라 지향이라고 할 수 있다.

주체의 담론 생산이 활발하고, 이들 담론 간의 경쟁이 치열한 현대 사회에서 강조되는 것이 비판적 문식력을 지닌 주체이다. 비판적 주체는 '문제 상황'에 언어 행위를 통해 적극적으로 참여하면서 동시에 거리를 두는 주체를 의미한다. 즉 실천하는 주체이면서 동시에 성찰하는 주체인 것이다. 이 둘 중에서 어느 것 하나에도 충실하지 못하다면 비판적 주체라고 할 수 없다. '거리두기'는 하나의 과정이고, 방법이지 그 자체가 목적은 아니다. 즉 바르게 참여하고 실천하기 위해서 '거리두기'를 하는 것이다. '거리두기'는 정적인 행위가 아니라 매우 적극적이고 복잡한 행위이다. 거리두기는 '조망하기'인데 조망하기는 텍스트에 초점을 두면서 텍스트와 관련을 맺고 있는, 텍스트를 구성하고 있는 맥락 간의 관계를 따질 때 가능해진다. 텍스트와 맥락, 맥락과 맥락의 관계를 살필 때, '거리두기'가 가능해진다는 측면에서 볼 때, 맥락은 성찰의 추동력이라고 볼 수 있다. 자신과 텍스트를 구성하고 있는 맥락을 성찰함으로써 결국 자신과 텍스트를 성찰하고 재구성하는 주체의 형성이 맥락 중심 문식성 교실의 의도이기도 하다.

이런 측면에서 볼 때, 내용 체계에서 맥락을 적극적으로 수용하고 있는 개정 국어과 교육과정은 의미 있는 시도를 하고 있는 것으로 보인다. 개정 국어과 교육과정에서는 텍스트 생산·수용 과정에 관계하는 내용으로 지식, 기능 범주 외에 맥락 범주를 설정함으로써 학습자가 자신의 언어 행위를 다양한 맥락에서 조망하고 성찰할 수 있도록 하였다. 여기서 맥락은 앞에서 살핀 상황 맥락과 사회문화 맥락을 포함한다.

맥락 범주의 설정은 언어 활동에 시간성, 공간성을 부여함으로써 언어 활동을 역사적 맥락, 사회적 맥락 속에서 성찰할 수 있는 계기를 마련했다는 의미를 갖는다. 그 동안 국어과 교육과정은 텍스트, 기능·전략에만 몰두하고, 이들에 작용하는 맥락을 소홀하게 다룸으로써 언어 활동을 역사적 맥락, 사회적 맥락에서 사고하고, 성찰하는 길을 열어주지 못하였다. 모국어 사용자에게서 기대하는 모습은 정확하고, 유창한 언어 행위를 넘어서서 자신의 언어 활동을 역사적, 사회적 맥락에서 성찰할 수 있는 능력을 포함해야 한다. 이런 측면에서 맥락 범주의 설정은 의미가 깊다고 할 수 있다.

맥락은 그 한없는 포괄성과 그윽한 역사성으로 인해서 텍스트 생산·수용 과정에 있는 주체를 겸손하게 만든다. 동시에 주체의 해석 지평을 넓고 깊게 해준다. 맥락의 역사성으로 인해서 포괄성은 혼돈(無理, 多理)에 빠지지 않으며, 포괄성으로 인해서 역사성은 경직된 주장(眞理)에 빠지지 않는다. 맥락은 이러한 역사성과 포괄성으로 인해서 다양한 해석들(一理들)이 건강하게 경쟁하고, 평화롭게 동거할 수 있는 공간을 제공한다. 이런 맥락이 그 동안 텍스트와의 관계에서 소외되고, 폄하되어 왔다. 그러나 차이와 관계가 텍스트의 의미 원천이라면, 차이와 관계를 낳는 맥락이야말로 당당하게 주인됨을 선언해도 된다. 나는 맥락이 텍스트와 대등한 관계 속에서 조명되기를 바라며, 이렇게 될 때 텍스트 현상도, 읽기와 쓰기 현상도 보다 넓고 깊게 이해될 수 있다고 생각한다.

* 이 장은 이재기(2006), 맥락 중심 문식성 교육 방법론, 청람어문교육 제34집, 청람어문교육학회를 수정한 것임.

참고 문헌

김성태(1997), 언어·신체·주체 – 중국의 형이상학에 나타난 언어와 주체, 철학사상 7
　　권, 서울대학교 철학사상연구소.

김영민(1997), 컨텍스트로, 패턴으로, 문학과지성사.

김영민(1998), 진리·일리·무리, 철학과 현실사.

노은희(1993), 상황 맥락의 도입을 통한 말하기 지도 연구, 서울대학교 석사학위 논문.

박상진(2003), 컨텍스트의 이론–데리다와 구조주의적 마르크스주의를 중심으로, 현대
　　문학이론연구 20, 현대문학이론학회.

박정호·양운덕·이봉재·조광제 엮음(1996), 현대 철학의 흐름, 동녘.

서울대학교 국어교육연구소(1999), 국어교육학 사전, 대교출판.

이재기(2005), 문식성 교육 담론과 주체 형성에 관한 연구, 한국교원대학교 박사학위 논문.

이주섭(2001), 상황 맥락을 반영한 말하기·듣기 교육의 내용 구성에 관한 연구, 한국
　　교원대학교 박사학위 논문.

최창렬·심재기·성광수(1986), 국어의미론, 개문사.

Eco, U.(1997), 해석이란 무엇인가(손유택 역), 열린책들.

Ryan, M.(1995), 해체론과 변증법(나병철 역), 평민사.

van Dijk.(1995), 텍스트학(정시호 역), 민음사.

Blass, R.(1990), Relevence Relations in Discourse, Cambridge: Cambridge UP.

Clark, H. & Carlson, T.(1981), Context for Comprehension, in J. Long and A.
　　Baddeley(Eds.), Attention and Performance, NJ: Erlabum.

Halliday, M.A.K & Hasan, R.(1989). Language, Context, and Text, Onford
　　University press.

Tomas, G. P.(1986), Mutual Knowledge: A Theoretical Basis for Analyzing
　　Audience, College English 48.6.

Rex, L., Green, J., Dixon., C.(1998), What Counts When Context Counts?: The
　　Uncommon "Common" Language of Literacy Research, Journal of Literacy
　　Research 30(3). pp. 405–433.

Witte, S. P.(1992), Context, Text, Intertext: Toward a Constructivist Semiotic of
　　Writing, Written Communication 9(2). pp. 237–308.

제18장 작문에 대한 세 가지 가치론적 접근

■ ■ ■

지난 30년간 작문 연구는 다루고 있는 주제의 다양함과 깊이를 고려할 때, 괄목할 만한 성장을 하였다고 볼 수 있다. 우선 양적인 성과를 전제하지 않고는 어려운 메타적 연구도 여러 편이 나왔다는 점이 이러한 성장을 잘 보여주고 있다. 인지 과학, 텍스트 언어학, 장르 이론 등 다양한 담론을 도입하여 작문(교육) 현상을 체계적으로 설명하고 있다.

그러나 이러한 작문 연구의 양적·질적 성장에도 불구하고, 여전히 자성해야 할 지점이 있다고 생각한다. 먼저 주제 선점 경쟁, 교육 방법론 경쟁에 몰두하는 과정에서 정작 논의되어야 할 작문의 가치에 대한 논쟁이 소홀했던 것으로 보인다. 작문의 가치 논쟁은 어떤 글을 '좋은 글'이라고 평가할 때, 좋다고 평가하는 관점 또는 기준에 대한 논쟁이라고 할 수 있다. 즉, 작문의 가치 논쟁은 어떤 글을 좋은 글이라고 볼 것인지에 대한 평가 및 해석 기준 논쟁이라고 정리할 수 있다. 어떤 글이 좋은 글인가? 또는 좋은 글쓰기인가? 예컨대, 지배 담론을 비판적으로 해체 또는 재구성하는 글이 좋은 글인가(비판적 접근법), 글쓰기를 통해 개인의 심미적·인지적·윤리적 성장을 지향하는 글이 좋은 글인가(표현주의 접근법), 독자·상황을 충족시키는 글이 좋은 글인가(수사적 접근법)에 대한 진지한 논의가 부족하였다. 이런 상황에서 수사적 접근법만이 지나치게 조명되고 비대해졌다. 물론 도구적 합리성과 실증주의가 지배적 담론으로 독점적 지위를 누리는 한국의 정치적·사회적 현실을 작문 연구가 비껴가기 힘들었을 것이다.

다음으로는 그냥 잘 쓰는 것을 가장 가치 있게 여기는 수사적 접근법에 기대어 다양한 논의가 이루어졌지만, 그에 비례해서 작문 교실이 변하고 실제 학습자의 작문 능력이 신장되었는지도 의문이다. 고등학교를 또는 대학교를 졸업하고도 글 하나 제대로 쓰지 못한다는 목소리가 여전히 들리나, 제안된 어떤 방법론을 적용해보았더니 이렇게 학생의 작문 능력이 높아지고 글도 좋아졌다는 얘기는 좀처럼 들리지 않는다.

후자 즉 작문 교육 논의는 풍성한데 왜 현실은 변하지 않았는지에 대한 진단은 앞선 메타적 연구들에서 진지하게 논의되었고, 이들이 제안한 개선 방안 또한 매우 구체적이고 현실적이어서 여기에 더 보탤 의견이 많지 않다. 내가 정작 관심을 두고 있는 것은 전자이다. 즉, 비판적 접근법, 표현주의 접근법이 수사적 접근법에 비하여 상대적으로 소홀하게 다루어진 점이 더욱 현실적인 문제로 다가온다. 이 때, 던져야 할 질문은 1)특정 담론이 우세하다고 말하는 근거가 무엇인지(현실 진단), 2)왜 어떤 담론이 우세하고 어떤 담론은 열세였는지(원인 분석), 3)왜 열세 담론이 우세해져야 하는지(입장 표명), 4)열세 담론은 어떻게 우세해질 수 있는지(방법론) 등일 것이다. 그러나 이 장에서 위에서 제시한 모든 쟁점을 충실하게 다루는 것은 어렵다. 따라서 주로 1)에 초점을 맞추어 논의를 전개하면서 다른 쟁점도 함께 고려하고자 한다.

이 장에서는 주로 Fulkerson(2005)의 논의를 따라 가면서 가치론에 근거해서 분류한 비판적 접근법, 표현주의 접근법, 수사적 접근법이 어떤 가치를 지향하고 있고, 가정하고 있는 인식론은 무엇이며, 어떤 교수법을 권장하고 있는지를 소개하고자 한다. 또한 국내에서는 각각의 접근법과 관련하여 어떤 논의가 진행되었는지를 살펴보고, 마지막으로 작문 연구의 과제와 지향을 제안하고자 한다.

1. 접근법의 과잉 또는 과소

메타 연구는 연구자가 기존 연구를 분류하는 방식에 벌써 연구자의 이데올로기적 지향을 내함하고 있다. 작문 연구의 경향을 다룬 기존의 메타 연구는 수사적 접근법 친화적인 경향성을 드러내고 있다. 이들이 주로 제안하고 있는 주제의 확장 및 다양화, 연구 방법론의 체계화 및 정교화, 현실(학습자, 교실)을 고려한 연구 등은 대개 수사적 접근법 안에 놓여 있다. 나는 비판적 접근법과 표현주의 접근법의 부재 또는 빈곤이 커 보인다. 이들 접근법의 빈 자리를 잘 드러내기 위해서 앞에서 언급한 세 편의 메타적 연구[1]와 Tate (2005)의 메타적 연구를 비교하면 〈표 18-1〉과 같다.

〈표 18-1〉 작문 연구 동향을 다룬 메타적 연구 비교

구분	최인자(2003)	최미숙(2002)	한철우 외(2005)	Tate 외(2005)
비판적 접근법				5. 문화 연구와 작문 6. 비판적 교육론 7. 페미니스트 교육론
표현주의 접근법	1. 가치론적 접근			2. 경험적 교육론
수사적 접근법	2. 인지론적 접근 3. 소통론적 접근 4. 사회·문화적 접근 5. 심미적·정서적 접근	1. '표현 교육 방법'에 관한 연구 2. 표현 방법에 관한 연구 3. 표현 교육 틀에 관한 연구	1. 과정 중심 작문 교육 연구 2. 장르 중심 작문 연구 3. 독서 작문의 통합 연구 4. 작문 요인 연구 5. 작문 교육 현상에 대한 질적 연구 6. 대학 작문 개선 연구	1. 과정 교육론 3. 수사적 교육론 4. 협동적 교육론 8. 공동체 작문 교육론 9. 범교과 작문 교육론 10. 작문 센터 교육론 11. 기초 작문 교육론 12. 테크놀로지와 작문 교육

---

1) 이재승(2005)의 연구는 작문 연구의 동향을 주제가 아닌 시대별로 정리하고 있어서 다른 연구와 비교하기 어려우므로 제외하였다.

〈표 18-1〉에서 알 수 있듯이 국내에서 이루어진 연구 중에 비판적 접근법, 표현주의 접근법을 지향하는 연구를 찾기 어렵다. 최인자(2003)는 작문 연구 주제를 중심으로 연구 동향을 다섯 가지로 분류하고 있는데, 그 중에서 가치론적 접근에 해당하는 연구들이 표현주의 접근법에 해당한다고 볼 수 있다. 그는 이 항목에 우한용(2001), 문영진(2002), 임경순(2003) 등의 논의를 포함하고 있는데 강조점이 다소 다르기는 하지만, 이들은 모두 작문, 또는 작문 교육의 목표·가치를 필자의 성숙에 두고 있다. 즉, 글을 쓰는 이유가 외부에 있는 것이 아니라 필자 자신의 성숙에 있다고 보고 있는 것이다.

한편, Tate 등(2005)의 분류에서 알 수 있듯이, 미국의 경우, 비교적 다양한 접근법이 공존하고 있는 것으로 보인다. 특히, 비판적 접근법과 관련된 논의가 다양하게 이루어지고 있음을 확인할 수 있다. '5. 문화 연구와 작문', '6. 비판적 교육론', '7. 페미니스트 교육론'은 비판적 접근법이 지향하는 작문 가치를 공유하고 있다. 그러나 우리가 유의할 것은 최미숙(2002), 최인자(2003), 한철우 등(2005)에서 대상으로 삼고 있는 대개의 연구가 초중등 작문 공동체에서 생산된 것이고, Tate 등(2002)에서 다루고 있는 연구는 초중등, 대학 작문 연구 모두를 대상으로 하고 있다는 점이다. CCCC(Conference on College Composition and Communication)라는 대학 작문을 연구하는 학회의 규모나 역사에 비추어 볼 때, 미국의 대학 작문(교육) 연구는 대단히 활성화되어 있으며, 지향하는 가치 또한 다양하다. 한편, 비판적 접근법은 초중등 교육보다는 대학 작문의 특성에 보다 가까울 수밖에 없다. 미국의 작문 연구에서 비판적 접근법이 다양하게 전개되고 있는 이유가 여기에 있을 것이다.

2. 비판적 접근법

비판적 접근법에서는 학습자의 작문 능력 신장보다는 지배적 담론으로부터의 해방을 더 중시한다. 좋은 글은 지배적 담론을 재생산하는 글이 아니라 지배적 담론을 재구성, 해체하면서 자신의 정치적·문화적 맥락에 어울리는 대안적 담론을 생산하는 글이다. 따라서 작문의 수사적 정확성, 효과성은 부차적인 것이다. 중요한 것은 필자가 자신의 맥락에 기반한 담론을 원심력으로 삼아 지배적 담론의 구심력으로부터 탈주하는 것이다. 미국의 비판적 접근법의 대표적인 논객인 Berlin(1991: 50)은 작문 교육의 목적을 "개인적으로는 보다 교양 있는 사람을 기르고, 사회적으로는 평등한 경제적·정치적 질서를 만들기 위해서 지배적 담론에 저항하고, 협상하도록 학생들을 격려하는 것이다."라고 말하고 있다.

미국 작문 교육에서 비판적 접근법은 주로 문화 연구에 의해 주도되고 있는데, 문화 연구는 비판적 교육학, 페미니즘 연구와 깊은 관련을 맺고 있다. 이들 세 가지 연구는 모두 1)지배적 집단 또는 지배적 담론이 사회적 약자에게 가한 각종 불의·불평등·불정공을 읽어내고 2)이러한 담론을 해체하는 대항 담론을 생산하도록 하는 데 열심이란 점에서 비슷한 경향성을 지닌다.

Fulkerson(2005: 660-661)에 따르면, 비판적 접근법을 지지하는 미국 작문 수업은 대체로 다음과 같은 특징을 보인다고 한다.

1. 수업의 중심 활동은 해석 활동이다. 문화 이론을 다룬 텍스트, TV 쇼, 광고, 대중 음악 등과 같은 다양한 문화 텍스트를 해석한다.
2. 특정 주제(가족, 베트남 전쟁 등)를 다룬 다양한 텍스트를 함께 읽는다.
3. 문화 텍스트 읽기를 통해 미국 사회의 권력에 대한 심층적이고 구조적인 진실에 다가간다. 예컨대, 지배적인 문화가 인종, 계급, 성, 성적 취향 등을 어떻게 배열하는지를 분석한다.
4. 학생들은 주제와 관련된 다양한 텍스트를 읽고, 해석하는 글을 쓴다.
5. 수업의 목적은 미국, 다국적 자본주의, 각종 정책, 공모자인 매스 미디어의 불의에 대한 새로운 시각을 갖게 함으로써 이들로부터 학생들을 해방시키거나 비판적 텍스트 생산·해석 능력을 신장시키는 데 있다.

비판적 교수법을 지향하는 수업은 대체로, 읽기, 쓰기, 대화가 주요한 수업의 계기인 것으로 보인다. 지배적 담론을 폭로하는 텍스트 읽기, 텍스트에 대하여 토론하기, 해석 텍스트 쓰기, 해석 텍스트에 대하여 토론하기가 일반적인 수업 모습이다. 수사적 접근법에서 강조하는 작문 과정에는 대체로 무심하다. 작문의 형식적 특징에도 크게 상관하지 않는다. 중요한 것은 얼마나 잘 읽었느냐며, 여기서 '잘'은 비판과 폭로의 심도 또는 질일 것이다. 작문 과정에 무심하다고 하지만, 비판적 접근법도 나름의 전형성을 지닌 작문 과정을 공유하고 있는 것으로 보인다. 텍스트 읽기, 텍스트에 대하여 토론하기는 작문 전 활동으로 볼 수 있으며, 해석 텍스트 쓰기는 작문 중 활동으로, 토론하기는 작문 후 활동으로 볼 수도 있다. 중요한 것은 교수법을 크게 고려하지 않으며 일반화하지도 않는다는 점이다.

비판적 접근법의 수업은 미국에서 매우 대중적인 인기를 얻고 있는 문학 기반 작문(literature based composition) 수업과 닮았다. 두 수업 모두에서 학생은 교사가 중요하다고 판단한 텍스트를 읽는다. 학생들은 텍스트에 대해서 쓴다. 학생이 쓴 글은 그들이 텍스트를 얼마나 잘 이해했는지, 얼마나 잘 해석했는지에 의해 평가된다. 이 점에서 작문 수업과 문학 수업의 차이는 없다. 그러나 텍스트 선정, 평가 기준에서 두 수업은 차이를 보인다. 먼저, 문학 수업에서는 대체로 문학(사)적 가치가 높다고 널리 인정받는 텍스트를 사용한다. 비판적 수업에서는 담론 구성 원리를 잘 드러내고 있는 어떤 텍스트도 다루어질 수 있다. 다음으로 문학 수업에서는 해석의 질에 대한 평가 기준이 교사에게 많이 주어져 있지만, 비판적 수업에서는 평가 기준이 대체로 열려 있다. 교사의 해석을 넘어서는 학습자의 해석이 존재할 수 있는 것이다. 그러나 그러한 차이가 사소해지는 본질적인 같음이 있다. 위 두 가지 수업은 모두 글쓰기 과정을 필자와 텍스트 사이에 이루어지는 지적 상호 작용의 과정으로 본다는 점이다.[2] 언뜻 보면, 읽기 활동만 보이는 위 두 수업을 보고,

다소 원칙적인 작문 교육자는 "이것은 작문 수업이 아니다."라고 말할 수도 있겠다. 그러나 분명한 것은 학생의 글쓰기에서 매우 확장된 경험을 제공한 다는 점이다.[3]

한편, 어느 교육론도 그러하지만 비판적 접근법도 논쟁의 와중에 있는 것 같다. Durst(1999: 664)는 "비판적 문식성 접근법이 학생들을 보다 넓은 문화 적·역사적 맥락 속에 놓이게 할 것이다. 그러나 나의 수업 목적은 1학년 학 생들을 비판적 지성인, 정치 활동가로 기르는 데 있지 않다."라고 말하고 있 다. Fulkerson(2005: 664-666)은 두 가지 점에서 비판적 접근법에 개인적인 우려를 표명하고 있다. 첫째, 이 수업은 대체로 텍스트 읽기, 분석하기, 토의 하기에 의존하고 있는데, 실제 쓰기 교수 활동이 이루어지고 있지 않다. 즉, 쓰기가 요구되고, 평가되지만 쓰기를 가르치지는 않는다. 둘째, 교사의 특정 한 신념, 가치관, 이데올로기가 주입될 가능성이 높다. 그의 눈에 비친 비판 적 수업은 대체로 이런 모습이다. 교사는 인종주의, 계급주의, 동성애 혐오, 여자 혐오증과 같은 사회적 불의를 폭로하는 데 열중한다. 또는 자본주의는 선뜻 수용하기 어려운 체제라고 설명한다. 이런 과정에서 학생의 다양한 관 점은 거부되며 상대주의는 설 자리를 잃는다. 물론 학생들은 쓰기를 하면서 자신이 어떤 관점을 취할지에 대하여 자유롭다. 그들은 자신의 입장을 사려 깊게 전개하면 된다. 그러나 문제는 있다. 특정한 사회적 입장을 지닌 교사가 학생이 제시한 반론에서 사려 깊음을 발견할 가능성이 매우 적다는 것이다.

---

2) 나는 글쓰기는 "필자의 텍스트 해석 과정"이라고 본다. 필자의 텍스트 해석 과정이 곧 의미 구성 과정 인 셈이다. 그리고 텍스트는 필자의 해석 결과이다. 그렇다면 글쓰기는 "필자 A의 해석에 대한 필자 B 의 해석 과정"이라고 할 수 있다. 결국 글쓰기는 "필자 A와 필자 B의 해석 경쟁 과정"이라고 정의할 수 있다. 한편, 필자 B는 고정되지만, 필자 A는 고정되지 않는다. 필자 A는 통시적으로, 공시적으로 걸쳐 있는 존재들이다. 모든 시간에 모든 공간에 걸쳐서 존재한다는 점에서 필자 A는 우주인 셈이다. 이런 의미에서 필자 B의 글쓰기 과정은 우주적 대화에 참여하는 과정이라고 볼 수 있다.

3) 비판적 수업에서 주로 이루어지는 활동이 해석 활동, 해석 텍스트에 대한 비평과 토론 활동이다. 앞에 서 밝힌 바와 같이 쓰기의 과정이 해석의 과정이라고 한다면, 비판적 수업과 문학 기반 수업에서 이루 어지는 활동은 어떻게 보면 작문의 본질에 가장 가까운 활동이라고 볼 수도 있다.

더구나 교사의 정치적 입장을 알고 있는 학생이 교사와 반대되는 논지를 펼쳐서 괜한 불화를 초래할 가능성은 낮다.

Fulkerson(2005: 665)에 따르면, Hairston은 그의 유명한 글 〈Diversity, Ideology, and Teaching Writing〉(1992)에서 비판적 작문 교사는 학생들에게 좌익 사상을 주입하고 있다고 비난하였다. 구체적으로 비판적 교사들은 학생들의 기존 '가치'를 경멸하고 모욕한다. 그런 다음 손쉽게 비논리적 영역으로 나아간다. 결국 작문 수업의 목적에서 벗어나 학생들에게 정치적 좌익 사상을 주입하는 것으로 나아간다고 비판하였다. 그의 글은 엄청난 비판을 받았는데, 주로 이데올로기에 대한 그의 태도를 문제삼았다. 즉, 그는 교수법이 이데올로기로부터 자유롭다는 전제를 가지고 있는데, 모든 교수법은 본래적으로 이데올로기적이고 정치적이라는 것이다.

국내에서 지배 담론으로부터의 해방, 지배 담론의 해체 및 저항적 담론 형성을 작문 수업의 중요한 가치로 내세우는 작문 연구자를 찾기는 힘들다. 작문 공동체 밖에서 또는 언저리에서 비판적 접근법에 우호적인 담론들, 즉 문화 연구, 비판적 교육학, 페미니즘, 포스트모더니즘, 비판이론 등이 비교적 활발하게 소개되고, 논의되었지만, 이들 담론이 작문 연구와 본격적으로 만나지는 못했다.

논문중심주의, 원전중심주의를 비판하면서 탈식민성을 글쓰기 층위에서 구체적으로 논의한 김영민(1997), 비판적 문식성 교육을 페미니스트들의 읽기 실천을 통해 고찰하고, 국어교육/문학 교육에 어떤 의미를 지니는지 살핀 정현선(1999)의 논의가 작문에서의 비판적 교수법 담론을 구성하는 데 직접적인 기여를 할 수 있을 것으로 보인다. 한편, 연세대학교에서 출판한 《글쓰기》(신형기 외, 2007: 12)는 "학생들은 수동적 교육 체계와 강요된 통제 속에서 길들여진 자기 표현에 익숙해 있다. (중략) 대학에서의 글쓰기 교육이 정서적인 글이나 실용적인 글보다 논리적이고 비판적인 글에 중점을 두는 것도 이와 관련된다."고 밝히면서 대학 작문 교육의 비판적 성격을 밝히고 있다. 전체적인 구성을 보면, 글쓰기의 도구성과 효율성을 강조하는 수사적 접근과 주요 담론에 대한 논리적·비판적 해석을 중시하는 비판적 접근이 동거하고 있는 것으로 보인다. 전자는 주로 제1부의 연습 문제를 통해서 후자는 제2부의 제재글과 연습 과제를 통해서 드러난다. 연세대와 같이 텍스트에 대한 비판적 읽기·쓰기가 다른 대학 작문 교재에서도 일부 발견된다. 그러나 이러한 비판적 읽기 결과의 타당화 근거는 주로 텍스트 안에 있다. 텍스트의 논리를 가능하게 하는 컨텍스트 자체를 비판하거나 대항적 컨텍스트를 동원해서 텍스트를 비판하는 것까지 허용하고 있는 것 같지는 않다. 비판적 읽기에 능숙한 기능적 지식인, 분별력 있는 도구적 지식인 형성이 보다 큰 목적인 것으로 보인다.

3. 표현주의 접근법

표현주의 접근법은 필자를 중심에 놓는다. 작문 교육의 목적을 필자의 심미적·인지적·도덕적·정서적[4] 발달에 둔다. 작문의 목적이 작문 능력의 신장, 비판적 사고 능력의 신장에 있지 않다. 작문은 개인의 발달과 성숙을 도모하는 수단인 셈이다.[5]

표현주의 접근법은 자유롭게 쓰기(free writing), 일지 쓰기, 성찰적 쓰기 등을 선호한다. 그리고 필자의 심미적·인지적·도덕적 발달을 돕기 위하여 소집단 대화적·협력적 반응을 권장한다. 표현주의 교수법은 심지어 연구 보

---

4) 발달 앞에 붙는 수식어는 한정되지 않는다. 필자의 성숙과 발달을 중시하지만, 어떤 성숙과 어떤 발달이여야 하는지에 대해서는 사람마다 차이가 있다.
5) 표현주의자들은 필자 개인의 '목소리'를 중시한다. 이는 개인에 초점을 맞춘다는 의미이며, 개인됨을 소중하게 여기겠다는 의미로 이해된다. 또한 개인의 차이를 그 자체로 승인하겠다는 의미를 갖는다. 개인의 수만큼 다양하게 존재하는 차이를 어떤 목적론적이고 수단적인 '동일성'으로 지배하거나 억압하지 않겠다는 가치관을 드러내고 있는 셈이다.

고서를 쓸 때에도 필자의 개인적인 의식과 느낌을 간직해야 한다고 말한다 (Fulkerson, 2005: 667). 즉 모든 장르의 글에서 개인의 목소리, 기풍을 유지해야 한다고 말하고 있다.

물론, 표현주의의 길은 하나가 아니다. 어떤 표현주의 교사는 학습자의 자기 이해가 깊어지고, 성찰적이 되는 것을 돕는 데 많은 관심을 갖는다. 다른 표현주의 교사는 회복과 치료에 관심이 있다. 어떤 이는 창의적인 자기 표현에 더 많은 관심을 기울인다. 어떤 이는 자유 선제를 강조하고, 또 어떤 이는 학생들이 자신을 진솔하게 표현하도록 하는 데 관심을 둔다.

한편, 표현주의 접근법은 다른 비판적 접근법이나 수사적 접근법과 확연하게 구별되지 않는 경우도 많다고 한다. Paley(2001; Richard Fulkerson, 2005: 668을 참조)는 보스턴 대학에서 시행된 두 명의 여교사 수업 사례를 질적으로 연구하였는데, 그 결과 두 명의 자전적 서사문 쓰기에서조차 계급, 인종, 성과 같은 정치적 쟁점이 부각된다는 것을 발견하였다. 작문 수업에서 다루는 주제, 텍스트만으로는 각 접근법의 차이를 알 수 없다. 그것을 어떤 목적으로 사용하느냐에 따라 구분될 뿐이다.

낭만주의, 프로이드 심리학, 문학 전통에 깊은 뿌리를 두고, 한편으로는 인지주의에 대한 거센 반발로 시작된 미국의 표현주의는 이제는 하나의 큰 흐름으로 자리를 잡은 것으로 보인다.[6] 국내의 경우, 작문을 통한 개인의 심미적·정서적 성장을 앞세우는 논의는 비판적 접근법만큼이나 한산하다. 대학 작문 공동체에서 이루어진 본격적인 논의로는 최규수(2005)의 글이 주목된다. 그는 "나를 소개하는 구체적인 항목들에 들어가는 가치관 형성이나 자기 본

---

6) Fulkerson(2005: 667)에 따르면, 미국의 표현주의자들은 NCTE 산하에 있는 AEPL(Assembly for Expanded Perspectives on Learning)을 중심으로 활동하고 있다고 한다. 이 모임은 처음 Robert Graves, Brand에 의해 시작되었다. 모임의 이름은 "인지주의를 넘어서"였다. McCormick, K.(1994)의 논의에서도 알 수 있듯이, 미국의 읽기, 쓰기에서의 표현주의 관점은 대개 인지주의에 대한 강한 반대에서 비롯되었다고 볼 수 있다.

질에 대한 탐색 혹은 성찰이 대학 작문에서 차지하는 중요성과 비중을 따질 때, 우리는 새로운 문제 의식으로 자기소개서 작성(그리고 교육)에 대하여 고민해야 할 것"이라고 말하면서 자기 소개서 쓰기의 교육적 가치를 강조하고 있다. 그는 실용적 혹은 기술적 글쓰기 위주의 대학 작문 교육을 비판하면서 자기 탐색과 자기 성찰로서의 작문의 필요성에 대하여 논의하고 있다. 그리고 이것을 가능하게 하는 글쓰기로서 자기소개서 쓰기를 내세우고 있다. 자아 발견과 인간 이해를 위한 글쓰기 양식으로서 '생활 서사' 쓰기를 제안한 박용익(2008)의 논의도 표현주의 접근법에 해당한다고 볼 수 있다.

한편, 작문 공동체에서 눈을 돌려 문학 공동체를 보면 상황이 다소 달라진다. 최인자(2003)가 가치론적 접근으로 분류한 논의들은 대체로 표현주의 접근법의 관점을 공유하고 있다. 그는 "이 관점은 표현의 인간학적 토대나 윤리적·문화적 기능에 주목하고 가치 형성이라는 통합적 틀에서 표현 교육에 접근한다."고 밝히고 있는데, 이 관점은 "어떻게 쓸 것인가"에 주목하는 수사적 접근법과 달리 "왜 써야 하는가"에 주목하면서, 써야 하는 이유를 주체의 성찰과 성숙에 둔다는 점에서 표현주의 접근법과 닮았다. 이 범주에 속하는 연구를 살펴보면, 삶에 대한 자성적 성찰의 측면에서 창작교육 이념을 설정하는 논의(우한용, 2001), 공공성 함양을 위한 글쓰기 교육(문영진, 2002), 자아 정체성 형성을 위한 서사적 표현(임경순, 2003) 등이 있다(최인자, 2003: 96 에서 재인용). 이들은 주로 윤리학, 문화론, 해석학 등을 연구 방법으로 활용하고 있다.

작문 교육에서 표현주의에 가장 가까이 있었던 사람은 이오덕이라고 볼 수 있다. 그는 기존의 작문 교육이 학습자의 개성과 창의성을 말살하고 있다고 비판하면서 작문에서 무엇보다 중요한 것은 학습자의 '생활 경험'과 '진솔한 표현'이라고 주장한다. 즉 자기의 눈으로 자기의 생활을 솔직하게 기술할 것을 강조한다. 이오덕의 이러한 작문 관점은 초등 학교에서 많은 교사들에 의해 수용되었으나, 고등 교육에까지 영향을 미치지는 못하였으며, 그 정신이 지금도 계승되고 있지는 못한 것 같다.

4. 수사적 접근법

수사적 접근법이 추구하는 좋은 글은, 독자의 요구, 필자의 요구를 충족시키기 위하여 다양하고 유효한 수사 전략이나 관습을 유창하게 사용한 글이다. 비판적 접근법이 필자의 해방을, 표현주의 접근법이 필자의 성장을 추구하는 반면, 수사적 접근법은 필자의 수사적 기능 신장에 관심을 기울인다. 이 접근법은 작문 성공 여부를 맥락(상황, 청중)에 대한 적합성 여부로 판단하며, 다양하며 가치 있는 창안 활동, 초고 쓰기 활동, 교정하기 활동 등에 관심을 보인다. 학교, 교과의 일차적인 존재 이유가 사회화에 있을 때, 수사적 접근법의 설 자리는 넓고, 영향력도 매우 세다.[7]

이해를 돕기 위하여 이러한 접근법을 따르는 교실의 교사와 학생 이미지를 은유적으로 구성하면 이렇다. 기능 숙달에 열심인 운동 선수와 이를 돕는 감독, 견습공으로서의 학생과 이를 돕는 장인 정도가 될 것이다. 우리에게 매우 낯익은 풍경이고 이미지이다. 수사적 접근법을 선호하는 작문 교실의 학습 절차는 대체로 다음과 같이 구성된다. 1)교사가 시범을 보인다. 2)학생이 수행을 한다. 3)교사가 지도 조언을 한다. 4)학생은 보다 심화된 활동을 한다. 여기까지만 보면, 교실 권력이 온통 교사에게 쏠려 있는 것처럼 보인다. 대화

---

7) 미국의 작문 프로그램 관리자 협회(WPA: Council of Writing Program Adminstrators)는 1999년에 모여서 대학 1학년이라면 마땅히 수행해야 할 최소 성취기준을 마련하였다. 모인 사람은 대학에서 실제 작문 프로그램을 운영하는 사람들이었다. 이 성취기준은 작문 교실이 어떤 관점(비판적, 표현주의, 수사적 접근법 등)에 의해 운영되든, 작문 수업을 마친 학생이 공통으로 보여야 할 인지적·정의적 특성이다. 채택된 최소 성취기준의 표제어는 1)수사적 지식, 2)비판적 사고, 3)과정, 4)관습에 대한 지식이었는데, 대개는 전통적 수사적 관점에서 나온 것이며, 실제 채택된 성취기준을 보면, 비판적 접근법에 해당하는 내용은 매우 적었다고 한다(Fulkerson, 2005: 670). 논의는 다양하지만, 현장에서는 결국 이전의 수사적 전통이 여전히 막강한 힘을 발휘하고 있다는 것을 알 수 있다.

와 토론이 중심이 된 민주적 교실과는 거리가 멀어 보인다. 그러나 수사적 접근법을 따르는 교사의 교실 운영 방식은 고정되지 않으며 매우 유연하고 융통성이 있다. 예컨대, 작문 워크숍과 같이 작문 전 과정에서 동료와의 협의 활동을 강조할 수도 있으며, 작문 전 활동(협의하기 활동), 작문 후 활동(동료 평가 활동)에서 동료 학생의 조언과 비판적 검토를 포함할 수도 있다. 비판적 접근법과 달리 수사적 접근에서는 읽기보다는 쓰기 활동이 강조된다. 읽기는 이루어지지만 교실 활동의 중심은 아니다.

수사적 접근법은 매우 다양한 주제를 다루고 있어서 하나의 흐름에 놓고서 논의하기가 힘들다. 앞에서 기술한 바와 같이, 최미숙(2002), 최인자(2003), 한철우 등(2005)이 다루고 있는 논의의 대부분은 수사적 접근법에 해당한다고 볼 수 있다. 다음에서는 수사적 접근법을 1)장르 연구, 2)담화 공동체 연구, 3) 작문 교육 및 방법에 관한 연구로 나누어 살펴보고자 한다.[8]

장르 연구

장르 연구는 비교적 최근에 등장하였지만, 수사적 접근법에서 가장 영향력 있는 연구 분야라고 할 수 있다. 지난 20년간 진행된 미국의 장르 연구 흐름을 보면, Miller의 영향이 가장 크게 작용하고 있는 것으로 보인다. Miller (2004)는 장르는 완고한 형식으로 정의될 수 없고, 유동하는 맥락에 대한 대응으로서 정의되어야 한다고 하였는데, 이후 진행된 장르 연구는 이러한 관점의 확인 및 확장의 과정인 것으로 보인다(Fulkerson, 2005: 674).

전통적인 관점에서 장르는 1)주로 문학 분야에서만 유통되어왔으며, 2)텍스

---

8) 범주 1), 2)와 범주 3)은 충위가 다소 다르다. 1), 2)는 이들 연구가 기대고 있는 작문 이론이 뚜렷한 반면, 3)은 그렇지 않다. 범주 3)에 해당하는 논의는 주로 작문 내용, 작문 교육 방법론에 대한 것인데, 하나의 작문 이론으로 수렴되지 않는다. 그럼에도 불구하고 우리나라에서는 이 범주에 해당하는 많은 논의가 축적되어 있다. 중심 이론을 기준으로 범주화하면서도 3)의 범주를 독립적으로 설정한 이유가 여기에 있다.

트의 형식과 내용의 규칙성에 의해 규정되고, 3)그러한 형식과 내용의 규칙성은 고정되어 있어 불변하며, 4)상호 배타적인 범주와 하위 범주를 갖는 것으로 이해되어 왔다(Freedman & Medway, 1994: 1-4). 이와는 달리 최근 장르 이론에서는 장르를 반복되는 상황에 대한 수사학적 반응으로 파악하고 있다. 여기서 '상황'이란 사회적·역사적·문화적 상황을 의미한다. 따라서 장르는 사회적·문화적으로 구성된다. 사회 및 문화는 시간의 흐름 속에서 변한다. 따라서 장르는 고정 불변하는 실체가 아니라, 시간과 공간 속에서 생성하고, 변화하고, 소멸하는 존재로서 인식된다. 장르를 사회적 상황과 관련지어 파악하고자 하는 새로운 연구 경향은 수사학과 언어학 분야를 중심으로 이루어지고 있다. 두 학파는 공통점과 차이점을 지니고 있는데, 시드니 학파는 기본적으로 언어학의 입장에서 장르를 연구하였고, 북미수사학파는 수사학의 입장에서 장르를 연구하였다. 시드니 학파는 텍스트를 중시하는데 이 때 텍스트는 '텍스트의 언어적 속성' 즉, 문법을 의미한다. 한편 북미 수사학파는 맥락을 중시하는데 이때의 맥락은 텍스트 생산에 관여하는 '사회 문화적 상황'을 의미한다. 이러한 차이에도 불구하고 본질적으로 이 두 학파는 장르의 사회적 성격을 강조하고 있다는 점에서 비슷한 측면이 더욱 강하다(이재기, 2005: 164-165).

장르 기반 수업과 비판적 수업은 모두 텍스트 꼼꼼하게 읽기와 지식·형식의 사회적·문화적 구성에 관심을 기울인다는 점에서 서로 비슷한 것처럼 보인다. 그러나 읽기의 목적이 서로 다르다. 비판적 수업에서 학생들은 텍스트를 비판적으로 읽고, 그 해석 내용을 글쓰기 과정에서 다룬다. 장르 수업에서 읽기는 학생들이 일반화할 수 있는 담화 모델(discourse models)을 확인하는 데 목적을 둔다. 즉, 텍스트의 내용이 아니라 텍스트 내용의 구조화 방식(패턴)에 관심을 둔다. 물론 둘 다 텍스트는 사회적으로 구성되며, 상호텍스트적이라는 전제를 수용하고 있다.

국내의 경우, 장르 연구는 최인자(2000a, 2000b, 2003), 박태호(2000), 김

혜영(2003), 이재기(2005)에 의해서 주로 이루어졌다. 최인자와 박태호는 모두 반복되는 사회적 맥락에 대한 수사적 반응물로서 장르를 규정하고 있지만, 교육적 지향은 상당히 다른 것으로 보인다. 최인자가 유동하고, 변화하는 사회적 맥락에 대한 창의적 반응에 관심을 기울임으로써 창의성을 강조하고 있다면, 박태호는 반복되는 사회적 맥락에 대한 올바른 대응에 관심을 기울임으로써 장르 적용의 정확성·적절성에 초점을 맞추고 있다. 이는 최인자가 바흐친 관점에서 장르를 해석하는 데 익숙하고, 박태호가 할리데이류의 기능 문법에 기반해서 장르를 설명하는 것을 선호하는 차이에서 비롯된 것으로 보인다. 이재기(2005)는 장르와 맥락 간의 관계에 주목하면서 문식성 교육 내용 조직자로서 장르를 제안하고 있다. 장르 중심, 텍스트 중심 문식성 교육을 통해 주체는 텍스트와 맥락의 상호작용성, 소통성, 관계성을 살피는 비판적 주체로 성장할 수 있다고 본 것이다.

담화 공동체 연구

미국의 담화 공동체(discourse community) 연구는 Bartholomae(1985)의 유명한 논문 〈Inventing the University〉에서 비롯되었다고 볼 수 있다. 그의 관점을 수용하면, 초보 필자인 신입생은 인지적으로 모자라지도 않고, 언어적으로도 가난하지도 않다. 그들은 단지 "학문적 담화 공동체"와 관련된 경험이 부족할 뿐이다. 즉, 담화 공동체의 관습에 익숙하지 않을 뿐이다. 그들을 담화 공동체로 인도하기 위해서는 하나의 주제를 다룬 일련의 전공 텍스트를 읽도록 하고, 그 주제에 대해서 정기적으로 글을 써보도록 해야 한다. 학생들에게 해당 학문 공동체에서 다루는 텍스트를 읽고, 쓰고, 추론하도록 권유하는 것이다. 그리하여 그들이 학문적 담화 공동체 텍스트의 소통 내용, 소통 방식에 익숙해지면, 그들은 대학 생활에 성공적으로 입문할 수 있게 되는 것이다.

연구자마다 차이가 있기는 하지만, 담화 공동체 접근법은 대체로 다음과 같은 가정을 하고 있는 것으로 보인다. 대부분의 대학에서 생산되는 학생 글은 대체로 다른 텍스트에 대한 반응이다. 그리고 이러한 반응은 꼼꼼한 읽기에 의존한다. 학생이 쓴 텍스트는 자신의 해석적 논증 방법을 드러내게 되는데, 대개 대학에서 선호되는 논증 방법은 자신의 입장을 지지하는 텍스트적 증거를 인용하는 것이다. 따라서 학생들은 해당 공동체의 학문적 담화가 보이는 어휘적, 구문론적, 조직상의 특징을 익히는 것이 중요하고, 익숙해지면 학생들은 해당 학문 공동체의 입문자로서 당당하게 행동할 수 있게 된다.

Bartholomae(1985)의 접근법은 읽기에 기초하고 있다는 점, 하나의 주제를 다루는 다양한 자료를 활용하도록 한다는 점, 장르나 과정에 대한 직접적인 조언을 적게 한다는 점에서 비판적 접근법과 유사하다. 그러나 비판적 접근법이 본질적으로 정치적·사회적인 반면에 이 접근법은 본질적으로 수사적이다. 학생 텍스트는 학문 공동체의 기대와 요구를 얼마나 잘 충족하고 있는지에 의해 평가되기 때문이다.

Fulkerson(2005: 678)에 의하면, 담화 공동체 논의는 미국에서 꽤나 심각한 논란을 불러일으킨 것으로 보인다. "학문적 담화"라는 하는 것이 있기는 한 것인가? 학생들은 그들 자신의 언어가 아닌 교수의 언어를 사용해야 한다는 것인데, 이것이 정당한가? NCTE에서는 "학생들은 그들 자신의 언어를 가질 권리가 있다"고 하였는데, 이러한 제안을 무시해도 되는가? 등과 같은 논란이 지속되고 있다고 한다.

우리나라의 경우 담화 공동체에 대한 논의는 활발하게 이루어지지 않고 있다. 미국 사례에서 알 수 있듯이 담화 공동체 논의는 주로 대학 작문 연구자들에 의해서 이루어졌고, 우리나라의 경우 대학 작문 연구는 아직 시작 단계에서 있다는 점에서 저간의 사정이 이해되기는 한다.

박영목(2007: 187)은 "학생들이 어떤 영역에 효과적으로 참여하기 위해서는 그 영역 내에서 요구되는 행위의 방식을 반드시 학습해야 한다. (중략) 이런 측면에서 작문 능력의 발달은 담화 공동체 내에서의 의미 협상 능력의 발달과 함께 이루어진다고 할 수 있다."고 하면서 입문자의 담화 공동체 참여를 강조하고 있다. 그러나 구체적인 방법론을 제시하는 데까지는 나아가지 못하였다.

대학 작문 교육의 본질과 특성에 주목하면서 담화 공동체를 적극적으로 다룬 논문으로는 원진숙(2005)이 있다. 그는 "대학에서의 작문 교육은 단순한 쓰기 기술을 가르치는 것이 아니라 학습자로 하여금 학문적 담화 공동체의 구성원으로서 생각하고 소통하는 방식을 가르치는 것이어야 한다. 학생들은 특정 담화 공동체의 구성원으로 참여하는 위해서는 사고방식과 소통 양식을 익힐 필요가 있다."고 강조하고 있다(원진숙, 2005: 57). 그는 학문적 담화 공동체를 기반으로 하는 대학 작문 교육이 지향하는 작문 교육 방안으로 1)학술적 담화 공동체 구성 원리, 2)순환성 원리, 3)과정과 결과의 균형성 원리, 4) 단계적 책임 이양 원리, 5) 다면적 피드백 원리 등 5가지 원리를 제안하고, 이 원리를 구현하고 있는 작문 모형으로 '과정 중심 워크숍을 통한 학술적 글쓰기 지도 모형'을 제안하고 있다.

박일용(1987)은 대학작문 교과과정 개편을 위한 기초 연구를 수행하면서, 이공계열을 위한 작문 교재는 그들의 독자적인 학습 경험과 논리 구조를 감안하여 별도로 마련되어야 한다고 보고 몇 가지 구체적인 방안을 제안하고 있다. 이러한 견해는 학문 공동체별로 독자적인 학습 경험과 논리 구조가 있고, 여기에 익숙해짐으로써 학문 공동체가 요구하는 글쓰기를 성공적으로 수행할 할 수 있다는 관점에서 비롯되었다고 볼 수 있다.

담화 공동체에 대한 논의는 비록 한산하지만 대학 작문 교재를 보면, 학문 공동체는 특정한 소통 내용과 소통 방식이 있으며, 이러한 특정한 소통 내용과 소통 방식에 익숙할 때, 해당 학문 공동체의 일원으로서 훌륭한 글쓰기를 할 수 있는 관점을 어느 정도 수용하고 있는 것으로 보인다. 2004년에 영남

대학교, 고려대학교가 대학별 특성을 반영한 작문 교재, 즉 ≪인문과학 글쓰기≫, ≪사회과학 글쓰기≫, ≪자연과학 글쓰기≫를 개발하여 적용하고 있으며 이후 많은 대학이 이러한 형식의 작문 교재를 개발하여 활용하고 있다.

작문 교육 및 방법에 관한 연구

이 범주에 속하는 연구는 주로 작문 교육 내용 및 방법론과 관계가 깊다. 물론 앞에서 다룬 비판적 접근법, 표현주의 접근법과 장르 연구, 담화 공동체 연구 모두 나름의 교육 내용과 교수법을 제안하고 있다. 그럼에도 불구하고 별도의 항목으로 설정한 것은, 장르 연구, 담화 공동체 연구처럼, 작문 교육 방법의 '효과성'을 담보한다고 내세우는 기반 담론이 뚜렷하지 않기 때문이다.

작문 교육 및 방법에 대한 연구는 다양한 분포를 보이고 있는데, 크게 1)인지주의 관점을 수용한 연구, 2)독서와 작문의 상관성에 주목한 연구, 3)사회 변화에 주목한 연구, 4) 기성 작가, 전범 텍스트에서 내용 창안, 표현 발상 및 전략을 귀납적으로 추출한 연구로 나누어 볼 수 있다. 1)에 해당하는 연구에는 박태호(1998), 이재승(1999, 2001), 박영목(2002)이 있다. 이들은 인지주의, 사회 인지주의 작문 이론을 수용하여 작문 교육은 과정 중심으로 이루어져야 하며, 작문 과정에서의 의미 협상을 중시해야 한다고 주장하고 있다. 2)에 해당하는 연구에는 조희정(1999), 박영민(2003), 김명순(2004), 김봉순(2004) 등이 있다. 이들은 작문과 독서의 관계성, 상호작용성을 규명하면서, 읽기가 어떻게 쓰기 능력 신장에 기여할 수 있는지를 논의하고 있다. 3)과 관련해서 이루어진 논의에 해당하는 연구에는 임천택(2002), 김정자(2003)가 있는데, 이들은 매체 변화에 주목하여 전자 작문, 하이퍼텍스트 기반 작문 교육을 제안하고 있다. 마지막으로 4)와 관련된 연구에는 이지호(1997), 최미숙(1997), 유영희(1999), 염은열(1999) 등이 있다. 이들은 작가의 세계 인식에 따른 내용 창안 방법 및 표현 발상, 특정 작가 및 유형의 작문에서 사용되고 있는 글쓰기 방법 및 전략을 추출하여 이를 작문 교육 일반에 일반화하는 노력을 기울이고 있다. 수사적 접근법과 관련된 연구는 지속적으로 그 관심 역을 넓혀가고 있다.

5. 전망과 과제

접근법, 논의의 다양화

나는 어떻게 가르칠 것인가에 대한 교육론 논쟁에 앞서서 어떤 글이 또는 글쓰기가 좋은가에 대한 가치 논쟁이 먼저 있어야 한다고 본다. 현재 작문 공동체는 어떤 글이 가치 있는 글인지에 대한 치열한 논쟁을 생략한 채, 작문 교육의 도구성, 효율성 담론에만 묶여있는 상황이다. 교수법은 작문 교육에서 어떤 가치를 추구하느냐에 따라 달라진다. 즉, 교수법 논쟁은 가치 논쟁에 따라오는 것이어야 한다. 나는 작문 교육에서 유창한 글쓰기만을 텍스트화하는 수사적 접근법이 불안하다. 유창한 글쓰기가 각종 편견과 불평등을 재생산하는 담론을 효과적으로 유포하는 도구로 쓰여도 괜찮은 것인가? 물론 가치 판단은 개인의 몫이며, 작문 교육의 역할은 기존 질서에서 잘 살아가는 것에 초점을 두어야 한다는 주장도 일리가 있다. 한편, 비판적 접근법이든, 수사적 접근법이든 모두 학생을 중심에 놓지 않고, 외적 가치에 학생을 복속시킨다고 비판하며 표현주의 접근법을 옹호할 수도 있다. 중요한 것은 각자가 기대하는 인간상을 전시하고, 그 지향의 올바름에 대해서 논의하는 자리가 있어야 한다는 점이다.

좀 더 솔직히 말하면, 일방적인 독주를 하고 있는 수사적 접근법에 대항할 수 있는 비판적 접근법, 표현주의 접근법에 대한 논의가 풍성해지기를 기대한다. 나는 그러한 논의의 토대가 비교적 튼실하게 마련되어 있다고 생각한다. 작문 공동체 곁에서 또는 밖에서 이루어진 논의가 작문 교육과 만난다면 상당히 힘 있고, 체계적인 논리가 개발될 것이라고 보기 때문이다. 비판 이론, 문화 연구, 비판적 교육학, 포스트모더니즘, 페미니즘 등과 관련된 논의는 상당히 진지하고 폭넓게 진행되어 온 것이 사실이다. 대학 작문 공동체에서 이들 논의를 교육적 맥락에 맞게 수용하거나, 해당 논자들이 작문 논의에 직접 참여함으로써, 비판적 접근법은 하나의 큰 흐름을 형성할 수 있다고 본다. 한편, 문학(교육) 공동체에서는 그 동안 글읽기, 글쓰기가 갖는 자아 성장, 성숙의 의의에 대해서 많은 논의를 진전시켜 왔다. 다만, 그 지적 자산이 작문 교육 담론으로 적극적으로 끌어오지 않았을 뿐이다.

논의가 확산되면, 유사한 가치를 지향하는 접근법 안에서도 상당히 다른 입장 차이가 드러날 수 있을 것이라고 본다. 예컨대, 비판적 접근법 안에서도 어떤 주제, 텍스트를 먼저 혹은 중요하게 다루어야 할 것인지에 대한 논란이 있을 수 있다. 한편, 글쓰기를 통한 개인의 성장을 중시하는 관점이라고 할지라도 성장의 내용이 사고력, 창의력과 같은 인지적 성장인지, 자기 성찰과 확충이라는 정의적 성장인지에 따라 각각의 담론이 경쟁할 수 있을 것이다.

학습자 연구

학습자의 작문 특성과 능력에 대한 기초 연구가 있어야 한다. 작문 교육을 일반 작문교육과 전공 작문교육으로 구분해야 한다는 논의는 상당한 지지를 받고 있는 것으로 보인다. 그러나 일반 작문 교육의 내용은 무엇이어야 하는지, 전공 작문교육 내용은 무엇이어야 하는지에 논의는 찾아보기 어렵다. 단지, 작문 교재를 통해서 확인할 수밖에 없는데, 일반 작문교육 내용의 경우, 어떤 대학은 중등학교 작문 내용을 그대로 제시한 경우가 있고, 어떤 대학은 한 단계 심화한 내용을 제시하고 있다. 어떤 교육이 적절한지 판단하기 어렵다. 우리는 현재의 학생이 어떤 작문 교육을 받고 성장했는지, 어떤 능력과 특성을 지니고 있는지 알 수 없기 때문이다. 이상적인 모습은 학습자의 현재 능력, 성장 가능한 능력을 파악하고, 이에 근거해서 구체적인 교육 내용과 방법론을 제시하는 것이다. 이를 위해서는 학습자의 작문 경험과 관련된 과거,

현재, 미래를 구성하는 기초 연구가 선행되어야 한다. 물론 작문 연구(교육) 자가 어떤 작문 가치를 추구하느냐에 따라 학습자 연구의 내용과 초점이 달라질 것이다. 지배 담론으로부터의 해방을 높게 평가하는 비판적 접근법에서 보면, 학생은 어떤 담론 속에 노출되어 왔으며, 어떤 담론과의 상호 작용 속에서 현존을 구성하고 있는지를 알아야 적절한 주제와 텍스트를 제시할 수 있을 것이다. 학생 경험을 모르면, 교수자의 파편적·편향적 경험에 간힌 주제나 텍스트가 일방적으로 제시될 가능성이 높다. 작문을 통한 개인의 성숙을 도모하는 표현주의 접근법 역시 학습자의 인지적·정의적·심미적 특성과 패턴에 대한 사실적 이해가 선행되어야 구체적인 성장의 내용과 방법론을 개발할 수 있을 것이다. 수사적 접근법 역시 마찬가지다. 수사적 관점은 작문 능력 신장을 주장하고 있지만, 현재 학습자의 작문 능력에 대한 어떠한 사실적 정보도 확보하지 못한 것이 사실이다. 또한 다양한 교육 방법론이 제시되었지만, 대개는 전문 필자, 전범 텍스트에 대한 관찰과 분석을 통해 추출된 것이다. 학습자의 학습 성향, 양식, 패턴에 대한 충분한 고려를 하지 않음으로써, 제안한 방법과 전략이 형식화, 탈맥락화되었다는 비판을 받고 있다. 학습자의 경험에 대한 연구는 생애사적 연구나 사례 연구, 교육인류학의 질적 연구, 과학적인 실험 연구 등을 통해 다양한 학습자 정보를 확보할 필요가 있다.

교육 장르9) 연구

작문 교육을 보는 관점이나 접근법이 작문 교실에서 구체화, 현실화되기 위해서는 교육 장르를 개발해야 한다. 비판적 접근법의 경우에는 작문 교실

---

9) 최인자(2003, 103)는 '교육 장르'를 '교육의 장에 수용된 장르'라고 정의하고 있다. 그는 장르 이론을 교육 장면에서 구체화하기 위해서는 교육 장르의 개발이 선행되어야 한다고 말함으로써 교육 장르를 장르 이론에 한정해서 다루고 있다. 어떤 접근법을 지향하든 모든 작문 교실은 구체적인 장르를 통해서 학습하게 마련이며 이와 같이 작문 교육 장면에서 사용되는 모든 장르를 '교육 장르'로 규정하고자 한다. 따라서 교육 장르는 구술 장르, 문어 장르를 포함하여, 대상 텍스트, 해석 텍스트 모두를 포함한다.

에서 다루어야 할 주제 목록, 주제와 관련된 텍스트 목록이 될 것이다. 구체적으로 1)주제를 어떻게 범주화할 것인가, 2)텍스트의 범위(구어 텍스트, 문어 텍스트, 복합 텍스트10))를 어떻게 한정 또는 확대할 것인가, 3)학습자 요구, 학문 공동체 요구를 어떻게 수용하고 조율할 것인가, 4)텍스트를 어떻게(발췌, 전문) 제시할 것인가, 5)텍스트의 전형성(전범 텍스트, 일상 텍스트 등)을 어떻게 고려할 것인가 등에 대한 논의 속에서 구체적인 교육 장르가 선정될 것이다.11) 현재 작문 교재를 볼 때, 표현주의 접근법에 친화적인 교육 장르는 '자기 소개서' 정도이다. 더구나 자기 소개서 쓰기는 자신의 이력에 대한 성찰보다는 홍보에 초점을 둔 실용적인 장르로서 다루어지고 있다. 앞으로 표현주의자들은 개인의 성숙을 돕는 글쓰기 장르에는 무엇이 있는지를 적극적으로 개발할 필요가 있다. 수사적 접근법에 속하는 장르 연구 영역에서도 교육 장르는 거의 논의되지 못하였다. 장르 읽기·쓰기가 갖는 교육적 함의에 대한 논의가 추상적인 차원에서 논의되었을 뿐이며, 작문 교재에 제시된 장르는 대개 전통 수사학에서 강조하는 장르 또는 실용적인 장르로 구성되어 있다. 장르 읽기·쓰기가 갖는 교육적 함의를 구체화할 수 있는 체계적인 교육 장르 개발이 필요하다. 사정은 담화 공동체 연구도 마찬가지다. 장르가 반복되는 사회적 상황에 대한 수사적 대응으로 형성된 것이라면, 이때의 사회적 상황에는 담화 공동체가 포함된다. 따라서 장르 연구와 담화 공동체 연구에서의 교육 장르 개발은 겹칠 수도 있다. 다만, 담화 공동체 연구가 관심을 갖는 주제는 소통의 내용과 소통 방식이기 때문에 장르 연구에 비하여 대개는 미시 장르(지식의 유형과 소통의 유형)에 관심을 두게 마련이다. 이러한 점을 고려하여 담화 공동체 연구는 각 학문 공동체에서 요구되는 지식의 유형, 소통 방

---

10) 영화, 광고, TV 드라마, 인터넷 담화 등이 여기에 해당할 것이다.

11) 연세대학교 출판한 ≪글쓰기≫(신형기 외, 2007)의 2부는 나름의 체계적인 교육 장르를 제시하고 있다. 다만, 어떤 관점에서 주제가 범주화되었는지, 주제가 의도하는 바가 무엇인지 모호한 부분이 있고, 앞에서 제시한 물음에 대한 충분한 논의 속에서 개발된 것인지도 의문이다.

식의 유형을 연구하여 이를 목록화할 필요가 있다. 기초 연구가 충분히 이루어진 다음에 교육 장르를 논의해야 한다는 견해가 있을 수 있다. 그러나 교육 장르를 먼저 고민하는 과정에서 자신이 추구하고 있는 작문 교육의 지향과 가치가 얼마나 현실적 맥락을 충족시킬 수 있는지 가늠할 수 있을 것이다. 교육 장르 개발은 현실이다. 현실을 직접 대면하면서 이루어진 논의가 현실을 지연시키고 이루어진 논의보다 실천성, 충실성 정도가 높을 것이다.

교수법 연구

작문 교육의 역사는 오래되었지만, 작문 연구자에 의해 강하게 제안된 교수법도, 널리 지지를 받고 있다는 어떤 교수법도 접하지 못한 것이 사실이다. 대개는 교수자 개인의 경험과 판단에 의해서 작문 교육이 이루어지고 있어서 막상 작문 교실을 들여다봐야 교수·학습의 흐름을 파악할 수 있을 뿐이다. 작문 교재를 통해 교수법을 미루어 짐작하면 1)설명-연습, 2)읽기-연습, 3)설명-읽기-연습의 유형이 주류를 이루고 있는 것으로 보인다. 물론, 교수법이 다양하다고 좋은 것도 아니며, 정교하다고 좋은 것도 아닐 것이다. 언제 어디서나 좋은 교수법이라는 것이 있을 수도 없을 것이다. 모든 학습자, 상황에 알맞은 교수법은 없을 것이다. 그러나 각 접근법의 철학을 뒷받침하는 교수법은 있다고 생각한다. 각각의 접근법이 그 지향하는 가치로만 경쟁하게 된다면, 작문 교실, 학생 필자의 변화를 기대할 수 없다. 즉, 각 접근법이 소중하게 생각하는 가치를 실현하기 위해서는 구체적인 교수법, 혹은 프로그램에 대한 고민이 있어야 한다.

교사가 추구하는 가치가 교수법을 결정하지는 않지만, 어느 정도는 교수법을 전제하고 함축하고 있다고 보는 것이 타당할 것이다. 우리는 학생들에게 '이것'을 가르치고, '저것'을 연습하도록 하고, '그것'을 기대할 수는 있다. 그러나 이렇게 되면, 학습자의 모습에서 '그것'이 나타나지 않을 가능성은 그만 큰 높아진다. 각 접근법에 친화적인 교수법이 있게 마련이며 이러한 교수법 개발에 많은 관심을 기울일 필요가 있다. 예컨대, 비판적 접근법에서는 작문 전 활동으로 비판적 읽기 활동과 독서 토론을 통해 주체 간 해석 경쟁을, 작문 후 활동으로 해석 텍스트에 대한 토론 활동을 통해 관점과 인식의 정교화 내지는 재구성을 의도할 수 있다. 표현주의 접근법의 경우에는 작문 전 활동으로 경험하기를, 작문 후 활동으로 작품에 대한 지원적 반응을 권장할 수 있다. 한편, 장르 연구에서는 대표 장르 분석하기가 주요한 활동이 될 것으로 보이며, 담화 공동체를 중시하는 교사는 학문 공동체에 안정적으로 편입한 구성원인 교수자와 입문 대기자인 학생의 상호 작용이 교수법을 구성하는 중요한 교육적 계기가 될 것으로 보인다.

■ ■ ■

이 장에서는 기존의 작문 연구를 비판적 접근법, 표현주의 접근법, 수사적 접근법으로 나누어 살펴보았다. 이러한 범주화는, 작문 연구를 다룬 이전의 메타 담론이 주로 인식론이나 주제의 차이에 주목하다보니, '작문 가치'에 대한 논의가 생략되었다는 문제 의식에서 비롯된 것이다. 실은 생략된 것이 아니라, 수사적 조건을 충족한 글이 좋은 글이라는 가치 판단이 다른 가치 지향을 압도하여 왔다고 볼 수 있다. 수사적 담론이 지배 담론이 된 데에는 차고 넘치는 학문적·정치적·현실적 맥락이 존재할 것이다. 그리고 이러한 맥락이 상존하는 한 오랫동안 수사적 접근법은 관련 논문의 생산을 부추기고 바람직하게 안내할 것이다.

그러나 여전이 의문은 남는다. 서정주의 글쓰기는 좋았는가, 류근일과 조갑제의 글쓰기는 좋은가, 이문열의 어떤 글쓰기는 좋고, 어떤 글쓰기는 나쁠 수 있는가? 그렇게 판단하는 기준은 뭔가? 수사적 관점에서 보면 이들이 쓴 글은 모두 '잘' 쓴 글이므로 위와 같은 질문은 억지스럽고, 불편할 수도 있겠다. 한편, 학교 교육 장면으로 자리를 옮겨서 질문을 해보자. 당신은 학생들을 성공적인 인사이더로 기르기 위해서 작문을 가르치는가, 아니면 지배 담론에 맞서 당당하게 대항 담론을 생산하는 아웃사이더로 기르기 위해서 작문을 가르치는가, 아니면 자신을 보다 잘 알도록 하기 위해서 가르치는가?

앞에서 제시한 세 가지 접근법은 서로 다른 인식론에 기반한 것이 아니므로 배타적 경쟁 관계가 아닌 상생적 경쟁 관계에 있다고 볼 수도 있다. 예컨대, 비판적 접근법, 표현주의 접근법, 수사적 접근법이 서로 같은 공간에서 행복하게 동거할 수도 있다. 특정 담론을 강요하는 것이 학생의 학습권을 침해할 수도 있다는 생각을 하면, 세 가지 접근법 또는 그 이상의 다양한 접근법이 공존하는 것이 바람직할 수도 있다. 이러한 공존, 균형, 경쟁을 위해서도 비판적 접근법, 표현주의 접근법을 지지하는 논의가 더 다양하게 활발하게 이루어질 필요가 있다.

* 이 장은 이재기(2008), 작문 연구의 동향과 과제-작문에 대한 세 가지 가치론적 접근법-, 청람어문교육 제38집, 청람어문교육학회를 수정한 것임.

참고 문헌

김봉순(2004), 독서와 작문 통합 지도의 전망, 독서 연구 11, 83-112, 한국독서학회.

김명순(2004), 독서와 작문 통합 지도의 전제와 기본 방향, 독서 연구 11, 61-81, 한국
독서학회.

김영민(1996), 탈식민성과 우리 인문학의 글쓰기, 민음사.

김정자(2003), 제7차 교육과정과 작문 교과서 내용 분석 연구: 전자 작문을 중심으로,
국어교육학연구 16, 119-145, 국어교육학회.

김혜영(2000), 모더니즘 소설의 글쓰기 방식에 관한 연구, 서울대학교 박사학위 논문.

박영목(1987), 작문의 인지적 과정에 미치는 제약, 국어교육 61·62, 65-84, 한국국어
교육연구회.

박영목(2002), 협상을 통한 의미 구성과 협동 작문, 국어교육 107, 101-133, 한국국어
교육연구회.

박영목(2007), 작문 지도 모형과 전략, 국어교육 124, 181-215, 한국어교육학회.

박영민(2003), 비평문 쓰기 지도를 통한 작문 지도 방법 연구, 한국교원대학교 박사학
위 논문.

박용익(2008), 글쓰기와 생활 서사, 텍스트 디자인과 글쓰기, 한국텍스트언어학회 춘
계 학술대회 발표집, 한국텍스트언어학회.

박일용(1987), 대학작문 교과과정 개편을 위한 기초연구-이공계를 중심으로-, 국어교
육 59, 115-133, 한국국어교육연구학회.

박태호(1988), 자기주도 학습 능력을 기르는 사회구성주의 쓰기 교육 이론, 청람어문학
20, 303-352, 청람어문학회.

박태호(2000), 장르 중심 작문 교육의 내용 체계와 교수 학습 원리 연구, 한국교원대학
교 박사학위 논문.

염은열(1999), 대상 인식과 내용 생성의 관계에 대한 표현교육적 연구, 서울대학교 박
사학위 논문.

원진숙(2005), 대학생들의 학술적 글쓰기 능력 신장을 위한 작문 교육 방법, 어문논집
51, 55-86, 민족어문학회.

유영희(1999), 이미지 형상화를 통한 시 창작교육 연구, 서울대학교 박사학위 논문.

헨리 지루(2003), 교사는 지성인이다(이경숙 역), 아침이슬.

이오덕(1993), 글쓰기 어떻게 가르칠 것인가, 보리.

이재기(2005), 문식성 교육 담론과 비판적 주체 형성에 관한 연구, 한국교원대학교 박사학위 논문.

이재승(1999), 과정 중심의 쓰기 교재 구성에 관한 연구, 한국교원대학교 박사학위 논문.

이재승(2001), 과정 중심의 작문 교육 프로그램 개발 및 적용, 새국어교육 62, 93-116, 한국국어교육학회.

이재승(2005), 작문 교육 연구의 동향과 방향, 청람어문교육 32, 99-112, 청람어문교육학회.

이지호(1997), 연암 박지원의 글쓰기 방법론 연구, 서울대학교 박사학위 논문.

임천택(2002), 하이퍼텍스트 기반의 작문 교수 학습 모형에 관한 연구, 한국교원대학교 박사학위 논문.

정현선(1996), 페미니스트들의 비판적 문식성 교육에 대한 고찰, 선청어문 24, 85-103, 서울대 국어교육연구소.

조희정(1999), 창의적 글쓰기와 전범 텍스트 학습의 상관성, 국어교육 100, 507-535, 한국국어교육연구학회.

최규수(2005), 대학 작문에서 자기를 소개하는 글쓰기의 현실적 위상과 전망, 문학교육학 18, 563-585, 한국문학교육학회.

헨리 지루(1990), 교육이론과 저항(최명선 역, 지루 저), 성원사.

최미숙(2002), 표현교육 연구의 반성과 제언, 국어교육학 14, 47-65, 국어교육학회.

최인자(2000a), 장르의 역동성과 쓰기교육의 방향, 문학교육학 5, 27-52, 한국문학교육학회.

최인자(2000b), 장르의 경쟁성으로서의 서사표현 원리, 국어국문학 127, 155-178, 국어국문학회.

최인자(2002), 대화주의 이론과 작문교육의 '문화 생산' 모델", 국어교육 7, 389-417, 서울대국어교육연구소.

최인자(2003), 표현교육 연구의 동향과 과제, 선청어문 31, 93-109, 서울대 국어교육연구소.

한철우·전은주·김명순·박영민(2005), 표현·이해 교육 연구의 방향과 과제, 국어교육학연구 22, 31-96, 국어교육학회.

Bartholomae, D.(1985), Inventing the University. When a Writer Can't Write: Studies in Writer's Bloc and Other Composing Process Problems, Ed. Mike

Rose. New York: Guilford.

Berlin, J. A. (1987), Rhetoric and reality writing instruction in American colleges, 1900–1985, SIUP.

Berlin, J(1991), Composition and Cultural Studies, Composition and Resistance, Ed. C. Mark Hurbert and Michael Blitz, Portsmouth, NH; Boynton, 47–55.

Fulkerson, R.(2005), Composition at the Turn of the Twenty-First Century, CCC 55–4.

Durst. R.K.(1999), Collision Course: Conflict, Negotioation, and Learning in College Composition, Urbana, IL: NCTE.

McCormick, K.(1994), The Culture of reading and the teaching of English, Manchester Univ. Press.

Nystrand, M., Green, S., Wiemelt, J. (1993), Where did composition studies come from, Written Wommunition, 10.

Tate G., Amy R., and Kurt S.(eds)(2001), A Guide to Composition Pedagogies, New York: Oxford.

제19장 독자 존재 양상과 교과서 구성 방안

■ ■ ■

많은 작문 연구자와 교사 그리고 국어 교과서는 학생들에게 "독자를 고려해라", "예상 독자를 분석하라"라고 말한다. 텍스트의 존재 의미가 독자를 변화시키는 데 있고, 텍스트의 성공 여부가 독자에게 위임되어 있기 때문에 이러한 요구는 당연하다. 그리고 저자가 독자를 고려하든 고려하지 않든 독자는 저자의 창안과 배열 그리고 표현 방식 전반에 영향을 미친다. 그러나 저자가 독자를 강하게 의식할 때, 저자의 목적과 독자의 요구가 깊고 넓은 수준에서 일치할 수 있는 텍스트 전략을 구사할 수 있을 것이다.

따라서 학습 과정에 있는 학생 저자에게 독자를 고려하고 분석하라고 요구하는 것은 교육적으로 의미가 크다. 그런데 독자는 누구인가? 우리가 눈으로 그 현존을 확인할 수 있는 특정 인물인가, 아니면 저자가 전략적으로 머릿속에서 구성한 허구적 존재인가? 독자들의 동질성에 주목해야 하는가, 이질성에 주목해야 하는가? 한편, 몇몇 학자는 독자는 인물이 아니라, 수사적 맥락이라고도 말한다. 이 장에서는 독자에 대한 기존 논의를 개관하고, 국어 교과서 속의 독자는 어떤 모습으로 존재하는지를 살펴보고자 한다.

독자의 유형이 정해져도 여전히 문제는 남는다. 독자의 무엇을 분석해야 하는가? 생물학적으로, 사회적으로 확정된 '객관적 실재'를 분석해야 하는가? 아니면 수사적 맥락을 구성하는 요인들 간의 '객관적 또는 주관적 관계'를 분석해야 하는가? 독자 분석의 중요성에 대한 이론적 선언에 비추어 볼 때, 독자 분석의 구체적인 방법론은 여전히 불충분하다. 이 장에서는 Flower(1998)와 서수현·정혜승(2009)이 제안한 분석 요소를 개관하고 국어 교과서에서 설정하고 있는 독자 분석 요소를 검토하고자 한다. 이론에서 가정하지 않은 풍부하고 실효성 높은 방법론이 교과서 분석 과정에서 발견될 수도 있을 것이다.

형식주의 작문 이론에서는 모범적인 글의 모방을 강조한다. 사회구성주의 작문 이론에서는 담화 공동체가 합의한 담화 관습을 지킬 것을 요구한다. 어떤 작문 이론에 기반을 둔 것이든, 많은 교과서가 형식적으로 완결성을 지닌 '모범적 텍스트'를, 담화 공동체가 합의한 담화 관습을 매우 높은 수준에서 전유하고 있는 '훌륭한 텍스트'를 예시하고 있다. 이 연구에서는 이러한 예시글이 교과서에서 어떻게 활용되고 있는지를 살펴보고자 한다. 구체적으로 '분석 활동'과 '표현 활동'으로 범주화하여 교과서가 학생 독자에게 어떤 역할을 부여하고 있는지를 분석하고자 한다.

교과서 분석을 통해 확인할 수 있겠지만, 많은 교과서가 동료 평가 활동을 적극적으로 도입하고 있다. 동료 평가 활동은 그 동안 제기된 다양한 비판을 수용하면서 보다 유연한 모습으로 변하고 있다. 이재기(2011)는 동료 '평가'가 아닌, 동료 '반응'이 중심이 되어야 한다고 주장하고 있으며, 김혜연·김정자(2015)는 기존의 '준거 기반 피드백'이 아닌, '독자 기반 피드백'을 해야 한다고 밝히고 있다. 이러한 관점에서 국어 교과서의 동료 평가 활동을 살펴보고자 한다. 즉, 평가의 준거가 외부에 있는지 독자 자신에게 있는지, 학생 독자를 평가자로서 규정하고 있는지, 반응자로서 규정하고 있는지를 검토하고자 한다.

독자와 관련된 쟁점별 기존 논의 검토와 교과서 분석 결과는 교과서 구성 방향으로 수렴될 것이다. 즉, 교과서는 어떤 독자를 상정해야 하는가, 무엇을 독자 분석 요소로 설정해야 하는가, 쓰기 교실의 독자와 실제 삶의 독자 간의 관계성을 높이기 위해서 어떤 노력을 기울여야 하는가, 교과서의 평가 활동은 학생 독자에게 어떤 역할을 부여해야 하는가? 등의 질문에 적극적으로 응답하고자 한다.

1. 예상 독자의 유형

예상하는 독자의 유형, 독자 분석의 내용과 구체성 등에서 차이가 있겠지만, 대부분의 저자는 글을 쓰는 전 과정에서 독자를 의식하고, 분석한다.[1] 특히, 작문 연구자, 작문 교사는 이구동성으로 계획하기 단계에서의 예상 독자 예견과 분석을 강조한다. 독자 분석의 중요성과 의의에 대한 합의와 공감을 전제하더라도 남는 문제는 있다. 누구를 독자로 상정할 것인가, 독자 분석의 유효한 방법론은 무엇인가, 독자의 무엇을 분석 대상으로 삼아야 하는가? 등에 대해서는 논의가 많이 갈린다. 다음에서는 이러한 주제를 다루고 있는 기존의 논의를 검토하고, 교과서의 독자를 분석할 때, 무엇에 초점을 맞추어야 하는지를 논의하고자 한다.

Perelman 외(1991)은 ≪신수사학≫에서 청중을 특정 청중(particular audience)과 보편 청중(universal audience)으로 분류하고 있다. 특정 청중은 어떤 지식, 신념, 목적, 이해관계를 공유하는 구성원의 집합이다. 보편 청중은 그들의 가치와 신념이 합리적 사고에 바탕을 두고 있는 이성적 인간의 이론적 모음이다. 특정 청중이 그들이 점유하고 있는 특정한 시공간 안에서 사유하는 존재라면 보편 청중은 이러한 특정함을 벗어나, 이성과 합리성에 근거하여

---

1) Selzer(1992)는, 저자들이 언급하고 있는 독자 사례 중에서 그에게 가장 인상적으로 남아 있는 것으로 영국의 저명한 생물학자 John Maymard Smith의 고증을 들고 있다. 스미스는 글을 쓸 때 두 명의 독자를 마음속에 담고 있었다고 한다. 즉 "총명하나 무식한 16세의 아이……어렸을 때 바로 나" 그리고 "더 무식한 영국 사무직 공무원……그의 지성을 개발하기 위해 애쓰는 사람" 그 모델은 "실재하는 사람으로 나의 친척이다."(Selzer, 1992: 165에서 재인용)

사유하는 존재라고 할 수 있다.

이재기(2012)는 Perelman의 이러한 생각을 수용하여 작문 교육이 보편 청중을 지향할 때, 합리적이고 이성적인 주체를 형성할 수 있다고 보았다. 그리고 Perelman의 관점을 작문 교육에 도입하여 신수사학적 관점에 따른 논증 텍스트 평가 기준을 제시하고 있다. 이러한 평가 기준을 학생 저자가 지속적으로 의식할 때, 동료 독자가 이러한 평가 기준에 근거하여 글을 평가할 때, 보편 청중의 특성을 획득할 것이라고 보고 있는 것이다. 현재의 국어 교과서는 특정 청중을 지향하고 있는가, 보편 청중을 지향하고 있는가? 국어 교과서에서 제시하고 있는 예상 독자, 예상 독자 분석 내용을 검토하는 과정에서 현행 교과서가 염두에 두고 있는 독자 유형이 드러날 것이다.

독자를 분류할 때, 우리에게 가장 익숙한 범주 중의 하나가 이질 독자[2]와 동질 독자이다. 나이, 성, 지역, 학력 등 계량화 할 수 있는 요인과 윤리적 신념과 가치관, 정치적 입장, 성적 취향 등 정성적 요인에서 같음을 보이는 독자가 동질 독자이고, 차이를 보이는 독자가 이질 독자이다. 그러나 어느 한 요인에서 같다고 해도, 다른 요인까지를 포함해서 같음을 유지할 수는 없다. 또한 비록 어느 한 요인에서 같음을 보인다고 해도 그 같음의 질과 강도가 다를 수밖에 없으며 더구나 이러한 같음도 구체적인 시공간 속에서 변할 수밖에 없다. 따라서 독자들은 본질적으로 이질적이다.

독자들의 이질성에 대해 얘기했지만, 저자와 독자의 이질성에 대한 확인도 중요하다. 모든 글쓰기는 사실 저자와 독자의 차이에서 발생한다. 정보량의 차이에서 설명적 텍스트는 작성된다. 입장과 관점의 차이에서 설득적 텍스트는 생겨난다. 체험과 감수성의 차이를 염두에 두고 표현적 글쓰기는 시작된다. 따라서 설명적 글쓰기의 경우에는 '정보 차의 이질성', 설득적 글쓰기에서

---

[2] 이질 독자 개념은 박영민(2004a)이 말하는 '다중 독자' 개념에 가깝다. 다만, 독자 분포의 다양성과 함께 차별성을 강조하기 위하여 이질 독자 개념을 사용하고자 한다.

는 '입장과 관점의 이질성', 표현적 글쓰기에서는 '체험의 이질성'이 깊이 고려되어야 좋은 글을 쓸 수 있다.[3]

교과서에서 예상 독자를 분석하라고 할 때, 그 예상 독자는 실재하는 사람인가, 아니면 구성된 맥락으로서의 독자인가? Park(1982), 정희모(2012) 등 많은 연구자들은 사람인 아닌 맥락을, 실존하는 독자가 아닌 구성된 독자를 고려해야 한다고 주장한다. Park는 청중을 분석하는 데 있어서 고정된 의미의 생물학적, 사회적 존재 분석을 부정하고, 이러한 접근을 '전통적인 청중 분석'이라고 비판하였다. 그러면서 글쓰기에서의 상황 분석을 강조하였다.[4] 그는 저자가 자신의 청중을 안다고 해도(나이, 성별, 사회적 입장, 교육적 배경 등) 이러한 청중 지식은 그에게 청중이 자신의 담화에 대해서 어떻게 반응할지에 대한 이해를 제공해 주지 못한다고 주장한다.

Park는 청중을 분석하는 보다 유용한 접근은, 청중의 고정된 특성을 확정하는 것이 아니라 특정한 목적, 주제와 관련하여 청중이 어디에 서 있는지를 이해하는 것이라고 본다(Park, 1982: 482). 즉, 저자는 청중(그의 목적)과 관계할 때, 그의 주제와 관계할 때, 청중을 보다 잘 분석할 수 있다. 특히, 담화 주제와 청중의 관계를 잘 이해할 때, 청중을 더 잘 이해하게 된다고 말하고 있다(Park, 1982: 484).

결국 Park에게 있어서 청중은 실재하는 구체적인 인물이 아니라, 독자, 주제, 저자와 이들을 둘러싸고 있는 '맥락'인 것이다. 따라서 청중 분석은 곧 '맥락 분석'을 의미하는 것이다. 그럼, 학생은 어떻게 하면, 이러한 수사적 맥락

---

3) 독자에게 없거나 부족한 정보를 어떻게 확충할 것인가, 어떤 쟁점에 대해 입장을 달리하는 독자의 공감과 변화를 어떻게 이끌어낼 것인가, 나의 체험의 고유성을 어떻게 독자에게 전달해야 독자의 감동을 유도할 수 있을 것인가에 대한 깊은 이해가 있어야 좋은 글을 쓸 수 있다.
4) 박영민(2004b)은 예상 독자를 보는 인식이 개인적 수준에서 사회적 수준으로 변화하였다고 말한다. 그리고 사회적 수준에서 독자를 바라보면, 공동체의 담화 관습이나 규칙의 학습을 강조하고, 작문 교육은 학생들의 담화 공동체 입문을 지원하는 행위로 이해된다고 한다. 이렇게 접근하면, 사회적 수준의 독자는 구체적인 개인이기보다는 Park가 말하는 하나의 맥락에 가까워진다.

을 만나고, 이해하게 될 것인가? Park는 매우 구체적인 방안을 제시하고 있다. 신문사에 편지 쓰기, 관리자에게 보고서 쓰기와 같이 실제 글쓰기 맥락에서 실제 인물들에게 글쓰기를 함으로써 가능해진다고 말한다.

정희모(2012)는 Perelman의 보편 청중 개념에 대한 Park의 비판의 적절성과 비판의 배경을 자세하게 논의하고 있다. 철학적 인식론에 기반해서 구성된 보편 청중 개념은, 인지심리학의 입장에 서 있는 Park가 보기에는 지나치게 추상적이고, 관념적으로 보였을 것이라고 해석하고 있다. 그럼에도 불구하고 Perelman과 Park는 서로 유사한 부분이 있는데, 둘 다 청중을 실존하는 '외적 독자'가 아닌, 저자의 머릿속에서 구성된 '픽션' 또는 '메타포'로 생각하고 있다는 것이다. 정희모는 독자를 맥락으로 설명하고 있는 Park의 관점은 작문 교육에 시사하는 바가 있을 것이라고 보고 있다. 즉, 독자를 맥락으로 이해하면, "과제 환경과 과제 배경이 중요해지기 때문에, 이를 쓰기 과정에 반영할 수 있다."라고 말하고 있다(정희모, 2012: 181). 물론, 과제 환경을 구성하는 장면에서도 청중으로서의 맥락 개념은 유효하겠지만, 우선 독자를 분석하는 계획하기 단계에서도 Park의 독자 개념은 의미 있는 방법론을 제공할 것이라고 생각한다.

2. 독자 분석 방법과 분석 요소

Flower(1998)는 매우 구체적이고, 실증적인 독자 분석 사례를 제시하고 있다. 그는 좋은 글이란 저자와 독자 사이에 존재하는 간극을 메울 수 있는 글이라고 말하면서, 독자 분석은 이러한 간극을 메울 수 있는 출발점을 확인하고, 글쓰기 방향을 설정하는 데 기여한다고 보고 있다. Flower는 독자 분석 요소로, 지식, 태도, 요구를 제시하고 있는데, 그의 논의를 정리하여 제시하면 〈표 19-1〉과 같다.

〈표 19-1〉 Flower의 독자 분석 요소, 초점, 목적

요소	분석 초점	분석 목적
지식	○독자가 알 필요가 있는 지식은 무엇인가? ○당신이 전달하고자 하는 주요 아이디어는 무엇인가? ○독자는 주제를 이해하는 데 필요한 충분한 배경 지식을 가지고 있는가?	독자를 저자의 위치로 옮기기 위해서
태도	○주제에 대한 당신의 태도는 어떠한가? ○주제에 대한 독자의 태도는 어떠한가?	독자를 저자의 위치로 옮기기 위해서
요구	○당신의 글쓰기 목적은 무엇인가? ○독자가 요구하는 바는 무엇인가?	독자의 요구에 맞게 저자의 아이디어를 재조직, 변형하기 위해서

Flower의 독자 분석 요소 및 분석 예시는 예상 독자 분석을 위한 의미 있는 틀과 구체적인 방법론을 제공한다. 다만, 맥락보다는 구체적인 실존 인물(예컨대, 새로 부임한 서점 지배인, 새로 와서 훈련을 받게 될 사람 등)을 독자로 상정하고 있다는 점, 세 개의 요소를 독립적으로 배치하고 있다는 점, 저자와 독자의 이질성에는 주목하고 있지만 독자 간의 이질성에는 별다른 관심을 두고 있지 않다는 점이 보완되어야 할 것이라고 본다.

서수현·정혜승(2009)은 작문 교육에서 독자 고려 및 독자 분석을 강조하면서도 정작 어떤 방법으로 독자를 분석해야 하는지에 대한 구체적인 방법론이 결여되어 있다고 보고, 독자 고려 방법의 하나로써 'PAIR 전략'을 구안하여 제시하고 있다. 'PAIR 전략'은 위치 정하기(P), 끌어들이기(A), 정보 조절하기(I), 반응에 응답하기(R)라는 네 가지 분석 요소를 포함하고 있는데, 이러한 전략이 어떻게 실현될 수 있는지는 〈표 19-2〉에서 확인할 수 있다(서수현·정혜승, 2009: 283).

〈표 19-2〉 PAIR 전략에서 상정하는 독자의 모습과 그 텍스트적 실현 양상

전략		필자가 고려하는 독자의 모습	텍스트적 실현 양상의 사례
P	위치 정하기	독자의 지위 독자의 역할 필자와의 관계	• 같은 담화 공동체로 규정하기: '우리는' • 필자와 독자의 관계 속에서 상대적인 위치 규정하기: '어린 너조차도', '선생님도 아시겠지만'
A	끌어 들이기	독자의 흥미 독자의 생각	• 경험적 측면의 호소: '독서 논술 시험이 있던 날, 책을 읽지 않는 나를 포함한 아이들은 독서에 대한 어느 한 가지의 기본 배경이 쌓여져 있지 않아 용지에는 손도 못 대고 있다' • 인지적 측면의 호소: '성인은 한 달에 0.45권의 책을 읽는다니, 한 달에 채 한 권도 안 읽는 것이다.' • 현실적 이익 측면의 호소: '유치원에서도 그렇지만 나중에 초등학교에 가서 반장을 하거나 공부를 잘 하려면 아는 게 많을수록 도움이 된단다.' • 감정적 측면의 호소: '요즘 책을 안 읽는 것 같아 걱정스러운 마음에 편지를 쓴다.' • 행동적 측면의 호소: '책을 읽는 것은 어릴 적부터 습관이 되어 있어야 커서도 책읽기가 쉬워질거야.'
I	정보 조절하기	독자의 지식과 정보	• 정보의 추가, 확장: '책은 마음의 양식이야. 풀어서 설명하면 책을 읽으면 마음의 배가 찬다는 거야.' • 정보의 삭제, 축소
R	반응에 응답하기	독자의 반응	• 독자와의 관계 형성: '너는 커서 얼마나 힘들겠니?' • 독자의 반응 예측: '그림 동화 읽어 본 적 있니? 재미없을 것 같다고?'

〈표 19-2〉에서 알 수 있듯이, 매우 구체적인 수준에서 독자 고려 요소에 따른 텍스트적 실현 양상을 보여주고 있다. 독자를 분석하는 이유가 구체적인 텍스트 전략을 짜고, 이를 글쓰기 과정에서 실현하기 위한 것이라고 볼 때, 매우 의미 있는 접근이다. 다만, 독자 고려 항목에 비하여 그 예가 상당히 미시적(어휘 및 통사적인 층위)이라는 점이 아쉽다. 필자가 독자와의 관계를 어떻게 설정하는지에 따라서 상당히 거시적인 텍스트 전략이 마련될 수 있기 때문이다. 장르, 내용의 수준과 양, 문체 등이 그 예이다. 그럼에도 불구하고, PAIR 전략은 실제 글을 쓰는 과정에서 참고할 수 있는 좋은 독자 고려 전략이라고 볼 수 있다.

3. 작문 교실의 독자와 사회 속의 독자

학생 저자가 글쓰기에 어려움을 느끼는 것은, 실재하는 독자든 암시된 독자든 독자 자체의 존재에서는 오는 것이 아니다. 독자에 대한 학생 저자의 과잉 의식에서 오는 것도 아니다. 그럼 어디서 오는가? Halasek(1990)은 독자와 관련해서 학생 저자 자신이 차지하고 있는 위치의 불명확함에서 온다고 주장한다.

작문 교실에서 학생 저자가 기사문을 쓸 때, 동료는 신문 독자이고 저자는 기자인가? 보고서를 쓸 때 동료는 학문 공동체 구성원이고, 저자는 그 구성원 중의 한 명인 연구자인가? 칼럼을 쓸 때 동료는 일반 시민이고, 저자는 전문 칼럼리스트인가? 설명문을 쓸 때, 동료는 특정 분야에 대한 교양을 쌓고 싶어 하는 사람이고, 저자는 그 분야에 정통한 학자나 전문가인가? 교실에서 학생 저자의 글을 읽고 있는 동료는 신문 구독자도, 연구원도, 일반 시민도, 교양을 쌓고 싶어 하는 사람도 아니다. 학생 저자 역시 기자도, 연구원도, 칼럼니스트도, 학자나 전문가도 아니다.

이렇게 볼 때, "내 글을 읽는 동료나 교사는 실제 독자이면서 허구적 독자이다. 형식적으로는 실제 독자이지만 내용상으로는 허구적 독자이다."(Halasek, 1990: 52)라는 지적은 일리가 있다. 독자의 허구성, 독자의 허구성이 초래하는 학생 저자의 허구성, 이러한 허구적 맥락 속에서 학생은 저자로서의 자기 위치를 명료하게 설정할 수 없다.

독자가 허구적이기 때문에 그 독자의 응답도 허구적일 수밖에 없다. 실제 독자도 아닌 동료나 교사의 호평에 내가 우쭐해 하여야 하는가? 그들의 악평에 좌절해야 하는가? 글쓰기 맥락이 허구적일 때, 허구적 맥락 안에서의 글쓰기는 '연습'일 뿐 '실제'가 아니다. 따라서 허구적 맥락에서 실제적인 글쓰기 능력이 신장될 개연성은 허구성의 정도에 비례해서 낮아질 것이다.

4. 동료 독자의 역할과 평가 기준

6절에서 확인할 수 있겠지만, 대부분의 교과서가 평가 주체를 동료 학생으로 설정하고 있다. 이는 작문 학습에서 동료 평가 또는 동료 반응이 중요한 수업 전략이 될 수 있다는 기존의 논의를 적극적으로 수용한 결과라고 생각한다.[5]

교사 중심 평가보다 학생 중심의 동료 평가에서 학생들은 수업에 더 능동적이고, 적극적으로 참여한다. 학생들은 그 동안 교사가 독점해왔던 촉진자, 평가자의 역할을 맡게 됨으로써 수업 전반에 대해 권한을 갖는다. 학생 저자는 자신의 글쓰기 의도와 입장을 설명하고, 자신의 텍스트 전략을 옹호하고, 글 전반에 걸쳐서 동료와 토론하며 협력적 지지를 이끌어내려고 노력한다.

동료 평가 활동에서 학생 저자는 알지 못하는, 보지 못하는 독자를 추론하고, 예측하느라 애쓰는 외로운 저자가 아니다. 자신의 텍스트에 대한 독자의 즉각적인 반응을 보게 되며, 이러한 반응에 즉각적으로 응답한다. 이러한 과정에서 저자의 쓰기 의식 수준은 신장된다. 그리고 동료 평가 과정에서 학생들은 쓰기 준비 과정, 내용 및 표현 방식, 문체와 어조, 고쳐 쓰기 방법 등에서 개인 차이가 있음을 인식하게 된다.

Gere(1987)는 학습 과정에 있는 학생의 경우, 언어가 개별적이고 독립적으로 존재하는 것이 아니라 사회와 관련을 맺고 있다는 사실을 인식하게 될 때, 언어사용에 있어서 비약적인 발전을 하게 된다고 주장하였다. 학생 저자와 학생 독자 간의 교섭이 강조되는 작문 교실은 하나의 사회이다. 이 공간에서 학생들은 언어활동이 갖는 사회적 의미를 인식하면서 자신의 언어 사용을 사회적 맥락 안에 위치시키는 방법을 알게 될 것이다.

그러나 이러한 동료 평가 활동은 Elbow를 만나면 완전히 다른 국면을 맞

---

5) 대부분의 교과서는 '1)저자의 초고 쓰기→2)동료의 평가하기→3)동료의 평가를 반영하여 수정하기'의 순서를 밟고 있다. 물론, 수정하기 활동이 없는 교과서도 있지만, '2)동료의 평가하기'는 대부분 포함되어 있다.

이하게 된다. Elbow는 그 동안 작문 교육에서 독자에게 부여한 권위, 역할, 힘을 가장 강력하게 부정한 대표적인 학자이다. 그는 그동안 작문 교육에서 독자에게 주로 부여한 역할은 '평가자', '심사자'라고 본다. Elbow(1973)가 '교사 없는 글쓰기'를 말할 때, 그때의 교사는 평가자로서의 독자를 의미한다. Elbow(1987)가 청중을 무시하라고 할 때, 그 무시의 대상은 청중이 아니라 청중의 평가와 판단이다. 그가 보기에 독자의 글쓰기를 평가하고 심사하는 독자는 저자의 글쓰기에 어려움을 야기하고, 위협하는 존재일 뿐이다.

그 동안 교사나 동료의 역할이 평가자, 심사자였고, 이러한 역할이 학생 저자를 억압하고, 위협하는 기제로 작용을 하였고, 이런 독자로 인해 학생 저자가 글쓰기에 대해 두려움과 거부감을 갖게 되었다는 지적에는 상당한 일리가 있다.6) 그렇다고 Elbow가 주장하는 믿기, 이해하기 중심의 우호적 관계만을 고집하는 것은 곤란하다. 믿기와 의심하기는 상호의존적이다. 믿기라는 구심력을 중심으로 하되, 의심하기라는 원심력을 놓치지 않고 유지할 때, 둘은 적절한 거리를 유지할 수 있다. 둘이 서로 적절한 거리를 유지할 때, 이들은 서로에게 의미 있는 타자가 될 수 있으며, 타자일 때 자신이 스스로 보지 못하는 시선을 획득할 수 있다.

김혜연·김정자(2015)는 교수자가 평가자가 아닌 독자의 입장에서 학생 글을 읽고 반응해야 한다고 주장한다. 이러한 생각은 Elbow의 주장을 수용한 것으로, Elbow는 학생들이 독자에게서 얻을 수 있는 피드백을 준거 기반 피드백과 독자 기반 피드백으로 나누어 제시하고 있다(김혜연·김정자, 2015: 243). 김혜연과 김정자는 Elbow의 이러한 접근법을 〈표 19-3〉과 같이 재구성하여 구체화하고 있다(김혜연·김정자, 2015: 243).

---

6) 물론, Hacman은 이와 상반된 연구 결과를 보여준다. 그의 연구에 의하면, 서툰 저자의 경우 동료 평가 활동에서 불안감을 덜 느꼈다고 한다. 즉 그들은 동료 평가 활동 속에서 위축감을 덜 느꼈으며, 유능한 학생 저자에게 기꺼이 질문을 하고, 도움을 청하였다고 한다(Webb, 1982).

〈표 19-3〉 피드백에 따른 주요 질문 유형

준거 기반 피드백	독자 기반 피드백
글의 내용—생각, 인식, 관점—수준은 어떠한가? 얼마나 잘 조직되었는가? 효율적인 언어를 사용하였는가? 언어적 오류나 부적절한 표현이 있는가?	글을 읽으면서 매 순간마다 당신에게 어떤 일이 일어났는가? 글을 요약하라. 말하고자 하는 바나 일어난 사건을 당신이 어떻게 이해하고 있는지 요약하라. 글에 대한 이미지를 그려보고 그것이 독자와 어떻게 상호작용하는지도 생각하라.

　독자 기반 피드백에 해당하는 세 가지 유형은 대체로 포괄적이어서 그 구체적인 모습이 궁금해진다. 김혜연과 김정자가 2회차에 실행한 것을 예시한 'A의 2회차 피드백 예시'(김혜연·김정자, 2015: 251)는 그러한 궁금증을 상당 부분 해소해 주고 있다. 독자는 글을 읽는 과정에서 예측하고 뒤에 확인한 내용을 말한다. 그리고 글의 내용을 독자의 언어로 재진술하며, 글이 자신의 마음을 어떻게 움직였는지를 여러 비유적 표현을 사용하여 들려준다. 이러한 독자의 진술은 미리 정해진 평가 기준에 의해 구성된 것이 아니라, 글을 읽고 나서야 비로소 생겨난 진술이라는 점에서 그 진술의 실제성, 진솔성, 전달력 등이 높을 것이라고 기대할 수 있다.

　이재기(2011)는 읽기의 양상을 '일상적 읽기'와 '평가적 읽기'로 구분하면서, 동료 저자의 글을 읽을 때, 평가적 읽기가 아닌 일상적 읽기를 해야 한다고 주장한다. 평가적 읽기는 내용, 조직, 평가 등으로 평가 요소를 나누어 등급을 매기는 읽기라면, 일상적 읽기는 우리가 보통 어떤 텍스트를 읽을 때 보이는 반응처럼, 재미있다(또는 재미없다), 유익하다(또는 유익하지 않다), 참신하다(또는 상투적이다) 등과 같이 자신을 표현하며 읽는 것이다. 김혜연과 김정자의 분류 방식에 따르면, 전자는 준거 기반 평가이고, 후자는 독자 기반 평가인 것이다.

이재기(2011)는 반응 중심 평가를 수행하는 구체적인 방법론으로 다음과 같이 네 가지를 제시하고 있다. 1)협력적이고 지원적인 반응을 보인다. 2)수사적 문제 해결의 책임을 학생 저자에게 위임한다. 3)진정성을 담아 진짜 질문을 한다. 4)학생 저자의 글을 읽는 과정에서 생겨난 마음의 움직임을 솔직하게 표현한다. 이재기(2011), 김혜연·김정자(2015)의 제안은 동료 평가 활동이 갖는 의의를 살리면서 부정적인 요소를 해소하는 대안적 접근법으로서의 의의를 갖는다고 볼 수 있다. 이 연구에서는 이러한 제언들이 교과서를 통해서 어떻게 구체화되고 있는지, 향후 보완해야 할 점은 무엇인지에 대해 논의하고자 한다.

5. 교과서 독자 분석 초점과 대상

분석 초점

이 연구에서는 중학교 국어 교과서 쓰기 단원에서 기술되고 있는 독자의 존재 양상을 분석하고자 한다. 구체적으로 예상 독자로 상정된 독자는 1)특정 청중인가, 보편 청중인가, 2)실존하는 인물인가, 구성된 맥락인가, 3)독자의 동질성을 가정하고 있는가, 이질성을 가정하고 있는가에 초점을 맞추어 교과서를 분석하고자 한다.

또한, 교과서 분석을 통해 1)예상 독자를 분석하는 구체적인 방법이나 예시가 있는가, 2)예상 독자 분석 요소로는 무엇을 제시하고 있는지를 분석하고자 한다. 이를 위해, 2009 개정 교육과정의 성취 기준 '(1) 주제, 목적, 독자를 고려하여 쓰기 과정을 계획하고, 점검하고 조정한다.'에 근거하여 집필된 쓰기 단원을 분석하였다.

한편, 이 연구에서는 쓰기 단원에 제시된 예시글의 주제, 저자, 예시문의 학습 활동, 그리고 학생글의 주제, 실제 독자를 분석함으로써, 교과서의 학생 독자와 실제 삶 속의 독자와의 거리를 확인하고자 하였다. 또한 평가 주체, 평가 기준 분석을 통해 1)교과서의 평가가 준거 기반 평가인가, 독자 기반 평가인가, 2)평가 중심인가, 반응 중심인가를 알아보고자 한다. 이를 위해 2009 개정 교육과정의 성취 기준 '(4) 의견의 차이가 드러나는 문제에 대해 타당한 근거를 들어 주장하는 글을 쓴다.'에 근거하여 집필된 쓰기 단원을 분석하였다.7) 분석 대상 성취 기준과 분석 초점을 정리하면 〈표 19-4〉와 같다.

〈표 19-4〉 분석 대상 성취 기준과 분석 초점

분석 대상 성취기준	분석 초점
쓰기 (1) 주제, 목적, 독자를 고려하여 쓰기 과정을 계획하고, 점검하고 조정한다.	[예상 독자 유형 분석] ㅇ특정 청중인가, 보편 청중인가? ㅇ실존하는 인물인가, 구성된 맥락인가? ㅇ동질성을 가정하는가, 이질성을 가정하는가? [예상 독자 분석 방법, 요소 분석] ㅇ예상 독자를 분석하는 구체적인 방법(예시)이 있는가? ㅇ예상 독자 분석 요소로 무엇을 제시하고 있는가?
쓰기 (4) 의견의 차이가 드러나는 문제에 대해 타당한 근거를 들어 주장하는 글을 쓴다.	[예시문의 실제성 분석] ㅇ예시문의 주제는 무엇인가 ㅇ예시문의 저자는 전문 저자인가, 학생인가? ㅇ예시문과 관련된 학습 활동은 분석 중심인가, 표현 중심인가? [학생글의 실제성 분석] ㅇ학생글의 주제는 무엇인가? ㅇ학생글의 예상 독자는 누구인가? ㅇ학생들의 실제 독자는 누구인가? [평가 유형 분석] ㅇ준거 기반인가? 독자 기반인가? ㅇ평가 중심인가? 반응 중심인가?

---

7) 성취 기준(4)는 설득적 글쓰기를 의도하고 있다. 따라서 교과서의 독자 분석을 하면서, 설득적 글쓰기 외에 설명적 글쓰기, 표현적 글쓰기를 포함시키지 않은 것은 이 연구의 한계일 수 있다. 그러나 이 연구의 초점이 교과서 속 독자의 존재 양상, 교과서가 부여하고 있는 독자의 역할, 평가 주체 및 평가 요소 측면에서의 지배적인 경향성을 살피는 것이므로 14종 교과서 분석을 통해 연구의 타당성은 확보될 것이라고 본다. 한편, 중학교 국어 교과서 14종 전체를 분석한 것은, 향후 교과서 계발에 필요한 의미 있는 사례를 발굴하고 수집하기 위해서이다. 각 교과서마다 다른 교과서와 구별되는 어떤 특징을 보일 것이고, 이러한 특징과 차이는 좋은 교과서를 구성하는 데 유용한 자원이 될 것이라고 보았다.

분석 대상

이 연구에서는 2009 개정 국어과 교육과정에 따라 계발되고, 검정 심사에서 최종 합격 판정을 받고 출판, 보급된 중학교 국어 교과서 14종 전체를 분석 대상으로 삼았다. 분석 대상 교과서, 권, 단원, 관련 성취 기준을 정리하여 제시하면 〈표 19-5〉와 같다.

〈표 19-5〉 분석 대상 교과서, 권, 단원, 성취 기준

분석 대상 교과서			권	단원		쓰기 성취 기준
집필자	출판사	출판연도		대단원명	소단원명	
남미영 외	교학사	2015	①	5.경험과 글쓰기	(2)잊을 수 없는 나의 친구	(1)
			⑥	5.주장과 협상	(1)내가 꿈꾸는 졸업식	(4)
윤여탁 외	미래엔	2015	②	3.능동적인 읽기와 쓰기	(2)능동적인 글쓰기	(1)
			⑤	3.주장과 협상	(1)텔레비전을 버리자	(4)
이관규 외	비상교육	2015	①	3.계획과 점검	(2)점검하며 글쓰기	(1)
			⑤	3.토론과 소통	(1)글로 소통하기	(4)
김태철 외	비상교육	2015	①	2.읽기랑 쓰기랑	(3)글로 말해요	(1)
			⑤	4.나는 이렇게 생각해요	(1)주장하는 글쓰기	(4)
한철우 외	비상교육	2015	①	1.내 얘기 좀 들어 볼래?	(2)행복한 축제 여행	(1)
			⑥	5.갈등 해결의 마법사, 소통과 조율	(2)숫자의 함정에 빠진 '데이' 열풍	(4)
민현식 외	좋은책신사고	2015	①	2.읽고 쓰는 즐거움	(3)쓰기의 첫걸음	(1)
			⑥	2.생각과 생각을 나누다	(1)채식과 육식	(4)
우한용 외	좋은책신사고	2015	①	2.능동적인 읽기와 쓰기	(3)쓰기 과정을 계획 점검 조정하여 글 쓰기	(1)
			⑥	2.타당한 주장, 슬기로운 협상	(1)주장하는 글 쓰기	(4)
방민호 외	지학사	2015	②	2.세상의 안과 밖	(2)한 외국인의 눈에 비친 한국 사람들	(1)
			⑤	2.차이를 넘어서	(2)냉장고의 두 얼굴	(4)
이도영 외	창비	2015	①	2.말과 글로 세상과 소통하기	(2)글쓰기 문제, 이렇게 해결하라	(1)
			⑤	4.협상과 주장	(2)안락사를 허용해서는 안 된다	(4)

분석 대상 교과서			권	단원		쓰기 성취 기준
집필자	출판사	출판 연도		대단원명	소단원명	
김종철 외	천재 교육	2015	①	4.읽는 즐거움 쓰는 기쁨	(2) 쓰기가 술술	(1)
			⑤	2.합리적인 의사소통	(2)주장하는 글 쓰기	(4)
노미숙 외	천재 교육	2015	①	4.글과의 만남	(2)쓰기란 무엇인가	(1)
			⑤	2.세상을 바꾸는 힘	(2)주장하는 글 쓰기	(4)
박영목 외	천재 교육	2015	①	1.마음을 담은 언어	(2)글쓰기의 계획과 점검	(1)
			⑤	5.토론과 주장	(2)주장하는 글 쓰기	(4)
이삼형 외	두산 동아	2015	①	3.쓰기를 잘 하려면	(1)글쓰기의 과정 (2)글쓰기의 수행	(1)
			⑤	6.우리가 사는 세상	(2)나의 생각, 너의 생각	(4)
전경원 외	두산 동아	2015	①	4.요약하며 읽기, 조정하며 쓰기	(3)포기하고 싶을 때 딱 한 걸음만 더 나아가라	(1)
			⑥	2.문제를 해결하는 주장과 협상	(1)경쟁은 바람직한가	(4)

6. 독자 분석 결과 및 논의

예상 독자 분석

예상 독자 분석 방법 제시 여부, 예시한 독자, 예상 독자 분석 요소, 예상 독자의 유형을 분석하였는데 그 결과는 〈표 19-6〉과 같다.

〈표 19-6〉 예상 독자 분석 방법 제시 여부, 분석 요소, 독자 유형

교과서[8]	분석방법 제시여부	예상 독자 예시	예상 독자 분석 요소[9]	독자 유형			
				사람	맥락	동질	이질
교학(남)		학급 친구	없음	○		○	
미래(윤)		학교 친구	수준, 관심, 흥미	○		○	
비상(이)		학교 친구, 부모	연령, 지식 정도, 성별, 취향, 글 쓴이와의 친밀도	○	○	○	○
비상(김)		학교 친구, 어른	없음	○		○	

교과서[8]	분석방법 제시여부	예상 독자 예시	예상 독자 분석 요소[9]	독자 유형			
				사람	맥락	동질	이질
비상(한)		할아버지, 할머니, 형제 자매, 부모	관심, 흥미	○		○	
좋은(민)	○	부모, 청소년	연령, 성별, 지적 수준, 관심, 사회적 지위, 친밀도	○	○	○	
좋은(우)	○	학급 친구, 일반 독자	나이, 직업, 성별, 관심사, 배경지식	○	○	○	
지학(방)		부모, 학급 친구, 동네 사람	나이, 성별, 성격, 흥미나 관심	○		○	
창비(이)		부모	독자의 요구(구성), 이해가능성, 공감 여부, 독자수준(구성)	○	○		
천재(김)		전학 간 친구	나이, 과거의 경험, 취미, 종교, 성별, 관심사	○		○	
천재(노)		또래 친구	관심, 흥미, 수준(구성)	○		○	
천재(박)		학급 친구	관심(구성)	○		○	
두산(이)		학교 친구, 선생님	관심, 수준, 이해가능성	○	○	○	
두산(전)		없음	없음	○		○	
빈도	2			14	5	13	1
비율	14.29			100	35.71	92.86	0.07

예상 독자 분석 방법 제시 여부

예상 독자 분석 방법 제시 여부를 살펴보았는데, 14개의 교과서 중에서 2개의 교과서만 구체적인 수준에서 예상 독자 분석 방법을 예시하고 있다. 대부분의 교과서가 이론적인 층위에서는 예상 독자 분석의 의의와 필요성을 강조하고 있으면서도 실제로는 독자 분석 요소만을 제시하는 데 그치고 있다. 3개의 교과서는 분석 요소도 제시하지 않고 있으며, 언급은 하였지만 그러한 요소에 따라 분석을 하도록 요구하지 않는 교과서도 있다. 다음 사례에서 알

---

8) 교과서 표기는 출판사명의 앞 두 글자만을 표기하고, 동일 출판사에서 다른 종의 교과서를 계발한 경우가 있다는 점을 고려하여 ( ) 안에 대표 집필자의 성을 넣어 출판사명과 병기하였다.
9) 교과서에 예상 독자 분석 요소가 명시되지 않으나, 교과서 진술을 통해 추론이 가능한 경우에도 분석 요소를 제시하였다. 다만, 이 경우에는 '(구성)'이라고 따로 표기하였다.

수 있듯이 〈좋은(민)〉과 〈좋은(우)〉는 매우 심층적인 수준에서 독자 분석 방법을 예시하고 있다.

■ 〈독자 분석 사례 1: 좋은(민)-①-2-(3)〉

❸ 주제와 목적을 고려하여, 글의 예상 독자에 대해 분석해 보자.

• 수지의 예

• 예상 독자: 반 친구들
• 예상 독자 분석

분석 기준	예상 독자에 대한 정보	글쓰기의 방향
글쓴이와 독자의 관계	반 친구 사이	지나치게 격식을 갖추어 쓰지 않아도 됨.
'물 부족 문제'에 대한 지식 정도	물 부족 문제에 대해 정확한 지식이 별로 없을 것으로 추측됨.	물 부족 문제에 대해 알기 쉽게 설명해야 함.
'물 부족 문제'에 대한 관심도	물 부족 문제에 크게 관심을 가지지 않을 것임.	물 부족 문제에 관심을 가질 수 있는 화제를 제시해야 함.
글을 읽고 난 후의 반응	물 부족 문제를 해결하자는 글을 읽으면 물을 아껴 쓸 것임.	일상생활에서 물을 아껴 쓸 수 있는 방법을 제시해야 함.

• 나의 경우

· 예상 독자: 반 친구들
· 예상 독자 분석

분석 기준	예상 독자에 대한 정보	글쓰기의 방향
글쓴이와 독자의 관계		
글의 내용에 대한 지식 정도		
글의 내용에 대한 관심도		
글의 내용에 대한 태도		

■ 〈독자 분석 사례 2: 좋은(우)-①-2-(3)〉

■ 글을 쓰는 목적 구체화하기
  ❶ 클래식 음악의 가치를 알리자.
  ❷ 클래식 음악 연주회를 즐기러 오라고 권유하자.

■ 독자(우리 학교 학생들) 분석하기

독자에 대한 정보	글쓰기를 할 때 고려할 점
• 특별히 정해지지 않은 여러 사람 • 친한 사람도 있지만, 모르는 사람이 더 많음.	존댓말을 사용하여 정중하게 쓰자.
클래식 음악을 지루하고 고리타분하다고 생각함.	지루하고 고리타분하다는 생각을 바꿀 수 있도록 클래식 음악의 가치를 강조하자.
클래식 음악에 대해 관심이 없고, 잘 모름.	클래식 음악에 대한 이론적이고 어려운 내용은 쓰지 말자.

〈좋은(민)〉은 독자 분석 기준으로 1)저자와 독자의 관계, 2)독자의 주제에 대한 지식 정도, 3)독자의 주제에 대한 관심도, 4)독자의 반응을 설정하고 있는데, 1)과 4)는 다른 교과서에서는 확인할 수 없는 분석기준이다. 특히, 독자 분석 결과가 글쓰기의 방향을 결정하는 데 어떻게 작용하는지를 보여주고 있어서 참신하다. 〈좋은(우)〉는 독자 분석 기준으로 1)독자의 유형(특정, 불특정), 2)주제에 대한 독자의 태도, 3)주제에 대한 독자의 지식을 제시하고 있으며, '분석 내용'과 '글쓰기를 할 때 고려할 점'을 연결시키고 있다.

한편, 〈좋은(우)〉는 내용 조직하기, 초고 쓰기와 고쳐 쓰기 단계에서의 독자 고려 양상을 구체적인 '사고 구술'을 통해 보여주고 있다. 이러한 방식은 독자가 작문의 각 단계에서 어떻게 의식 또는 고려되고 있는지, 그리고 어떤 방식으로 글쓰기에 작용하고 있는지를 잘 보여주고 있다.

■ 조직하기 단계

　-"이 사람들은 애들이 이름은 알지만 음악은 잘 몰라서 어렵게 여기는 대표적인
　클래식 음악가들이니까 빼는 게 좋을 것 같아"

　-"최근에 신문이나 방송에 나와서 애들도 많이 알고 있는 조수미 씨나 정명훈 씨
　의 예를 드는 게 낫겠어. 이분들은 클래식 음악의 본고장이 아닌 우리나라 사람
　인데도 훌륭한 음악가로 인정받고 있으니까 음악이 인종이나 출신, 문화 같은
　것에 구애받지 않는다는 걸 보여 주기에도 적절하지."

■ 초고 쓰기와 고쳐 쓰기 단계

　-"좀 건방진 느낌이 드네. 삭제하는 편이 낫겠어."

　-"어떻게 연습하고 준비했는지 좀 더 자세히 설명하면 우리 학교 학생들이 클래
　식 음악 연주회에 좀 더 호감을 갖게 될 거야."

예상 독자의 유형: 사람과 맥락

　모든 교과서는 다양한 방식으로 예상 독자를 예시하고 있다. 아주 가깝게
는 학급 친구, 학교 친구, 전학 간 친구, 부모, 할아버지, 할머니, 형제자매,
선생님을, 조금 가깝게는 동네 어른, 동네 사람들, 다소 멀게는 청소년 일반,
또래 친구 일반, 특정 공동체(클래식 애호가) 등을 예시하고 있다. 모두가 구
성된 존재나 맥락이 아니라, 객관적으로 현존하는 인물들이다.

　이 연구에서는 독자의 생물학적 요소(나이, 성별 등)나 사회적 요소(배경
지식, 취향, 관심, 지적 수준, 사회적 지위)에 주목하여 독자 분석 항목을 설
정한 경우에는 '사람'으로 분류하였다. 그리고 독자를 독립적인 실체로 보지
않고 다른 수사적 요인(주제, 저자)과의 관계 속에서 독자 분석 항목을 설정
하고 있는 경우에는 '맥락'으로 분류하였다. 〈표 19-6〉에서 알 수 있듯이 예
상 독자를 사람으로 상정한 경우는 14개(100%), 맥락으로 상정한 경우는 5개
(37.71%)로 나타났다. 〈표 19-7〉과 같이 5개의 교과서가 구체적인 사람과 함
께 맥락을 독자로 설정하고 있다.

〈표 19-7〉 예상 독자를 맥락에 근거하여 구성하고 있는 사례

교과서	주제-저자	주제-독자	저자-독자
비상(이)			○글쓴이와의 친밀도
좋은(민)		○글의 내용에 대한 지식 정도 ○글의 내용에 대한 관심도 ○글의 내용에 대한 태도	○글쓴이와 독자의 관계
좋은(우)		○글쓰기 주제에 대한 태도	
창비(이)		○독자의 요구 ○이해가능성 ○공감 여부	
두산(이)		○이해가능성 ○독자의 접근 가능성(매체)	

5개의 교과서는 독자를 독립된 요소로서 분석하지 않고, '주제와 독자의 관계', '저자—독자의 관계'라는 수사적 맥락 속에서 독자 요인에 접근하고 있다. '글의 내용에 대한 태도', '글쓰기 주제에 대한 태도', '이해가능성', '공감 여부', '독자의 접근 가능성', '글쓴이와의 친밀도' 등의 항목은 독자에 대한 새로운 감수성을 형성할 수 있을 것이라고 본다.

예상 독자의 유형: 동질 독자와 이질 독자

이 연구에서는 교과서 진술에서 이질 청중에 대한 의식과 고려가 명시적으로 드러나지 않은 경우에는 '동질 독자'를 상정한 것으로 보았다. 이렇게 분석할 때, 1개의 교과서를 제외한 13개의 교과서는 모두 동질 독자를 상정하고 있는 것으로 나타났다. 〈비상(이)〉는 다음 활동 진술에서 알 수 있듯이 이질 독자에 대한 깊은 고려가 드러난다. 이러한 활동을 통해서 학생들은 동일한 주제에 대해서 서로 다른 이질적인 독자가 존재하며, 이러한 독자의 이질성은 글의 내용과 표현 방식 전반에 영향을 미칠 수 있음을 인식하게 될 것이다.

2. '주미'가 다음 독자 중 한 명을 선택하여 글을 쓴다면 각 경우에 어떤 점을 고려해야 할지 생각해 보자.
  • 독자 1: 즉석식품을 좋아하지만 식품 첨가물에는 관심이 없는 독자.
  • 독자 2: 식품 첨가물에 관심이 아주 많으며 식품 첨가물의 장단점을 고루 알고 싶어 하는 독자.

예시글의 저자, 예시글에 따른 학습 활동 분석

이 연구에서는 쓰기 단원에서 학생들이 글을 쓰기 전에 제시하는 예시글의 저자, 예시글에 따른 학습 활동을 분석하였는데 그 결과는 〈표 19-8〉과 같다.

〈표 19-8〉 예시글의 저자, 학습 활동 유형

교과서	예시글 제목	저자		예시글에 따른 학습 활동 유형	
		전문 저자	학생 저자	분석	표현
교학(남)	내가 꿈꾸는 졸업식		○	○	
미래(윤)	텔레비전을 버리자	○ (집필자)		○	
비상(이)	얼짱은 사전에 오를 수 없다	○ (이남호)		○	
비상(김)	"스펙보다 외모" 대입 성형, 취업 성형 성행	○ (기자)		○	
비상(한)	숫자에 빠진 '데이' 열풍	○ (신금자)		○	○
좋은(민)	채식이 세상을 바꾼다	○ (집필자)		○	
	고기를 먹어야 오래 살 수 있다	○ (집필자)			
좋은(우)	저작권 보호의 길	○ (최봉현)		○	○
지학(방)	냉장고의 두 얼굴	○ (박정훈)			○
창비(이)	안락사를 허용해선 안 된다.	○ (집필자)		○	○

교과서	예시글 제목	저자		예시글에 따른 학습 활동 유형	
		전문 저자	학생 저자	분석	표현
천재(김)	공동 주택 단지 내 방범 카메라 설치 논란	○ (기자)		○	
천재(노)	청소년의 팬클럽 활동, 과연 문제인가?		○		○
천재(박)	휴대 전화는 사람 사이를 멀어지게 한다		○	○	○
두산(이)	서울 5대 궁, 보존을 넘어 활용을	○ 홍찬식		○	
두산(전)	경쟁은 바람직한가	○ (김병묵)		○	○
	아니야, 경쟁보다는 협력이 필요해	○ (집필자)			
빈도		13명	3명	13개	7개
비율		81.25	18.75	65.00	35.00

예시글 저자의 분포

예시글의 저자를 전문 저자와 학생 저자로 나누어 분석하였는데, 전문 저자가 13명(81.25%), 학생 저자가 3명(18.75%)으로 나타났다. 예시글의 저자는 학생 저자보다 전문 저자의 비율이 높다는 점을 확인할 수 있다. 전문 저자는 작가, 교수, 교사, 기자, 집필자 등으로 다양하였다. 예시글은 그 성격상 내용과 형식에서 모범적인 글이고, 해당 장르의 전형성을 가장 높은 수준에서 보여주는 글이어야 한다는 전제가 널리 공유되고 있음을 확인할 수 있다.

예시글에 따른 학습 활동 유형

예시글에 따른 학습 활동을 분석 활동과 표현 활동으로 나누어 검토하였다. 분석 활동이 예시글에 대한 '이해'에 초점이 맞추어져 있다면, 표현 활동은 예시글을 이해하는 데 그치지 않고, 예시글에 근거하여 자신을 드러내는 활동이다. 예시글을 평가하고 비판하는 활동, 효과적인 표현을 인용하는 활동, 쟁점에 대한 자신의 생각을 표명하는 활동이 여기에 해당한다.

분석 활동이 13개(65.00%), 표현 활동이 7개(35.00%)로, 표현 활동보다 분석 활동이 많았다. 분석 활동에 포함되는 세부 활동에는 예시글의 1)쟁점 파악, 2)주장과 근거 파악, 3)단계별(서론, 본론, 결론) 및 문단별 주요 내용 정리, 4)표현 방식 정리 등이 많은 비중을 차지하였다. 이때 분석 활동은 학생 저자가 자신의 글쓰기를 하는 데 필요한 내용 지식, 장르 지식, 표현 방식을 습득하기 위한 활동의 성격을 갖는다.

분석 활동은 예시글과 학생 저자의 분명한 위계 구조를 전제하고 있다. 학생 저자는 예시글이 보여주고 있는 장르의 전형성, 형식적 구조의 완결성, 뛰어난 표현 전략을 하나의 수범 사례로 수용하고, 내면화해야 하는 존재이다. 이러한 분석 활동이 지배적인 상황에서 예시글과 대등하게 대면하도록 이끄는 '표현 활동'은 참신하다. 교과서 분석을 통해 확인된 표현 활동을 평가 활동, 비판 활동, 쓰기 활동, 인용 활동으로 나누어 그 사례를 제시하면 〈표 19-9〉와 같다.

〈표 19-9〉 표현 활동의 유형별 사례

유형	표현 활동의 사례
평가 활동	□ 예시글: 숫자에 빠진 '데이' 열풍(신금자) 3. 이 글의 주장과 근거에 대해 평가해 보고 그렇게 평가한 이유를 적어보자. (5점 척도) • 주장이 타당하고 설득력이 있는가? ㄴ이유는 무엇인가? • 근거가 합리적이고 적절한가? ㄴ이유는 무엇인가? 〈비상(한)-⑥-5-2〉
	□ 예시글: 숫자에 빠진 '데이' 열풍(신금자) (2) 글쓴이가 제시한 근거 가운데 공감하기 어렵거나 타당성이 낮다고 생각되는 부분을 찾아 그 이유를 써 보자. 〈지학(방)-⑤-2-2〉
	□ 예시글: 청소년 팬클럽 활동, 과연 문제인가?(학생글) ❶ 다음 기준에 따라 민서의 글을 평가해 보자. (5점 척도) - 주장이 분명하게 드러나는가? - 근거는 타당하고 신뢰할 수 있는가? - 표현이 간결하고 명료한가? - 주장이 사회·문화적 맥락에서 받아들일 만한가? 〈천재(노)⑤-2-2〉

유형	표현 활동의 사례
	□ 예시글: 휴대 전화는 사람 사이를 멀어지게 한다(학생글) 1. 이 글이 논리적으로 타당한지 평가해 봅시다. 　(1) 글쓴이가 제시한 여러 근거가 주장을 적절하게 뒷받침하는지 판단해 봅시다. 　(2) 글쓴이의 주장에 대한 의견과 그 의견을 갖게 된 이유를 써 봅시다. 　　ㅇ 나는 글쓴이의 주장에 (동의한다/동의하지 않는다). 왜냐하면 〈천재(박)-⑤ 　　-5-2〉
비판 활동	□ 예시글: 경쟁은 바람직한가(김병묵) 　　　　아니야, 경쟁보다는 협력이 필요해(집필자) 　(2) 사회·문화적 맥락을 고려할 때, 두 글의 주장을 뒷받침하는 근거가 타당한지 생각 해 보자. 〈두산(전)-⑥-2-1〉
	□ 예시글: 안락사를 허용해선 안 된다. 3. 글쓴이의 의견에 반론을 제기하려고 한다. 다음 자료를 참고하여 글쓴이의 근거 중 에서 하나를 골라 그 근거의 문제점을 말해 보자. 〈창비(이)-⑤-4-2〉
쓰기 활동	□ 예시글: 저작권 보호의 길(최봉현) 　(3) 자신의 주장과 근거가 잘 드러나도록 하여 인터넷 게시판에 올릴 짧은 글을 써 보 자. 〈좋은(우)-⑥-2-1〉
	□ 예시글: 안락사를 허용해선 안 된다. 4. 안락사 문제에 대한 나의 견해를 정해 주장과 근거를 들어 한 문단으로 써 보자. 〈창비(이)-⑤-4-2〉
인용 활동	□ 예시글: 저작권 보호의 길(최봉현) 3. 이 글에서 다음에 제시된 설득의 효과를 높이기 위한 방법이 사용된 부분을 찾아보 자. 〈좋은(우)-⑥-2-1〉

위 사례에서 확인할 수 있듯이, 학생들은 예시글을 평가하고 비판하는 활동을 하면서 예시글에 대한 대항 담론을 형성하고, 이를 정당화하는 논리를 계발하게 된다. 쓰기 활동을 통해서 학생들은 이해하는 주체에서 표현하는 주체로 바뀐다. 인용 활동은 예시글의 텍스트 전략을 자신의 표현 전략으로 구체화할 수 있는 가능성을 내포하고 있다. 이러한 표현 활동은 실제 삶에서의 일상 독자가 수행하는 읽기 활동과 매우 닮아 있다는 점에서 시사하는 바가 많다. 무엇보다, 쓰기 학습이라는 측면에서 볼 때, 이해 주체를 넘어서 표현 주체로 성장할 수 있는 가능성이 이러한 표현 활동에 내재되어 있다는 점에서 고무적이다.

학생글의 주제, 예상 독자, 실제 독자 분석

이 연구에서는 쓰기 성취 기준(4)와 관련된 쓰기 단원에서 학생들이 작성하는 글의 주제, 그 글이 설정하고 있는 예상 독자와 독자 분석 내용, 그리고 학생이 쓴 글을 읽는 실제 독자를 분석하였는데, 그 결과는 〈표 19-10〉과 같다.

〈표 19-10〉 학생글의 주제, 예상 독자, 실제 독자

교과서	주제	예상 독자 설정	예상 독자 분석	실제 독자[10]
교학(남)	'바람직한 졸업식 문화'	-	-	자신 또는 동료 학생 또는 교사
미래(윤)	자유 선제 - ( )의 사용이 바람직한가	-	-	〃
비상(이)	학교 시설 개방 문제	-	-	〃
비상(김)	자유 선제(예시) - 섯다운제를 폐지 - 청소년 연예 활동 - 시시 티브이(CCTV) 설치	-	-	〃
비상(한)	자유 선제(예시) - 공공 기관 내 폐회로 텔레비전 설치 문제 - 공연 및 방송에서의 립싱크 금지 법안 발의 논란	-	-	〃
좋은(민)	채식과 육식	-	-	〃
좋은(우)	학교 운동장 개방 논란	-	독자 반박 예상	〃
지학(방)	이웃 간의 소송으로 이어진 애완견 문제	-	-	〃
창비(이)	정보화 사회의 미래	-	-	〃
천재(김)	공동 주택 단지 내 방범 카메라 설치 논란	-	-	〃
천재(노)	자유 선제(예시) - 개발이 우선인가, 환경 보존이 우선인가? - 교내 휴대전화 소지는 바람직한가?	-	-	〃
천재(박)	자유 선제(예시) - 환경이 우선인가, 계발이 우선인가	-	-	〃
두산(이)	마니아 문화	-	-	〃
두산(전)	학교에서의 경쟁	-	-	〃

학생글의 주제

학생들이 설득적 텍스트를 쓰면서 주제로 삼은 주제는 〈표 19-10〉에서 알수 있듯이 다양하였다. 주제를 정해서 주어진 경우가 9개이고, 몇 가지 주제를 예시하고 이 중에서 학생들이 자유롭게 선택하도록 하는 자유 선제가 5개이다. 주어진 주제와 예시한 주제가 모두 의미 있는 것이기는 하지만, 그 주제를 학생과의 친연성, 실제성 측면에서 검토할 필요는 있다고 생각한다. 주제가 학생에게 익숙할 때, 실제 삶에서 마주하는 문제일 때, 실제 저자로서자신의 위치를 설정하는 데 도움을 줄 것이기 때문이다.

〈표 19-11〉 주제의 친연성과 실제성 정도

학생과의 친연성, 실제성 정도		
높음	중간	낮음
○바람직한 졸업식 문화 ○교내 휴대전화 소지는 바람직한가? ○마니아 문화	○학교 시설 개방 문제 ○청소년 연예 활동 ○공연 및 방송에서의 립싱크 금지 법안 발의 논란 ○학교 운동장 개방 논란 ○이웃 간의 소송으로 이어진 애완견 문제	○셧다운제 폐지 ○시시 티브이(CCTV) 설치 ○공공 기관 내 폐회로 텔레비전 설치 문제 ○채식과 육식 ○정보화 사회의 미래 ○공동 주택 단지 내 방범 카메라 설치 논란 ○개발이 우선인가, 환경 보존이 우선인가? ○환경이 우선인가, 계발이 우선인가

예상 독자 및 분석 요소

성취 기준(1)과 관련된 단원을 분석한 결과, 모든 교과서는 예상 독자를 설정하고 분석해야 한다고 기술하였다. 그럼에도 불구하고 성취 기준(6)에 근거

---

10) 학생이 쓴 글이 어떤 독자에게 전달되었는지, 그 독자가 어떤 응답을 하였는지는 알 수 없다. 따라서 평가 활동을 통해서 추론한 독자를 표기하였다.

한 설득적 텍스트 쓰기 학습 활동에서는 모든 교과서가 예상 독자를 전혀 언급하지 않고 있다. 예상 독자를 설정하라는 요구도 없고 따라서 예상 독자에 대한 분석 활동도 찾을 수 없다. 단지, 〈좋은(우)〉에서 "과정3. 근거를 마련하고 자신의 입장을 뒷받침할 수 있는 근거를 마련해 보자."라는 활동을 하면서 자신이 마련한 근거에 대해 독자가 어떻게 반박할지 예상하고, 그러한 반박에 어떻게 대응할지를 쓰라는 활동이 유일하다.

학생글의 실제 독자

학생글의 실제 독자는 누구인가? 즉 학생들이 수업 시간에 쓴 설득적인 글은 구체적으로 누구에게 전달되었는가? 교과서를 통해서는 확인할 수가 없었다. 그러나 평가 활동이 없는 2개의 교과서를 제외하고, 모든 교과서가 학생의 글쓰기가 종료된 시점에서 "~을(를) 평가해 보자"라는 학습 활동을 제시하고 있는 것으로 보아, 글을 작성한 저자 자신 또는 학급 내의 동료 학생이 실제 독자가 된 것으로 보인다. 학생글이 교실 밖을 벗어나 동료 학생이 아닌 독자에게 전달되었는지는 교과서를 통해서 확인할 수 없었다.

평가 주체, 영역별 평가 기준, 평가 유형

이 연구에서는 쓰기 성취 기준(4)와 관련된 쓰기 단원에서 학생들이 작성한 글에 대한 평가 활동을 분석하였다. 평가 활동의 주체, 영역별 평가 기준, 평가 유형을 분석하였는데, 그 결과는 〈표 19-12〉와 같다.

교과서	평가 주체11)		영역별 평가 기준					평가 유형			
	저자 자신	동료 학생	내용	조직	표현	계	척도	준거 기반	독자 기반	평가 중심	반응 중심
교학(남)		O(모둠)	2	0	1	3	5점	O		O	
미래(윤)	언급 없음		2	1	3	6	5점	O		O	
비상(이)	언급 없음		3	2	3	8	없음	O		O	
비상(김)	O		3	1	1	5	3점	O		O	
비상(한)		O(짝)	3	1	1	5	없음	O		O	
좋은(민)	O	O(짝)	3	1	1	5	2점	O		O	
좋은(우)	O		2	0	2	4	2점	O		O	
지학(방)	평가 없음		0	0	0	0					
창비(이)	평가 없음		0	0	0	0					
천재(김)		O(모둠)	2	1	1	4	2점	O		O	
천재(노)		O(모둠)	3	0	1	4	5점	O		O	
천재(박)	O		2	1	1	4	3점	O		O	
두산(이)		O(짝)	3	0	1	4	3점	O		O	
두산(전)		O(짝)	3	1	3	7	3점	O		O	
빈도	4	7	31	9	19	59		12		12	
비율	36.36	63.63	52.54	15.25	32.20	100		100	0	100	0

평가 주체

평가 주체는 저자 자신이 4개(36.36%), 동료 학생이 7개(63.63%)로 자기 평가 활동보다는 동료 평가 활동이 주를 이루고 있다. 이때, 동료는 짝과 모둠 동료를 모두 포함한다. 그 동안 여러 연구자들이 기술한 동료 평가(반응) 활동의 의의와 필요성이 교과서 계발 과정에서 폭넓게 수용된 것으로 보인다. 다만, 이러한 동료 평가 활동을 통해서 학생 독자들이 탐색자, 조사자, 촉진 자로서의 역할을 수행하였는지는 확인할 수가 없었다.

---

11) 평가 주체는 1)저자 자신, 2)동료 학생, 3)언급 없음, 4)평가 없음으로 분류하였다. 평가 활동 진술에서 평가자를 특정하지 않고 "친구와"로 진술한 경우에는 '동료 학생' 범주에 포함하였다.

평가 영역 및 요소

평가 기준은 모두 59개였는데, 이 중에서 내용 영역이 31개(52.54%), 조직 영역이 9개(15.25%), 표현 영역이 19개(32.20%)로 나타났다. 내용 영역, 표현 영역, 조직 영역 순으로 높게 나타났다. 이러한 평가 영역 설정과 평가 기준의 분포는 우리에게 매우 익숙하여 하나의 평가 전형으로 자리 잡고 있음을 확인할 수 있다.

평가 유형

평가 유형을 준거 기반, 독자 기반으로 나누어 볼 때, 평가를 하고 있지 않는 2개의 교과서를 제외하고는 모든 교과서가 준거 기반 평가를 하고 있다. 즉, 구체적인 평가 기준표를 제시하고, 그 평가 기준표에 제시된 평가 영역과 평가 요소에 근거해서 2점, 3점, 5점 척도에 따라 판정하도록 하고 있다. 평가 중심, 반응 중심으로 나누어 분석할 때 역시 모든 교과서가 독자의 반응보다는 평가에 초점을 맞추고 있는 것으로 나타났다.

7. 국어 교과서 구성 방향

이 절에서는 1)맥락으로서의 독자 구성과 이질성 확장, 2)쓰기 교실 맥락과 사회적 글쓰기 맥락의 관계성 제고, 3)독자 기반, 반응 중심의 평가 지향으로 나누어, 6절의 분석 결과를 간략하게 요약하고, 국어 교과서 구성 방향을 제안하고자 한다.

맥락으로서의 독자 구성과 이질성의 확장

6절에서 확인한 바와 같이 두 개의 교과서를 제외한 모든 교과서가 독자 분석을 위한 구체적인 방법론을 제시하지 않고 있으며, 예상 독자를 수사적 맥락이 아닌 특정 인물로 설정하는 경우가 많았으며, 이질 독자에 대한 의식이 부족하다는 점을 확인하였다. 이와 관련해서 교과서 구성 방향을 제시하면 다음과 같다.

첫째, 독자를 분석할 때에는, 특정 독자가 보유하고 있는 '객관적 실재'가 아닌, 수사적 '맥락'을 분석해야 한다. 즉, 저자가 쓴 텍스트가 전달될 것이라고 예상되는 어떤 독자의 생물학적, 사회적인 '객관적 실재'를 분석하기보다는 글쓰기가 이루어지는 구체적인 수사적 맥락을 분석해야 한다. 이때의 수사적 맥락이란, '글쓰기 상황에 관여하는 주제, 저자, 독자 간의 관계망'를 의미한다.

Flower(1998)는 독자 분석 요소로 지식, 태도, 요구를 설정하고 있다. 이러한 요소 설정은 다소간 '객관적 실재'에 가깝다. 객관적으로 존재하는 독자의 '지식', '태도', '요구'를 분석하는 것이기 때문이다. 그러나 Flower의 분석 요소는 상당히 구체적이고 명료해서 독자 분석을 하는 데 실질적인 도움을 줄 수 있다. 따라서 Flower의 요소에 '수사적 맥락'을 도입하면, 맥락 중심의 분석이 가능해진다고 생각한다. 예컨대, 〈표 19-13〉과 같은 재구조화가 가능할 것이다.

〈표 19-13〉 수사적 맥락 중심 독자 분석

분석 요소	분석 초점[12]	저자	독자	글쓰기 전략	수사적 맥락
지식	주제에 대한 저자, 독자의 지식은 어느 정도인가?	많음	적음	- 지식을 효과적으로 제공(내용, 구조, 표현 면에서)	주제-저자 관계
		적음	많음	- 글쓰기의 포기 - 주제 지식 확충	주제-독자 관계
			단서 지식 부족	- 이해를 위한 단서 지식 제공	
태도	주제에 대해 저자, 독	긍정적	부정적	- 독자가 긍정적 태도를 갖도록	주제-저자 관계

분석요소	분석 초점[12]	저자	독자	글쓰기 전략	수사적 맥락
	자는 어떤 태도(이미지)를 가지고 있는가?	부정적	긍정적	노력 – 나의 긍정성을 성찰 – 독자가 부정적 태도를 갖도록 노력 – 나의 부정성을 성찰	주제–독자 관계
요구	저자의 목적은 무엇이고, 독자의 요구는 무엇인가?	A	B	– B에 부합하도록 A의 아이디어를 재조직, 변형 – A에 맞게 B를 변화시키도록 노력	저자–독자 관계
		A (또는 B)	A (또는 B)	– 정교화, 상세화를 위한 노력	저자–독자 관계

〈표 19-13〉을 활용하여 교과서의 독자 분석 활동을 구성한다면, 다음과 같은 경로를 밟게 될 것이다. 먼저, 분석 요소를 지식, 태도, 요구로 설정하고, '수사적 맥락'을 염두에 두면서 '분석 초점'과 같은 독자 분석 질문을 제시한다. 이때 분석 초점(질문)과 함께 위 표에서 제시한 '글쓰기 전략'을 함께 제시하면 구체적인 수준에서 글쓰기 계획을 수립할 수 있다.

한편, 수사적 맥락에 따라 독자 분석 요소를 설정할 때에는 앞의 교과서 분석에서 살펴본 바와 같이 〈비상(이)〉, 〈좋은(민)〉, 〈좋은(우)〉, 〈창비(이)〉, 〈두산(이)〉가 좋은 참조가 될 것이다. 그리고 각 분석 요소에 따른 분석 방법을 예시하고자 할 때에는 〈좋은(민)〉과 〈좋은(우)〉의 독자 분석 예시가 좋은 사례가 될 것이라고 본다.

둘째, 학생 저자로 하여금 독자의 이질성을 의식하고, 고려하도록 해야 한다. 즉, 학생 독자 간에 존재하는 이질성을 환기시키고, 이러한 이질성을 고려한 글쓰기 전략을 세우도록 학습 활동을 구성할 필요가 있다.[13] Bruffee

---

12) 분석의 초점은 각 항목에 대한 저자와 독자의 차이를 확인하는 데 있다. 주제에 대한 저자와 독자의 지식 차이, 주제에 대한 저자와 독자의 태도(또는 이미지) 차이, 저자의 글쓰기 목적과 독자의 요구 차이가 그것이다. 이러한 차이에서 글쓰기의 동력이 생기고 글쓰기의 세부적인 전략이 수립될 수 있다.

(1984)는 학급 공동체가 지위가 동일한 학생들로 구성되어 있다고 하였는데, 이들은 지위만 동일할 뿐, 배경 지식, 신념과 가치관, 경험 등 여러 측면에서 이질적이다. 이러한 이질성은 작문 교실에서도 삭제되지 않고 유지된다. 그리고 이러한 이질성은 삭제되어야 할 것이 아니라, 지속적으로 환기되고, 표명되어야 할 요소이다.

Halasek(1990)은 교실 맥락은 사회 맥락이 갖는 다양성과 이질성을 다 드러내지 못하기 때문에 실제적 맥락이 아니라고 비판하고 있는데, 이러한 교실 맥락의 한계를 완화하는 좋은 방법은 학생 간의 이질성을 환기하고 강화하는 것이다. 이 속에서 학생 저자는 독자 응답의 중층성과 다양성을 접하고, 이들과 대화하면서 성숙한 저자로 성장할 것이다.

박영민(2004a)은 작문 교육에서 다중 독자 개념의 적극적인 도입을 강조하면서 몇 가지 구체적인 방법론을 제시하고 있다. 예컨대, 1)작문 교사에 의한 다중 독자의 지속적인 환기, 2)과제 층위에서의 다중 독자 설정, 3)동료 평가 활동에서의 다중적 역할 부여, 4)범교과 작문 지도 활용(내용 교과 교사와 작문 교사의 다중성)을 제안하고 있는데, 모두 교과서에서 실현 가능한 접근법이라고 생각한다.

쓰기 교실 맥락과 사회적 글쓰기 맥락의 관계성 제고

중학교 국어 교과서를 보면, 예시글의 주제와 학생글의 주제가 학생들의 실제 삶과 상당한 거리가 있다는 점을 알 수 있다. 이로 인해 학생이 쓴 글의 실제 독자는 동료 학생이 아닐 가능성이 높다. 동료 학생은 실제 독자가 하닌, 허구적 독자가 되는 셈이다. 또한 예시글과 관련된 학습 활동은 주로 분석 활동이 많은데, 이는 실제 삶에서 목격되는 일상 독자의 독서 경향과는 거

---

13) 양경희(2018)는 주제 측면에서 구성된 다중 독자(친구 일반, 무관심한 친구, 같은 의견을 가진 친구, 반대 의견을 가진 친구)를 쓰기 과제에 명시하고, 각각의 독자 유형에 따라 독자 고려 양상과 반응이 어떻게 달라지는지를 구체적으로 기술하고 있다.

리가 멀다. 쓰기 교실 맥락과 사회적 글쓰기 맥락의 관계성을 높이기 위한 몇 가지 방안을 제시하면 다음과 같다.

첫째, 학생이 글을 쓰기 전에 읽는 예시문의 주제와 학생이 쓰는 글의 주제는 실제성이 높아야 한다. 예컨대, 설득적 텍스트의 경우, 학생들이 진짜 문제로 생각하는 것을 주제로 삼아야 한다. 주제와 저자 간의 관계의 실제성, 주제와 독자 간의 관계의 실제성이 확보되어야 한다.

설득적 텍스트를 쓰는 경우, 사회적으로 쟁점이 되고 있기는 하나, 실제 학생들에게는 거리가 먼 주제들, 예컨대 '지구 온난화와 대책', '개발과 환경 보존', '정보화 사회의 미래' 등과 같은 주제로 글을 쓸 때, 동료 학생은 실제 독자가 되기 어렵다. 저자와의 관계성도 낮다. '교복 자율화'는 학생들의 삶과 직접 관련이 있고, 관심도 많다. 그러나 '교복 자율화 정책'이 주제가 되면, 실제 독자는 해당 정책을 결정하는 학교장, 학교운영위원회 위원, 지역 교육청이 되고, 동료는 허구적 독자가 되기 쉽다. 그런데, 주제가 '교복이 우리 삶에 미치는 영향'으로 재설정되면, 학생들은 실제 저자, 실제 독자로 바뀔 수 있다.[14]

둘째, 학생들이 실제 저자로서 글쓰기에 참여하도록 역할을 조정해야 한다. 먼저, 저자와 독자의 위치를 학생 저자, 학생 독자가 아닌, 특정 담화 공동체의 구성원으로 설정하는 것이다. 예컨대, 기사문을 쓴다면, 학생 저자는 특정 신문의 기자로서, 동료 학생은 특정 신문의 구독자로서 참여하는 것이다. 이를 위해서는 기사문이 생산되고 유통되는 실제 맥락, 신문사라는 특정 직업 공동체에서 요구되고 허용되는(또는 거부되고 금지되는) 기사문의 담화 관습, 특정 신문사가 공유하고 있는 지향과 입장 등이 교사에 의해 적극적으로 도입되고 강조되어야 한다.

---

14) 물론, 이러한 접근이 사회적으로 주요한 쟁점을 피하는 방식으로 작용해서는 안 된다. 그 주제가 무엇이더라도 모든 학생 저자는 자기 나름의 경험과 시각을 가지고 있을 수밖에 없다. 그 지식이 빈곤하여 완전하지 않을 수도 있고, 그 시각이 비록 부분적이어서 편견일 수도 있다. 그리고 이러한 불완전함과 편견 때문에 동료와의 대화가 필요한 것이다.

셋째, 예시문에 따른 학습 활동은 텍스트 중심의 '분석' 활동이 아닌, 학생 중심의 '표현' 활동을 중심으로 구성되어야 한다. 일상생활에서의 실제 독자는 텍스트를 분석하기도 하지만, 주로 표현한다. 전개 방식을 구조화하고, 단계별 또는 문단별 중심 내용을 요약하는 활동은 학습 독서가 아니면 매우 드물게 나타난다. 주로 저자 또는 텍스트에 공감을 표시하거나 비판한다. 텍스트 구조와 표현 전략의 매력에 빠지거나 그것을 어떻게 글쓰기에 활용할 것인지를 고민한다. 즉 실제 독자는 텍스트를 분석하는 것이 아니라 텍스트가 촉발한 무엇에 기반해서 다양한 방식으로 표현한다. 이러한 표현 활동에는 평가 활동, 비판 활동, 쓰기 활동, 인용 활동 등이 포함된다. 그리고 이러한 표현 활동의 하위 범주는 〈비상(한)〉, 〈지학(방)〉, 〈천재(노)〉, 〈천재(박)〉, 〈두산(전)〉, 〈창비(이)〉, 〈좋은(우)〉의 학습 활동 분석 과정에서 도출된 것이므로 이들 교과서의 학습 활동이 교과서를 구성할 때 좋은 참조가 될 것이라고 생각한다.

독자 기반, 반응 중심의 평가 지향

교과서의 평가 활동을 분석한 결과, 동료 학생을 평가 주체로 설정한 경우가 많았는데, 이는 의미 있는 변화라고 볼 수 있다. 그러나 독자 기반이 아닌 준거 기반의 평가라는 점, 평가 요소가 동료의 지원과 협력, 그리고 적극적인 반응을 유도하기보다는 심사와 판정에 초점을 두고 있다는 점은 성찰이 필요한 대목이다. 교과서 평가 활동과 관련해서 몇 가지 대안을 제시하면 다음과 같다.

첫째, 준거 기반 평가와 독자 기반 평가를 병행할 필요가 있다. 교과서 분석에서 확인하였듯이, 모든 교과서가 특정한 평가 기준표를 제시하고, 이러한 기준에 따라 자신 또는 동료의 글을 평가하도록 하고 있다. 이로 볼 때 뚜렷한 준거 기반 평가 경향을 보이고 있다. 이러한 평가도 의미가 있겠지만, 김혜연·김정자(2015)가 제안한 독자 기반 피드백도 작문 교실에 적극적으로 도입할 필요가 있다. 김혜연과 김정자는 독자 기반 피드백을 적용한 결과 "필자로서의 주체성과 독자를 고려해야 한다는 지각을 길러 줄 수 있었다."라고 보고하고 있다(김혜연·김정자, 2015: 265).

무엇보다 독자 기반 평가가 갖는 미덕은, 평가 내용의 '구체적 물질성', 저자와 독자 간의 '거침없는 접촉'과 '대화적 생산성'에 있다고 본다. 준거 기반의 평가 요소는 독자가 지금 대면하고 있는 글에 기반하여 구성된 것이 아니라, 선험적으로 존재하는 것이라서 지금 만나고 있는 글과의 거리가 멀 수밖에 없다. 그러나 실제 독자가 실제 읽기 사건을 체험하면서 산출한 질문과 반응은 매우 구체적인 물질성을 가질 수밖에 없다. 한편, 준거 기반 평가는 몇 가지 평가 요소에 맞추어 3점 또는 5점 척도로 판정을 내리고 종료된다. 저자와 독자 간의 후속 대화가 전제되어 있지 않다. 그러나 독자 기반 평가는 독자의 질문, 저자의 답변 또는 질문, 독자의 답변 또는 질문이 순환하면서 대화적 생산성이 높아질 수 있다.

둘째, 동료 평가 활동은 평가 중심이 아니라, 반응 중심이어야 한다.[15) 앞의 교과서 분석에서 확인하였듯이, 작문 수업에서 독자에게 부여되는 가장 중요한 역할이 바로 '평가자'이다. 평가하는 독자와 반응하는 독자는 다르다. 반응의 내용에 평가의 요소가 있겠지만, 반응에는 제한되지 않는 다양한 응답 양상이 자리 잡을 수 있다. 그리고 평가자의 역할에서 수행되는 '평가'와 반응자의 역할에서 수행되는 '평가'는 매우 다른 성격과 지향을 갖는다. 평가자는 저자의 위에 자리하는 반면에 반응자는 저자와 동등하게 자리한다. 독자가 반응자일 때, 저자는 저자성을 갖게 된다.

이러한 반응 중심은 Elbow가 강조하는 바이기도 하다. Elbow는 독자가 '평

---

15) 이렇게 평가보다는 반응이 강조된다면, '동료 평가 활동'은 '동료 반응 활동'이라고 부르는 것이 더 적합할 것이다.

가자'라는 부정적인 역할을 버리고, 학생 저자의 글쓰기를 이해하려고 노력하면서, 학생 저자를 지원하는 역할을 해야 한다고 주장한다. 저자를 이해하고 지원하는 독자는 저자의 주장에서 오류를 찾으려고 애쓰지 않는다. 좋은 점을 찾아 격려하려고 애쓴다. 설사 오류가 발견되더라도 그것은 더 좋은 글쓰기를 탐구하는 교육적 단서가 된다. 반응 중심 평가에서 저자와 독자는 서로 믿고 의지하면서 함께 대화적 진실을 추구한다. 이 길에서 저자와 독자는 불확실성과 모호성에 직면할 것이고, 둘은 협력적 탐구를 통해 이를 돌파해나갈 것이다.[16)

* 이 장은 이재기(2018), 국어 교과서 쓰기 단원 독자 분석과 교과서 구성 방향, 작문연구 제39집, 한국작문학회를 수정한 것임.

---

16) 독자 기반, 반응 중심은 많은 변화를 요구하지 않는다. 교과서가 제시하고 있는 평가표에 '평가 영역'만 남겨 두고 세부 평가 기준(요소)과 판정 척도만 지워도 독자 기반, 반응 중심 평가의 가능성이 훨씬 높아질 수 있다.

참고 문헌

김혜연·김정자(2015), 독자 기반 피드백에 의한 작문 지도 실행 연구, 국어교육학연구 50(1), 239-269, 국어교육학회.

박영민(2004a), 다중적 예상독자의 개념과 작문교육의 방법, 국어교육학연구 20, 357-382, 국어교육학회.

박영민(2004b), 작문 교육에서 예상 독자의 인식과 처리, 청람어문교육29, 135-160, 청람어문교육학회.

서수현·정혜승(2009), PAIR 전략을 활용한 독자 고려 교육, 국어교육학연구 35, 271-299, 국어교육학회.

양경희(2018), 쓰기 과제의 독자 상세화에 따른 초등학생의 독자 고려 양상과 인식 연구, 작문연구 37, 59-85, 한국작문학회.

이재기(2011), 학생 필자의 해석 텍스트에 대한 '반응 중심' 작문 평가, 작문연구 13, 169-190, 한국작문학회.

정희모(2012), 페렐만의 보편청중 개념과 작문의 독자 이론-페렐만(Perelman)과 파크 (Park)의 논의를 중심으로-, 작문 연구15, 159-187, 한국작문학회.

Flower, L.(1998), 『글쓰기의 문제 해결 전략』, 원진숙·황정현 역, 동문선(원서출판 1993).

Bruffee, K.(1984), Collaborative Learning and the 'Conversation of Mankind', College English 26, 635-652.

Elbow, P.(1973), Writing Without Teachers. New York: Oxford University Press.

Elbow, P.(1987), Closing My Eyes As I Speak: An Argument for Ignoring Audience, College English 49, 50-69.

Gere, A.(1987). Writing groups: History, theory, and implications. Carbondale, IL: NCTE.

Halasek, E. K.(1990). Toward a Dialogic Rhetoric: Mikhail Bakhtin and Social Writing Theory, Dissertation Ph. D., The Univ. of Texas.

Park, D.(1982), The Meanings of 'Audience', College English 44, 247-257.

Perelman, C, and L. Olbrechts-Tyteca(1991), The New Rhetoric : A Treatise on Argumentation. Trans. John Wilkinson and Purcell Weaver. 1958; Notre

Dame : University of Norte Dame Press, 1969.

Selzer, J.(1992), More Meanings of Audience, in Stephen P. Witte eds., A Rhetoric of Doing, Southern Illinois University Press, 161-177.

Webb, N. (1982), Student interaction and learning in small groups. Review of Educational Research 52, 32-39.

자료

김종철 외 (2015), 중학교 『국어』교과서 (①, ⑤권), 천재교육.

김태철 외 (2015), 중학교 『국어』교과서 (①, ⑤권), 비상교육.

남미영 외 (2015), 중학교 『국어』교과서 (①, ⑥권), 교학사.

노미숙 외 (2015), 중학교 『국어』교과서 (①, ⑤권), 천재교육.

민현식 외 (2015), 중학교 『국어』교과서 (①, ⑥권), 좋은책 신사고.

박영목 외 (2015), 중학교 『국어』교과서 (①, ⑤권), 천재교육.

방민호 외 (2015), 중학교 『국어』교과서 (②, ⑤권), 지학사.

우한용 외 (2015), 중학교 『국어』교과서 (①, ⑥권), 좋은책 신사고.

윤여탁 외 (2015), 중학교 『국어』교과서 (②, ⑤권), 미래엔.

이관규 외 (2015), 중학교 『국어』교과서 (①, ⑤권), 비상교육.

이도영 외 (2015), 중학교 『국어』교과서 (①, ⑤권), 창비.

이삼형 외 (2015), 중학교 『국어』교과서 (①, ⑤권), 두산동아.

전경원 외 (2015), 중학교 『국어』교과서 (①, ⑥권), 두산동아.

한철우 외 (2015), 중학교 『국어』교과서 (①, ⑥권), 비상교육.

제20장 응답적 이해와 해석 텍스트 쓰기

■ ■ ■

해석 텍스트는 어떤 대상 텍스트를 읽고, 그에 대한 독자의 해석과 반응을 기록한 글이다. 그리고 단지 선행하는 대상 텍스트에 반응하는 것으로 그치지 않고, 후행하는 독자의 반응을 기다리면서 끝난다. 이러한 해석 텍스트의 삶은 사실 독자가 대상 텍스트로 삼았던 그 텍스트의 삶이기도 하다. 대상 텍스트가 독자의 반응을 기다리면서 끝난 그 자리에서 독자의 해석 텍스트가 존재하기 때문이다. 대상 텍스트와 해석 텍스트가 갖는 이러한 종결되지 않는 순환적·대화적·가역적 관계는 모든 글쓰기, 글읽기의 본질이며 운명이다. 그리고 그 운명을 일컫는 오래된 비유가 '해석학적 순환'일 것이다.

따라서 독자가 해석 텍스트를 쓴다는 것은 글읽기, 글쓰기의 본질에 육박해 들어가는 것이며, 저자와 운명을 함께 하는 것이며, 끝내 소진되지 않는 해석학적 순환의 물레를 돌리는 일에 동참하는 것이다. 국어 교실에서 학습 독자에게 해석 텍스트 쓰기를 격려해야 하는 이유가 여기에 있다. 학습 독자는 해석 텍스트 쓰기 과정에서 쓰기와 읽기의 삶에 대한 새로운 감수성을 획득할 것이며, 의젓한 저자로서의 위엄을 지니게 될 것이다.

해석 텍스트 쓰기는 텍스트 해석 장면에 도입되는 맥락을 제한하지 않는다. 아니, 맥락을 제어할 수 없다. 독자는 텍스트에 응답하는 과정에서 수많은 개인적 맥락, 사회문화적 맥락을 도입하게 되며, 그 맥락은 고유성과 상투성, 완고함과 부드러움, 적절함과 부적절함 등으로 다채로울 것이다. 그리고 그 대립을 보는 생각의 차이로 시끄러울 것이다.

그것이 추론이든, 비판이든 텍스트 내 맥락에 머물 것을 요구하는 현재 읽기 교육 장면에서는 발견하기 힘든 모습이다. 해석 텍스트 쓰기는 텍스트에 대한 기억과 회상, 재구조화와 도식화, 요약과 재진술로 고요한 읽기 교실에 틈구멍을 내고, 텍스트와 맥락의 교섭, 맥락과 맥락의 대결, 저자와 독자의 대화로 생기를 불어놓을 것이다. 그리고 여기에 읽기 능력을 신장시킬 수 있는 교육적 계기들이 잠복해 있을 것이다.

아쉽게도, 위에서 기술한 내용은 가정과 기대이다. 즉, 충분히 입증되지 않은 추론이다. 왜냐하면, 우리는 해석 텍스트 쓰기 장면에서 무슨 일이 벌어지고 있는지 잘 모르기 때문이다. 즉, 해석 텍스트 쓰기 장면에 대한 섬세한 관찰과 묘사 그리고 설명이 부족했던 것이 사실이다. 이 글은 이러한 저간의 사정에서 시작되었다. 해석 텍스트 쓰기에서 어떤 해석 행위가 발생하는지 그 양상을 분석할 것이다. 이를 통해 해석 텍스트 쓰기의 의의와 가치가 구체화되기를 기대한다. 한편, 양상 분석을 토대로 해석 텍스트 쓰기 교육의 지향과 방향을 모색해 보고자 한다. 물론, 해석 텍스트 쓰기는, 다루는 대상 텍스트의 특성, 참여자, 과제 부여 방식에 따라 매우 다른 모습을 보일 것이다. 따라서 이 글은 그 중 어느 한 지점만을 드러낼 뿐이며, 이후 많은 연구를 통해 그 면모가 더욱 뚜렷해질 것이다.

이 글은 많은 선행 연구에 대한 응답적 이해의 성격을 지닌다. 먼저, '해석 텍스트'란 용어에 처음으로 학술적 의미를 부여하고, 문학 텍스트 읽기 교육에서 해석 텍스트 쓰기의 의의와 가치를 논의한 양정실(2006) 논의에 대한 응답이다. 이 글은 일상 산문 텍스트 읽기 장면에서 산출된 해석 텍스트를 논의하고 있다는 점에서 다른데, 다른 곳에서 들리는 두 목소리가 만나 어떤 음조를 산출할지는 모르겠다. 한편, 이 글은 작문 교육에서 비평문 쓰기 교육을 강조한 박영민(2003) 논의에도 맞닿아 있다. 작문 교육의 학습 장르로서 '비평문'이라는 점에서 차이가 있지만, 비평문 역시 많은 해석 텍스트 장르 중의 하나이고, 해석 텍스트 쓰기 역시 쓰기 능력 신장까지를 염두에 두고 있다는 점에서 비슷하다.

해석 텍스트 쓰기는 다양한 맥락 도입을 허용하기 때문에, 그 장르적·교육적 풍요로움이 더해진다. 따라서 텍스트 해석 장면에 작용하는 맥락의 성격과 유형, 맥락 도입의 의의와 방식 등을 탐색한 최인자(2008), 이재기(2006) 논의에 화답하는 글의 성격을 지닌다. 그리고 시선을 더 멀리 두면, 이들에게 이론적·실천적 자양분을 제공하고 있는 포스트모더니즘, 후기구조주의, 비판이론, 독자비평이론으로까지 이어진다.[1]

무엇보다 이 글은 응답적 이해 또는 응답 가능성(answerability)이란 개념을 통해 글쓰기와 글읽기의 대화적 관계를 설명한 바흐친에 대한 '적극적 반응'과 '응답적 이해'의 산물이라고 할 수 있다. 바흐친(1952/2006: 387)은 "우리의 모든 발화는 타자의 언어, 다양한 정도의 타자성, 다양한 정도의 자기화, 다양한 정도의 의식성과 변별성으로 포화되어 있다."라고 하였는데, 이 글이 타자로서의 바흐친의 언어가 상당한 정도로 자기화되어 있기를 기대한다.

1. 읽기와 쓰기의 해석학적 순환

우리는 통상 구어적 소통과 문어적 소통의 차이에 주목하지만, 둘은 '발화주체의 교대'에 의해서 소통이 이루어진다는 점에서 같다. 즉, '화자 말하기-

---

1) 에코는 "어떤 동시대의 비평 이론들은 신빙성이 있는 유일한 텍스트 읽기는 오독(誤讀)이고, 텍스트의 존재 이유는 그것이 도출하는 일련의 반응들에 주어지는 것이며, 텍스트란 작가가 말(語)을, 독자가 의미를 가져오는 피크닉에 불과하다고 주장하기도 한다."고 불평한다(에코, 1997: 34). 그가 말하는 동시대 비평 이론이란 포스트모더니즘, 독자비평이론을 일컫는 것으로 보인다. 에코는 이들을 비판하기 위하여 인용한 것이겠지만, 도리어 해석 텍스트가 갖는 '소풍'의 성격을 잘 묘사한 것으로 보인다.

청자 듣기'가 구어적 소통의 최소 단위이듯, 문어적 소통 역시 '저자 쓰기-독자 읽기'라는 소통 단위를 갖는다. 문어 소통이 선취하고 있는 이러한 구어 소통의 본질적 특성을 이해하는 데 바흐친의 다음과 같은 진술이 도움이 된다.

> 담화적 소통의 단위로서의 각각의 구체적인 발화의 경계는 발화 주체의 교체, 즉 화자의 교대에 의해 결정된다. 일상적 대화에서 주고받는, 한 단어로 이루어진 짧은 말부터 장편소설이나 과학 논문에 이르기까지 모든 발화는 절대적인 시작과 끝이 있다. 그 시작 전에는 다른 이들의 발화가, 그것이 끝난 후에는 그에 대한 다른 이들의 응답적 발화가 있다(비록 그것이 침묵의 형태를 띤 능동적인 응답적 이해이거나 그러한 이해에 바탕한 응답적 행위이거나 간에). 화자는 타인에게 말을 넘기고 그의 능동적인 응답적 이해에 자리를 내주기 위해 자신의 발화를 끝낸다. (바흐친, 1952/2006: 364)

여기서 주목해야 할 것은 '응답적 이해'이다. 청자의 듣기는 단순한 듣기가 아니라 응답적 듣기(동의, 반박, 실천 등)이다. 마찬가지로 독자의 읽기 역시 단순한 읽기가 아니라, 저자 및 텍스트에 대한 적극적이고, 능동적인 반응의 성격을 지닌다. 이러한 성격을 분명하게 하기 위하여 바흐친은 '응답적 이해'라는 용어를 만들어낸 것이다. 해석 텍스트는 읽기 장면에서 응답적 이해의 전형적인 모습을 보여준다. 해석 텍스트는 이전 텍스트에 대해 동의, 반박, 수용, 적용 등과 같은 방식으로 적극적이고 능동적인 반응을 보이는데, 이것이 바흐친이 말하는 '응답적 이해'이다.[2]

응답적 이해는 읽기와 쓰기의 '대화적 관계'를 설명해주며, 쓰기가 곧 읽기임을 드러낸다. 어떤 텍스트를 읽은 후에 그 텍스트에 대한 응답적 이해가 곧 쓰기 행위이기 때문이다. 즉, 읽기 행위의 연장선 속에서 쓰기가 이루어지는 것이다. 이런 의미에서 모든 글쓰기는 독자의 반응을 기다리는 행위이면서

---

[2] 학교에서 전형적으로 이루어지고 있는 이해 활동의 형식인, 의도 파악, 줄거리 파악, 중심 내용 파악, 요약하기 등은 이해일 수는 있으나 '응답적 이해'는 아니다.

동시에 이전의 어떤 발화에 대한 반응이라는 이중적 성격을 지니고 있다.

이와 같이 해석 텍스트 쓰기는 읽기, 쓰기가 갖는 본래적 대화의 특성을 구체적으로 체험하는 데 의미가 있다. 대상에 대한 최초의 발화자가 내가 아니라는 것[3], 그 대상에 대해 말한다는 것은 그 대상에 대해 이미 말해진 발화에 대한 응답이라는 것, 내 발화는 누군가의 응답을 기다리고 있다는 것(또는 기다려야 한다는 것)에 대한 인식은 글읽기, 글쓰기에 대한 새로운 감수성을 형성할 것이다.

무엇보다 읽기와 쓰기의 대화적 소통을 통해서 우리가 기대하는 것은, 다양한 주제에 대한 중층적 이해를 도모함으로써 인류의 지적, 심미적 자산을 풍요롭게 하는 것이며 삶의 결들마다에 합리성과 심미성을 새기는 것이다. 읽기와 쓰기 교육이 궁극적으로 도달해야 할 지점이 여기라고 한다면, 국어 교실은 응답적 이해로 충만해져야 할 것이다.

2. 해석 텍스트의 장르적 성격

어떤 텍스트에 대한 응답적 이해로서의 해석 텍스트에는, 해석 텍스트 저자의 개성적인 목소리가 담기게 마련이다. 이러한 개성의 발휘로 인해 해석 텍스트와 선행(대상) 텍스트의 경계가 더욱 분명해지며, 해석 텍스트의 독립성과 고유성이 확보된다. 바흐친이 말하는 내적 경계의 형성은 이런 의미를 갖는다.

> 복잡한 구성을 갖는 특수화된 다양한 학문적, 예술적 장르의 작품들 역시, 대화의 응답과 많은 차이가 있지만 그 본성상 담화적 소통의 동일한 단위들이다.

---

3) "대상은 이미 다양하게 말해지고 논의되고 규명되고 평가된 것이며, 다양한 관점, 세계관, 경향이 그 속에서 교차하고 모이고 흩어진다. 화자는 아직 명명되지 않은 순결한 대상과만 관계를 갖고 거기에 처음으로 이름을 부여하는 성경 속의 아담이 아니다."(바흐친, 1952/2006: 393)

이것들 역시 발화 주체의 교대로 선명하게 구획되는데다가, 이 경계는 자신의 외적 명확성을 간직하면서 동시에 독특한 내적 특성을 획득한다. 이것은 여기서 발화 주체(이 경우엔 작품의 작가)가 자신의 개성을 문체와 세계관과 작품 구상의 모든 계기들 속에서 발현하는 덕분이다. 작품에 각인된 이 개성은 이 작품을 주어진 문화적 영역의 담화적 소통 과정에서 이 작품과 관련된 다른 작품들과 구별하는 독특한 내적 경계를 창조한다. (바흐친, 1952/2006: 369)

여기서 학습 독자가 쓰는 해석 텍스트의 장르적 성격을 어떻게 부여할 것인가의 문제가 부상한다. 즉, 학습 독자에게 "자신의 외적 명확성을 간직하면서 동시에 독특한 내적 특성을 획득한" 해석 텍스트를 요구할 것인지의 문제가 남는다. 나는 읽기를 배우는 이유가 단순히 텍스트를 잘 이해하는 주체를 기르는 데 목표가 있는 것이 아니라, 이러저러한 텍스트를 읽고 그 텍스트(선행 발화)에 대해서 '능동적, 응답적 발화'를 하는 '저자'를 길러내는 데 목표가 있다고 생각한다. 따라서 자기 목소리와 자기 문제를 가진 어엿한 저자로 성장하는 것을 돕기 위해서는 형식과 내용 면에서 하나의 완결성4)과 독립성을 갖춘 장르로서의 해석 텍스트를 쓰도록 요구할 (또는 지도할) 필요가 있다. 여기서 중요한 것이 주제에 대한 저자의 시선의 잉여이다.

우리에게 중요한 것은 반성 행위들뿐이다. 반성은 적극적이고 생산적이기 때문이다. 이러한 반성 행위는 타자의 소여성의 경계를 넘어서는 것이 아니다. 단지 이 소여성을 하나로 합하고, 그것에 질서를 부여해준다. 타자에 대한 나의 외적, 내적인 바라보기의 잉여에서 흘러나오는 반성 행위들은 바로 다름 아닌 순전

---

4) 텍스트가 완결성을 가져야 응답가능성(answerability)이 보장된다. 해석 텍스트가 선행 발화(대상 텍스트)에 대한 수동적 반응으로 그친다면 이러한 완결성을 요구할 필요가 없다. 그러나 해석 텍스트가 후행 발화 즉 내가 지금 쓰고 있는 해석 텍스트를 읽는 독자들의 응답적 이해를 기다리는 것이라면 완결성을 지녀야 한다. 나는 일상의 모든 텍스트가 선행 텍스트에 대한 응답적 이해이면서 동시에 하나의 독립적인 작품의 성격을 지니듯이 학습 독자에 의해 쓰인 해석 텍스트도 동일한 성격을 지녀야 한다고 본다. 바흐친(1952/2006: 370)은 발화의 완결성이 어떤 계기(조건) 속에서 이루어지는지에 대해 다음과 같이 기술하고 있다. "응답가능성(또는 응답적 이해)을 보장하는 발화의 이 완결된 전체성은 발화의 유기적인 전체 속에서 뗄 수 없이 결합되어 있는 세 가지 계기로 결정된다. 첫째, 대상적-의미적 소진성, 둘째, 화자의 발화 구상이나 발화 의지, 셋째, 완결의 전형적인 구성적, 장르적 형식들이 그것이다."

히 미학적인 행위들이다. 나의 바라보기의 잉여는 형식이 졸고 있는 꽃봉오리이 며, 그곳에서부터 마치 꽃처럼 형식이 피어난다. (바흐친, 1924/2006: 52)

해석 텍스트를 쓴다는 것은, 어떤 주제에 대한 응답으로 쓰인 대상 텍스트 에 독자로서 능동적으로 응답하는 행위이다. 따라서 해석 텍스트 쓰기 과정 은 주제에 대한 수많은 이질적인 목소리를 성찰하는 과정으로 이해할 수 있 다. 성찰은 적극적이고 생산적이다. 이러한 성찰 행위는 나의 시선과 주제 간 의 대면을 통해서는 가능하지 않다. 타자의 시선을 들여와야 한다. 주제에 대 한 타자의 시선과 나의 시선이 만날 때, 비로소 생산적인 성찰이 가능해진다. 더 중요한 것은 하나의 압도적인 시선을 도입하기보다는 이질적인 다양한 시 선을 함께 들여와 성찰의 강도를 높이고 풍요로움을 더하는 것이다. 성찰의 끝에서 피어나는 하나의 시선, 이는 나만의 고유하고, 유일한 시선이 되며, 이러한 시선은 주제에 질서와 통일을 부여한다.[5] 우리가 만나는 아름다운 일 상 산문(학술적인 글, 비평문, 에세이, 산문 등)은 이러한 과정에서 생겨난 것 이다.[6] 따라서 해석 텍스트 쓰기의 궁극적인 목표는 대상 텍스트를 잘 해석 하는 데 그치는 것이 아니라, 주제에 대한 질서와 통일성을 부여하여 한 편의 완결된 산문을 산출하는 데 있다. 읽기의 목적은 읽기 자체에 있는 것이 아니 라 표현에 있다. 있어야 한다.

---

[5] 바흐친이 "타자에 대한 나의 외적, 내적인 바라보기의 잉여에서 흘러나오는 반성 행위들"이 "순전히 미 학적인 행위들"이고, "나의 바라보기의 잉여는 형식이 졸고 있는 꽃봉오리이며, 그곳에서부터 마치 꽃 처럼 형식이 피어난다."는 의미는 이런 맥락에서 이해될 수 있다. 물론 바흐친은 '나-타자'를 '작가-주 인공'의 맥락에서 논의한 것이지만, '작가-주제'의 맥락 안에서 논의해도 무리가 없다.

[6] 성찰이 마무리 되지 않은, 즉 저자의 시선이 주제에 통일성을 부여하지 못한 글에서는 이질적인 목소리 의 소음만 들릴 뿐이다.

3. 응답 과정에서 도입되는 맥락들

해석 텍스트 쓰기는 독자에게 응답적 이해를 요구하며, 독자는 응답적 이해 과정에서 다양한 개인적, 사회문화적 맥락을 도입한다.[7] 독자가 도입하는 맥락이, 대상 텍스트의 저자가 의식하지 못한 맥락일 때, 글쓰기 과정에서 의식적으로 배제 또는 지연시킨 맥락일 때, 의식하였지만 그 맥락에 대한 이해 방식이 독자와 달랐을 때, 그 맥락은 외재성[8]을 가지며 독자를 창조적 이해로 이끈다. 바흐친이 외재성을 창조적 이해와 관련지어 논의한 이유가 여기에 있다.

> 창조적 이해는 자신을 부정하거나, 시간 속에서 자신의 위치를 부정하거나, 스스로의 문화를 부정하는 것이 아니다. 창조적 이해는 아무 것도 망각하지 않는다. 이해를 위해 중요한 것은 이해자가 창조적으로 이해하고자 하는 대상과의 관계에서 시간과 공간과 문화 속에서 이해자의 외재성을 확보하는 일이다. 실제로 인간은 자기 자신의 외관을 직접 볼 수 없을 뿐더러 전체적으로 의미화할 수도 없으며, 어떤 거울이나 사진도 여기서 그를 도와줄 수 없다. 오직 타자들만이 그 사람의 외관을 바라보고 이해할 수 있을 따름인데, 이는 그들이 지닌 공간적 외재성과 그들이 타자라는 점 덕분이다. (바흐친, 1970/2006: 475-476)

독자로서 나는 텍스트와 저자에게 타자이다. 내가 이러한 타자로서의 외재성을 확보할 때, 저자 및 텍스트에 의미 있는 타자로서 역할을 할 수 있다. 이를 위해서는 나만의 시공간이라고 하는 고유성과 유일성을 강하게 유지하면서 밀고나가야 한다. 즉, 내 경험의 유일성과 독창성을 최대한 유지하면서

---

7) 해석 텍스트 쓰기는 기본적으로 해석에 작용하는 맥락을 제한하지 않는 읽기 활동이다. 즉 무제한적으로 열려 있는 해석 관여 맥락을 허용한다. 이 점에서 후기구조주의와 입장을 같이 한다.
8) 시선의 잉여와 함께 바흐친의 이론과 사상을 설명하는 핵심 개념이다. 나는 나의 전체를 보지 못한다. 가장 가까이 있는 이마도 코도 보지 못한다. 그러나 내 몸 밖에 거리를 두고 존재하는 타자는 그것을 볼 수 있다. 내가 못 보는 내 뒤의 배경도 볼 수 있다. 이것이 타자가 갖는 나에 대한 시선의 잉여이며, 이러한 시선의 잉여로 인해 타자는 나에게 외재성을 갖는다. 물론 그 역도 가능하다.

텍스트를 만나야 한다. 이럴 때 텍스트는 새로운 모습을 드러내는데 이것이 창조적 이해이다. 그리고 주제를 다른 시선에 본다는 점에서 창조적 이해와 비판적 이해는 동일한 읽기 방식이다.

텍스트 중심 이론가들은 독자에게 자신의 개인 맥락을 버리고 올 것을 요구한다. 텍스트의 의도가 지시하는 대로 읽는 '모델 독자'가 되도록 요구한다. 이런 읽기는 창조적 읽기가 아니며, 비판적 읽기도 아니어서, 저자도 텍스트도 이들이 다루는 주제도 의미 있게 변화시키지 못한다. 무엇보다 독자를 의미 있게 변화시키지 못한다.

다음 4, 5, 6절에서는 독자가 쓴 해석 텍스트를 1)맥락 도입 양상, 2)독자설정 양상, 3)문체적 특성으로 분류하여 그 구체적인 현상을 분석하고자 한다. 해석 텍스트 쓰기 현상을 기술하기 위한 분석 틀 세 가지는 앞의 1, 2, 3절의 논의와 깊이 관련되어 있다. 학습 또는 일상 장르로서 해석 텍스트 쓰기가 갖는 가장 큰 특징은 제한되지 않는 무수한 맥락의 도입을 용인, 촉진한다는 점이다. 3절에서는 이러한 맥락 도입이 독자의 창조적, 비판적 이해를 가능하게 한다고 보았는데, 실제 해석 테스트 분석을 통해서 이러한 가정의 타당성을 검토하고자 한다. 해석 텍스트는 선행 발화에 대한 응답이면서 동시에 후행 발화에 대한 응답이라는 중층적 성격을 지닌다. 이러한 복수성, 중층성은 해석 텍스트 저자로 하여금 독자 구성의 복잡성을 야기한다. 해석 텍스트 저자는 이러한 복잡성을 어떻게 돌파하는지 그 다양한 면모를 '독자 설정 양상'에서 살필 것이다. 그리고 독자를 대하는 저자의 태도는 자연스럽게 문체를 통해 드러날 것인데, 이는 '문체적 특성'에서 논의하고자 한다.

분석 대상인 해석 텍스트는 복거일이 조선일보(1998. 7. 7)에 게재한 〈열린 민족주의를 찾아서〉를 읽고 쓴 52편이다. 해석 텍스트는 2014년 11월에 A대학교 2학년 학생이 '독자 투고' 형식으로 작성하였다.[9]

4. 해석 텍스트의 맥락 도입 양상

통상 '타당성'은 '근거에 의한 주장의 정당화'가 합리적인지를 따진다. 현재 읽기 교육 장면에서는 그 근거를 텍스트 내 맥락으로 한정하는 경우가 많다. 교육과정에서 비판적 이해 기준으로 제시하고 있는 합리성, 공정성, 적절성도 실제 교과서의 활동을 보면, 텍스트에 근거해서 판단하도록 유도하고 있다. 그러나 해석 텍스트 쓰기에서 많은 독자는 텍스트 밖의 맥락(근거)를 도입하여 대상 텍스트를 비평하는 경우가 많다. 다음에서는 어떤 맥락을 도입하여 어떤 방식으로 비평하고 있는지를 살펴보고자 한다.

텍스트 밖 개인적 맥락의 도입: 비판

대상 텍스트인 복거일 텍스트에 일관되게 흐르는 주된 주장은, "영어를 공용어로 채택해야 한다."이다. 이 주장을 정당화하기 위해 들고 있는 주요 근거는 다음 네 가지이다. 1)영어가 실질적으로 국제어로 자리 잡았다. 2)영어 사용은 경쟁력을 높인다. 3)영어에 능통하지 못하면 평생 불이익을 보고, 정보력 부족으로 경쟁력을 잃는다. 4)영어 공용어는 영어 학습에 효과적이다. 대부분의 독자들이 복거일 텍스트에 대해 비판적 반응을 보였는데, 이러한 비판을 정당화하기 위해 텍스트 밖의 개인적 맥락을 도입하고 있다. 복거일이 제시한 각각의 근거를 해체하기 위해 독자들이 인용한 개인 맥락들을 살펴보고자 한다.

---

9) 복거일 텍스트는 조선일보를 통해 발표된 이후 많은 논쟁을 불러일으키며 여러 전문 필자의 해석 텍스트 쓰기를 촉발시켰다. 복거일 텍스트를 대상 텍스트로 삼은 이유는, 응답적 이해로서의 해석 텍스트 쓰기의 양상을 선명하게 드러내는 데 적합하다고 판단하였기 때문이다. 한편, 이 글은 해석 텍스트 쓰기 양상을 분석함으로써 중등학교 및 대학교에서의 해석 텍스트 쓰기 교육 방법론을 모색하는 데 의의를 두고 있다. 이러한 글쓰기 목적과 대상 텍스트의 주제 및 복잡성 등을 종합적으로 고려하여 대학교 2학년 학생을 해석 텍스트 저자로 선정하였다.

① 영어가 실질적으로 국제어로 자리 잡았다.
- 실제로 전 세계에서 가장 많이 사용되는 언어는 영어가 아니다. 전 세계에서 가장 많이 사용되고 있는 언어는 인구가 가장 많은 중국어이며, 그 다음은 인도어이다.(김○영)
- 고대에 유럽의 대부분은 오랜 기간 로마의 지배하에 있었고, 그 기간 동안 라틴어는 자연스럽게 그 안에 녹아들어갔다. (중략) 각 나라들은 학문과 문명화를 위해 라틴어를 공용어로 채택한 것이다.(이○민)
- 국제어가 영어가 아닌 중국어로 바뀐다면 당신은 그때 또 긴 준비 기간을 들여서 우리나라의 모국어를 중국어로 바꿀 것이냐고. (중략) 그 불확실함에 온 국민을 밀어 넣을 셈인가 하고.(구○연)
- 중국어가 대세가 되는 시기가 오면, 그때는 중국어로 공용어를 삼자고 주장할 것인가(22김○희)
- 국제어는 시대의 흐름에 따라 변화한다. 영어 이외의 다른 언어가 국제어가 된다면, 새로운 언어를 배우는 데 막대한 비용을 투자해야 할 것이다.(김○신)
- 영어가 국제어가 된 이유는 세계 경제를 주도하는 미국의 영향이라고 할 수 있겠다. 그렇다면 미국이 언제까지나 세계 경제를 주도한다는 보장이 있는가.(김○우)

비판의 근거는 크게 세 가지로 정리된다. 1)영어는 국제어가 아니다. 2)과거 유럽의 라틴어 공용어화는 우리와 상황이 다르다. 3)국제어는 변하고, 그럴 경우 영어공용어화로 인한 피해가 크다. 국제어란 용어는 명확한 개념이 아니고, 국제어를 무엇으로 볼 것인지도 사람마다 차이가 있을 것이다. 그러나 현재 시점에서 가장 영향력이 큰 언어를 국제어로 본다면 영어가 국제어라는 점에서는 대부분이 동의할 것이다. 또한 복거일이 사용자 수에 근거하여 영어를 국제어로 승인한 것은 아닐 수 있으므로(복거일의 대상 텍스트만으로는 확정되지 않기는 하지만) 김○영의 근거는 설득력이 부족할 수는 있다. 그러나 2, 3)의 근거는 설득력이 있다. 특히, 3)의 경우가 그렇다. 복거일이 영어를 국제어로 본 것은, 일종의 '대세론'에 기댄 현재 시점에서의 판단인데, 대세론에 근거한 판단은 위험할 수 있다. 패러다임이 바뀌면, 오직 패러다임

안에서만 정당성, 실효성을 갖는 논의는 급격하게 힘을 잃는다. 더구나 그 판단이 너무도 많은 사람들의 삶에 영향을 미치는 것일 때 매우 신중하고 사려 깊은 접근이 필요하다. 이러한 절차적 합리성에 대한 기대와 지지는 우리가 공유하고 있는 공통의 신념이고, 상식이다. 그리고 이러한 공동체의 신념에 근거한 텍스트 해석 전략은 매우 유용하게 작동할 수 있다.

② 영어 사용은 경쟁력을 높인다.
- 프랑스의 경우, 영어를 공용화하지 않았음에도 불구하고 영어의 경쟁력이 뒤떨어지는 것도 아닙니다.(김ㅇ은)
- 영어를 공용어로 채택한 파키스탄(45위), 나이지리아(21위), 필리핀(39위)는 왜 GDP가 낮고, (중략) 중국(2위), 일본(3위), 독일(4위), 프랑스(5위)는 영어가 공용어가 아닌데 왜 GDP가 높은지 설명할 필요가 있다.(김ㅇ준)
- 영어를 사용하고 있는 나라는 60개국이 넘지만 이들이 모두 성공적인 경제활동과 대외활동을 보여주고 있는가. 과연 우리가 영어를 공용어로 삼을 만한 충분한 본보기가 되는가에 대한 의문은 떠나지 않는다.(한ㅇ혜)
- 필리핀이라는 국가는 미국의 식민지였던 과거의 영향으로 영어를 자국어처럼 사용합니다. 그렇다면 필리핀은 우리가 기대했던 것처럼 '영어로 구체화된 많은 문화적 유산들과 첨단 정보들을 쉽게' 얻고 있습니까?(박ㅇ진)
- 필리핀도 영어 공용화를 시행하고 있다. 하지만 필리핀은 선진국이 아니다. (중략) 결론은 영어를 사용한다고 해서 무조건 선진국이 될 수는 없는 것이다.(한ㅇ현)

영어를 공용어로 선택한 나라가 반드시 잘 사는 것은 아니며, 영어가 모국어가 아니라고 해서 못 사는 것은 아니라는 것을 개인적 지식을 동원하여 비판하고 있다. 복거일이 영어 경쟁력에 근거하여 영어 공용어화를 주장하고 있다는 점에서 매우 효과적인 글쓰기 전략이라고 볼 수 있다. 물론 복거일이 영어만이 국가 경쟁력을 결정하는 유일한 요소는 아니지만, 매우 중요한 요소임에는 틀림이 없다는 반론을 한다면, 논란은 새로운 양상을 띨 것이다. 이 논제는 사실 명제라는 점에서 논란이 쉽게 종식될 수 있지만, 영어가 어떤 경로를 거쳐 국가 및 개인의 경쟁력에 영향을 미치고, 그 영향력의 정도가 어떠한지에 대한 시각차는 여전할 것이다.

③ 영어에 능통하지 못하면 평생 불이익을 보고, 정보력 부족으로 경쟁력을 잃는다.
- 나만해도 영어를 모국어로 배우지 않았지만, 그것이 손해가 된다고 생각한 적이 없다.(김○환)
- 그런데 우리나라에 살아가면서 영어를 꼭 필요로 하는 사람이 얼마나 되는가? 영어를 잘 구사할 필요가 없는 사람들까지 영어를 배워야 한다면 그것은 오히려 더욱 비경제적인 것이 아닌가 묻고 싶다.(22김○희)
- 모든 사람들에게 영어가 필요하지는 않기에 영어를 하지 못할 때의 불이익에 대하여 '평생 갖가지 불이익', '오역이 많은 번역', '정보들의 몇 백만불의 일'이라 표현하는 것은 과장이다.(91김○희)
- 대부분의 기업에서는 영어 성적을 선발 기준으로 명시하지만, 입사한 이후 영어를 사용할 환경에 노출되는 경우는 많지 않다.(김○신)
- 어쩌면 장점(영어능력-저자 주)들은 국내가 아닌 국제적인 교류가 많은 사람들, 특정 소수층에게만 유리한 장점일수도 있겠습니다.(박○진)
- 영어를 잘하지 못한다고 해서 생존에 결정적인 영향을 미치고 갖가지 불이익을 볼 수 있다는 것은 과장이며 비약이지 않을까 생각한다. (중략) 영어와 직접적으로 관련된 직업을 제외하고는 영어를 잘 하지 못한다고 해서 실생활에 큰 영향을 미치지는 않는다.(최○혜)
- 직업의 수는 무수하다. 영어가 필요하지 않은 사람들까지 영어공부로 인해 허송세월을 보내는 것이 '냉정하게 계산해야 하는 이해득실'에 포함되는지 의심스럽다.(황○진)

복거일이 주요 논거로 제시한, 영어를 능통하게 사용하지 못함으로써 생기는 불이익과 경쟁력 저하에 대해서 독자들의 반박이 매우 거세다. 요약하면, 1)실제 손해는 크지 않으며, 손해가 지나치게 과장되어 있다. 2)영어를 능숙하게 사용할 필요가 있는 사람은 소수로 한정되어 있으며, 따라서 그 피해도 소수에게만 한정된다는 것이다.[10] 개인의 경험과 지식에 매우 충실한 반응들이며, 이것이 공동체의 공통 감각에 맞닿아 있다면 매우 힘 있는 논거가 될 것이다.

복거일의 불이익론이 적절한지 과장된 것인지, 영어 혜택론이 소수에게만 해당되는지의 여부는 복거일 텍스트와 해석 텍스트를 읽는 바깥 독자들의 경험에 의해 판단될 것이다. 즉, 바깥 독자의 체험과 감수성에 의해 복거일 텍스트에 대한 동의 정도가 달라질 것이다. 그리고 실제 그 결과가 어떠할지는 앞에서 살핀 독자들의 반응을 통해 어느 정도 감지할 수 있다.

실제로, 복거일의 근거는 자신의 경험에 '갇힌' 근거인지도 모른다. 유창한 영어 구사 능력은 정치적, 사회적, 문화적 주류층에게 주로 해당한다. 그 중에서도 특히 영어나 외국인과의 접촉면이 넓은 사람들에게 한정된다. 그런데 그런 사람은 소수임이 분명하다. 그리고 그 소수는 개인적인 방식으로 영어 능통에 이르고 있다. 영어 공용어론 주장이 상당히 탈맥락적인 이유가 여기에 있다. 복거일이 다소 사소하게 보이는 '영어 오역'을 구체적인 사례로 제시한 것은, 그가 자신의 경험에 갇혀 있을 가능성을 보여주기도 한다. 복거일에 대한 타자의 시선의 잉여가 필요하며, 독자의 해석 텍스트는 이러한 기능을 충실히 수행하고 있다고 볼 수 있다.

④ 영어 공용어는 영어 학습에 효과적이다.
- 한국어와 영어는 알타이어와 라틴어로 시작되어 전혀 같은 구석을 찾아볼 수 없다. 그렇기 때문에 어법과 어순들이 모두 다르다. (중략) 둘 다 못하는 학생이 나타날 수 있는 것이다.(배○웅)
- 인도의 경우를 보면 영어가 사회의 상층부와 엘리트의 특수 신분을 보증해 주는 언어로 통용되면서, 인도의 민족어나 토착어를 사용하는 사람들이 하층부를 이루게 되었다. 심지어 엘리트 언어와 대중 언어는 서로 의사소통이 되지 않을 정도로 분열되어 있기도 한다.(정○애)

10) 이를 좀더 세분화하면, ①영어 필요 비체감론, ②소수 필요, 소수 혜택론, ③소수 필요, 불이익 과장론, ④소수 필요, 공용어 비경제론 등으로 분류할 수 있다. 위에 제시하지 않은 사례 중에 조○성은 ①, 정○민, 이○일은 ③, 김○준, 박○민, 박○혜는 ④의 맥락을 들여와 복거일의 주장을 반박하고 있다.

- 오히려 영어의 공용화는 영어교육의 과열화와 규모의 확대만을 가져오지 않을까 우려가 된다. (중략) 영어를 제대로 학습하지 못한 청·장년층의 영어 학습으로 인한 스트레스와 지출은 커져갈 것이다. (김○원)
- 영어를 공용어로 채택한다면 우리 사회가 투자해야 할 비용은 얼마나 클까? 전혀 다른 두 언어를 동시에 배워야 하므로 국민의 심적 부담과 경제적 부담은 커질 것이다. (장○나)
- 영어공용화는 영어만을 물려주는 것이 아니라 경제적인 측면만 보고 이해득실을 따져 선택하는 사고까지 물려줄 것이다. (91김○희)

영어 공용어로 인한 영어 학습 효과보다는 그 부작용에 더 주목하고 있다. 당연히 영어 학습 효과는 어느 정도 인정하지만, 그 부작용과 문제점이 효과를 상쇄하고도 남을 만큼 너무 크다는 점에 주목한 반응들이다. 영어 공용어 실패 사례, 구성원의 심적 부담감, 계층 간 불화, 경제적 부담의 가중 등은 예측 가능한 일들로 복거일의 주장을 비판하는 데 상당히 유효한 글쓰기 전략이라고 볼 수 있다.

개인적 맥락을 도입한 복거일 비판에서 뚜렷하게 나타나는 경향은 복거일이 설정한 실용 담론을 그대로 따르고 있다는 점이다. 실용의 관점에서 현상을 보고 처방을 내리는 방식은 자유주의자인 복거일 사유의 중요한 특징이다. 이러한 사유 방식은 영어 공용어론에도 깊게 배어 있다. 예컨대, 그의 영어 공용론은 '실용적인 것이 합리적이다→영어 공용어화는 이익이 크다→따라서 영어를 공용어화 해야 한다'의 구조를 갖는다.

따라서 실용의 관점에서 복거일 텍스트에 반응하는 것은 복거일 텍스트에 포획되는 것이며, 따라서 이러한 반응은 근본적인 비판으로 이어지기 어려울 수 있다. 그러나 그로 인해 생산적인 대화가 가능하며 영어 공용어 주장이 스스로 내파될 수 있는 지점에 이를 수 있다. 영어 공용어가 실용적이 않다는 데 더 많은 동의가 이루어진다면 그의 주장은 급격하게 힘을 잃을 것이기 때문이다. [11]

바흐친은 "사건의 생산성은 모든 것이 하나로 합류됨에 있지 않고 사건의 외재성과 비합류성에서 생기는 긴장에 있으며, 타인들 밖의 자신의 유일한 위치가 지닌 특권을 사용하는 것에 있다."(1924/2006: 135)라고 말했는데, 독자들이 도입한 개인적 맥락은 "타인들 밖의 자신의 유일한 위치가 지닌 특권"이다. 이러한 독자의 외재성이 강하게 유지될 때, 독자는 텍스트에 합류하지 않고, 팽팽한 긴장감을 유지하며 해석 사건에 참여하게 된다. 그리고 주제를 둘러싼 저자와의 대화에 생산성이 더해질 것이다. 이런 의미에서 앞의 독자들이 보여준, 개인적 맥락의 도입을 통한 비판적 이해는 복거일 텍스트를 새로운 눈으로, 거리를 두고 보게 하는 효과를 낳고 있다.

한편, 외재성은 양날의 칼이다. 자신의 고유한 경험에 근거하고 있다는 점에서 저자에게 주제를 보는 의미 있는 타자(독자)의 시선의 잉여를 제공함으로써, 주제에 대한 저자 인식을 스스로 되돌아보게 하는 날카로운 질문을 던질 수 있다. 그러나 자신의 경험에 '갇힌 논거'라는 점에서 일반화가 어려울 수 있고 이로 인해 스스로를 베는 자해적 논리가 될 수 있다. 자신이 인용한 맥락에 대해 지속적으로 성찰해야 하는 이유가 여기에 있다.

텍스트 밖 개인적 맥락의 도입: 옹호

텍스트 밖 개인적 맥락을 도입하여 복거일 텍스트를 옹호하고 있는 해석 텍스트는 5편으로 많지 않다. 이는 복거일 텍스트가 지닌 성격에서 비롯된 것으로 볼 수 있다.[12] 복거일 텍스트를 옹호하는 해석 텍스트의 저자들은 복거일이 인용하지 않은 다른 근거를 도입하여 그의 주장을 보충하고, 강화하

---

11) 물론, 반실용주의 담론(도구적 이성 비판, 제국주의에 대한 저항적 민족주의 담론 등)을 전개하면서 실용 담론에 포획되지 않는 독자는 영어 공용어화가 매우 경제적이고 실용적이라고 할지라도 복거일에 주장에 동의하지 않을 것이다.

12) 복거일 텍스트에서 주장하고 있는 영어 공용어화는 매우 도전적인 것이어서 한국 사회 구성원의 폭넓은 지지와 동의를 얻기에는 무리가 있다.

는 글쓰기를 하고 있다. 이것이 해석 텍스트 쓰기의 의의이기도 하다.

김○원은 "믿을 것이라는 인적자원밖에 없는 작은 나라에서 민족주의적 정체성과 총체성 훼손의 관점으로 영어 공용화론을 바라보기엔 우리가 당면한 현실이 녹록치 않다는 생각이 든다."며 복거일 주장을 옹호한다. 김○진은 복거일 비판론자의 반응을 예견하면서 "민족어에는 민족의 혼이 담겨 있다는 말은 지극히 공감하는 바이며 고로 우리의 언어를 세계화 속에서 소중하게 지켜나가야 한다는 말 또한 당연히 공감하는바"라고 전제한다. 그러나 영어 공용어는 특별한 것이 아니라, "복거일의 주장을 음식에 비유하자면, 아마 우리의 식탁 위에 한식뿐만 아니라 양식도 함께 놓아보자는 이야기가 아닐까 싶다."라면서 복거일 주장에 비판적인 독자의 경계를 허물려는 노력을 하고 있다. 그가 영어 공용어화를 찬성하는 이유는 "오늘날 우리는 모두 영어로부터 자유롭지 않은 현실을 살아가고 있"기 때문이다.

김○추는 자신의 고유한 자리(학생)에서 체험한 '영어 효용론'의 사례를 풍부하게 나열하면서 복거일의 주장에 '합창적 지지'를 보내고 있다. 박○아는 저자 주장을 옹호하면서 새로운 논거를 도입하고 있다. 예컨대, 영어 공용어 주장을 '빈부격차 해소론'으로 연결하고 있다. 그는 "빈부격차로 인해 영어 교육 수준이 달라진다."라고 진단하면서 영어가 공용어가 되면, "영어가 자연스럽게 습득될 것이므로 상류층이 아니라도 모국어처럼 쓸 수 있을 것이다."라고 말하고 있다. 매우 힘 있는 논거 하나를 저자에게 제공하고 있는 셈이다.

사회문화적 맥락의 도입: 초이해의 경향들

복거일의 텍스트에서 묻는 것은 '영어 능통 또는 영어 공용어는 이익인가, 아닌가?' 또는 '모국어만의 사용은 이익인가, 아닌가?'이다. 이것이 텍스트가 묻는 것이며 여기에 충실히 답하는 것이 텍스트가 의도하고 있는 모델 독자의 모습이다. 그러나 독자들은 이러한 물음에 포섭되지 않고 다른 방식으로 질문을 함으로써 텍스트 의도로부터 벗어나고 있다. 예컨대, 1)영어가 공용어가 될 경우, 앞으로 모국어의 삶은 어찌 될 것인가? 2)복거일은 왜 저런 주장을 하는 것인가? 3)민족어(모국어)는 어떤 가치와 의의를 지니고 있는가? 4)영어의 정확한 자리는 어디인가? 등이 그 예이다.

이런 질문은 웨인 부스의 개념을 빌어 말하면 '초이해'적 질문이며 이러한 질문이 가능한 것은 텍스트 밖의 맥락, 특히 사회문화적 맥락을 도입함으로써 생성되는 질문이다(에코, 1997). 사회문화적 맥락 도입을 통한 초이해는 텍스트가 던지는 질문에 응답하는 것이 아니라, 반대로 독자가 텍스트에게 질문하는 것으로 대개는 비판적 이해의 양상을 띤다.

① 모국어의 미래
- 영어와 모국어를 함께 공용어로 지정할 경우, 모국어는 위치가 점점 내려가다 영어의 영향을 받아 (중략) 영어로 대치되어 지금보다도 훨씬 빠른 속도로 모국어의 원래 어형을 잃어버리고, 결국 쇠퇴의 길을 걸을 것이다.(양ㅇ희)
- 복거일은 무조건적으로 영어만을 공용어로 삼는 것이 아니라, 현재 우리나라의 언어와 영어를 공용어로 삼자고 하고 있다. 그러나 먼 훗날을 생각할 때, 과연 그 시대에도 우리 한글과 영어가 공용어로 대등하게 쓰이고 있을 것인가에 대해 의문이 든다.(진ㅇ정)
- 필자는 민족어를 버리자는 주장이 아니라고 말하고 있지만 영어공용화는 한국어의 소멸이라는 끝을 가져올 가능성이 충분하다는 생각이 들었다.(한ㅇ현)
- 영어 공용어 채택이 우리말 사용에 막대한 영향을 끼칠 수 있다는 것은 소수민족의 언어 사용과, 지난 식민 지배를 거쳐 그들 고유의 언어가 아닌 종주국의 언어를 사용하게 된 여러 국가들의 언어 사용의 경우를 통해 확인해 볼 수 있다.(김ㅇ우)

독자들이 대상 텍스트로 삼고 있는 복거일 텍스트에는 모국어로서의 한국어의 삶에 대한 명확한 언급이 없다. 그의 책 ≪국제어 시대의 민족어≫에서 종종 드러나는 '모국어 사멸론'(예컨대, "박물관 언어")에 대한 얘기가 이 텍스트에는 등장하지 않는다. 따라서 이 텍스트만 읽으면, 복거일의 영어공용어는 '한국어와 영어의 행복한 동거'로 이해될 것이며, 따라서 많은 동의를 이끌어 낼 공산이 크다. 해석 텍스트의 저자들은 이러한 해석 상황이 매우 우려스러운 것이다. 따라서 이러한 동거의 끝이 무엇일지를 폭로함으로써 공동체 독자의 (유보적)지지 또는 부분적 지지를 해체하려는 노력을 기울이고 있는 것이다. 많은 독자가 이런 글쓰기 전략을 사용하고 있는데, 복거일의 다른 여러 텍스트에서 일관되게 흐르는 목소리를 고려하면, 비판의 지점을 매우 정확하게 포착하였다고 볼 수 있다.

② 복거일 발상의 기원
- 그것이 얼마나 사대주의적인 시각에서 비롯되었는지 알아야 할 필요가 있다.(구○연)
- 영어를 배운다고 교양인이 될 것이라는 그의 주장은 식민지 시절 일본어가 교양어라고 주장하던 친일파와 전혀 다르지 않다.(김○영)
- 싱가포르 사람들이 영어를 공용어로 채택, (중략) 싱가포르는 영국의 식민지였기 때문에 어쩔 수 없이 영어를 받아들인 것이다. 영어를 공용어로 삼자는 주장은 식민지적 사상의 잔재는 아닐지 성찰해 보았으면 한다.(22김○희)
- 이는 일본이 조선을 식민지화하려는 절차와 똑같으므로 영어 공용어 제정은 우리를 자체적으로 미국의 식민지화하려는 절차라고 이해할 수 있다.(김○환)

영어 공용어 담론을 식민주의 또는 탈식민주의, 사대주의, 제국주의라는 개념 속에서 살피는 것은 의미가 있다. 독자 투고 형식의 짧은 글이다 보니, 해당 개념에 대한 정교한 논의와 확장이 이루지지는 못했지만, 담론을 이론의 차원으로 끌어올려 논의를 심화시키는 데 매우 의미 있는 개념인 것은 분명하다. 여기에 교사의 설 자리가 있는 것이다. 즉, "저자 주장은 이것이다"라고 설명하는 자리에서 내려와 독자가 스스로 도입한 이러한 의미 있는 개념을 정교화, 세련화, 확장하는 데 도움을 주어야 한다.

한편, '제국주의 언어의 공용어화를 통한 식민지화'는 우리 공동체 구성원이 공유하고 있는 배경 지식이며, Gee(2002)가 말하는 '조건 지워진 의미'임을 확인할 수 있다. 그리고 이러한 배경 지식은 복거일의 영어 공용어화 담론을 비판적으로 해석하는 데 적극적으로 작용하고 있다. 즉, 공동체의 분명한 '해석 전략'으로 자리 잡고 있음을 확인할 수 있다.

③ 민족어의 가치: 정체성, 고유성의 유지와 강화
- 민족어를 통해 성립된 사회 문화적 요소는 경제적 효율성을 충분이 초월할 수 있는 부분이다. 역사가 지속되면서 축적된 의식적 요소는 단순히 돈으로는 해결할 수 없기 때문이다.(박○일)
- 우리는 민족어를 잃게 되고 우리의 고유한 특성을 잃게 되고 나아가 세계화 측면에서 우리나라의 특수한 경쟁력 또한 잃게 되는 것이다.(양○슬)
- 우리 고유의 언어를 쓰는 것은 우리 민족의 고유성에 따른 자부심, 민족의 사상과 역사를 느끼며 찾는 나의 정체성, 민족 고유의 생각과 느낌을 대물림하는 동질성 등 여러 가지를 향유하는 것이다.(이○민)
- 문자에도 우리의 한국적인 정서가 들어있고 그것을 사용하는 우리들에게는 한국인이라는 정체성을 가지게 해 준다.(장○형)
- 언어에는 언어를 사용하는 사람들의 정신이 담겨 있다. 따라서 우리의 한글에도 우리만의 정신이 담겨있는 것이다. 그렇기 때문에 일제도 일제 강점기 때 우리의 조선어를 사용하지 못하게 하지 않았는가?(진○정)

민족어, 민족 문화의 가치와 의의를 기술함으로써 영어 공용어 담론에 대항하는 담론을 구축하고 있다.[13] 민족어, 민족 문화의 가치와 중요성이 구체화, 풍부화 되고 논리적 세련화가 이루어진다면 영어 공용어 담론은 자연스럽게 그 힘을 잃을 것이다. 이를 위해서는 민족어 사용을 통해 형성되는 '고

---

13) 이 외에 김○천, 안○지, 이○민, 정○서 역시 민족어의 가치를 다양한 방식으로 설명함으로써, 반(反) 영어 공용어 담론을 구성하고 있다.

유한 특성', '정체성', '한국적 정서', '정신'은 무엇인지, 그것은 왜 지켜져야 하는 것인지, 그것이 다른 언어를 통해서는 형성되지 않고, 지켜질 수 없는 것인지에 대한 고심이 뒤따라야 할 것이다. 이들을 화제로 한 진지한 탐구와 성찰이 이어질 때, 민족어 담론은 풍부해지고, 심오해질 것이다.[14] 이것이 해석 텍스트를 쓰는 이유이기도 하다.

④ 영어의 자리: 2차 언어, 보조 언어
- 경쟁력 강화를 위한 도구로서의 언어를 배우자는 것이다. (중략) 이미 사회에선 2차 언어로서의 영어를 필요로 하는 경우가 많지 않은가. (중략) 영어공용화론이 (중략) 두 마리의 토끼를 잡을 수 있는 경우가 아닐까 싶다.(김○원)
- 국제어는 전달과정이나 의사소통에 있어서 보다 원활하게 하기 위한 '보조적' 수단일 뿐이다.(강○후)
- 영어는 살아감에 있어 부가 수단은 될 수 있으나 필수 수단은 될 수 없다. 우리는 현재 사회의 요구에 의하여 영어를 배우고 있으나 삶에서 영어를 사용하는 시간은 많은 부분을 차지하지 않는다.(최○원)

저자의 용어인 '국제어'를 그대로 차용하면서(일단 수용), 그 용어에 완전히 다른 성격의 의미를 부여하면서(필수 언어→보조 언어/1차 언어→2차 언어) 저자의 주장을 전복하는 글쓰기 전략이다. 즉, 복거일의 주장에 동의하면서도 영어에 대한 다른 시각을 도입하고 있다. 복거일이 국제어로서 영어를 중심에 놓고, 모국어를 사유하는 반면에 위 독자들은 민족어를 중심에 놓고, 영어를 '도구 언어', '2차 언어', '부가 수단' 등으로 인식하고 있는 것이다. 복거일의 영어 공용어 주장은 영어와 모국어의 한시적 동거 후에 자연스럽게 영어가 모국어 또는 제1언어가 되는 것을 상정하고 있는 반면에, 위 독자들은 모

---

14) 복거일의 '닫힌 민족주의'에 대한 다양한 지적과 경고 때문인지 해석 텍스트에서 드러나는 민족어에 대한 태도는 매우 유연한 편이다. 나는 이것이 대상 텍스트가 독자에 미친 영향이라고 생각한다. 한편으로는 독자 중의 하나가 될 복거일의 반응을 선취한 경우라고 볼 수 있다.

국어의 소멸을 전제하지 않는다.

해석 텍스트를 쓴다는 것은 대상 텍스트에서 다루는 주제를 다시 읽는다는 것을 의미한다. 독자로서 우리는 저자가 주제에 대해서 뭐라고 얘기하는지 정확하게 파악할 수 있을까? 이것이 어려운 것은 주제에 대한 저자의 목소리에 귀를 기울이는 순간, 주제에 대해 얘기한 수많은 다른 목소리들이 함께 들리기 때문이다. 이들 목소리에는 타자로서 분명하게 인식되는 구체적인 인물의 목소리들도 있지만, 구체적인 인물은 지워진 채, 의심 없이 단호하게 울려 퍼지는 하나의 말씀도 있다. 특히, 그 주제가 민족, 민족 문화, 모국어 등과 같이 내가 잘 안다고 생각하는 것일 때, 내 몸 안에서 울려 나오는 그 말씀은, 깊숙이 자리한 내밀한 내 목소리도, 저자의 목소리도 압도한다.

이런 목소리는 타자의 목소리로서 독자의 사회 문화적 실천과 경험 속에서 형성된 '위치 지워진 의미'(situated meaning)이다. 이는 통상적 의미에서 스키마인데, "'스키마' 개념이 사회문화적으로 맥락화된 것"이다(최인자, 2008: 431).15) 사회적 상호작용을 통해서 구성된 지식이란 점에서 사회문화적 지식으로 이해할 수 있다. 사회문화적 접근에서는 일종의 믿음과 신념으로서의 이러한 사회문화적 지식은 공동체의 지배적인 이데올로기에 붙잡혀 있음을 강조한다.

대체로 이데올로기는 성찰되지 않는다. 성찰되지 않기 때문에 단호한 것이며, 성찰되지 않았기 때문에 나의 목소리도 아니다. 그리고 성찰되지 않은 이데올로기로서의 목소리는 단단한 만큼 허약하기 때문에 대상 텍스트를 비평하는 데 효과적이지 않을 수 있다. 대상 텍스트의 저자가 벌써 그 이데올로기

---

15) 해석의 사회적 측면을 강조하는 사회문화적 모델은 인지적 모델과의 차이를 드러내기 위해 "배경지식이나 스키마와는 구별되는 '자원(repertory)'이란 개념을 사용하고 있다. '자원'은 텍스트의 생산과 수용 과정에서 사용하는 특정의 담론들의 세트, 관념과 경험, 습관, 규범, 관습, 가정들의 경합들로서, 독자가 특정의 사회적 위치에서 자신이 속한 사회의 이데올로기를 전유한 결과 가지는 지식이다."(최인자, 2008: 435)

에서 벗어나 매우 다른 지점에서 그 이데올로기를 비판적으로 조망하고 있을 때, 이데올로기에 갇힌 글쓰기 전략은 유효하지 않다. 따라서 해석 텍스트 쓰기 자리는 이런 이데올로기를 성찰하는 자리여야 한다.

5. 독자 설정 양상

해석 텍스트는 후행하는 응답적 발화를 기다리면서 끝난다는 점에서 청자는 잠재적 독자(내 텍스트에 대해 응답적 발화를 할 미지의 사람)가 된다. 한편, 해석 텍스트 저자는 대상 텍스트의 저자가 자신의 글을 읽을 것이라는 전제 하에 글을 쓰기 때문에 대상 텍스트의 저자도 잠재적 독자에 속한다고 볼 수 있다.

중요한 것은 해석 텍스트를 읽는 잠재적 독자가 단일하지 않다는 데 있다. 잠재적 독자 중에 어떤 독자를 더 의식하느냐에 따라 글쓰기의 방향, 내용, 문체가 결정된다. 이 연구에서는 학생들에게 해석 텍스트를 쓰면서 '독자 투고' 형식으로 쓰라고 요구하였다. 독자 투고란 장르는 신문에 실리는 것을 전제하므로 독자는 특별히 제한되지 않는다. 사실 모든 독자에게 열려있는 셈이다. 그러나 해석 텍스트 저자는 복수의 여러 독자 중에서 특히 어떤 독자군을 더 의식할 수 있다. 이 글에서는 해석 텍스트 독자를 1)대상 텍스트 저자, 2)잠재적 독자로 크게 나누고자 한다. 그리고 해석 텍스트 저자의 복거일 주장에 대한 태도(비판적, 우호적), 해석 텍스트를 읽을 잠재적 독자의 복거일 주장에 대한 태도(비판적, 우호적)를 고려하여 독자를 다시 네 가지 유형으로 분류하고자 한다. 즉, ①저자―비판적, 독자[16]―비판적, ②저자―비판적, 독자―우호적, ③저자―우호적, 독자―비판적, ④저자―우호적, 독자―우호적으로 분

---

16) 여기서 '저자'는 해석 텍스트를 쓴 사람을 의미한다. 그리고 '독자'는 해석 텍스트를 읽는 사람을 의미한다.

류하여 분석하고자 한다.17) 사실, 해석 텍스트 저자는 이들 모두를 독자로 설정하고 있다고 보는 것이 옳다. 다만 이렇게 분류한 것은 잠재적 독자 중에서 특별히 더 의식하는 독자가 있게 마련이고, 이것이 글쓰기에 다양한 방식으로 영향을 미친다는 점에 주목한 것이다.

대상 텍스트 저자

앞에서 기술한 바와 같이 대상 텍스트 저자(복거일)는 잠재적 독자에 포함될 수 있다. 그리고 당연하게 '독자–우호적' 범주를 대표하는 독자이다. 여기에서는 대상 텍스트 저자를 강하게 의식하고 이것이 글쓰기에 드러난 사례만을 살펴보고자 한다.

대상 텍스트 저자를 강하게 의식하고 있는 경우 내용과 문체는 매우 조심스럽고, 정중하다. 김○은의 경우가 대표적인데, 장르도 편지글의 형식을 유지하고 있으며, 경어체를 사용하고 있다. 그리고 해석 텍스트의 저자인 자신에 대한 인식이 글쓰기 전체에서 지속적으로 드러난다. 이는 "~라고 생각합니다."란 표현에서 확인할 수 있다. 한 편의 글에서 "생각합니다."란 표현은 총 7번이 등장한다. 총 네 개의 단락으로 구성된 이 글에서 세 개의 단락이 이 표현으로 끝을 맺고 있으며, 한 단락 안에서도 수시로 등장한다. 그러나 대상 텍스트 저자를 독자로 상정한다고 해서 표현이 부드러워지는 것은 아니다. 구어적 논쟁에서 흔히 보는 바와 같이 더 표현이 격렬해지고 거칠어지는 경우도 있다. 다음이 그 예이다.18)

---

17) 이 중에서 ②저자–비판적, 독자–우호적, ④저자–우호적, 독자–우호적에 해당하는 분석은 생략하기로 한다. ②'저자–비판적, 독자–우호적'에 해당하는 독자는 복거일 자신이거나 복거일 텍스트에 우호적인 독자일 텐데, 이들을 대상으로 한 글쓰기 전략과 양상은 앞에서 살핀 '개인적 맥락(비판)'에서 충분히 드러났다고 생각하기 때문이다. 한편, ④'저자–우호적, 독자–우호적'에 해당하는 특별한 글쓰기 양상은 발견하지 못하였다.

18) 한○혜도 복거일의 주장에 동의하지 못하겠다며, "그가 이 주장을 더 밀고 나간다면, 지금 제시한 내용보다도 더 넓은 영역과, 다양한 시선과 각도로 우리를 설득해야 할 것이다."라고 단호하게 말하고 있다.

- 혹시나 이러한 질문(복거일 텍스트의 마지막 문단-저자 주)의 대답으로 태어난 이부터 그렇게 모국어를 바꾸면 된다는 말을 한다면 그것은 복거일의 근본부터 물어야 할 것이다.(조○환)
- 그러한 긴 준비 기간 동안 국제어가 영어가 아닌 중국어로 바뀐다면 당신은 그때 또 긴 준비 기간을 들여서 우리나라의 모국어를 중국어로 바꿀 것이냐고. 그리고 그 긴 준비 기간이 어느 정도의 준비 기간을 들이느냐가 불확실한데 그 불확실함에 온 국민을 밀어 넣을 셈인가 하고.(구○연)
- 복거일이 독자들에게 물어보았다면 나는 복거일에게 물어보고 싶다. "한국에서 태어났지만 한국어를 제대로 사용할 수 없는 아이가 과연 한국인이라고 할 수 있냐고?(김○영)
- 우리말을 낮추고 영어를 높이는 행위를 하였을 때, 과연 지금의 삶과 우리 후손들의 삶은 어떻게 되었을지 복거일씨에게 질문을 해본다. 그리고 그의 생각이 숲을 보지 못하고 한 그루의 나무만 본 것이 아닌지에 대해서도 생각해 보기를 원한다.(조○성)

해석 텍스트 중에서 저자와 가장 날카롭게 대립하고 있는 독자는 정○주일 것이다. 그는 다음과 같이 말하고 있다.

그가 독자로서의 나를 설득시키지 못함은 그의 논리가 편협한 지성에서 발현된 것이기 때문이다. 언어에 대한 이해 없이 언어를 말하고 있음이 첫 번째니, 나를 설득하기 위해서 그는 첫째로 언어에 대한 공부를 더 해야 한다. (중략) 나는 다만 그가 편협한 지성으로 논의를 깊이 있게 이끌어나가지 못함이, 너무 많은 근거의 부재와 허술함이 안타까울 뿐이다.(정○주)

복거일은 우리나라에서 자유주의자를 대표하는 사상가이며, 작가이다. 이런 저자에게 "편협한 지성", "언어에 대한 공부를 더 해야 한다."라는 표현은 지나치다고 할 수 있다. 해석 텍스트를 읽는 독자는 복거일 텍스트 하나(「열린 민족주의를 찾아서」와 정○주의 글을 1:1로 대조하며 반응하지 않는다. 그 중에 많은 독자는 복거일의 삶과 생각, 복거일의 다른 많은 텍스트를 조회하며 반응한다. 그런 독자가 있음을 인식하고 글을 쓸 때, 그러한 독자의 인식까지를 넘어서는 글쓰기를 할 때, 독자의 깊은 공감을 얻는 글이 될 것이다. 글을 쓴다는 것은 있는 생각을 옮기는 과정이 아니라, 있는 생각을 가다듬거나 부족한 생각을 충실히 채우는 과정으로 이해할 필요가 있다. 읽기와 쓰기가 갖는 성장과 성숙의 계기는 이러한 생각의 '가다듬음'과 '채움'에 있을 것이다.

정ㅇ주는 여러 독자 중에서 가장 긴장감 높은 글쓰기를 하고 있다. "내 주장을 펼치기 전에 그에게 설득당해보고 싶은 한 명의 독자로서"란 표현에서 알 수 있듯이, 저자와 확실한 거리를 두고 날카롭게 대치하면서 복거일의 논리가 자신의 마음을 어떻게 움직이는지를 메타적으로 살피고 있다. 자신의 고유한, 유일한 자리를 끝까지 지키면서 저자를 바라본다는 측면에서 보면, '외재성'을 가장 강하게 유지하고 있다고 볼 수 있다. 그러나 자신의 해석 텍스트를 읽는 독자의 시선까지도 강하게 의식하는 데까지 나갈 필요가 있다. 정ㅇ주가 복거일을 보듯, 독자들로 정ㅇ주를 그렇게 볼 것이며, 더구나 그 독자들은 정ㅇ주의 지난 삶과 글쓰기 내력은 잘 모르지만, 복거일의 이력은 잘 알고 있을 때, 그것을 인식하면서 글을 쓴다면 상당히 다른 지점에서 글쓰기가 시작될 것이라고 본다.

정ㅇ주는 복거일이 "한국어를 씀으로써 갖는 효용은 단지 조상들이 써온 언어를 계속 쓰는 즐거움을 누리는 것뿐인"것으로 인식하고 있기 때문에 "영어를 공용어로 삼자 제안하게 된 근본 이유인 '경제성'이 언어로서의 가치를 고려하는 데까지 나아가지 못"했기 때문에 그를 "편협한 지성"이라고 말하고 있다. 따라서 편협한 지성임을 밝히기 위해서는 복거일이 보지 못한 한국어의 효용을 폭넓게 드러내야 한다. 독자들이 정ㅇ주 텍스트에서 가장 관심을 가질 부분 또는 그의 글쓰기의 진가가 드러나는 부분은 이 지점일 것이다.

저자-비판적, 독자-비판적

대상 텍스트를 반박하는 해석 텍스트의 저자가 잠재적 독자를 더 의식하

고, 잠재적 독자 중에서도 동질 집단(대상 텍스트에 비판적인)을 더 우위에
두었을 때, 해석 텍스트는 매우 단호하고, 단정적인 문체를 갖게 된다. 앞의
많은 글쓰기 사례에서도 확인하였지만 여러 독자의 해석 텍스트가 이러한 경
향을 보이고 있다.

동질 집단을 독자로 상정할 때 나타나는 가장 뚜렷한 글쓰기 경향 중의 하
나는 구체적인 논거를 과감하게 생략하는 것이다. 나와 독자가 공유하고 있
는 근거이기 때문에 굳이 구체적으로 기술할 필요를 느끼지 못하는 것이다.
그리고 해석 텍스트 저자가 도입하는 근거는 대체로 공동체의 구성원이 공유
하는 사회문화적 지식인 경우가 많다.

앞에서 살펴본 바와 같이 많은 독자가 '모국어', '식민지', '민족어', '언어 도
구주의' 담론을 도입하여 복거일 텍스트를 비판하면서도 해당 담론을 상술하
여 독자를 설득하려는 노력을 애써 기울이지 않는다. 해석 텍스트를 읽는 독
자는 이미 그 내용에 정통하기 때문에 해당 담론의 서두를 꺼내는 것만으로
도 공감대가 형성될 것이기 때문이다.

이러한 글쓰기 전략은 복거일 텍스트가 워낙 우리 사회의 통념과 상식을
넘어선 지점에 있다는 점에서 이해가 된다. 그러나 해석 텍스트를 읽는 독자
중에는 복거일 텍스트에 비판적인 독자만 있는 것이 아니라, 우호적인 독자
가 있음을 염두에 둔다면 다른 글쓰기 전략을 사용할 필요가 있다.

더구나 복거일이 벌써 그의 텍스트에 보일 비판적인 목소리를 선취하고 있
다면, 그리고 그 비판적 목소리가 '민족어', '모국어', '민족주의' 담론에 기대
고 있다는 것을 알고 있다면, 해석 텍스트는 복거일과 그의 옹호자들에게 설
득력이 부족하며 의미 있는 변화도 이끌어낼 수 없다. 즉, 저자에 의해 선취
된 독자의 반응은 저자에 대한 타자(독자)의 시선의 잉여가 될 수 없다. 저자
에게 의미 있는 충격을 주지 못하며, 대화적 계기를 마련하지 못함으로써 서
로를 변화시키지 못한다.

이와 같이 동질 집단이 공유하고 있는 지배적 신념 또는 거대 담론에 기대지 않고, 자신의 생각에 근거하여 비판적 목소리를 내는 경우노 있다. 양ㅇ원은 양질의 삶을 살기 위해서는 "자기 자신이 지닌 빛깔과 무늬를 소중히 여기고 그만큼 타자의 개성도 존중해주는 자세가 필요하다"고 말한다. "그렇게 한층 더 성숙한 태도로 지구촌 시대에 임한다면 영어 공용화 같은 것은 없어도" 된다고 주장하는데, 왜냐하면, "우리는 충분히 효율적인 방법으로, 그리고 더 나은 양질의 삶을 영위할 수 있는 강점을 지니게 될 것이기 때문이다."

좋은 삶에 대해 복거일과의 시각차를 드러냄으로써, 자신의 생각에 동감하는 새로운 독자를 호출하고 있는 것이다. 즉, 영어 경쟁력이 좋은 삶을 보장해 주는 것이 아니라, 자신의 빛깔과 무늬를 소중하게 간직하면서 타인을 존중하는 자세, 이를테면 '화이부동'의 태도가 좋은 삶을 기약한다는 주장을 함으로써, 좋은 삶에 대한 새로운 감수성을 환기시키고 있는 것이다. '영어 경쟁력이 좋은 삶을 보장한다.'는 주장에 대안적 시선을 접속시켜 그 주장에 균열을 만드는 글쓰기 전략이라고 볼 수 있다. 황ㅇ진 역시 이와 유사한 태도를 보인다. "세계화는 다른 나라에 흡수되는 것이 아니라, 각 나라의 전통을 공유하면서 상호작용하는 것이라 생각한다. 각양각색의 나라에 대한 궁금증이 외국어 공부의 열정으로 향한다면, 그것이 국가의 경쟁력을 높여주는 길이 될 것이다. 언어를 구사하는 능력만큼 중요한 것이 그 사람에게 담긴 정의적 특성, 즉 태도와 가치관 혹은 창의력과 판단력이라고 본다." 한편, 김ㅇ신은 "언어를 경쟁력으로 삼기보다 독자적인 기술력을 보유하는 것이 경제적 효율성의 원칙에서 보았을 때 수지가 맞는다고 할 수 있다."라고 하면서 경쟁력에 대한 새로운 관점이 필요하다고 말하고 있다.

저자-우호적, 독자-비판적

복거일 텍스트를 옹호하는 글쓰기를 하면서, 한편으론 복거일 주장에 비판적인 독자를 의식한 글쓰기가 여기에 해당한다. 이런 성격을 지닌 해석 텍스트는 많지 않지만, 몇 가지 서로 다른 경향을 보이고 있어 흥미롭다. 먼저, 복거일 텍스트에 비판적인 독자에게 복거일을 대신하여 해명하는 글쓰기를 하는 경우이다.

> 한민족의 언어가 민족의 정체성과 역사를 담고 있는 언어의 상실은 그 민족의 민족성을 잃는 것은 자명한 사실로, 언어의 상실은 그 민족의 정체성을 잃는 것이란 주장엔 반박할 여지가 없다. 그리고 복거일 텍스트에서의 그의 신념은 배타적 민족주의가 아니다. 모국어의 기능을 부정하지 않는 것이다. (김○원)

민족, 모국어에 대한 애착을 가진 사람들이 자신의 글에 보일 반발을 미리 예견하면서 자신의 복거일 옹호가 반민족주의, 반모국어의 입장에서 나온 것이 아니라, "경제성과 효율성의 입장에서 영어공용화론을 바라본 것"이라는 점을 강조하고 있다. 더 나아가 "텍스트 안에서의 복거일씨도 이러한 문제점을 인식했기에 '제안'이라는 단어를 썼을 것이다."라고 말하면서 복거일을 대신하여 해명을 자처하기도 한다. 즉, 반대 집단의 목소리를 충분히 이해하고, 또 동의하고 있다는 점을 충실하게 기술하면서, 영어 공용어화 주장이 이러한 관점에 위배되지 않음을 강조하면서 독자의 오해 없기를, 동의가 있기를 기대하면서 글쓰기를 하고 있는 것이다.

한편, 복거일 텍스트에 비판적인 독자에게 경고를 보내면서 설득하는 글쓰기 양상을 보이는 경우도 있다.

> (중략) 그야말로 식탁의 국제화이다. 이러한 식탁 위의 음식들을 향해 왜 대한민국에서 대한민국 국민이 먹는 아침 식사에 밥과 국이 아닌 토스트가 올라오는 것이냐며 거센 비난의 목소리를 높이는 사람이 있다면 우리는 그를 향해 어떠한 말을 건네야 할지 모를 참으로 민망한 상황이 연출되지 않을까 싶다. (김○진)

복거일의 영어 공용어 주장을 옹호하는 글쓰기를 하는 나에게 비판하는 목소리를 미리 예상하고 이를 효과석으로 차단하기 위해 '식탁론'을 펼친다. 엉뚱한 질문을 해서 민망한 상황을 만들지 말라고 경고하고 있는 것이다. 그리고 "우리가 식탁 위에 양식을 올린다고 해서 우리가 한식에 담긴 민족성을 잃고 살아간다 말하지 않는 것처럼 우리가 영어를 사용한다고 해서 한국어에 담긴 우리 민족의 혼을 버리는 것은 아니"라고 설득하고 있다.

6. 문체적 특성

이 글에서 분석 대상으로 삼은 해석 텍스트의 문체에서 보이는 지배적인 흐름 중의 하나는 날카로움과 예민함이다. 이는 복거일 텍스트가 유발한 것이기도 하다. 특히, 그의 텍스트 마지막 단락은 영어와 모국어에 대한 지나친 편향을 보임으로써, 독자들의 거센 반발을 불러일으킨 것으로 보인다. 만일 해석 텍스트의 저자들이 복거일 텍스트를 읽지 않은 상태에서, '영어 공용어화'를 주제로 삼아 글쓰기를 하였다면 위에서 언급한 문체적 특성을 보이지 않았을 것이다. 이는 텍스트의 문체가 대상(주제)과 나의 관계에서 비롯되기도 하지만 그 주제를 다룬 텍스트에 의해 영향을 받는다는 바흐친의 생각에 충실히 부합한다.

> 우리 발화의 표현성은 이 발화의 대상적−의미적 내용에 의해서뿐만 아니라(또는 의해서보다도), 같은 주제를 놓고 우리가 대답하고 논쟁을 벌이는 타자의 발화에 의해 결정된다. 타자의 발화에 의해서, 개별 계기의 강조와 반복, 한층 날카롭거나 한층 부드러운 표현의 선택, 도발적이거나 양보적인 어조 등이 결정되는 것이다. 발화의 표현성은 그것의 대상적−의미적 내용 하나만이 고려될 때는 결코 완전히 이해되거나 설명될 수 없다. 발화의 표현성은 자신의 발화 대상과의 관계뿐만 아니라, 다른 발화들과 화자의 관계를 표현한다. (바흐친, 1952/2006: 390)

다음 양ㅇ슬의 경우에도 복거일 텍스트에 대한 '관계성'을 잘 보여주고 있다. 저자가 사용한 꽤 매력적인 수사를 그대로 차용하여 부메랑으로 돌려주는 글쓰기 전략을 사용하고 있다.

끝으로 복거일이 독자에게 물은 것처럼 나 또한 복거일에게 묻고 싶다. '만약 막 태어난 당신의 자식에게 영어와 조선어 가운데 하나를 모국어로 고를 기회가 주어진다면, 어느 것을 권하겠는가? 한쪽엔 영어를 자연스럽게 써 후에는 불필요할지 모를 입사에서의 이익을 얻고 주위의 사람과의 소통은 하지 못한 채 다른 나라의 사람들과의 소통이 수월한 삶이 있다. 다른 쪽엔 민족의 독자성을 지닌 채 세계 속에서 독특한 경쟁력을 지닐 수 있고, 주위와 소통이 수월한 삶이 있다. 당신은 과연 어떤 삶을 자식에게 권하겠는가?'(양ㅇ슬)

다음 해석 텍스트도 이야기 장르를 끌어 들여[19] 해석 텍스트를 풍요롭게 하고 있다.

어느 마을에 구수한 된장이 일품이던 한식당이 있었다고 가정하자. 오랜 시간 그 자리에 자리 잡고 있던 식당에는 문전성시를 이루지는 못했지만 된장의 풍미를 잊지 못한 오랜 손님들이 있었다. 하지만 불현듯 한식당 할머니가 요즘은 프랜차이즈 치킨이 인기라며 닭을 튀긴다면 그 가게는 과연 잘될 수 있을까 생각해 본다.(김ㅇ천)

김ㅇ천의 일종의 '한식당론'은 매력적인 유비이며, 그의 글에는 저자 개인의 '개성'이 짙게 배어 있다. 예컨대, "효율성이라는 이름하에 한식당 할머니에게 된장을 뺏고 프라이팬을 안겨주는 것이 과연 효율이라 할 수 있을지 알 수 없는 노릇이다."라든가, "세계화 속에 지구촌이 함께 열망해야 할 것은 세계 평화일 뿐 같은 말로 세계 평화를 외칠 필요는 없는 것이다." 등이 그 예이다.

---

19) 앞에서 살핀 김ㅇ진의 텍스트도 유사한 글쓰기 방식을 보이고 있다.

해석 텍스트가 드러내는 이러한 다양한 문체적 특성은 해석 텍스트 쓰기가 대상 텍스트에 대한 응답적 발화이기 때문에 가능해진다. 응답적 발화에는 대상 텍스트의 저자, 주제에 대한 독자의 '개성'이 스며들게 마련이다. 이러한 개성의 발휘 정도에 따라 해석 텍스트가 갖는 독립적이고 고유한 작품성, 저자성이 가늠될 것이다.

7. 해석 텍스트 쓰기 교육 방향

독자의 해석 현실에 근거한 교육 내용 선정

해석 텍스트 쓰기 양상 분석에서 우리가 확인할 수 있는 중요한 것은, 읽기 교육에서 교사가 설 자리는 어디인가에 대한 시사이다. 텍스트에 대한 단일하고, 권위 있는 모범적인 해석(선험적 읽기 교육 내용)을 제공하는 것이 아니라, 텍스트와 학습 독자가 만나 해석적 대화를 나누는 장면을 연출하고, 그 장면에서 목격한 바에 근거해서 해석 중재자, 지원자 역할을 담당하는 것이 중요하다. 읽기 능력 신장이 읽기 교육의 목표일 때, 읽기 능력은 학습 독자의 '실질적이고 지속적인 해석 경험' 속에서 형성될 수밖에 없다는 점에서 그러하다.

해석 텍스트를 쓰는 자리는 텍스트와 독자가 때론 내밀하고 부드럽게 때론 격렬하고 시끄럽게 만나 대화하는 자리이다. 정독과 오독 그리고 초해석, 통찰과 비속이 서로 길항하고 범람하면서 해석 텍스트 쓰기는 시끄럽겠지만 그 속에서만이 의미 있는 교육 내용이 선정될 수 있다. 학습자의 고유한 '차이'에 근거한 맞춤형 교육에 동의한다면 특히 그러하다. 그리고 의미 있는 교육 내용이 선정되기 위해서는 학습 독자를 독립된 해석자로서의 위엄을 갖춘 어엿한 독자로 승인해야 한다.

주제 통합적 독서와 보편 청중 구성

독자인 내가 텍스트에 대해 이러저런 말로 응답할 때, 이렇게 응답하고 있는 나를 타자는 어떻게 볼 것인지를 타자의 눈에서 봐야 한다. 해석 텍스트 쓰기에서는 통상 독자가 타자로 설정된다. 즉, 내가 쓴 해석 텍스트를 읽고, 독자가 어떤 반응을 보일지를 독자의 눈에서 살필 필요가 있다. 문제는 이 때 타자로서의 독자가 일반 명사가 아니라, 고유 명사라는 점이다. 개별적이고, 고유하며, 유일한 삶을 살고 있는 독자들은 복수로 존재하며, 통칭이 불가능한 이질성을 가지고 있다. 이러한 무수한 차이를 지닌 독자의 시선 모두를 고려하는 것이 최선이겠지만, 이렇게 해서는 글에 통일성을 부여할 수 없다. 그 때 우리가 상정해야 하는 독자는 구체적이고 물질적인 어떤 개인이 아니라, 도리어 보통 명사로서의 '보편 청중'인지도 모른다. 이 때 보편 청중은 '저자, 주제에 대해 가장 깊고 넓은 지식을 가지고 있으며, 가장 이성적이고 합리적으로 판단하는 사람' 정도가 될 것이다.

그런데 그 주제에 대해서 어느 정도 아는 사람이어야 가장 심도 깊게 아는 사람이라고 말할 수 있는가? 그 주제와 관련된 맥락에서 이성적이고 합리적으로 판단한다는 것은 또 무슨 의미를 지니는가? 불행하게도 우리는 보편 청중의 추상성을 온몸으로 구현하고 있는 구체적인 인물을 만나기 전에는 보편 청중의 모습을 그리기 어렵다. 그러면 그러한 인물을 어떻게 만날 것인가? 방법은 읽기에 있는지도 모르겠다. 즉, 그런 인물이 쓴 글을 읽고, 우리는 드디어 보편 청중을 확인하게 되는 것이다. 이를테면, 주제가 '영어 공용어화'일 때, 나는 고종석의 글을 읽고 그가 그 주제에 한해서는 보편 청중의 모습을 가장 잘 구현하고 있다고 판단하였다.

그러나 우리가 읽기 과정에서 만나는 어떤 인물이 보편 청중의 현시라는 것을 어떻게 알 수 있는가? 이를테면, 고종석이 보편 청중에 가장 근접한 사람이라는 나의 판단이 옳다는 것을 어떤 근거로 확신할 수 있는가? 우리는 개인적인 삶을 통해, 그리고 역사를 통해 한 때의 확고한 판단이 이후에 오류로 밝혀지는 경우가 많다는 것을 알고 있다.[20] 오류를 줄이고 합리적인 판단을 하기 위해서는 또다시 읽는 수밖에 없다. 이것이 소위 말하는 해석학적 순환일 것이다. 이 순환은 끝내 멈추지 않겠지만, 해석학적 순환의 물레가 돌아갈수록 주제에 대한 이해가 심화되고, 그럴수록 보편 청중의 이미지도 구체화될 것이다. 따라서 해석 텍스트 쓰기를 지도할 때에는 대상 텍스트만을 읽고 글을 쓰는 것이 아니라 대상 텍스트에서 다루고 있는 주제(들)을 확인하고, 동일 주제를 다루고 있는 다양한 텍스트를 읽도록 격려할 필요가 있다. 이러한 주제 통합적 읽기를 하는 과정에서 보편 청중의 모습이 점점 더 구체화되고, 정교화될 것이다. 그리고 이러한 청중을 고려한 글쓰기를 할 때, 독자의 동의와 공감이 커질 것이다.

해석 텍스트 저자 간의 대화

물리적인 외재성으로 인해 생기는 나에 대한 타자의 시선의 잉여는 의식에서는 잉여로서 남지 않는다. 나에 대한 타자의 시선의 잉여를 내가 의식하는 순간 그 시선의 잉여는 나의 시선 안에 놓이게 되며, 이 때 '잉여'란 꼬리를 뗀다. 그리고 타자의 시선의 잉여를 내가 의식에서 선취했다는 의미는 나를 전체적으로 보는 시선 하나를 더 갖게 되었다는 것을 의미한다. 그런데, 나는 어떤 경로를 통해 나에 대한 타자의 시선을 확인, 경험하게 되는가? 대화이다. 대화는 나와 타자 간의 교차적 묘사와 기술이 오가는 자리이다.

내가 쓴 해석 텍스트의 타당성과 합리성을 내가 평가하는 것은 어렵다. 나의 해석 텍스트에 대한 타자의 시선의 잉여가 필요하다. 누가 타자인가? 내

---

20) 나 역시 그랬다. 이윤기 글을 읽을 때는 이윤기가, 이후 박이문 글을 읽을 때는 박이문이 보편 청중이라고 생각했다. 그러나 아주 나중에 고종석의 글을 읽고, 이윤기, 박이문에게 부여한 보편 청중의 직위를 박탈하고, 대신 고종석에게 수여하였다. 그러나 나는 여전히 불안하다. 내 판단이 또 누구에 의해 오류로 증명되고, 다시 고종석에게서 그 직위를 빼앗는 불행한 일이 생길 수 있다는 생각에서 완전히 자유롭지 못하기 때문이다.

해석 텍스트를 읽는 독자가 타자이다. 해석 텍스트를 쓴 후에는 저자 간의 대화가 뒤따라야 한다. 내 해석 텍스트에 대한 다른 사람의 평가적 묘사와 기술을 통해서 나는 비로소 내 해석 텍스트를 보는 타자의 시선을 만나게 된다. 이 시선이 내 의식 속에 내면화될 때, 그 시선은 더 이상 타자의 시선이 아니고 내 의식이 되며, 나의 텍스트를 전체적으로, 객관적으로 조망하는 시선을 확보하게 된다.

앞에서 살펴본 바와 같이 독자들은 대상 텍스트를 비판 또는 옹호하기 위해서 많은 텍스트 밖의 맥락을 도입하였다. 그러나 도입한 맥락들은 충분히 검증되지 않은 맥락이다. 나에 의해서 검증되었기 때문에 도입된 것이지만, 그 맥락 도입이 타당한지의 판단은 독자에게 위임된 것이다. 따라서 도입된 맥락이 정확한지 부정확한지, 주장을 잘 정당화하는지 그렇지 못한지의 여부는 독자에 의해 평가되어야 한다.[21] 따라서 해석 텍스트 쓰기는 거시적으로 '대상 텍스트 읽기→해석 텍스트 쓰기→토의하기→해석 텍스트 수정하기 또는 메타적 텍스트 쓰기'[22]와 같은 수업 구조를 유지할 필요가 있다.

다양함의 승인과 비평적 해석

우리가 살핀 해석 텍스트의 뚜렷한 경향 중의 하나는 비평적 해석이다. 이는 대상 텍스트 자체가 갖는 성격에서 비롯된 것이기도 하지만, 해석 텍스트라는 장르가 갖는 특성에서 비롯된 것이기도 하다. 우리는 독자가 도입한 수많은 맥락들과의 접속으로 대상 텍스트의 곳곳에 균열이 생기는 것을 보았다. 독자가 도입한 맥락은 대상 텍스트를 보는 시선의 잉여이며, 이러한 시선의 잉여로 인해서 해석 텍스트는 외재성을 지니는 것이다. 텍스트의 의도대로

---

21) 타자의 시선에 의해 성찰되지 않은 나의 의식은 항상 부분성과 결핍으로 불완전하다. 다양하고 이질적인 타자의 시선에 의해 조회되고, 조망되고, 성찰되지 않은 나의 의식은 미생이다.
22) 여기서 메타적 텍스트 쓰기란, 독자의 입장에서 읽은 여러 해석 텍스트들에 대해 논평하는 글을 쓰는 것을 의미한다.

읽는다는 것은, 즉 텍스트와 합일이 된다는 것은, 텍스트의 삶을 새롭고 창조적인 관점으로 풍요롭게 하는 것을 멈추는 것을 의미한다.

비평적 해석은 온건한 또는 수용적인 해석과는 달리 다양함으로 시끄럽다. 반박의 다양함, 옹호의 다양함. 이 다양함은 독자가 도입하고 있는 '근거'의 다양함에서 오는 것이고, 주제·텍스트·저자를 바라보는 독자의 '태도'의 다양함에서 오는 것이고, 독자의 수만큼 존재하는 '개성'의 다양함에서 오는 것이다. 근거, 태도, 개성이라는 맥락의 다양함이 빚어내는 해석의 다양함으로 인해서 해석 텍스트 쓰기는 해석의 향연을 연출한다.

한편, 이러한 비평적 글쓰기는 어떤 주제의 안과 밖을 숙고하게 만든다. 따라서 주제 및 텍스트에 대한 비평적 태도 및 글쓰기는 경계해야 할 것이 아니라 배양되어야 할 독자의 특질이다. 비평이 필연적으로 수반하게 마련인 오독에 대한 두려움 때문에 다양한 맥락을 인용한 평가적 읽기를 회피하거나 억누른다면 그것은 정말 서글픈 일이다.

* 이 장은 이재기(2015), 응답적 이해와 해석 텍스트 쓰기, 독서연구 제34호, 한국독서학회를 수정한 것임.

참고 문헌

박영민(2003), 과정 중심 비평문 쓰기, 교학사.

복거일(1998), 열린 민족주의를 찾아서, 조선일보(7월 7일).

양정실(2006), 해석 텍스트 쓰기의 서사 교육 방법 연구, 서울대학교 박사학위 논문.

이재기(2006), 맥락 중심 문식성 교육 방법론, 청람어문교육 제34집, 청람어문교육학회.

최인자(2008), 문학 독서의 사회·문화적 모델과 '맥락' 중심 문학교육의 원리, 문학교육학 제25호, 한국문학교육학회.

Bakhtin, M.(1924/2006), 미적 활동에서의 작가와 주인공, 말의 미학(김희숙·박종소 역), 도서출판 길.

Bakhtin, M.(1952/2006), 담화 장르의 문제, 말의 미학(김희숙·박종소 역), 도서출판 길.

Bakhtin, M.(1970/2006), 신세계 편집진의 물음에 대한 답변, 말의 미학(김희숙·박종소 역), 도서출판 길.

U. Eco(1992/1997), 해석이란 무엇인가(손유택 역), 열린책들.

James Paul Gee(2002), Discourse and Sociocultural Studies in Reading, P. David, Handbook of Reading Research, Lawrence Associate Inc. International Reading Association.

제21장 신수사학의 청중과 텍스트 평가 기준

■ ■ ■

텍스트 평가는 텍스트를 쓴 목적의 실현 여부 또는 실현 정도에 따라 평가되어야 한다. 텍스트의 목적 실현 여부 또는 정도는 독자에 의해서만 판단될 수 있다. 따라서 텍스트 평가의 주체는 실제 독자여야 한다. 설득과 동의를 바탕으로 한 독자의 변화를 목적으로 삼는 논증 텍스트 역시 평가의 주체는 독자여야 한다.

그러나 논증 텍스트 평가에서 '청중'은 체계적으로 지속적으로 지워져 왔다. 여러 기관이나 연구자에 의해서 작성된 논증 텍스트 평가 기준에서 독자의 기운이나 흔적을 찾기 어렵다. 평가의 척도는 독자에게 있고, 이때의 독자란 감수성과 이성을 지닌 독자라고 한다면, 평가의 척도는 독자의 감수성과 이성이다. 그리고 이 감수성과 이성은 때때로 흔들리고, 모순되기도 한다. 이러한 독자의 모습이 현행 평가 기준에서는 좀처럼 드러나지 않는다. 자율적이며 독립적인 평가 기준이 존재하며, 누가 독자가 되든 상관없다는 듯이 전지적 시점에서 완고하게 존재한다.

흔들리면서 다원적으로 존재하는 독자가 배제되고, 형식적·도구적 합리성으로 포장된 평가 기준이 지배적인 데에는 나름의 이유가 있을 것이다. 나는 이 것이 논리학적 관점 또는 패러다임의 영향이라고 생각한다. 그리고 평가 척도로서 독자를 부활시키기 위해서는 신수사학적 관점의 도입이 필요하다고 본다.

1절과 2절에서는 논증 텍스트에 대한 논리학적 관점과 수사학적 관점을 대조하면서 논증 텍스트 교육에서 왜 수사학적 관점이 요구되는지를 살피고자 한다. 그리고 논증 텍스트 교육은 수사적 측면에서 단지 글을 잘 쓰는 주체가 아니라 이성적인 주체를 길러내는 데 목적을 두어야 한다는 페렐만, 크로스와이트 주장을 적극적으로 인용하고자 한다.

논증 텍스트 평가 척도가 청중이어야 한다는 수사학적 관점을 도입하더라도, 독자는 누구인가, 독자는 어떤 방식으로 존재하는가, 독자는 논증 텍스트 평가에서 어떤 역할과 기능을 해야 하는가 등의 문제가 남는다. 3절과 4절에서는 페렐만의 '보편 청중'의 개념에 기대어, 논증 텍스트 평가에서 독자는 '보편 청중'의 역할을 해야 한다고 보고, 보편 청중은 어떻게 구성되고, 어떻게 기능할 수 있는지에 대해 논의하고자 한다. 5절에서는 앞의 논의를 바탕으로 기존의 논증 텍스트 평가 기준을 비판적으로 검토하고, 보편 청중의 개념에서 새로운 평가 범주 및 기준을 제안하고자 한다.

1. 논리학적 관점

논증 이론의 토대를 이루는 삼단 논법은 아리스토텔레스에서 시작되었다. 그의 삼단 논법은 지금도 여전히 논리학의 패러다임으로 확고한 지위를 누리고 있다. 그러나 많은 실천적 연구에서 밝혀졌듯이 대부분의 일상적 논증은 정언 삼단 논법이나 명제 논리의 패턴에 맞지 않는다. 왜냐하면, 형식 논리학은 일상 논증에 작용하는 수많은 맥락을 배제했을 때에만 비로소 성립하기 때문이다.

형식 논리학은 전제의 결론에 대한 함의 정도, 즉 형식적 타당도(formal validity)를 중시해왔다. 그러나 형식적 타당도만으로는 좋은 논증을 보장하지 못한다는 비판이 지속적으로 제기되어 왔다. 형식 논리학이 갖는 이러한 한계를 극복하기 위해서 비형식 논리학은 타당도 외에 설득력(cogency), 강도 (strength)의 개념을 도입하였고, 관련성(relevance), 충족성(sufficiency), 수용가능성(acceptability)이라는 기준을 새롭게 도입하였다(민병곤, 2004: 27 -28).

그러나 비형식 논리학이 설정한 충족성, 관련성은 비형식 논리학의 완고함과 불충분함을 어느 정도 해소하는 데 기여하였지만, 여전히 만족스럽지 않다. 충족성 기준은, 형식 논리학이 맥락을 배제하고 논증의 타당성을 따지기 때문에 일상 논증을 충실하게 설명하지 못한다는 인식에서 도입된 기준이다. 그럼에도 불구하고 비형식 논리학 역시 맥락에 항상 민감하지 않으며 특히 청중에 대한 고려를 하지 않고 있다는 점에서 문제적이다. 또한 관련성은 전제가 결론을 함의하는 것을 뜻하고, 명제적 관련성에만 초점을 맞춘다는 점에서 여전히 불충분하다[1] 관련성에 대한 논리학의 설명은 청중을 포함한 맥락을 끌어안는 방향으로 확장되어야 한다.

이와 같이, 논리학적 관점은 선험적, 탈맥락적 기준으로 인하여 논증 행위를 타당하게 분석하고 설명하는 데 분명한 한계를 가질 수밖에 없다. 논증 텍스트의 평가자는 독자일 수밖에 없으며, 독자는 자신과 필자의 관계, 자신과 필자를 둘러싼 구체적인 상황 맥락, 사회·문화적 맥락 안에서 평가하기 때문이다. 이 때, 형식 논리학 또는 비형식 논리학이 제안한 기준은 매우 한정된 기능을 할 뿐이다. 그럼에도 불구하고 현재 교수·학습 장면에서 사용되고 있는 많은 논증 텍스트 평가 기준은 논리학적 관점에 그대로 노출되어 있다.

논술 고사가 대학 입시의 중요한 전형 중의 하나로 도입되면서, 많은 학교

---

1) Tindale(1999: 101-112)은 Sperber과 Wilson(1986)의 '인지적 환경' 개념을 염두에 두고 관련성의 개념을 전제 관련성(premise-relevance), 맥락 관련성(contextual-relevance) 또는 화제 관련성(topic-relevance), 청중 관련성(audience-relevance) 세 가지로 구분하였다. 이러한 구분에 따르면 논리학에서의 관련성은 PPC(대전제, 소전제, 결론) 구조에서 명제들 간의 관계만을 다루는 '전제 관련성'이라는 제한된 의미만을 갖는다(민병곤, 2004: 28).

가 논리학에 기대어 논술 지도를 하고 있고, 대학 작문에서 논증적 글쓰기가 강조되면서 대학 작문 교육과정의 많은 내용이 논리학으로 채워지고 있다. 학생들은 어려워하고 불평한다고 한다. 논리학의 추론 규칙이 난해하기도 하고, 실제 작문 과제를 해결하는 데 어떤 도움을 주는지 모른다는 것이다. 이런 불평에는 "추상적으로 사고할 수 없는 지적 능력의 결핍"이라는 교수자의 냉정한 반응이 뒤따르게 마련이다. 과연 그런가? 논리학에 비판적인 많은 논자들은 실제로 학생들이 겪는 어려움은 논리 철학자들이 분투하고 있는 문제와 유사하거나 동일하다고 말한다. 학생들은 형식화된 논증이 자연 언어의 진정한 논증과 어떤 관계가 있는지 이해하지도 못하고 체감하고 있지도 못하다. 형식화된 논증이 논증 행위에서 진행되는 진정한 추론을 포착하지 못한다고 불평한다. 한편, 또 다른 자리에서 논리학자들은 자연 언어가 형식 논리로 깔끔하게 정리되지 않음에 대해 심오한 고민을 하고 있다. 논리학자는 자신의 연구에서는 이런 문제를 아주 심각하게 생각하고, 해결을 위해 시끄럽게 논쟁하고 있는데, 정작 교실에서는 이런 문제의식이 사라진 채 조용하다. 논리학자 스스로 해결하지 못한 문제를 이미 해결이 된, 하나의 사실로서 전제하고 가르치는 상황이 학생들의 어려움과 불만을 초래하고 있는 것이다.

논리학은 태생적으로 '청중'을 상정하지 않는다. 그러나 논리학이 전제하고 있는 청중을 추출할 수는 있다. 논리학은 '절대적으로 논리적인 청중'을 상정하는 데 이러한 청중은 실제 청중과는 거리가 멀다. 절대적으로 논리적인 청중은 기억, 주의, 시간 등의 제약을 받지 않는다. 그는 타당한 논거를 구성하는 데 무한한 시간을 부여받는다. 모든 문제는 동일한 중요성을 갖는다. 그리고 추론은 형식화된 명제들 사이의 형식적 관계의 측면에서만 평가된다. 실제 청중은 쟁점들의 중요성을 저울질하고, 각각에 어느 정도의 관심을 기울일지를 판단하고, 어느 시점이면 충분히 논증을 했는지도 안다.

논리학이 전제하고 있는 절대적으로 논리적인 정신의 소유자로서 청중은 인지과학이나 인공지능에서 훌륭하게 재현될 수 있다. 절대적으로 논리적인 정신은 실제 청중 중에서 가장 이상적인 청중을 상정하고 그 청중을 순수하게, 완전하게 닮으려는 프로그램 속에서 존재할 것이다. 그러나 문제는 있다. 기계는, 프로그램은 이상적인 실제 청중을 모방하려고 하나 그러한 청중은 예측 불가능한 방식으로 지속적으로 변하기 때문이다. 따라서 그러한 청중은 어떤 순간에도 어떤 방식으로도 확정할 수 없다. 실제 논증 텍스트의 청중이라고 상정하지 않았던 존재가 청중이 되는 경우, 아직 태어나지도 않은 청중까지를 생각하면 청중 확정이 갖는 어려움은 쉽게 이해된다(Corsswhite, 2001: 199-201).

논리학은 자연 언어를 추상적인 기호로, 즉 형식 명제로 번역할 수 있다고 가정한다. 이렇게 하는 이유는 자연언어의 애매성을 제거하기 위한 것이고, 한편으로는 그것의 형식적인 특성 외에는 모든 것을 제거하기 위한 것이다. 이를 통해 논리학은 일의성·단순성, 명제를 순전히 형식적인 방식으로 다루는 데에서 오는 힘을 얻게 된다. 그리고 사람들은 명제들 사이의 형식적 관계에서 대해서는 아주 빠른 합의에 도달할 수 있다(오형엽 역, 2001: 201).

그러나 자연 언어의 애매성, 반향, 어조 등은 형식 언어로 번역하는 과정에서 상실되기 때문에 청중은 이러한 특질을 망각하고 만다. 이 청중은 또 논증되고 있는 것의 중요성이나 의미에 대해서도 아무런 감각을 지니지 못한다. 이런 청중이 이성적이고, 윤리적이며, 합리적인 평가를 할 것으로 기대하는 것은 불가능하다.

달리 생각하면 논리학에서 암묵적으로 상정하고 있는 절대적으로 논리적인 청중은 실제로 존재하는 특정 청중이기도 하다. 즉 오직 형식적 명제들 사이의 관계에서만 논증의 합리성을 평가하는 사람이 여기에 해당한다. 논리학이 강조되고, 교실에서 지배적인 영향력을 행사할 때, 논리학적 관점에서만 평가하는 집단('형식적 명제'의 '형식적 논리' 관계에만 몰두하는 성향을 가진 집단)이 형성될 개연성이 아주 높다. 이러한 청중은 현재 우리 교실에서도 흔하게 발견되다. 그리고 우대받고 있다.

완벽한 일관성, 정직성을 전제하는 논리학의 청중은 실제 청중과 거리가 있다. 우리는 통상 서로에게 완벽한 일관성을 기대하지 않는다. 우리는 종종 모순된 신념을 가지기도 하며, 모순된 행동을 하기도 한다. 그리고 우리는 때때로 우리의 마음을 바꾼다. 진정한 도덕적 딜레마를 만날 때, 모순된 원칙을 고수하기도 한다.[2]

논리학의 청중은 보편성이 상당이 높다. 논리학의 청중은 다른 여러 청중 중에서 하나의 청중이며, 이들처럼 논리적 관점을 취할 때 합의에 도달하는 데 많은 이점이 있다. 그러나 이러한 이상과 그러한 관점이 절대적이지 않으며, 다른 모든 이상과 관점을 포함하지도 않는다(오형엽 역, 2001: 203).

페렐만은 '합리적인 것(rational)'과 '이성적인 것(reasonable)'을 구별한다. 그리고 이들 사이에는 본질적인 차이가 있다고 주장한다. 이성적인 것은 합리적인 것을 포함하지만, 합리적인 것이라고 해서 이성적인 것은 아니다. 특히 그 합리적인 것이 형식적 합리성, 기계적 합리성일 때는 특히 그러하다.[3] 이 점에서 그는 데카르트와 확실하게 결별한다. 똑같은 사회적 상황에서 두 사람이 다른 생각을 표현했을 경우, 적어도 둘 중의 하나는 반드시 틀린 것이라고 말한 데카르트의 단정은 오류라고 말한다. 페렐만은 데카르트의 단정을

---

2) 크로스와이트는 1988년 미국 대통령 토론에서 마이클 듀카키스가 빠져든 함정을 예로 든다. 듀카키스는 공공연하게 사형 제도를 반대한다고 주장했다. 그런데 한 토론자가 그에게 그의 아내와 딸이 폭행과 강간을 당했다면 어떻게 하겠냐고 물었다. 그는 그가 평소에 주장한 원칙과 일관성을 잃지 않는 방식으로 대답했다. 일반 대중은 그의 응답을 대체로 "무정한 것"으로 받아들였다고 한다(Corsswhite, 2001: 202-203). 이렇듯 실제 청중은 일관성을 무조건 좋아하지는 않는다. 한편, 어떤 청중은 원칙과 일관성을 지킨 그를 호의적으로 평가했을 것이다. 이렇듯 청중도 일관되지 않는다. 일관성 없는 청중의 모습이 어찌 보면 일관성 있는 모습이기도 하다. 그래서 청중을 상정하고, 청중에 맞추어 추론하는 것이 어렵다.

3) 예컨대, 페렐만은 고드윈이 제시했던, '자신의 아버지가 다른 사람보다 더 훌륭한 인간임을 증명할 수 없다면 그가 자신의 아버지를 다른 사람보다 더 사랑한다는 것은 합리성이 없다.'라는 유명한 논증을 분석한다. 고드원의 생각은 논리적이고 합리적일지 모르지만 그것을 이성적이라고 인간적이라고 할 수 없을 것이다(Mieczyslaw Mnneli, 2006: 48).

반박하며, 둘 다 옳거나 혹은 두 사람의 관점은 대화와 논증의 과정을 거치면서 조화로운 양립과 부분적 수용이 가능해질 것이라고 말한다.

페렐만은 형식논리학의 범주에 근거하지 않는 판단도 이성적이며 합리적일 수 있다고 믿는다. 여기 '이성'의 범주는 형식논리에만 근거한 합리성과는 반대되는 것으로 그의 철학에서 매우 중요한 역할을 한다. 그리고 이성적인 것은 대화를 통해서 구성된다. 그에게 있어서 대화란 견해의 단순 교환뿐만 아니라, 주어진 시간과 상황에서 최선의 해결책을 마련해 보려는 지칠 줄 모르는 열띤 논쟁을 분발시키는 사회적 행위이다.

사유하고 싶어 하는 모든 사람을 포괄하는 '무제한적' 청중과의 대화야말로 상대적 진실과 상대적으로 좋은 해결책을 찾기 위한 가장 이성적인 노력이다. 대화를 통한 이성의 구축과 이러한 이성에 근거한 추론에 대한 페렐만의 옹호는 형식 논리학적 추론의 범위를 벗어난 판단은 어떠한 것이라도 자의적일 뿐이며 이성에 근거한 것이 아니라고 주장하는 형식 논리학의 독단, 월권에 대한 창조적 거부라고 할 수 있다(Mieczyslaw Mnneli, 2006: 19).

2. 수사학적 관점

나는 논증 텍스트 평가에서 논리학적 관점보다는 수사학적 관점이 합리적이고 이성적이라고 생각한다. 논증 텍스트는 설득과 동의를 통한 '독자의 변화'를 목적으로 삼으며, 따라서 설득과 동의 여부는 유일하게 독자에 의해서만 판단되기 때문이다. 논리학적 관점에서는 독자가 존재하지 않는다. 평가의 척도는 오로지 '형식적 논리 규칙'이다. 반면에 수사학은 텍스트 평가의 척도를 독자로 상정한다.

한편, 이 글은 수사학 중에서도 다분히 '신수사학'을 염두에 두고 있다. 구수사학은 아리스토텔레스의 삼단논법에 기대고 있으며, 구수사학의 관점은 아리스토텔레스의 의지와 무관하게 논리학적 관점을 강화하고 확대재생산하는 데 기능하였고, 논증 텍스트 평가에서 청중을 체계적으로 지우는 데 기여하였다. 이와 달리 신수사학은 청중의 부활 또는 창조를 통해 논리학과 대립되는 관점에서 논증 이론을 구성하고 있다.

이 글에서 다루는 신수사학 논의는, 페렐만과 크로스와이트 논의에 크게 의지하고 있다. 신수사학의 논증이론은 논리학적 관점과 다르며, 이러한 다름은 청중의 다양성에 근거한 다원주의에 있다. 페렐만이 의도하는 바는, 인간적·실제적·정치적·도덕적인 문제들은 참 혹은 거짓이라는 이율배반의 명제로 축소될 수는 없기 때문에 양자의 입장이 다 옳을 수 있다고 말한다. 여기에는 형식 논리학의 범주로 제시될 수 없는 문제들이 있으며, 이것들은 삼단논법으로 표현되거나 증명될 수 없다. 논리학적 관점과 수사학적 관점의 차이는 합리적인 것과 이성적인 것의 차이이며, 일원주의와 다원주의의 차이이기도 한 것이다.

페렐만의 신수사학에서 대화는 논증 과정의 형식이고 영혼이다(Mieczyslaw Mnneli, 2006: 53). 대화는 주장하는 사람과 그 주장을 듣는 사람을 전제한다. 따라서 대화를 강조하는 신수사학을 이해하는 데 청중은 핵심적인 개념이다. 신수사학에서 청중은 화자가 논증을 통해 영향력을 행사하려는 사람들 전체이다. 다르게 말하면, 청중이란 화자의 논증 과정에 영향력을 행사하는 모든 사람이다. 청중을 움직이기 위해서는 내 논증이 청중에 의해 합리적이고 이성적인 것으로 수용되어야 한다. 그렇다면 내 청중이 무엇을 합리적이고 이성적이라고 생각하는지 인식해야 한다. 이러한 인식을 통해 구성된 청중의 이미지는 내 논증 과정에 깊숙이 영향을 미친다.

필자와 독자의 상호 영향이 신수사학에서 말하는 대화라고 볼 수 있다. 대화가 이성적인 것이 되기 위해서는 자유가 전제되어야 한다. 신수사학은 두려움을 느끼지 않는 대중과의 자유로운 대화를 전제 조건으로 삼는다. 자유로운 대화가 있을 때, 적극적인 청중만이 의도적인 거짓말이나 그릇된 설명을 간파하고, 그 잘못을 수정할 수 있다.

형식논리는 주어진 전제를 의심하지 않는 반면, 신수사학은 모든 것에 대해 비판적이다. 모든 것을 당연한 것으로 여기지 않으며 과거에 확립된 것이라고 해서 그냥 수용하지 않는다. '사실'도 마찬가지다. 논증이론에서 사실은 현재의 청중이 논쟁의 여지가 없다고 동의한 것을 지칭한다. 그렇지만 어떤 사실은 사실이 아닌 것으로 변할 수 있다. 예컨대 현재의 대중들이 그것에 대해 의문을 제기하거나, 원래의 청중이 확대되어 기존의 구성원에게 검증이 필요치 않은 것에 의문을 제기하는 경우가 여기에 해당한다(페렐만, 1979: 67-68). 이와 같이 사실은 견해를 달리하는 사람들의 세계에서는 독자적으로 생존할 수 없다. 사실이 사실이 아닐 수 있다는 전제는 이와 같이 다른 청중을 상정했을 때 가능해진다.

신수사학은 다원주의적 민주주의 개념을 위한 철학적·방법론적 근거를 구성한다. 그 역도 가능하다. 다원주의이기 때문에 활발한 논증이 가능하며, 논증의 활발한 지원이 있어야 다원주의도 가능해진다. 신수사학의 다원주의는 '절대 진리'의 추구가 어렵다는 것을 승인하는 것이며, 그럼에도 불구하고 차이를 좁히면서 '절대 진리'를 향한 열망을 포기하지 말아야 한다는 의지를 표현하고 있는 것이다. 수사학적 논증이 필요한 이유는 영원불변하는 절대적 진리가 없기 때문이다. 그것이 있다면 논쟁하지 말고 그것을 따르면 되는 것이다. 논증의 존재 근거는 진리의 부재에 있는 셈이다.

나의 신념과 실천의 합리성과 타당성을 보장해 줄 수 있는 진리가 없다는 판단은 논리학점 관점에 대비되는 수사학적 관점이며, 현존하는 문제들에 관해 가능한 한 최선의 해결책을 모색해야 한다는 것이 수사학의 기본 입장이자 철학이다. 신수사학은 망설이고 반성한 후, 마침내 행동 방향을 수정하는 이들을 격려하는 철학이다. 수사학적 정치 철학에 따르면, 깊이 생각하고, 대화를 재개하고, 열린 마음을 유지하고, 융통성 있고, 남의 제안을 수용하고, 새롭고 합리적인 충고를 기꺼이 따를 줄 아는 능력이야말로 유일한 도덕적·사회적 덕목이다. 신수사학은 곰곰이 생각하고, 망설이고, 주저하며 회의하는, 그러나 궁극적으로는 신중하게 행동할 줄 아는 사람들을 북돋아 주는 철학이라고 할 수 있다(Mieczyslaw Mnneli, 2006: 36-37).

수사학이 논증의 척도로서 청중을 내세우지만, 청중의 복잡다단함과 청중의 일관성 부족으로 인해서 수사학은 명료하고 보편적인 평가 기준을 설정할 수 없다는 비판을 들을 수밖에 없다. 크로스와이트는 이성의 수사학을 강조하면서 수사학은 논증의 힘을 평가할 수 있는 확실한 척도를 마련할 수 있다고 주장한다. 이러한 자신감의 기저에 보편 청중의 개념이 있다. 일반적으로 더 유효한 논증과 특정한 청중에게만 효과적인 논증을 구분할 수 있는데 이러한 구분은 보편 청중의 눈을 통해 가능해진다. 그는 보편 청중으로 인해서 수사학은 보편성을 획득할 수 있으며, 수사학적 보편성은 이성의 수사학을 가능하게 한다고 말한다.

다음 3절에서는 논증 텍스트의 평가 척도인 청중의 개념과 유형을 페렐만과 크로스와이트의 논의를 중심으로 살펴보고자 한다. 그리고 신수사학의 핵심 개념인 보편 청중이 논증 과정에서 어떻게 구성되고, 논증 행위에 어떻게 작용하는지를 검토하고자 한다.

3. 논증 텍스트의 청중 개념과 기능

논증 텍스트는 항상 어떤 청중을 향하고 있다. 청중의 변화를 기대하고 있다. 지식, 전망, 의도, 공감, 분위기, 인식 등 그 변화의 내용이 무엇이든 청중이 없다면, 주장도 논증 행위도 없을 것이다. 이 청중은 자기 자신일 수도 있고,[4] 다른 사람이거나, 아니면 상당히 큰 집단일 수도 있다.[5]

논증 텍스트가 청중을 향하고 있기 때문에 당연히 그 대화 상대인 청중도 주장에 대해 발언권을 갖는다. 청중의 부정적 반응은 논증의 실패를 의미한다. 이를 피하기 위하여 논증하는 사람은 청중에 대해서 잘 알아야 한다. 논증 텍스트의 장르적 특성을 고려할 때, 특히 청중이 무엇을 합당하다고 생각하는지, 무엇을 합당하지 않다고 생각하는지 알아야 한다. 이러한 청중 지식이 부족하면 제대로 된 논증을 할 수 없다. 논증의 가치에 대한 척도는 청중이기 때문이다.

논증의 가치를 평가하는 주체가 청중이라고 할 때, 진짜 문제가 나타난다. 누가 진짜 청중인가? 특정 논증 행위에서 어떤 청중이 진짜 청중인지를 어떻게 알 수 있는가? 쉽게 생각하면, 주장자가 향하고 있는 또는 겨냥하고 있는 청중이 진짜 청중이다. 그러나 주장자가 향하고 있는 독자와 텍스트가 향하고 있는 독자는 동일할 수도 있고, 동일하지 않을 수도 있다. 엄밀한 의미에서 비슷할 수는 있어도 동일할 수는 없다. 향하고 있는(addressed) 독자의 전체가 텍스트에서 호출될(invoked) 수는 없기 때문이다. 그렇다면, 진짜 청중은 주장자가 향하고 있는 청중이 아니라, 논증 텍스트에서 재구성된 청중인지도 모른다.

통상 논증 텍스트는 주장자가 어떤 청중을 전제하고 있는지를 암시하고 있다. 이는 주장자가 실제 논증을 하기 위해 특정 또는 실제 청중에 기반 해서 재구성한 청중의 이미지·자질·특성이라고 할 수 있다. 이 청중이 통상 말해지는 암시 청중(implied audience)이다. 암시 청중은 텍스트를 통해서 주장이 이루어지는 대상이며, 논증 행위가 전개되는 과정에서 지속적으로 작용한다.

---

4) 스스로 확신을 갖기 위해서 쓰는 글에서 청중은 바로 필자 자신이다. 많은 학문적 텍스트가 여기에 해당한다. 내가 글쓰기를 통해서 나를 확신시켰다면 그 글쓰기는 좋은 논증과정을 포함하고 있을 가능성이 높다. 나는 내가 속한 학문 공동체의 지향과 관습을 공유하고 있는 사람이기 때문이다.

5) 청중은 개인적이고 매우 특징적인 반응의 측면에서, 혹은 심리적 유형이나 인구통계적인 특성, 혹은 공유된 해석 및 평가 관습, 공동체의 신념·가치·지향 등 다양한 측면에서 개념화할 수 있다(Corsswhite, 2001 : 169-170).

청중을 주장자가 변화를 의도하면서 향하고 있는 청중, 텍스트를 통해 추출할 수 있는 암시 청중으로 개념화했지만, 실체로서 청중을 이해하는 이러한 접근은 청중 또는 논증 행위가 갖는 심오함을 포착하는 데 방해가 될 수 있다. 추상적인 의미에서 또는 넓은 의미에서 청중은 실체가 아닌 인간의 존재 방식이라고 할 수 있다. 우리가 청중을 만나고 논증하는 과정은 나의 존재 방식을 구성하는 과정이고, 새로운 존재 방식을 구성하면서 배우고 변화하는 과정이다. 또한 우리가 하나의 새로운 청중을 향하고, 이해하고, 상호 조율하는 과정은 우리가 새로운 삶의 방식을 만나고, 이해하면서 새롭게 변해가는 과정이기도 하다.6)

청중을 분류하는 방식은 다양할 것이다.7) 그리고 모든 분류 행위가 그러하듯이 분류 방식에는 분류하는 사람의 의도와 지향이 작용한다. 나는 논증 교육이 특정 상황에서 특정 청중을 대상으로 효과적으로 이기는 논증 기술을 전수하는 데 몰두할 것이 아니라, 상상할 수 있는 모든 사람을 이성적으로 납득시키는 이성적인 주체를 형성하는 데 목적을 두어야 한다고 생각한다. 이런 관점에 설 때, 페렐만과 올브레히츠-티테카가 『신수사학』에서 분류한 특정 청중(particular audience)과 보편 청중(universal audience)의 개념을 논증 텍스트 쓰기 교육에서 적극적으로 도입하고 인용할 필요가 있다고 생각한다.

페렐만과 올브레히츠-티테카가 『신수사학』에서 청중을 특정 청중과 보편 청중으로 분류한 것은 특정 시간, 특정 장소에서 특정 성격을 지닌 특정 집단에게만 호소하는 논증 행위와 그러한 특정함을 초월한 논증 행위를 구분하기 위한 것이다. 또한 단지 효과적인 논증 행위와 진정으로 타당한 논증 행위를

---

6) 논증 텍스트는 청중이 납득할 만한 전제에서 출발하며, 그 전제를 통해 주장을 이끌어낸다. 전제를 사유한다는 것은 그 전제를 살아간다는 의미이며, 이는 곧 청중의 존재 방식을 사유하고 살아간다는 의미를 갖는다. 결국 논증 텍스트 쓰기는 청중의 삶을 살아가는 한 방식이다.

7) 루스 아모시(2003)는 청중을 '동질적인 청중'과 '혼합적 청중'으로 분류하고, 실제 설득 상황을 1)당신처럼 생각하는 사람들을 설득하기 2)당신처럼 생각하지 않는 청중 설득하기, 3)다양한 청중에 직면한 연설자, 4)분열된 청중에 직면한 연설자 등으로 다양화하고 있다.

구분하고 후자를 강조하기 위한 것이다.

특정 청중은 구체적인 어떤 사실·가치·이익·목적을 공유하는 구성원의 집합이다. 예컨대 우리가 특정 종교, 지역, 성, 정치적 입장을 지지하는 구성원을 상정하고 논의를 한다면 우리는 특정 청중을 향하고 있는 것이다. 반면에 특정 가치, 지역, 종교, 정치적 입장에서 자유로운 또는 초연한 누군가를 상대로 이야기를 한다면 우리는 보편 청중을 향하고 있는 것이다.

신수사학의 보편 청중 개념은 많은 비판 속에서 아직도 다듬어지고 있는 개념이다. 비판은 대체로 두 가지 흐름을 형성하고 있다. 하나는 보편 청중은 논증 행위를 평가하는 데 실질적인 도움이 되기에는 지나치게 막연하고 공허하다는 것이다. 다른 하나는 실제로는 특정 청중의 이익에 봉사하면서 보편적 진리로 위장하고 있다는 것이다. 즉 대개의 논증 텍스트는 겉으로는 보편 청중을 대상으로 하고 있다고 말하지만, 실제로는 특정 청중을 대상으로 하고 있다는 것이다.

그러나 공허함과 위장이 지나친 비판이라는 것은 다양한 사례에 의해서 반박될 수 있다. 크로스와이트는 두 가지를 사례를 들고 있는데, 먼저 홉스, 로크, 루소의 논증 방식이다. 이들에 따르면 인간은 어떤 규약이 사회를 규제해야 하는가를 결정할 권리를 가지고 있다. 그리고 논의를 하면서 청중으로서 인간을 현재 상태가 아니라 '자연 상태'에 존재하는 것으로 상정한다. 자연 상태를 상정하는 것은, 그러한 상태에 있는 개인은 보편적인 인간적 특성과 자연법을 따르기 때문이다. 따라서 그들을 설득시키는 논증들은 실제 사회에서 실제 개개인을 설득시키는 논증들보다 보편적인 가치를 지닌다. 다른 사례는 ≪정의론(A Theory of Justice)≫에서 드러나는 존 롤즈(John Rawls)의 논의 방식이다. 그는 청중으로서 인간을 '본래적 위치'에 있는 것으로 상정한다. 본래적 위치에 있는 인간은 사회에서의 자신의 처지나 계급적 위치 및 사회적 지위 등을 모른다. 자신과 관련된 모든 것을 알지 못한다. 인간의 본래적 위치를 가정한 논증은 특정 청중이 아니라 단지 보편적인 인간적 특성을 지닌 청중을 향하므로, 협의 과정에서 도출되는 정의의 원칙들은 특정한 성격이 아닌 일반적이고 보편적인 성격을 지닌다(Corsswhite, 2001: 176).

페렐만, 올브레히츠−티테카의 보편 청중 개념은 하버마스의 '이상적 담화 상황'을 연상시킨다. 보편 청중의 조건은 담화 상황의 이상적 조건과 닮아 있다. 하버마스는 '합리적인 합의'와 '단순한 합의'를 구분하면서 합리적 합의는 특정한 구조적 제약이 모두 제거된 협동적인 진리 탐구가 유일한 동기인 그런 조건에서의 합의이다. 내부적·외부적 제약이 모두 없어져야 한다. 모든 사람은 자신의 의견을 논증하고 발표할 동등한 기회를 누려야 한다. 그리고 모든 사람의 논증은 동등한 정도로 진지하게 다루어져야 한다.

아름다운 경지이지만, 이러한 상황과 조건이 가능하고, 유효한지에 대해서는 논란이 많다. 또다시 공허함이다. 논증 참가자들의 공허함, 진리의 일치에 도달하고자 하는 동기 외에는 다른 동기가 없다는 것의 공허함이다. 이러한 공허함은 청중을 극한으로 추상화한 데에서 비롯된다. 추상화의 정도가 높을수록 이와 비례하여 청중의 물질적 구체성은 사라진다.

≪신수사학≫에서 다루어지고 있는 보편청중도 이런 유사한 비판을 받을 수밖에 없다. 예컨대 존 레이(John Ray)는(Corsswhite, 2001: 178에서 재인용) 이 개념이 "지나치게 형식적이고 추상적"이며, "특정 상황과 연관될 때에는 타당성을 모두 잃고 만다."라고 비판한다. 더 나아가 그는 그것이 "오류 없는 합리적 기준"이자 "초월적인" 것으로 가정되지만, "실질적인 경험으로 입증된 것은 아니다."라고 주장한다.

4. 보편 청중의 구성 방법과 용도

≪신수사학≫은 보편 청중을 강조하면서 보편 청중을 구성하는 일반적인

규칙을 체계적으로 제시하지 않는다. 때로는 상반된 결과를 낳을 수 있는 사례들이 등장하기도 한다. 이러한 비체계성과 흔들림은 어찌 보면, 추상성, 공허함에서 벗어나려는 전략적 선택이라는 생각이 들기도 한다. 즉, 추상적 보편성이 아니라 구체적 보편성을 얻으려는 노력의 흔적인 셈이다. 그들의 보편 청중 구성 방식은 그 구체적 보편성의 정도와 가능성을 판단하는 데 중요한 단서가 될 것이다. 모든 보편 청중은 항상 특정 청중으로부터 구성된다는 점이 이러한 가능성을 높게 한다. 특정 청중에 보편적인 성격을 부여하기 위하여 어떤 상상적인 작용을 하는지 살펴볼 필요가 있다.[8]

먼저, 특정 청중의 자질 중에서 그 청중에게만 특정하다고 생각되는 자질을 배제하고 보편적이라고 생각되는 자질들만을 고려하는 것이다.

둘째, 특정 청중 중에서 지금 다루고 있는 논증 행위에 대해 편견이 있거나, 상상력과 공감이 부족하거나, 비합리적이거나 무능력한 구성원들을 모두 배제하고, 상대적으로 편견이 없고 적절한 능력을 갖춘 사람들만을 포함하는 것이다. 이러한 합리성과 유능함의 자격 조건은 다양한 방식으로 구체화될 수 있다. 예컨대, 유능한 청중은 논증 행위를 기꺼이 들으려는 자세가 되어 있으며, 사실과 경험에서 나온 자료를 중시하며, 논제와 관련된 충분한 정보를 가지고 있다. 그리고 어느 정도의 지적 훈련을 받은 사람이며, 논증 텍스트를 충분히 숙고하는 사람이다.

셋째, 특정 청중들을 함께 합치는 것이다. 논증 행위가 단지 하나의 특정 청중이 아니라 여러 혹은 모든 특정 청중들에게 호소하려고 할수록 그에 비례해서 논증 행위의 보편성은 확대된다. 논증 행위가 그러한 보편성을 요구한다면 청중을 함께 합쳐 나감으로써 궁극적으로는 인류 전체에 다다르게 되는 것이다. 청중들은 논증을 여러 겹의 동심원으로 둘러싸고 있다. 가장 바깥

---

8) 여기서 제시하는 페렐만의 보편 청중 구성 방식은 (Corsswhite, 2001 : 170-181)을 바탕으로 재구성한 것이다.

테두리의 청중을 향해서 자꾸 자꾸 나가면 온 세상 청중들을 다 만나고 올 것이다.

넷째, 논증이 그 순간 대면하고 있는 특정 청중에게만 행해지는 것이 아니라 몇 년 후, 또는 몇 십 년, 몇 백 년 후의 청중에게도 행해진다고 상상하는 것이다.[9] 이러한 종류의 논증은 역사에 호소하는 방식으로, 청중들에게 그들 스스로를 역사의 한 자리에 서도록 요구한다. 고전이 고전인 이유는 그 텍스트가 무시간성을 가지고 있기 때문이다. 무시간성을 가지고 있다는 말은 시간을 초월한 청중을 구성하고 있다는 의미를 갖는다. 논증이 무시간적인 호소를 하면 할수록 그 논증은 더 많은 보편성을 지니는 것이다.

다섯째, 다른 청중으로 하여금 그것을 비판하도록 하는 것이다. 우리가 보편 청중으로 구성한 특정 청중이 실제로 우리의 논증을 확증할 수 있다면, 우리의 논증은 훨씬 더 타당성과 힘을 갖게 될 것이다.

위에서 기술한 다섯 가지 보편 청중 구성 방식은 상당히 다른 모습을 연출할 수도 있다. 예컨대, 어떤 필자는 '유능함, 지적 훈련, 지식 소유' 등을 고려하여 보편 청중을 구성한다. 다른 필자는 특정 청중을 모두 합치는 방식으로 보편 청중을 구성한다. 이렇게 다른 구성 방식을 선택하면, 실제로 구성되는 보편 청중의 모습도 달라지게 마련이다. 이렇게 상황이 묘하게 전개되면, 보편 청중 개념의 보편성은 약화된다. 페렐만은 이런 상황에서는 대화, 질의응답, 지속적 담화 등을 통해 우리가 보다 깊은 공감대를 형성하고, 논증 행위를 지속해 나갈 수 있는 합의의 장을 열 때까지 논증 행위를 연기해야 한다고 주장한다. 소진되지 않는 지속적인 대화가 필요한 이유가 여기에 있다.

페렐만과 올브레히츠-티테카에 비판적인 논자들은 보편 청중의 개념을 '추상적 보편성'으로 규정하고, 그것의 공허함과 적용 불가능을 말하지만, 앞

---

9) 그 역도 가능하다. 몇 십 년, 몇 백 년 전의 청중을 상상하여 청중으로 구성하는 것이다.

에서 살펴보았듯이 실제 보편 청중 구성 방식을 보면, 보편 청중은 '구체적 보편성'의 성격을 갖는다고 볼 수 있다. 보편 청중을 살아있는 보편성, 구체적 일반성, 구체적 보편성으로 볼 수 있다는 것이다.

보편 청중은 언제나 어느 정도 역사적, 문화적 한정성을 갖는다. 즉, 현존하는 집단들이 이루어낸 합의 너머에 있는 추상물이 아니라 한 집단 또는 여러 집단이 공유하고 있는 어떤 공통 감각(sensus communis)이기 때문이다. 따라서 보편 청중은 순수하거나 초월적인 개념이 아니다. 그 안에는 언제나 경험적인 요소, 다시 말해 필자의 경험이나 문화에 영향을 받은 어떤 것이 있게 마련이다.

각 화자가 구성한 보편 청중은 외부적인 관점에서 보면 특정 청중으로 인식될 수 있다. 즉 누군가가 보편 청중을 구성한 수사적 맥락 밖으로 나오면, 우리가 구성한 보편 청중이 보편성을 결여하고 있다는 것을 알게 되기도 한다. 이러한 결여를 줄이는 방법은 논증이 보다 폭넓은 청중으로 퍼져 나간다는 것을 상상하고 그 청중의 테두리를 최대한 멀리 끌고 나감으로써 외부자적 관점을 갖는 것이다. 외부자적 관점을 갖는다면, 우리는 새로운 수사적 맥락을 설정할 수 있고, 새로운 보편 청중을 구성할 수 있을 것이다.

페렐만과 올브레히츠-티테카의 보편 청중 개념은 논증 텍스트 구성 및 평가에서 여러 가지 방법론적 용도를 갖는다. 먼저, '사실'과 '가치'를 구분하기 위해 사용될 수 있다. 사실은 보편 청중이 합의한 것이고, 가치는 특정 청중만이 고수하는 것이다. 가치는 집단 간 의견의 일치를 보지 못하고, 이 집단과 저 집단을 다르게 규정하게 하는 요소 중의 하나이다. 그러나 사실이란 모든 집단이 보편적인 타당성이 있다고 인정하는 것이다. 인정하지 않는 집단이 있다면 그것은 사실이 아니다.[10] 한편, 이 개념은 복합 청중(composite

---

10) ≪신수사학≫은 가치가 사실의 지위를 얻을 수 있다고 본다. 진술의 지위는 점진적으로 변화한다. 보편적 타당성이 주장되는 신념의 체계 내에 삽입될 경우, 가치는 사실 혹은 진리로 취급될 수 있다. 페

audience)을 만날 때 사용된다. 청중이 동일한 논증에 대해 상당히 다른 또는 상반된 반응을 보이는 특정 청중들로 구성되어 있을 때, 그들로부터 보편 청중을 구성해낸 다음, 자신의 논증을 그 청중에게 전달할 수 있다.[11]

5. 논증 텍스트 평가 기준

이 장에서는 3절과 4절에서 논의한 내용을 바탕으로 논증 텍스트 평가 범주 및 기준을 설정하고자 한다. 신수사학의 보편 청중 개념에 기초하여, 논증 텍스트 평가 기준 설정 원칙 네 가지를 제안하고, 이러한 원칙에 따라 평가 기준을 구체화하고자 한다. 그 전에 이 글에서 제안하는 논증 텍스트 평가 기준이 어떤 목적과 쓰임새를 염두에 두고 있는지를 분명히 할 필요가 있다. 이 글에서 제안하고 있는 '논증 텍스트 평가 기준'은 논증 텍스트가 생산되고 소통되는 '교실 맥락'을 염두에 두고 있다. 즉, 합격과 불합격을 판단하는 데 사용되는 '선발용 평가 기준'이 아니라, 논증 텍스트 쓰기를 배우는 과정에 있는 학생 필자, 학생 독자가 자신의 쓰기 행위, 읽기 행위를 성찰하고 성숙을 도모하는 데 활용되는 '교육용 평가 기준'의 의미를 갖는다. 예컨대, 뒤에서 제안하는 1)청중으로서 '나'의 적절성, 2)청중 설정의 적절성과 같은 평가 범주 및 그에 따른 세부 평가 기준은 선발용 평가 기준에는 적합하지도 않고, 실용적이지도 않지만, 논증 텍스트를 가르치고 배우는 교실 맥락에서는 의미 있고 생산적인 교육적 대화를 촉진하는 매개체가 될 수 있다. 평가 기준을 보는

렐만과 올브레히츠-티테카가 보편적 가치를 언급할 때, 그 때의 가치는 사실 또는 진리의 지위를 얻은 가치이고 보편적 청중이 고수하고자 하는 가치이다(Corsswhite, 2001: 170-183).

11) 유사한 가치를 공유하는 A집단의 어떤 청중과 B집단의 어떤 청중을 모아 보편 청중으로 구성할 수도 있고, 대립하는 A, B집단의 차이를 무화시키는 더 높은 또는 층위가 다른 전제를 도입함으로써 보편 청중을 구성할 수도 있다. 박영민(2004)은 다중적 예상 독자의 존재로 인한 예상 독자의 불일치는 작문의 본질적 속성이라고 보고, 다중적 예상독자의 본질적 특성에 맞는 작문 교육의 방안을 제시하고 있다.

이러한 관점과 목적은 이후 기술하는 네 가지 평가 기준 설정 원칙의 중요한 전제로 작용하고 있다.

첫째, 평가 기준은 평가자로서의 청중 자신을 평가(성찰)할 수 있는 기준을 포함해야 한다. 주장자의 논증 행위 또는 논증 텍스트는 보편 청중을 향하고 있다. 이는 주장자가 보편 청중이 납득하고 동의할 수 있도록 논증 행위를 한다는 것을 의미한다. 논증 텍스트가 상정하는 보편 청중은 매우 이상적이고, 모범적인 청중이다.[12] 합리적이고, 기꺼이 들으려는 자세가 되어 있고, 논제와 관련된 일정한 지식과 소양을 가지고 있으며, 어느 정도의 지력도 있는 사람이다. 주장자가 설정한 보편 청중과 실제 평가자가 닮았을 때, 논증 텍스트에 대한 평가자의 동의는 논증 행위의 타당성을 부여할 것이고, 거부는 논증 행위의 부적절함을 입증하면서 주장자의 논증 행위를 성찰하게 할 것이다. 그러나 주장자가 설정한 보편 청중과 평가자가 닮지 않았을 때, 평가자의 동의와 거부는 주장자의 논증 행위의 타당성을 보장해주지 못한다. 따라서 논증 텍스트에 대한 평가자의 동의 여부가 의미를 갖고, 주장자의 논증 텍스트 구성 능력 신장에 기여하기 위해서는 평가자가 스스로를 성찰하면서 보편 청중의 능력과 태도를 갖추도록 노력해야 한다.

한편, 어떤 논증 행위 또는 어떤 논증 텍스트의 가치를 알기 위해서는 그것에 동의하는 사람들의 자질이나 그 사람들이 영위하는 삶의 자질을 알면 된다. 정치적·윤리적·이성적인 측면에서 자질이 부족한 사람들(청중/평가자)의 지지와 동의를 받는 논증 행위(텍스트)가 무슨 가치가 있겠는가? 이들의

---

12) 논증 텍스트 평가는 겉으로는 필자에 대한 평가의 성격을 갖지만, 들여다보면 청중에 대한 평가의 의미를 갖기도 한다. 논증 텍스트에 대한 청중의 이해 능력이 드러나는 자리이기 때문이다. 논증 텍스트 구성 과정에서 필자는 청중이 자신의 텍스트를 잘 읽을 것이라고 전제한다. 이러한 전제가 성립되지 않으면 논증 텍스트에 대한 평가는 타당성을 잃게 된다. 잘 읽는다는 것의 의미는 무엇인가? 다양한 정의가 존재하겠지만, 리쾨르의 '이해'와 '설명'의 개념도 유용하다고 본다. 설명이란 '객관적 의미'를 분석하고 그 논리적 구조를 해명하는 작업이다. 이해란 담화상황으로부터 분리된 텍스트의 언어적 의미를 추론함으로써 그 텍스트가 지시하는 세계를 파악하는 것이다(이광모, 2005: 177-178). 그에 따르면 잘 '설명'하고, 잘 '이해'하는 것이 잘 읽는 것이다.

동의를 받지 못하는 논증 행위가 도리어 좋은 논증 행위가 될 것이다. 논증 교육의 목적이, 정치직·윤리적·이성적인 면에서 높은 성취를 보이는 주체를 형성하는 데 있다고 한다면, 논증 텍스트 평가 기준 역시 학습자가 합리적이고 이성적이며 윤리적 주체로 성장할 수 있는 교육적 기제를 포함하고 있어야 한다.

기존의 논증 텍스트 평가 기준(원진숙, 1995 ; 서수현, 2004 ; 김미영, 2004 ; 한국교육과정평가원, 2005 ; 오찬세, 2006 ; 박현동, 2008 ; 최은경, 2009)에서는 평가자로서 자신을 평가하고 성찰하는 기준은 없다. 이는 평가자를 도덕적·이성적으로 완전한 청중, 이상적인 청중, 모범 청중, 맥락의 가장 바깥에 위치한 보편 청중으로 설정하였기 때문이다. 그러나 어떤 평가 상황에서도 평가자는 완전한 개인일 수 없다.

다른 이유는 평가자를 최종 텍스트에 대한 최종 심판관으로 상정하였기 때문이다. 그러나 입시, 입사 장면이 아닌 쓰기 교실에서의 텍스트 평가는 심판의 의미를 갖기 보다는 더 나은 텍스트 구성을 돕는 일종의 '반응'의 성격을 갖는 것이 바람직하다. 김정자(2012)는 학생의 글의 질을 개선하는 데 도움을 주는 목적으로 이루어지는 교사의 반응을 강조하였다. 이는 교실에서의 평가는 교수·학습 활동의 일환으로서 기능해야 한다는 관점에서 비롯된 것으로 보이며 중요한 의미를 갖는다고 생각한다. 필자든, 독자든 서로의 불완전함을 인정하고, 진보의 가능성을 기대하면서 스스로 성찰할 수 있는 계기를 마련할 필요가 있다. 그리고 평가 기준이 이러한 성찰의 계기가 될 수 있도록 구성될 필요가 있다.[13] 이러한 원칙을 반영하여 구성한 '청중으로서 '나'의 적절성' 범주의 평가 기준은 다음과 같다.

---

[13] 이수진(2008)이 학생 글을 평가의 대상이 아닌 해석의 자원으로서 바라본 것도, 학생 글을 중요한 교수·학습 자료로 활용해야 한다는 관점에서 비롯되었을 것이다.

- 나는 나 또는 내가 속한 특정 공동체의 처지나 이해관계에서 텍스트를 평가하고 있지 않은가?
- 나는 논제와 관련해서 형성되어 있는 논의 맥락을 잘 이해하고 있는가?
- 나는 필자나 주제와 관련해서 편견이 없는가?
- 나는 텍스트를 잘 이해하고 있는가?
- 나는 기꺼이 들으려는 자세가 되어 있는가?
- 나는 주제와 관련된 충분한 정보를 가지고 있는가?
- 나는 텍스트의 논증 행위에 대해 충분히 숙고하였는가?

둘째, 평가 기준은 학습자의 보편 청중 구성 능력을 신장시킬 수 있도록 구성되어야 한다. 즉, 평가 기준에 근거한 독자의 평가적 반응이 필자가 보편 청중을 재구성(확대, 정교화)하는 데 기여할 수 있어야 한다. 한편의 논증 텍스트를 쓰면서 설정한 보편 청중은 일시적으로 포착된 또는 구성된 보편 청중이다. 충분한 보편성을 갖고 있지 못하다. 이 보편 청중은 이와 다른 또는 상반된 가치, 신념을 가진 특정 청중에 의해 평가되면서 균형을 잡아나가야 한다. 논증 텍스트를 읽고 평가적 반응을 하는 학습 독자가 특정 청중의 역할을 하도록 평가 기준을 구성해야 한다.

보편 청중이 특정 청중에 대한 상상 작용을 통해 구성되었기 때문에 추상적 보편성이 아닌 구체적 보편성을 지닌다고 하였다. 그러나 이러한 주장은 여전히 보편 청중이 불완전하고 불충분하다는 것을 고백하는 것이다. 우리가 개별적·문화적 제약을 안고 보편 청중을 구성하는 것을 안다면, 우리의 보편 청중 개념이 언제나 어느 정도는 불충하다는 것을 알고 있다. 우리의 구성에 타격을 가하는 다른 힘 있는 논증이 잠복해 있다는 것도 예감하고 있다. 우리가 보편 청중을 구성하고 있을 때, 다른 곳에서 어떤 사람들은 우리와 다른 보편 청중을 구성하고 있을 것이라고 상상할 수 있다. 지금 내가 구성한 보편 청중이 이전에 우리가 구성한 적이 있었던 보편 청중과 닮지 않음을 알게 되고, 그렇다면 지금 구성한 보편 청중은 나중에 우리 스스로에 의해 부정될 수도 있다는 것을 감지할 때, 우리의 불안은 증폭된다. 이러한 불안을 떨쳐버리고 보편 청중의 구체적 보편성을 어떻게 강화할 것인가?

이러한 문제를 해결하기 위해서 크로스와이트는 미확정적 보편 청중(undefined universal audience) 개념을 도입한다. 그는 다른 청중으로 하여금 자신의 논증 텍스트를 비판하게 함으로써 보편 청중 개념을 강화할 수 있다고 본다. 여기서 다른 청중이 미확정적 보편 청중인 셈이다.14) 보편 청중은 특정 청중에 대한 상상 속에서 구성된다. 특정적인 것의 보편화라고 할 수 있다. 따라서 특정 청중이 보편 청중을 완전히 거부한다면, 그 보편 청중은 존재 근거는 현저하게 약화된다. 따라서 특정 청중은 보편 청중에 타당성을 부여하고, 보편 청중이 해당 특정 청중과의 연관성을 상실하는 것을 막아주는 역할을 한다(Corsswhite, 2001: 185-186).

논증 텍스트 평가 장면에서 청중은 주장자가 예기치 못한 방식으로 반응하고, 사실상 주장자의 논증 행위나 생각을 넘어서는 그런 경우가 생길 것이다. 이와 같이 청중은 우리의 추론을 우리가 예상할 수 없는 방식으로 평가하지만 그럼에도 불구하고 우리는 그것을 합당한 것으로 인식한다. 그 합당함의 인식은 보편 청중을 확대하고, 정교화 하는 데 기여할 것이다. 이러한 생각을 바탕으로 구성한 '청중 설정의 적절성' 범주의 평가 기준은 다음과 같다.

- 필자가 논증을 통해 설득하거나 변화시키고자 하는 청중은 누구인가?
- 독자가 설정한 청중은 자신 또는 자신이 속한 특정 집단의 관점, 이해로부터 완전히 자유로운가?

---

14) 크로스와이트의 '미확인 보편 청중'이야말로 '보편성'을 꿈꾸게 하고 열망하게 한다. 그는 지금 나와 동시대에 살고 있는 것일까? 먼 훗날 그는 어떤 방식으로 나타나서 내 논증의 허점을 폭로할까? 반대로 지금 공동체의 구성원으로부터 비판받고 거부되고 있는 나의 생각은 어떤 미확인 보편 청중에 의해서 구원받을까? 깨끗하게 거듭날까? 미확인 보편 청중은 주장하는 사람이나 청중을 모두 끝임 없이 긴장하도록 만들며, 이러한 상호 긴장으로 인해서 '보편 청중'은 비교적 명확해지고 온전해진다. 이러한 지속적인 상호 긴장과 상호 조회가 충족될 때 하버마스가 그린 '이상적 담화 상황'도 구성될 것이라고 기대해도 될 것이다.

- 필자가 고려하고 있지 못한 청중은 없는가?
- 고려하고 있지 못하다면 그 청중은 누구인가?
- 고려하고 있지 못한 청중은 필자의 논증에 동의할 것이라고 보는가?
- 동의하지 못한다면, 그 근거는 무엇인가?

셋째, 평가 기준은 논증 텍스트 평가에서 논리학적 관점이 갖는 부분적 의의를 어느 정도 반영하여 구성할 필요가 있다. 신수사학은 형식 논리를 완전히 배제하지 않는다. 다만 적절한 자리가 무엇인지 묻고 있는 것이다. 지금처럼 절대적이고 유일한 방식으로 독점적 지위를 누리는 것이 아니라, 단지 부분적이고 일리 있는 추론 방식으로 대접받아야 한다는 것이다. 형식적인 합리성에 갇힌, 목적을 잃은 차가운 추론 도구가 아니라 이성적인 것, 윤리적인 것을 구축하는 데 기여하는 열정적인 추론 도구가 되어야 한다고 주장하는 것이다.

논리학적 관점은 청중을 언급하고 있지 않지만, 실은 형식적 합리성을 완벽하게 구현한 청중을 상정하고 있다. 이러한 청중은 보편 청중이 가지고 있는 여러 자질 중의 하나이다. 그리고 이러한 자질이 확대되고 강조되면, 논리학의 청중과 수사학의 보편 청중은 상당히 겹쳐져서 혼동이 될 수 있다. 이러한 혼동이 현재 논증 텍스트 평가 기준을 논리학적 관점에서만 구성하게 된 배경이기도 하다.

형식적 합리성이 보편 청중의 자질 중 하나일 때, 당연히 논술 텍스트 평가 기준은 형식적 합리성을 포함하여 구성되어야 한다.[15] 다만, 이러한 기준은 논리 철학자들이 스스로 인정하고 있듯이 절대적이지 않으며, 부분적인 일리만을 지닌다는 점이 지속적으로 환기될 필요가 있다. 이를 위해서는 평가 기준을 독립적으로 제시하는 것이 아니라, 청중의 맥락을 깊숙이 개입시

---

15) 기존의 많은 논증 텍스트 평가 기준은 형식적 합리성을 강조하는 논리학적 관점을 상당히 수용하고 있다.

켜서 재구성할 필요가 있다. 이러한 원칙을 반영하여 구성한 '논증의 적절성' 범주의 평가 기준은 다음과 같다.

- 논거/주장은 언제나 어디서나 모든 사람이 동의할 수 있는 것인가?
- (나를 포함해서) 동의할 수 없는 사람(집단)이 있다면 누구인가?
- 동의하지 않는 사람(집단)의 논거는 무엇인가?
- 동의하지 않는 사람(집단)의 논거는 이성적·윤리적 측면에서 언제 어디서나 모든 사람이 동의할 수 있는 것인가?

출처	범주	평가 기준
원진숙 (1995)	내용 中 논증의 타당성	- 주장을 뒷받침하고 있는 근거들은 충분히 타당하고 적절한 것인가? - 주장에 대해서 충분한 정당화가 이루어지고 있는가?
서수현 (2004)	제기된 주장의 성격	- 주장은 명확한가? - 주장은 타당한가? - 주장은 신뢰로운가? - 주장은 참신한가? - 주장은 일관성이 있는가?
	주장에 대한 근거	- 근거는 적절한가? - 근거는 신뢰로운가? - 근거는 구체적인가? - 다양한 근거를 제시하고 있는가?
김미영 (2004)	논리적 근거 설정 능력	- 근거의 타당성 및 적절성
한국교육 과정평가원 (2005)	논리적 사고력	- 주장과 근거의 타당화 능력 - 타당한 논증의 구사 능력 - 논제와 관련된 풍부한 지적 정보 제시력 - 지적 판단력과 깊이 있는 사고력
오찬세 (2006)	내용의 생성	- 논제 파악과 독해의 정확성 - 논증의 타당성 - 사고의 풍부성과 창의성
박현동 (2008)	사고력	- 자기 의견 생성 : 자기 생각에서 나온 뚜렷한 의견이 있는가? - 논증의 타당함 : 논증이 논리적 타당성을 가지는가? - 설득력 : 근거가 적절하고, 객관성과 합리성이 있는가? - 독창성 : 상투적이지 않은 남다른 생각이 있는가?
최은경 (2009)	내용 조직 中 논리적 증명 방법	- 연역, 귀납, 유추 등 다양한 논리적인 증명 방법을 활용하고 있는가?

넷째, 평가 기준은 논증 텍스트 쓰기 교육의 본질, 목적에 맞게 구성되어야 한다. 논증 텍스트 쓰기 교육의 궁극적인 목적은 이성적인 추론 능력을 신장시키는 데 있다. 이러한 교육적 노력은 가장 넓고 깊은 의미에서 소크라테스적인 노력이다. 이는 전수된 지식을 전달하려는 시도가 아니라 글쓰기 맥락에서 학생들이 착상을 발견하고 명료화하도록 격려하고 인도하는 것이다. 학생들로 하여금 그들이 가지고 있는 최상의 착상을 가장 설득력 있는 형태로 이끌어내려는 시도이며, 학생들이 글쓰기라는 매개를 통해 상상하고, 추론하고, 판단하는 능력을 계발하고 강화하려는 시도이다.

논증 글쓰기의 목적이 이성적 추론 능력 신장에 있다고 한다면, 수사적 교정지도 중심의 현행 글쓰기 지도는 대단히 문제적이다. 좀 과장해서 얘기하면 교정 중심 지도는 논증 글쓰기를 그 본래적 목적으로부터 단절시킬 가능성이 높다. 글을 잘 쓰기 위해서는 수사적 연습이 필요하지만, 그보다 중요한 것이 목적에 맞는 글을 쓰는 것이다. 수사적 기법은 그 자체로서 의미를 갖는 것이 아니다. 글쓰기 목적 달성 여부와 관련해서만 그 의미가 판단될 뿐이다. 논증 글쓰기가 그 본래적 목적을 잊은 채, 단지 수사적 교정 지도에만 매몰된다면 논증 글쓰기 교육을 했다고 말할 수 없다. 이 글에서 제안하는 평가 기준은 논증 글쓰기가 그 목적에 충실했을 때를 전제한 것이며, 한편으로는 그 본래적 목적의 회복을 강조하는 의미를 갖는다. 이러한 생각을 반영하여 구성한 '구성 및 표현의 적절성' 범주의 평가 기준은 다음과 같다.

- 내용 전개 및 구성에서 독자의 이해를 어렵게 하는 요소는 없는가?
- 표현 측면에서 독자의 이해를 어렵게 하는 요소는 없는가?
- 표현 측면에서 독자가 수용하기 어려운 부분은 없는가?

위에서 설정한 논증 텍스트 평가 범주 및 기준을 종합하여 제시하면 〈표 21-1〉과 같다.

〈표 21-1〉 논증 텍스트 평가 범주 및 기준

평가 범주	평가 기준
청중으로서 '나'의 적절성	• 나는 나 또는 내가 속한 특정 공동체의 처지나 이해관계에서 텍스트를 평가하고 있지 않은가? • 나는 논제와 관련해서 형성되어 있는 논의 맥락을 잘 이해하고 있는가? • 나는 필자나 주제와 관련해서 편견이 없는가? • 나는 텍스트를 잘 이해하고 있는가? • 나는 기꺼이 들으려는 자세가 되어 있는가? • 나는 주제와 관련된 충분한 정보를 가지고 있는가? • 나는 텍스트의 논증 행위에 대해 충분히 숙고하였는가?
청중 설정의 적절성	• 필자가 논증을 통해 설득하거나 변화시키고자 하는 청중은 누구인가? • 독자가 설정한 청중은 자신 또는 자신이 속한 특정 집단의 관점, 이해로부터 완전히 자유로운가? • 필자가 고려하고 있지 못한 청중은 없는가? • 고려하고 있지 못하다면 그 청중은 누구인가? • 고려하고 있지 못한 청중은 필자의 논증에 동의할 것이라고 보는가? • 동의하지 못한다면, 그 근거는 무엇인가?
논증의 적절성	• 논거/주장은 언제나 어디서나 모든 사람이 동의할 수 있는 것인가? • (나를 포함해서) 동의할 수 없는 사람(집단)이 있다면 누구인가? • 동의하지 않는 사람(집단)의 논거는 무엇인가? • 동의하지 않는 사람(집단)의 논거는 이성적·윤리적 측면에서 언제 어디서나 모든 사람이 동의할 수 있는 것인가?
구성 및 표현의 적절성	• 내용 전개 및 구성에서 독자의 이해를 어렵게 하는 요소는 없는가? • 표현 측면에서 독자의 이해를 어렵게 하는 요소는 없는가? • 표현 측면에서 독자가 수용하기 어려운 부분은 없는가?

◾ ◾ ◾

논증 행위의 목적은 좁게 보면 몸싸움을 피하는 데 있으며, 넓게 보면 한 사회의 합리적이고 이성적인 질서를 구성하는 데 있다. 그리고 이러한 목적을 이루기 위해서는 우선 논증 텍스트가 향하고 있는 청중을 설득해야 한다. 논증 텍스트의 평가 척도로서 청중을 우선적으로 고려해야 한다고 주장하는 이유가 여기에 있다.

한편, 청중의 동의, 공감, 확신을 통해 구성된 질서가 선한 질서라는 것을 어떻게 보장할 수 있는가? 이것이 보장되지 않는다면, 논증 행위는 그 자체가 범죄 행위가 될 수 있다. 남녀 불평등, 인종 차별, 파시즘, 제국주의적 질서 등은 모두 어떤 사람, 어떤 집단의 논증 행위와 그 결과로서의 동의를 통해 형성된 질서이다. 이들이 해체되고 형성된 선한 질서 또한 논증 행위를 통해서 가능해진 것이다.

그렇다면, 우리는 우리의 논증 행위가 이성적인 것인가, 선한 질서를 구성하는 데 기여하는가를 진지하게 지속적으로 물어야 한다. 이러한 물음을 가능하게 하고, 그 물음에 대한 답에 타당성을 부여하는 것이 보편 청중 개념이라고 할 수 있다. 보편 청중은 내 논증의 보편성을 부여한다. 내 논증이 특정한 사람이나 집단, 특정한 시간이나 공간, 특정한 맥락에서만 보편성을 얻는 것이 아니라 이들 모두를 초월하여 보편성을 얻기 위해서는 끊임 없이 외부자적 시각을 갖도록 노력해야 한다. 외부자적 시각을 갖기 위한 지난한 노력의 끝에 도달하는 것이 보편 청중이다. 내가 보편 청중에 다가갈수록, 나의 논증 행위는 그에 비례해서 보편성을 얻게 될 것이고, 그 보편성에 비례해서 공감·동의·확신의 범위가 넓어질 것이고, 그 넓어짐에 비례해서 내 논증의 선함이 보장될 것이다.

나는 논증 텍스트 쓰기 교육이 합리적이고 이성적인 주체 형성을 목적으로 삼는다면, 현재의 논증 텍스트 평가 기준은 이러한 목적을 구현하는 데 적합하지 않다는 생각을 하였다. 청중의 관점에서 평가 기준을 재구성해야 논증 텍스트를 둘러싼 의미 있는 대화가 가능하다고 보았으며, 보편 청중의 관점에서 평가 기준을 설정해야 논증 텍스트를 중심으로 주장자와 청중 간의 합리적이고 이성적인 대화가 가능하다고 판단하였다. 그리고 이러한 합리적이고, 이성적이며, 성찰적인 대화 속에서 학습자는 도덕적·이성적으로 성숙해진다고 보았다.

반이성적 담론이 승한 담론 지형에서 이성적인 것을 옹호하고자 하는 신수사학의 분투와 열정이 반갑지만 여전히 낯설고, 보편 청중이 드러내는 논증 행위의 멋진 풍경이 매력적이지만 아직은 그 전모를 명료하게 포착하였다고 보기 어렵다. 논증 교육, 논증 텍스트 쓰기 교육, 논증 텍스트 평가가 갖는 의미를 숙려하는 계기가 되었으면 좋겠다는 바람만 크다.

한편, 이 숙려의 과정은 당연히 주체 간의 대화를 수반할 것인데, 이 대화는 영원히 끝나지 않을 것이다. 끝나지 않아야 한다. 어떤 합리성도, 어떤 보편 청중도 완결된 의미의 전체적 진실성을 끝내 드러내지 않을 것이기 때문이다. 그래서 우리의 대화는 바흐친이 말한 바, 항상 '열린 채 끝나야' 한다.

---

* 이 장은 이재기(2012), 신수사학적 관점에 따른 논증 텍스트 평가 기준, 청람어문교육 제46집, 청람어문교육학회를 수정한 것임.

참고 문헌

김미영(2004), 논술문 평가의 신뢰도 향상에 관한 연구, 고려대학교 석사학위 논문.

김정자(2011), 학생의 글에 대한 교사 반응의 의의, 새국어교육 제89호, 한국국어교육
학회.

민병곤(2004), 논증 교육의 내용 연구, 서울대학교 박사학위 논문.

박영민(2004), 다중적 예상독자의 개념과 작문교육의 방법, 국어교육학연구 제20집,
국어교육학회.

박현동(2008), 평가조언표를 활용한 논술 평가와 고쳐 쓰기 지도 방안, 국어교육학연
구 제32집, 국어교육학회.

서수현(2004), 쓰기 평가의 기준 설정에 관한 연구, 고려대학교 석사학위논문.

오찬세(2006), 과학고등학교학생 논술문의 수준별 향상 분석 연구, 한국교원대학교 석
사학위 논문.

원진숙(1995), 논술평가 기준 설정 연구, 한국어학 2, 한국어학회.

이광모(2004), 글(쓰기) 평가규범의 해석학적 근거, 해석학 연구 제15집, 한국해석학회.

이수진(2008), 쓰기 평가 결과의 해석과 활용 방안 연구, 작문 연구 제6집, 한국작문학회.

이재기(2010), 교수 첨삭 담화의 유형과 양상 분석, 한민족어문학 제57집, 한민족어문
학회.

이재기(2011), 학생 필자의 해석 텍스트에 대한 '반응 중심' 작문 평가, 작문연구 제13
집, 한국작문학회.

최은경(2009), 중학 논술의 평가 기준 연구-개정 7차 국어과 교육과정을 중심으로-,
교사교육연구』 48-2, 부산대학교 과학교육연구소.

Mieczyslaw Mnneli(2006), 페렐만의 신수사학(손장권·김상희 역), 고려대학교 출판부.

J. Corsswhite(2001), 이성의 수사학(오형엽 역), 고려대학교 출판부.

Routh Amossy(2000), 담화 속의 논증(장인봉 역), 동문선.

Perelman, Chaim(1979), The New Rhetoric and the Humanities, Trans William
Kluback and others, Dordrecht Holland : D. Reidel, 1979.

Perelman, Chaim, and L. Olbrechts-Tyteca(1991), The New Rhetoric : A Treatise
on Argumentation. Trans. John Wilkinson and Purcell Weaver. 1958;
Notre Dame : University of Norte Dame Press, 1969.

찾아보기

저자 이 재 기

한국교원대학교 제2대학 국어교육과를 졸업하였으며, 동대학원에서 『문식성 교육 담론과 주체 형성에 관한 연구』로 박사 학위를 받았다. 1998년부터 2008년까지 한국교육과정평가원에서 연구원으로 근무하였으며, 현재 조선대학교 사범대학 국어교육과에 재직 중이다. 저서로는 『국어 교육 연구 방법론』(공저), 『작문 교육론』(공저) 등이 있다.

바흐친 수사학
대화적 글쓰기의 추구

초판 인쇄 2019년 6월 20일
초판 발행 2019년 6월 25일
지은이 이재기
펴낸이 이대현
편 집 박윤정
디자인 최선주
펴낸곳 도서출판 역락
　　　　서울시 서초구 동광로 46길 6-6(문창빌딩 2F)
　　　　전화 02-3409-2058(영업부), 3409-2060(편집부)
　　　　팩시밀리 02-3409-2059
　　　　이메일 youkrack@hanmail.net
　　　　홈페이지 http://www.youkrackbooks.com
　　　　등록 1999년 4월 19일 제303-2002-000014호
ISBN 979-11-6244-239-5 93800